光文社文庫

長編冒険小説

天空への回廊

笹本稜平

光　文　社

目次

ノースコル
北稜
北東稜
グレート・クーロワール
ファンタジー山稜
西壁
第4キャンプ
ホーンバイン・クロワール
第5キャンプ
落下現場
エベレスト
8,848m
ヒラリー・ステップ
南峰
カンシュン・フェース
西壁
バルコニー
南東稜
カンシュン氷河
サウスコル
ジェネバスパー
ローツェ・フェース
ローツェ
8,501m
N
エベレスト周辺図
ロンブク
エベレストBC
中国
チベット自治区
チョー・オユー
チョモランマ
自然保護地域
プモリ
ロー・ラ
サガルマータ
国立公園
ウェスタンクウム
ベースキャンプ
エベレスト
8,848m
ヌプツェ
ローツェ
ペタンツェ
チョー・ポルー
タウォチェ
アマ・ダブラム
バルンツェ
クーンビラ
カンテガ
マカルー・バルン
国立公園
自然保護地域
クワンデ
ネパール
クスム・カングル

エベレスト山頂付近
ロンブク・エベレストBC
第1キャンプ
ロンブク氷河
ロー・ラ
ABC
中国
ネパール
クーンブ・エベレストBC
5,364m
第3キャンプ
北
クーンブ 氷 河
クーンブ
アイスフォール
西 稜
南
ウェスタンクウム
ヌプツェ
7,861m
ヌプツェ氷河

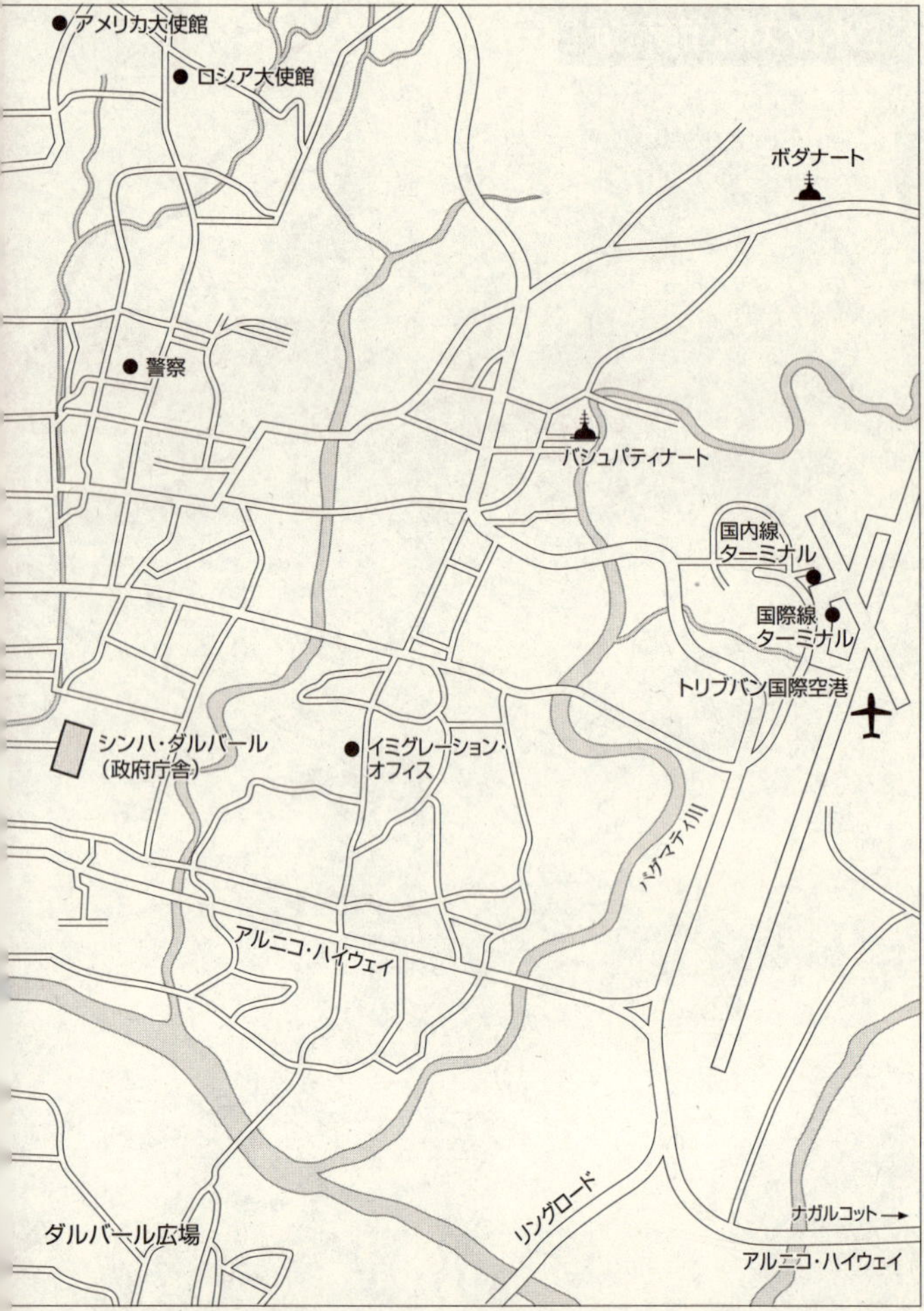
アメリカ大使館
ロシア大使館
ボダナート
警察
パシュパティナート
国内線ターミナル
国際線ターミナル
トリブバン国際空港
シンハ・ダルバール
（政府庁舎）
イミグレーション・オフィス
バグマティ川
アルニコ・ハイウェイ
リングロード
ダルバール広場
ナガルコット→
アルニコ・ハイウェイ

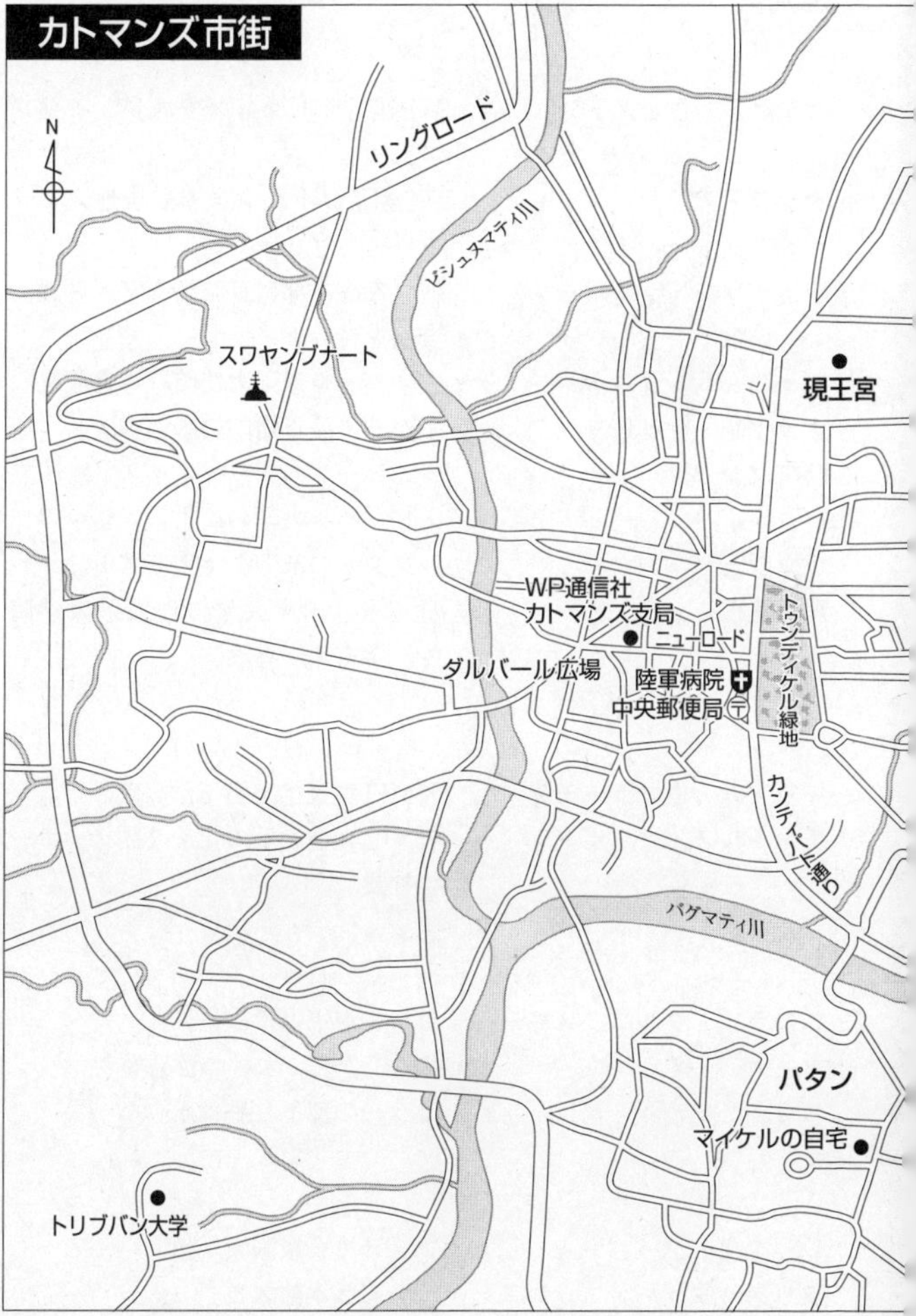

カトマンズ市街
N
リングロード
ビシュヌマティ川
スワヤンブナート
現王宮
WP通信社
カトマンズ支局
ニューロード
ダルバール広場
陸軍病院
中央郵便局
トゥンディケル緑地
カンティパト通り
バグマティ川
パタン
マイケルの自宅
トリブバン大学

マイケル・ウェストン	WP通信カトマンズ支局長。イギリス人。
ナジブ・アサン	WP通信カトマンズ支局現地スタッフ。
ジェイソン・シルバーン	統合参謀本部付首席調査官。弁護士資格を持つ。
ジェローム・ダルトン	在ネパール米国大使館一等書記官。
ナラヤン・シャヒーン	ネパール陸軍病院の脳外科医。
ハヌマン	シャヒーンの甥。マオイスト。国立トリブバン大学の院生。
ラクシュミ	ハヌマンの部下。マオイスト。
早坂雅樹	日本人。国立大学の理工系大学院生。宇宙工学専攻。

ギリアム・ウィットモア	元MIT教授。宇宙工学専攻。
チャールズ・マクビー	アメリカ最大手の化学薬品メーカーの社員。

ニコライ・タルコフスキー	ロシア海軍退役少佐。
マーカス・ミラー	CIA工作員。木材の貿易業者。
ルウィン	ミラーの部下。整備士。

レックス・ハーパー	アメリカ合衆国大統領。
クリストファー・コリンズ	統合参謀本部議長。

●登場人物一覧●

真木郷司	登山家。日本人。
マルク・ジャナン	登山家。フランス人。
クリフ・マッケンジー	登山家。アメリカ隊隊長。
フレッド・マクガイア	登山家。アメリカ人。医師資格を持つ。
クレイグ・シェフィールド	登山家。アメリカ人。
フィル・スコークロフト	登山家。アメリカ人。
ラクパ・ノルブ	シェルパ。サーダー。
ロプサン・ノル	シェルパ。サブ・サーダー。
ソナム・ツェリン	シェルパ。
ジョー・スタニスラフ	CIA情報本部衛星システム・ディビジョンのチーフ・ディレクター。
ジャック・ウィルフォード	中尉。デルタフォース所属。回収部隊指揮官。
ピート・マシューズ	少佐。デルタフォース所属。
シェーン・マコーリー	大尉。陸軍工兵隊所属。
クロディーヌ・ジャナン	マルク・ジャナンの妹。ミステリー作家。
ニマ・パバン	シェルパ。ナガルコットでヒマラヤン・ツーリスト・ロッジを経営。
タミル・ラナ	ニマのロッジのボーイ。

天空への回廊

第一章

1

荒い呼吸を繰り返す喉から乾燥した冷気が水分を奪い続ける。

重症のインフルエンザにかかったように喉の奥が痛む。頭上に輝く太陽を見上げ、ゴーグルを通してさえ眩《まぶ》しいその光に顔をしかめると、干からび、ひび割れた唇に痛みが走った。口を押さえたオーバーミトンに血が滲《にじ》んでいる。

凪は不気味なほどに凪《な》いでいた。厳冬期のヒマラヤは、強風と極度の低温という点を除けば天候の面ではむしろ安定している。幸運に恵まれれば、こんな春めいた陽気に出会うことさえある。

酸素は平地の三分の一以下だ。気温はマイナス二十度を下回っていた。それでも成層圏の希薄な大気以外に遮るものがない太陽の輻射熱《ふくしゃねつ》は、分厚いダウンスーツにじりじりと浸透し、その下のウールの肌着はじっとり汗ばんでいた。

サファイア色の天蓋《てんがい》の下には、荒々しい波濤《はとう》を連ねた雪と氷と岩の大海原が地平線まで続いている。南東方向に鋭くせり上がるローツェ、その左手にダイナミックなスカイラインを描くマカルー、遥かに青く煙るカンチェンジュンガ、西方には白く輝くチョー・オユー、その奥に均整のとれたシルエットを見せるシシャパンマ、遠く連なるマナスル、アンナプルナ、ダウラギリ――。

それらヒマラヤの八〇〇〇メートル級の巨峰のいずれもが、いまは足元にひれ伏している。高度計の針は八八〇〇メートル台の半ばを指していた。ここは地球上で最も宇宙に近い場所――。世界最高峰エベレストの頂上だった。

真木郷司《まきさとし》は時計を見た。午前八時三十五分。月明かりを頼りに深夜零時に八二〇〇メートルの最終ビバーク地点を出発し、頂上に達したのは八時間後の八時十五分。あれから丸々二十分もここに座り込んでいたことになる。

高所性の頭痛や吐き気は感じないが、疲労は極限に達していた。全身の筋肉が凍《い》てついた砂袋のようにこわばっている。しかし意識は肉体から抜け出たかのように希薄な大気と降り注ぐ光の中を浮遊していた。

このまま眠りたかった。世界で最も高く寒冷な場所での不時露営《フォースト・ビバーク》――。そんな危険な考えが頭をよぎった。

ベースキャンプ入りして三週間、高度順化のために周囲の七〇〇〇メートル級の山をいくつか登ったが、ここはそれらよりも二〇〇〇メートル近く高い。高所医学の常識に従えば、ただ動かずにいても刻一刻と体力を消耗し、やがては死に至る。

無謀な冒険主義は、登山家としての郷司の信条に反するものだ。生きて還《かえ》ることは、つねに頂上を攻め落とすことよりも優先する課題だ。しかし時おり、例えば今日のように素晴らしい無風快晴の高峰の頂《いただき》に立ったとき、抗《あらが》いがたいというほどではないが、ある種の甘美な誘惑にさらされることがある。

神々しい蒼穹《そうきゅう》にとり囲まれた静寂の中で、魂に永遠が浸透してくるような感覚が彼を捉《とら》えていた。なぜここを去らねばならないのか。本当はここにとどまるためにやってきたのではないか。半ば朦朧《もうろう》とした意識の中で自らに問いかけた。

冷涼な大気と溢《あふ》れる光、眼下に広がる岩と氷の膨大なマッス——。そこでは生も死も、沈黙に満たされたただ一つの宇宙に抱《いだ》かれていた。〈デスゾーン〉と呼ばれる海抜八〇〇〇メートル以上の世界は、人に死後の永遠を垣間見せる禁断の領域なのだ。

チベット側の北稜ルートからエベレストの冬季・無酸素・単独登頂を目指す今回の郷司の計画を無謀だと非難する者はいなかった。

数十名の大登山隊を組織し、スポンサーから掻《か》き集めた大量の物資を持ち込み、固定ロープによるルート工作と人海戦術の荷揚げを繰り返し、最後に一握りのアタック隊員だけが頂上を目指すいわゆる極地法が、かつてのヒマラヤ登山の典型的なスタイルだった。しかし昨今はごく少人数、時には単独で、酸素ボンベも固定ロープも使わずに一気に頂上を攻めるアルパインスタイルが、ヒマラヤの先鋭的クライミングの主流となっている。

郷司もまたそうしたアルパインスタイルの信奉者だ。四年前の冬にはアルプスの三大北壁の連続単独登攀《とうはん》をわずか一週間で成し遂げ、その翌年にはフランス隊に合流してアンナプルナI峰南壁に新ルートを開拓。昨年のプレモンスーン期には長大なマカルー南東稜を単独・無酸素で攻め落とした。

ラインホルト・メスナーやイエジ・ククチカといった先鋭アルピニストの衣鉢《いはつ》を継ぐスターの一人として、欧米のクライマーは彼の実力を高く評価してくれた。しかし大学山岳部や社会人山岳会に属さず、大学を中退して単身ヨーロッパに渡り、アルプスでのガイド修業からキャリアを積み上げてきた郷司は、組織志向の強い故国日本の登山界とはほぼ無縁の活動を続けてきた。

デスゾーンの女神の甘美な誘惑を退け、ゆっくりと郷司は立ち上がった。筋肉の反応が伸びきったゴムのように頼りない。歯痒《はがゆ》いほど緩慢な動作でザックから魚眼レンズ付きの一眼レフをとり出す。

両腕を突き出し、レンズを顔に向けて何度かシャッターを切る。百八十度の画角の中に、周囲の高峰と自分自身の姿が「二〇〇一年一月二十一日午前八時四十分」のタイムスタンプとともに写っているはずだった。

寝袋に包んでおいたテルモスのお茶はまだ温かかった。カップに二杯たて続けに飲み、チョコレート一枚を胃の中に押し込むと、どうにか気力が蘇《よみがえ》ってきた。荷物をまとめ、慎重に下降しはじめた。

無風状態は続いていた。この条件なら今日のうちにロンブクのベースキャンプまで降《くだ》れそうだ。両足の指先にはほとんど感覚がない。昨晩までの強風と低温を考えれば、高所用の二重靴とはいえ、中の足が無事である保証はない。

強烈な陽射しが稜線の雪を柔らかくしていた。踏み出す足はときに膝までもぐり、バランスを崩しかけてはスキーストックで体勢を立て直す。

ノースコルからの北稜ルートはほぼ全体が雪に覆われた長大な尾根で、ピッケルやアイスハンマーが必要な切り立った氷壁は少ない。そのうえ四日前まで吹き荒れた季節外れの猛吹雪《もうふぶき》で、冬場には岩肌があらわな北西壁側の急斜面も大量の積雪に覆われていた。こうしたルートで役に立つのは今回持ってきたような伸縮タイプのスキーストックだ。

登りで最大の障害となる大気の希薄さも、降りではあまり問題にならないのが高所での有酸素運動の不思議なところだ。重力に逆らわずに足を動かしていれば、降るに従って酸素濃度が高まり体は楽になる。しだいに筋肉がほぐれてペースが上がる。約一時間で八四〇〇メートル地点まで降った。

このあたりからノースコルへの急斜面の下降がはじまる。喉が激しく渇いていた。小休止して、テルモスの残りの紅茶を時間をかけて飲み干した。

五分ほど体を休め、再び立ち上がって三〇〇メートルほど降ったときだった。

大気を引き裂くような金属音が聞こえてきた。風の音ではない。雪崩《なだれ》の音とも違う。どちらかといえばジェット機のエンジン音に似ている。

音の方向をみた。西の空、チョー・オユーの頂上ドームの真上に昼の星が輝いていた。大気の乱反射が少ないヒマラヤの高峰では真昼に星が見えることもある。しかしその星はあまりに眩《まばゆ》かった。

星はやがて小さな太陽になり、轟音《ごうおん》は峰々に谺《こだま》した。自分のいる場所に向かってくるようにみえた。思わず立ちすくんだ。経験したことのない出来事だった。どう対処すべきか考えようとしたが頭の中は空白だった。

轟音がさらに高まった。

オレンジ色の火の玉が黒い煙の尾を引いて、猛烈な速度で目の前を横切った。左手に見える北西壁の上部に巨大な雪煙が舞った。

鼓膜を破りそうな衝撃音とともに大地が揺れた。

得体の知れない飛行物体がエベレストの頂上付近に激突したのだ！　飛行機ではない。隕石。ミサイル。一体、誰がエベレストの山頂にミサイルを撃ち込むというのだ。

背後で地鳴りのような音が湧き起こる。足元の雪面から重い振動が伝わってくる。振り向くと上部の急斜面から純白の波濤《はとう》が押し寄せてくる。雪崩《なだれ》だ！　あの落下物の衝撃が雪崩を引き起こしたのだ。

右手に露出した小さな岩塊がある。その陰に飛び込んだ。ストックを雪面に突き刺して、根元を握って腹ばいになる。

周囲が真っ白になった。

重い衝撃が全身を襲う。

地響きが鼓膜を圧迫し、膨大な雪と氷が滝のように周囲を流れてゆく。

激しい風圧で呼吸ができない。

ストックを両腕で抱え込み、体を押し流そうとする圧力に耐えた。わずか数秒が数時間にも感じられた。

轟音が遠のき、視界が明るくなった。

顔を持ち上げ、周囲を見回した。頭上には何事もなかったように晴れ渡った青空が広がっている。

岩塊が楯になり、雪崩の直撃は回避できたようだ。体はほとんど雪に埋もれていたが、起き上がるのに支障はなかった。

岩か氷の塊が当たったらしく、左の肩と二の腕に痛みが走った。手で触れてみたが骨折はしていない。しばらく顔をしかめているうちに痛みは遠ざかった。

周囲の雪面は深くえぐられ、彼のいた場所だけが島のようにとり残されている。駆け降った雪崩の舌端はノースコル付近にまで達している。岩塊がなければ間違いなくそこまで押し流されていたはずだ。

眼下二〇〇〇メートルのロンブク氷河上にも別の雪崩が落ちていた。その付近には同じルートを目指していたアルゼンチン隊のＡＢＣ（前進ベースキャンプ）があった。一昨日、郷司が登りはじめたときには、登攀準備のためにかなりの数の隊員が入っていた。彼らはどうなったのだろう。黄色いテントがいくつか雪に埋もれている。人影は見えない。

不安な思いを抱いて郷司は立ち上がり、雪崩の刃が表層の雪をそぎ落とした青氷の急斜面を、アイゼンを効かせながらハイピッチで降っていった。

ノースコルまで三十分。さらに東ロンブク氷河への氷雪の斜面をグリセード（ピッケルで体を支え靴底で滑降する技術）を交えて一時間で駆け降った。

アルゼンチン隊のＡＢＣは雪崩に埋もれ、近くのキャンプから駆けつけた隊員やシェルパが遺体の収容作業をはじめていた。四名が巻き込まれ、隊員二名とシェルパ一名が死亡したと登攀隊長は暗い表情で伝えた。あの火の玉については、まだ何のニュースも入ってきていないという。

まずは情報が欲しい。北西壁に取り付いているアメリカ隊には親しいクライマーが何人かいた。ゲストで参加しているフランス人のマルク・ジャナンはヨーロッパアルプス以来の盟友で、アンナプルナI峰南壁の初登ルートでもザイルを結び合った無二のパートナーだ。手は足りているから助けは不要だという登攀隊長の言葉に甘えて、そのまま先を急いだ。

ぼろ屑のように疲れた体を引きずって、ようやくベースキャンプにたどり着いたのは、頂上を発《た》って九時間後の午後六時を過ぎた頃だった。

頭上に聳《そび》える北西壁の上部はまだ落日の炎に赤く染め上げられていたが、ロンブクの谷にはすでに紫色の夜の帳《とばり》が垂れ込めていた。

中国政府から派遣された連絡将校《リエゾンオフィサー》のニェン・チェンを除けば今回の遠征のたった一人の相棒――シェルパのソナム・ツェリンがテントの前に佇《たたず》んでいた。

「コングラチュレーション、サトシ！　頂上に立ったのはここから確認できた。無事でよかった。雪崩に巻き込まれたのが見えたから、心配していたんだ」

ランタンを手にしたソナムの煤《すす》けた顔には偽りのない喜びの色が浮かんでいた。

「ありがとう。しかし今回はあそこまでが順調すぎた。最初の二日間も問題は風と寒さだけだった。そして今日はまるで春のような陽気だった」

「雪崩は陽気のせいじゃないよ、サトシ。あの火の玉のせいだ。激突の衝撃で北西壁のあちこちで雪崩が起きた。アメリカ隊が頂上アタックに向かっているところだった。たぶん全員巻き込まれたと思う」

「全員か――」

返す言葉が凍りついた。そこにはマルク・ジャナンも恐らく含まれている。不死身だと信じていた。山の世界では兄でもあり師でもあった。何よりも魂で結びついた友だった。心に無数の亀裂が入って、いまにも微塵《みじん》に崩壊しそうだった。

「ABCにいたサポート隊がすぐに救援活動に入ったらしい。そのあとベースキャンプにいた隊員も全員がABCに向かった。その後の情報はまだ入っていない」

ソナムの声は不吉な事態を予感したように暗く沈んでいる。

「一体あれは何だったんだ。ミサイルか何かのようにも見えたが」

「ニェン・チェンも同じ考えだった。でも爆発はしなかった。ニェンはあのあとすぐに報告と情報収集のために麓《ふもと》のシガールの町へ向かったよ」

落ちたところは頂上岩壁直下の雪田で、いちばん大きな雪崩はそこから発生した。落下地点には黒っぽい金属の破片のようなものが散らばっているという。

サガルマータ（エベレストのネパール現地名、チベット名はチョモランマ）へミサイルを撃ち込むなど、神を恐れぬ蛮行だ、一九七三年のイタリア隊以来の罰当たりな話だとソナムは憤りをあらわにする。

彼が引き合いに出したのは、史上最大といわれた物量作戦で南東稜から登頂したイタリア隊の隊員が、ローマ法王から授かった聖母マリア像を頂上に置いてきた事件のことだった。ヒンドゥー教や仏教の国であるネパールやチベットの人々の宗教感情を傷つける行為だとして、地元のみならず世界中から非難が集まった。

「ああ、いいことがあるわけがない。どこの馬鹿の仕業《しわざ》か知らないが、女神の額につけられた醜い傷跡は、もう永遠に消えることはないだろう」

鋭い棘《とげ》のような焦燥に苛《さいな》まれながら、郷司は夜の闇に沈み込もうとする世界最高峰の巨大な北西壁を振り仰いだ。まだ捜索活動は続いているのだろう。アルゼンチン隊とアメリカ隊のベースキャンプは静まり返っていた。飛んで行って合流したかった。しかし体力は限界を超えていた。いまはアメリカ隊の努力にすべてを託すしかない。

氷河の谷を吹きわたる風に乗って、ロンブクの僧院から僧侶たちの読経の声と銅鑼《どら》の音が響いてきた。チョモランマ――大地の女神。その怒りを鎮めようとするかのように、哀調を帯びた読経のうねりは、風に舞い、天に昇り、虚空の中に消えていった。

2

郷司は翌朝七時に目覚めた。

好天は続いていた。まだ日の当たらない北西壁は蒼く翳《かげ》り、厳冬期にしては積雪量の多い急斜面や岩溝の至る所に無残な雪崩の爪痕が刻まれている。

昨晩ソナム・ツェリンが言っていたように、イエローバンドに食い込んだホーンバイン・クーロワールの右手の雪田にクレーター状の窪《くぼ》みができている。双眼鏡で覗くと、周囲には焼け焦げた金属の破片のようなものが散乱している。その直下で発生した巨大な雪崩は、イエローバンドを覆っていた新雪をそぎ落とし、その下部でさらに無数の雪崩を誘発していた。

その凄惨《せいさん》な様相はわずかな希望を打ち砕くに十分だった。あの時、マルク・ジャナンたちがそこを登っていたとしたら――。結末は経験からあらかた予測がついた。

山岳遭難には幾度も立ち会ってきたが、真に不運といえるものは実際には稀《まれ》で、ほとんどの場合が人為的なミスに起因する。偶発的にみえる雪崩や落石にしても、経験を積んだクライマーには本来予測可能なものなのだ。しかし昨日の遭難は違う。誰があんな火の玉の落下を予知できよう。それはあまりにも理不尽な偶発事だった。やり場のない怒りが、打ちひしがれた心をかろうじて奮い立たせてくれた。

ほどなくシガールからニェン・チェンが戻ってきた。アルゼンチン隊とアメリカ隊のキャンプを回って状況を説明した後で、ニェンは郷司たちのテントにやってきた。シガールのチベット登山協会に入った情報では、北西壁に激突した物体は巨大な隕石だという。

「アメリカの大気圏外観測センターから、大気圏突入の二十四時間前に通報があったんだよ。軌道計算ではインド洋に落下するはずで、それで北京政府も静観していたらしい。こんなところに落ちるとわかっていれば、各隊にアタック中止の要請もできたんだがね――」

犠牲者はアルゼンチン隊が隊員二名とシェルパ一名。昨夜ソナムが言ったように、アメリカ隊は三名が登攀中で、全員が雪崩に巻き込まれたらしい。一名が転落して死亡し、もう一名は何とか生還したが、ゲストで参加していたフランス人がまだ行方不明だという。

「マルクですか」

郷司は訊《き》いた。それは訊くまでもない問いだった。

「そう、マルク・ジャナン。最高のクライマーの一人だ」

小柄なチベット人のニェン・チェンはつぶやいて肩を落とす。それでも遺体が見つかったわけではない。かすかな希望の糸は繋《つな》がっている。そのか細い糸を手繰《たぐ》り寄せるように問いかけた。

「生存の見込みは」

「難しいね。救援に向かった隊員は、昨夜十一時に捜索を断念して下山したらしい」

ニェン・チェンは暗い視線を投げ返す。焼けるような焦燥が体の芯を貫いた。

「今日も捜索に向かうんですか。それならぜひ参加したい」

「だめなんだ——」ニェンは力なく首を振る。

「チョモランマに入っている登山隊は、すべて撤収してもらうことになった——」

北京政府からの命令だという。詳しい状況が判明するまで、この一帯は入山禁止になるらしい。その口調には頑《かたく》なな拒絶の意志が滲んでいた。煤けてのっぺりしたニェンの顔が、突然不条理な障壁のようにみえてくる。戸惑いながらその壁に詰め寄った。

「マルクは死んだと決まったわけじゃない。放り出して行けと言うんですか」

「詳しいことは私だって聞かされていない。これ以上犠牲者を出さないためにというのが中央政府の唯一の説明なんだよ」

瞳に悲しげな光を湛《たた》えながらも、ニェンの口は石のように固そうだった。郷司はそこに不可解な機密の臭いを感じた。

「ミスター・ニェン、何か隠してるんじゃないのか」

「何も聞いていないんだ。本当なんだよ」

ニェンは困惑しきった表情で見返した。明らかに嘘をついていると、その困惑自体が物語っている。

「あなたの権限で何とかできませんか」

「ミスター・マキ、この国でチベット人が置かれている状況はご存じのはずだ――」

ニェンは視線を逸《そ》らし、声をひそめた。

「中央政府に楯突けばどんな目に遭うか、私たちはよく知っている。この国はあなたたちの祖国のような民主国家じゃない。私たちの立場はきわめて弱いんだよ」

地方行政府の小役人には対処しきれない何ごとかが起きているようだ。根は善良なこの人物を、これ以上責める気にはなれなかった。

「わかりました。あちらの隊長と話し合ってみます」

郷司は隣り合った岩屑の丘に陣どるアメリカ隊のベースキャンプを目で示した。

アメリカ隊の隊長クリフ・マッケンジーは五十代半ばのベテラン・クライマーで、八〇〇〇メートル級五座の登頂記録を持つ七〇年代のアメリカ登山界のエースだ。昨年の春には南東稜ルートからエベレスト無酸素登頂を果たしている。いまも現役で通用する実力者だが、今回の遠征では全体の指揮とサポートに徹していた。

「やあ、サトシ。無事だったと聞いてほっとしたよ。これ以上世界の一線級クライマーを失ったんじゃやりきれん」

隊長専用のテントを訪れると、クリフは狭いスペースの中で大柄な体軀《たいく》を丸め、弱々しい笑みを浮かべた。昨晩は一睡もできなかったというその表情は憔悴《しょうすい》しきっていた。

アタック隊員の一人スコット・ウィラードは体調不良で下山する途中で、たまたまオーバーハングの下にいたために直撃を免《まぬか》れたらしい。それでも三〇メートルほど流されて右膝を捻挫したが、何とか第三キャンプまで自力で這《は》い降りてきた。マルク・ジャナンとフィル・スコークロフトは頂上を目指していた。フィルはイエローバンド付近の岩角に引っかかっているのを救援隊が発見した。たぶん即死だろう。マルク・ジャナンはいまも行方不明だとクリフはため息をつく。

「生存の可能性は――」

打ちひしがれた気分で問いかけた。苦渋に満ちたクリフの表情は、それが虚《むな》しい問いであることをすでに言外に物語っている。

「状況からみて難しい――」

クリフは沈鬱《ちんうつ》な口調で語った。遭難の直前、ABCのサポート隊員が下から双眼鏡で観察していたが、そのときマルクはフィルの確保を受けてトップで登っていた。火の玉の落下直後にマルクは雪崩に巻き込まれ、しばらく流されていったん宙に舞い、再び雪崩に呑み込まれた。昨日、救援に向かった隊員の話では、フィルの遺体を発見したとき、二人を結んでいたはずのロープは、岩角にでも当たったらしく途中で断ち切れていたらしい。

マルクはそのままロンブク氷河まで落下した――。考えるまでもなく、それがほぼ必然的な結論だった。冷え冷えとした絶望が心の襞《ひだ》を這い昇る。クリフは重い口調で付け加えた。

「とりあえず捜索は打ち切って、我々は今日のうちにここを撤収する」

「どうしてそう簡単に諦めるんだ。だったら僕一人でも捜索に向かうよ」

理性が理解したことを、感情はまだ頑なに拒絶していた。それは即座に上告すべき不当な判決のように思えた。

「それはまずいんだ、サトシ」

クリフは凍傷痕の残る顔を歪める。不審な思いがよぎった。

「中国政府が全パーティーに退去命令を出したのには理由がある。ニェン・チェンは知らないといっているけど、あなたは知ってるんじゃないのか」

逡巡《しゅんじゅん》するようにしばらく沈黙して、クリフは重い口を開いた。

「昨晩、衛星電話で合衆国のある政府機関から連絡があった。我々がここに滞在することは、危険であると同時に微妙な外交問題を含んでいる。時期がくれば適切な情報公開がなされるが、現時点では中国側の指示に従い、速やかに下山することを強く要請するとね」

「ある機関――、つまりどの機関だ」

「国防総省《ペンタゴン》だよ」

素行の悪い身内の話をするように、クリフの口ぶりは歯切れが悪い。

「要するに落下したのは隕石じゃない。軍事衛星かミサイルだったわけだ」

「それ以上のことを私は聞いていない」

クリフはゆっくりとかぶりを振った。ニェン・チェンといいクリフといい、あくまで国家の意向を楯に口を閉ざす。その不審な態度が不快感を増幅する。

「知らないはずはない。何を隠してるんだ、クリフ」

「サトシ、これだけは言っておこう。君であれ誰であれ、あそこに近づくのは危険なんだ。命を失うこともありうる」

クリフのガードが少しだけ下がった。

「なぜ」

「理由はいまは言えない。真相は合衆国政府内部でも中国政府内部でも機密扱いされている。それが外部に漏れることで、とてつもないパニックが起こりかねない。彼らがいちばん恐れているのはそのことだ」

「申しわけないが僕は合衆国市民じゃない。マルクもフランス人だ。なぜアメリカの都合に従う必要があるんだ」

「どうしても納得してもらえないかね」

苦衷《くちゅう》を察して欲しいというように、クリフは力ない視線を返す。

「僕からみれば、あなたが納得したことの方が不思議だよ」

「いいかね、これは重要な機密だ。絶対に他言は無用だ。約束して欲しい」

「内容にもよるさ」

「やれやれ、君がそこまで頑固な男だとは知らなかったよ。まあいい。真相を知れば君だって納得してくれるだろう――」

クリフは渋い表情で語りはじめた。

「確かにあれは一九八〇年代前半に打ち上げられたアメリカの軍事偵察衛星だ。とうの昔にお役ご免になっている。本体は技術的に陳腐化していて、敢《あ》えて機密扱いする代物《しろもの》じゃない。問題は動力源だ。プルトニウム二三九を燃料とする小型原子炉を積んでいる」

プルトニウム――。石をかみ砕いたような不快な味の単語だ。

「知っての通り、原爆の原料でもあり、高い発ガン性をもつといわれる放射性物質だ。落下地点は汚染されている可能性がある。アメリカの要請で中国側が入山禁止措置《そち》をとった第一の理由がそれだ」

「それならどうして隠すんだ。きちんと情報を公開して、適切な対策を立てるのが当事国の責任じゃないのか」

「むろん合衆国は早急に対応するだろう。問題は公表した場合の世の中の反応だ――」

二人きりのテントの中で、クリフは他聞を憚《はばか》るように声を低めた。

「もし付近一帯の雪が汚染されているとしたら、やがて雪崩や雪解け水となってロンブク氷河に落ちる。知っての通り氷河の移動速度は遅々たるものだ。汚染された氷が溶けて下流に流れ出すまでには何十年もかかる。しかしプルトニウム二三九の半減期は約二万四千年だ。下流で暮らす人々にとっては、とんでもない時限爆弾を抱え込んだことになる」

「下流というと――」

「ロンブク氷河から流れ出した川は、チベットの一部を迂回して、ネパールを横断し、最後はガンジス川に合流する。ガンジスの下流にはカルカッタやダッカがある。世界有数の人口稠《ちゅう》密《みっ》地帯だ」

クリフの灰色の瞳には動揺の色があった。語るべきではないことを語ったことへの悔いとも、祖国が犯した失態への慙愧《ざんき》ともそれは受けとれた。郷司の心もざわめいた。

「ガンジスの下流域全体を汚染するほどプルトニウムの毒性は強いのか」

「それについては見解が分かれる。一部の環境派は強力な毒性をもっていると主張しているが――」

クリフの口調は重い。プルトニウムが生物に有害なのは、それが放射線の一種のアルファ線を放出するからだ。ごく微小な粒子でも、体内に吸入されれば、その作用でガンを発生させるのは動物実験で確かめられている。しかし実際にプルトニウム微粉の吸飲で人間がガンになった事例は公式には報告されていない――。

そう説明しておいて、まあペンタゴンの連中の受け売りにすぎないがとクリフは苦い笑みを浮かべた。衛星の原子炉に積まれていたプルトニウムは約一〇キログラム。少ない量ではないが、ガンジス流域に直接的な被害をもたらすとは考えられない。それが専門家の見解だという。

「それなら、はっきりそうアナウンスすればいい」

突き放すように言い捨てた。クリフは訴えるような視線を返す。

「流域の住民が信じてくれると思うかね。日本がフランスから処理済みのプルトニウム燃料を海上輸送したとき、世界中があれだけ大騒ぎになった。ペンタゴンじゃ間違いなくパニックになると予測している。それはあの地域にとって、戦争に匹敵するほどの災厄になりかねない」

郷司はそこに詭弁《きべん》の匂いを嗅《か》いだ。

「ペンタゴンが心配するのは、彼らが信じないからじゃない。実際にそのプルトニウムで、流域全体が汚染される可能性があるからだよ」

「私は専門家じゃないからそれ以上はわからない——」クリフは力なく肩をすくめた。

「いずれにせよ、合衆国政府は責任を持って処理すると関係各国に言明している。当面危険な事態が発生する可能性は少ないと本国では見ているようだ」

落下直後にベースキャンプから望遠撮影した現場の写真を、通信衛星を使ってペンタゴンに送ったという。専門家の分析では、容器は多少変形しているものの、穴が開いたり亀裂が生じたりしている形跡はないらしい。万一のことを考えて相当丈夫に作ってあるらしいとクリフは言うが、その口ぶりはさして確信がある風でもない。

「そうだといいけどね。しかしそんな危険なものを、用が済んだら地球に落とすという発想が間違っているんだ」

「本来なら軌道から離脱させて宇宙空間に放り出す予定だったんだよ。ところが軌道制御装置がいかれていたらしい。じつに間抜けな話だが」

「その間抜けな話のおかげで、何人もの死傷者が出たんだよ」

「悲しいのは私だって同じだよ、サトシ。しかしこれはすでに起こってしまったことなんだ。我々は今後の対策に全力を尽くすべきじゃないのかね」

クリフの口ぶりにもやり場のない憤りが滲んでいた。

3

その日の午後、ロンブク氷河舌端の堆積丘《モレーン》の頂に立って、郷司は頭上にそびえる北西壁を見上げていた。

頂上付近の天候は悪化しはじめていた。マルク・ジャナンが雪崩に遭ったホーンバイン・クーロワールの上部には暗灰色の雲がちぎれ飛び、ときおりのぞく頂上からは、真冬のジェット気流が巨大な雪煙をたなびかせていた。

アメリカ隊もアルゼンチン隊も中国政府の命令に従うという。一人で抵抗するわけにもいかなかった。もともと軽装備だった郷司は、午前十時過ぎにはキャンプの撤収を終えていたが、死者と負傷者を出した他の二隊の撤収作業は午後二時を過ぎても続いていた。

マルク・ジャナンは不死身だと信じていた。一昨年の冬、ブロードピークに登頂したのち悪天に見舞われたマルクは、右足首を骨折したパートナーをサポートしながら、猛吹雪のなかを二日かけて生還した。のちに〈ジャナン・真木ルート〉と呼ばれるようになったアンナプルナI峰南壁の新ルートの開拓についても、その成功の大半は、どんな困難のなかでも冷静な判断力を失わない、マルクのタフな精神力と不屈の闘志に負うものであることを郷司は認めていた。

丸二日間、風雪に閉じ込められたアンナプルナI峰南壁でのビバークで、マルクは口髭につららをぶら下げて、ジョルジュ・ブラッサンスのシャンソンを楽しげに口ずさみ、その艶っぽい歌詞の意味をユーモラスに解説してくれた。

あのマルクがこうも簡単に死ぬはずがないのだ。湧き起こるその思いは打ち消しがたかった。しかしクーロワールを駆け降った雪崩の爪痕はあまりに酷《ひど》く、直撃を受けたとすれば生存の可能性はないというクリフの判断に異議を差し挟むのもまた困難だった。

先ほどパリで暮らす彼の妹のクロディーヌに、個人装備の携帯型国際移動体衛星通信《インマルサット》を使って電話をかけた。マルクの取り持ちで郷司は彼女とも親しい。悲報に接したときの衝撃を思い、逡巡した挙句《あげく》のことだった。二人にすでに両親はなく、クロディーヌにとってマルクはただ一人の肉親だった。

繋がったのは留守番電話で、クロディーヌはいま旅行中だという。メッセージには行き先も連絡先も吹き込まれていない。マルクからも何も聞いていない。やむなくモバイル端末を接続して、インマルサットから電子メールを送っておいた。

登攀中に突発的な雪崩が発生し、マルクが巻き込まれていまも行方不明であること、捜索は困難であり、自分はこれから撤収するつもりであること――。

凍傷で腫《は》れた指でそんな文面をキーボードに打ち込むうちに、無性に涙が込み上げてきた。遭難の状況を知れば、クロディーヌはそれを事実上の訃報《ふほう》と受けとるだろう。現地にいながら遺体の捜索すら試みずに撤退する自分を、彼女は果たして許してくれるだろうか。

魂の絆《きずな》で結ばれた友を失ったうえに、さらに彼女の憤りを、悲しみを、そして自らへの呵《か》責《しゃく》を背負って、これからの人生を生きることになるのだろうと郷司は思った。

谷間にトラックやジープのエンジン音が響きはじめた。撤収作業が完了したアルゼンチン隊とアメリカ隊のキャラバンが出発するところだった。二隊とも負傷者は早朝のうちにシガールの町まで降ろしており、キャラバンの荷物には、寝袋に包まれた冷たい遺体が加わっている。

気がつくと郷司の体も冷え切っていた。氷河を渡る風は強まり、気温もだいぶ下がってきていた。数時間前まで色とりどりのテントが立ち並んでいた露営地は、すでに荒涼と静寂が支配する標高五〇〇〇メートルの大自然の素顔に戻っていた。

身震いしながらモレーンの斜面を駆け降り、キャラバン用のトラックとランドクルーザーのところへ戻ると、思いがけずクリフ・マッケンジーの姿がそこにあった。ニェン・チェンも傍《かたわ》らに所在なげにたたずんでいる。

「どうしたんだ、クリフ。もう出発したと思っていたよ」

訝《いぶか》しい思いで問いかけると、クリフは困惑したような笑みを浮かべた。

「しばらく滞在することになった。私のところからは隊員二名とシェルパ全員が残る」

アメリカ隊の露営地があった台地には、個人装備を携えてたむろする隊員とシェルパの姿が見える。草木一本ない岩と砂礫《されき》の荒れ地だ。いまも気温は氷点下で、夜間にはマイナス二十度を下回ることもある。テントも食料もなしにどうやって——。

「キャンプは撤収してしまったんだろう」

「もうじき本国から派遣された回収部隊が到着する。我々は彼らに合流して衛星の回収作業をサポートすることになった」

昨日とはだいぶ話が違う。クリフはどこかばつが悪そうだ。

「いましがた話向きが変わってね。合衆国政府と中国側との間で政治的にややこしい取り引きが成立したらしい――」

米側の失態を、当初、中国は外交カードとしてフル活用しようと企てたが、プルトニウムの一件を知って及び腰になった。彼らにとってチベット問題は台湾問題に匹敵する内政上の火種で、ロンブク氷河下流域が汚染される可能性があるなどと喧伝されたら、ただでさえ不安定な現地の治安にどんな混乱が生じるかわからない。

そこで彼らはエベレスト北西面での回収作業を黙認する意向を伝えてきた。背に腹は代えられない立場からの超法規的措置だ。

表向きはクリフたちのアメリカ隊に対する登山許可を拡大解釈し、本国からくる回収部隊がそれに相乗りする形をとるという。しかしそれは中国政府内部でのぎりぎりの妥協の産物で、アメリカの失態を国際世論の場で糾弾《きゅうだん》すべきだとする対米強硬派も少なからずいるらしい。

「期限は三週間。それが反対派を抑えられる限度のようだ」

クリフは苦渋の色を浮かべたが、それは二つの大国の国家エゴ剝《む》き出しの駆け引きの話だ。

郷司はむしろ期待を滲ませた。

「それならマルクの捜索もできるな」

「ああ。だから君にもぜひ参加してもらいたい。むろん主目的は頂上直下の衛星の破片の回収だ。しかし彼が登っていたのは落下現場に至るルートのどこかだ。発見できる可能性はある」

発見できる可能性があるのはマルクの遺体だと、クリフが暗に示唆《しさ》していることはわかっていた。クリフは重い口調で続けた。

「間もなくロンブクに至るチベット側のルートは全て封鎖され、陸路では出ることも入ることもできなくなる——」

回収部隊はネパール側に補給基地を設け、国境を越えたヘリ輸送で、ここロンブクのエベレストBCに資材を運び込む。地元の住民に事態を知られることを恐れ、中国側はロンブク一帯を除く領土内での補給基地の設置と、米軍や米国政府関係者の通行を拒んだという。クリフの説明にニェン・チェンが補足する。

「もうじき人民解放軍一個中隊が進駐してくる。アメリカ側の作業を監視するのが目的だ。その時点で私はお役ご免だよ。ラサに戻ったら事情聴取でこっぴどく締め上げられるだろうね」

同情するようにニェン・チェンの肩を軽く叩いて、クリフはまた訴えた。

「参加するしないは君の自由だが、私としてはどうしても力を借りたい。報酬は破格だ。この春、君が参加するというエベレスト公募ツアーのガイド料なんか目じゃない」

苦い思いをかみ締めて郷司は頷《うなず》いた。

「君の祖国の親玉がやらかした不祥事の尻拭いを手伝うのは気が進まないが、マルクの捜索ができるチャンスはどうやらほかにないようだ」

クリフによれば、アメリカ側からは専門の技術者を含め百名余りの大部隊が乗り込んでくるという。いま隊員の一人が本隊装備のインマルサットにかじり付きで、受け入れのための打ち合わせをしているらしい。本国への私用電話もできないとクリフはぼやく。

クッキング・シェルパとしての腕を見込んで、クリフはソナム・ツェリンにも声をかけたようだ。ソナムも報酬を聞いて即座に応諾したらしい。

「恩に着るよ、サトシ。ずぶの素人の軍人や技術屋を現場まで登らせにゃいかん。容易な仕事じゃないとペンタゴンには言ってある。彼らは金に糸目はつけないだろう。好き嫌いは別として、なかなか興味深いエクスペディションになるはずだよ」

ベースキャンプ入りして以来伸ばしっぱなしの髭面《づら》に、クリフはようやく安堵《あんど》の笑みを浮かべた。

4

柔らかい光が頭上から降り注いでいた。

薄ぼんやりして、わずかに青みがかった靄《もや》が周囲を包んでいる。はっきりした輪郭をもつものは何もない。雲の中を漂っているようだ。遠くで声がする。

〈マルク、起きなさい。急いで食事を済ませないと、学校に遅れるわよ!〉

懐かしい声。パブロフの犬よろしく少年時代の彼の食欲中枢を刺激して、焼き立てのクロワッサンと黒すぐりのジャムとミルクたっぷりのコーヒーが待つ朝の食卓へと誘った魔法の声。

もうこの世にはいない母の声――。

ひどい空腹と喉の渇きだ。頭が割れるように痛むが、寒さはあまり感じない。

自分がどこにいるのか思い出せない。

意識の半分はまだ睡魔の暗い沼の水に浸されていて、思考の動きが恐ろしく緩慢だ。

目の前の靄の中に腕を突き出してみた。ガサリと音がして一角が崩れた。柔らかい雪の壁だった。

頭上を振り仰いだ。小さな穴の向こうにシャーベットのような氷のスリット、さらにその向こうに青空が見える。どうやらクレバスの底にいるらしい。

少しずつ記憶が蘇ってきた。

巨大な火の玉、エベレスト全体が身震いしたような衝撃。ほぼ同時に足元の氷雪の斜面に亀裂が入った。

反射的に雪面にピッケルを打ち込み、腹ばいになって体重を乗せたが、すでに流動化した雪はグラニュー糖の山のように頼りない。

体はそのままずり落ちていく。慌てて横手の岩角にしがみつく。轟音とともに流れ降る雪と氷の滝が、奈落の底へ引きずり下ろそうとするように猛烈な圧力を加える。

氷雪のブロックが頭や背中に叩きつけられる。何度目かの衝撃で体が雪面から離れ、宙に舞うのを感じた。

天と地が二度三度と回転した。彼は死を覚悟した。

周囲が不思議な静寂に満たされ、意識は急速に遠のいていった。

あれからどのくらい経《た》ったのだろう。数分。数時間。数日。腕時計を見た。デジタルの表示は一月二十二日の午後三時十二分を示している。ほぼ一昼夜ここにいたことになる。酸素ボンベも持たず、標高八〇〇〇メートルを超える高所にたった一人で！

生きているかどうかさえ確信がもてない。手袋を外し、頸動脈に指を当ててみた。脈拍はある。どうやら生きているらしい。

もう一度周りを眺めてみた。そこは新雪の中にぽっかりと空いた天然の雪洞だった。雪が断熱材の役割を果たして凍死から救ってくれたのだ。

後頭部が激しく痛む。高所障害の頭痛とは違う。手で触れてみた。腫れている。落下したときに頭を打ち、脳震とうを起こして、そのままここで眠っていたのだろう。

首を動かし、肩を動かし、腕を動かす。あちこちの関節が軋《きし》んで痛むが、とくに異状はなさそうだ。指先にも感覚はある。窮屈に折り畳んでいた左右の足を伸ばしてみる。これも動いた。どこも痛めてはいない。

それにしても、なぜ一昼夜もこんな場所で眠りこけていたのだろう。

生物は危機的なストレスを受けたとき、あえて生命レベルを低下させて、エネルギーを温存させるメカニズムをもつと何かの科学雑誌で読んだことがあった。あるいはそんなことが起きたのかもしれない。

それを証明するかのように、昨日の登攀中と比べ、体力はむしろ回復していた。八〇〇〇メートルを超える高所では、奇跡としかいいようのない生物学的現象だった。

頭上の雪を掻き落として立ち上がってみると、雪洞の深さはほぼ胸の位置まであった。その上は一方がわずかに高い二つの雪壁に挟まれた空間だ。低い方の壁はオーバーハング気味の垂壁で、高い方がやや傾斜が緩く登りやすそうだった。

ザックのストラップに固定していたピッケルとアイスハンマーは無事だった。左手にハンマー、右手にピッケルを握り、腕を伸ばしてそれぞれの刃先を交互に雪面に打ち込む。それを支点にバランスをとりながら、細かい歩幅でアイゼンの前爪を蹴り込み、背中を丸めて体を引き上げる。また腕を伸ばしてピッケルとハンマーを打ち込み、アイゼンを効かせて体を引き上げる。ピオレトラクションと呼ばれるその動作を繰り返しながら、雪壁を慎重に攀《よ》じ登る。

意識は朦朧としていた。雪の壁は脆く、アイゼンを蹴り込むたびに表層が崩れる。呼吸が極端に苦しい。気力を振り絞ってやっと亀裂から抜け出し、周囲を眺めたとたんに冷たい恐怖が走った。

その亀裂はクレバスではなかった。

両側の壁が狭まったクーロワールの屈曲点に、小規模なアイスフォールのように、氷雪のブロックが折り重なって詰まっている。落ち込んだ場所はその隙間の一つだった。

ギシギシと氷同士が軋む音がする。氷雪の集塊《しゅうかい》がいまにも崩れそうに悲鳴を上げている。

足元のブロックがぐらりと揺れた。

心臓をわしづかみされたような恐怖が襲う。

右手の岩壁によろめきながら移動する。

ブロックと岩壁の間は一メートルほど開いている。その隙間から二〇〇〇メートルの落差の北西壁が、酷くひび割れてのたうつロンブク氷河へ切れ落ちているのが見える。

岩壁に向かって体を倒して、二ヵ所のハンドホールドを確保する。体重を両腕で支えて雪のブロックを蹴った。

右足のアイゼンが岩角をとらえた。

雪のブロックはゆっくりと谷側に傾き、地響きを立てて崩れはじめた。

崩壊したブロックは、ドミノ倒しのように周囲のブロックを巻き込んでゆく。微妙なバランスで屈曲点にとどまっていた氷雪の集塊は、やがて爆破されたビルのように崩壊し、凶暴な雪崩となって再びクーロワールを駆け降っていった。

岩場を一〇メートルほど攀じ登って小さなテラスにたどり着き、マルク・ジャナンは荒い呼吸を繰り返しながら雪崩が去った場所を見下ろした。

巨大な真空掃除機に吸い込まれたように、ひしめいていた氷雪のブロック群は消え去り、青氷のむき出した根雪の急斜面が、クーロワールの中央部をのたうって続いている。

昨日の無風の好天とはうって変わって、強烈な西風がエベレスト北西面を吹き荒れていた。岩壁上のテラスはまともな吹きさらしだ。風上を向くと一瞬のうちに顔面に氷の層が貼りつく。見上げる頂上付近には雪雲がちぎれ飛び、気温は氷点下四十度を下回っていると思われた。

小さな岩稜を乗り越して少し登ると、チムニー状の窪みがあった。もぐり込んで身をすくめると、窪みを囲む岩が風を遮《さえぎ》ってくれた。

一緒に頂上アタックに向かったスコット・ウィラードとフィル・スコークロフトはどうなっただろう。ベースキャンプのあたりは雲が湧きだして見えない。トランシーバーはフィルが持っていた。救援隊は出たのだろうか。

あの雪崩の状況をみれば、捜索を断念したとしても納得できる。そもそも自分が生きていること自体が、大地の女神の気まぐれとしかいいようのない偶然の賜物《たまもの》なのだ。

北西壁の各ルートは、いましがたの状況から考えても相当不安定だろう。下からの救援を待っても無駄かもしれない。フィルが確保してくれていたロープは、ハーネスから一メートルほどのところで断ち切れていた。岩角に当たって剪断《せんだん》されたようだ。

ロープ無しの下降も危険すぎる。天候はまだしばらくは持ちそうだ。頂上まで標高差は約五〇〇メートル。むしろ上を目指した方がよさそうだ。

南東稜ルートには韓国隊が入っていたはずだ。頂上経由でサウスコルまで降れば誰かいる——。

それが正しい判断かどうかは自信がもてなかった。それでもこのまま死を待つよりは行動する方がいい。わずかながらも、そこには生への希望があった。

第二章

1

クロディーヌ・ジャナンはキーボードを打つ手を休めて窓の外に目をやった。

窓枠にトリミングされた深い空の青を背景に、ネパール産の銀細工のようなヒマラヤの高峰の連なりが望めた。ナガルコットのヒマラヤン・ツーリスト・ロッジに逗留して三日目の午後だった。

ナガルコットはカトマンズ市内から車で一時間半ほどのヒマラヤの展望台として有名なリゾート地で、高級ホテルから格安のロッジまで、数多くの宿泊施設がひしめいている。ヒマラヤン・ツーリスト・ロッジもその一つで、兄のマルクは大気汚染で悪名高い市内を避け、旧知のシェルパのニマ・パバンが経営する居心地のいいこのロッジを、カトマンズ滞在中の定宿にしていた。

ニマは北側に窓とバルコニーのある快適なスイートルームを用意してくれた。北に窓があるのは、そこからのヒマラヤの眺望がロッジの最大の売り物だからだ。

抜けるように晴れ渡ったロッジでの最初の朝、クロディーヌを迎えたのは深紫から菫《すみれ》色へ、燃えるような薔薇《ばら》色へと変化するヒマラヤの夜明けの荘厳な色彩美だった。北の空には天空を支えるように聳えるジュガール、ロールワリン、クーンブの峰々。はるか北東にはエベレストのピラミダルな頂も顔を覗かせていた。

一ヵ月の予定の休暇でカトマンズにやってきたのは兄に誘われてのことだった。七年前にマルクはプロの登山家として身を立てるようになり、数年後にクロディーヌも新進ミステリー作家としてデビューを果たした。以来、マルクは遠征に次ぐ遠征でほとんどパリに腰を落ち着けず、たまに帰ってくれば、クロディーヌの方が原稿の締め切りに追われていたり取材旅行に出かけていたりで、ほとんどすれ違いの生活になっていた。

ちょうど新作を書き上げたところで、しばらく体が空くと聞いて、マルクが一ヵ月ほどネパールで過ごさないかと提案してきた。本人はエベレストへ遠征中だが、二週間もすればカトマンズへ戻る予定だ。同じ頃、真木郷司も別ルートでエベレストに登っているという。久しぶりに三人で合流して、郷司が最近手に入れた中古カローラで、ネパール国内を旅行しようというのが兄が勝手に立てた計画だった。

郷司と会えると聞いて心は騒いだ。昨年の冬、マルクと三人でシャモニーでスキーを楽しんで以来だ。

郷司との最初の出会いは四年前のことだった。その頃は、まだフランス語も覚束《おぼつか》なく、はにかみがちで神経質な青年だった。シャモニーの国立スキー登山学校のプロ・コースを終了し、ガイドとして一本立ちしたばかりだったが、マルクはすでにその才能を見抜いており、二人でパーティーを組んでアルプスの未踏の難壁を次々攻略していった。ヒマラヤへの情熱を彼に吹き込んだのもその時期のことらしい。

その冬、郷司はマルクにそそのかされて、アルプスの三大北壁といわれるアイガー、マッターホルン、グランド・ジョラスの北壁の冬季連続単独登攀をわずか一週間でやってのけた。その快挙を祝ってシャモニーのガイド仲間が開いた祝賀パーティーにクロディーヌも招待された。

主役であるはずの郷司は、ガイド組合のお偉方の祝辞に続いてごく簡単な挨拶をし、おざなりな乾杯を何度かしただけで、あとは壁の花も同然だった。

同い年ということもあり、マルクはクロディーヌと郷司をしきりに近づけたがる。しかし百戦錬磨のシャモニーのガイドに混じってしまうと、さして大柄でもない、気弱そうな物腰の郷司の印象は薄かった。そのうえ話が弾まない。その頃はまだ達者というには程遠かったフランス語のせいかもしれないが、クロディーヌが苦労してひねり出すどんな話題にも、曖昧な笑みを浮かべて二こと三こと皮肉な批評を加えるか、億劫《おっくう》そうにただ黙って頷くだけで、すぐに話の接ぎ穂を失ってしまう。

クロディーヌはそのうち業を煮やし、自身も壁の花を決め込もうとしたところで、地元の屈強なガイドがダンスに誘ってきた。酔っているようなので遠慮しようとしたが、男は強引で、無理やり腕をとってフロアの中央へ引きずり出された。やむなく演奏中の曲が終わるまで付き合うことにした。

男は酒臭い息を吐きながら体を摺《す》り寄せてくる。満面に不快感を湛えても気にする素振りも見せず、今度は腰のあたりに手を回してくる。クロディーヌは反射的に両手で男を突き飛ばした。

男の顔色が変わった。よろめいた体勢を立て直しざま、頬に平手を見舞ってきた。目の前で火花が散った。二、三歩後退《あとずさ》ったクロディーヌの目の前を、敏捷《びんしょう》な野獣のような影が横切った。男はもんどり打って床に倒れた。飛びかかったのは郷司だった。

二人は組み合ったまま床を転がり、料理やアルコール類の置かれたテーブルを引き倒し、こぼれたシャンパンやオードブルにまみれて揉《も》みあった。そのうち郷司が男を押さえ込み、その顔面に左右から拳を繰り出す。遠巻きにしていた客の中から別の男が飛び出して、馬乗りになっている郷司を羽交い絞めにした。それを追うようにまた別の男が飛び出し、仲裁に入るのかと思ったら、身動きのとれない郷司に情け容赦のないパンチを浴びせかける。

今度はマルクが戦いの輪に躍り出た。強烈なタックルで男を床に叩きつける。さらに加勢なのか仲裁なのか、敵か味方かも判別できない男達が入り乱れ、パーティー会場は怒号と悲鳴の修羅場と化した。誰かが通報したのだろう。十分ほどして警官が飛び込んできて、ようやくその場を収拾した。

怪我のひどい者は救急車で病院へ運ばれ、軽傷の者は簡単な治療を受けて警察へ連行された。郷司とマルクもそのグループで、一晩留置され、たっぷり油を絞られたが、翌朝には釈放された。連絡を受け、警察署に迎えに行ったクロディーヌの前に現れた郷司は、凍傷で黒ずんだ顔にさらに打撲による青あざを浮かび上がらせ、前歯二本が根元からへし折れていた。マルクの方も似たようなものだった。

急速に頭角を現し、地元のマスコミにもてはやされるようになった得体の知れない東洋人に反感を抱く地元のガイドも多く、その敵意は、郷司を積極的に引き立ててきたマルクにも向けられていたらしい。

クロディーヌの顔を見て郷司はばつが悪そうに小さく笑い、逆に無事だったかどうか気遣《きづか》ってくれた。昨晩よりは打ち解けた様子だった。自分の危機に敏捷に反応し、彼よりはるかに上背のある屈強な男に立ち向かってくれた。クロディーヌはそのことが嬉しかった。人前では同い年には見えないほど立居振舞《たちいふるまい》が頼りなげで、ひねくれた皮肉屋かと思えば、突然一本気で直情的な行動に走る。翳りを帯びた笑みの背後に隠された複雑でナイーブな魂に触れた思いがして、クロディーヌの心は不思議に揺れた。

郷司とマルクは、乱闘事件のあと居心地の悪くなったシャモニーを離れ、カトマンズに活動の拠点を移した。その後も郷司とは年に二、三度くらいは会う機会があり、ヒマラヤやアラスカから手紙が届くこともある。

会えば軽口を叩き合う程度には打ち解けたが、郷司の狷介《けんかい》で孤高な性格は相変わらずだった。食事がてらの気の置けない会話からはじまった人生談義が、しばしば気まずい口論に終わることもある。何かの問題に集中し、その解決が見出せずに苦悶しているようにみえるときも、心の内を明らかにすることは決してなく、自らその答えを見出すまで、踏み越えがたい心の壁の向こうから出てこようとはしない。

人の心というものが、垂直の岩場で自らを支えるわずかなハンドホールドや灌木《かんぼく》の小枝ほどにも確かではないと決めつけているかのように、郷司は心を開き、人の輪に溶け込むことを拒んでいるようでもあった。

そんな硬い殻に包まれた魂がときに痛々しく感じられることさえある。時おり自分に向けられる眼差しに何がしかの思いを感じとれるがゆえに、そうした郷司の頑なな態度が歯がゆく、また苛立たしく感じられ、彼女の心をひどく傷つけることもあった。

クロディーヌにとって郷司という存在は、気まぐれに吹きすぎる風であり、いつもどこかへ飛び立とうとしている鳥だった。彼が心を奪われているのは、未踏の高峰の険悪な岩壁やナイフの刃のような雪稜であり、居心地のいい住まいや、温かい料理や、安らぎに満ちた家庭生活や、そこに自らを縛りつける愛という名の軛《くびき》でもない。

結局、彼は自分とは別の世界の住人なのだ。兄のマルクと同じように――。しかし兄についてはいまさら異議申し立てする気にもなれないそのことを、こと郷司に関しては、心のどこかで承服することを拒んでいる自分がいた。

ドアをノックする音が、そんな思いの世界からクロディーヌを引き戻した。

「クロディーヌ、いるかい」

オーナーのニマ・パバンの声だ。

「どうぞ。鍵はかかっていないから、入ってちょうだい」

「鍵はかけなきゃいかんよ、クロディーヌ――」

チョコレート色に日焼けした顔に山羊のような鬚《ひげ》を生やした小柄なニマが、ぶつくさ小言を言いながら入ってきた。

「近頃はネパールも昔ほど安心して暮らせる国じゃなくなったからな」

西部山間地帯の村で、昨日またマオイストと呼ばれる共産ゲリラの襲撃があったとロビーにある地元の英字紙に出ていた。ネパールの辺境地帯ではここ数年武装ゲリラの攻勢が続いている。二週間前には首都カトマンズで爆弾テロ騒ぎもあったらしい。ニマはそのことを言っているのだ。

「ええ、わかってるわよ。でもこのロッジに悪い人はいないでしょ。政府のお偉方が宿泊しているわけでもないし」

「確かにこんな安ロッジをマオイストが襲撃するとも思えんがね。用心に越したことはないよ。あんたに何かあったら、わたしゃマルクに絞め殺される」

ニマは眉間《みけん》に皺を寄せながら、前歯が欠けた愛嬌のある口もとを綻《ほころ》ばす。風のような音の混じる怪しい英語の発音は、その欠けた歯のせいでもあるようだ。

三年前にアンナプルナI峰南壁隊のシェルパ頭《サーダー》として行動をともにして以来、ニマはマルクや郷司とは親密な付き合いを続けてきた。一五〇センチそこそこの小柄な体軀からは想像もつかないが、エベレスト、マカルー、ダウラギリI峰など、八〇〇〇メートル級の登頂記録をいくつも持つ猛者《もさ》だ。最近は一般旅行客相手のトレッキング・ツアーからロッジの経営まで手広く事業を展開し、カトマンズのシェルパ社会では最も成功した一人となっている。

五十を過ぎた年齢からも、鷹揚《おうよう》で包容力のある性格からも、三十代前半のマルクや二十代後半の郷司にとっては父親のような存在で、彼らがガイドとして参加する公募登山ツアーの代理店も引き受けていることから、事業面でも重要なパートナーだった。

マルクや郷司から噂はしょっちゅう聞いていた。ロッジに着いたクロディーヌを、ニマは至れり尽くせりのもてなしで迎えてくれた。

現役のサーダーであり成功した実業家でもあるニマは日々多忙な様子だ。昨日はプレ・モンスーン期のツアーの段取りで、エベレスト山麓最大の町ナムチェバザールへ出かけていた。帰るのは明日のはずだった。予定より早い。

「ナムチェでのお仕事はもう済んだの」

「ああ、貧乏暇なしで、いつまでも油を売っては居れんからね。ところでマルクから何か連絡はあったかい」

ニマが唐突に訊いてくる。

「とくにないけど――。元気でやってるんじゃないかしら」

質問の意図を解しかねて、心もとなげに答えた。

「いや、ちょっとおかしな噂を耳にしたんだよ――」

ニマはどことなく深刻な口ぶりだ。

「エベレストの頂上近くに、昨日、得体の知れない火の玉が落ちたらしい。ナムチェじゃ持ちきりの噂でね。地元の連中が、何か悪いことが起きるんじゃないかと心配しているんだよ」

ようやく本題が見えてきた。マルクと郷司の安否を気遣ってのことだ。湧き起こる不安を打ち消しながら問い返した。

「落ちたのはエベレストのどのあたり」

「チベット側だよ。ネパール側からじゃよく見えない場所だ」

「マルクは北西壁の冬季初登攀を目指しているのよ。郷司は北稜からの単独登頂を狙っていると聞いたわ。どちらも昨日あたりが頂上アタックの予定日よ」

登山中に正体不明の火の玉の直撃を受ける——。雪男《イエティ》が住んでいる国の話だ。何が起きても不思議はない気もするが、どこか実感の伴わない話ではあった。

「隕石でも落ちたのかしら」

「さあな。新聞もテレビもラジオも、何も報道しない。真偽のほどは皆目わからない」

ニマの話も心もとない。軽くため息をついてニマが訊いてきた。

「マルクとは連絡がとれるかい」

「ええ。ベースキャンプのインマルサットの番号は控えてあるけど」

「だったら訊いてみた方がいい。連絡がないということはたぶん無事なんだろうがね」

不安を掻き立てないように気遣ってか、ニマは温和な笑みを絶やさない。

「急いで連絡をとってみるわ。火の玉が落ちても落ちなくても、やはり気になるわよ。そもそも好き好んで危険なことをしている人たちなんだから」

落ち着いた口ぶりで答えながらも、クロディーヌは妙に気が急《せ》いた。

「心配しなさんな。殺したって死ぬような連中じゃない」

ひしゃげたような笑い声を残して、ニマは部屋を出て行った。

傍らのバッグから手帳をとり出し、備え付けの電話でロンブクのベースキャンプを呼び出した。流れてきたのは通話中を示す信号音だった。

一分待ち、もう一度ダイヤルした。やはり通話中だ。一分おきに五回かけ直しても、やはり通話中だった。檻《おり》の中の熊の気分で部屋の中をぐるぐる歩き回り、目一杯我慢して十分後にまたかけ直した。やはり通話中だ。悪い予感がしてきた。

今度は十五分後にかけ直すことにして、時間つぶしに、パリの家を出るときに郵便受けから抜きとってきた手紙の束をとり出した。見たところダイレクトメールばかりのようだったので、ろくに調べもせずにカトマンズまで持ってきた。そのなかにチベットのラサの消印のあるポストカードが紛れていた。郷司からのものだ。

いつもながらのぶっきらぼうな文面で、クロディーヌの近況を気にするでもなく、一方的に自分の居場所を告げ、大雑把な計画と下山予定を語り、「じゃあ、また」で終わっている。口で思いを伝えるのが不得手な人間は、書き言葉で思いがけない心情を吐露する才を持ち合わせることがあるものだが、郷司に限ってはそれもないようだ。

文面によれば、郷司はクロディーヌがカトマンズに来ていることを知らないらしい。マルクが彼を驚かせようとして教えなかったのか、伝えるのを忘れたのか、あるいは郷司がうわの空で聞いてそのまま忘れてしまったか、いずれにしてもあの二人の頭の中には山のことしかない。下界のこととなると、やることなすことどこかねじが外れているのだ。

末尾には電子メールアドレスとインマルサットの呼出し番号が書いてあった。郷司は個人装備として携帯用のインマルサットを持っているらしい。ベースキャンプが同じロンブクならマルクとも連絡がとれるはずだ。

急いで郷司のインマルサットを呼び出した。こちらは通話不能を告げるメッセージが流れてきた。バッテリーを節約するために、不要不急のときは電源を切っているのだろう。ちょうどいまごろ、頂上に向けてアタック中なのかもしれない。

やむなく郷司のアドレスへ電子メールを送信した。自分がカトマンズにいること、エベレストに謎の火の玉が落下したという噂が流れていることを伝え、マルクと郷司自身の安否を、メールでも電話でもいいから知らせて欲しいという内容だ。山の上まで端末を持ち歩いているかどうかわからない。しかしなるべく早く、郷司がそのメールを開いてくれることを願うばかりだった。

二十分後に、もう一度遠征隊のインマルサットを呼び出すと、今度はこちらも通話不能になっていた。単なる装置の故障であって欲しかった。そうでなければ、ロンブクのベースキャンプで何かが起きていると想像せざるを得ない。その思考はどうしても悪い結論に向かっていく。

そんな思いを振り払うようにクロディーヌは断りきれずに引き受けたカトマンズ滞在記の執筆に気持ちを集中した。

2

午後三時を過ぎ、太陽は西の稜線に隠れて、ロンブクの谷はすでに冷え冷えとした翳りの底に沈んでいた。

氷河の上流から鳥の羽ばたきのような連続音が聞こえてきた。音は次第に高まり、やがて金属的な響きを伴う轟音となって谷間の大気を揺るがしはじめた。ほどなくモレーンの背後から、薄茶の迷彩塗装の大型ヘリコプターが三機浮上してきた。

ヘリは郷司たちの頭上をかすめるように飛び越え、背後の平坦地に砂塵を巻き上げて舞い降りた。

機体後部のハッチが次々開き、ランプウェイが引き出され、野戦服姿の男たちが飛び出してきて、ヘリと同色の金属製コンテナを手際よく降ろしていく。

そのうちの一機の機体のドアが開き、真っ赤なダウンスーツ姿の男が降りてきた。大儀そうに手を振っている。呼んでいるらしい。クリフに促され、郷司は連れ立ってヘリに向かった。

四十歳前後の口ひげを蓄えた小柄な男の顔は、ひどい二日酔いのように青ざめていた。呼吸が荒い。かすかに顔をゆがめているのは笑って見せているところらしい。ヘリで五〇〇〇メートルを超す高地へ乗り込むというのは、高所経験の乏しい人間にとっては危険な行為だ。

「私がジョー・スタニスラフ。オペレーションの現地責任者だ」

言いながら男は激しく咳き込んだ。乾燥した空気で喉をやられているらしい。これも高所ではよくある症状だ。咳に合わせてサラダボールのような腹が収縮する。雪だるまのような体型は厚手のダウンスーツのせいばかりではないようだ。

二人と握手を交わしてから、男は十六の頂点をもつ赤い星と白頭ワシの図柄をあしらった身分証を提示した。肩書きは中央情報局《CIA》情報本部衛星システム・ディビジョンのチーフ・ディレクター――。

「スパイ大作戦のお手伝いをさせられるとは聞いていなかった」

「映画や小説に出てくるような荒っぽい仕事をするのは工作本部の連中でね――」

クリフの厭味を軽く受け流して、ジョー・スタニスラフは続けた。

所属しているのは情報の収集と分析を専門とする部署で、その業務には偵察衛星の運用も含まれる。墜落した衛星はペンタゴンが打ち上げたものだが、実際に運用していたのはＣＩＡだという。

「あの現場に居合わせたことは、君たちにとっては大いに迷惑だったろうが、我々にすれば実に幸運だった。世界のトップクライマーの技量とノウハウを労せずして調達できたわけだからね」

君のことだと言いたげに、スタニスラフは郷司に視線を向ける。惜しげもなく振る舞われる賛辞には、面映《おもはゆ》いというより胡散《うさん》臭さを感じた。馴れ馴れしい視線を撥《は》ね返すように、サングラスの奥の目を見返した。

「いまも気乗りはしないさ。手伝いをしないと行方不明者の捜索もできないというんで、不本意ながら引き受けた」

「マルク・ジャナン氏のことだな。話は聞いている。ほかの死傷者のことも含め、我々も遺憾に思っている。その責任が合衆国政府にあることは十二分に理解している」

眉間に寄せた苦渋の皺が、効果を計算した演技のようにも見える。会った瞬間に理由もなく不信感を抱かせる人物がいるものだ。目の前の男がそうだった。苦い思いを押し殺して問い質《ただ》した。

「現場が汚染されていないという話は本当なのか」

「クリフに説明した通りだ。ベースキャンプからの望遠写真でも、偵察衛星の写真でも確認した。原子炉容器は壊れていない。被曝《ひばく》する心配はないし、プルトニウムの飛散もない。もちろん、これから到着する専門スタッフが、高精度の観測機材を使って詳細な観察を行う予定だがね――」

公式ステートメントを読み下すように言明してから、スタニスラフはくだけた調子で付け加えた。

「まあ、人工衛星の落下というのはそう珍しい話じゃない」

一九七八年にはソビエトのコスモス954、九六年には米国のキャラクシーン9が墜落した。

同じ年にはロシアの火星探査機マース96も打ち上げに失敗した。その衛星はプルトニウムを燃料とする原子炉を積んでいたが、チリ沖の海底に沈んでいまも行方不明だという。さらに九七年には米国初の宇宙ステーションのスカイラブが西オーストラリアに墜落している。いずれのケースでも人命や民家に被害はなかった。今年の春にはロシアの宇宙ステーションのミールも南太平洋に落下する予定だという。

「今回は落ちたのがやっかいなところだった。本来なら人のいる場所じゃない。君たちのように、厳冬期に世界でいちばん高い山を登ろうというアグレッシブな連中を除いてはね」

気の利いたジョークのつもりらしい。その言い回しに唐突な怒りを覚えた。冷たい骸《むくろ》となって帰った犠牲者のことを思い、いまも行方の知れないマルクの姿が胸に迫った。悪いのはあんな場所にいた連中だと言いたいのか——。

「我々はあなたの国に頼んで、プルトニウムを積んだ軍事衛星を打ち上げてもらったわけじゃない！」

怒気を帯びた郷司の抗議に、虚を突かれたようにスタニスラフは目を剝いた。表情は不快感むき出しだが、返す言葉は言い訳がましい。

「犠牲者が出たことについては詫びるしかない。大気圏再突入で燃え尽きると考えていたんだが、そういう設計ではなかったらしい。本来は太陽に向かう軌道に投入して廃棄する予定だった。軌道制御装置がいかれちまったんだ。とにかく衛星の破片は我々が責任をもって回収する。ジャナン氏の捜索についても極力支援する用意がある」

責めても無意味なことはわかっていた。この男はより大きな権力の意志を体現しているにすぎない。しかし自らも参加するこのオペレーションが、いまも怪しげなベールで閉ざされていることが不快だった。郷司は重ねて問い質した。

「本当に放射能の危険はないんだな」

「できるものなら私が真っ先に踏み込んでみせたいね。大気圏再突入の時点で原子炉は停止している。核燃料や冷却水が外部に漏れたりしないかぎり、核分裂が停止した原子炉というのはそう危険なものじゃない」

「だったら隕石の落下とかいう与太話で、いまも世の中を騙し続けている理由を説明してくれ。危険にさらされているチベットやインドやバングラデシュの国民には知る権利があるはずだ」

「いいかね、ミスター・マキ。いやサトシと呼ばせてもらっていいかな――」

郷司が頷きもしないうちに、ジョー・スタニスラフは勝手にしゃべりだす。

「地域の安全保障は軍事的脅威に限った話じゃない。噂や流言もまた重要なリスクだ。ひとたび混乱が起きれば、あらゆるリスクが顕在化する。すでに独立運動が存在するチベットやアッサム、辺境地域に反政府勢力を抱えるネパールも巻き込まれるだろう。各国はそれを理解し恐れている。しかしマスコミは大国の行動には懐疑的だ。我々は事実の公表にやぶさかではないが、それがどう報道され、世論がどう解釈するかという点で大きな危惧《きぐ》を抱いているんだ」

諭すような口調が鼻につく。その口ぶりに滲み出ているのは、世界で唯一の超大国アメリカの尊大な国家エゴだった。

「アメリカは世界に冠たる民主国家だろう。少なくとも看板にはそう書いてある」

「デモクラシーというのは、ハイスクールの教科書に書いてあるように単純な政治システムではないんだよ、サトシ――」

長広舌を続けるうちに、スタニスラフの顔には余裕の笑みが戻っていた。

「特に国際政治の場ではね。わが国が先進的な民主国家であることを誇る理由があるとすれば、それはデモクラシーの極めてデリケートな運用方法を心得ているという点においてだ」

デモクラシーのルールなど、超大国の論理で勝手に書き換えられるということらしい。この男の頭の中では、国家の利益に叶《かな》うなら、殺人もまた正義の行為になるのだろう。クリフがとりなすように割って入った。

「お互いの立場が違うのはわかる。しかしエベレストの頂に落ちたあのゴミを、早急に回収したいという点では目的は一致する。世界最高峰の神聖な自然を回復するために、とりあえずここは力を合わせようじゃないか」

クリフの理屈は正論だが、ときに強圧的でときに下手《したて》に出る、スタニスラフの作為的な言葉や態度への不信感は拭えない。それは新雪に蔽《おお》われた雪壁を前に、経験を積んだクライマーが感じとる、雪崩の予兆のかすかな軋みにも似ていた。

「僕はあくまでマルクを捜索するために参加する。結果として、それが君たちのオペレーションに協力することになるに過ぎない」

「それで結構だ――」

ジョー・スタニスラフはにんまり笑って話題を切り替えた。

「オペレーション名は〈天空への回廊作戦〉だ。君たちの協力を得て、衛星落下現場まで文字通り天に続く回廊のように固定ロープを張り巡らし、その途中に堅固なキャンプを構築する。ネパール側のエベレストBCには、すでに補給基地を設けて必要な資材をヘリ輸送してある。チベット側へはパワーユニットを強化した大型輸送ヘリを使ってロー・ラ越えで空輸する。それが中国側が唯一承認した輸送ルートなんでね――」

エベレスト周辺には「エベレストBC」と通称されるキャンプサイトが二ヵ所ある。いま郷司たちがいるのはチベット側にあるロンブク・エベレストBCで、北西面からのエベレスト攻略の拠点となる場所だ。もう一つがネパール側にあるクーンブ・エベレストBCで、標高五三六四メートルのクーンブ氷河上に位置し、こちらは最もポピュラーな登頂ルートである南東稜ルートの基点となる。ロー・ラはロンブク氷河とクーンブ氷河を隔てる六〇〇六メートルの峠で、中国とネパールの国境線をなしている。

郷司たちがいるロンブクのエベレストBCには、陸軍の工兵隊一個中隊が投入され、ベースキャンプやABCの設営に従事する。準備が終わった段階で、山岳訓練を受けた米陸軍特殊作戦部隊《デルタフォース》が回収要員として加わるというのが作戦の段取りだった。天候の悪化を考慮した予備の日程を入れて作戦期間はきっかり三週間。回収部隊のための高所装備、酸素ボンベ、食料は潤沢だという。

クーンブのエベレストBCからロンブクのエベレストBCまでは、ロー・ラを越え、中央ロンブク氷河の上をかすめるように飛んで二十分ほどだという。スタニスラフ自身もいましがたそのルートで到着したのだった。

六〇〇〇メートルを超す標高では、通常のヘリの飛行は難しい。そこを大量の物資を積んで力任せに飛んできたわけで、その強引さは、まさに世界最強の軍事大国の底力を示すものといえた。

暮れなずむ頃には、ロンブクの谷の西の一角は、米陸軍工兵隊の砂漠色のテントで埋め尽くされていた。対峙《たいじ》するように東側の一角には、トラックを連ねて午後遅く到着した中国人民解放軍一個中隊のテント群の明かりも見える。

輸送ヘリによるピストン輸送で運ばれた大量の物資と一個中隊百二十名の人員は、標高五一〇〇メートルの荒涼の地に半日で小さな町を作り上げてしまった。しかしアメリカの威信をかけた物量作戦の勢いもそこまでだった。

駆りだされたのは地理的に最も近いインド洋上のディエゴ・ガルシア基地の駐屯部隊で、もとより高所訓練など受けたはずもない。夕刻には、ロンブクの標高を甘く見た計画の杜撰《ずさん》さのツケを嫌というほど支払うことになった。半ば野戦病院と化したテント村で、動き回っているのは軍医と看護兵だけで、彼らにしても酸素ボンベは手放せない。

高所障害の特効薬は何といっても潤沢な酸素で、その点にジョー・スタニスラフたちは費用を惜しまなかった。

ベースキャンプやABCで活動するサポート隊員用には、軍装品のハンディー型酸素ボンベが支給されている。重量約一トンの大型酸素ボンベ十本も搬入され、コンプレッサーを使って随時小型ボンベに充塡できる。ABCにはどうやってかき集めたのか、世界最軽量かつ世界で最も品薄な、ロシアのポイスク社製高所用酸素ボンベが大量に搬入されているという。

これだけの物量を投入した作戦の初日に、隊員の半数以上が病人になるとはジョー・スタニスラフも想像していなかったらしい。中でもひどいのが本人で、重症患者用の高酸素濃度気密テントにもぐり込み、隊員や郷司たちサポートスタッフとの連絡にはトランシーバーを使うありさまだ。NASAから派遣された衛星技術者も似たようなもので、その日の十八時に予定されていた作戦会議は翌日以降に順延になった。

陸軍部隊を統率するジョニー・マンデル少佐がたまたま体質的に高所に強いらしく、何とか動ける隊員とクリフの隊から引き継いだ約二十名のシェルパを指揮して、かろうじて隊の機能は維持されていた。平地なら民間の登山隊など足元にも及ばない機動力を誇るはずの軍の精鋭も、こうなるとただの役立たずの集団にすぎない。六十名を一度に収容できるダイニングテントで、隊員の半数以上がパスした夕食をとりながら、クリフが嘆いた。

「この先一週間は連中はお客さんだろう。半分は三日も経たんうちに逃げ帰るかもしれん」

「もし僕らだけで山の上のがらくたを片付けたとしたら、いったいアメリカにいくらの請求書を送ればいいんだ」

郷司の厭味にクリフは半ば真顔で答えた。

「ホワイトハウスの機密費を丸々吐き出させるくらいの値打ちはあるだろう」

食事を終え、本隊のキャンプサイトから少し離れて張り直した自前のテントに引きこもり、郷司はインマルサットの携帯端末を立ち上げた。

ノートパソコンのような形状で、開いた蓋がそのままアンテナになる。モバイルコンピュータを繋げばインターネットも利用できる。レンタル料は高いが、ヒマラヤだろうが南極だろうが、地球上のどこでも使えるこの移動通信装置は、今回のような単独行には欠かせない装備だ。

もう一度パリのクロディーヌの自宅にかけてみた。繋がったのはやはり留守番電話で、メッセージも昼に聞いたものと同様だった。

あるいはと思ってインターネットに接続してみた。メールがきているかもしれない。

メールボックスのリストを表示して力が抜けた。昼に送ったメールが不達メッセージ付きで戻っている。もう一件は加入しているプロバイダーからのもので、メールサーバーに不具合が生じており、復旧には一両日かかるという案内だ。

活動拠点をカトマンズに移して以来、郷司はプロバイダー契約を地元の業者と結んでいた。それまで利用していたフランスの業者のアクセスポイントがネパールにはなかったためだが、技術的に問題があるのか、これまでもしばしばシステムダウンを起こし、肝心な連絡がつかずに煮え湯を飲まされたことがある。

それでもいまこの時点で、彼女と連絡がつかないことにどこか安心している自分がいた。明日からマルクの捜索に入るのだ。生存の可能性が潰《つい》えたわけではない。敢えていま悲報を伝える必要はないではないか——。しかしその一方で、幻のような希望にすがって、彼女の悲嘆に直面することを先送りしようとしている自らへの呵責の思いも禁じえなかった。

3

翌朝六時に、郷司はクリフとともにヘリで北西壁直下のABCへ飛んだ。ベースキャンプとの間は降りなら歩いて五、六時間の距離だが、登りとなれば郷司やクリフの足でも丸一日以上かかる。高所経験のない一般人なら、中間の第一キャンプで一泊する距離だ。米軍の大型輸送ヘリCH—53Eスーパースタリオンは、高出力タイプに換装されたターボシャフトエンジンのパワーで、その距離をわずか十分で結んでしまう。

地面効果《グランド・エフェクト》を最大限利用するために、ヘリは中央ロンブク氷河の起伏を舐《な》めるように進む。飛び立ってしばらくは、赤茶けた土砂の間から鋸歯《のこぎりば》のようなセラック群が林立する荒涼とした景観が広がる。それがやがて新雪に覆われた純白の氷原に変貌する。まだ陽の当たらないエベレスト北西壁が青く翳って行く手の視界を覆い尽くす。その岩肌に刻まれた壮絶な雪崩の爪痕に、郷司の心はまた新たな慄《おのの》きを覚えた。

ヘリは滑空するように中央ロンブク氷河上六一〇〇メートル地点に着陸した。ヘリから降りてABCのテント群に向かう足元で、寒気で締まった雪が鳴き砂のような音を立てる。北西の空にせり上がるチャンツェの三角錐の頂が、黎明《れいめい》の朱《しゅ》をわずかに残してまばゆく輝いている。

早朝のこの時間、一帯はエベレストの巨大な山体の影に覆われている。ベースキャンプよりも一段と寒い。チャンツェからエベレストの肩に続く北稜に遮られて風はないが、氷の粒子を含んだ冷気が鋭く肌を刺す。空は抜けるように青く、頭上の頂からは激しい雪煙が舞い上がる。稜線上ではあらゆるものを氷結させる冬の烈風が今日も吹き荒れていることだろう。

ネパール側から搬入された頑丈なボックステントが設営されたABCには、副シェルパ頭《サブ・サーダー》のロプサン・ノルが率いる六名のシェルパとともに、アメリカ隊の居残り組のフレッド・マクガイアとクレイグ・シェフィールドが先乗りしていた。

案の定、軍の連中でこの高所で活動できるものは一人もいなかったらしい。無線機や気象通報用のファクシミリが置かれた本部テントに落ち着いたところへ、テルモスに熱いお茶を入れてクレイグとフレッドがやってきた。クレイグは挨拶代わりに嘆いてみせる。

「よせと言ったんだけどね。昨日の夕方、向こう気の強い奴が五人ほどこっちへきたんだよ。一時間もしないうちに三人が頭痛と吐き気で動けなくなった。残りの二人も青い顔をしていたんで、次に来たヘリに乗せて体よく追い返した」

医師資格を持ち、隊付きのドクターも務めているフレッドが会話に加わる。

「あいつら高所障害の怖さを理解していない。ベースキャンプの連中だって、一度一〇〇〇メートルほど降ろさなきゃ症状が悪化するだけだ。二、三日休んでまた上がってくれれば、何とかこの高度にも順応できるんだが」

「ベースキャンプのわからず屋どもには言ってやったのか」

クリフの問いに、フレッドはお手上げだというように肩をすくめた。

「多少無理しても作戦を遅延させるわけには行かないそうだよ。死人が出てもいいのかと訊いたら、酸素とダイアモックスで十分乗り切れると向こうのドクターは主張しているらしい」

「わが米国陸軍の精鋭にカミカゼ精神があるとは知らなかったな。足手まといが一個中隊もいたんじゃ話にならん。これはいよいよホワイトハウスに目の玉の飛び出るような請求書を送りつけることになりそうだ」

クリフは苦々しい口調で吐き捨てた。郷司にしてみれば、面倒な連中には当面ベースキャンプで唸《うな》っていてもらう方が都合がいい。クリフに提案した。

「幸い天候もそう悪くないから、偵察という名目で上に登ってみようと思うんだ。吹雪《ふぶ》きでもしたら、マルクを探す手がかりが消えてしまう」

現場近くの放射能汚染については、ジョーの言い分を信じるしかない。マルクが登っていたルートと現場の間には距離もある。フレッドとロプサンも、衛星が落下した当日に、第四キャンプの上まで捜索に登ったという。定かではない危険を心配してのんびり様子見する気にはなれなかった。そんな思惑を理解したようにクリフが応じる。

「私も行けるところまで付き合おう。ルートの状況はどうだい」

クリフが問いかけると、傍らにいたフレッドが身を乗り出して説明する。

下部クーロワールは雪崩で雪が削《そ》げ落ちて、プレ・モンスーン期の状態に近いという。登攀を開始した時点では予想以上に雪が多かったので、雪崩の危険を避けて左の岩場寄りにルートをとっていた。おかげで第四キャンプまでの固定ロープは、雪崩の直撃を受けずに良好な状態を保っているようだ。

ベースキャンプとＡＢＣの中間にはもう一つキャンプがあり、通算すればＡＢＣが第二キャンプとなる。したがって北西壁に取り付いて最初のキャンプが第三キャンプで、標高は六九〇〇メートル。第四キャンプは七七〇〇メートル地点にある。彼らがフィルの遺体を発見したのは第四キャンプからさらに二〇〇メートルほど上の地点で、足場が悪かったため遺体はそのまま放置してあるという。そこから先のルートがどうなっているかは未確認らしい。

「マルクに関して何か手がかりは――」

あればすでに報告されているはずだった。虚しい問いとわかっていてもつい口を衝《つ》いて出る。

「ほとんどない。彼はコンディションがよく、体調不良でスコットが下山しはじめた時もトップで登り続けていた。事故が起きたときは八〇〇〇メートルのラインを超えていただろう」

「その付近の状況は」

「クーロワールが狭まって屈曲しているところだ。固定ロープはまだ張っていなかった。フィルの確保で、マルクがリードして登っていたようだ」

「遺品は」

「我々が捜した範囲では見つからなかった」

フレッドは力なく首を振った。

チベット側から望む北西壁は、頂上から左手に延びる北東稜を頂辺としたいびつな台形の壁で、顕著なアイデンティティーであるイエローバンドがその上部を横切る。

そのイエローバンドを貫いて二筋の深い岩溝が頂上直下の岩壁へと駆け登る。左手の北稜寄りにあるのがグレート・クーロワールで、右手の西稜寄りにあるのがホーンバイン・クーロワールだ。いずれも北西壁攻略の重要なルートだが、後者のイエローバンドから下の部分は、一九八〇年に北西壁から初登頂を果たした日本隊が開拓したことから、ジャパニーズ・クーロワールとも呼ばれている。

マルクたちが登っていたのはジャパニーズ・クーロワールとホーンバイン・クーロワールをダイレクトに結ぶルートで、八〇年の日本隊ルートと同様だが、目指していたのは厳冬期のルート初登攀だ。困難な目標ではあったが、マルクの実績とクリフの率いる遠征隊の実力なら、成功率は八〇パーセント以上だと郷司は胸算用していた。

ソナム・ツェリンが用意したダル・スープの朝食をとり、大量のお茶でたっぷり水分を補給してから、郷司はクリフとともにルートの取り付き点へ向かった。

エベレスト北西壁はヒマラヤでも屈指の大岩壁のひとつだ。取り付きから頂上までの標高差は二六〇〇メートル。マルクが遭難した地点まででも二〇〇〇メートル弱ある。下からでは高さの実感は捉えにくいが、圧倒的な岩の集塊の重量感は、魂を押しつぶすように頭上からのしかかる。

普段は大きく口を開けているベルクシュルント（氷河と岩壁を隔てるクレバス状の隙間）は押し出した雪崩に埋まり、苦もなく歩いて渡ることができた。一五キロあまりのザックを背負い、登攀用具一式を装着して登りはじめると、どうにも体が重い。一昨日エベレストの頂上を踏んだばかりで、高所順応は十分なはずだが、疲労はまだ癒《い》えてはいない。

郷司にとっては初めてのルートだ。最初のロックバンドまでの標高差六〇〇メートルは、五十度から七十度の急傾斜が続く。フレッドが言ったとおり、ルートの大部分はクーロワール左手の岩場に沿っていた。凍結した岩に食い込んだロックピトンが堅固な支点となり、固定ロープは雪崩の圧力に耐えてほぼ無傷で残っている。

固定ロープにユマールをセットして、前方に押し出してスムーズに動くのを確認し、今度は手前に引いてがっちりロックされることを確認する。上方向には滑るが下方向にはロープを噛んで動かないこの器具は、岩場や雪壁を安全かつスピーディーに登るために考案されたもので、固定ロープをフィックスした急峻なルートでの登高に威力を発揮する。

アイゼンの歯を凍てついた岩角に食い込ませながら、固定ロープを頼りに高度を上げる。登りはじめて三十分もすると、筋肉は温まり、ユマーリングの動きもリズミカルになった。約二時間、休みなく登り続けて六九〇〇メートル地点に達した。

狭い岩棚に設営された鳥の巣のような第三キャンプのテントは、雪崩に完全に押し潰されていた。修復は明日からルートの再構築に入るクライミング・シェルパに任せることにして、さらに登高を続けた。

後続するクリフの深く速い息遣いが聞こえる。郷司自身も全身が呼吸する機械になったようだ。希薄な酸素分子を一つ残らず吸い寄せようとするように、二つの肺が激しく膨張と収縮を繰り返す。思考から雑音が消え、意識が宙を漂いながら自分を観察しているような感覚に捉われる。酸素欠乏が引き起こす特有の恍惚《こうこつ》状態だ。慣れてしまえばさほど心配することでもない。クリフも郷司も補助酸素は使っていない。このあたりですでに酸素濃度は平地の四〇パーセント以下だが、決して痩せ我慢をしているわけではない。満タンで四、五キロあり、通常二本は携行する酸素ボンベは、それ自体が高所での行動を鈍らせる負荷でもある。十分な高所順応ができている限り、その分身を軽くした方が行動しやすい。

人間が補助酸素なしに生命を維持できるぎりぎりの高さに世界最高峰の頂があることに、郷司は常々不思議な感銘を覚えていた。エベレストがもう一〇〇〇メートル高かったら、人は果たしてその頂に挑戦する意思を持っただろうか。

酸素マスクの効用には限界がある。エベレストの頂上付近で激しい身体活動をする場合、酸素を吸ったとしても、せいぜい標高を数百メートル下げた効果しか得られない。その頂がさらに一〇〇〇メートル高いとしたら、生理機能の面から人が生存することは不可能だといわれる。生きて帰ることのできない頂に人が関心を持つとは思えない。死を賭《と》してでも挑戦する価値を見出すのは、そこが生還できる可能性を残すぎりぎりの高度であるがゆえなのだ。

さらに二時間あまりの登高で二つ目のロックバンドを抜けた。標高七五四八メートルのチャンツェのピラミッドがすでに足下にある。日が射しはじめた中央ロンブク氷河が蛇腹《じゃばら》のような褶曲《しゅうきょく》をみせて眼下にのたうつ。

ここまでくると強烈なジェットストリームがクーロワールにも吹き込んでくる。目出し帽とゴーグルで顔を覆っていても、寒気はわずかな隙間から皮膚に突き刺さる。ユマーリングする腕の筋肉がときおり痙攣《けいれん》を起こす。

高度が上がるにつれて動きは鈍くなる。一挙手一投足が普段の感覚からくる期待を裏切り続ける。ここより技術的に難しい壁はアルプスにいくらでもある。しかしそこには人間に備わった肉体と精神の能力をフルに発揮できる濃密な大気がある。ここではすべてが歯がゆく頼りない。これがヒマラヤなのだ。そしてそれに慣れることがヒマラヤ流の登攀なのだ。

突然ロープに衝撃が走った。振り返ると一〇メートルほど下でクリフが宙吊りになっている。ユマールを握る手が滑ったか、硬い氷のスタンスからアイゼンの歯が外れたか。プルージック結びの安全索でロープとハーネスを結んでいるから下まで墜落することはない。それでも落下の衝撃は疲労度を増す。緩慢な動作でクリフはユマールを握り直し、再びアイゼンで岩角を捉えて、大丈夫だというように首を縦に振る。

ようやくたどり着いた七九〇〇メートルの第四キャンプは、比較的良好な状態を保っていた。狭い岩棚をジュラルミンポールとアルミコンポジットのパネルで拡張してあり、上部キャンプの中では最も堅固でスペースも広い。ＡＢＣと頂上のほぼ中間に位置し、頂上アタックのための中継基地としてこのキャンプは重要な意味を持つ。

半分つぶれかけたテントにもぐりこんだ。ゴーグル越しに覗くクリフの眼差しには疲労の色が濃い。大丈夫かと訊くとクリフは力強く頷いた。ヒマラヤ経験では郷司など足元にもおよばない人物だ。自身の体調を過信しているとは思えない。雪を溶かしてお茶をいれ、水分と熱を補給して、さらに上へ向かった。

ジャパニーズ・クーロワールは第四キャンプの上部で大雪田によって断ち切られ、ルートは雪田を左方向にトラバース気味に登りきったところでホーンバイン・クーロワールに繋がる。吹きさらしの雪田に出ると、雪や氷の粒どころか、小さな石までも飛んでくる。バランスを崩せば体を根こそぎもっていかれる。互いの声は猛り狂う風に吹きちぎられ、会話は身振りに頼るしかない。気温はマイナス四十度を下回っている。強風による耐寒温度の低下を加味すれば、ドライアイスの礫《つぶて》を肌に受けているのと変わりない。

雪崩の後で雪の状態は落ち着いているが、固定ロープは壊滅状態だった。背負ってきた八ミリロープを固定しながら、傾斜のきつい雪田を一時間足らずで登りきった。

狭い溝状のホーンバイン・クーロワールに入ると、風はいくぶん弱まった。ここから再び岩登りがはじまる。固定ロープは途切れがちだ。やむなく郷司がトップになり、下でクリフに確保してもらって、氷と雪のミックスした岩場を攀じる。

細かいホールドが捉えにくいので、指のないオーバーミトンは脱がざるを得ない。三枚重ねのウールの手袋に寒気が浸透する。指の一本一本が万力で締めつけられるように痛む。吹き荒れるブリザードがクーロワールに流れ込んで、粉雪のシャワーとなって頭上から降り注ぐ。拭っても拭っても雪はゴーグルに貼りついて視界を遮る。

後続するクリフの顔も雪と氷で覆われている。露出した唇が裂けて、つららの貼りついた口髭に血が滲んでいる。肩で息をしながら、大丈夫だ、先へ進めというようにクリフが身振りで促す。死の匂いに満ちた雪と氷と岩の世界で、いま動いている生あるものは郷司とクリフの二人だけだ。

小一時間の登りで、氷の貼り付いた険悪な一枚岩《スラブ》に出た。斜度はさほどではないが、鋼鉄のように硬い薄氷《ベラグラ》がアイゼンの歯を撥ね返す。周囲を見渡しても逃げられそうなルートはない。一昨日、救出に向かったフレッドとロプサンはどうやってここを通過したのか。自分がコース取りを誤った可能性もある。

意を決して、アイゼンの先端だけが引っかかるピンポイントのフットホールドと、手袋の摩擦だけの微妙なハンドホールドを頼りに、綱渡りのようなバランスで郷司は直上した。凍てついた壁にかすかな手がかりをまさぐるうちに、指先の感覚が麻痺してくる。襲いかかる烈風が体を岩場からもぎとろうとする。

生命の危機という考えは不思議に頭に浮かばない。余分な想念は消え去り、体全体がセンサーと化したように神経と筋肉がシンクロする。

休むことなく登り詰めてようやく小さなテラスに出た。狭い足場に立ち上がったとたんによろめいた。慌てて手近な岩角にしがみつく。

視野が狭まっている。目の前の景色が黄色く見える。肺の中が真空になったような感覚だ。瀕死の魚のようにしばらくあえいだ。視野は間もなく回復したが、意識は朦朧としたままだ。

集中力が要求される岩場の登攀で、無意識に呼吸をつめていたことに気づく。

足下には心配そうに見上げるクリフの姿がある。その背後には、気の遠くなるような垂直の空間を隔てて、ABCのテント群が豆粒のように見える。仮借ないその景観は、郷司のはかない希望を冷酷に殺《そ》ぎ落とした。こんな場所で雪崩に巻き込まれ、それでもマルクが生きていると考えることが、空想以外の何ものでもないように思えてきた。

萎《な》えかけた気力を鼓舞するように、さらに一ピッチ、比較的容易な岩場を力ずくで乗り越えると、頭上の岩陰からブルーのダウンスーツがのぞいていた。フィル・スコークロフトの遺体だろう。後続するクリフに首の動きでそれを示した。クリフは大きく頷いた。ゴーグルと目出し帽で表情は見えないが、その動作からはクリフの複雑な心情が感じとれた。

階段状の岩場をわずかに登った岩棚に、フィルは腰をかけた姿勢で眠っていた。背後の岩壁に二本のピトンが打ち込まれ、補助ロープをたすきがけにして上体を固定してある。ただ登り降りするだけでも難儀な壁を、この強風の中、重い遺体を背負って下降するのは至難の業だ。フレッドたちの判断も同様だったのだろう。

高所での遺体の回収はリスクの多い作業で、それ自体が新たな死を招く危険さえある。生き残った仲間に負担をかけることなく、自らが愛した山を自らの墓標とすることがヒマラヤニストの矜持《きょうじ》ともいえる。雪に覆われ、腐敗もせずに白蠟化《はくろうか》した遺体に遭遇することは、ヒマラヤの山中では珍しいことではない。生前の希望でクレバスを墓所として葬られる遺体も数多い。

今回の場合は不慮の事故であり、フィルの遺族が望めば、クリフは米連邦政府の経費もちで、シェルパを総動員してでも遺体を回収するだろう。しかしフィル自身がそれを望むかどうかは知るすべもない。

頬に触れてみると石のように固い。遺体は完全に凍結している。凍傷の黒ずみがあちこちに浮き出た肌が、蠟細工のように艶やかな質感を帯びている。衣服の上から視認できる外傷はないが、首が奇妙な角度で捩《ねじ》れているのがわかる。頸部《けいぶ》の骨折、あるいはそれによる脳挫傷が死因と思われた。

瞼《まぶた》は閉じられている。温もりが残っている間にフレッドたちが閉じてやったのか。唐突な死を恐怖を抱く間もなく受け入れてしまったような、穏やかな死に顔が救いだった。

フィルの頬や額をなでながら、クリフは黙って肩を震わせていた。彼から見れば息子のような年頃の若者だ。自らのミスではなく、自らの祖国の失態によって命を落とした。一回り小さく見える背中からクリフの無念が伝わってくる。登攀開始前のほぼ一週間、ロンブクのベースキャンプで生活を共にして、彼が前途有望なその青年に特別目をかけていたことを郷司は知っていた。

マルクはさらにこの上にいる。下降する時間を計算に入れてもまだ余裕はある。このまま捜索を続行したかったが、クリフの状態が気になった。

彼の年齢では、今日の登攀はやはりハードだったようだ。そこにフィルの遺体を目の当たりにした悲しみが加わった。そもそも遭難発生以来のストレスは並み大抵のものではなかったはずだ。フィルの傍らにじっと蹲《うずくま》って動こうとしないその姿を見れば、精神的にも肉体的にもすでに限界に近いことがわかる。サポートなしでABCまで降りられるかどうか確信がもてなかった。

死傷者のリストに新たな名前を付け加えることは避けなければならない。ここまでの登攀で固定ロープの途切れはほぼ修復できた。明日は今日よりも速いペースで登り返せるだろう。クリフとともにいったん下降しよう。明朝、夜明け前にABCを出て、たとえ単独でも八〇〇〇メートルラインの上まで足を延ばそう――。

そう自分を説得しながら、郷司の心の中でもすでに何かが崩れかけていた。フィルの遺体を見て意気阻喪《いきそそう》したのはクリフだけではなかった。北西壁上部の状況を身をもって知ったいま、マルクの生存への希望は、風に煽《あお》られるろうそくの炎よりもはかないものに思われた。

4

「あのヘリなんだが、どうも気に入らねえな」

トリブバン国際空港の送迎デッキで、WP通信カトマンズ支局長のマイケル・ウェストンは、駐機場の隅に停まっている薄茶の迷彩塗装のヘリコプターを指さした。国籍や所属を表すような文字やマークは塗りつぶされている。

傍らで、いましがたバンコクに向けて飛び立ったタイ航空のエアバスA320の機影を追っていた現地スタッフのナジブ・アサンがその方向に視線を移した。

長期休暇で三週間余りネパールに滞在していた本社の重役夫妻の出国を見送り、マイケルはやっと肩の荷を下ろしたばかりだった。横暴極まる二人の植民地主義者は、ただでさえ手薄な支局のスタッフを旅行代理店代わりにこき使い、ネパール国内のあらゆる観光地に口汚ない不平不満の山を築いて、ちょうどいま新たな被災地となるであろうタイへ飛び立ったところだった。

「確かにネパールでは見かけない機種ですけどね。陸軍の輸送ヘリじゃないんですか」

ナジブが首をかしげる。

「あれはCH—53Eスーパースタリオンだ。米海兵隊の輸送用ヘリだよ。あのタイプをネパール陸軍が購入した話は聞いていない」

そのヘリを見たとたん、マイケルの心はただならぬ予感にざわめいた。

肩書きの上では支局長に昇進したものの、カトマンズへの転勤は事実上の左遷だった。いまから三年前、米国防総省の高官が関与したとされる武器横流し疑惑で、マイケルは陸軍の佐官級の軍人からの匿名の証言を得て、当時のマスコミを沸かせた派手なスクープを物にした。ところがその後の省ぐるみの隠蔽工作で、記事の信憑《しんぴょう》性が疑われ、挙句の果てはスパイ容疑で告訴された。

裁判は和解に終わったが、会社側の弁護費用の負担は大きく、詰め腹を切らされる形でカトマンズにやって来たのが昨年の十月のことだった。ワシントン支局の第一線で活躍していた頃と比べれば、カトマンズでの日々は余りにものどかすぎた。ジャーナリストの虫が蠢《うごめ》く感覚を味わうのは久しぶりのことだった。

「ヘリに詳しいんですね、ボス」

ナジブが意外そうに目を向ける。

「ワシントンにいた頃は、主に軍需産業を担当していたんでね。それにしても臭いな」

マイケルは軽く小鼻を動かした。いま、ネパールは周辺国と紛争を抱えているわけではない。マオイストの活動が活発化して国内の治安は危うげだが、米軍がわざわざ出向いてくるほどのことでもない。

「例の噂と関係あるんじゃないですか」ナジブが言う。

「エベレストに落下したというあの火の玉か」

いい勘をしているとマイケルは思った。落下地点はチベット側の北西壁上部で、ネパール側からは現場を視認できず、ネパール政府も中国政府もノーコメントで押し通した。結局、隕石の落下だというアメリカの大気圏外観測センターの発表が唯一のニュースソースとなり、世界の新聞やテレビの扱いはごく小さいかあるいは無視するかだった。ところがその直後に、登山局が理由も告げずにエベレスト一帯を入山禁止にした。

「ミサイルの誤射か人工衛星の墜落といったところか。しかし単なる事故なら、そこまでひた隠しにする理由はない」

マイケルはシヴァプリの丘陵越しに白く輝くガウリシャンカールの双耳峰《そうじほう》に目を細めた。エベレストはナガルコットに続く右手の丘陵に遮られてここからは見えない。その見えない山頂が急に気になり出した。

「何やら大国の影がちらつきますね。ちょっと探ってみますか」

ナジブも好奇心が疼《うず》き出した様子だ。

「おれは市内に戻って政府の役人に接触してみる。君は空港の要所に情報屋を張り付けて、外国人の入国をチェックしてくれ。まとまった人数でやってくる連中、特にアメリカ人に要注意だ。それから市内の目ぼしいホテルに怪しげな団体客が泊まっていないかも当たってくれ。これも重点はアメリカ人だ」

「やっと仕事ができますね、ボス」

ナジブが軽く片目を閉じる。

「あの馬鹿重役にはさんざん振り回されたからな。あれだけわがままに付き合ってやったのに、この支局はたるんでいる、人が多すぎるなんてまだ抜かしやがる。世界がぶったまげるようなスクープで目にもの見せてやろうじゃないか」

ナジブの肩を軽く叩いて、マイケル・ウェストンは階段を駆け降り、エントランスにいたタクシーに飛び乗った。

5

ターボシャフトエンジン特有の耳に突き刺さる爆音が狭い谷間に谺する。

谷が開けた南東の空にきらりと光った豆粒ほどの機影は爆音とともに大きくなり、村の上空で右にロールすると、自然落下するような急角度で降下に入った。地上すれすれで機首を上げた小柄な機体は、山すそに沿って村を馬蹄形に囲む放牧地の一角の、整地された形跡もない平坦地にふわりと舞い降りた。

リバースにピッチを切り替えたエンジン音が一瞬高まる。機体は激しくバウンドしながら一〇〇メートルあまりを滑走し、翼を震わせて停止した。

アフガニスタン、パキスタン、タジキスタンの国境に跨《また》るパミール高原を基点に、南西方向に六、七〇〇〇メートル級の高峰を連ねるヒンドゥークシュ山脈。その山懐に抱かれたパキスタン北西部の寒村アルンでは、山すそに貼りついたわずかな放牧地と痩せた農地だけが、老若男女含めて五十人足らずの人口を養う唯一の生産手段だった。その村に二年前から、ある「ビジネス」が貴重な現金収入をもたらすようになった。

突然現れた見知らぬビジネスマンが村人に求めたのは、比較的平坦な放牧地の租借権と、その一角に仮小屋を建てること、村から歩いて半日ほどの、近隣で最大の町サラムバードから、ほぼ十日に一度、指定された荷物をその小屋まで運び上げることだった。

荷物は月に三回、トラックでサラムバードに運び込まれる。しかし村人たちはそれがどこから来るのか、中身が何であるかについては知らされなかったし、また知りたいとも思わなかった。

荷物が到着するとサラムバードから伝令役の子供が村まで駆け登ってくる。足腰の立つ男たちは総出で車の通れない荒れた山道を降り、金属コンテナに収められたその荷物を村まで担ぎ上げ、放牧地に建てられた仮小屋に運び込む。すると翌日、放牧地に小型飛行機が舞い降りる。パイロットはいつも決まった男で、機内には段ボール詰めの雑貨や食料が積まれており、副操縦士も乗客らしい人間も見かけたことはない。村人の手を借りて機体の下部のパイロンに荷物を取り付けると、パイロットはほとんど休憩もとらずに飛び去って行く。その行き先がどこであるかについても、やはり村人たちは聞かされもしないし、知りたいとも思わなかった。

しかしその代価として支払われる現金は村人の生活を潤した。

かつて貴重な燃料だった灌木の小枝や牛糞は灯油にとって代わられ、灯油駆動の発電機は村に有史以来初めての電気の明かりをもたらした。ラジカセや石油コンロなど文明の利器の普及率は近在の村でも群を抜き、村人の衣服は粗末な手編みのセーターや羊皮のベストから派手な色調のゴアテックス製品に変わった。

イスラムの戒律を破り隠れて飲酒する不届き者も現れたが、一方で親たちには子供をサラムバードの学校に通わせる余裕も生まれた。この僥倖《ぎょうこう》を未来永劫続かせるためには、そのビジネスの真の目的について一切詮索せず、また他言をはばかることが肝心だと長老は村人を戒めた。

そのパイロットのことを村人たちは「ロシア人」と呼んでいた。村の北西に聳え立つヒンドゥークシュの峰のはるか彼方にある国はロシアで、男が飛び去る方向も北西だった。その容貌も体格も、北西辺境州と呼ばれるこの一帯の人口の大半を占めるパシュトゥーン人とは異なる。

イギリス人ともインド人とも中国人とも違っていた。

彼らの頭にある限られた国名リストから消去法で残ったのがロシアだった。パイロットは自らロシア人だと告げたことはなかったが、彼らがそう呼び習わすことに異議を唱えるでもなく、村人たちとの付き合いには親密というほどでも険悪というほどでもない距離をおいていた。フライトのたびに結構な厚みのルピー紙幣を運んでくるこの金の成る木を、村人たちは決して粗略には扱わなかった。


パイロットは軍用迷彩塗装のようなグレイの機体のドアから飛び降り、周囲を一回りして機体の状態を点検した。異状はない。飛行中もエンジンはすこぶる快調で、油圧系統にも問題はなかった。頑丈さはこの機体の重要な美点の一つだ。

ピラタスPC―6ターボポーター――。四角い断面の堅固な金属製セミモノコックボディと太い支柱が支える上翼式の主翼は、安定した操縦性と良好な下方視界を保証する。胴体の中ほどから突き出た無骨な主脚の極太バルーンタイヤは、通常の機体なら離着陸不能の荒れ地をも滑走路に変えてしまう。

最大の特徴は滑走距離が離陸時二〇〇メートル弱、着陸時一三〇メートル弱という優れた短距離離着陸性《STOL》で、ここアルンのような山岳地帯や極地、砂漠など、一般に航空機には適さない辺境での運航に威力を発揮する。ターボシャフトエンジンのパワーで重力をねじ伏せるように急上昇し急降下するその操縦性には、かつて彼の愛機だったロシア海軍の空母搭載型垂直離着陸機ヤク―36フォージャー戦闘爆撃機に共通する感覚があった。

まだ熱をもった馬の鼻面のようなカウリング（エンジンカバー）を、愛馬をあやすように軽く叩いて、パイロットは日干し煉瓦造りの仮小屋に向かった。

仮小屋の中には、顔なじみの村人に交じって、見慣れない男の顔があった。大柄で赤毛の中年で、欧米からのトレッキング客のような身なりだが、視線や身のこなしには隙がない。

「ニコライ・タルコフスキーさんだね」

赤毛は流暢《りゅうちょう》なロシア語で訊いてきた。

北部辺境州の州都ペシャワールとタジキスタンの首都ドゥシャンベを結ぶ月三便の定期フライトの途中、彼が密かにこの村に降り立つのを知るのは、得意先のアフガンゲリラの幹部連中だけだ。そのほとんどの顔を見知ってはいるが、こんな男には見覚えがない。見たところ丸腰のようだが、タルコフスキーは護身用のジグザウェル九ミリ口径を機内に置いてきたことを悔やんだ。

「おれはあんたを知らない」

小屋の入り口に立って、タルコフスキーは用心深く男を見据えた。

「敵じゃないんだ。警戒しなくていい」

鷹揚な笑みを浮かべて男は歩み寄る。緊張に背筋がこわばった。

「近づくな。その位置で話せ。何の用でここへ来た」

「あんたの雇い主の紹介だよ。マスマッドとかいう反タリバーン派の司令官だ」

「証拠は」

「デリケートな話なんでね。聖戦士《ムジャヒディン》気取りのテロリストが署名入りの紹介状をくれるはずもない」

嘲《あざけ》るように男は切り返す。どうにも癇に障る口のききようだ。殴りかかりたい衝動を抑えてタルコフスキーは警告した。

「生きて故郷へ帰りたかったら、いますぐここから立ち去るんだな」

その剣幕に押されて、男の口調はいくぶん和らいだ。

「見ての通り私は丸腰だし、たった一人だ。警戒するには及ばない。時間はとらせないよ。聞いて損する話じゃない」

「名前は」

「マーカス・ミラー」

「どこの組織の人間だ」

「言えない。おたくも知らない方がいい」

「それならもう一度言う。そのひらひら動く紙っぺらみたいな舌をたたんで、いますぐここを立ち去れ」

「私の話が嘘じゃないことは、お得意さんに確認してもらえばわかる。それでも気に入らないんなら、煮るなり焼くなり勝手にしてもらっていいんだ」

言いながら男は小屋の片隅の粗末なテーブルセットに腰を落ち着けた。

タルコフスキーは小屋の中にいる村人を手まねで追い出し、男に向き合ってテーブルに着いた。それでも老若男女とり混ぜた村人たちはまだ戸口から中を覗き込んでいる。彼らはロシア語を知らない。これ以上の人払いに意味はないし、またそれが徒労に終わることもわかっていた。

「聞くだけは聞こう。急いでいる。手っ取り早く頼む」

短く言って煙草に火をつけた。顔の前に吐き出された紫煙に顔をしかめながらマーカス・ミラーは切り出した。

「少々面倒な場所に着陸して、人間を一人拾って欲しい。アフガンであんたがやっているのと似たような仕事だ」

「そんなガセネタどこで仕入れた」

「あんたにいまの仕事を依頼している張本人からだよ」

どこまで口の軽い連中かとタルコフスキーは怒りを噛み締めた。イスラムの大義だ何だと彼らが掲げてみせる理想も、所詮は欲に絡んだヘゲモニー争いのプロパガンダに過ぎないが、宗教的ルサンチマンの厚化粧のおかげで、無駄な血を流し合うだけの消耗戦にも聖戦《ジハード》の称号が付く。自己PRに血道を上げる小カリスマどもの無駄口で、命の危険にさらされるのは自分の方なのだ。

「場所は——」

気乗りのしない思いを表情に滲ませた。

「エベレストのサウスコルだ」

ミラーは平然と答える。冗談のつもりか、頭が変なのか、いくらなんでもその注文は常軌を逸していた。

「ちょっと待て。サウスコルがどれくらいの高さか、あんた知ってるのか」

「海抜八〇〇〇メートル弱だと聞いているが――」

からかうような物言いはこの男の病気らしい。

「おれの機体の上昇限界だ。不可能な話だな」

苦々しい思いを紫煙とともに吐き出した。ミラーは迷惑そうにそれを手で払いながら続ける。

「報酬しだいだと思うがね、ニコライ・タルコフスキー海軍退役少佐。イスラム教徒でもないあんたが、ムジャヒディンを気取るならず者のために、危険を承知で武器弾薬の宅配を続けているのはあくまで金のためだ。そうじゃないかね」

事情は察しているというようにミラーは傲慢な笑みを浮かべる。図星であることは間違いない。

「報酬は」不機嫌に問い返した。

「二〇万ドル」

どうだというようにミラーは小首をかしげる。金額が半端ではない。たぶん背後には並みではない意図が隠されている。

「何を企んでいる」

「聞かずにやってもらうのが条件だ。もちろん口止め料も含んでいる。依頼する仕事のことは誰にも口外して欲しくない」

芝居がかった口調でミラーは声を落とす。その目には不穏な商売に携わる人間特有の光がある。

「仕事を終えたら、この世から消えてなくなるというんじゃ割が合わない」

「それだけあればアメリカの病院で息子さんが手術を受けられるんじゃないかね」

不意を突かれた。相手の一番の弱みを調べ上げ、飛びつかざるを得ない条件を提示して攻め落とす。プロの工作員の手口だ。

モスクワで妻と暮らす七歳の息子のイワンは心臓に先天性の奇形があり、十歳まで生き長らえるには臓器移植以外に手がないと医師から宣告されていた。ソビエト崩壊以後、給料もまともに支給されなくなったロシア海軍を除隊し、いまの仕事への誘いに乗ったのも、高額な手術費用を稼ぎ出すためだった。それだけの金が手に入れば、危険な稼業をこれ以上続ける必要はなくなる。

「時期は」

観念して確認すると、してやったりとでもいうようにミラーは頬を緩めた。

「たぶん一、二週間後。追って連絡するから、我々の指定する場所で待機してもらいたい」

「まだ真冬じゃないか。エベレスト近辺の風は並みじゃない」

「だから頼んでるんだよ、タルコフスキーさん。ヒンドゥークシュの七〇〇〇メートル級の峰を縫ってタリバーン軍の対空ミサイルをかいくぐり、急降下爆撃の正確さで険しい山間の目標地点に物資を落とす。ただの民間パイロットにできる仕事じゃない。元ロシア海軍のトップガンがこんな山奥にくすぶっていてくれたことに我々は感謝しているんだ」

ミラーの方はおだてているつもりのようだが、所詮は金のためにやっていることなのだ。そこに軍人としての矜持のかけらもない。心の奥でくすぶる自虐の思いを押し殺すように、タルコフスキーは抑制した口調で答えた。

「技術的な検討をして一週間後に連絡する。ただしペシャワールにいるお喋《しゃべ》りなムジャヒデインにあんたの素性を確認してからだ」

「結構。連絡先はここだ。色よい返事を待っているよ」

ミラーはあらかじめ用意していたらしい電話番号のメモを手渡した。

「九七七」の国番号はネパール、「〇一」の局番は首都カトマンズを表わしていた。

6

郷司はクリフとともに、残照が西空を茜《あかね》色に染め上げる時刻にABCへ帰り着いた。

第三キャンプから上のハードな登りと、四〇ピッチに及ぶ懸垂下降を繰り返す気の遠くなるような降りに要した時間は十二時間余り。神経と肉体は思った以上に消耗していた。クライミングブーツを脱ぎ、装具一式を取り外し、クリフはダイニングテントのベンチに倒れ込んだとたんに高鼾《たかいびき》をかきはじめた。

ソナムが淹《い》れてくれたネパール式ミルクティーを何杯もお代わりして、ようやく郷司は人心地がついた。明日の登攀に備えて装備を点検しているところへ、クレイグ・シェフィールドが駆け込んできた。

「サトシ、朗報だ！」

声が上ずっている。当惑する郷司にクレイグは早口でまくし立てた。

「マルクが救出された。場所はネパール側。ウェスタンクウムの末端だ。ほんの一時間前のことらしい――」

いましがたベースキャンプから連絡があったという。撤退した韓国隊の第一キャンプ跡地に横たわっているのを、空輸を終えて帰投中のヘリが発見したらしい。パイロットはウェスタンクウム氷河に強行着陸し、負傷者を収容して急遽《きゅうきょ》カトマンズへ向かった。アノラックのネームから行方不明のマルクだとわかり、連絡を受けた作戦本部は、カトマンズのアメリカ大使館に病院への搬送を依頼したという。

唐突に訪れた歓喜に心が震えた。先鋭クライマーにとって死は身近に纏《まと》わりついて離れない妖婦のようなものだ。極限の状況にあってその誘惑を退けるためにどれほど強い精神力を必要とするか――。すぐには言葉が出ない。興奮に上気したクレイグの髭面をしばらく見つめ、ようやく声を絞り出した。

「どんな状態なんだ。怪我はしているのか」

クレイグはやや声を落とした。

「救出された時は意識がなかったらしい。凍傷もひどく、片足は骨折しているようだ――」

それ以上の情報はまだ入っていない。たぶんいまごろはカトマンズの陸軍病院に運び込まれているだろうという。二人の話が聞こえたらしく、クリフが飛び起きて駆け寄ってきた。

「親族に連絡はついたのか。彼の妹のクロディーヌだ」

「まだパリには帰っていない。本部の連中も行方がわからないらしい」

クレイグは空しく首を振る。

「やはり――」

クリフは舌打ちした。彼の方でもクロディーヌとの連絡は試みていたようだ。

「ちょっと待ってくれ」

慌てて言い捨てて、郷司は個人装備が搬入してある本部テントへ向かった。

インマルサットを立ち上げてインターネットにアクセスする。プロバイダーのトラブルは復旧したらしい。クロディーヌからのメールが届いていた。

開いてみて驚いた。彼女はいまネパールにいる。それも郷司とマルクが定宿にしているニマ・パバンのロッジだ。マルクが呼び寄せたらしいが、そんな話は聞いていない。突然会わせて驚かすつもりだったのだろうか。山を降りると、マルクはなぜか強引にクロディーヌとの仲をとり持とうとする。無骨なキューピッドの献身にはときおり辟易《へきえき》することがある。

内容は、エベレストに火の玉が落下したという噂を耳にした、安否を知らせて欲しいというものだ。話はニマから聞いたらしい。インマルサットからニマのロッジを呼び出すと、馴染みの従業員が出てクロディーヌに取り次いでくれた。

プロバイダーのトラブルで連絡がつかなかったことを詫び、郷司は衛星の落下にはじまった遭難から生還までの経緯を伝えた。話し終えるまで十分以上はかかっただろう。クロディーヌはときおり相槌を打つくらいで、ほとんど黙って話を聞き通した。あらましを語り終えると、クロディーヌは嗚咽《おえつ》の混じる声で言った。

「ありがとう、サトシ。あなたも全力を尽くしてくれたわ。でもマルクは、また今度も奇跡を起こしたのよ」

「ああ、マルクはエベレストの女神にだいぶ気に入られていたらしい。それも彼の実力と勇気があって初めて起こせた奇跡だよ」

声の震えが抑えられない。遭難と救出の報せが一度にやってきたクロディーヌの思いはどんなものだろう。プルトニウムの件も心配なはずだが、それについては彼女は詮索しなかった。いまこれ以上不安の種をほじくりだすよりは、危険はないという米国側の説明を信じたいという気持ちかもしれない。

「あなたは、いつカトマンズへ戻るの」

クロディーヌが不安げに訊いてくる。郷司の腹は決まっていた。結果的に面倒な仕事に巻き込まれてしまったが、こちらの目的はあくまでマルクの捜索だ。彼が生還した以上、アメリカの失態の尻拭いを手伝う義理はない。

「ロンブクの作戦本部のボスに三下り半を突きつけて、明日にはカトマンズへ飛んで帰るつもりだよ」

「そうしてもらえると心強いわ」

クロディーヌの声に小さなため息が混じった。馴染みのない土地で思いもよらぬ報せに接した切なさが、そのため息には込められているようだった。

「マルクのことだ。二、三日すれば意識を回復して、この騒動もジョークの種にしてしまうさ。何かあったらニマに相談すればいい。万事うまく取り計らってくれるよ」

「そうね。ニマにはとてもよくしてもらっているわ。彼もマルクとあなたのことを心配していたのよ」

クロディーヌの口調がほぐれた。郷司もようやく一安心した。

「じきに詳しい状況がわかると思う。情報が入り次第、また連絡を入れるよ」

そう答えて受話器を置こうとしたところへ、クリフ・マッケンジーが入ってきた。

「連絡がとれたのか」

頷くとクリフは強引に受話器を奪いとり、せわしなく自己紹介して、発端からことの顛末を語りだした。もう済んでいると耳打ちしても、感極まった様子で話をやめようとしない。隊長としての責任感からの行動だろう。気の済むようにさせるしかないと郷司はテントを出た。

西稜の上に昇った月が、闇に沈みかけた北西壁の雪模様を青白く浮かび上がらせていた。頂上稜線からは白い亡霊のような雪煙がいまも南東方向へ吹き上げている。極寒のエベレストの夜と昼をマルクはどう生き抜いたのか。その苦闘の壮絶さを我が身に置き換えて、郷司は慄然《りつぜん》とした。

言い尽くせない感動が込み上げてきた。肌を刺す寒気のなかで、頬を伝う涙がそのまま凍てつくのがわかる。郷司はただ茫然と、いましがたマルクの生還を許したばかりの、地球で最も高い岩の集塊の圧倒的なシルエットを見上げていた。

第三章

1

時刻は夜八時を過ぎていた。

クロディーヌとニマを乗せた黒塗りのベンツは、ナガルコットからバクタプルへ続く稲妻のような坂をタイヤを軋ませて駆け降り、先行車をごぼう抜きにしてアルニコ・ハイウェイを走り抜けた。

米国大使館から、マルクがカトマンズの陸軍病院へ運び込まれ、緊急手術を終えたという連絡があったのはつい一時間半前のことだった。大使館はほどなく迎えの公用車をナガルコットのロッジまで差し向けてきた。

車は一時間足らずでカトマンズ市街中心部にある陸軍病院の玄関前に滑り込んだ。正面玄関はすでに閉ざされていた。大使館員に導かれて夜間専用の通用口から入ると、警備員詰め所の前のベンチにいたブロンドの男が駆け寄ってきた。大柄な体を折り曲げて握手を求め、アメリカ大使館の一等書記官ジェローム・ダルトンだと名乗る。

クロディーヌは男の案内でICUのある二階へ階段を駆け上った。夜九時を過ぎた病棟の廊下に人の姿はまばらだった。ナースセンターに待機していた医師が歩み寄って、主治医のナラヤン・シャヒーンだと名乗った。年齢は四十前後だろう。インド系を思わせる淡い褐色の肌をした彫りの深い顔立ちの人物で、専門は脳外科だという。

マルクの昏睡状態はまだ続いているらしい。原因は高所障害による脳浮腫《のうふしゅ》だと医師は説明した。さらに左の脛部《けいぶ》を骨折し、長時間放置したせいで骨折部分が壊死《えし》状態になっていた。そのままでは全身に毒素が回って死に至る危険があり、やむなく膝から下を切断した。凍傷もひどく、右足の指全部と右手の薬指と小指も第二関節まで切除したという。

一瞬めまいがした。それが自分の手足ででもあるかのような痛みを覚えた。命と引き換えに失ったものは決して小さくはなかった。それでもクロディーヌは気をとり直した。いずれそんな事態が訪れることは覚悟していた。

マルクの山仲間にも指や手足をなくした者は多い。彼なら指が欠けても足がなくても山に登る。片足でのエベレスト初登頂が次の目標になるだけのことだ。大事なのは生きていてくれたこと、そしてこれからも生き続けてくれることなのだ。そう自分に言い聞かせるうちに心はいくぶん落ち着いてきた。

承諾を得ずに手術を行ったことを医師は詫びた。一刻を争う状況で連絡をとる時間もなかったという。その率直な態度には好感が持てた。面会時間は過ぎていたが、肉親ということで医師は便宜を図ってくれた。隣接した更衣室で気ぜわしい思いで無菌服に着替えた。

ナースの案内で入室したICUのベッドには、無数のチューブや電極が結ばれ、凍傷に痛めつけられた顔にガーゼをあてがわれたマルクが横たわっていた。包帯で包まれた大腿部だけの左足が痛々しい。同じように包帯が巻かれた右手の二本の指も、第二関節から先は切除されているはずだった。

呼吸とともに上下する胸部の動きと、オシログラフに表示される脳波や心電図の波形だけが生のシグナルだった。それでも生きて還った兄がそこにいた。両親はすでになく、マルクはクロディーヌにとってたった一人の肉親だった。

言葉もなく見つめるうちに瞼の裏が熱くなった。張りつめていた糸が切れた。かけがえのないものをこの世界に引き留めようとするように、ナースの制止を振り切って兄の肩にしがみつき、その胸に思い切り顔を埋めた。

「マルク、生きてよ。お願い！」

切迫した思いが堰《せき》を切ったようにあふれ出る。声は嗚咽に途切れがちになる。

「私を独りぼっちにしないで！」

兄は何も反応しない。それでも呼吸に伴う胸部の動きと、思いのほか強い鼓動が直接体に伝わってくる。それは兄の体内でいまも燃えている生命の波動だった。その温もりに満ちたリズムは、兄が懸命に語りかける言葉のように、萎えかけた心にエネルギーを注いでくれた。兄は自らの力で奇跡を起こした。そしてその奇跡はまだ終わっていないのだ——。クロディーヌの心に静かな確信が湧き起こった。

肩に軽く手が触れるのを感じた。涙を拭いて振り向くと、傍らにシャヒーン医師がたたずんでいた。医師は穏やかに語りかけた。

抗生物質の投与で敗血症は改善しているが、心臓の動きがやや弱く、いまも強心剤の点滴を続けているという。脳浮腫による組織へのダメージは大きいものではなく、呼吸は自発的に行われている。つまり生命の危機は脱したということのようだ。最大の問題は現在も続いている昏睡状態だと医師は言う。新たな不安が生まれた。

「どのくらい待てば意識は回復しますか」

「要するに待つしかないということです――」シャヒーンは慎重に言葉を選んだ。「明日には目覚めるかもしれないし、一週間後かもしれない、あるいはそれ以上かかるかもしれません」

その言葉は、遠回しに語られた悲観的な予後の宣告とも受けとれた。慄きを抑えながら確認した。

「このまま回復しないこともあるということですか」

その問いには直接答えず、医師は生真面目な表情で訴えた。

「こうした症例を私はいくつも見てきました。時間はかかるかもしれませんが、決して不可逆的なケースじゃありません。どうか希望を持ってください」

訛《なま》りの強い英語で朴訥《ぼくとつ》に語られるその言葉には、不安を拭い去る不思議な力強さがあった。

立ち騒いでいた心の波濤がいくぶん和らいだ。兄は生きる希望を最後まで捨てなかった。その希望を次は自分が引き継ぐのだ。いま兄を支えられるのは自分だけなのだ——。そう心の中でクロディーヌは自らに繰り返した。

私服に着替えてICUの前の廊下に出ると、ニマ・パバンが押し殺した声でダルトンとやり合っている。

傍らにクロディーヌたちを送ってきた若い大使館員の姿も見える。怪訝《けげん》な思いで歩み寄ると、ニマは口論を中断してマルクの容態を訊いてきた。あらましを説明するとニマは一瞬顔を曇らせたが、すぐにいつもの楽天的な調子をとり戻した。

「気を落とすことはないよ。片足がないくらいマルクにとっちゃ何でもない。意識もじきに回復して、私のところへ次の遠征の相談にくるよ」

開けっぴろげの笑みとセットになったニマの励ましは、人を元気にする薬のようだ。クロディーヌも思わず微笑み返した。

「何を話していたの」

ブロンドの大男と小柄なニマに、交互に視線を向けながら問いかけた。

「この図体のでかい旦那に、もうお引き取り下さいとお願いしていたんだがね」

ニマは伸び上がるようにしてダルトンの顔を睨《にら》みつける。

「わからない親爺だな。私は職務でここにきた。ジャナン氏の身辺で面倒なトラブルが起きないよう目配りしろと大使からじきじき命じられているんだ。ここはお前さんの出る幕じゃない」

ダルトンは威圧するようにニマの顔を見下ろす。ニマも負けてはいない。

「わざわざあんたの手を煩《わずら》わさんでもいいと言ってるんだよ。今夜はわしがこのベンチで寝泊まりする」

ダルトンがいかにも困惑したという視線を投げてくる。

「ミス・ジャナン。このわからず屋に説明していただけませんか。ジャナン氏の救出から搬送まですべて私が手配したんです。大使も今回の事故については心を痛め、無事退院されるまで十分心配りするよう厳命された。私の職務はジャナン氏とあなたにご不自由をかけないよう、できる限りの便宜を図ることなんです」

諍《いさか》いの理由が呑み込めない。クロディーヌは戸惑いながらダルトンに応じた。

「お世話になったことは十分承知しておりますわ。でもこれ以上ご迷惑はかけられません。今日はもうお帰りになってくださいさい。あとは私たちが付いていますから」

「それが嫌だと言って聞かないんだよ、このでくのぼうは。狙いは何だね。クロディーヌや私の監視かね」

挑発するようにニマが割り込む。なんとなく状況が見えてきた。ダルトンの目を見据えて言った。

「あなたたちが隠したいことを、誰かに漏らすとでも思ってらっしゃるの。それなら取り越し苦労よ。監視は無用。私はいま兄のことで頭がいっぱいで、あなたのお国の厄介ごとに首を突っ込んでいる暇はないの」

「監視などと——、それこそ取り越し苦労ですよ。あなたが我々の立場を十分ご理解下さっていることには、大使ともども大いに感謝しております」

慌てて否定する口ぶりからして図星のようだ。この男の言葉がどこまで信頼できるか心もとなかったが、ついでに気がかりだったことを念押しした。

「それより兄が事故現場の近くにいたことが心配なのよ。本当に被曝はしていないんでしょうね」

「病院への搬送中に血液を採取し、衣服のサンプルを確保しました。専門家による血液検査では放射線被曝による赤血球の減少も見られなかったし、衣服にも放射性物質の付着は認められなかった。この点については合衆国政府の名誉にかけて保証しますよ」

合衆国の名誉を代表する人物とも思えないが、よほど自信があるようには受けとれた。

「その言葉を信じるしかないわね。でも今夜は遅いから、本当にもうお帰りいただいて結構ですのよ」

苛立つ思いを抑えて繰り返した。そのときICUのドアが開いてシャヒーン医師が出てきた。目が合うと、医師は怪訝な面持ちで歩み寄ってくる。

「何か問題でも——」

もう遅いのでダルトンにお引き取りを願っているのだと当たり障りのない言葉で説明すると、

医師は申し訳なさそうに肩をすくめる。

「残念ですが、三人ともお帰りいただくしかありません。この病棟は、午後十時以降は部外者の立ち入りが禁止されています」

「でも、兄はまだ――」

口にしかけたクロディーヌの抗議を、医師は柔和な笑みで遮った。

「容態は安定しています。今夜のうちに急変する心配はありません。お帰りになってよくお休みください。明日早い時間にお出でになれば、検査の結果を詳しくご説明できます」

ベンチにでも床にでも泊まり込む覚悟で寝袋や洗面用具を持参したが、どうやら当てが外れたようだ。くれぐれもよろしくと、くどいほど念を押して病棟を出た。

ダルトンたちも後を追うように外に出てくる。クロディーヌたちがいなくなれば、彼らもここには用がないということか。あっさり諦めた様子に下心が透けて見える。

時刻は午後十時を過ぎていた。頭上には青ざめた月が輝き、冬のカトマンズの冷たい夜気が針のように頬を刺す。ダルトンが追いついてきて車で送るという。丁重に断って正門まで歩き、カンティパト通りでタクシーを拾った。

タクシーが走り出したところでニマに訊いてみた。

「あなたらしくもないわ。どうしてあんなに気色《けしき》ばんだの」

「車で迎えにきた若造だよ。脇の下の膨らみに気がつかなかったかい――」

ニマはわざとらしく声を低め、にんまり笑ってみせた。

「わたしゃこう見えても、軍務に服した経験があってね。あれが飛び道具だくらい一目でわかる。マルクの周りを、物騒なものを持った連中にうろつかれるのは面白くないね」

「そうだったの。一体どういうつもりで――」思わず囁《ささや》き声になった。

「エベレストに落ちた代物の正体が、世間に知れるのがよっぽど嫌なんだろう。まあ、私らが首を突っ込む問題じゃない。こっちが黙ってる限り連中も何もできないさ。下手に手出ししたら、あんただって黙っちゃいないだろうしね」

「そうね。彼らにとっては藪蛇《やぶへび》になるわね」

頷きながらクロディーヌは、この小柄なシェルパの豪胆さに舌を巻いた。病院の廊下という公共の場とはいえ、あのとき彼は銃を持った連中とひるむことなく渡り合っていたのだ。マルクや郷司が、何事にもニマを頼りにする理由がわかるような気がした。

2

マルクの救出から一夜明けた朝、郷司はロンブクのベースキャンプでジョー・スタニスラフと向き合っていた。

「いまさらそんなことを言われても困るんだよ、サトシ」

ジョーは肉づきのいい頬を紅潮させた。高所障害で唸っていた着任当日と比べだいぶ血色がいい。

血色がいいのは怒っているせいだけではない。高山病治療用の高酸素濃度テントは予想以上に有効で、二、三度出入りするうちに心拍数は正常値に戻り、ヘモグロビン量も最適値に達したという。急性の高所障害は適切な酸素供給とダイアモックスの処方で乗り切れるという軍医の主張もあながち見当外れではなかったことになる。

郷司は先ほどからの主張をもう一度繰り返した。

「いまだから言えるんじゃないか。オペレーションに参加しなければマルクの捜索もできないというから付き合うことにした。マルクは自力で生還したけど、いまは昏睡状態だ。こうなったら彼のそばにいてやるのが僕の仕事だよ」

昨夜クロディーヌに約束した通り、〈天空への回廊作戦〉から離脱してカトマンズに戻ることに腹は決めていた。朝一番の定期便のヘリでベースキャンプへやって来たのは、ジョー・スタニスラフとその交渉をするためだった。

「そうはいかない事情があるから困るといってるんだよ」

梃子《てこ》でも動かないと顔に書いてある。ここでひるめばジョーの思う壺だ。

「マルクの遭難は、あんなところにふざけたゴミを落としたから起きたことだ。君たちに責任をとる義務はあっても、僕にそれを手伝う義理はない」

「そう言われると返す言葉もない。しかし我々は君の力を必要としている」

打って変わってジョーは弱気な笑みを浮かべる。天気予報のマークのように器用に顔を使い分ける。その才能には感心してしまう。郷司もつい慰める口調になった。

「クレイグもフレッドもいる。クリフだってまだ現役だ。サブ・サーダーのロプサンはカンチエンジュンガを無酸素で登った猛者だ。僕がいなくても十分やれるよ」

「クリフはもう歳だよ。昨日も君のサポートでやっとABCまで降れたというじゃないか」

「彼はまだ七〇〇〇メートル以上には順応していなかった。昨日の登攀でそれを果たした。次は八〇〇〇メートルも楽々突破するさ」

「クレイグとフレッドは初めての八〇〇〇メートル級だろう。経験不足じゃないのか」

訳知り顔でジョーはたたみかける。手を替え品を替えの攻勢には辟易する。

「回収現場は頂上じゃない。せいぜい八〇〇〇メートルのちょっと上だよ。二人ともその高度は経験している」

「本番じゃ素人をリードしてもらうんだ。経験したという程度じゃ心もとない」

議論は果てしなく続きそうだ。ジョーの拒絶の裏には別の理由が隠されているような気がしてきた。

「僕がいないと、よほど困る事情があるようだね」

探りを入れると、ジョーは渡りに船という様子で乗ってきた。

「言っても怒らないか」

「さあね。ことと次第による」

「脅かさないで、まあ聞いてくれよ。実は君はこの遠征隊の隊長ということになっている」

「何だって?」

訊き返す声に怒気が混じる。ここまで真面目に議論をした挙句に愚にもつかない冗談か。

「そう気色ばむなよ。あくまで形式的な問題なんだ――」

ジョーは苦笑混じりに釈明した。

回収作業の万全を期すために、現場を指揮する隊長には、トップクラスの実績を持つクライマーを起用するようにと中国側が要求したらしい。上層部に出す書類に箔をつけようという下心だろうというのがジョーの解釈だ。考えるまでもなく、ロンブクにいるクライマーで文句なしに該当するのが郷司だった。

「名簿の上では私はスーパーバイザー、つまりお目付け役だな。マンデル少佐がロンブクの本部機能を統括する副隊長だ」

「ということは、僕が降りたら――」

「中国側との話はこじれる。計画そのものがご破算になるかもしれん」

「だとしても不愉快な話だ」

「承諾なしに進めたことは謝るよ。言ったら間違いなく断られると思ったんでね」

ジョーは殊勝な顔で肩をすくめる。初対面の印象どおり、この男が狸だったことがこれでわかった。苦々しい気分が声に出る。

「クリフは知っているのか」

「いいや、名簿上の処理だけだ。作戦が動きはじめたら、技量からいって君が前線をリードするのは確かだからね」

「だったら僕には関係のない話だ。カトマンズへ帰るよ」

素っ気なく答えると、ジョーはスチール椅子をがたつかせて立ち上がる。

「頼むよ、サトシ。この件については私的な事情にこだわらず協力して欲しい。ジャナン氏のことはアメリカ大使館が万全のフォローをする。君の決断が、君の愛するヒマラヤを不毛な紛争から守れるかどうかの分かれ目なんだ」

表情がやけに悲壮だ。得意の手管《てくだ》だとわかっていても真に迫ってみえるから不思議な才覚だ。

「大袈裟なことを言うなよ」

苦笑混じりにいなしてもジョーは真顔を崩さない。

「法螺《ほら》じゃない。ネパール国内のマオイスト・グループがおかしな動きをしているという情報が、ラングレーのCIA本部から届いている。今回の事故のことを嗅ぎつけたらしい。火種になりそうな材料がエベレストの頂上直下に転がっているとみて、触手を動かしているというわけだ」

「西ネパールの辺境地域で暴れている共産ゲリラだろう。彼らに何ができるというんだ」

「プルトニウムの一件を探り出したら、その噂をネパール国内はおろか周辺国まで撒《ま》き散らすだろう。パニックを起こしてクーデターの起爆剤にする目的でね。ネパールは犬猿の仲の中国とインドの緩衝地帯だ。いったん事が起これば両大国が黙っていない。第二のアフガンにもなりかねない」

乗せられている気がしないでもないが、事実なら深刻だ。のちのちネパール内乱の原因をつくった張本人だとうしろ指を差されるのも心外だ。結局折れるしかなくなった。

「じゃあ山の上のがらくたをできるだけ速く片付けるしかない。本番の回収チームはいつ到着するんだ」

ジョーの深刻顔が喜悦の表情に切り替わる。

「来週早々だ。五日でなんとか落下現場までのルート工作を完了して欲しい」

やむなく頷きながらも、郷司は注文をつけておいた。

「クリフの隊が設置した固定ロープが使えるから、突貫工事だけどできないこともない。だけど無理はしないよ。これ以上犠牲者は出したくないから」

ジョーは満面の笑みで立ち上がり、テーブル越しに握手を求めてきた。

「よろしく頼む。繰り返すが、ジャナン氏のことは心配ない。大使館が万全のフォローをする。十分な補償も考えている。妹さんがカトマンズにいるんだろう。のちほど私からも挨拶しておくよ。大船に乗ったつもりで仕事に専念して欲しい」

郷司は渋々ジョーの厚ぼったい手を握り返した。


ジョーとの話し合いを終えて、自前の個人用テントに潜り込み、郷司はインマルサットを立ち上げた。

インターネットにアクセスすると、クロディーヌからの電子メールが届いていた。容態が落ち着いたので、今日の昼頃、マルクがＩＣＵから一般病棟へ移されたという報告だ。とにもかくにも危機を脱したことが朗報だった。

左足と手足の指を失った話は昨晩すでに聞いていた。救出された状況からして、その程度の犠牲は覚悟していた。心配なのはクロディーヌの反応だったが、彼女は驚くほど冷静に受け止めていた。大切なのはマルクの命だという思いは彼女も同様のようだ。

気になったのは放射線による被曝だ。遭難した場所は衛星の落下現場にごく近い。さらにマルクは二次的な雪崩の恐れのある直上ルートを避け、衛星の残骸が散らばる雪田をトラバースしている可能性があった。

ジョーの話では、部隊配属の軍医がマルクから採取した血液を検査した結果、急性被曝特有の症状は見つからなかったという。クロディーヌも病院に居合わせた大使館員にそのことを確認したが、答えはやはり同じだったらしい。

鵜呑みにしていい話かどうか郷司は確信がもてず、主治医にも訊いてみてはと昨夜クロディーヌに勧めておいた。ジョーたちはプルトニウムの一件を世間に対して秘匿《ひとく》している。何も知らない医師にそんな質問をすればあらぬ疑念を抱かれるのは十分想像できたが、天秤《てんびん》にかけて重いのはアメリカの都合よりマルクの命だ。彼女の気持ちも同じようで、主治医にさりげなく質問してみると約束した。

メールの文面は簡潔だ。MRIによる画像診断の結果、マルクの脳組織のダメージは予想していたより軽度で、脳波も正常の状態に近づいているという。ただし意識の回復には多少時間を要するかもしれないということだった。放射線被曝の件にはとくに触れていない。

ほかにも話があるから電話が欲しいという。本題は直接ということらしい。カトマンズへ飛んで帰る予定がジョーとの交渉でひっくり返ってしまった。それを伝えるのは気が重い。それでもクロディーヌの肉声を聞きたい思いに気が急いた。

メールの末尾には携帯電話の番号が書いてある。長期戦覚悟で地元の業者と契約したのだろう。ダイヤルすると二度目の呼び出し音でクロディーヌが応答した。カトマンズへ戻れなくなった事情を話して詫びると、気落ちしたようにやや声を落としたが、やむをえない事態であることは理解してくれた。クロディーヌは気をとり直したように切り出した。

「それよりサトシ、ついさっきマルクが言葉を喋ったのよ。喋ったといってもうわ言みたいなもので、意識が戻ったわけじゃないんだけど」

その声は弾んで聞こえた。回復も時間の問題かも知れない。意識が戻り、死と背中合わせの生還劇をユーモラスに語るマルクの姿が思い浮かぶ。郷司の声も弾んだ。

「彼はいったい何て言ってるんだい」

「それが、意味がわからないのよ――」当惑気味の声が返ってくる。

「何かの名前かしら。〈ブラックフット〉という言葉を何度も繰り返すの。ゆっくりと一音節ずつ区切るように。あなたならわかるかと思って」

その単語を頭の中で繰り返してみた。ブラックフット――黒い足。山の名前でもないし、登山装備のメーカー名でもなさそうだ。どうしても思い当たるものがない。

「ひょっとして雪男《イエティ》の足跡でも見つけたのかな」

「そうね、イエティがマルクを救出してくれたのかもしれないわね。本にすればベストセラー間違いなしよ——」

クロディーヌは電話の向こうでくすくす笑い、それから心なしか声を低めた。

「冗談はさておいて、ゆうべあなたが心配していたことなんだけど——」

放射線被曝の件だろう。さっそく医師に訊いてみた様子だ。

「じつは先生も大使館側から内密で検査の依頼を受けていたというのよ」

理由は明かされなかったが、上司を経由しての指示だったので、とくに詮索もせず血液サンプルを検査技師に渡したらしい。被曝線量は血液検査でかなり精密に測定できるらしく、最も鋭敏なリンパ球の染色体異常を調べる方法でも特異な数値はでなかったという。ジョーたちもダブルチェックを試みていたのだ。衛星の落下現場のいちばん近くにいたマルクは、彼らにしてみれば貴重なモルモットでもあるわけだった。

「とりあえず一安心ということね。また何かあったら知らせるわ。これからもっと喋ってくれるかもしれないし。たとえうわ言でも、喋ったということは言語機能に障害がないということだから、いい兆候だと先生も言っているのよ」

屈託のないクロディーヌの声を聞くうちに、熱いものがこみ上げてきた。気取られないようにと声に力が入った。

「とにかく状況は好転しつつあるようだね。クリフにも伝えておくよ。きっと喜ぶはずだ」

「アメリカ隊の隊長さんね。よろしく伝えておいて。今日は顔色もずっといいの。凍傷の痕もだいぶ目立たなくなってきたし――」

　クロディーヌの返事にも涙ぐむような調子が混じる。ようやく訪れた安堵の思いがその肉声から伝わってきた。ふと思いついて郷司は訊いてみた。

「病院へはナガルコットから通うんだろう。足はあるのかい」

「今日はタクシーを使ったんだけど、お金はかかるし、何かと不自由ではあるわね」

「じゃあ、僕の車を使うといい。ロッジの庭においてあるグレーの小型車だ」

　カトマンズ滞在中の足として、最近中古車屋で買った年代物のカローラのことだった。外見はポンコツ寸前だが、エンジンや足回りはまだしっかりしている。

「ああ、あのご立派な車ね。本当に走るの」

　クロディーヌの軽口も今日に限っては癇に障らない。

「見かけよりも中身だよ。キーはニマに預けてあるから自由に使うといい」

「じゃあ、遠慮なく。あなたも怪我をしないように気をつけてね」

　思いやりを感じさせる口調で別れを告げて、クロディーヌは通話を切った。

　受話器を置いても、その明るく澄んだ声が心地よく耳に残った。しかしいましがた聞いた〈ブラックフット〉という謎めいた言葉の響きには、喉に刺さった魚の小骨のような違和感がまとわりついた。

「〈ブラックフット〉――」

アメリカ直輸入のバドワイザーをコップに注ぎながら、クリフ・マッケンジーがしきりに首をひねった。

「たしかアメリカ先住民のなかにそんな名前の部族があるな。しかしマルクが民族学に詳しいとは知らなかった」

休息と明日からのルート工作の打ち合わせを兼ねて、クリフもその日の昼過ぎに、ABCからロンブクのベースキャンプへ戻ってきていた。大量に備蓄してあるビールやチーズやレトルト食品をクリフの個人用テントに持ち込んで、水分と栄養の補給という名目の白昼の酒宴がはじまったところだった。

「イエティの足跡でも見つけたんじゃないかと言ったんだよ。すると彼女はそのイエティがマルクを救出したんじゃないかって」

郷司は神妙な口ぶりで言った。

「彼女のユーモアのセンスはなかなかのものだ――」

クリフはそのジョークがいかにも気に入ったというように笑った。

「しかしアメリカにいるイエティの親戚はビッグフットだ。それにマルクはフランス人だよ。うわ言なら普通は母国語で言うんじゃないのか。〈ブラックフット〉はフランス語だとどうなる」

「ピエ・ノワールだ」

直訳すれば確かにそうだが、フランス語では普通、植民地時代のアルジェリアで生まれたフランス人のことをそう呼ぶ。クリフが言うように、うわ言の中でわざわざそれを英語にするというのも理解し難い。

「〈ブラックフット〉というのは何か固有名詞のような気がするね」

「アメリカの精神分析医だったら、幼少期に受けた精神的外傷《トラウマ》がどうのこうのと解釈したがるところだ」

クリフが頷いて付け加える。

「それならクロディーヌに何か心当たりがあるはずだよ。ところが彼女も見当がつかないらしいんだ」

「彼はエンジニアだったんじゃないか」

クリフが思い出したように言った。確かにマルクが大学で専攻したのはロケット工学だった。そのあと三年ほど空軍の技術関係の部隊にいたとも聞いている。

「その分野の専門用語とかスラングかも知れんな」クリフが言う。

その解釈は妥当な気がした。それなら門外漢の郷司やクリフが理解できないのも納得できる。ふとある考えが浮かんだ。マルクは遭難現場で見た何かについて伝えようとしているのではないか——。落下したのが人工衛星ならロケット工学と無縁ではない。

クリフはレトルトのローストビーフを美味《うま》そうに頬張り、ロンブクの冷気で少々冷えすぎたバドワイザーを景気よく喉に流し込んでいる。その考えを口にしようとして郷司は思い直した。あまりにミステリーじみている——。言葉にしない理由をとりあえずそう解釈したが、むしろその直感が指し示す方向にある、言葉にし得ない不気味な秘密の匂いが、無意識のうちにそれを躊躇《ちゅうちょ》させたようでもあった。

3

「そっちの様子はどうだい」

市内随一の目抜き通りニューロードの古びたテナントビルの三階にあるWP通信カトマンズ支局のオフィスで、マイケル・ウェストンはナジブ・アサンに気ぜわしく問いかけた。

夜の帳が降りはじめた窓外の街並みには、商店や飲食店の賑やかなイルミネーションが点《とも》り、路上からはけたたましいクラクションや人のざわめきが窓辺まで立ち昇ってくる。

他の支局員たちは本社に送信する雑報の整理に忙殺されていた。マイケルは一日足を棒にして市内を駆け回り、いましがた支局へ帰ったばかりだった。

「情報屋を使って市内の目ぼしいホテルを軒並み当たらせたんですが——」

腰かけたまま、ナジブは傍らに椅子を移動してくる。マイケルはデスクの抽斗《ひきだし》から安物のスコッチをとり出して、二つのグラスに注ぎ、一方をナジブに手渡した。

「さしたる収穫はありませんでした——」

拍子抜けする答えを返して、ナジブはグラスを口に運んだ。米国籍の旅行者が十名以上宿泊しているホテルが四軒あった。しかしいずれもアメリカからの団体ツアーで、とくに怪しい匂いは嗅げなかったらしい。

「それだけじゃないだろう。他に何か動きは――」

　マイケルは意に介さずに催促した。どんな仕事であれナジブは手ぶらで帰る男ではない。収穫がないという割には自信ありげな表情が、すでにそのことを匂わせている。

「臭い話が一件ありました」

　ナジブはグラスの中身をゆっくり喉に流し込む。気を持たせるのがこの男の悪い癖だ。マイケルは苛立《いらだ》った。

「もったいぶらずに早く言えよ」

「情報屋が空港のポーターから聞きかじった話ですが――」

　今度はナジブが身を乗り出してくる。

「一昨日の午後、米空軍の輸送機が到着したそうです。ジャンボ機くらいの大きさの四発ジェットです」

　たぶんC5ギャラクシー――。一〇〇トンの貨物が積める世界最大の軍用輸送機だ。こうなると臭いというより、何か物騒なことが起きようとしている予感さえする。

　輸送機は二〇フィートコンテナを十二個降ろして、すぐに飛び去ったらしい。コンテナはいったん貨物ターミナルに運び込まれ、それから三時間ほどして七個がゲートから運び出された。トレーラーについていた旗にはどこかの非政府組織《NGO》のものらしいロゴがあったという。

「南部の集中豪雨の被災地への救援物資じゃないのか」

「そんなところかもしれません。問題は残りの五個です」

「出て行った七個はたぶんカムフラージュだ。その五個が何で、どこへ運ばれるのか興味津々だな」

スクープへの期待にマイケルの心はざわめいた。

「ところがそのあと、例の馬鹿でかい輸送ヘリが何機も飛んできたそうなんですよ。何しにきたと思います？」

ナジブはまた謎をかける。マイケルは目顔で先を促した。

「貨物ターミナルから運び出された貨物を積み込んで、北東方向へ飛び去ったそうです」

どうだとでも言いたげにナジブの瞳が光る。

「北東？」思わず声が上ずった。

「つまりエベレストの方角です」

ナジブはしたり顔で頷く。収穫がないどころか予想以上の収穫だ。ジグソーのピースが揃いはじめた。

「ご苦労だった。ところでおれの方なんだが――」

マイケルは取材の成果を手短《てみじか》に語って聞かせた。

今日一日、火の玉事件と入山禁止の件について、知り合いの役人に手当たり次第当たってみた。マールボロを一カートン渡せば大概のことは喋る連中が、この件に関してはどうも口が固い。とくにひどいのが登山局で、マイケルはけんもほろろに追い返され、それで逆にピンときた。やはり火の玉の一件には秘密がある——。

そこで一か八か登山局長にじかに電話を入れた。エベレストにミサイルが落下したという情報があるが、事実を確認したい。嫌なら消息筋の情報としてそのまま配信する——。局長は慌てて取材に応じた。

落ちたのはアメリカの旧式の偵察衛星で、とくに危険なものではない。入山禁止措置はアメリカの要請によるもので、軍事機密の保持がその理由だと局長は釈明し、正確な状況が判明するまでは公表を控えてくれと懇願された。

「でも、そいつは特ダネですよ。記事にするんでしょ」

ナジブの黒い瞳がせわしなく動く。

「いや、頼みを聞いてやることにした」

「どうして。ロイターやAFPは気づいていませんよ」

ナジブは怪訝な表情をみせる。

「ポンコツの人工衛星の墜落なんて珍しい事件じゃない。それだけじゃ世間は関心を持たないさ——」

背後に経済援助やら何やらの裏取り引きがあるのは確かだが、たかが衛星の落下にしては機密の壁が厚すぎる。まだ何か隠しているとマイケルは睨んでいた。たぶん国際政治レベルのスキャンダル——。そいつを探り出せば正真正銘の大スクープだ。しかしいますっぱ抜けば連中はガードを固くする。

「C5ギャラクシーにCH—53Eスーパースタリオン、飛んでいった方角がエベレストとくれば、こいつはけちなヤマじゃない。本物の鉱脈を探り当てるまで、しばらく言うことを聞いてやろうというわけだよ」

マイケルは面白い遊びを見つけた腕白小僧のように、鳶《とび》色の目を光らせた。

4

夕刻、クロディーヌは、マルクの病状の説明を受けにシャヒーン医師のところへ出向いていた。

奇跡の救出からほぼ一昼夜経っていた。医師はCTの画像や脳波のデータなどを示しながら、経過は良好であること、梗塞《こうそく》が多少残ったとしても、予後に大きな影響を残すものではないことなどを丁寧に説明してくれた。

意を強くして医師のオフィスから戻り、病室のドアを開けたとたんに異様な空気を感じた。見知らぬ男がマルクのベッドの脇にいる。

男は点滴のチューブを左手で探っていた。右手には注射器のようなものがある。気配に気づいたのか男が振り向いた。体は小柄で、毛糸の帽子を目深《まぶか》に被り、黒いサングラスをしている。やや扁平で浅黒い顔は地元の人間のようにも見えたが、その姿からして医師や病院関係者ではない。マルクに何かしようとしている——。唐突な恐怖に体が硬直した。

「誰なの、あなたは？　そこで何をしているの？」

クロディーヌは渇いた喉から声を振り絞った。

男は弾かれたように窓辺に駆け寄って、手近にあった椅子で窓ガラスを叩き割り、敏捷な動きで外の庭へ飛び出した。

クロディーヌは慌ててナースコールのボタンを押した。のんびりした声で看護婦が応答する。震える声のままに訴えた。

「誰か来て！　怪しい男が侵入したわ！　急いで！」

看護婦が慌てて飛んできた。それを追うようにシャヒーン医師も駆けつけた。

不審者の行方を指さすと、医師も破れた窓から飛び降りて、懸命にその後を追っていく。宵闇の立ち込める庭の奥へと、追う者と追われる者の足音が遠ざかる。

不安な思いで様子を窺《うかが》っていると、困惑した表情で医師が戻ってきた。病棟裏手の塀にたどり着く直前に、男は準備してあったロープで塀を乗り越えてしまったらしい。塀の向こうは商店や民家が密集した入り組んだ路地裏で、そこに紛れ込まれたら、もう追跡は不可能だと医師は言う。

「戻ってくる途中でこんなものを拾いました――」

病室に戻った医師は奇妙なものを掌に載せて示した。逃げる途中で男が落としていったらしい。インスリンの注射液のアンプルと使い捨ての注射器だと言う。

インスリン――。クロディーヌはその言葉に言い難い衝撃を覚えた。

「あの男は兄にインスリンを注射しようとしていたのね」

「そうだと思います。注射器はこの病院で使っているタイプではありません。インスリンもメーカーが違います。明らかにあの男が持ち込んだものです」

「すると目的は――」

「殺人です」医師は躊躇なく言い切った。

インスリンによる殺人トリックをクロディーヌは作品で使ったことがある。糖尿病の治療薬だが、正常な人間に過量に投与すれば、急速な血糖値の低下で昏睡状態に陥り、放置すればやがて死亡する。いわゆるインスリン・ショックだ。体内で自然につくられるホルモンで、人工のものも体内で生成されたものもほとんど区別がつかない。しかもマルクは最初から意識不明だ。成功していれば、誰にも気づかれることなく、証拠も残さずにそのまま死んでいったはずだ。

「私が病室に戻るのが数分遅かったら――」

「完全犯罪が成立したでしょう」

シャヒーンの褐色の頬は鋳物《いもの》のように蒼ざめている。

物盗りということは考えられない。マルクに意識はなく、侵入して気づかれる惧《おそ》れはない。わざわざ殺す必要はないはずだ。目的は暗殺――。当然のように導かれる結論に血の気の引く思いがした。

間もなく陸軍の憲兵が到着した。軍の管理下にあるこの病院での事件は、警察ではなく憲兵隊の管轄になるらしい。室内や逃走経路の庭を一通り調べ、注射器とアンプルを押収し、クロディーヌとシャヒーンから簡単に事情聴取をしただけで憲兵は帰っていった。やる気があるのかないのかわからない捜査だ。思わず不満が口をついて出る。

「あれで本当に犯人が見つかるんでしょうか」

「ネパールは外から見るほど平和な国じゃありません。警察や軍は辺境地域での反政府ゲリラの鎮圧に人員を割かれて、犯罪捜査には関心が薄いんです」

医師は困惑したように肩をすくめた。目的が暗殺だとすれば、一度失敗したからといって諦めてくれる保証はない。破られた窓から流れ込む夜気よりも、さらに冷え冷えとした恐怖が心にまとわりつく。不安に耐えかねて医師に訴えた。

「マルクをここへ置いておくのは危険じゃないかしら。どこかほかの病院へ移すことはできません?」

「お気持ちはわかります。しかし——」医師は慌てて宥《なだ》めにかかる。

「ジャナン氏はまだ安静にしている必要があります。将校専用病棟に空きがありますから、そこに入れるよう、すぐに手配します」

「兄がこの病院にいることを犯人が知っている限り、どの病棟に移っても変わりないんじゃありません?」

「個室病棟には一般人は近づけません。警備兵も常駐しています。もちろん外部には一切漏らしません。ここ以上に安全な病院はネパール国内にはありません」

事件の発生に自ら責任を感じているように、医師は懸命に説得を試みる。その誠意には心を打たれた。おそらく医師の言う通りだろう。曲がりなりにもここは軍が管理する病院なのだ。

「そうね。兄の治療のことを考えれば、それが最善かもしれないわね」

そうは答えたものの、茫漠とした不安は心に貼りついて離れない。なぜマルクが命を狙われるのだ。兄がいったい何をしたというのだ——。正体のわからない敵ほど恐怖を駆り立てるものはない。

その時、傍らのベッドでマルクが低く呻《うめ》いた。唇が震え、微かな呟《つぶや》きが聞こえた。室内の空気が一瞬凝固する。

〈ブラックフット〉——。

昼にも聞いたあの謎めいた言葉だ。マルクはゆっくりと何度かそれを繰り返した。

唐突な放電現象のように、その言葉といま起きた事件が頭の中で結びついた。思考の歯車が少しずつ嚙み合いはじめる。

ニマとやりあったジェローム・ダルトンと、懐に拳銃を忍ばせた部下の若者の顔が思い浮かんだ。二人の姿は今日は見かけなかったが、アメリカ人とおぼしい不審な男が二人、つかず離れず周囲をうろついているのには気づいていた。

なぜ執拗に自分を監視するのか。落下した衛星に危険がないのなら、なぜそれをひた隠しにするのか。しかしマルク本人は、落下物が衛星だったことも、そこにプルトニウムを燃料とする原子炉が積まれていたことも知らないはずなのだ。

郷司が推測したマルクの生還ルートのことを思い出した。マルクは雪崩の危険のある直上ルートを避けて、衛星の破片が散乱していた雪田を突っ切っているはずだという。

郷司が心配していたのは放射線被曝のことだったが、浮かび上がったのはそれとは別の疑念だ。直感に過ぎないが確信めいたものがある。マルクはそこで何かを見たのだ。〈ブラックフット〉という言葉と結びつく何かを。

そしてその記憶を命ごと消し去ろうとする者がいる。いったい誰が――。思いを巡らすまでもなく、答えのある方向は自ずから見えてくる。

鉛のような恐怖の負荷に胸を締めつけられながら、傍らのベッドで穏やかな寝息を立てるマルクを、クロディーヌはただ茫然と見つめていた。

5

午後七時、郷司はロンブクのベースキャンプの個人用テントで、エベレスト周辺の衛星写真を眺めながら、回収作戦のためのルート工作の検討をしていた。

唐突にインマルサットの呼び出し音が鳴った。クロディーヌからだった。約束した定時交信の時間より二時間も早い。

開口一番で聞かされたのは、つい数時間前に起きた驚くべき事件のことだった。衛星回線の向こうのクロディーヌの声にはまだかすかな震えが残っている。自ら招いたわけでもない災厄で死の淵をさまよい、片足と指を失い、いまも意識不明の状態で眠るマルクからさらに命をも奪おうとする敵がいる——。話を聞くうちに衝撃は深い憤りに変わった。

「マルクは何かを見たのよ。それが明らかになることを恐れて、誰かがマルクを消そうとしているのよ」

クロディーヌは確信している様子だった。その謎を解くキーワードが〈ブラックフット〉なのだと。それが衛星の落下現場でマルクが遭遇した何かと関連しているのだと——。推理というよりほとんど直感に等しいが、その考えには郷司も共鳴するものがあった。

「命まで狙うということはよほどのことだよ。衛星のプルトニウムのことを彼らは隠したいらしいけど、そのために人を殺していたらきりがない。僕だってクリフだってそうだ。〈天空への回廊作戦〉に参加している民間人は全員殺されなくちゃいけない」

第一に浮かぶ疑念を郷司はまず否定してみた。クロディーヌは意を得たという様子でその先に話を進める。

「殺す必要があったのは、とりあえずマルク一人だったというわけね」

「うん。だから君の考えには一理ある。マルクはプルトニウムの件については何も知らない。ところが衛星の残骸を目の当たりにした可能性のあるのは、いまのところ世界中でマルク一人だからね」

電話の向こうで深い吐息が聞こえた。彼女の考えと郷司の考えが一致したということは、彼女が抱いていた不安がより確実なものになったということでもある。そのため息の重さが身に応えたが、気がかりなことはもう一つあった。

「ところで例の大使館の連中は」

「今日はあの二人はいなかったけど、別のアメリカ人が病院の中をうろついていたわ。気味が悪いから、帰りはニマに迎えにきてもらったのよ」

クロディーヌの声に新たな翳りが加わる。インスリン事件と関係があるかどうかはわからないが、そちらの動きも不気味だ。

「関わりを持たない方がよさそうだな。今回の作戦を進めているのはペンタゴンやCIAという物騒な政府機関だ。周辺には怪しげな連中もいるだろうから」

「もちろんよ。スパイ小説を読むのは好きだけど、いまのところそのヒロインになる気はないの。ところで――」

わずかに調子をとり戻してクロディーヌが付け加えた。

「事件のあと、マルクはすぐに将校専用の病棟へ移してもらったの。シャヒーン先生の話では、軍の高官も入院する病棟で、警護のレベルはカトマンズ随一だそうよ」

マルクの入院以来、彼女の言葉の端々からシャヒーンへの信頼が伝わってくる。ニマは多忙な人間で、すべてを頼るわけにはいかない。クロディーヌとマルクが直面している深刻な事態を思えば、シャヒーンの心配りは願ってもないことだ。

素直に感謝すべきだとは思いながらも、郷司の心は波立っていた。カトマンズから遠く離れたロンブクで、自分がただ手を拱《こまぬ》いているしかないことが、とてつもなく理不尽なことに思えた。いまクロディーヌの傍らにいるべきは自分なのだという思いが心を苛んだ。そんな複雑な気分を曖昧な相槌で押し隠し、クロディーヌの労をねぎらって電話を終えた。収まりの悪い気分を抱いて郷司はテントを出た。

ジョー・スタニスラフがどう引き留めようと、こんな怪しげな作戦からはもう手を引きたかった。一方でマルクに迫っている脅威の震源が、この作戦のどこかに隠されているかもしれない。それを探り暴露することが、その脅威からマルクを護《まも》る最良の手段なのかもしれなかった。

中天に昇った月が、エベレストの山容を蒼ざめた亡霊のように浮かび上がらせていた。クロディーヌの面影が瞼に浮かんで離れない。雄大なロンブクの谷が不条理な獄舎のように思えてきた。いますぐにもカトマンズへ飛んで帰りたかった。切ない思いに抗うように、ことさら不機嫌な足取りで凍てついた岩屑を踏みしだきながら、郷司は本隊のテント群へ足を向けた。

訪れたのはクリフ・マッケンジーの専用テントだった。クリフはいつもながらの鷹揚な笑みで迎え、空いているマグカップにチェリーの香りのバーボンをなみなみと注《つ》いで手渡した。わずかに口をつけてから、単刀直入に訊いてみた。

「クリフ。例の〈ブラックフット〉の件、誰かに喋ったかい」

唐突に切り出された話題に、クリフは戸惑いの色を見せた。

「いや、誰にも喋っていない。サトシ、何が言いたいんだ」

マルクの暗殺未遂事件の顛末を語って聞かせると、クリフは衝撃を隠さなかった。

「犯人の動機は何だと思う」

「物盗りじゃないことは確かだな。だとすると怨恨か」

クリフはまだ要領を得ない様子だ。

「マルクが命を狙われるほど、人に怨まれるような男だと思うかい」

「確かに考えにくい」

重苦しくうめいて、クリフはバーボンを口に運んだ。

「口封じの可能性もある」

郷司は慎重に切り出した。クリフは飲みかけたバーボンにむせながら、目を剝いて問い返す。

「そりゃ一体どういうことだ、サトシ」

「考えてみろよ、クリフ。彼が遭難地点からどうやって頂上に向かったかを――」

あの大規模な雪崩の後、ホーンバイン・クーロワールの状態はかなり不安定で、直上すれば二次的な雪崩に襲われる可能性があった。マルクはそのルートを避け、頂上直下の雪田を右にトラバースして西稜に出たはずだ。あの状況では、たぶんそれが最も安全なルートだった――。すでにクロディーヌには語った推論だが、北西壁ルートを知り尽くしたクリフにとっては常識に過ぎないはずの話だ。クリフはすぐに疑惑の意味を理解した。

「つまり君が言いたいのは――」

「そう、彼がトラバースした雪田には衛星の破片が散乱していた。彼はそこで何かを見たんじゃないのか」

「おい、サトシ。あのエベレストのゴミはただの時代遅れの偵察衛星だ。そこまでして口封じしなければならない秘密があるわけがない」

「〈ブラックフット〉という言葉が気になるんだよ、クリフ。クロディーヌも同意見だ」

「つまり犯人は作戦関係者が差し向けた殺し屋だと言いたいのか。しかし彼のうわ言について知っているのは、君と彼女と私だけのはずだ」

クリフは途方に暮れるように肩をすくめる。

「看護婦や医師が聞いているかも知れない」

「病院関係者の中にスパイが潜り込んでいるというのか」

「それも考えられる」

郷司は自らの考えを確認するように頷いた。もっとも身近にいるシャヒーン医師を疑ってもみたが、彼はどう考えても潔白だ。その気になれば自分の手でインスリンを投与するのは朝飯前だ。あまりにも関係が近すぎる。しかしマルクの周囲にいる病院関係者は彼だけではない。ナースもいれば検査技師もいる。

思案げにしばらく俯《うつむ》いてから、クリフは重い口を開いた。

「誓って言うよ、サトシ。君が知っている以上のことは私も知らない。もし何かあるとしたら、それはアメリカという国家が市民である私をも騙しているということだ」

「それは信じる。しかしこの作戦に関わっているのはペンタゴンとＣＩＡだよ。国家機密に関わる問題で、彼らが常にフェアでオープンだとは思えない」

ぶつける当てのない憤りを鎮めるかのように、郷司はマグカップの中の刺激の強い液体をゆっくり胃の中に流し込んだ。

6

翌朝、出社したばかりのマイケル・ウェストンは、朝一番のコーヒーを飲み終える間もなく一本の電話を受けた。

彼はカトマンズの政府機関や公共機関に多くの情報提供者――彼自身は「友人」と呼んでいる――を持っていた。電話の相手は陸軍病院にいるそんな友人の一人だった。思いもよらないその情報は、寝ぼけ気味だった脳細胞に活を入れた。

「面白い情報が飛び込んだぞ――」

受話器を置いて、雑報を整理しているナジブ・アサンに声をかけた。

「陸軍病院にフランス人のマルク・ジャナンという登山家が入院している。火の玉事件のさ中にエベレストで遭難し、二日間も山中をさ迷って生還したらしい。いまは意識不明の状態だが、昨日から不可解なうわ言を言うようになった。〈ブラックフット〉という言葉を何度も繰り返すらしい」

「それがどうかしましたか」

さして関心もなさそうにナジブが訊き返す。

「最後まで聞けよ。そのジャナン氏が昨日殺されかけた。正体不明の男がインスリンを注射しようとして、直前に見つかって逃走した」

「インスリン――」

ナジブは首をかしげる。

「糖尿病でもない人間に投与すればインスリン・ショックを起こす。病人や怪我人なら間違いなく死ぬ。しかし意識不明の患者の部屋から物を盗むのに殺す必要はない。つまり物盗りとは考えにくい。どうも暗殺未遂の疑いがあるとおれの友人は言うんだよ」

「動機は――」

「ここからは推理だが、彼は現場で何か見たんじゃないか。〈ブラックフット〉という言葉はそれと関係がある。彼が意識を回復して、それについて語るのを怖れる連中がいるというわけだ」

「ジャナン氏は落下現場にいたんですか」

ナジブの瞳が俄然生気を帯びた。

「恐らくな。登山局でチェックすればどのルートを登っていたかわかるだろう。チベット側ならラサの登山協会で調べられる」

マイケルの心の中でも、ここしばらく封じ込められていた記者魂のセルモーターが始動した。

「謎を解くキーワードは〈ブラックフット〉だよ。おれはこれから宇宙・軍事関係の専門家に片っ端から電話してみる。君はすぐ登山局へ飛んで、マルク・ジャナン氏が参加していた登山隊とルートを調査してくれ」

マイケルは手短に指示すると、自らも分厚いシステム手帳をデスクの上に広げ、心当たりの科学者や専門家に次々電話をかけはじめた。

国際電話料金の請求が心配になるほど電話をかけまくったが、成果ははかばかしくない。時差の関係でつかまらない相手も多い。知らないという者が大半で、どう考えても見当違いの話を得々と喋る相手もいる。奥歯に物の挟まった言い方で体《てい》よく回答を拒む者もいた。ようやく本命の人物をつかまえたのが午前十一時過ぎだった。

国際電話回線の向こうで、旧知の老教授は重苦しくつぶやいた。

「どうやら君は、とんでもない化け物の尻尾を摑んでしまったようだな」

マイケルがギリアム・ウィットモア教授と知り合ったのは、八〇年代にアメリカが推進しようとした戦略防衛構想《SDI》に関する取材の折だった。

当時マサチューセッツ工科大学《MIT》で教鞭をとっていた教授は、いまはデンバーの民間シンクタンクの顧問に退いているが、二人の親密な交友関係はいまも続いていた。宇宙工学の世界的権威で、NASAや軍のプロジェクトにも深く関与してきた教授は、マイケルにとって軍事関係を含む航空宇宙分野の生き字引ともいうべき存在だった。

「どういう意味です?」

思いもよらないウィットモアの言葉にマイケルは当惑した。

「君の方は、その件についてどの辺まで調べがついているんだね」

教授が問い返す。やむなくここまでの情けない取材の成果を披露した。

北アメリカ先住民の一部族にブラックフットというのがあった。カナダのアイスホッケーのマイナーリーグにも同名のチームがある。あとはペンシルベニアの小さな運動靴メーカーがそんなブランドの靴を作っていた。ビッグフットならアメリカ版の雪男だが、マルク・ジャナンは何度もその言葉を繰り返しているので聞き違いはなさそうだ――。

「〈ブラックフット〉で正しいよ。その人物が遭難した場所に落ちたのは確かに人工衛星なんだね」

教授が話を遮って確認する。鉱脈は意外に近いところにありそうだ。

「ええ、旧式の偵察衛星で、だいぶ前に役割を終えていた代物のようです」

「打ち上げられたのは一九八〇年代初頭じゃないかね」

「ネパール政府関係者からの内密な情報では、一九八〇年に打ち上げられたインスペクター80という衛星だそうです」

「そのマルク・ジャナンというフランス人の経歴は調べてみたかね」

「登山家としてはかなり異色です。ストラスブール大学でロケット工学を専攻し、優秀な成績で卒業しています。卒業後三年間フランス空軍に技術将校として勤務し、その後フランスの国防関係の企業に二年勤めたのち、七年前にプロの登山ガイドに転身しました。登山の方は高校時代からやっており、若い頃から国内では有名なクライマーでした」

ウィットモアは低くうめいた。

「なるほどな。そういう世界にいたなら噂くらい聞いたことがあっても不思議はない」

「何の噂ですか」

「〈ブラックフット〉プロジェクトだよ」

意味ありげな教授の口ぶりが、マイケルの期待をいよいよ掻き立てる。

「なあ、マイケル。一つ忠告しておこう。どうしてもこの件を探りたいなら十分慎重にやることだ。そのフランス人登山家のような目に遭わんようにな。出来ることならこのまま忘れてしまうことを私は勧めるよ」

いつもの自信に溢れた調子は影を潜めていた。何かに怯えるようなウィットモアの口調に合わせて、マイケルも思わず声を押し殺した。

「どんなプロジェクトだったんですか」

「私から聞いたということは、誰にも言ってもらっては困る」

「約束します」

「二十年ほど前に、私はある機密プロジェクトに参加したことがある。そのプロジェクトは〈ブラックフット〉というコードネームで呼ばれていた」

「何を開発していたんですか」

「個別誘導複数弾頭《MIRV》だよ」

ウィットモアは、世間にはばかる言葉を口にするようにぽつりと言った。

MIRV――。同時に複数の目標を攻撃できる大陸間弾道弾《ICBM》用の核弾頭のことだ。アメリカはそれを七〇年代初頭にすでに実戦配備していたはずだった。マイケルの指摘に、ウィットモアは意外な答えを返した。

「ICBM用に関してはその通りだ。しかし我々が開発していたのは特殊なものだ。衛星搭載用だった」

耳を疑った。一九六〇年代から七〇年代初頭にかけて、ソ連が部分軌道攻撃システム《FOBS》と呼ばれる、地球周回軌道上の人工衛星から地上目標を狙う戦略ミサイルシステムの開発を進め、途中で断念したことは知っていた。しかしアメリカまでそんな代物をつくっていたとは――。

「あくまでソ連に対する牽制だったんだよ――」ウィットモアは続ける。

ソ連が当初の開発計画を中止したのは、七九年六月に合意に達した第二次戦略的攻撃兵器制限交渉《SALTⅡ》に基づいての決定だったが、七九年のソ連によるアフガン侵攻を理由に、米議会は条約を批准《ひじゅん》しなかった。これに対抗してソ連側は、技術的にはすでに完成していたFOBSの実戦配備を示唆した。

FOBSのような新たな戦略核体系の一方的な導入は、冷戦の根本哲学とも言うべき相互確証破壊理論の実効性を大きく損なう。アメリカは外交ルートを通じて圧力をかけ、配備を中止させようとしたが、そのためのブラフとして、同種の宇宙兵器の開発においてもソ連を上回る技術力を誇示する必要があった。

当時圧倒的優位にあったマイクロコンピュータ技術を惜しみなく投入して、プロジェクトチームは基本設計と試作の段階まで一気に開発を進めた。コンピュータによるシミュレーションでは、ソ連が開発していたものより数段上回る性能を確保した。アメリカはその情報をKGBを初めとする世界の諜報機関に意図的にリークした——。

「じゃあ、最初から実戦配備する気はなかった」

「少なくともそう信じて私はプロジェクトに参加した。考えてもみてくれ。東西両陣営の核兵器搭載型衛星が人類の頭上を飛び交うさまを。まさにノストラダムスの大予言の現実化だよ」

そもそもウィットモアは宇宙を舞台にした軍拡を否定し、その後のSDI構想にも批判的だった。〈ブラックフット〉プロジェクトにも当初は反対していたが、あくまでソ連によるFOBSの実戦配備を抑止するための対抗手段だということで参加したらしい。

作戦は功を奏した。KGBが入手した〈ブラックフット〉の仕様書やシミュレーション・データを見て、クレムリンはFOBSの配備を断念した。軍拡のエスカレートを望まない西側諸国からの水面下の圧力も効果的だったという。

「経歴から考えると、そのマルク・ジャナン氏が、〈ブラックフット〉プロジェクトについて何らかの知識を有していた可能性は十分あるんだよ。あのプロジェクトはいまでも世界の軍事技術者の間では公然の秘密だ。むろんアメリカは肯定も否定もしていないがね」

「もし彼が遭難現場で何かを見ていたとしたら——」

マイケルは汗ばんだ手で受話器を握りなおした。

「プロジェクトはお蔵入りになったはずだった。信じたくはないが、もし実際に配備されていたとすれば、アメリカは、当時のソ連はおろか世界中を騙したことになる」

「エベレストに落下した衛星が〈ブラックフット〉を搭載していた可能性はあるんですね」

「私たちが開発したのは極めて小型で高性能のシステムでね。偵察衛星を偽装して運用することは十分可能だ」

吐き捨てるウィットモアの口調には、憤りとも嘆きともとれる響きが混じっていた。

7

茫漠とした時空をマルクは漂っていた。

自分の存在が雲や霧のように感じられ、あるいは雲や霧の中に浮かぶ無限に小さな種子のようにも感じられた。

〈ブラックフット〉という謎めいた呪文が心の奥底にたち現れ、彼がそれを呟くと、呪文は時空を埋め尽くすように周囲に谺して消えていった。

思いは厳冬のエベレストに立ち戻っていく。そこで出会った亡霊に、世界を焼き尽くす火矢を背負った悪魔の化身に——。

八年前の秋、フランスの名門航空宇宙企業アエロスパシアルの戦略防衛システム部門に勤務していたマルクのもとを見知らぬ男が訪れた。

ジャン・マリ・ピコンと名乗るその男は、マルクが仕事を終え、帰宅する時刻を見計らったようにアパルトマンにやって来た。

ある民間シンクタンクの職員だと身分を告げ、男は二万フランの謝礼を条件に奇妙な仕事を依頼した。それは英語で書かれた謎めいた技術論文の解読と要約の作成だった。バインダーに綴じた分厚いファイルをリビングのテーブルに置いて男は言った。

「ご心配なく。スパイ行為に当たるような仕事ではありません。情報はすべて合法的に入手したものです。我々がそれを理解できるように、あなたの知識をお借りしたいだけなのです。謝礼は確かにこの種の仕事にしては破格です。そこにはむろん仕事の内容について秘密を守って頂きたいという意味が含まれていますが、あくまでライバル企業への対抗上必要なものです。情報ビジネスも最近は競争が厳しくなりましてね。あなた個人に法に抵触する行為を強要する意図は毛頭ないのです」

「どんな内容なんですか」

マルクはファイルには手を触れず、男の顔をしげしげ眺めながら訊ねた。

「一時期アメリカが進めていた戦略兵器の開発プロジェクトに関する報告書です。ある理由で実用化の一歩手前で計画が中止になり、そのままお蔵入りになっていたものです」

ピコンは丸い金縁眼鏡の奥の灰褐色の瞳に作り物のような愛想笑いを浮かべた。縮れた赤毛をポマードで丁寧に撫でつけ、値の張りそうなブランド物のスーツに大柄な体軀を包んだピコンは、その無骨な体型とは裏腹に、どこか知的な印象を与えた。

「だとしたらかなり機密度の高い情報のはずです。どうして入手できたんですか」

「表向きは機密扱いとされていますが、実際にはソ連を牽制するためにアメリカが意図的にリークしたものです。彼らは同タイプの兵器の開発をソ連に断念させるために技術力を誇示する必要があった。しかしそれを実用化し、実戦配備する気は元々なかったんです」

「どうして私にこの話を持ってきたんです」

「私どものデータベースにはあらゆる専門分野の科学者や技術者の詳細なリストがあります。ロケット工学もしくは宇宙工学の専門家で、弾道ミサイルの研究に携わった経歴があり、現在は軍に所属していない人物という条件で検索した結果、最も適合度の高かったのがあなたでした」

予期していた問いであるかのようにピコンは澱《よど》みなく答える。長年の夢だったプロの山岳ガイドへの転身を決意していた当時のマルクにとって、二万フランの謝礼は魅力だった。彼はヒマラヤでの実績を積むために自己資金による遠征をいくつか計画しており、そのための資金はいくらあっても多すぎることはなかった。彼はその仕事を引き受けた。

〈ブラックフット〉というコードネームをもつそのプロジェクトの内容は恐るべきものだった。もし実用化されていたら、冷戦の終結はあるいは第三次世界大戦という最も悲惨な結末によって成就したかも知れなかった。米ソ両国とも、その種の兵器を実戦配備するという狂気を抑制するだけの理性は持っていたらしい。

マルクは一週間ほどで数百ページに上る論文を簡潔なレポートにまとめ、オリジナルのファイルとともにジャン・マリ・ピコンに手渡した。さらに一週間ほどして、指定した銀行口座に約束の二万フランが振り込まれ、ピコンからはその後一切連絡はなかった。

その年の暮れ、税務申告用の書類をとり寄せるためにピコンの勤務するシンクタンクに電話すると、経理担当者は該当する支払いの記録は見当たらないと答えた。驚いたのはそれだけではなかった。ジャン・マリ・ピコンという人物の在職記録は、過去にも現在にも存在しないと担当者は告げた。

そしてこの冬、標高八〇〇〇メートルの烈風と寒気に曝《さら》されながらエベレスト頂上直下の雪田をトラバースしていた時、マルクは忘れかけていたその悪夢に出会った。そこで見たのは存在してはならないはずのものだった。

クレーター状に抉《えぐ》られた謎の火の玉の落下地点には、焼けただれた金属片やパーツ類が散乱していた。それが落下した人工衛星の破片であることに、マルクはすぐに気づいた。

その中に、外板は黒く焼け焦げているがほとんど無傷で、半分ほど雪に埋もれた物体があった。直径二メートル、長さ三メートルほどの筒状の容器に格納された、姿勢制御用の方向安定板を持つ六個の超小型弾頭――。

それは衛星本体の精密カメラとコンピュータによって、宇宙空間から地表の目標をピンポイント攻撃できる究極の宇宙兵器――〈ブラックフット〉のランチャーそのものだった。

ありうべからざる狂気が存在した。人類は核による自滅への一歩をとうの昔に歩み出していたようだった。

果てしなく続く不思議な時空を漂いながら、巨大な業火が世界を包み込むビジョンを彼は夢み続けた。深い憤りと悲しみを抱いて、誰一人聞く者のいない虚空に向かって、〈ブラックフット〉とマルクは声のない声で呟いた。

第四章

1

その夜、コロラド州の州都デンバーから南に向かう州間高速道路二十五号線を走る車はまばらだった。

右手に連なるロッキー山脈の峰々はどんよりと垂れ込めた雪雲の中に頂を隠し、雲間でときおり光る稲妻が、雪に覆われた山ひだを青ざめた蜃気楼《しんきろう》のように浮かび上がらせていた。夕刻に降りはじめた雪はすでに止んでいたが、まだ除雪されていない路面は夜間の冷気に凍てついていた。

スタッドレスタイヤを履いたギリアム・ウィットモアのフォード・エクスプローラーは、積雪時の制限速度四〇キロを守りながらキャッスルロックを過ぎた。

妻の待つコロラドスプリングズの自宅まであと三〇キロ足らず。急ぐことはない。老いとともに人生からは少しずつ急ぐ理由がなくなっていくものなのだ――。今年七十五歳になった彼は、ドライバーとしての腕にはまだまだ自信があったが、妻や息子の忠告には聞く耳を持ち、運転は常に慎重にするよう心がけていた。

ＭＩＴの教授職を退いてすでに十年。週に二日、デンバー市内にある民間シンクタンクのオフィスに通勤し、若い研究者たちの相談相手になることが顧問としての彼の仕事だった。美しい山並みに囲まれた、アメリカで最も平均標高の高いこの州での生活に彼は満足していた。

滑り止めに路上に撒かれた砂がタイヤの回転で舞い上げられ、サイドやリアのウィンドウに弾けてポップコーンがはぜるような乾いた騒音を立てる。ウィットモアはその音に負けないようにカーオーディオのボリュームを上げた。デューク・エリントン楽団のけだるいブラスのアンサンブルが心地よい防音壁となって周囲をとり巻いた。

「シングス・エイント・ホワット・ゼイ・ユースト・トゥ・ビー（昔はよかったね）」——。単純なリフで構成されたそのスウィンギーな曲に、ウィットモアはハミングを重ねながら思った。

「昔はよかった——。確かにな。ジェイソン・シルバーンのような国家エゴ剝き出しの官僚はこの国にはいなかったし、誰もが人の道を心得ていた。ジェイソン自身だって、二十年前は正義の価値に敏感な心優しい若者だった。それがどうだ。いまじゃ権力欲や金銭欲にまみれたドラキュラ顔負けのエリートどもと、落ちこぼれて盗みや殺しを屁とも思わなくなったジャンキーたちだけの国にこのアメリカは成り下がろうとしているらしい」

昨晩、マイケル・ウェストンの話を聞いて不審な思いが拭い去れなくなったウィットモアは、今日の午後、MIT時代の教え子でペンタゴンの統合参謀本部付首席調査官のジェイソン・シルバーンに、〈ブラックフット〉プロジェクトのその後の経緯についてたずねようと電話をかけた。

互いの近況についての月並みなやりとりのあとで本題を切り出すと、シルバーンの口調は急に硬くなった。

「なぜそんな話を蒸し返すのか理解に苦しみますな、教授。合衆国政府として公式にコメントできないことは教授がいちばん良くご存じのはずですが」

「政府の公式見解を聞くためにわざわざ君に電話なんかせんよ。本当のところはどうなんだね。そのエベレストに落ちた偵察衛星に〈ブラックフット〉は搭載されていたのかね。もしそうなら、あのプロジェクトに関わった研究者は、私も含めてみんな当時の政府に騙されていたことになる。私は信じたいのだ。私の生まれ育った国の政府をね」

「公式にも非公式にも申し上げることはありません。その件についてはお忘れ下さい」

「その衛星の回収に合衆国が動いているのはどうやら間違いないようだ。君ならそのあたりの事情もわかるはずだ。君から聞いたなどとは誰にも言わん。もし私が疑っている通りだったとしても、決して外部に公表したりはせん。老い先短い身だ。冥土《めいど》の土産に真実を知っておきたいだけなんだ」

「申し上げることは何もありません」

シルバーンの声に明白な苛立ちが滲んだ。

「あれは私が中心になって進めたプロジェクトだ。私には知る権利があるとは思わんかね」

忍耐力に自信のある方ではなかったが、ウィットモアは努めて寛容さを保った。

「教授、どうかご理解ください。知る権利がどうのこうのという問題ではないのです。合衆国政府にとってそれは存在してはならない問題なのです」

シルバーンは居丈高に押し切ろうとする。かつての教え子の予想もしない物言いにウィットモアは抑制を失った。

「愚かな。君たちは政府を、国家を私物化しようとしているのかね。権力のバリアに囲まれた聖域の中でいったい何を企んでいるというんだ」

「教授、重ねてご忠告申し上げます。この件についてはお忘れ願いたい。そして私もまた、つねに教授の健康と長寿を願っている者の一人であることをご記憶ください」

シルバーンは冷たい刃のような口調で言い捨てて電話を切った。抑えがたい怒りがこみ上げてきた。あの男は国家の名において自分を脅したのだ！

彼は専用のキャビネットに鍵をかけてしまっておいた〈ブラックフット〉関係の分厚いファイルをとり出し、コピーもとらずに梱包して、カトマンズのマイケル・ウェストンのもとに送り届ける手配をした。

ウィットモアは神に誓ってその行動が間違っていないと確信していた。

彼らが自分を騙していないならこのファイルはただの古びた紙の束に過ぎない。プロジェクトそのものは当時の政府の意図的なリークで公然の秘密になっているのだから。しかしもし彼らが自分を、そして世界を騙して〈ブラックフット〉を実戦配備していたなら、この資料はウエストンにとって、真実を究明するための貴重な武器になるはずだった。

暗い迷彩塗装の大型車両が追い越していった。

近隣のカーソン陸軍基地かピーターソン空軍基地の軍用トラックだろうとウィットモアは思った。トラックは前方五〇メートルくらいのところで急停止した。幌をかけた荷台から男が二人飛び出してきて懐中電灯を振る。停まれという合図らしい。

アクセルを緩めブレーキペダルを静かに踏み込んで、一〇メートルほど後方の路肩に停車した。

ヘッドライトの光の輪の中でトラックの助手席のドアが開き、男が一人降りてくるのが見えた。男はゆっくりと歩み寄ってきた。

黒い革のコートに重そうな革のブーツ。コートの下は陸軍の野戦服のように見えたが、被っている帽子はこのあたりではありふれたコロラド・ロッキーズの野球帽だ。

運転席の脇に立って、男は窓を開けるように手で合図した。武器を手にしていないことを確認して窓を開けた。

「どうした。エンストでも起こしたのかね」

「ギリアム・ウィットモア教授ですね」

質問を無視して男は逆に問いかけてくる。

「そうだが――。君は軍の人間か」

男は答えない。薄茶のサングラスの奥の目は、まがい物の水晶のように無表情だ。

窓の外は氷点をだいぶ下回っている。唐突に感じた慄きが、窓から吹き込む寒気のせいなのか、男の放つ不可解な威圧感のせいなのか判然としない。

「こんな時間にこんな場所で、私に一体なんの用だね」

「命令を受けてまいりました」

わずかに顔を近づけ、押し殺したような声で男は答える。

「どんな命令かね」

「あなたを沈黙させるようにと――」

冗談を言っている様子は感じられない。冷え冷えした恐怖が背筋を這い登る。

「つまり殺そうというわけか。誰が命令したんだね」

やはり問いには答えず、男は酷薄な口調で付け加えた。

「できるだけ苦痛を与えないようにとの注文でした」

今日の午後、電話で話した、ジェイソン・シルバーンの脅迫めいた言葉を思い起こした。化け物の尻尾を踏んでしまったのはどうやら自分の方らしい。

深夜のハイウェイの車の流れは途絶えている。気がつくと野戦服の男が二人、フロントウィンドウの前で自動小銃を構えている。最初に荷台から降りた連中だ。銃口は真っ直ぐにウィットモアの頭部を狙っている。

「君たちは米国市民かね」

威厳を保ちながらウィットモアは問いかけた。男は黙って頷く。

「私もそうだよ。物心つく頃から祖国を愛し、祖国に忠誠を誓ってきた。第二次大戦では腰に貫通銃創を受け、いまだに障害が残っている。しかし祖国への愛はいまも変わらない。それは家族への愛にも匹敵するものだ。そんな老いたアメリカ市民を殺すことで、君たちはいったいどんな利益をこの国にもたらそうとしているのかね」

男はやはり答えない。カーオーディオから流れる曲はミディアムテンポの「昔はよかったね」から甘いスローテンポの「ムード・インディゴ」に変わっていた。

「名前と所属は――」

さらに問いかけた。男はまた無言だった。

「どうやら私は死んでいく身だ。教えたってさしつかえないと思うがね」

もういちど穏やかに促した。

「デルタフォース所属のジャック・ウィルフォード中尉です」

男は何かを決断したようにそれを告げた。サングラスの奥でわずかに目を伏せ、コートのポケットをまさぐってとり出したのは黒い万年筆のような器具だった。

厚手のコーデュロイのジャケットを着たウィットモアの左肩に、その先端が軽く押し付けられた。チクリというかすかな痛みを感じた。

「お別れです、教授」

男は器具をポケットに戻し、直立不動の姿勢で敬礼した。ほとんど間を置かずに胸部を軽い疼きが襲った。それは苦痛というほどのものではなかった。

目の前が暗くなった。束の間、コロラドスプリングズの自宅で待つ妻のジェニーと、サンフランシスコで暮らす息子のジョエルや孫たちの顔が浮かんだ。さらにウィットモアの生涯を彩った懐かしい人々の顔や情景が浮かび上がっては消え、やがてすべてが曖昧になって、漆黒のバックグラウンドに溶け込んだ。

明るい悲哀を漂わせた「ムード・インディゴ」の厚いブラスの和声が、深い闇の向こうでゆっくりとフェイドアウトしていった。

2

衛星の落下から五日経った一月二十六日の早朝、ロンブクの褐色の谷には肌を刺すヒマラヤの寒気が吹き込んでいた。

ベースキャンプのテント群が寒さに身を寄せ合う小動物の群れさながらに身震いする。

キャンプサイトの中央広場には、シェルパたちの手で石積みの祭壇が築かれている。頂上に立つ竹竿《たけざお》から放射状に何本ものロープが張り渡され、そこに結ばれた赤、緑、橙、青、白の五色の小布――仏教の経文を印刷した祈禱旗《タルチョー》が満艦飾のようにはためく。上空では宇宙の色に限りなく近い濃紺の空を背景に、死者の魂を運ぶというワタリガラスが人の声にも似た叫びを上げ、風に抗って弧を描いていた。

「サトシ、プジャの儀式にカラスがやってくるのは吉兆だ」

その空を見上げて、サーダーのラクパ・ノルブが言う。この寒気は天候の安定を占う意味では確かに吉兆といえた。頭上を吹く強烈な北西風は、谷から湧き上がる雲や霧を吹き散らし、麓から頂を仰ぎ見るトレッカーたちにとっては絶好の展望日和を保証してくれる。しかし八〇〇〇メートルの高所を目指す郷司たちにとって、寒気を伴うその強風は最大の敵の一つだ。高温は降雪や雪崩の危険を予告し、低温は強烈な寒気と風を予告する。いずれが吉とも凶とも言えないのが冬のヒマラヤの難しいところだ。郷司はラクパ・ノルブの真意を測りかねながら、寒風に頬をこわばらせて頭上の空を見上げた。

シェルパ全員と郷司たちクライミング・スタッフ、ジョー・スタニスラフを含む米政府関係者数人が参加したプジャの儀式がいま終わったところだった。

パンや穀物、チョコレート、ウィスキーなどの供物を捧げた祭壇の前で、ロンブクの僧院から招いた僧侶が読経する中、杜松《ねず》の小枝が焚《た》かれ、クライマーやクライミング・シェルパは、ピッケルやアイゼンなどの登攀用具をその煙にかざして汚れを祓《はら》い厄《やく》を落とす。読経が済むと、サーダーのラクパが叫ぶ祈りの言葉に合わせて、全員が拳の中に握り締めていた大麦の粉《ツァンパ》を天に向かって抛《ほう》り、僧侶が注いで回る聖なる地酒チャンを飲み干して儀式は終わる。

エベレストの頂に住む、虎の背に跨った五穀豊穣の女神ミヨランサンマの怒りを買わないように、チベット仏教徒であるシェルパのみならず、山に登る者全員がプジャに参加することをサーダーは期待する。信仰を異にするクライマーも、ほとんどが敬虔《けいけん》な態度でそれに加わる。プジャは宗教上の儀式であるとともに、これから力を合わせて世界最高峰の頂上を目指すクライマーとシェルパの友情と信頼を確認する儀礼でもある。クリフのアメリカ隊がベースキャンプ入りした日にプジャは一度行われており、先行してベース入りしていた郷司もそれに参加した。しかし火の玉の落下でまた新たな厄が生じたと考えるラクパは、もう一度プジャを行わないかぎりシェルパを上に登らせるわけにはいかないと頑強に主張した。

ジョー・スタニスラフは面倒な儀式で貴重な時間を費やすわけにはいかないと難色を示したが、作戦を成功させる上でシェルパの協力がいかに重要かをクリフに懇々と諭され、自分を含めた代表数名を参加させることに同意した。米政府側の隊員の中には遠巻きにして物珍しそうに見物する者もいたが、大半はまだ高所障害の症状が癒えない体に鞭打って平常どおりの任務をこなしていた。

ルート工作の開始は昨日の予定だったが、予想外の降雪で一日遅れとなっていた。ジョー・スタニスラフは、予定通り回収作業に入れるよう遅れを何とか挽回して欲しいと勝手に発破をかけて、自らは背中を丸めて本部テントに駆け込んでしまった。

北西壁直下のABCとベースキャンプの間をヘリで運んでもらえるのが今回の作戦の便利なところで、間もなく到着するヘリのピストン輸送でクライミング・スタッフとシェルパ全員がABCまで移動する予定だった。

ヘリポートはキャンプサイトの近くの荒地に着陸位置を示すサークルを白ペンキで描いただけの簡単なものだ。サークルから少し離れた場所でヘリの到着を待っていると、サブ・サーダーのロプサン・ノルが傍らにやってきた。

郷司より五つほど若いが、昨年の秋にカンチェンジュンガ北西壁を無酸素で登り、その実力は世界の登山隊から高く評価されている。今回のアメリカ隊の遠征にロプサンを加えたことは、隊長としてのクリフの手柄でもあった。歳のわりに老成したところがあって、若いシェルパの間ではサーダーのラクパ以上に人望があり、郷司もこの作戦では片腕として大いに頼りにしていた。

「気になることがあるんだ――」

ロプサンは押し殺した声で話しかけてきた。

「おれたちがこれから拾いにいく代物のことだよ。本当のところ、あれは何なんだ」

ロプサンの英語はシェルパの中ではごく流暢な部類だ。ナムチェバザールの出身だと聞いているが、目鼻立ちのはっきりした顔立ちは大方のシェルパ族とどこか違う。あるいは他部族の血が混ざっているのかもしれない。横柄な口調がしばしば雇い主たちの反感を買ったが、そのマイナスも自らの実力で十分お釣りがくる程度に相殺《そうさい》していた。

「聞いてのとおり人工衛星の破片だよ」

唐突な問いに郷司は戸惑いながら答えた。衛星にプルトニウムが搭載されていたことはまだ、そして恐らくこれからもシェルパたちには知らされないだろう。それを思えば心は穏やかではない。意に反して巻き込まれてしまった経緯でそれを明かせない以上、危険はないというジョー・スタニスラフの言明を信じるしかなかった。米本土から派遣されてくる回収屋を、力ずくでも現場へ引きずりあげてしっかりと後始末させる――。それが郷司にできる唯一の仕事だった。

「本当にただの人工衛星なのか？」

ロプサンの声音にはあからさまな疑念が滲んでいる。

「そう聞いている」

胸苦しい思いで答えると、ロプサンは突然痛いところを突いてきた。

「大袈裟すぎやしないか。あんな大部隊を投入して、しかもえらく急いでいる」

「たしかにそうだが――」

返答に窮した。郷司の胸のうちを見透かしたようにロプサンはたたみかける。

「最近のエベレストはどこもかしこもゴミの山だ。ウェスタンクウムには七三年のイタリア隊のヘリの残骸まで落ちている。ただの衛星に過ぎないなら、この真冬にわざわざ危険を冒して回収する必要はない。三ヵ月も待てばヒマラヤはプレ・モンスーンのベストシーズンじゃないか」

「連中には連中なりの理由があるんだろう。職業ガイドとして参加している以上、登りたいというところへ登らせてやるのが僕の仕事なんだよ」

苦しい言い訳だった。ロプサンは納得できないという顔で首を振る。

「おれたちは金で雇われている。つべこべ言わずに命じられたことをやっていればいい。そう言いたいのか、サトシ」

郷司にしても金で魂を売ったわけではないのだ。ロプサンの思いは痛いほどわかった。

「ここはおれたちの土地なんだよ、サトシ。国境は政治が引いたものだ。あの山はおれたちの魂の拠りどころなんだ。その頂上に落ちたゴミが本当は何なのか、それを知ることはおれたちにとってとても大事なことなんだ」

真剣な表情で訴えてロプサンは傍らを離れていった。どこか寂しげなその背中を見つめるうちに、ジョーが主張する地域の平和と安定がどうのこうのという御託が空疎な詭弁のようにも思えてきた。

唐突にロプサンにだけは打ち明けておきたい衝動に駆られた。呼び止めようとしたが、結局思いとどまった。躊躇させたのは、マルクの命を護るためにも何とか解明したい、あの〈ブラックフット〉という言葉の背後に潜む不気味な謎だった。

3

マイケル・ウェストンがWP通信カトマンズ支局のオフィスに戻ったのは午後八時過ぎだった。

残っていたのは夜間当直のスタッフ一人だけで、ナジブは娘の誕生日だといって早めに帰っていた。

昨日国際電話でギリアム・ウィットモアの話を聞いてから、マイケルは取材の方向を軍や警察関係に切り替えた。ナジブの調べでは、マルク・ジャナンという登山家は、エベレストに火の玉が落下した当時、北西壁からの厳冬期初登頂を目指すアメリカ隊の隊員としてエベレスト山中にいたという。

今日は丸一日情報を漁《あさ》って歩いたが、エベレストへの落下物に関する踏み込んだ話はついに聞けなかった。疲れた足をデスクの上に伸ばして、虚しいため息を一つ吐いたところへファクシミリの着信音が鳴った。本社からの定時配信だ。受信が終わるのを待って排紙トレイから受信紙の束をとり出し、ざっと目を通す。

三枚目をめくったところで、マイケルは愕然《がくぜん》とした。信じがたい思いで、その記事を何度も読み返した。

米国コロラド州デンバー発のその記事は、元ＭＩＴ教授で宇宙工学の世界的権威のギリアム・ウィットモアの死を伝えていた。

現地時間の昨晩十一時頃、同州内を南北に縦貫する州間高速道路二十五号を巡回していた州警察のパトカーが、ガードレールに激突した車のなかで死亡しているウィットモアを発見した。検死によれば死因は運転中の心臓発作で、車が大破した時にはすでに死亡していたことが確認されたという。

狭いオフィスの片隅のテレビ受像機のスイッチを入れ、衛星放送のチャンネルに合わせた。

ＣＮＮはギリアム・ウィットモアの追悼番組を組んでいた。

冷戦時代の米国の戦略兵器開発に重要な役割を果たし、その後は国際的な平和活動へのコミットによって米ソの軍縮交渉にも影響を与えた彼の功績を称え、冥福を祈る大統領の談話も発表された。悲嘆にくれる妻や息子の顔が映し出され、ＭＩＴ時代の同僚や教え子たちの死を悼《いた》むコメントが続いた。

暗然とした思いで、一日五本と決めているマールボロのその日の四本目に火を点けた。

キャスターやコメンテーターの言葉の中に、死因について疑いを差し挟む発言はなかった。七十五歳という年齢を考えれば、ドライブ中の心臓発作という死因に不自然さは感じられない。

しかし一昨日、ほぼ一年ぶりの電話で話したのは単なるよもやま話ではなかった。〈ブラックフット〉の件について、探るなら慎重にやれとウィットモアは忠告し、場合によっては命さえ狙われる危険性をほのめかした。

ウィットモアの推測が当たっていれば、〈ブラックフット〉という謎めいたコードネームの背後にあるのは、米国政府内部に秘匿されたおぞましいスキャンダルだった。あれから彼は何か行動を起こしたのではないか。あるいは電話が誰かに盗聴されていた——。

心臓発作を装った殺人などこの世界に掃いて捨てるほどある。ＣＩＡもかつてのＫＧＢも、その手の仕事ならお手の物なのだ。

ウィットモアの自宅に電話してみた。誰も出ないだろうと思っていたら、数回の呼び出し音で妻のジェニーが出た。マイケルは氏名を明かし、悔やみの言葉を述べてから、単刀直入に切り出した。

「ウィットモア教授に、最近変わった点はありませんでしたか」

「マスコミの方でしたらお話しすることはありません」

返ってきたのはその一言だった。声には強い警戒心が滲んでいた。

「取材の電話が殺到してお疲れなのはよくわかります。しかしこれは取材ではありません。私は教授の友人です。ちょっと気がかりな点がありまして、教授が亡くなった前後の状況をぜひお聞かせ願いたいんです」

「わざわざお電話を頂いて大変ありがたいとは存じますが、とにかく何もお話しすることはございません。失礼させていただきます」

ジェニー・ウィットモアは冷たい声で言い放ち、一方的に電話を切った。マイケルは釈然としない思いで受話器を置いた。

少し飲みたい気分だった。袖机の二段目からJ&Bのボトルをとり出し、コーヒーメーカーの紙コップに半分ほど注いで一息に呷《あお》った。喉がやけ、頭の芯にわだかまっていたしこりがいくらか和らいだ。それでもウィットモアの死に対して、自分にいくばくかの責任があるという思いは拭いきれない。悶々としながら五本目のマールボロに火を点けた。

そのとき目の前で電話が鳴った。いましがた向こうから電話を切ったはずのジェニー・ウィットモアからだった。その声には打って変わった親しみが感じられた。

「さっきは失礼なことをいってごめんなさい。自宅の電話で話すのが不安だったのよ。いまは隣のミセス・クレイボーンのお宅からかけているの。あなた、確かコロラドスプリングズへいらっしゃったことがあったわね。ギリアムのお友達でしょ。それで信じていいと思ったのよ。あなたはアメリカ人じゃないし。確かイングランドのご出身でしたわね」

「ええ、ポーツマスです」

「この国はどうかしてるわ。何かが狂いはじめているのよ」

やはり何かある。ジェニーは何かを語りたがっている。電話口から伝わる息遣いが、すでにマイケルの鼓膜を圧迫しはじめていた。

「あのあとすぐにロンドンの本社に電話して、そちらの番号を教えてもらったの。ギリアムのアドレス帳を見ればわかったはずなんだけど、それも持っていかれてしまったのよ。ええ、ギリアムの書斎にあった書類やメモの類《たぐい》は根こそぎ持っていったわ。やってきた連中はＦＢＩだと言っていた。ほんの二時間ほど前よ。捜査令状を見せて、家中をひっくり返していったの。ギリアムにはスパイ容疑がかかっているというのよ。でもそんなの言いがかりよ。夫が国を裏切るなんて――」

気丈にまくし立てるジェニーの声に次第に嗚咽が混じりはじめた。

ＦＢＩ。スパイ容疑。そこまでは考えが及ばなかった。とんでもない化け物の尻尾を摑んでしまったようだな――。一昨日の電話でのウィットモアの言葉がジェニーの嗚咽に重なった。

「そのことを誰かに話しましたか」

「いいえ、彼らは私を脅していったわ。夫はすでに死んだ。ＦＢＩとしても彼の名誉に傷を付けないよう穏便に処理したい。ついては、今日起こった一切のことをマスコミに漏らさないようにというのよ」

「荒らされたのはご自宅だけですか」

「デンバーのオフィスにもやって来たそうよ。秘書のスーザンがさっき連絡してくれたわ。彼らの狙いはわかっているの。何かを隠蔽しようとしているのよ。ギリアムを殺したのもたぶん彼らよ」

殺した——。ジェニーの口から出た思いがけない言葉に受話器をもつ掌が汗ばんだ。

ジェニーによれば、ウィットモアは一週間前に人間ドックで検診を受けたばかりで、心臓はおろか内臓のどこにも異常はなく、血圧もあの年齢としては平均値以下だった。肉体的にはまだ五十代半ばだと言われて喜んでいたという。それが急に心臓発作を起こすなどとても考えられないのだとジェニーは強調する。

「何かの陰謀によって彼は殺されたとおっしゃるんですね」

「それも彼が愛した祖国の手によってよ。どうせ証拠なんか出てきやしないでしょうけど。それであなたにご相談したかったの。いくら彼らが世間には公表しないといっても、濡れ衣を着せられたまま主人を天国に送れないわ」

電話回線を通じて、地球の裏側にいるジェニーの憤懣やるかたない思いが伝わってくる。

「私も教授の死の背後に何かあるのは間違いないと思います。どうやら私が調べている事件と関係がありそうです。彼の無実を証明する決定的な証拠が見つかるまで、私の方はこの件について一切伏せておきます。奥様もいまのところは彼らの言うことを聞いて沈黙を守った方が安全だと思います」

「それは一体どんな事件ですの」

ジェニーが興味深げに訊いてくる。

「教授がかつて参加したあるプロジェクトに関するものです。政府上層部による何らかの陰謀が隠されていた疑いがあるのです。奥様の安全を考えましても、いまはこれ以上のことはお話しできません。ただしこれだけは言えます。ウィットモア教授は心から祖国を愛していました。時に政府の考えに対立することはあっても、それは常に祖国の真の利益を考えての行動でした。彼がスパイだなどというのは全くのたわ言です」

「あなたに相談して良かったわ。ギリアムも私もこの国は自由の国だと信じていた。でもいまは信じられるものが何もないのよ。アメリカはいつのまにか得体の知れないファシストに牛耳られていたようね」

歎息するジェニーの声には、わずかに安堵の響きも混じっていた。

「またご連絡します。安全な電話番号を教えていただけますか」

ジェニーは隣家のミセス・クレイボーンの電話番号を告げた。名前だけ言ってくれれば、ミセス・クレイボーンがそれを知らせ、彼女が折り返し電話するという。

「あらためてご冥福をお祈り申し上げます。どうかお気を落とされませんように。教授の名誉は必ず回復されます」

その死だけではまだ飽き足らず、ウィットモアが貫こうとした正義を、さらに泥まみれの靴で踏みにじろうとしている者がいる——。マイケルは深い憤りを胸に秘めて受話器を置いた。

4

一月二十七日の早朝。西の丘に立つスワヤンブナート寺院のストゥーパに描かれた仏陀の知恵の目が、霧の底に沈んだカトマンズ市街を見下ろしていた。

三万年前まで湖だったといわれるカトマンズ盆地を、冬の朝霧は凪いだ湖面のように覆い、その上には雲一つない青空が広がっている。

北の丘陵の彼方にはガネッシュ、ランタン、ジュガールの七〇〇〇メートル級の峰々。むせ返る香の煙とモンキー・テンプルとも呼ばれるこの寺院を住《す》み処《か》とする猿たちの叫声が、夢かうつつか判然としない不思議なエキゾチシズムの世界へと彼を誘《いざな》う。

昨日の午後遅くトリブバン国際空港に到着し、市内北部のタメル地区の安ホテルで一泊した早坂雅樹《はやさかまさき》の、神々の都カトマンズでの最初の朝だった。気がつくと歯の根が震えている。丘の上はだいぶ冷え込んでいた。

貸し自転車屋で借りた一日一五〇ルピーのマウンテンバイクでホテルから麓の山門まで走り、参詣者の列が続く急傾斜の石段をあえぎあえぎ登った。そのせいでついさっきまで、体はTシャツ一枚で十分なほどに火照《ほて》っていた。

日本より低緯度とはいえ、考えてみれば標高一四〇〇メートルの高地の冬の早朝だ。気温はたぶん二、三度のはずだ。デイパックからセーターをとり出してTシャツの上から慌てて着込んだ。

大学の同好会で山の魅力にとりつかれた雅樹は、日本の冬山や岩場のいくつかは経験していたが、海外登山の機会には恵まれず、その分ヒマラヤへの憧れは募るばかりだった。

この春、ある国立大学の理工系大学院を修了する予定で、幸運にも就職が内定していた彼は、家庭教師のアルバイトで貯めた貯金をつぎ込んで三週間の旅に出た。

それは憧れのヒマラヤを満喫する最後のチャンスになるかも知れない旅だった。一度就職してしまえば日本では長期休暇がとりにくい。不況によるリストラが深刻化する昨今でもその事情にさほど変わりがないことは、サラリーマンである父親の勤務ぶりから十分想像できた。

朝の礼拝に訪れた人々でごったがえす寺院のあちこちを三十分ほど巡ってから、雅樹は参道の石段を駆け降り、山門近くの気の良い紅茶《チヤー》屋の親父に預けておいたマウンテンバイクに飛び乗った。一言礼を言い、地図と磁石でコースを確認してから市街中心部に向かって走り出す。

ビシュヌマティ川を渡りダルバール広場に出た。霧はようやく晴れ、旧王宮の建物や寺院が朝日を浴びてたたずむ広場には、時の流れを超越したアジアの中世が悠然と息づいていた。

広場の路上では早朝から野菜や果物や肉、卵などを並べた露天市がはじまり、蒸したてのモモ（ネパール風餃子）を売る店先からは香ばしい湯気が路上に流れ出て食欲を刺激した。思わず自転車を降り、店に入って一皿一〇ルピーのモモを注文する。

カレーソースをかけた熱々のモモを頬張ると、すきっ腹のせいか、あるいは街にあふれる喧噪のスパイスがそうさせるのか、昨晩ホテルの夕食に出たモモよりもはるかに美味いと感じた。

その日の大部分はガイドブック片手に市内の名所巡りに費やすつもりだったが、まずはトレッキング許可を取得しておこうと、市街中心部から東に外れたニューバネスワールのイミグレーション・オフィスに向かった。

受付でソル・クーンブ山域のパーミッションを取得したいと申し出ると、係員はRを強く発音するネパール風の英語で許可できない旨を告げた。理由を聞いてもはっきりしない。とにかく現在は入域が禁止されていると繰り返すだけだった。

エベレストを含むソル・クーンブ山域は、アンナプルナ山域と並ぶトレッキングの人気コースだ。冬は積雪もあり寒さも厳しいが、入域が禁止になるとは聞いていなかった。押し問答しても埒《らち》があかず、やむなくアンナプルナ山域にコースを変更し、手数料を支払って二週間のパーミッションを取得した。

イミグレーション・オフィスを出て、ニューロードの旅行会社でガイドとポーターのアレンジや飛行機の予約を依頼し、二〇ドルのデポジットを支払い終えたところで時刻はまだ午前十一時少し前だった。

カトマンズ市街の中心部は東西約一・五キロ、南北約二キロの狭い範囲に過ぎない。自転車で走り回るには最適のスケールだった。

火葬ガートで有名なバグマティ河岸のバシュパティナート寺院や、旧王宮ハヌマン・ドゥカ、インドラ・チョークのバザールなどを巡り、ニューロードのレストランでネパール料理の昼食を楽しみ、道端で売られるドゥッドゥ・チャー（ネパール式ミルクティー）を飲み、現地の人々がWHO基準の四十八倍と自虐的に豪語する汚染された大気をたっぷりと吸い込んで、彼がタメル地区のホテル・サランギに戻ったのは午後六時だった。

一日中自転車を乗り回した足はさすがに筋肉が張っていた。夕食はホテルのレストランでとり、熱いシャワーを浴びてベッドに入ったとたん、彼は夢をみる間もなく深い眠りに落ちた。

5

午後十一時を回った人気のないオフィスで、マイケル・ウェストンは分厚いファイルにようやく目を通し終えた。

その日の朝、支局に届いたばかりのその書類を、彼は出社してすぐに読みはじめた。ざっと斜め読みしただけだったが、それでも丸一日を費やした。

六〇〇ページにのぼる論文の記述の大半は意味不明な述語や数式やグラフの集塊だった。それでもおぼろげな概念は何とか摑めた。コードネーム〈ブラックフット〉の真の姿は恐るべき戦略宇宙兵器だった。

コロラド州デンバーから届いた国際宅配便の送り主はギリアム・ウィットモア。発送したのは死亡した日の午後三時。彼は自らの死を予感し、〈ブラックフット〉の秘密が闇に葬られることを恐れてこれを送り付けたのだろうか。

添付されたメモには「何ものにも代え難いのは真実だ。もしあり得べからざる狂気が存在するなら、それは白日の下に晒《さら》されなければならない。ギリアム・ウィットモア」とだけ書かれていた。

〈ブラックフット〉のランチャーとなる衛星本体は、地球周回軌道から高精度カメラで攻撃目標を捕捉し、搭載しているマイクロコンピュータで弾頭を命中させるための軌道計算を行う。射出された六個の小型高性能核弾頭はランチャーからの指令で軌道を制御しながら目標を目指して飛翔する。

半数必中界《ＣＥＰ》は五〇メートル。つまり発射された弾頭の半分が半径五〇メートルの範囲に命中する。その精度は慣性制御方式によるミニットマンⅢやＳＳ18など当時の米ソの主力ＩＣＢＭを凌《りよう》駕《が》し、その後に配備された米国のピースキーパーやソ連のＳＳ25をも上回っていた。〈ブラックフット〉は宇宙を巡航する戦略爆撃機であり、宇宙からのピンポイント爆撃を可能にするまさに悪魔の兵器だった。

〈ブラックフット〉が、軍事偵察衛星を偽装できるほど小型化できた理由もそこにある。攻撃精度が高ければ少ない威力で最大の効果が得られる。当時アメリカが先駆けて開発に成功した中性子爆弾を使用すれば、都市全体を破壊せずに軍事拠点のみを無力化することが可能だ。

アメリカは本当に〈ブラックフット〉を実戦配備していたのだろうか。いまのところ証拠はない。マルク・ジャナンのうわ言にしても、それがエベレストに落下した火の玉の正体を指しているると解釈する必然性があるわけではない。

しかし協力者から得た情報が正しければ、マルク・ジャナンは間違いなく暗殺されかけた。そして〈ブラックフット〉について語った直後のウィットモアの死亡事故。さらにFBIを名乗る連中による証拠隠滅工作ともとれる強制捜査。妻のジェニーは夫が殺されたと確信している。すべてを繋ぎ合わせれば、〈ブラックフット〉が秘密裡に実戦配備されていたというウィットモアの懸念の信憑性は高い。

最大の謎はその理由だった。自国の核攻撃能力を敵国に正しく知らしめるのが核抑止力による均衡理論の要だ。相手に知られずに戦略兵器を配備しても抑止力は生じない。

ウィットモアによれば〈ブラックフット〉は、その開発を意図的にリークすることによってソ連側に同種の宇宙兵器の配備を断念させるためのダミー・プロジェクトだった。狙い通りソ連はアメリカ側の開発中止を条件に自らも配備を断念した。目的は達成され、プロジェクトはそのままお蔵入りになったと彼は信じていた。

ところがそれが生きていて、軍事偵察衛星を偽装して実戦配備までされていた——。その狂気の沙汰が事実だとすれば、それは真珠湾攻撃の核戦力版としか考えようのないものだった。ソ連が他国からの核攻撃に報復するための戦略兵器コントロールシステムを全土に配備したのは一九七〇年代の終わりだった。のちに「カズベク」と名づけられたそのシステムは、大統領——当時なら共産党書記長——が常時携行する頑丈なブリーフケースに納められた、いわゆる「核のボタン」に直結している。早期警戒システムが他国からのミサイル発射を確認するとカズベクは戦闘準備態勢に入る。通報を受けた大統領が暗号コードを入力した後このボタンを押せば、その指令によってソ連全土及び攻撃型原潜から報復の核ミサイルが一斉に発射される。

しかしわずかな軌道制御以外にはロケット推進を使わず、ほぼ慣性飛行のみで目標に到達する〈ブラックフット〉の場合、ミサイル発射時の電子的パルスを捉えることはできない。しかもそれが超小型でランチャーが偵察衛星に擬装されていたとなれば、当時の早期警戒レーダーの能力では捕捉は不可能だっただろう。

〈ブラックフット〉によってカズベクの指揮命令系統の拠点を破壊すれば、ソビエト全土の八百基にのぼる地上発射型ICBMと原潜搭載型のSLBMは無力化する。狙いがあったとすればまさにそれだ。〈ブラックフット〉は当時鉄壁を誇っていたカズベクへの最も有効な先制攻撃手段となるものだった。

本当に〈ブラックフット〉が実戦配備されていたとすれば、互いに核報復能力を温存することによって相手側の先制攻撃意欲を喪失させるという、米ソ双方が暗黙のうちに前提としていた核均衡のドクトリンは事実上反故《ほご》になっていたことになる。

翌朝十時を過ぎた頃、マイケルのフィアットはカトマンズ市内を南北に貫くカンティパト通りをニューロードのオフィスに向かって走っていた。

彼の住まいはカトマンズの南、バグマティ川対岸の古都パタン市にある。市街中心部を外れた緑の多い住宅地にあるその家はWP通信社が駐在員用に借り上げている社宅の一つだ。ダイニング・キッチンにリビング、寝室が一つに書斎と物置兼用の小部屋が一つ、バスルーム付きのごく簡素な平屋だが、ネパールの一般庶民が手の届く範囲からはかけ離れている。渋滞に出くわさなければ、オフィスへは車で十五分ほどの距離だった。

マイケルは数日前に陸軍病院へ電話を入れ、入院中のマルク・ジャナン氏と面会が可能かどうか問い合わせた。しばらく待たされて返って来たのは、そんな人物は入院していないという事務的な返事で、逆にどこでそんな話を聞いたのだと詰問された。

情報を提供してくれた脳外科病棟のナース長にも電話してみたが、彼女の話も曖昧だった。いることはいるがいまは面会はできない。病室がどこかも教えられないという。容態についても言及を避けた。

彼の「友人」たちはあくまで善意の情報提供者に過ぎず、スパイ行為までは強要できない。その後また何かが起こって厳重な緘口令《かんこうれい》が敷かれたのかも知れない。やむなくマイケルは別の方向から接触の糸口を探ることにした。

中央郵便局の前を通りすぎるあたりで、左手のトゥンディケルの草地から突然一頭の白い動物が路上に飛び出した。山羊のようだった。

右前方を走っていたビクラム・テンプー（乗り合いの小型オート三輪）が衝突を避けようと左に振れた。マイケルも左にハンドルを切って急ブレーキを踏んだ。その瞬間、ボディーの側面で何かを引っかけたような乾いた音がした。

車を路肩に止め、外に飛び出した。後方にマウンテンバイクが倒れていた。傍らの路上にはデイパックを背負った東洋人らしい若者が顔をゆがめてへたり込んでいる。命に別状はなさそうだ。まずいなと思う一方で安心もした。

「おい、大丈夫か」駆け寄って声をかけた。

「足を、足を折ったらしい。救急車を呼んでください」

ネイティブと言ってもいい流暢なキングズ・イングリッシュで若者は答えた。

見ると左足首が不自然な角度に曲がっている。あっという間に周囲に人だかりができた。

「誰か救急車を！」

マイケルは群集に向かって、最初は英語で、次にうろ覚えのネパール語で叫んだ。

数人の男が電話のある中央郵便局に向かって走り出す。五、六分で救急車とパトカーが到着した。若者は氏名や国籍について簡単な質問を受けたあと、すぐに救急車で近くの病院へ運ばれた。

目撃者の証言で、マイケルのハンドル操作が不可避だったことを警官も認めた。必要なら事故証明はいつでも発給するという。簡単な現場検証を終えると、マイケルは倒れていた自転車をフィアットのトランクに積み込んで病院へ向かった。

若者が収容されたのは市内で救急医療体制がいちばん整っている陸軍病院で、事故現場からは目と鼻の先だった。

6

昨夜交わした電話での会話で、郷司の声に屈託があるのをクロディーヌは感じとっていた。不機嫌とか不安といったものではなく、次第に高まっていく精神の集中がそうさせるのだろうと彼女は思った。それは遠征の直前、兄のマルクがしばしばみせる表情でもあった。アルプスであれヒマラヤであれ、山に登るという行為自体がそもそも死の危険を孕《はら》んでいる。結局は登る者の力量と幸運を信じるほかはない。神の意志にこれほどまで接近する人間の営為が他にあるだろうかといつも訝《いぶか》ったが、信じてただ見守るだけの孤独にもすでに慣れてしまった。

しかし郷司がいま参加している作戦にはそれとは別の危険が伴っている。彼は〈ブラックフット〉の秘密を自らの手で探ろうとしている。マルクを狙った魔の手が今度は郷司を襲うことも考えられた。その点について郷司自身は楽天的な様子で、むしろ心配の種はカトマンズにいるマルクとクロディーヌにあるようだった。

インスリン事件からすでに三日たち、身辺に格別不穏な出来事はなかった。昨日まで病院内をうろついていたジェローム・ダルトンの部下らしい連中は、今日はもう姿を見せなかった。シャヒーンの手配で移った将校専用病棟までは足を踏み入れられず、これ以上監視しても無意味だと諦めたのかもしれない。

クロディーヌは自分の中にある種の強さが生まれているのに気づいていた。押し寄せる不安の暗雲を不思議な意志の力でコントロールしている自分がいた。不安の彼方には希望があり、そのほのかな光の中には郷司の面影がたゆたっていた。

傍らのベッドにはマルクがいた。呼吸とともに毛布の胸のあたりがゆっくり上下動する。ときおり鼾を交えてリズミカルな寝息をたてるその表情は穏やかだった。

指を切断せずに済んだ左手をそっと握ると、反射的に握り返す弱い握力が掌に伝わった。風雪にさらされた岩肌にわずかなハンドホールドをまさぐり続けた指先は、その岩肌のように固く荒々しかった。しかしそこには暖かい血が通っていた。掌に伝わる生きた人間の体温がクロディーヌには何よりいとおしかった。

昨日のCT診断では脳内の浮腫はほとんど消えていた。わずかな梗塞は残ったが、全体として重篤な病変は見られず、予後は順調だとシャヒーン医師は告げた。あとは意識の回復を待つだけだった。

兄の記憶の中にいまも秘められている秘密にクロディーヌの思考は立ち戻っていった。

マルク、あなたは何を見たの。何を私たちに伝えようとしているの。〈ブラックフット〉とはどういう意味。どうして彼らはあなたの命を狙うの——。マルクは何も答えなかった。

中央郵便局へ局留め郵便物をとりに行っていたタミル少年が戻ってきた。

タミル・ラナは黒い大きな瞳の十歳の少年で、勇猛な部族として知られるグルン族の出身だ。

グルカ兵として英軍の傭兵部隊に参加していた彼の父は、五年前にアフリカの小国の内戦で戦死した。母も三年前あとを追うように病死していた。一人残されたタミルをニマはロッジのボーイとして雇い、その利発さが気に入って、まるで孫のように可愛がっていた。

郷司とマルクもタミルを愛し、タミルも二人を歳の離れた兄のように慕っていた。ロッジで働くうちに英語が達者になり、生まれ育ったカトマンズのことなら隅から隅まで知っているタミルを、ニマは通訳兼ガイドとしてクロディーヌに付けてくれた。

パリを発つときまだ滞在先が決まらなかったクロディーヌは、知人や編集者には手紙や葉書は中央郵便局気付で送るように頼んでおいた。滞在先はニマのロッジに決まったが、中央郵便局は陸軍病院から歩いて十分ほどの距離で、毎日通ってくるクロディーヌにとってはむしろ好都合だった。タミルは三通の封書を手渡した。

「ありがとう、タミル。早かったじゃないの。でも手紙なんて急ぐもんじゃないんだから、もう少しゆっくり遊んできてもいいのよ」

クロディーヌは優しく声をかけた。

「でもあなたのそばにいるのが僕の仕事だからね、ミス・ジャナン。マルクやあなたに何かあったら僕の責任だ」

精いっぱい大人ぶってタミルが答える。

「ねえタミル、クロディーヌと呼んでよ。あなたと私はもう友達でしょ」

「ええ、クロディーヌ。ところで――」

どうにも我慢できない様子でタミルが言いかけた。

「いいわよ。三十分だけね。私も一休みしようと思っていたところだから」

クロディーヌは窓辺の小机の上のノート型パソコンを明け渡した。

タミルが急いで帰ってきた理由は分かっていた。原稿執筆用のそのパソコンには気分転換のためのゲームソフトがインストールされていた。それを立ち上げているところをタミルが目ざとく見つけてしまったのだ。

好奇心をあらわにした黒い大きな瞳に負けてクロディーヌはタミルと契約を交わした。ゲームの時間として一日一時間だけパソコンを開放することにしたのだ。午前中にすでに三十分を使ってしまい、タミルの残り時間はあと三十分だった。

テンキーとスペースキーを器用に使いこなしてタミルがゲームに興じている間、クロディーヌは三通の手紙に順に目を通していった。

一通は出版社からの印税の支払いに関する通知だった。もう一通の分厚い封書はパリのフラットの大家からで、不在中に届いた郵便物が一まとめに入っていた。パリを発つときに転送を依頼したものだ。三通目の封書には心当たりがなかった。

「ところで、さっき——」

タミルがゲームの手を休めて振り向いた。

「中央郵便局の前で交通事故があったんだ。自転車に乗っていた若い男の人が車に接触して転倒してね。足を骨折したみたいだった。救急車ですぐ病院に運ばれたよ。事故の原因はね、なんと山羊なんだよ」

「山羊——」

「そう、白い山羊さ。トゥンディケルの草地から突然そいつが道路に飛び出したんだ。通りかかったビクラム・テンプーがよけようとして急に左に曲がって、それにつられて後から来たフィアットも左ハンドルを切りながら急停車した。そこへ自転車が突っ込んじゃったんだよ。まあ不運としか言いようがないね」

変声期前の少年の声には不釣り合いな、妙に大人びた口調でタミルが言った。ロッジにやってくる大人を相手に英語を覚えた彼は歳相応の子供らしい言い回しを知らないのだ。

「その事故に遭った人、日本人だと言っていたよ。警官と話してるのが聞こえたんだ。ハヤサキとかハヤサカとかそんな名前だった。サトシの知り合いじゃないかな」

「でもタミル、カトマンズには年間何万人もの日本人が来るのよ。その中のたまたま事故に遭った一人がサトシの知り合いだという確率は低いんじゃないの」

「でも一応はサトシに訊いてみるべきだと思うよ。万が一ということがあるからね。でね、その人この病院に入院してるみたいなんだ。郵便局からここまで道路は一直線だから、救急車が病院の中に入っていくのが見えたんだよ。いまごろどこかのベッドで足を包帯でぐるぐる巻きにされて唸っているんじゃないかな。せっかく旅行に来て何とも気の毒な話だね。その人これからずっと山羊が嫌いになると思うよ」

「そうね。でも山羊にだって悪気はなかったんでしょう。どちらにとっても残念な出来事だったわよ」

そんな感想をもらすと、もっともだというように頷いて、タミルはまたゲームの世界に戻っていった。

クロディーヌは怪訝な思いで「WP通信カトマンズ支局長　マイケル・ウェストン」という差出人名の三通目の手紙の封を切った。

7

事故のあった日の翌日、マイケルは足を骨折した早坂雅樹という日本人青年を見舞った。病院に担ぎ込まれた時は軽いパニック状態だったが、今日は気分も落ち着いたようで、顔色もだいぶ良くなっていた。折れた左足はギプスで固定され、もう車椅子でなら病院内を動き回れるという。

青年は気落ちしていたが、事故そのものは不運と諦め、壊れた貸し自転車を弁償し、トレッキングのキャンセルも代行したマイケルに改めて謝意を述べた。

「これも運命ですよ。ことヒマラヤに関しては僕はとことんついていない――」雅樹は寂しげに笑った。

「大学二年の時にガネッシュ・ヒマールI峰に登るチャンスがあったんです。ところが出発直前に腸捻転でダウン。四年の時にもヒマルチュリへの遠征計画があったんですが、こちらは資金不足で潰れてしまいました」

その後大学院に進んだ彼は、学業に専念し、山からはしばらく遠ざかっていたという。就職してしまえばもう当分ヒマラヤを訪れる機会はない。自分はつくづく不運な男だと雅樹は嘆いた。

「落ち込むことはないよ。ヒマラヤは何十万年も前からここに居座っているんだ。いまさら逃げやしないさ。君はまだ若い。チャンスはいくらでもある」

慰めると雅樹は力なく頷いた。父親の仕事の関係で十二歳までロンドンで育ったという彼の英語は本物だった。大学院での専攻は宇宙工学だという。その話にマイケルは大いに関心をもった。ウィットモアが送ってくれた〈ブラックフット〉の資料は、概略は摑めたものの全体としては余りにも難解だった。

「君はいつ日本へ帰る予定なんだ」

「意外に単純な骨折で、あと一週間もすれば松葉杖で歩けるようになるというんです。そうなれば車でならナガルコットやカカニの丘にも行けるでしょう。そのあと二週間ほど滞在してヒマラヤをたっぷり眺めて帰るつもりです」

「それならちょっと手伝って欲しいことがある。どうだろう、滞在費用に十分見合う手当てを出すよ。退院したら、帰国するまでナガルコットのホテルに泊まっていけばいい」

「そりゃ有り難いな。どんな仕事です」

雅樹は興味をもった様子だ。

「じつは宇宙工学に関するある論文を手に入れたんだが、私にはちんぷんかんぷんでね。こいつをかみ砕いて解説して欲しいんだ」

「わかりました。それならお役に立てるかもしれません。いつからはじめますか」

「じゃあ明日の午前中からだ。今日中にコピーをとって届けさせるよ。結構な量なんで、先に読んでおいてもらう方がいい。ただし内容については誰にも喋らないで欲しい。いささか機密性の高い代物なんでね」

「スクープになりそうな材料なんですね。興味があるな。じつは退屈で困っていたところなんですよ」

〈ブラックフット〉絡みの暗殺や暗殺未遂事件については、余計な不安を与えないために雅樹には伏せておいた。頻繁に病室を訪れても、怪我の見舞いという表向きの理由がある。誰かに見張られていたとしても疑われる心配はない。

　病室を出て玄関に向かっている時だった。外来患者や見舞い客でごった返すロビーの一角から落ち着いた女性の声がマイケルを呼び止めた。

「ミスター・ウェストンですね。初めまして。クロディーヌ・ジャナンです」

　黒い髪に青みを帯びたグレーの瞳。知的な容貌のその女性のプロフィールはすでに調べ上げ、顔も写真で知っていた。エリッサ・ランベールのペンネームで注目される新進のミステリー作家。そしていま彼が接触しようとしているマルク・ジャナンの妹だ。向こうから接触してくるとは予想外だった。

「手紙は届きましたか」傍らに歩み寄って小声で問いかけた。

「ええ。あなたのことは存じ上げなかったもので、こちらで調べさせて頂いたんです。じつはWP通信社に知人がおりまして。彼なら心配は要らないと太鼓判を押されました。ジャーナリストの中のジャーナリストで、頑固で、曲がったことは大嫌いな男だと」

「おかげでいつも出世コースから外れています。場所を変えませんか」

怪訝な表情のクロディーヌに、病院に近い中華料理店の地図をメモ用紙に走り書きして手渡した。

「監視されている可能性があります。立ち話では目立ちすぎます。十五分後にここでお待ちしています」


その中華料理店に入ると、チベット人らしい小太りの店主がクロディーヌを認め、黙って奥の小部屋へ案内した。

午前中の早い時間で、開いたばかりの店に客は一人もいない。

柱や壁に油と煤の染みが目立つ、お世辞にも高級とは言いがたい狭い店内には、胡麻油や蠣油《ハオユー》、生姜やにんにく、葱《ねぎ》などの香味野菜の香りが渾然としたチャイニーズ・レストラン特有の匂いが漂っている。クロディーヌにはそれが新鮮だった。クミンやコリアンダーなど、街の至るところに漂うインド・ネパール系のスパイスの香りにはやや辟易していた。

特別客用らしい、部屋の中央に丸テーブルが一脚だけの小部屋の入り口にドアはなかった。

赤い厚手のビロードのカーテンが他のテーブルからの視線を遮っている。先に到着していたマイケル・ウェストンが椅子から立ち上がって出迎えた。

「何か召し上がりますか。ここの主人は若いころ成都《せいと》で修業したそうで、四川《しせん》料理が得意なんです」

椅子を引きながら、マイケルが問いかけた。歳は四十代の半ばか。上背はあるが腹回りはややだぶつき気味で、髪には寝癖がついている。着古したサファリ・ジャケットに膝の出た綿のパンツという出で立ちは英国紳士のイメージとは程遠い。それでも印象的に光る鳶色の瞳が年齢を超えた溌剌《はつらつ》さを感じさせた。

「いえ、結構です。お茶が頂ければ。ジャスミン・ティーはありますかしら」

店主は頷いて部屋を出て行く。それを見送ってから切り出した。

「どうして私がカトマンズにいるとわかりましたの」

「パリの出版社に問い合わせましてね――」

出発する前に、手紙はカトマンズの中央郵便局留めにしてくれるよう担当編集者に伝えておいた。マイケルは言葉巧みにそれを聞き出して、すぐに郵便局に出向いたらしい。局留めの棚を調べるとクロディーヌ宛の手紙が何通かあった。滞在先は分からないが、間違いなくカトマンズにいることは確認できた。それで局留めで手紙を送ってみたのだという。

今度はマイケルが訊いてきた。

「でも、さっきはどうして私だとわかったんですか」

「病室にお入りになるとき、これを廊下に落とされたでしょう」

顔写真付きのWP通信社の記者証をバッグからとり出して手渡すと、マイケルは当惑気味の笑みを浮かべた。

「いや、こんな物を落としていたなんて。しかしどうしてだろう」

「ショルダーバッグのポケットを調べた方が良くはありません」

マイケルはバッグのサイドポケットに手を突っ込み、底に開いた穴から指を三本突き出して苦笑いした。

「そろそろ買い替えの時期のようですね」

クロディーヌが微笑み返すと、マイケルは早速訊いてきた。

「マルク・ジャナン氏の容態はどうですか」

「相変わらずですわ。でもどうしてお知りになりましたの。病院側も憲兵隊も、外部には伏せていたはずなんですが」

「情報ソースは秘匿しておきたいんです」

マイケルは渋い顔をする。

「それなら私の方も、何もお答えすることはありませんわ」

素気なく答えて立ち上がる素振りを見せると、マイケルが慌てて引き止める。

「いや困りました。ではあなたの胸の内にしまっておいて頂くという条件で――」

通報したのは脳外科病棟のナース長で、彼が抱えている情報提供者の一人だという。民主化が進んだとはいえ、ネパールは一九五一年までは鎖国をしていた国だ。政府や軍はいまでも秘密主義を好む。彼女はそうした状況を憂慮する善意の情報提供者なのだとウェストンは弁護した。ところがここ最近、病院内に緘口令が敷かれたらしく、彼女はほとんど何も教えてくれないという。

率直な話し振りに好印象を受けて、クロディーヌは椅子に座り直した。

「おっしゃることを信じましょう。お手紙ではお互いの情報を交換したいというお話でしたが」

「ではまず私の方から。例の〈ブラックフット〉の正体に関することです――」

マルクがうわ言で呟いた〈ブラックフット〉という謎めいた言葉と、その後の暗殺未遂事件を結びつけたマイケルの推理は、事件直後にクロディーヌが病室で抱いた疑惑とほぼ同様のものだった。しかし彼が続けて語った話の内容は想像をはるかに超えていた。

「じゃあマルクはその恐るべき兵器を目撃し、それで命を狙われたわけね」

「まだ憶測の域を出ません。しかし最近、その機密に関わった人間が死んでいます――」

ギリアム・ウィットモアの死に関する話には落ち着きの悪い衝撃を覚えた。謎めいた闇の奥から伸びる魔の手はマルクに向かっているだけではないらしい。その正体はまだおぼろげだが、目的のためには手段を選ばない敵であることは確かだ。

マイケルがもたらした情報は貴重なものだった。得体の知れない敵と戦う上で情報は不可欠な武器だ。クロディーヌは彼を信頼することにした。郷司から聞いていた衛星落下からマルクの救出までの顚末と〈天空への回廊作戦〉のあらましを語って聞かせると、マイケルは深刻な表情を浮かべた。

「ジャナン氏が恐らく唯一の目撃証人です。意識が回復すればすべてを白日の下に曝すことができるんですが――」

クロディーヌにとってはマルクの命を守るために、マイケルにとってはギリアム・ウィットモアの死の背後に潜む陰謀を解明するために、互いに協力し合うべきだという点で考えは一致した。マイケルは今後も取材を続けるが、そこで得た情報はすべてクロディーヌに知らせ、クロディーヌもまた自分の得た情報を可能な限りマイケルに提供することを二人は約束し合った。

マイケルは〈ブラックフット〉の論文のレクチャーを受けに、明日から毎日、早坂雅樹という日本人青年の病室を訪れるという。クロディーヌは昨日のタミルの話を思い出した。

「その方なら、たぶん私の有能な助手が顔を知っているはずですわ。事故現場を目撃していましたの」

タミルのことを紹介し、より安全を期するために連絡は彼を介して行いたいと提案すると、マイケルもそれに同意した。

話を終え、店内で別れを告げて、マイケルは厨房の奥の裏口から立ち去った。クロディーヌは店主に礼を言い、さりげなく表のドアから店を後にした。

第五章

1

クロディーヌとの接触に成功した翌日の午後、マイケルは早坂雅樹の病室を訪れて、二時間ほど〈ブラックフット〉についてのレクチャーを受けた。

雅樹は事前に渡しておいた論文のコピーをすでに読み終えており、専門的な述語を平易な語《ご》彙《い》や比喩に置き換え、そのエッセンスを門外漢のマイケルの頭に正確にインプットしてくれた。

一方の雅樹は〈ブラックフット〉の開発の目的に並々ならぬ関心を示した。

雅樹に渡したのは論文の中でも技術的要素に関する章のみで、戦略的背景や開発の意図に関する部分は外してあった。しかし雅樹は〈ブラックフット〉が特殊な使命を帯びた戦略兵器であることに気づき、もし現実に配備されていたらという仮定のもとでその戦略的価値を評価してみせた。

若者の直感力は鋭く、それは軍事分野に造詣の深いマイケルの評価とほぼ一致した。厄介な問題に巻き込んでしまったかと、マイケルはいくぶん自責の念を感じはじめた。

夕刻、軽く食事を済ませてからもう一仕事しようとふらりとオフィスを出た。暮れなずむニューロードの中心街をインドラ・チョークの馴染みのイタリア料理店へ向かっていると、雑踏の中に周囲の人群れから首一つ突き出た額の広い男の顔が目にとまった。

カトマンズで欧米人を見かけるのは珍しくもない。しかしその特徴的な鉤鼻《かぎばな》には見覚えがある。まだるっこしい歩調でそぞろ歩く人波をかき分けて、マイケルは磁力に引かれるように男との距離を詰めていった。

そのとき近くの果物屋の店先で人群れがどよめいた。店主らしい小太りの男が喚きながらこちらに向かってくる。腰の当たりにドスンと何かが突き当たった。見下ろすとバナナを一房抱えた十歳くらいの痩せこけた少年が途方に暮れた眼差しを向けている。

万引でもしたのだろう。追ってくる男の剣幕は尋常ではない。襟首をつかまえて突き出すこともできたが、理不尽な障害物に抗議する黒い瞳の訴えに免じて小さな窃盗犯の逃走を幇助《ほうじょ》することにした。

体を右に寄せて車道と歩道を仕切る鉄柵との間にわずかな隙間をつくると、少年は野鼠のように敏捷にその間を擦り抜け、少し先の鉄柵の切れ目から車道へ飛び出した。喧《やかま》しいクラクションの怒号を誘発しながら、少年は稲妻のように車道を駆け抜け、反対側の歩道の雑踏に紛れ込んだ。追っ手の男は激しい車の往来に阻まれ、一声悪態をついて追跡を諦めた。

再び視線を雑踏に向けた時には鉤鼻の男はすでに人波のなかに姿を消していた。

男の名はジェイソン・シルバーン——ペンタゴンの統合参謀本部付首席調査官で、三年前にマイケルがスパイ容疑で告訴された時の連邦政府側代理人だった。

弁護士資格を有するシルバーンの法廷戦術は巧みで、本来なら勝ち目があるはずもないでっち上げの容疑に弁舌巧みに三文小説まがいの尾鰭《おひれ》を付け、陪審の好奇に訴えて五分の闘いにまで持ち込んだ。

シルバーンにしてみれば訴訟は本命の武器横流し疑惑からマスコミの注意を逸らす牽制球に過ぎず、国防総省ぐるみの隠蔽工作も相俟《あいま》って、マイケルのスクープは信憑性に大きな疑問符をつけられたまま世間の記憶から消え去った。

端緒となる情報をもたらした陸軍中佐が心臓発作で急死したことも痛手だった。もし追加証言を得ていれば、彼らが隠蔽に成功した疑惑の中枢を自らの手で解明できたはずで、マイケルは中佐の急死自体にも不自然なものを感じていた。

以来マイケルはシルバーンに個人的な遺恨とは別の、本能的ともいえる警戒心を抱いてきた。そんな因縁の人物がなぜカトマンズへ。思いもかけない遭遇は突然痛み出した虫歯のような不快な疼きを残した。

レストランに着いて料理の注文を終えると、馴染みの店主が歩み寄って一枚のカードを手渡した。店主が目顔で示す方向を見ると、奥まった席にジェイソン・シルバーンがいる。手渡されたカードは彼の名刺だった。尾《つ》けられていたのは自分の方だったらしい。怪訝な視線を向けると、シルバーンは立ち上がって歩み寄ってきた。

濃紺のビジネススーツに臙脂《えんじ》のシルクのタイを着けた姿は観光旅行の外国人の姿ではない。いかにもワシントンのエリート官僚然とした慇懃《いんぎん》無礼《ぶれい》な物腰でシルバーンはマイケルを見下ろした。

「ご一緒してもよろしいかな」

「できればご遠慮願いたいところだが——」

マイケルの拒絶を傲岸な笑みで受け流し、予約席でもあるかのようにシルバーンは向かいの席に腰を下ろした。

「お手間はとらせません。じつはあなたから仕入れたい情報がありましてね」

「君に協力する義理はない」

咀嚼《そしゃく》し難い異物を吐き出すように言い捨てた。

「三年前のことならお互い水に流してもいい頃でしょう。裁判は結局引き分けに終わったんですから」

「君たちは最初から勝つ必要などなかった。お蔭でこっちは世界の屋根へご栄転だよ」

「あなたのボスたちの狭量さには感銘すら覚えますすよ」

「同情してもらう必要はない」

この男がカトマンズにやってきた真意に興味がなくはなかったが、その厚顔さへの不快感はわずかな好奇心を圧殺するに十分だった。腹の奥のしかるべき場所に大人しく収まっていたはずの遺恨を、シルバーンは水底のヘドロのように掻きたてた。胃のあたりがむかついて、さっきまで感じていた切実な食欲も消えうせた。

マイケルの嫌悪が計算済みでもあるかのように、臆するでもなくシルバーンは続けた。

「交換条件として、あなたが望む情報を提供する用意がある」

「真に受けるほど馬鹿じゃない。カトマンズの次の左遷先となるとたぶん南極くらいだが、生憎《あいにく》あそこには支局がないんでね」

「では情報の信憑性を示すサンプルを一つ。いま追っているのは〈ブラックフット〉にまつわる謎じゃありませんか」

「どうしてそれを知った」

マイケルの問いを無視して、シルバーンは人を食ったように続ける。

「ギリアム・ウィットモア教授の死亡事故についてはどこまでご存知かな」

「何か秘密があるとでも言うのか」

「あれは暗殺だったんですよ」

不可解な意図を秘めた陥穽《かんせい》のような眼窩《がんか》の奥で、シルバーンの瞳が挑むように光る。店内の空気が二、三度冷却したような悪寒《おかん》を覚えた。

「どうして分かる」

「遺体の解剖所見からですよ。彼は特殊な薬物で殺害されたあと、車ごとガードレールに叩きつけられたらしい」

「発表はそうじゃなかった」

「少々工作しましてね。ある事実からマスコミの目を遠ざけておく必要があった」

「なぜ殺された」

「〈ブラックフット〉の秘密に首を突っ込みすぎたんです」

「殺したのは君たちか」

「違いますよ。その犯人に用があって、わざわざカトマンズまでやってきたんです」

抑えていた職業意識が条件反射のように頭をもたげた。

「記事にしていいのか」

「現地にいたわけでもないあなたが、単なる伝聞情報をカトマンズから発信したところで、一体誰が信用しますか」

余裕を誇示するようにシルバーンは笑った。

マイケルが帰宅したのは深夜零時過ぎだった。

居間の明かりを点けるのとほぼ同時に、ドアの脇の小机の電話が鳴った。受話器をとると耳元でくぐもった男の声が響いた。

「ミスター・ウェストンだね」

聞き覚えのない声だ。不審な思いで問い返した。

「そうですが、あなたは」

男は答えず、一方的に喋り続ける。

「ご忠告したいことがある。あなたが嗅ぎ回っている〈ブラックフット〉の件だが、そろそろ手を引かれた方がいい。ウィットモア教授のような目に遭いたくなければ」

明らかな脅迫だ。受話器を持つ手がこわばった。

「教授を殺したのはお前か？」

「ご想像に任せる。なるべく荒っぽいことはせずに済ませたい。お互い命は大切にしたいものだ。そうは思わんかね」

男の声は感情の動きをまるで感じさせない。

「どこの唐変木だか知らないが、ジャーナリストに脅しは通じない。そんなたわ言をいちいち真に受けていたらおれたちの商売は上がったりだ」

言い捨てて受話器を置こうとすると、それを察知したように男は言葉を継いだ。

「ではたわ言かどうかお試し願おう。ミスター・ウェストン、テーブルの上を見てくれないかね」

窓際のソファーテーブルに目を向けると、黒い包装紙に包まれた小さな箱がある。そこにそんなものを置いた記憶はない。入り口のドアには鍵がかかっていた。何者かが巧妙な方法で侵入し、その怪しげな置き土産を残していったのだろう。

「一体なんの真似だ」

「まずはご挨拶としてお受けとり願いたい。どう処分しようと自由だが、時間はあまりない。

決断は早めにした方がいい」

電話の向こうで嘲るような含み笑いが聞こえた。手にとるとその箱は意外に重い。

「中身は何だ」

「プラスチック爆弾《セムテックス》が少々と時限起爆装置。いまリモコンでタイマーをセットした。五分後に爆発する」

心臓を冷たい衝撃が駆け抜けた。

腕時計を見た。いま零時十五分。真偽を確認している余裕はない。受話器を叩きつけ、箱を手にして家から走り出た。

庭先のフィアットに飛び乗り、バグマティ川に向かう路上に飛び出す。深夜の通りを走る車の数は少ない。アクセルを踏み込むと、赤いフィアットはタイヤを軋ませて加速した。

自らが死にたくないのはもちろんだが、住宅地のど真ん中でセムテックスなどを爆発させたら被害は自分一人では済まなくなる。死なずに済んでも警察やマスコミにつつきまわされ、ニュースを追うのが商売の自分がニュース種になってしまう。ご免こうむりたいのはそっちの方だった。

二キロほど走り、国連事務所の前を過ぎたところで時計を見た。零時十七分。残りあと三分だ。

ハンドルを握る手が冷たい汗でべとつく。助手席に置いた箱の薄い包装紙を透かして、発光ダイオードの赤い光が拍動する心臓のように明滅する。

コプンドリ通りに出た。左折して北へ向かう。あと二分。クラクションを鳴らしてまばらな先行車をゴボウ抜きする。ルームミラーに映る額に汗の粒が滲み出ている。ホテル・ヒマラヤの前を過ぎたところであと一分三十五秒。先行車はいない。さらにアクセルを踏み込んだ。ダッシュボードのデジタル時計は情け容赦もなく進んでいく。

バグマティ川を渡る橋のたもとに着いた。あと三十秒。

橋の中央で急停止した。あと十秒！

箱を持って車から飛び出す。欄干から身を乗り出すと、眼下にはバグマティ川の水面が黒々と広がっている。

橋からできるだけ遠くへと、その箱を渾身の力で抛り投げた。弧を描いて飛んでいった箱は、川面《かわも》に落ちる直前で目が眩《くら》むような閃光を発した。

巨大な焔と煙のボールが空中に出現し、ほぼ同時に橋全体を揺るがすような轟音が響き渡った。硝煙の臭いと熱気をともなった爆風が顔面を襲う。聴覚が麻痺し、頭蓋の内部を激しい衝撃が駆けめぐる。

火焔はすぐに消え、川面に立ち込めた灰色の煙の中を、光の塵のような火薬の燃えかすが風に舞いながら沈んでいく。

間一髪だった。欄干に置いた手が小刻みに震え、鼓動はまるで速射砲の連射だ。頭の芯がずきずきする。

茫然とたたずんでいると、近くでクラクションが鳴った。小豆色のアウディが一台、マイケルのフィアットに並んで停まっている。

フロントウィンドウの奥で男が手を振った。サングラスをかけ髭は生やしていない。見たところ白人のようだ。サングラスの下で男はにやりと笑った。

目を引いたのは被っている帽子だった。数年前、コロラドスプリングズのギリアム・ウィットモアの自宅を訪れた際、彼は同じものが居間の暖炉の上に飾ってあるのを見かけた。カトマンズでは珍しいがコロラド近辺ではごくありふれたもの——CとRの文字を組み合わせたマークのコロラド・ロッキーズの野球帽だ。

根っからの大リーグファンだったウィットモアは、コロラドに移り住んで以来、それまで贔《ひい》屓《き》にしていたボストン・レッドソックスから、デンバーに本拠地を置くコロラド・ロッキーズへと宗旨替えをしていた。

「ミスター・ウェストン。私の言ったことがたわ言じゃないことがこれでおわかりいただけたかね」

車の中から男が声をかけた。

「ちょっと待て。誰なんだ、お前は。なんでこんな無茶なことをする」

マイケルが歩み寄ると、男は右手の親指を突き立ててにやりと笑い、そのまま猛然と車をダッシュさせてカトマンズ市内へと走り去った。

自宅に戻り、マイケルはウィスキーをストレートで二杯呷った。

鼓動はようやく落ち着いてきた。しかし心の中では不穏な疑惑の雲が成長するサイクロンのように渦巻き続けていた。

2

夕刻、インドラ・チョークのレストランで交わしたシルバーンとの会話が生々しい現実感を伴って脳裏に蘇った。

「本音を申し上げる。我々はあの時重大な過ちを犯しました――」

シルバーンは突然真顔になって切り出した。

「病巣は摘出すべきだったんです」

シルバーンが言う病巣とは、マイケルが三年前にスクープした通称〈イタチの息子〉と呼ばれる米軍内部に巣食う武器横流しグループのことを指していた。

ベトナムでの敗北以来アメリカは地域紛争や内戦への直接介入に及び腰になった。それでも超大国としての覇権へのこだわりは本能のようなもので、宿敵ソ連に対抗し、意に沿わない政権を排除するために、反政府ゲリラやテロ組織に搦手《からめて》から武器や資金を供与する間接介入が以後のアメリカの重要な戦略となった。

アフガン紛争では、ソ連に敵対するイスラム原理主義勢力に第三国経由で大量の武器を供与した。イランに不正輸出した武器代金を中米の反政府ゲリラに供与した事件では、アメリカは世界の顰蹙《ひんしゆく》を買い、時の大統領ハワード・ミリガンにまで関与の疑惑が及んだ。しかしそれらは氷山の一角に過ぎず、自前の船や飛行機、飛行場、秘密の銀行口座まで所有する不正輸出のシンジケートは軍内部に強力な根を張り巡らし、それを通じたアフリカや中東や中南米への秘密裡の武器供与は米ソの代理戦争として想像を絶する規模で続けられた。

冷戦終結後はそうした武器の流出にどう歯止めをかけるかが米ソをはじめとする先進諸国の頭を痛める問題となった。

流出した武器はブラックマーケットを通じて独自に流通していた。政府間交渉で取り引きされる戦車や戦闘機、艦船などと異なり、軽機関銃や迫撃砲、地雷や手榴弾といった軽兵器の取り引きは公になることがない。アメリカがアフガンゲリラに供与した大量の武器はやがて世界のイスラム過激派に拡散し、彼らはそれを手にアメリカを標的とする「聖戦《ジハード》」に乗り出した。

こうしてかつて米ソの国家戦略として遂行された武器のヤミ輸出は戦略的意義を失うが、軍内部に隠然たる基盤を構築したシンジケートはその後も機能し続け、やがて国家のコントロールを離れ、いまではそのまま一部の軍人の利権の温床と化している。マイケルがスクープした〈イタチの息子〉は冷戦の遺物ともいえるそうした不気味な地下茎の最も大規模なものの一つだった。

「我々は彼らがここまで巨大な怪物に成長していたとは気づかなかった。あの時は内部で秘密裡に処理できると踏んでいたんです。あなたのスクープを認めれば、軍の権威が、ひいては合衆国の権威が失墜する。その及び腰が今回の危機を招来したという事実については認めざるを得ない」

シルバーンは苦い口調で言う。

今回の危機――。マイケルはその言葉の意味を理解しかねた。シルバーンは〈ブラックフット〉とギリアム・ウィットモアの死について言及した。言いたいのはそのことか。エベレストに墜落した謎の物体が〈ブラックフット〉を搭載した衛星だとすれば、周辺地域にとってもアメリカにとっても危機であるのに間違いはないが、それが〈イタチの息子〉とどういう関係があるのか。

シルバーンはおもむろに語り出した。

「合衆国はいま彼らの挑戦を受けています。連中はすでにけち臭い小火器の横流しで小遣い稼ぎをするイタチどもではない。いまや核兵器まで新たな営業品目に加えた恐るべき武器商人なんです」

シルバーンによれば、エベレストに落下した衛星には確かに〈ブラックフット〉が搭載されており、それは歴代大統領にとって常に頭を悩ませる問題であり続けた。

表向きは軍事偵察衛星とされるインスペクター80が打ち上げられた一九八〇年はハワード・ミリガンが大統領選に勝利した年だった。「強いアメリカ」をキャッチフレーズに国防の強化と対ソ強硬路線を強調するミリガンの政治姿勢は、ペンタゴンの一部のタカ派には歓迎すべきものと映った。

ミリガンのホワイトハウス入りを千載一遇のチャンスと見た彼らは、試作段階のプロジェクトを秘密裡に加速して、偵察衛星と偽って〈ブラックフット〉を軌道上に打ち上げてしまった。そうして既成事実化してしまえばタカ派のミリガンは事後承認すると彼らは踏んでいた。

事実を知らされてさすがの大統領も激怒したというが、幸いにしてというか不幸にしてというか、それが水面下の交渉で互いに配備を中止した核弾頭搭載型人工衛星であることにソ連側が気づいた形跡はなかった。タカ派軍事官僚の思惑通り、ホワイトハウスは〈ブラックフット〉の配備を事後的に承認し、戦略上の最重要機密として公式のファイルには一切記録しなかった。

そうした軍事官僚の暴走に歯止めをかけられなかったのは当時のホワイトハウスが残した重大な禍根だとシルバーンは苦渋を滲ませた。

やがて緊張緩和の時代に入り、〈ブラックフット〉の存在はミリガンにとって無用の長物である以上にひどく厄介なものになり出した。もしその存在が発覚すれば、せっかく動きはじめた冷戦終結への気運も一気に後退する。巨額の財政赤字に悩まされていたミリガン政権にとって、軍備縮小がもたらす財政支出の削減は極めて魅力的だった。

ミリガンは〈ブラックフット〉を地球周回軌道から離脱させ、宇宙空間に向かう軌道に乗せる秘密命令を発した。しかし運悪く軌道制御用ロケットが電気系統のトラブルで機能せず、衛星は寿命が尽きるまで地球を周回し続けることになった。

その存在は以後も連邦政府内部のごく一部の人間だけが知る最高機密であり続け、歴代大統領は就任と同時に寝耳に水で申し送られたその機密の影に脅かされ、任期中に発覚しないことをただ願うだけだったという。

結局貧乏籤《くじ》を引くことになったのは現大統領のレックス・ハーパーだった。

衛星の墜落はすでに一年ほど前から予測されており、海軍と空軍を中心とするシークレット・チームによる隠密の回収作戦も準備されていた。

落下地点は当初の計算ではインド洋のはずだった。ところが軌道計算に狂いが生じ、予定した地点から約四〇〇〇キロ北にずれたエベレストに落下してしまったらしい。

「連中の狙いは墜落した〈ブラックフット〉に搭載されている核弾頭なんです」シルバーンは声を押し殺した。

「どこで手に入れたガセネタだ」マイケルは不信感を込めて吐き捨てた。

「買い手サイドから漏れてきた情報ですよ――」シルバーンは意に介さずに続ける。

「ここ半年ほどの間に、核兵器を喉から手が出るほど欲しがっている中東のテロ国家に売りのオファーがありました」

「連中は何を売ろうというんだ」

「運搬手段にミサイルや航空機を必要としない小型で高性能の中性子爆弾」

「つまりそれが――」思わず言葉を飲み込んだ。

「恐らく〈ブラックフット〉に搭載されている核弾頭。一つが二〇キロ程度のコンパクトな代物で、スーツケースに入れても運べる。テロリストの道具としては最適なサイズです。しかし殺傷能力となるとセムテックスなどとは訳が違う。小さな都市なら壊滅的な打撃になる」

「オファーをしたのがイタチだという証拠は」

「インスペクター80の軌道管理用コンピュータのデータが改竄《かいざん》されていた。犯人は空軍からNASAに出向していた技術将校で、〈イタチの息子〉のメンバーだったことを自供しました」

「その男は何をした」

「インスペクター80の落下地点をずらしたらしい。予定通りインド洋に落ちていれば、海軍の秘密回収チームが待機していて強奪は不可能だった。しかしヒマラヤなら話が違う。中国やネパールの領土内で米軍が表立って回収に乗り出すのは困難だ。小規模の特殊部隊を投入するだけで奪取できると計算したんでしょう」

「しかし軌道制御用の噴射装置は故障していたんじゃないのか」

「外宇宙へ離脱させるには不十分だったというだけでね。落下地点をずらす程度のことなら可能だった」

「その技術将校は」

「本格的な取り調べの直前に営倉内で自殺しました。背後にいた〈イタチの息子〉についての糸口も失われてしまった」

頭に浮かんだのは別の可能性だった。

「暗殺されたんじゃないのか」

「それも否定できません」

シルバーンは眉根に皺を寄せた。

「要するにイタチどものプランは成功したことになる」

「エベレストの頂上直下に落ちるとまで計算していたとは思えませんがね」

「そして連中は、いまエベレストにいる回収部隊の中に潜入していると――」

「可能性はきわめて高い――」シルバーンは頷いて続けた。「もしそうならメンバーを早急に特定したい。彼らの計画が成功すればアメリカにとっては致命的な打撃となる。核拡散防止に関する世界的な枠組みは崩壊し、非保有国の多くが核への誘惑に抗し切れなくなる。それを考えればアメリカは〈ブラックフット〉の弾頭が盗まれたという事実を隠蔽すると彼らは踏んでいる。アメリカは彼らの犯罪を公に追及することはできないと――」

マイケルは血の気が失せるのを覚えた。その冷え冷えとした驚愕は話の内容に対するものであると同時に、それだけの機密をジャーナリストである自分に明かしたシルバーンの意図への疑念から立ち昇るものでもあった。

「どうしておれにそこまで教えるんだ」

「逃げてもらっては困るからです。あなたの力がどうしても必要なんです」

ジャーナリストとしての本能を逆手にとった巧みな誘い水だ。確かにそれだけの情報を聞かされて逃げるわけには行かない。

「利用されたあとで、知り過ぎた人間として抹殺されるんじゃ割が合わない」

「ご心配には及ばない。回収に成功した時点で、合衆国は〈ブラックフット〉にまつわる機密を洗いざらい世界に公表する。過去のあやまちとして清算していい時期だというのが大統領の考えです」

　シルバーンの慇懃な笑みは、特殊な訓練によって身につけた技術でもあるかのように内心の動きを押し隠す。

「だったらどうして公表しない。表向きはいまも隕石の落下だと世間を誤魔化している。ネパール政府への内々の通報でも旧式の偵察衛星の墜落だとしらばくれている」

「真実が余りにもショッキングですからね。公表に際しては十分な配慮が必要だ。我々が怖れているのはコントロール不能な状態で情報が漏洩することです。彼らはその弱みに付け込んで堂々と行動を起こそうとしている」

「おれにその話を持ち込んだのはお門違いだよ。頭に馬鹿のつくジャーナリストだということはそちらも先刻承知のはずだ」

「いますぐ記事にされるというならそれも結構。しかし私が語ったことについてあなたは何の証拠も握っていない。どんな報道をしようとペンタゴンや国務省のスポークスマンは一笑に付すはずだ。三年前のような消耗戦を繰り返したくないという気持ちはあなたも私と同様だと思うが」

　シルバーンの口ぶりには挑発する気配さえ感じられる。

「要するにおれからどんな情報を引き出したいんだ」

「ロリンズ中佐のメモをお持ちでしょう」

「持ってはいるが、中佐が死んだ以上何の役にも立たない」

それはいまでは忌まわしい思い出に過ぎない三年前のスクープのきっかけとなった、統合参謀本部付の陸軍中佐スティーブン・ロリンズから託されたメモのことだった。〈イタチの息子〉に関する詳細な記録が綴《つづ》られたそのメモの中で、登場するメンバーはすべて仮名で語られていた。ロリンズには不正を糺《ただ》したい思いの一方で、それが職業軍人としてのプライドの源泉である軍への裏切りだという思いもあった。実名を伏せたのはその葛藤によるものだ。ロリンズが心臓発作で急死したのは、マイケルが実名を明かしてくれるよう説得を続けていたさ中だった。

「あなたはスクープの中でメモの中身をすべて明らかにしたわけではない。現物を見せてもらえれば、我々なら高い確度でメンバーの実名を特定できる」

「その手には乗らない。それじゃ宝の持ち逃げを許すことになる」

「当面報道をさし控える約束さえしてもらえれば、こちらが得た情報はすべて提供する。つまりあなたと報道協定を結びたい。これはホワイトハウスの意向でしてね。私は大統領直々の命令を受けてカトマンズにやって来たんです」

「どうしてCIAやFBIが動かない」

「〈イタチの息子〉のネットワークが張り巡らされているのは軍内部だけではないと、あなた自身がスクープの中で指摘したはずだが」

「つまり君はたった一人で彼らの陰謀を阻止しようとしているのか」

「合衆国大統領を除けば、私のバックにはいかなる人も組織も存在しない。だからこそあなたの協力が必要なんです」

「もう一度確認するが、ウィットモア教授を殺害したのは絶対に君たちじゃないんだな」

「信じてもらうしかない。やったのは〈イタチの息子〉です。連中には動機がある。いま企んでいる計画を円滑にビジネスに結び付けるには、あの落下物が〈ブラックフット〉だという事実が明るみに出てはまずい。買い手はあくまで秘密裡に入手したいわけですから」

「ではマルク・ジャナン氏の命を狙ったのは」

「どういうことです。そのジャナン氏とは何者ですか」

シルバーンは訝しげに眉をひそめた。

「本当に知らないのか」

「知りませんな。どういう状況で狙われたんですか」

「知らないならそれでいい。おれの方で尻尾をつかむ」

「しかし興味深い話ではある」

しらばくれているのか、本当に把握していないのか。シルバーンの表情にみてとれたのはせいぜい社交辞令という程度の好奇の色だった。この男が一筋縄でいかない人間であることは分かっている。余りにも気前よく情報を提供するその意図はやはり釈然としない。虚実とり混ぜた欺瞞《ぎまん》工作はこの連中のお手のものだ。

マイケルはその申し出に即答せず、いったん自分のルートで裏をとったうえで、応ずるかどうか判断すると言って別れた。

そしてその会話をまるで察知していたように、いましがた爆弾による脅迫が起こった。〈イタチの息子〉の仕業だと考えるのが妥当だろうが、あるいはシルバーンが仕掛けた可能性もなくはない。自分の撒《ま》いた餌に食いつかせるための一芝居かもしれない。

とにかくシルバーンの話の真偽を自分自身で確認してみる必要がある。それも早急にだ。もし真実なら、いま起こりつつあることはあまりにも深刻な危機だった。

3

一月二十九日の早朝、郷司は第四キャンプのテントの暗闇の中で目を覚ました。

機関砲の速射でも受けているように夜っぴてばたついていたテントがいまは静まり返っている。風がやんだらしい。

昨日のルート工作でロックピトンやボルトを打ち続けた右腕が重い。鉛の棒のようなその腕を持ち上げて顔の前にかざした。グリーンに発光する腕時計の表示は午前六時十五分を示している。間もなく夜が明ける。

重い丸太を引き抜くように寝袋から体を引きずり出した。枕元にあったヘッドランプをつけ、凍らないように寝袋に入れておいたマウンテンブーツを手にして、傍らに横たわるロプサン・ノルを踏みつけないようにテントの外に出た。

半ば凍てついたブーツに苦労して足を通し、凍傷ぎみの指の痛みをこらえて紐を結ぶ。半睡状態の筋肉を騙し騙し立ち上がってキャンプステージに立った。北西壁七七〇〇メートル地点の第四キャンプで迎えたその朝はあまりにも穏やかだった。

眼下のロンブク氷河はまだほの暗い闇の底だ。ABCのテント群の明かりが郷愁に似た思いを誘う。頭上は白みかけているが西の空には夜の残像のような星が瞬いている。

目の前にはプモリ、ギャチュン・カン、チョー・オユーと続く七、八〇〇〇メートル級の稜線が悠然とたたずむ。その頂稜を染めていた濁った赤がみるみる明るさを増し、やがてまばゆい鮮紅色の光の帯に変わった。頭上には刷毛《はけ》で刷いたような高層雲が広がり、気味の悪い微風が頬をなでる。天候は持って半日だろう。

〈天空への回廊作戦〉が本格始動して三日目。米中両国の密約による作戦期間は残すところあと二週間だった。ルート工作はここまでは比較的順調で、二車線の固定ロープのハイウェイが第四キャンプまで延びていた。

ルートを複線化したのは足の遅い荷揚げ部隊と足の速いルート工作部隊の錯綜を避けるための郷司のアイデアだ。さらに登高用の固定ロープに並行して懸垂下降用のロープも張りっぱなしにしておいた。この作戦では登攀よりも重い荷を担いでの下降に重点があることに配慮したものだ。

ここまで贅沢な資材の投入は通常の登山活動では考えられないが、おかげでルート工作と並行した人海戦術による荷揚げも渋滞で遅れが出ることはほとんどなかった。

第四キャンプには作戦部隊が持ち込んだ極地用のボックス型テントが設営されていた。南極のブリザードで実証済みというジョー・スタニスラフの宣伝文句も誇張ではなく、宇宙用に開発された剛性の高い炭素系素材のフレームは強風に抗してほとんど撓《たわ》むことがない。炭素繊維を織り込んだ強化ナイロンのテント地も風圧をまともに受けて破損することはなかった。

柔構造のドーム型テントは撓んで風を受け流すため、強風時の居住性はすこぶる悪い。剛構造のボックス型テントは居住性はよいが、風圧をまともに受けるとフレームが折れやすい。両者の欠点を克服したこの最新型テントは民生用としてはまだ出回っていないが、市販されれば普及に時間はかからないだろう。

装備にせよウェアにせよ宇宙技術が生み出した素材の応用によって高所での登山家の機動力は飛躍的に高まった。ヒマラヤのビッグウォールを短期速攻で攻略する近年の先鋭アルピニズムが、こうした装備の高性能化に支えられている面は否定できない。

キャンプサイトの狭いテラスにはアルミコンポジットとジュラルミンの支柱によるキャンプステージが半ば空中に張り出して組み立てられ、クリフの隊が使っていたステージと合わせた広いスペースに同型のテントが二張り設営されていた。高所キャンプとしては異例な規模で、少人数の隊ならベースキャンプとしても十分使える。設営を担当したクリフはこの贅沢なキャンプを「北西壁ホテル」と命名していた。

ABCのデポからシェルパたちが次々ホテルの備品や食材を運んできた。回収部隊の隊員が四六時中吸い続けても十分な酸素ボンベ、クレイグが馬が飼えると目を剝いた食糧や、燃料、医薬品、回収作業のための工具や機器類がステージの一角に堆《うずたか》く積み上げられた。荷物の一部はこれからさらに上部のキャンプへ運び上げられる。

郷司はロプサン・ノルとチームを組み、一昨日から第五キャンプまでのルート工作を進めていた。間もなくクレイグ・シェフィールドとフレッド・マクガイアが登ってきて郷司たちと交代する予定だ。

昨日は第四キャンプと第五キャンプの中間の八〇〇〇メートル地点まで固定ロープを延ばした。全体に傾斜がきつく、高度なロッククライミングが要求される箇所がいくつかあった。第四キャンプへ戻ったときはすでに日が暮れていた。ロプサンと相談し、暗闇の中をABCまで下降するより、酸素は薄くても第四キャンプで一泊した方が賢明だという結論に達してそのまま停滞したのだった。

隣のテントが騒々しくなった。シェルパたちが朝食の準備をはじめたらしい。コッヘルをガチャガチャいわせる音がする。中から若いシェルパが顔を出して「グッドモーニング」と笑いかけ、入り口に積み上げてある雪をコッヘルに詰め込んでまた首を引っ込めた。風音一つしないクーロワールの静寂の中にガスストーブの軽快な燃焼音が響きはじめた。

山中での炊事は雪を溶かして水を作る作業からはじまる。酸素の薄い高所で疲弊した体に鞭打っての作業はつらいものだ。そもそも食欲があることの方が稀なのだが、それでも水分は摂《と》らなければならない。

高所に順応するにつれ人体は酸素運搬能力を高めるために赤血球の数を増やす。十分な水分の補給がなければ血液の濃度が高まり、さらに血液が極端に酸性に傾くアシドーシスという状態に陥る。その状態が長く続けば眩暈《めまい》や意識の低下を引き起こし、放置すればやがて死亡する。高所に滞在するということはそれだけで命を削る行為でもある。

郷司も疲労が蓄積して今朝は食欲がない。昨日の強風と寒気は並みのものではなく、体力と神経の消耗は激しかった。それでも寒気は落石や雪崩の危険を最小限にしてくれる。その利点を生かしてロープをできるだけ延ばそうと無理をした。お茶が入ったら飲めるだけ飲んで、ABCへ降ったらさらにヘリでベースキャンプまで降りて、ここよりははるかに濃い酸素を吸いながら一日たっぷり休養をとるつもりだった。

テントの出入り口ががさつく音がして、振り向くとロプサン・ノルが這い出してきた。マウンテンブーツに足を突っ込み、紐は結ばずにそのまま立ち上がって、足を引きずって歩み寄る。鼻の頭と頬骨のあたりが凍傷で黒ずみ、裂けた唇に厚いかさぶたができている。郷司の顔もたぶん似たようなものだ。

「午後は崩れるな」

傍らに立って、西の空を眺めながらロプサンが言う。

「雪が降るかもしれない」

郷司も独り言のように応じた。

「しかし午前中は風もないし暖かい」

ロプサンの口ぶりは思惑ありげだ。怪訝な思いでその顔を見返した。

「降ろすならいまだよ。サトシ」

ロプサンがまたぽつりと言う。その目が訴えていることがわかった。フィル・スコークロフトの遺体のことを言っているのだ。

「そのうち鳥がくる」

ロプサンが心配しているのは遺体が鳥に啄《つい》ばまれることだ。ヒマラヤのカラスはときに八〇〇〇メートルを超す高所にもやってくる。目当ては登山者が残す残飯だが、放置された遺体も彼らにとってはご馳走の一種だ。寒冷で乾燥したヒマラヤの高山では遺体は腐敗せずに白蠟化する。白骨化した遺体があればそれは恐らく鳥に啄ばまれたものだ。

「二人で降ろそう。ほかのシェルパの手は要らない。氷河に埋めてやろう」

ロプサンの声は悲しげだ。チベットの一部に鳥葬はあるが、同じ仏教徒でもシェルパ族は火葬だ。無残に啄ばまれたシェルパや登山家の遺体に彼もどこかで遭遇したのかもしれない。そしてそれ以上にフィルとの友情が彼の心を動かしているのだろう。

クリフに聞いた話では、二人は昨年のマナスル遠征で、アタック中に頂上雪田でルートを見失い、猛吹雪の中を一昼夜のビバークに耐えて生還したという。それぞれ手足の指を何本かずつ失ったが、同い年ということもあってか、以来二人の間には雇用者とシェルパの関係を超えた友情が生まれたようだ。ルート工作中も、フィルの遺体のそばを通り過ぎるとき、ロプサンは必ず頭をたれて小声で経文を唱えていた。

ロプサンはチャンスを待っていたのだろう。クリフも何とか降ろす手立てはないかと思い悩んでいたようだが、強風と寒気は緩むことがなく、遺体収容のためにシェルパや隊員に危険を強いることはできなかった。作戦も急を要している。引き受けた仕事を全うしたい思いとフィルの遺体を放置していることへの慚愧の狭間で、クリフが懊悩《おうのう》している様子が時おり感じとれた。

「そうだな。降ろそう」

躊躇するまでもなく答えた。ほかの誰でもない。ロプサンが一緒にやるというなら、そして今日の条件ならそれは可能だ。テントに戻ってトランシーバーをとり上げ、ABCにいるクリフにそれを伝えた。

クリフは率直に喜んだ。自分もこれから上に向かう。途中で落ち合って、そこからは三人で降ろそうという。傍らでその声を聞くロプサンの目がわずかに赤みを帯びて見えた。

急いで朝食をとり、郷司はロプサンと遺体のある岩棚まで登り返した。

昨日はロープを張りながらの登攀で五時間近くを費やしたが、固定ロープとユマールの威力で今日はわずか三十分で登り切った。

座ったままの姿勢で凍結したフィルの遺体は、腰と膝が折り曲がっているため背中と背中を合わせて背負うしかない。第四キャンプまでは郷司が背負って降りることにした。

八の字にしたシュリンゲ（細身のロープや平織りのテープを輪にしたもの）のそれぞれの輪にフィルの足を通し、その輪を胸のあたりで交差させ、さらに肩に回す。フィルの背中側にきた二本のループをザックのショルダーベルトのように使って肩で背負う。遭難者を山から担ぎ降ろす場合の基本だが、普通と違うのは背中合わせになっていることだ。

背負われたフィルの遺体は折り曲げた両足を空中に突き出した奇妙な格好だ。バランスは悪いが彼は郷司やロプサンより身長がある。伸びきった状態で凍結していたら足が邪魔になって下降はいま以上に困難だったはずだ。

フィルを確保していたピトンに短めのシュリンゲをセットする。そこに九ミリロープを通し、末端を結んで投げ落とす。ハーネスに装着した懸垂下降用の八の字環にロープをセットして、両足を突っ張って断崖に身を乗り出す。

左手で山側のロープを軽く握り、右手で谷側のロープの角度を調節すると、八の字環とロープの摩擦係数が減り、ロープは滑らかに流れる。右手の角度を調節してロープを少しずつ繰り出し、慎重に岩角を踏みしめて降りていく。

フィルの体重でシュリンゲが肩に食い込む。重心が高いせいで、ちょっとした動きに反応して体が左右に振れる。凍結した遺体が背中から急速に体温を奪う。八〇キロほどのドライアイスを背負っているようなものだ。これだけ重くバランスが悪く、しかも冷たい荷物を背負って懸垂下降するのは初めてだった。

三ピッチ計一〇〇メートルの垂直に近い岩場を緊張しながら降って、十五分ほどで第四キャンプのステージに降り立った。

フレッドとクレイグが登ってきていた。二人に手伝ってもらってようやく遺体を降ろした。

背中と背中の間の二人分の分厚いウェアも、フィルの重みで押し潰されて断熱効果はないに等しい。歯の根が合わないほど体温が失われていた。

「大丈夫か、サトシ？」

クレイグが心配そうに訊いてくる。傍目にはひどい顔色なのだろう。機転を利かせたシェルパが熱いお茶を持ってきてくれた。三杯お代わりしてやっと人心地がついた。

間もなくロプサンが降りてきた。ロープの末端の結び目を解き、片側を引いてロープを回収すると、ロプサンも心配そうに歩み寄ってくる。

上から見ていたらどこか顔色が悪く、動作もぎごちなかったという。自分ではそこそこスムーズに下降したつもりだったが、ロプサンから見ればそうでもなかったようだ。遺体の冷たさを何とかしないとＡＢＣに着く前にこちらが凍死してしまいそうだ。

ロプサンはテントの中敷の発泡ウレタンを剝がしてきて、ポケットナイフで幅三十センチほどに切り分け、三枚重ねにしてフィルのアノラックの背中に押し込んだ。これなら十分な断熱効果が期待できそうだ。

「もう大丈夫だろう。次はおれが背負うよ」

ロプサンの口調は力強かった。キャンプステージの片隅に横たえられた遺体の傍では、二人のシェルパが手を合わせ経文を唱えている。陽気で気立てのいい若者だったフィルのファンはシェルパたちの中にも多かった。

「済まんな。本当は我々がやる仕事なのに」

フレッドが申し訳なさそうに言う。

「いいんだ。いまやらないと、このまま永久に山の上に放っておくことにもなりかねない」

郷司が答えると、傍らでロプサンも大きく頷いた。恩を着せるような態度はおくびにも出さない。この作戦では高所作業に携わるクライミング・シェルパには通常の倍の賃金が支払われる。それでも彼らは危険と収入のバランスを冷静に意識する。彼らにとって登山は自己目的でなくビジネスだ。しかしロプサンからは、これまで抱いてきたシェルパの印象とはかけ離れた無私の情熱を感じることがあった。

遺体を背負ったロプサンは、垂直のトンネルのようなクーロワール中央部を、肩に食い込むシュリンゲに顔をしかめながらも軽快に降っていく。自分のザックの上にさらにロプサンのザックをくくりつけ、ロプサンが一ピッチ降り終えるのを待ってあとに続いた。

三ピッチごとに交代しながら二時間ほどで六五〇〇メートル地点まで降ると、雪のついた広いテラスに屈強なシェルパを従えたクリフが待機していた。

「ご苦労さん。あとは引き受けるから二人とものんびり降りてきてくれ――」

複雑な思いを秘めた表情でクリフは言い、ロプサンが降ろしたフィルの遺体を、シェルパに任せるでもなく自ら背負った。

「この坊主を山の世界に引っ張りこんだのは私なんだよ。才能はぴか一だった。それが、くそ忌々しい衛星のせいで――」

クリフの言葉は途切れがちだった。軽々と遺体を背負い、怒ったような表情で立ち上がると、振り向きもせずに残りのピッチを下降しはじめた。重い荷を背負った頑強な肩がときおり小刻みに震えていた。

4

郷司たちがＡＢＣへ降り終えたのは、行動を開始して四時間後の正午少し前だった。

予想通り天候は下り坂に向かっていた。頭上は暗灰色の雪雲に覆われ、雲底は北西壁の中腹に達しようとしている。ダイニングテントに入って一息ついたところへフレッドから無線連絡が入った。第三キャンプでは小雪がちらつき出したという。

クリフが目顔で問いかける。書類上の話に過ぎないにせよ、隊長である郷司の立場を彼はないがしろにしない。頷くとクリフは第三キャンプの全員にいますぐＡＢＣへ退却するように指示を出した。さしもの北西壁ホテルも吹雪に閉ざされてまで滞在するところではない。

フィルの遺体はドクター兼任のフレッドが降りてきたら検死を行い、死亡診断書を作成するという。それまでは本部テントの片隅に置いておくことになった。祭壇も花もない殺風景な遺体安置所だ。サーダーのラクパ・ノルブが携行していた香を焚いてくれたのがせめてもの手向《たむ》けだった。

遺体の扱いについてクリフはジョーと話をつけていた。両親は本国への送還を強く希望したらしい。検死が済んだらヘリでカトマンズへ運び、あとは大使館の手配で空輸されるという。

緊張した懸垂下降の連続で郷司は体力と神経をすり減らしていた。ロプサンもクリフも同様だろう。三人はダイニングテントのテーブルを囲んで呆《ほう》けたようにソナム・ツェリンがつくる昼食を待っていた。

格別話もなかった。うとうとしかけたところへ、ヘリのローター音が聞こえてきた。やがてテントの張り布が激しくはためき、またゆっくりと静まった。定期便の時間ではない。誰が来たのか――。

迎えに出るのも面倒なのでテントの中で様子をうかがっていると、見知らぬ男を従えてジョー・スタニスラフが入ってきた。

「雁首そろえてお昼寝とは結構なご身分じゃないか」

のっけからの厭味だ。クリフが苦々しげに言い返した。

「頭がついているならそいつを空に向けて目ん玉を開けてみろ。上はもうじき吹雪だ。まだ死人の数が足りないというのか」

「おやおや、ご機嫌斜めだな――」

形勢不利と見たらしくジョーは器用にギヤを切り替える。

「まあいい。紹介しよう。ジャック・ウィルフォード中尉だ」

どこの馬の骨だというようにクリフは男に視線を移す。ロプサンも値踏みするような表情だ。筋肉質の精悍な体型で、背はアメリカ人としては標準の部類だ。濃いサングラスの奥の瞳の色はわからないが、薄い唇に貼りついた冷ややかな笑みがどこか酷薄な性格を印象付ける。セーターの上に薄手のダウンパーカーを羽織り、下はジーンズ、足ごしらえは履き慣らしたアプローチシューズと出で立ちはなかなか山慣れた様子だ。

男は挨拶するでもない。落ち着きの悪い間ができた。ジョーが慌てて話をつなぐ。

「今回の作戦の回収部隊の指揮官でね。現在はペンタゴンの情報局に出向しているが、本籍はデルタフォースで山岳チームきってのエースだ。ヒマラヤの経験はないが、彼の部隊はマッキンリーでトレーニングを積んだ強者ぞろいだと聞いている」

ジョーは続けてクリフ、郷司、ロプサンと順に男に紹介した。男の方は興味もなさそうに聞き流す。どうにも具合が悪いという様子でジョーは頻《しき》りに眉を上げ下げする。

「来たのはおたく一人か」

クリフが問いかけた。やはり男は答えず、退屈そうにテントの中をうろつきまわっている。困惑を薄笑いでごまかしながらまたジョーが代わって答えた。

「彼は先乗りだよ。ほかのメンバー五人はネパール側の高所で回収のシミュレーション訓練中だ。明日か明後日にはロンブク入りする」

「口がきけるんなら自分で答えてくれんかね」

ジョーの説明には耳を貸さずに、クリフは男への苛立ちをあらわにした。

「口はきけるよ。あんたこそ口のきき方に気をつけた方がいい」

男はようやく言葉を発してみせた。激した様子もないその無表情な口ぶりには、しかし抜き身のナイフのような無機質の威圧感があった。

「話があるから来たんだろう。棒っ杭みたいに突っ立ってないで座ったらどうだ」

テーブルの一角を顎で示しながら、クリフも男に据えた目をそらさない。

「みんな同じチームの一員だ。仲良くやろうじゃないか――」ジョーは懸命にとりなす。

「中尉も事前に情報を仕入れておく必要があると思ってね。進捗《しんちょく》状況やら現場のコンディションやら、わかる範囲で説明してもらえんかね」

ジョーに促されてようやく席につくと、ウィルフォードは今度は自分から口を開いた。

「手間どっているようだな。この作戦があんたたちの気楽な山道楽とは意味が違うくらいわかっているだろう」

黙って様子を窺っていた郷司も我慢の限界に達した。立ち上がりかけた郷司の肩をクリフは強い力で押さえつけ、抑制を保った声で言った。

「やり方が気に入らないならこっちはいつでも手を引くよ。本来はおたくたちが始末すべきことなんだ。あとは勝手にやったらいい」

「だから民間人は当てにならんと言うんだ。結局、経費と時間の無駄遣いだ」

ウィルフォードは傍らのジョーに皮肉な視線を投げかける。さすがのジョーも反発した。

「それについてはペンタゴンとホワイトハウスのトップレベルの意向だ。君が口を挟む筋合いの話じゃない」

ウィルフォードは臆する様子もみせない。

「どうせ大枚の金を払うんだろう。大いに口は挟ませてもらうさ。さて進捗状況をお聞かせ願おうか」

官僚機構の序列でペンタゴンの情報将校がCIAの衛星部門のチーフの上に立つとも思えないが、ジョーは完全に鼻っ柱をへし折られた格好だ。クリフも不快感剝き出しで口を開く気配がない。やむなく郷司があらましを説明した。

相槌を打つでもなく聞き終えたウィルフォードは、渋い表情で舌打ちした。

「作戦本部はよりによってとんでもない亀を雇ったもんだな。そんなことで期限に間に合うのか」

憤りを抑え、郷司は皮肉を込めてやり返した。

「天候を考えれば非常識なくらいの超特急だ。子供でも登れるように安全なルートを選び、支点もしっかり打ち直しながらの作業なんだ。それでも気に入らないと言うんじゃ、あとはおんぶして上に連れて行くしかないな」

その挑発を薄笑いで受け流し、ウィルフォードは厭味なほど穏やかに言い返した。

「君がサトシ・マキか。日本人にしちゃいい度胸だ。お手並みは作戦本番で拝見させてもらおう」

それから三十分ほど、会議の大半は腹の探り合いと皮肉の応酬に終始した。さすがのジョーもウィルフォードの狷介《けんかい》極まりない態度には梃子《てこ》摺《ず》っている様子で、別れ際に郷司に耳打ちした。

「ペンタゴンがあんな男を派遣してきた真意がわからんよ。私だって音を上げているんだ。まあ、我慢してよろしくやってくれ」

ジョーとウィルフォードを乗せたヘリが飛び去って間もなく、第三キャンプからフレッド・マクガイアたちが降りてきた。

フレッドがフィルの検死を行っている間に、ロプサンはほかのシェルパの手を借りて、キャンプサイト近くの氷河に遺体を埋める穴を掘り終えた。作戦終了まではヘリが回せないというので、とりあえず仮埋葬しておくためのものだ。

夕刻、遺体はその穴に安置され、上から雪がかぶせられた。ラクパ・ノルブの読経の声が響く中、ＡＢＣにいる隊員とシェルパ全員が黙禱をささげた。ラクパの歌うような祈りの声は、フィルの魂の歌でもあるかのように、折から舞いはじめた小雪と戯れながら灰色の天へ昇っていった。

第六章

1

フィル・スコークロフトの遺体を仮埋葬した翌朝、ＡＢＣのある中央ロンブク氷河一帯は白々とした新雪に覆われていた。

乳白色のガスの中を雪は勢いを増して降り続く。フィルの埋葬場所には赤い小布をつけた目印の旗ざおが立てられている。朝起きてすぐ、位置を見失わないようにとロプサンが立てたものらしい。ヘリの定期便は欠航になっていた。

ルート工作の進捗に気を揉むジョー・スタニスラフは朝早くから何度も無線連絡をよこして、郷司やクリフの朝寝の時間を無慈悲に搾取《さくしゅ》した。作業再開の見通しについては午後一番の気象通報が届くまで判断保留ということにして、果てしない質疑応答をどうにか打ち切った頃には午前十時を過ぎていた。

一息ついてインマルサットを立ち上げ、郷司は電子メールをチェックした。昨晩は気象条件のせいかうまく繋がらず、クロディーヌとは定時交信ができなかった。今度は繋がった。クロディーヌからのメールが届いていた。

メールにはやや大きめのサイズのファイルが添付されていた。本文にあるのは、添付したファイルをパソコンにインストールし、公開鍵を作成してクロディーヌ宛に転送するようにという指示だけだ。意味がわからないままファイルのアイコンをダブルクリックすると、自動解凍プログラムが立ち上がり、圧縮されていたファイルが一時保管用のフォルダーに展開された。中身はプログラムファイルと関連ドキュメントだった。使用説明書によるとそのプログラムは電子メールを暗号化するためのものらしい。

暗号化と復号に異なる鍵を使うのがそのプログラムの特徴らしく、前者を公開鍵と呼び後者を秘密鍵と呼ぶ。暗号メールのやりとりに先立って自分名義の公開鍵と秘密鍵のペアを作成する。公開鍵は暗号の解除には使えないため不特定多数に公開できる。解除用の秘密鍵は自分専用に保管しておく。

暗号メールを送る場合、まず相手の公開鍵を入手し、それを使って文面を暗号化する。受け手は届いたメールを秘密鍵で復号する。最大の利点は、従来の暗号では不可避だった鍵の受け渡しに伴うリスクがゼロになることらしい。

通信の傍受を警戒して送ってきたのだろう。その用心深さに言い知れぬ不安を覚えた。

概略を呑み込んでインストーラーを起動すると、あとは何度かマウスをクリックするだけでプログラムはインストールされた。公開鍵は自分専用の秘密鍵とともに簡単に作成できた。指示通りそれを添付ファイルで送信し、応答を待つことにした。

三十分ほどしてインマルサットを立ち上げると、もう返信が届いていた。暗号化された本文は一見ランダムなアルファベットや記号の羅列だ。彼女の公開鍵と思われる小さなファイルも添付されている。

プログラムを起動し、先ほど作成した秘密鍵を使って復号した。綴られていたのはマイケル・ウェストンという英国人ジャーナリストから得たという情報だった。その内容は郷司の心をかき乱した。

エベレストの落下物に〈ブラックフット〉と呼ばれる戦略核兵器が搭載されていた——。信憑性はさだかではないがその種の兵器をアメリカが開発していたのは事実らしい。プロジェクトに参加したギリアム・ウィットモアという科学者の不審な事故死、さらにマイケルがシルバーンという米連邦政府の高官から得た情報を総合すれば、その奇想天外な話も不気味な現実味を帯びてくる。

加えてその情報をクロディーヌに提供したマイケル自身が昨夜爆弾による脅迫を受けたという。マイケルに勧められてのことらしいが、彼女がこの話を暗号化して伝えようとした気持ちは十分理解できた。

マルクの命を狙ったのもその爆弾男の仲間だろう。その背後にあるものを想像したとき、郷司は深い落とし穴に嵌《はま》ったような気分に陥った。アメリカ側が隠蔽しようとしているプルトニウムの一件は、さらに大きな秘密を秘匿するためのカムフラージュに過ぎないことになる。そして〈ブラックフット〉の核弾頭を奪取するために作戦部隊に潜入しているという〈イタチの息子〉――。

伝聞と憶測が入り混じったその情報をどこまで信じるべきか、考えても答えは出ない。これから回収に向かおうとしているものがまさにその答えだというほかはない。

情報をもたらしたマイケル・ウェストンについてクロディーヌはWP通信にいる知人に素性を照会したらしい。その話からも自ら会った印象からも、信じていい人物だという感触を得たようだ。

こちらも情報を裏付ける材料を探ってみる。身辺にはくれぐれも気をつけるようにという内容のメールをしたため、クロディーヌが送ってきた公開鍵で暗号化して送信した。

インマルサットの電源を切り、パソコンの蓋を閉じて、郷司はしばらく茫然とした。さっきまで確かな輪郭をもっていた世界が、いまは二重三重にぶれはじめていた。誰を信じていいのかわからない。クリフに対してさえ信頼がぐらついた。ロンブクの谷間にいる人間の中で、何も知らないのは自分だけではないかとさえ思えてきた。

午後に至って雪はさらに激しくなり、風も吹き出した。

北西壁のあちこちで粉雪のシャワーのようなちり雪崩が頻発する。すでにルート工作を終えたジャパニーズ・クーロワールも例外ではない。表層雪崩が落ちるようになれば固定したロープも張り直さなければならない。さすがのジョー・スタニスラフからも督促の無線連絡はこなくなった。

開店休業の本部テントで、クリフもクレイグもフレッドも天の恵みともいうべき休息の時間を持て余していた。郷司の頭のほとんどはクロディーヌから知らされた話で占領されていた。クリフたちに打ち明ける気にはまだなれない。誰を信じるべきか——。それを判断することがいま直面している難題だった。

雑談の種がつきかけた頃、会議テーブルの上でトランシーバーががなり出した。

「こちらベースキャンプ！　サトシ、クリフ！　近くにいたらすぐに出てくれ！」

ジョーの声だ。クリフは少し離れた椅子で狸寝入りを決め込んでいる。まだ懲りないかと舌打ちしながら郷司は応答した。

「こちらABC。今日はもう停滞と決まったじゃないか。また同じ話を蒸し返すのか」

無愛想に答えたが、ジョーは委細かまわず喋りだす。

「大変なことが起きた。回収部隊の連中が雪崩にやられた——」

ネパール側でのシミュレーション訓練の最中に死傷者が出たという。訓練の話は昨日聞いていた。しかしこの天候で今日も続行していたとは思いもよらなかった。眠っていたはずのクリフがいつのまにか歩み寄ってきた。

「場所はどこだ？」

トランシーバーに向かってクリフの質問を繰り返す。ジョーは心もとない口ぶりで答えた。

「プモリとかいう山の南面の六七〇〇メートル地点だ。助かったのはジャック・ウィルフォード一人で、三人が重傷を負い、二人が死亡した」

ウィルフォード――。昨日ここへきた男だ。昨夜はベースキャンプに泊まったと思っていた。

「あいつは、なぜそんなところにいるんだ」

「あれから奴はヘリでネパール側の補給基地へ戻ったんだ。今日は早朝にヘリでプモリの六〇〇〇メートル地点まで運んでもらい、そこから訓練中の回収部隊に合流したらしい」

ジョーも腑に落ちない口ぶりだ。七〇〇〇メートル弱といっても現場は急峻な雪の斜面だ。今日の天候なら雪崩の危険は当然予測できた。

「連中はデルタフォースの山岳チームだという話じゃないか。偉そうな御託を並べていたけど天気図も読めないのか」

「ネパール側は今朝はまあまあの天候だったらしいんだよ。ヒマラヤの主稜の南と北じゃ気象条件はだいぶ違うんだろう」

「多少の時間差はあっても、ここととプモリの南面じゃそう違いはない。救援態勢はどうなっているんだ」

「地元のシェルパを総動員したそうだ。ウィルフォードが現場で指揮に当たっている」

「あの男は怪我をしなかったのか」

「雪崩が発生した地点のすぐ上にいたらしい。かすり傷一つ負わなかったという話だ」

ジョーの答えに郷司は引っかかるものを感じた。ウィルフォードの振る舞いは不自然だ。山を知る人間なら必ず行動を避ける気象条件で敢えて訓練を続行させたこともさることながら、自らもわざわざヘリで乗り込んで、ただ一人無傷で生還した。新雪が積もった急斜面なら意図的に雪崩を起こすのは難しいことではない。疑念を胸にしまいこんでさらに訊いた。

「こちらの手は必要ないのか」

「それもあの御仁に問い合わせたんだがね。いらないという返事だった」

ジョーの答えは素っ気ない。どんなやりとりがあったのかは知らないが、またウィルフォードに体面が傷つくことでも言われたのだろう。

「だったら回収部隊は壊滅じゃないか。作戦は中止するしかなさそうだな」

言いながらもどこか力の抜けた気分だった。肩の荷が下りたようでもあり、一方で〈ブラックフット〉の秘密から遠ざかることへの危惧も消えない。これから大国同士の水面下の駆け引きがはじまるのだろうが、秘密が秘密として存在する限り、それを知っているマルクの安全は保障されない。

「そうはいかないからこれから相談するんだよ――」

ジョーは媚びるような調子で応じた。

「本国から新たな要員を呼び寄せている時間はない。かといって作戦を放棄して退却するわけにも行かない。そのあたりの事情はわかってもらえると思うんだが」

嫌な予感がした。「要するに誰が現物を回収するんだ」

「君たち以外にいない」

ジョーは平然と答えた。クレイグとフレッドがトランシーバーに顔を寄せる。当惑を隠せずに反論した。

「話が違う。引き受けたのは現場までのルート工作だけだ。そもそも素人の僕らがどうやって原子炉を解体したり核燃料を抜きとったりできる」

「現場には小型のビデオカメラを携行してもらう。その映像を見ながらベースキャンプの専門家が逐一指示する。デルタフォースの連中だって原子炉の専門家じゃない。最初からその方法でやるつもりだったんだ」

耐寒服の上から着られる軽量の放射線防護服も用意してあるという。引越しの段取りを説明するようなジョーの口ぶりを聞いていると〈ブラックフット〉に関する疑惑がたちの悪いジョークにさえ思えてくる。思い余って郷司は問いかけた。

「軍事偵察衛星というのは国家機密じゃないのか。民間人の目に触れてもいいのか」

「背に腹は代えられん。ずぶの素人が見てわかる代物じゃない。形ばかりの守秘義務は遵守《じゅんしゅ》してもらうことになるがね」

ジョーは意に介さない。いくら切羽詰まっているとはいえ、ここまで開けっぴろげな態度はかえって胡散臭い。しかしジョーに引き下がる気配はない。

「報酬は十分なものを考えている。クリフたちと相談してみてくれないか」

昨日のウィルフォードとの不快なやりとりが頭に浮かんだ。

「あいつは参加するのか」

「ウィルフォードか。奴が回収作業の責任者だ。外すわけにはいかん」

ジョーの口ぶりもどことなく苦い。

「あの男の下で働きたくはないな」

直截《ちょくせつ》な郷司の拒絶に、ジョーは哀願するように応じた。

「まあ、そう言わずに。部下が一人もいなくなれば奴もそう大口は叩けないはずだ」

クリフたちと相談してから返事をすることにして、いったん通信を終えた。会話は全員に聞こえていたので説明するまでもない。

「馬鹿につける薬はないようだな」

クリフが吐き捨てる。ウィルフォードのことだ。

「ただの馬鹿ならいいんだけどね」

先ほど抱いた不審な思いが郷司はいまも拭えない。

「確かに癖のある野郎だがな」

クリフが頷いた。同じ疑念を持っているわけではなさそうだが、ウィルフォードの人格については彼なりに特別な感想を抱いていることは間違いない。

「しかしどうする、その話？」

フレッドが深刻な面持ちで訊いてくる。

「本当に危険はないのか」

クレイグの方も腰が引けている。クリフは困惑した様子で首を振った。

「何とも言えんよ。回収作業は本国からきた連中がやるというから引き受けたんだ」

「ジョーが何と言おうと、絶対に安全という保障にはならない」クレイグは不信感を滲ませる。

「たぶん危険はないよ」

郷司は慎重に三人の顔を見渡した。

「何か根拠があるのか」

クレイグが問い質す。

「マルクが生還したルートだよ――」

郷司はその考えを説明した。イエローバンドの上の雪田をマルクがトラバースしたという推測については、クレイグたちも妥当なものとして受け止めている。そこには衛星の破片が散乱していた。放射能が漏れていたり周囲が汚染されたりしていれば、マルクの体に反応が出たはずだ。ところがクロディーヌが陸軍病院の医師に確認したところ、医学的所見から被曝の可能性はなかった――。

「いまのところはという限定付きの話だな。実際に作業がはじまればどんな事故が起きるかわからない」

フレッドの表情はまだ複雑だ。

「私は手伝うことにするよ――」

腹を括《くく》った様子でクリフが口を開いた。

「エベレストの天辺《てっぺん》にはた迷惑なゴミを散らかしたまま退散するのは、アメリカ市民として寝覚めが悪い。死んだフィルだって浮かばれない」

一本気で駆け引き下手なクリフらしい口ぶりだ。〈ブラックフット〉の話がもし事実だとしても、彼はたぶんそれを知らない。理屈ではなく心がそう反応する。

動機はクリフほど単純ではないが、郷司も気持ちは固まっていた。〈ブラックフット〉の秘密をこの目で見届ける絶好のチャンスだ。マルクを狙った何者かの正体も恐らくはそこに隠されている。その秘密を世の中に公表することができれば、それが誰であれマルクの命を狙う理由もなくなるはずだ。

「僕も参加しようと思う」

声を上げると、クレイグとフレッドが驚いたように顔を見合わせる。これまで作戦への参加にいちばん消極的だったのが郷司だ。今回も駄々をこねるに違いないとみていたのだろう。とっさに辻褄《つじつま》を合わせた。

「個人的な遠征が重なって借金が溜まっているんだ。毒を食らわば皿までもの心境で、ここは一儲けさせてもらおうという気になったんだよ」

まんざら嘘でもない言い訳だが、本当の理由はまだ明かせない。

「ご老体のクリフと日本人のサトシが参加するんじゃ、ヤンキーの端くれとして引き下がるわけにはいかないな」

クレイグが苦笑いする。フレッドも不承不承な調子で応じた。

「国の女房には黙っていてくれよ。もし知れたら、その日のうちにここまで飛んできて、力ずくで山から引きずり降ろしにかかるから」

「問題はシェルパの連中だよ——」

重い気分で郷司は切り出した。三日前にロプサンに問い詰められて以来、心に引っかかっていた問題だ。

「ジョーの御託を真に受けて、プルトニウムの件を僕らはずっと秘密にしてきた。でもそれはフェアじゃないと思う。背負い込むリスクは彼らも僕らも変わりないんだし——」

「そもそもここは連中の土地でもあるからな」

クリフが頷く。言いたかったことを先回りされた格好だ。

「それを言ったら誰も協力しなくなるんじゃないのか」

フレッドは賛成しかねる口ぶりだ。郷司は慎重に反論した。

「作業がはじまれば隠し通すことは無理だよ。ここは事実をきちんと説明して、確実に協力を得るしかないだろう」

「ジョーがうんと言うとは思えないが」

フレッドはなおも首をかしげる。

「言わせるさ。それが嫌なら僕は降りるしかない」

「賃金の再交渉も必要になりそうだな」

今度はクレイグが口を挟む。郷司は自信をもって答えた。

「我々の分も含めてね。少々高めの請求書を突きつけてやるつもりだよ」

フレッドの予想通り、ジョーはプルトニウムの件をシェルパに教えることには難色を示した。三十分に及ぶ交渉で、米中の密約を破綻させないための名義上の隊長という怪しげな立場を郷司は最大限活用した。

結局ジョーが折れた。シェルパたちにはくれぐれも口外しないよう言い含めるという条件付きだが、地元へ帰ったシェルパたちの口まではふさげない。努力してみるという返事だけはしておいた。賃金については倍額にアップする約束をとり付けた。ここまでは計算どおりだった。あとはシェルパとの交渉だ。

交渉相手に選んだのはサブ・サーダーのロプサンだった。サーダーのラクパ・ノルブは英語が達者ではない上に指導力がいまひとつだ。ロプサンは交渉するには手強《てごわ》そうな相手だが、説得さえできればあとはうまくやってくれると郷司は踏んでいた。

ジョーとの交渉を終え、すぐにロプサンの居住用テントへ向かった。シェルパ五人が寝起きする窮屈なテントの中で、ロプサンはファックスで届いた英語の新聞を読んでいた。ロンブク入りして以来しばしば見かける姿だったが、遠征中に新聞を読むシェルパに出会ったのは初めてだった。

内密な話があると耳打ちして、人のいないダイニングテントへ誘った。怪訝な面持ちでテーブルについたロプサンは、表情も変えずに話を聞き終えた。

「そんなことだろうと思っていたよ。ＡＢＣに運び込まれた機材の中におかしなものが色々あったから」

開梱されていないパッケージに書かれた機材の名称やら注意書きやらをみて、それが放射性物質を扱うものだと気づいていたらしい。シェルパは英語が読めないと勝手に決め込んだ兵站《へいたん》担当者の迂闊《うかつ》だ。ロプサンが垣間見せる知性の片鱗にはこれまでも何度か驚かされた。経歴について彼はほとんど話したことがないが、何らかの高等教育を受けているらしいことは想像できた。

「やってもらえないだろうか」

率直に問いかけると、ロプサンは悲しげな視線を向けた。

「気に入らない話だな。人の家に土足で踏み込んできて、頼みもしない厄介事をばら撒いていくのが大国のやり方だ。政治家や官僚と裏取引して、おれたちの国をいいように操ろうとする。蚊帳《かや》の外に置かれた民衆が手にするのは不平等と貧しさだけだ。アメリカもイギリスも中国もインドも、やっていることはみんな同じだ」

ヒマラヤの山中でマオイストばりのアジテーションを聞くとは思いもよらなかったが、ロプサンの祖国ネパールの現状をみれば確かに正論で頷くしかない。列挙した国名に日本が含まれていないのは郷司への手心だろう。ロプサンは続けた。

「連中が引き起こした面倒の尻拭いはしたくないというのが本音だよ。しかし人質にとられたサガルマータはおれたちの魂の土地だ。連中の手に負えないなら、おれたちが何とかするしかない」

「つまり手伝ってくれるということか」

とりあえずは胸をなでおろした。

「一人で決められることじゃない。みんなと話し合ってみる」

ロプサンは渋い表情を崩さないが、その口ぶりにはことは決したと言いたげな自信がのぞいている。

「ところでマルクの具合はどうなんだ」

ロプサンが突然訊いてきた。上部キャンプで一緒に行動していたときも、心配そうに何度か尋ねてきた。意識の回復はまだだが、経過は順調だと答えると、硬い表情がようやくほころんだ。

「マルクには恩義があるんだ」

ぽつりとロプサンがつぶやいた。初めて聞く話だ。

「恩義――」

訊き返すと、ロプサンは片手を左右に振って言葉を濁した。

「くれぐれもよろしくと妹さんに言ってくれないか。生きて帰ってくれて本当によかった。この仕事が終わったら必ず会いに行くから」

マルクとの間にどのような経緯があったのか、結局なにも明かさずに、ロプサンはダイニングテントを出て行った。

2

ニコライ・タルコフスキーはホテルのバルコニーで、手にしたグラスのビールを飲み干した。ミャンマー第二の都市マンダレーに到着した翌朝の午前八時過ぎ。赤味の褪《あ》せた朝日を背に、古都のシンボルのマンダレーの丘が薄墨色のシルエットを見せている。

早起きは軍隊生活で身についた習性だが、近頃はフライトのない日の起き抜けのビールが欠かせない。おかしな癖がついたのはアフガンへの武器の宅配をはじめてからだ。それはこれからはじまる一日が、対空ミサイルに狙われることも、ヒンドゥークシュの岩肌に激突することもない平和な一日であることを、フライトの緊張が癒えない肉体に納得させるための儀式だった。

パキスタン北西部の寒村で会ったマーカス・ミラーの誘いに応諾の返事をしたのは一週間前。その後ミラーからは音沙汰なしだったが、一昨日ようやく動きがあった。翌日の午前中にミャンマーへ飛んで欲しいという。機体は用意しておくから空身で出発するようにという注文だ。ミャンマーが東南アジア唯一の軍事独裁国家だくらいは知っていたが、それ以上の知識はない。危なっかしい国かも知れないが、普段の仕事場のアフガン以上に危険な場所があるとも思えなかった。

夕刻にはペシャワールの安ホテルに茶封筒入りの書類が届いた。封筒の中身はウクライナ国籍の別人名義のパスポートとビザ、それにペシャワール・ヤンゴン間の往復航空チケット。偽パスポートとはますますきな臭いが、金というものが陽の当たる世間にはそう落ちていないくらいは納得ずくだった。

一晩で旅支度を整えて予定の便に飛び乗った。ヤンゴンの空港ではミラーの使いの若い男に迎えられ、そのまま国内便に乗り継いでマンダレーに到着した。

案内されたのは市街中心部の値の張りそうなホテルだった。男の話ではマンダレーの最高級ホテルで、格付けは五つ星だという。どういう筋の格付けかは知らないが、ペシャワールの安宿と比べれば御殿というほかはない。豪勢なスイートルームでの一夜はどうにも落ち着かないものだった。

ベッドが柔らかすぎて却ってこわばった首筋を捻《ひね》りながら、リビングの冷蔵庫にある二本目のビールをとりに戻ると、テーブルの上の電話が鳴り出した。ミラーからだった。ホテルのロビーに着いたところで、これから部屋に向かうという。朝っぱらからせわしない話だ。

入るなりミラーはリビングのソファーに座り込み、勝手に内線電話でコーヒーとサンドイッチを注文すると、あの人を食った口調で切り出した。

「どうです。神秘の古都マンダレーへの旅はお楽しみいただけましたかね」

どれほど気ぜわしい旅だったかは、指図した当人が百も承知のはずだ。返事はせずに訊き返した。

「パスポートとビザはいつ用意した」

「断られない自信があったんでね。あれからすぐに手配しておいたんだ」

ミラーは自信たっぷりな笑みで、主導権は自分にあると誇示している。むかつく思いを抑えて探りを入れた。

「偽名で入国させるということは、やはり世間に威張れるビジネスじゃないらしいな」

「詮索はしない方がいい。お互いの身のために」

子供に言い含めるようにミラーは首を振る。やむなく用意した切り札をとり出した。

「あんたの正体がわかったよ。おれのお得意さんはよく口の滑るムジャヒディンでね」

ほうと驚いた顔をしてみせたが、ミラーの目に動揺の色はない。それもまた計算済みのことらしい。

「口の軽さという点では、奴らはおたくにも私にも平等な態度を貫いたわけだ」

「〈イタチの息子〉とかいう可愛いニックネームをお持ちのようだな。やっていることはえげつないが」

皮肉な口調で応じると、ミラーは小馬鹿にするような笑いでやり返す。

「鍋やガスコンロが必要なように、ＡＫ47や携帯型迫撃砲がないと生きていけない連中がごまんといるんだよ。売り先と仕入れ先があれば商売は成り立つ。あんたがアフガンに運んだ物騒な代物も我々が扱った商品だ」

「最貧国のゲリラ相手のけち臭い武器商人が、エベレストにいったい何の用がある」

「すでに言ったように人間を一人拾ってきて欲しい。やってもらうのはそれだけで、それ以上は何も要求しない。だからあんたも仕事の背景については詮索しない。それが今回のビジネスの重要なルールだ」

棘《とげ》のある言い回しが気に障ったのか、ミラーの口ぶりはいくぶん高圧的だ。しかしここでひるんでもいられない。

「おれがやるのはただの曲芸飛行以上の仕事だ。命の保証もない。約束の二〇万ドルは前金で欲しい」

「こっちだっておたくの仕事にことの成否がかかっているんだ。金だけ持って逃げられちゃたまらない」

ミラーはにやつきながら切り返す。どうやら脈はありそうだ。

「じゃあ降りる。命を失ったあげくにびた一文入らないんじゃ、墓場から化けて出る気力もなくなる」

そっけなく言い捨てるとミラーは慌ててとりなした。

「そう言いなさんな。折り合いをつける腹はあるんだよ。前金で五万。これでどうだ」

「十万だ」間髪《かんはつ》を容《い》れずにオファーを返した。

「わかったよ。この仕事はあんたにとっても我々にとっても大きな博打《ばくち》だ。ただね、一番外れがなさそうなのがおたくだったんだよ、タルコフスキーさん。あんたならきっと苦もなくやってのける」

ミラーはテーブル越しに手を差し伸ばす。妙にしっとりした感触だ。いやいや握り返しながらタルコフスキーは訊いた。

「機体はどうなっている？」

「中古だが新品に近いのを調達してあるよ」

「スペックは？」

「注文どおりエンジンはロールスロイスの一番でかいのに換装した。増槽は標準の予備タンク二つに加えて、一〇〇ガロン入りの特注品を二つ付けてある。空になったら切り離せるから最初に使い切って落とせばいい。前輪と後輪には雪上用のスキーも履かせてある」

本業が怪しげな武器のセールスマンであることを納得させるように、ミラーの説明は滑らかだ。

「馬力と足は十分だ。試乗はできるか」

「明日、マンダレーの空軍基地にお目見えするよ。あんたの操縦で少々山奥の基地まで飛んでもらう」

「基地ということは軍事施設なのか」

ミラーは曖昧に笑って答えた。

「似たようなもんだが、大っぴらにはされていない。作戦の詳細は着いてから打ち合わせしよう。当日までそこで待機してもらうことになるが、このホテルのように居心地のいい場所じゃない。今夜はせいぜい骨休めしておいてくれ」

話している間に届いたサンドイッチをぱくついて、コーヒーで喉の奥に流し込むと、明日の午前中に迎えにくると言い捨てて、ミラーはそそくさと部屋を出て行った。

ドアをロックしながら何かを忘れているような気がして、ビールをとりにきたことを思い出した。冷蔵庫からビールの小瓶をとり出してまたバルコニーへ出た。ほどよく冷えたメイド・イン・チャイナのビールをグラスに注ぎながら、タルコフスキーはまだ心に引っかかるものを感じていた。

エベレストのサウスコルへ離着陸するのはおそらく世界初の試みだが、検討したところ技術的にさしたる困難はない。クレバスのないほぼ平坦な地形が二〇〇メートルもあれば十分だ。離陸時は大気の希薄さが問題だが、換装したエンジンの馬力に加えて、荷物がないので機体を極力軽くできる。

心が騒ぐのはそのことではなさそうだ。〈イタチの息子〉がいかに手広い商売をしていようと、所詮はゲリラやテロリスト相手のけちな武器商人だ。その連中とエベレストの関係が結びつかない。雪男にAK47を売りつけるわけではあるまい。詮索するなとあれだけ釘を刺されて、逆に気にならない人間はいない。飲んでいるビールが次第に苦くなる。

遊覧飛行を依頼するようなミラーの態度の背後から漏れてくるのは、想像もできない陰謀の匂いだった。どんな伝手《つて》があるのか、ミャンマーの軍部までミラーに手を貸しているらしい。エベレストでとんでもないことが起きようとしている——。そんな予感が頭にこびりついた。

この仕事はまともには終わらないような気がしてきた。落ち着きの悪い不安を洗い流すようにグラスのビールを喉に流し込む。

金は欲しいが命も惜しい。人生にさしたる未練はないが、少なくとも息子のイワンが健やかに成長する姿は見届けたい。今回の仕事を受けたのも、まさにそのイワンの命を救うためなのだ。

3

つづら折りの舗装路が乳白色の霧の奥へと続いている。

クロディーヌ・ジャナンはエンジンブレーキを利かせながら、郷司の置き土産の八二年型カローラのハンドルを操っていた。マルクが救出されて一週間目の朝だった。ナガルコットとカトマンズを行き来する生活にもだいぶ慣れてきた。

助手席にはタミル・ラナ少年が座り、護衛役としての自負を漲《みなぎ》らせて前方に視線を凝らしている。

「サトシは元気かな――」

タミルが気がかりな様子で訊いてくる。

「冬のエベレストはものすごく寒いって聞いてるけど」

「昨晩もサトシとは電話で話したわ。元気そうだったわよ」

タミルを安心させるように努めて明るい口調で答えた。遠征隊に異変があったことは昨夜の電話で郷司から聞いていた。米本土からきた回収部隊の雪崩による遭難を、郷司は〈ブラックフット〉の謎を究明する絶好の機会と受けとっている様子だが、クロディーヌにとっては新たな不安の種というものだった。

　昨日は降雪で停滞したが、天候が回復すれば今日からルート工作を再開するという。今度は郷司がマルクやマイケルのような危険にさらされるかもしれない。作業中の事故で被曝する恐れもある。弾頭を狙っているという〈イタチの息子〉のことも気になった。すべてが杞憂《きゆう》に終わり、何事もなく回収作業が済んで、無事に郷司に帰ってきて欲しい——。そんな思いが兄の回復を願うのと同じ比重で心を占めていた。

　そんな心を感じとったかのようにタミルが言う。

「サトシが帰ってきたら、マルクはもっと元気になると思うよ」

「そうね。その頃にはマルクもみんなと喋れるわよ。もうルートは第四キャンプの上まで延びているらしいの。あと一息だってニマは言っていたわ」

　クロディーヌは自らを励ますように声に力を込めた。

「ニマ小父さんはヒマラヤのことなら何でも知ってるからね。マルクもサトシも遠征の前にはいつもいろんなことを相談するんだよ」

　タミルは誇らしげだ。親代わりのニマのことはもちろん、郷司やマルクについて語るときも彼は誇らしげだ。将来は自分もアルピニストになるのだという。

　ニマが語って聞かせるヒマラヤの冒険譚や、郷司やマルクとの触れ合いで感化されたらしい。まだ顔立ちはあどけないが、いかにも利発なこの少年を、クロディーヌもまた歳の離れた弟のように愛しはじめていた。

山麓のバクタプルに近づく頃には霧も晴れてきた。カトマンズへ続くアルニコ・ハイウェイに入り、通勤客で満員のトロリーバスと併走して、菜の花の咲く田園地帯を西へ向かう。氷雪を頂いたジュガール山群が霧の晴れ間から顔を覗かせた。

生まれ育ったプロバンスに似たのどかな田園風景と、兄が愛したフランスアルプスを想起させる壮麗な山並み――。毎日眺めている風景なのに飽きることがない。

クロディーヌは親しい身寄りもいないパリを引き払い、兄や郷司が一年の大半を過ごす、この美しい土地に移り住もうかとも考えるようになっていた。

「ねえ、あの大きな車、ずっと尾けてきているよ」

タミルが囁くように言う。ドアミラーに映っている濃紺のメルセデスのことらしい。先ほどから気にはなっていた。この手の外国車はネパールでは珍しい。どこかの大使館の公用車かとも思ったが、外交官ナンバーではない。

「いつから後ろにいるの」

正面を向いたまま問いかけた。

「バクタプルを過ぎたあたりからだよ。あの車だったらこのカローラなんかすぐ追い抜けるはずなのに」

タミルの言うとおり、故郷ですでに一度は廃車になったはずのカローラを、メルセデスは追い越そうという素振りさえ見せない。

速度を落としてみると相手もスピードダウンする。また加速すると向こうもスピードを上げ、執拗に二〇メートルほどの車間距離を保ち続ける。クロディーヌは不快な慄きを覚えた。トリブバン国際空港方面からくる環状線《リングロード》とのジャンクションから、道路は急に混雑しはじめる。合流点で割り込んだ大型トレーラーが前方の視界を遮った。

悠然と走行するトレーラーに苛立って、追い越し車線にハンドルを切る。その動きに合わせるように、トレーラーも追い越し車線に移動する。やむなく走行車線に戻ると、トレーラーも同じ動きをする。何度か車線の移動を試みたが、トレーラーはからかうように行く手を阻み続ける。

背後のメルセデスは知らない間に距離を詰め、すでに一〇メートルほど後方にいる。いよいよただ事ではない。ハンドルを握る掌が汗ばんだ。

バグマティ川を渡りきったところで、ウィンカーを出さずに左折する。パタン市内へ向かう脇道だ。トレーラーはカトマンズ方向へ走り去ったが、メルセデスは惑わされずについてきた。

市街地に近づくにつれ道路は混み合ってきた。カトマンズやパタンのようなネパールの古都では、中心部に行くに従って道路と広場の概念が曖昧になる。

かつてパタンの王宮があったダルバール広場周辺も、あふれる人波と車やバイクや荷車が渾然と入り混じり、いたるところが騒々しい朝市の雑踏と化していた。

前にも後ろにも進めない。追っ手のメルセデスも後方で立ち往生している。それでも定員オーバーのテンプー（オート三輪タクシー）は黒い排煙を撒き散らして窓の外を行き過ぎる。人と車の動きが神仏の技で巧みにシンクロされているかのように、地元のドライバーは雑踏を自在に泳ぎ渡る。

それはクロディーヌにも追っ手のメルセデスにも無理な芸当だ。車はここで乗り捨てるしかない。

「タミル、パタンの街のことは詳しい？」

「まかせてよ！」

タミルは悪戯《いたずら》っぽく瞳を輝かす。恐怖心よりも、突然訪れた活躍のチャンスに少年の心は昂揚しているらしい。

クラクションを鳴らして寺院の煉瓦塀に車を寄せ、雑踏の中へ飛び出した。メルセデスのドアからもスーツ姿の二人組が飛び出した。一人は若い髭面の男で、肌は浅黒くやや小柄、もう一人は黒い縮れた髪の大柄な白人だ。

タミルは雑踏の隙間を見つけてクロディーヌを巧みに導いていく。目抜き通りから狭い路地裏に入り、迷路ゲームでも楽しむように不規則な辻々を駆け抜ける。

必死で後を追いながら、クロディーヌはすでに方向感覚を失っていた。

路地の左右には似たような造りの煤けた民家が軒を連ねる。狭苦しい敷石の舗道では、頭に籠を載せた物売りが甲高い売り声を上げている。民家の軒先では、粗末な身なりの幼児が小さな尻を突き出して用を足している。

日当たりの悪い路地裏特有のすえた匂いと煮炊きの香り、表通りから侵入する排気ガスの刺激臭と排泄物の匂いが、渾然と入り混じって一帯に漂う。

暗い狭い路地が突然開けると、明るい石畳の広場に出た。パティと呼ばれる屋根つきの休憩所があり、皺だらけの老人たちが暇そうにたむろしている。

水汲み場では若い女たちがサリーの洗濯に励んでいる。その周りを垢じみた裸足の子供たちが小犬のように駆け回る。大きなやかんを提げて水汲みを手伝わされている子供もいる。

水を得た魚のように、タミルはその先の路地へと導いていく。土地鑑というより動物のような嗅覚と直感で、少年はこの迷路を駆け抜けているようにみえた。背後で響いていた二人組の足音はもう聞こえない。

息が切れかけふくらはぎの筋肉が痙攣しだした頃、突然人通りの多い通りに飛び出した。さっきとは別の目抜き通りだ。周囲を見渡しても追っ手の二人組はもう見えない。

車は乗り捨ててしまった。さてどうしようかと思案しながらダルバール広場の方向へ歩き出したところで、一軒の小さな店が目にとまった。

現地の衣装を売る衣料品屋だ。店先に歩み寄り、所狭しと吊られた商品の中から、クロディーヌはクリーム色のクルタ・スルワールを手にとった。

クルタと呼ばれる膝丈のロングドレスとスルワールと呼ばれるゆったりしたパンツ、同じ生地のショールの三点セットで、別名パンジャブドレスとも呼ばれる。ネパールやインドではサリーに代えて若い女性が普段着としてよく着る衣装だ。いずれ一着買ってみようと思っていたのでちょうどよかった。

スルワールはジーンズの上からそのまま穿《は》けた。クルタの方もセーターの上からすとんと落とし込むだけだ。

値段を聞くと、濃い口ひげの店主はあっけにとられた顔で三〇〇〇ルピーと答える。相場は言い値の半分とマルクから聞いていたが、交渉している暇はない。言い値分のルピー紙幣を手渡して、ショールですっぽり頭を覆って店を出た。店の奥の姿見を見る暇もない。

「似合う？」と聞くと、タミルは大きな目を見開いて首を左右に振る。それがネパールでは「イエス」の仕草だということはマルクから聞いて知っていた。

いったんダルバール広場に出て、車を置いた通りへ戻ってみた。カローラは元の場所にある。濃紺のメルセデスもまだ道路の中央に停まっている。

五分ほどして先ほど入った路地から、追っ手の二人がぶつくさ言いながら駆け出してきた。ガイド無しであの迷路から生還したのだからなかなかの方向感覚だ。

悔しげに通り全体を見渡してから、二人はメルセデスに乗り込み、収まりかけた人波を力ずくで掻き分けて広場の方向へ走り去った。目と鼻の先にいるクルタ・スルワール姿のクロディーヌには気づかなかったようだ。

車に乗り込むと「やったね」とタミルが満面に笑みを浮かべた。少年を抱き寄せて、その頬に感謝の印のキスをする。

五分ほど待って男たちが戻ってこないことを確認する。大丈夫なようだ。寺院の横手の路地で車をターンさせ、男たちが去ったのとは逆方向へアクセルを踏み込んだ。

再びアルニコ・ハイウェイに戻り、カトマンズ方向へ急いだ。どうにか逃げおおせたとはいえ、あの追っ手がマイケルの言う〈イタチの息子〉だとしたらこれで終わるとは思えない。今度は兄の安否が気にかかる。

路肩に車を停めて病院に携帯電話を入れた。担当のナースに訊くと、マルクの容態は今日も良好だという。それでも気が急いて、クロディーヌは中古カローラのサスペンションが不平を言い出すぎりぎりまでスピードを上げた。

アルニコ・ハイウェイを降り、カンティパト通りに出たところで渋滞に巻き込まれた。中央郵便局の手前までくると、車はまったく身動きがとれない。事故車か故障車か、前方の交差点で大きなトレーラーが行く手を塞いでいた。周囲に群がる群集を警官が追い払っている。そのトレーラーを見たとたんに嫌な予感がした。荷台のアルミバンの絵柄が、アルニコ・ハイウェイで走行を妨害したトレーラーとよく似ている。

苛立ちを抑えて五分ほど待つうちに、隣の車列が動きだした。どうにかなりそうだと安心したのもつかの間、動きはまたぴたりと止まってしまう。

隣にきた車を見て血の気が引いた。濃紺のメルセデス――。開け放たれたサイドウィンドウの向こうで、さきほどの縮れ毛がにんまり笑っている。運転しているのは若い髭面の男だ。迂闊だった。ハイウェイの降り口付近に先回りして見張っていたのだろう。

縮れ毛はこれ見よがしに背広の前を開いて見せた。脇の下のホルスターから黒い拳銃がのぞく。それを抜くでもなく男はまた背広を閉じた。体格はがっしりしているが凶暴な印象はない。

むしろ優男ふうの面立ちに湛えた慇懃な笑みが、かえって気味悪い威圧となって皮膚にまとわりつく。

病院までは大した距離ではない。車を乗り捨てて逃げようかとも考えたが、オフィスや公共機関が集まるこの辺りは、彼らを撒けるほど街並みが入り組んではいない。そのうえ相手は危険な飛び道具を持っている。

今度はこちらの車列が動き出した。メルセデスが後方へ遠ざかる。前の方で少しずつ脇道へ抜けていく車がいるようだ。歩くスピードより遅いくらいの、何とも間延びしたカーチェイスだが、このまま距離が開いて病院の敷地に滑り込めれば、そこには武器を携えた警備兵がいる。彼らも手荒なことはできないはずだ。

順調に進むかと思えた車列の動きがまた止まった。じりじりする思いで後方を見やる。メルセデスは車五台分ほど後ろにいる。

助手席のタミルはシートの背もたれに寄りかかり、目は背後のメルセデスに釘づけだ。その頭を押さえてシートの陰に沈ませる。

「危ないわよ。顔を出さないで」

「あいつピストルを持っていたね」

タミルが怯えと好奇心の入り混じった目で見上げる。

「そのようね――」

さりげなく答えたつもりだったが、自分でも声がこわばっているのがわかる。

「病院までほんの少しょ。周りにこんなに人がいるのよ。銃を撃つわけにもいかないでしょう」

そうは言っても射程距離にいるのは間違いない。みぞおちのあたりがきりきり痛む。もし殺す気だったら、パタンで追われたときにもチャンスはあったはずだ。銃を見せたのはただの脅しだろう。クロディーヌは無理やりそう自分に言い聞かせた。

「マルクを狙った奴らかな」

我慢しきれない様子で、またタミルが背もたれから顔をのぞかせた。その頭をさっきより手荒に押し戻す。

「たぶんそんなところよ。それにしても堂々と姿を現したものね」

車列は動き出しそうにない。携帯電話でマイケル・ウェストンを呼び出した。支局にはいない。自宅にかけてみたら本人が出た。

「携帯は危ないよ、クロディーヌ。どこで傍受されているかわからない」

一連の出来事で、マイケルは盗聴に過敏になっている。

「それどころじゃないのよ――」

これまでの経過を手短に伝えると、今度はマイケルが慌てた。

「病院のすぐ近くだな。これから飛んでいくよ」

「この渋滞じゃ無理よ。こっちは何とかなるわ。それよりナンバーから車の所有者を調べられる?」

「いくつだい?」

「数字は一五〇六。その上のネパール文字は読めないけど――」

「十分だよ。メルセデスなんてカトマンズに大した数はない。しかしそいつら手荒な真似はしないだろうな」

「わからないわ。でも何とかするしかないわよ。病院にたどり着けばもう何もできないでしょう」

「だからといって、ただ幸運を祈っていられる状況じゃない。裏道があるから近くまでなら車で行ける。そこで乗り捨てて駆けつければ、十五分くらいで着けるだろう」

マイケルの言葉の途中で前の車が動き出した。

「あの連中とこれから十五分も付き合う気はないわ。あとでまたかけ直すわね」

慌てて通話を切り、先行車にぴたりと車を寄せた。

「あいつらも動き出したよ」

タミルがまた背もたれから身を乗り出した。簡単に言うことを聞かない子供だということがよくわかった。今度は後ろ襟をつかんで強引にシートの上に引き摺り下ろす。

「頭を出すなと言ってるでしょう」

タミルは不満そうだがとくに口答えはせず、今度はルームミラーの角度を変えて、そこに映るメルセデスの姿を監視しはじめた。メルセデスもゆっくり動き出す。意のままにならない亀の歩みのようなカーチェイス。勝てるかどうかは神のみぞ知るところだ。

トレーラーはまだ停まっている。大きすぎてレッカー車が使えないらしい。警官が脇の歩道に迂回路を設置して、前方の車が一台ずつトレーラーのそばをすり抜けてゆく。遅々とした動きだが車列は進みだした。

「ねえ、クロディーヌ。あいつら停まったままだよ」

タミルがまた背もたれから首をのぞかせた。あとでどうお灸を据えようかと思案しながら振り向くと、彼の言うとおり、メルセデスとその前の薄汚れたステーションワゴンが、先行する車列から置き去りにされている。背後に続く渋滞の列からクラクションの怒号が頻発する。

ステーションワゴンから長身の若者が降りてきた。ボンネットを開けてエンジンルームを覗いている。エンストでも起こしたらしい。神様はこちらに味方してくれたようだ。

メルセデスのドアが開き、髭面の男が降りて何ごとかののしった。長身の男の相棒らしい小柄な男もワゴンから飛び出した。クラクションの喧騒に妨げられてやりとりは聞こえない。

突然髭面の男が長身の男に殴りかかった。長身の男は武道の心得でもあるかのように顔をずらしてパンチをかわす。

標的を失ってよろけた髭面の首筋に、小柄な男が短い棍棒を振り下ろした。髭面は一撃で密集した車の背後に沈み込んだ。

二人の男は縮れ毛に詰め寄った。縮れ毛は身を翻し、密集した車の間をこちらに近づいてくる。

右手を脇の下に入れている。いつでも銃を抜ける構えだ。タミルの体を力ずくでシートの上に押し潰し、自らも体勢を低くしてドアミラーに映る動きに注視した。先行する車もいまは動く気配がない。

絶体絶命だ。覚悟しかけたとき、長身の男が縮れ毛に追いついた。縮れ毛は拳銃を引き抜いて振り向いた。車の間をすり抜けてきた小柄な相方が、棍棒を縮れ毛の右手に叩きつけた。縮れ毛は拳銃をとり落とし、顔をゆがめてその場にへたり込んだ。

前の車が動き出す。長身の男がこちらを向いて、行けというように首を振る。訳がわからないままクロディーヌは車を発進させた。男は濃いサングラスを着けていて人相は判別しがたいが、右頬にある刃物で切られたような傷跡が目についた。

二人はメルセデスのところへ戻り、小柄な男が棍棒でボンネットやルーフに景気よく凹みをつけていく。ついでにフロントウィンドウも叩き割る。周囲のドライバーの視線を尻目に、長身の男は腕組みをしてそれを見物している。

事故現場にいた警官が異変に気づいて飛んできた。二人はワゴンをその場に乗り捨てて、がら空きの対向車線を悠然と横切り、右手のトゥンディケルの緑地に姿を消した。


息せき切って将校専用病棟の個室へ駆け込むと、マルクは何事もなく静かな寝息を立てていた。一安心したところへ病室の電話が鳴った。慌てて受話器をとる。耳に飛び込んだのはマイケル・ウェストンの声だった。

いましがた現場へ着いたが、すでに車は流れはじめていた。心配なので電話をかけたという。

無事だったことを伝えて事の顚末を聞かせると、マイケルはやっつけられた二人組よりも救ってくれた方の二人組に興味を持った。

「メルセデスの連中の素性はすぐわかる。さっき警官が取調べをしていた。警察には付け届けを欠かさない知り合いが大勢いるから、いくらでも教えてくれるさ。それよりステーションワゴンの二人組も君を追い回していたんじゃないのか。渋滞の中で偶然喧嘩になったとは考えにくい」

憂慮と好奇心が相半ばといった様子だ。クロディーヌにも思い当たるふしがある。

「そういえば男の一人が逃げるように目で合図を送ってきたのよ。でもまるで面識はないし」

「その二人はネパール人だった？」

「たぶんそう。背の低い方は間違いないわね。サングラスをしていて顔はわからなかったけど、背の高い方も肌や髪の色からしてアジア系よ」

「監視か護衛か知らないけど、君の車に付きまとっていて、一緒に渋滞に巻き込まれたのかもしれない」

マイケルの言うことは当たっていそうな気もする。

「あなたは誰だと思うの？」

「その棍棒のような武器の使い方からして、何らかの武闘訓練を受けた連中なのは間違いない」

「ネパールでそういう人たちというと？」

考え込むようにマイケルは小さくうなった。

「マオイスト・グループのゲリラといったところか。しかしそんな連中が君に興味を持つとも思えない」

マオイスト――。その考えにはどこか響くものがあった。二人の行動は確信犯的だった。腕のいい職人が仕事を片付けるように、終始冷静で、それを楽しんでいるようにさえ見えた。

「いずれにせよ、私はカトマンズの物騒な人たちの間で人気者になってしまったようね」

複雑な思いで感想を述べると、マイケルが慰めるように提案した。

「気分転換に昼食にでも付き合わないか。メルセデスの二人組のことは、たぶんそれまでに調べがつく」

一人で考えたところで状況は変わらない。郷司はルート工作に入っていて夜まで交信できない。誰かに自分の考えを話し、誰かの考えを聞きたかった。

「いいわよ。どこにする」

「この前会った中華料理店はどうだい。あそこがいちばん人目に付かない」

「そうね。この前はジャスミン・ティーを頂いただけだから、今日はオーナー自慢の四川料理を楽しませてもらうわ」

そう答えてクロディーヌは受話器を置き、タミルに留守を頼んで、昨日の検査結果を聞きにシャヒーン医師のいる医局へ向かった。

途中の廊下で、医師のオフィスの方向からやってくる若い男を見て声を上げかけた。メルセデスの連中を痛めつけた二人組の背の高い方だ。

さっきは紺のジャンパーにジーンズ姿だったが、いまは膝から下が細いネパール風のズボンに茶のジャケットだ。サングラスも着けていない。しかし右頬の五センチほどの傷跡は見間違えようがなかった。

素知らぬ顔で脇をすり抜け、男は一階へ続く階段へ向かった。ネパール人にしては彫りの深い顔立ちで、シャヒーン医師に通じる面影があった。男がきた方向にあるのは医師のオフィスだけだ。

踵《きびす》を返して男の後を追った。男の足は速かった。階段を降りきったときにはすでにエントランスにいた。小走りにロビーを突っ切ったクロディーヌの目の前で、タクシーを捉《つか》まえ、男はそのままどこかへ走り去った。

第七章

1

郷司とロプサンは、午後遅く標高七七〇〇メートルの第四キャンプへ到着した。

昨日はデルタフォースの隊員がプモリ南面で遭難している。北西壁にも雪がだいぶついて、ABCからみた限り不安定な印象があった。今日は行動は控えるべきだとクリフは主張したが、朝まだきに取り付きまで偵察に出ると、積雪は意外に少なく、夜間の寒気で締まったせいか雪の状態も良好だった。

早朝に出発して午前中に登りきれば雪崩の危険も少ない。単独でも登るつもりでクリフを説得していると、ロプサンがパートナーを買って出た。クリフは渋い顔をしたが、郷司の意図には感づいている様子で、それ以上の反対はしなかった。

今日の午後ジャック・ウィルフォードがABC入りするという。あえて先発にこだわった理由の一つがそれだった。うまく付き合える自信はない。というよりあの男への拭いがたい疑念がいまも心の底にわだかまっていた。

　ただ虫が好かないだけの話かもしれない。しかし経験からすれば、理屈よりそんな直感的な判断の方が信頼がおける。それは困難な登攀に向かうとき、郷司がとくに重視する尺度でもある。気に入った壁なら何とか登れるものだし、気に入らないのに無理すればおおむね煮え湯を飲まされる。

　ウィルフォードにもその原則に従ってできるだけ距離をおこうと決めていた。クリフの渋面の理由の半分は、ABCに残る自分があの男の相手を引き受けざるをえないことにありそうだった。

　しかしそれ以上に心に期していたのは、自らがいち早く衛星落下現場に到着することだった。それが本当に〈ブラックフット〉かどうか素人の郷司にわかるはずもないが、デジタルカメラで撮影してクロディーヌの元へ転送すれば、マイケル・ウェストンが然るべき筋で確認してくれるだろう。

　その結果、合衆国がどんな苦境に立たされようと与《あずか》り知らぬ話だ。種を撒いたのはしょせん彼らなのだ。〈天空への回廊作戦〉全体がそもそも虫が好かないが、ここまで巻き込まれては逃げるわけにはいかない。マルクの命を狙う敵の正体を暴くためにも、いまの境遇はまさにうってつけなのだと郷司は腹を括っていた。

　昨晩のうちに雪はやみ、代わって強烈な北西風が吹き出していた。登りはじめてしばらくは七十度前後の急傾斜だ。新雪はほとんど落ちている。しかし高度が上がるにつれて積雪量は増し、表面がクラストして中がさらさらの「もなか」の状態に変わってきた。クラスト層の薄氷を踏み抜くと抵抗もなく太股《ふともも》までもぐる。緩い場所でも五十度以上の傾斜で、膝で雪を押しつぶす通常のラッセルはまるで効果がない。固定ロープにしがみついて力ずくでもがいて登る。頭上からは滝のようなスノーシャワーが落ちてくる。それがいつ本物の雪崩に変わっても不思議はない。

背筋や大腿筋が痙攣しだし、ユマールを握る握力も心もとない。上部の積雪を甘く見たことを後悔しはじめた頃、ようやく第四キャンプが見えてきた。

ボックステントに転がり込んで、ロプサンと手分けして雪を溶かしてお茶をいれた。一息ついたときは午後四時近くだった。高所では何をするにもスローモーションだ。クーロワールの中に設営された第四キャンプにも強風は吹き込み、テント地がはためく音でまともな会話が成り立たない。川向こうの相手とやりあうように予定を打ち合わせているうちに喉が痛くなった。ロプサンもときおり激しく咳き込んでいる。

第四キャンプから上の状況はさらに悪そうで、相談した結果、今日の行動はここまでにした。二人分の体温とガスストーブの熱でテント内が暖まり、横になってうとうとしかけたところへクリフから無線が入った。

連絡が遅いとえらい剣幕だ。上部の状況を知らせると、そら見たことかとせせら笑う。明日になれば雪の状態は落ち着くだろうから、フレッドとクレイグもシェルパを伴って上へ向かうという話だ。ウィルフォードの動向が気になった。

「ところで、あいつはもうＡＢＣ入りしたのか」

クリフは声を落とすでもなく皮肉に答えた。

「いま隣のテーブルでコーヒーを飲んでいらっしゃる。明日フレッドたちと第四キャンプまで上がるといって聞かないんだがね」

「命が要らないなら登らせるといい」

聞こえるのを承知で郷司も皮肉な答えを返した。自信とプライドだけは並外れているようだが、ほぼ八〇〇〇メートルの第四キャンプは、高所順応が不十分な人間にとっては死の領域だ。高所医学の初歩も知らない人物に大きな権限を与えて送りこむ、アメリカのお偉方の感覚が理解できない。

「遺体を担ぎ下ろすのはもうごめんだよ。とくに気に入らない野郎の遺体はな――」

ビールでも入っているのか、クリフの言葉も挑発的だ。

「それより、そこから下の様子が見えるだろう。ＡＢＣの近くに別のお客さんが現れた」

唐突にクリフが話題を変えた。

「登るのに精一杯で気が回らなかった」

答えるとクリフは不安げに声を落とした。

「人民解放軍の連中だよ。ベースキャンプに陣どっていた例のお目付け役の――」

「どういうことなんだ」

「ＡＢＣの近くにテントを張って二十人くらいがたむろしている。全員小銃で武装している。

ロンブクじゃ現場の様子がわからない。それでわざわざ出張してきたんじゃないのかね」

「ジョーは何と言ってるんだ」

「触らぬ神に祟《たた》りなしだとさ。神経を逆なでしないで、ひたすら無視していろということだ」

「中国サイドがよからぬことを考えはじめたんじゃないのか」

「上にある品物に欲が出たということか。ポンコツ偵察衛星でも連中にしてみりゃ軍事機密の塊だからな。まあいまのところはのんびりしたもんだ。何を作ってるんだか昼飯時に美味そうな焼肉料理の匂いがしてきたよ」

緊張をほぐそうとしてか、クリフはとぼけた答えを返す。とりあえず郷司も調子を合わせた。

「じゃあ上手いことコネをつけてくれないか。そのうちご馳走になりにいくから」

「あまり付き合いのよさそうな連中じゃないが、ひとつ試してみようかね」

クリフは鷹揚に笑って通話を終えた。

テントの外に出てみた。ステージの端から見下ろすと、確かにABCの近くに濃い緑色のテントが見える。キャンプの規模はABCに匹敵する。テントの間で人が蠢くのも見える。

「気をつけた方がいい。中国人は信用できない」

ロプサンが風音に負けないように耳元で怒鳴る。チベットを力ずくで併合した中国に、同じチベット文化圏に属するシェルパ族はいい感情をもっていない。〈イタチの息子〉に加えて中国まで動き出したとなれば、状況はいよいよ手に負えない。

カトマンズの様子が気になった。テントに戻り、インマルサットの電源を入れたところで拍子抜けした。バッテリー切れのアラームが点灯している。昨晩のクロディーヌとの交信では問題がなかった。低温のせいかも知れない。バッテリーパックを外してストーブの炎に近づけてみる。人肌程度に温まったところでもう一度セットした。やはりアラームは点灯したままだ。肝心なときに役に立たないのがハイテク機器の本性らしい。

今朝は慌しい出発でバッテリーチェックを怠った。予備のバッテリーパックはＡＢＣに置いてきた。悔やんでもあとの祭りだ。明日登ってくる隊員に届けてもらうしかない。トランシーバーでフレッド・マクガイアを呼び出して、さんざんからかわれながらその旨を依頼した。

連絡がとれないとなるとますます不安が掻き立てられる。集中と弛緩《しかん》の意識的なコントロールが肝心な通常の登攀では、下界との隔絶はメンタルコンディションを保つのにむしろ好都合だ。しかし今回はそのことが、精神面での予期せぬ変調をもたらしそうだった。

2

「サトシとは連絡がとれたのかい」

陸軍病院にほど近いニューロードの中級ホテルのロビーで、ニマ・パバンが心配そうに訊いてきた。市内観光からの帰りや食事に出て行く宿泊客の動きが錯綜して、黄昏《たそがれ》時のロビーは騒々しい。

「だめなのよ。何度か電話してみたんだけど通じないの。メールを送っても返事もないし。まだ行動中で、インマルサットを立ち上げる余裕もないんでしょう」

クロディーヌは不安な思いを投げやりな口調で覆い隠した。見知らぬ二人組に追跡されたあと、クロディーヌはマイケルと昼食をともにした。ナガルコットから病院へ通うのは危険ではないかとマイケルは心配する。その忠告を受け入れ、物入りになるが、今日から病院に近いカトマンズ市内のホテルに滞在することにした。連絡を受けて、ニマはいましがたナガルコットから飛んできたところだった。

「のんびりしたもんだな、サトシは」

ニマがあきれたように言う。

「バッテリーを節約するためにインマルサットの電源を切っているのよ。夜九時が定期交信の時間だから、もうじき向こうから電話がくるわよ」

郷司をかばうように思わずむきになる。その感情の揺れを小さな笑みで誤魔化して、クロディーヌは話題を切り替えた。

「気になるのは助けてくれた二人組よ」

追っ手の方はマイケルが警察関係者から聞き出してくれた。縮れ毛はロシア大使館の武官だったが、外交特権の壁に阻まれて警察はそれ以上の情報を摑めなかった。

マイケルは知人のロシア大使館員に電話を入れ、いくら相手が素人でも、ああまで不細工な諜報工作は藪蛇にしかならないと忠告したらしい。大使館員は知らぬ存ぜぬで押し通そうとしたが、カトマンズ発のスクープとして世界に発信すると脅すと、何とか穏便にと事実を認めたという。

あの行動は縮れ毛の独断によるもので、本国政府からの指示ではないらしい。アメリカ大使館の連中がクロディーヌに付きまとっていたのに感づき、何かあるのではとお粗末な行動に出たようだ。

縮れ毛は昨年までロンドンに赴任していたが、ある不祥事でカトマンズに左遷された。汚名を返上しようと必要以上に入れ込むので頭を悩ませていると大使館員は嘆いたらしい。その話には身につまされる思いがしたとマイケルは苦笑いした。

〈ブラックフット〉の一件についてロシア本国が気づいているのかいないのか、その会話では感触が摑めなかったとマイケルは言う。かつての超大国ソ連の諜報網によっても〈ブラックフット〉の存在は突き止められなかったのか、それとも何らかの政治的思惑で旧ソ連もロシアも狸寝入りを決め込んできたのか。どちらとも言いがたいが、いまのところ彼らは直接的な脅威ではないというのがマイケルの結論だった。

「ネパール人の二人組のことは、マイケルさんとやらもわからないんだな」

それなら自分の出番だというようにニマが身を乗り出す。

「カトマンズに着任して間がないので、そっちのコネクションは苦手のようね」

「何のための支局長かわからん――」

小馬鹿にしたように鼻で笑ってニマは続けた。

「男の一人がシャヒーン先生に似ていたという話は本当なんだな」

「ええ。先生のオフィスから出てきたのも彼よ。間違いないわ」

クロディーヌはあれから医師のところへ出向いて、いま廊下で先生によく似た人を見かけたが、知り合いかととぼけて訊いてみた。

「甥《おい》です」とシャヒーンはあっさり答えた。国立トリブバン大学の院生で、経済学を専攻しているという。一族の中では目立って優秀な若者で、自分も目をかけていて学費の援助などもしているとシャヒーンは目を細めた。

「名前は」

ニマが興味深げに訊いてくる。

「ネワ・マナンと言っていたわ」

「右の頬に傷痕があったんだな」

「ええ、刃物で切られたような」

「その男なら知ってるよ。わしが聞いた名前はハヌマンだが、おそらく同一人物だ」

あっけにとられて言葉を呑み込んだ。ニマは感慨深げに続ける。

陸軍病院で初めて会ったとき、シャヒーンとその人物があまりに似ているので驚いたという。ハヌマンとはヒンドゥー教の神の名で、人名として使われることはまずありえない。たぶん本来の素性を隠す暗号名だろうとニマは言う。

彼がハヌマンと出会ったのは三年前のことだ。ソル・クーンブ地方の寒村ディンボチェにふらりとやってきたハヌマンは、村の長老と交渉して廃屋を一軒譲り受け、自らの手で修復して子供たちに読み書きを教えはじめたという。

ヒマラヤ山間部の子供たちの就学率は低い。学校がないわけではないが距離が遠すぎることが多い。そのうえ貧しい村では子供は貴重な労働力だ。集落の中ではじまったハヌマンの私塾を村人は歓迎した。子供を遠くの学校へ通わせる必要はないし、仕事の合間を利用して貴重な教育の機会を与えられる。

ハヌマンは素性を明かさなかったが、物腰や言動から教養を持った人物だということは村人にもわかった。情熱的な彼の活動は次第に村人の共感を得て、やがて村の若者たちもそのもとへ通いだした。仕事でナムチェバザールへ出かけたとき、ニマもそんな噂をしばしば耳にしていた。

親類筋に当たるディンボチェの長老から相談を持ちかけられたのは、ハヌマンがやってきて一年くらいした頃だった。村の若者の言動が変わってきたというのだ。人民政府の樹立だ、農地の国有化だ、王制の廃止だと訳のわからないことを言いだした。それが危険な匂いのする思想であることに村の大人たちはすぐに気づいたが、よくよく耳を傾ければ共感できるところもある。

保守的で敬虔な仏教徒だった村人の心に動揺が走りはじめた。それまで満足してきた自分たちの暮らしが理不尽なものに見えてきた。慌てた長老は村人に説得を試みるが、なかなか話が噛み合わない。震源地のハヌマンに村から出て行ってくれるよう直《じか》談判するが、世界に名だたる最貧国ネパールの窮状を憂えるハヌマンの弁舌に、頭の堅さでは村いちばんの長老でさえ洗脳されそうになった。そこでカトマンズで事業家として成功し、世知にも長《た》けたニマに応援の要請がきたというわけだった。

やむなくディンボチェの集落に乗り込んだニマは、長時間ハヌマンと膝詰めで話し合った。ネパール国民の貧困からの脱却を願うハヌマンの情熱には感ずるものがあったが、暴力革命を肯定する彼の方法論は、ニマには受け入れがたかった。経済的な豊かさよりも大切なものがシェルパ社会にはある。革命とやらで暮らし向きがよくなっても、精神的支柱の信仰と伝統文化が失われれば、それはシェルパ族にとっての死なのだとニマは懇々と諭した。

カトマンズで十分な成功を収めているニマの言葉にどれほど説得力があったかはわからないが、ハヌマンは要請を受け入れて村を去る約束をしたという。

「要するに奴は目的を達成していたわけだよ。村人全員の頭の中身を入れ替える必要はない。若い者を何人か引っ張り込めればよかったんだ。それが革命の火種になるということなんだろう」

「影響を受けた若者はどのくらいいたの」

「せいぜい三、四人だが、あの小さな村じゃそれでも結構な勢力だ。そいつらはハヌマンについてカトマンズへ降っていった」

ネパールで革命だ、人民政府の樹立だとプロパガンダをぶち上げる勢力は、毛沢東主義を標榜《ひょうぼう》するマオイスト以外にいない。

「要するにハヌマンはマオイストの活動家だったというわけね」

「そういうことになるな」

「そのマオイストがどうして私を助けたのかしら」

「思い当たる節がないでもない」

「どういうこと？」

クロディーヌは思わず首をひねった。

「ハヌマンについていった若い衆の一人がサトシと一緒にエベレストにいる。ロプサン・ノルといってね――」

その名前なら郷司から何度か聞いていた。

「サブ・サーダーのロプサンでしょ」

「そうだよ。知っていたのか。奴は実力じゃぴか一のシェルパだ。サトシも心強いだろう」

「でも、どうしてマオイストの彼が〈天空への回廊作戦〉に――。彼らにとってアメリカは敵でしょ」

「ロプサンがマオイストだと断定できるわけじゃない。たぶんクリフのアメリカ隊にたまたま雇われたに過ぎんさ。ハヌマンと一緒に村を出た連中の中で、最初に戻ってきたのがロプサンで、帰ってからも別に政治活動をするでもない。むしろそれまで以上にシェルパとしての仕事にのめりこんでいきよった」

「つまりマオイストの思想に幻滅して村へ戻った――」

そのあたりは判断がつきかねるらしい。ニマは曖昧な口調で言う。

「奴の頭にどんな考えが詰まっているのかは知らんよ。しかしロプサンは、村を出た若い連中の中ではリーダー格だった」

「だったらハヌマンとロプサンの間には、いまも何かの繋がりがあるかもしれないわね」

「連中があんたの身を守るような行動に出たのは、そんな行きがかりのせいかも知れんな」

「行きがかりといっても、私はロプサンとは面識がないし――」

当惑するクロディーヌを尻目に、ニマはその先へ話を進める。

「ところが、マルクとロプサンの間には浅からぬ因縁があるんだよ――」

それは初めて聞く話だった。三年前の秋、マルクはフランスのローツェ南壁隊に参加してディンボチェにやってきた。悪天候に阻まれて遠征は失敗に終わったが、地元で採用したシェルパの中で最年少のロプサンの実力は抜きん出ていた。遠征中からマルクも特別に目をかけていたらしい。

一ヵ月余りの登攀活動を断念してディンボチェに戻ると、村人の表情が暗い。聞くと村の若い娘が特異な風土病に侵されて、放置すれば失明の恐れがあった。近隣の診療所からきた日本人のボランティア医師は、現地の医療設備では手の施しようがないと嘆く。娘の傍らでロプサンはおろおろしていまにも泣き崩れそうだ。娘は彼の恋人のようだった。

日本人医師の話では、娘が罹《かか》ったのはインド・ネパール地域に特有の風土病だが、症例が圧倒的に多いのはインドで、ニューデリーへ行けばすでに確立した治療法があるという。マルクは電話のあるタンボチェまで駆け降り、インドにいる知人の医師に連絡をとった。医師は連れてくればいつでも受け入れるという。

マルクは隊長を説得して、ディンボチェで一日休養する予定だったキャラバンを急遽出発させた。高熱で歩くこともできない娘はヤクの背中に乗せて運んだ。行程を短縮するためにエベレスト街道の玄関口のルクラで待機していた飛行機を、ナムチェバザールに近いシャンボチェの飛行場まで呼び寄せ、隊の荷物とともに娘とロプサンをカトマンズまで運んだ。カトマンズとニューデリーの間の航空運賃はマルクが立て替え、医療費や滞在費として何がしかの金も手渡したという。

「ロプサンがその金を返済したかどうかは聞いていないが、マルクはとくに催促もしなかっただろうよ」

ニマは茶目っ気のある笑みを浮かべた。その表情が物語るように娘の経過は順調で、一週間ほどで回復して村へ戻ったという。その後ロプサンと娘は結婚したらしい。何かとお節介焼きのマルクらしいと頷きながら、ふと気がついた。

「だったらマルクもそのハヌマンと会っている可能性があるわね」

「恐らくな。あの頃ハヌマンは村の若い衆の相談役のような立場だったから」

「じゃあハヌマンはその恩義に感じて私やマルクを守ってくれているというの」

「そんな風にも考えられるが、エベレストに落ちたガラクタの正体に興味を持っている可能性もある」

「するとシャヒーン先生もマオイストと関わりが――」

「ないとは断言できん」

「何か狙いがあって、わざわざマルクの主治医を買って出たということ」

「何ともいえんな。たまたま主治医になったことで例の一件を察知したのかもしれんし、あるいはロプサンと連絡をとり合ったのかもしれん。いずれにしても連中がマルクやあんたに危害を加えるどころか、むしろ守ろうとしているのは確かなようだ」

「兄はずいぶんややこしい方々とお付き合いがあったようね」

いよいよ錯綜してきた状況に、クロディーヌも頭の整理が追いつかない。

「その〈イタチの息子〉とかいう連中も何をやらかすかわからん。こんな貧乏ホテルじゃ、警備も当てにはならんし――」

ニマは自分のロッジよりはだいぶ豪勢なホテルのロビーを見渡しながら毒づいた。

「でも今朝はナガルコットとカトマンズの間で襲われたのよ」

「明日からわしが送り迎えしてやったっていい」

「それじゃあなたが仕事にならないでしょ。身辺には十分気をつけるわよ」

心配なのは自分のことだけではない。病院にいるマルクの身にも、いまは何が起きるかわからない。夜間も病院まで走って数分の距離にいられる方が安心感がある。マイケルはしばらくオフィスで寝泊まりするという。何かあったらホテルまで五分もかからない。しかしそれを言うとニマが機嫌を損ねそうなので黙っていた。

「あの先生とは知らんふりして付き合うことだな。ハヌマンのことはこっちで調べをつける」

何か当てがありそうな口ぶりだ。クロディーヌが頷くと、ニマは傍で殊勝な顔をしているタミルに視線を向けた。

「この坊主はどうする?」

「彼のためにツインの部屋をとったのよ。もうしばらくお借りすることにするわ」

「甘やかされて遊び呆けているんじゃないだろうな」

「さっきはベッドのスプリングが珍しいらしくてはしゃいでいたけど、よく働いてくれてるわよ。今朝だってタミルのお陰で逃げられたんだから」

「いいかタミル。お前がぼんやりしてクロディーヌに何かあったら、ニマ小父さんがただじゃおかないからな」

ニマは大袈裟に目を剝いてみせる。

「そんなことになったら僕がマルクに殺されちゃうよ。心配ないからニマ小父さんはもう帰ってよ」

仕事への過小評価が不服らしく、タミルは口を尖らせる。わかったわかったというようにニマは相好を崩した。目の中に入れても痛くない様子がありありだ。何かあったら自分にも電話をするようにとくどく念を押し、心配そうに背中を丸めて、ニマはナガルコットへ帰っていった。

部屋に戻って、クロディーヌは郷司のインマルサットを呼び出した。知らせたいことは山ほどある。すでに午後十時を回っていたが、やはり応答はない。やむなくABCのインマルサットにかけ直した。出たのはクリフ・マッケンジーだった。

郷司と連絡がとれないと言うと、クリフは屈託なく笑って、彼は第四キャンプにいるが、インマルサットのバッテリーが切れているようだと告げた。いつも慎重な郷司のミスを軽く皮肉り、明日、第四キャンプへ向かう隊員が予備のバッテリーを届ける手はずになっていると言う。

郷司は元気だとクリフは保証し、用件があればトランシーバーで伝えると申し出た。大した用事ではないからとごまかして受話器を置いた。トランシーバーで交信などされたら、会話の内容は遠征隊の中に筒抜けだ。遅くとも明日の午後には連絡がつくだろう。そう納得しても、まだ胸騒ぎは治まらない。

先ほどのニマの話をマイケルにも電話で伝えた。マイケルはこれから〈ブラックフット〉の情報をもたらしたジェイソン・シルバーンと会うらしい。新しい事実が探り出せれば、すぐに知らせるという。郷司のことも話したが、取り越し苦労は体に毒だと諭された。

それでも不安は拭えなかった。自分とマルクの周辺でいま何かが蠢いている。郷司のいるエベレストでもそれと連携した動きがあるかもしれない。マルクに伸びた魔の手が今度は郷司に伸びていくのではないか――。想像は悪い方にばかり傾いていく。

毎晩定時に肉声で安否を伝えあうことが、これまで浮き足立つ心を抑える重しになってきた。わずか一日その結びつきが断ち切れただけで、これほどまでに心細い思いをしている自分がクロディーヌには意外だった。

3

深夜十時を過ぎたホテル・ヤク・アンド・イエティのバーのボックス席で、マイケル・ウェストンは、ジェイソン・シルバーンと向き合っていた。

インドラ・チョークでのシルバーンとの遭遇が一昨日。あまりにも明け透《あす》けに語られた〈ブラックフット〉についての機密情報にはマイケルも半信半疑だったが、続いた爆弾による脅迫事件が危機感を募らせた。国際社会からテロ国家と名指されている国々や、核保有に血道を上げる途上国の支局に依頼して情報を収集した。集まった情報からの感触では、シルバーンの話の信憑性は高かった。

イスラム過激派の大物が核兵器によるテロを計画しているという噂が、イスラム社会のあちこちで囁かれていた。最近核実験に成功したある途上国の首脳が、近い将来より小型で高性能の——つまり自国で開発した貧弱なミサイルでも十分な射程を稼げる核弾頭の保有を公言したという話もあった。

核兵器を小型化するには、開発する以上に高度な技術が要求される。第三世界の核マニアやテロリスト集団が自力でできる仕事ではない。これらの情報は高い確度でシルバーンの話を裏づけていると思われた。こうなるとジャーナリストの意地だけで要請を突っぱねるわけにもいかない。彼が欲しがっているロリンズ中佐のメモを渡すために、ここでシルバーンと落ち合うことにしたのだった。

「ようやく私の話の裏がとれたようで」

シルバーンはのっけから厭味な挨拶だ。

「遊んでいたわけじゃない。こっちも忙しかったんだ」

マイケルはとり合わずに分厚いコピーの束を手渡した。

「これですべてですな」

「ああ、おたくたちの公表する情報のように、あちこち塗りつぶしたりページを飛ばしたりはしていない」

返礼代わりの皮肉にシルバーンは苦笑した。

「この件では、把握している情報はすべてあなたに開示している。ご自身でお調べになって、すでにお分かりのはずだが」

薄笑いを貼り付けてコピーを覗き込むシルバーンの顔をみていると、手にしたグラスの高級スコッチウィスキーさえイミテーションのような味がしてくる。

「そのメモからどれだけ気の利いた情報を引き出せるか、お手並みを拝見するしかないな」

「ご心配には及ばない。この件に関して大統領は並々ならぬ決意で臨んでいます。イタチの大物をこれで一網打尽にしてみせます」

シルバーンは胸を張ったが、所詮はワシントンの官僚の思わせぶりな物言いにしか聞こえない。

「で、遠征隊の中にも誰か潜入しているのか」

「それを特定するためにもこのメモが役立つんです」

シルバーンは平然と答える。〈天空への回廊作戦〉はすでに着々と進行中なのだ。なんともお寒い情報収集能力だ。どこまで信用していいのかまた迷いが出てくる。試験代わりに、真木郷司が警戒している不可解な男について探りを入れた。

「ジャック・ウィルフォードという男を知っているか」

「衛星の回収を直接担当する実行部隊の隊長でしょう」

「何者なんだ」

「どういう意味です」

シルバーンは怪訝な表情を浮かべた。しらばくれているのか間抜けなだけなのか、どうにも判断がつかない。この男との会話はすべて諜報戦の一種だ。

「行動に不審な点がある。回収部隊の隊員が雪崩で遭難した話は聞いているな」

「カトマンズの大使館経由で報告が入っていますよ。不幸な事故だったと聞いているが」

「そういうわけでもなさそうだ」

真木郷司が抱いている事故にまつわる疑惑や、その男の不審な行動について語って聞かせると、シルバーンはようやく興味を示した。

「さっそく調べてみましょう。デルタフォースの隊員なら経歴はクリーンなはずだが」

さしたる危機感を抱いたふうでもない。マイケルは力が抜けた。この男は所詮官僚だ。身内に対する捜査はどうしても甘くなる。イタチの件でも、口で言うほど本気でメスを入れる気があるとは思えなくなった。棘のある厭味が口をついて出る。

「大層な触れ込みでカトマンズに乗り込んだ割には、ろくに仕事もしていないようだな」

シルバーンはぴくりと眉を上げ、その挑発を受けたというように口を開いた。

「ではこういう情報はどうです。最近マオイストの連中がおかしな動きをしている」

「マオイストが？」

「エベレストでのアメリカの動きに感づいているようです。傍受した通信の中に〈ブラックフット〉というキーワードが頻繁に登場してくる」

漏洩の源がマイケルではないかと勘ぐる口ぶりだ。

「おれの方は公式に接触したことはない。繋がりがありそうな連中と話したこともない。向こうは〈ブラックフット〉の正体を知っているのか」

「幸いにもそこまでは知らないようです。しかしエベレストへの落下物のことを〈ブラックフット〉と呼んでおり、それが何であるかについて、彼らのネットワークで盛んに調べているらしい」

「連中が知ったらどうなる」

「強奪までは考えないでしょうが、噂を撒き散らしてネパールや周辺国にパニックを引き起こす材料にはなる。その機に乗じて首都進攻を企てるシナリオを考えているのかもしれません」

つい先ほどの電話でクロディーヌから聞いた話と符合している。マオイストが彼女に付きまとっているとすれば、理由はシルバーンが見るとおり〈ブラックフット〉に関する情報を探るためだろう。しかし彼らがクロディーヌを危機から救ったのは確かだし、主治医のシャヒーンにしてもマルク・ジャナンにとって危険な人物とは思えない。いまそのことをシルバーンに伝えれば彼女をさらに面倒な事態に巻き込みかねない。マオイストの動きについては自分のルートで探ってみることにした。

シルバーンはさらに続ける。

「もうひとつ。これは中国からの情報です。〈イタチの息子〉のエージェントと目されている人民解放軍の大物がここ数日行方をくらましている」

「マオイストの動きと関連があるのか」

「なんとも言えません。いまの中国では毛沢東主義は敬遠されている。それにインドとの政治力学上、北京政府はネパールの現政権に秋波を送るのに熱心で、マオイストに肩入れしている気配はない」

これも曖昧な情報だ。多少は仕事をしていることを示すアリバイだろうと受けとって、マイケルは話題を変えた。

「メモの分析にはどのくらいかかる」

「一両日中には結果が出るでしょう」

シルバーンは自信をのぞかせる。大統領直属の特別チームがホワイトハウスに本部を構えているとのことだ。ＦＢＩとＣＩＡの腕利きの調査官を集めてあり、身元も徹底的に洗ってあると保証する。

「結果はおれにも知らせてくれるのか」

「もちろん。あなたを通じてサトシ・マキにもお知らせ願いたい」

突然飛び出したその名前にマイケルは当惑した。

「何が言いたい」

「あなたはミス・ジャナン経由で彼とコンタクトがとれるでしょう」

苦い怒りが湧き起こった。盗聴か、尾行か。いずれにしても自分やクロディーヌの周辺には諜報の網が張られていたらしい。

「イタチより、おれの動きの方に地獄耳を利かせているようだな。あの二人の通信も傍受しているのか」

「賢明にも肝心の部分は暗号メールを使っているようです」

シルバーンは悪びれる様子もない。

「おれがアドバイスしたんだ。解読したのか」

「いまのところ個人の私信に過ぎません。国家安全保障局《NSA》の連中はそこまで手を煩わせてはくれません」

使われている暗号はアメリカでは武器輸出規正法の対象になっている強力なもので、最新のスーパーコンピュータでも解読に数日かかるという。

「それより彼は我々にとっても重要な橋頭堡《きょうとうほ》です。エベレストでことが起こった場合、唯一の情報ソースになる可能性が高い」

シルバーンの目はやけに真剣だ。皮肉な口調で問いかけた。

「ほかに信頼に足る人間はいないのか」

「アメリカ側からの参加者はすべてグレーゾーンに入れてあります。これから消去法で絞り込んでいきます」

「ご苦労なことだな。身内が信じられない戦いじゃ勝ち目はない」

「だからといって作戦を振り出しに戻すわけにはいかない。最悪の場合、中国側の了解を得て強硬手段に出ることになるかもしれません」

「そうなればアメリカの失態が世界に知れわたる」

「やむを得ないでしょう。種を蒔《ま》いたのは現大統領ではない。そのことで失脚する恐れはありません。勇気を持って決断できる」

シルバーンは自信を示す。大統領の腹のうちまではわからないが、〈ブラックフット〉の核弾頭が凶悪なテロリストの手に渡りでもしたら、辛うじて保たれている冷戦後の世界秩序は一挙に崩壊する。アメリカと中国が協調して対処するシナリオもありえるだろう。

マイケルはシルバーンの目を用心深く見据えた。

「ジャーナリストの立場からすれば、ことが面白い方向に転ぶ方がありがたいが、一市民の立場からは、厄介な事態は未然に防げる方が望ましい。あんたへの協力は気乗りがしないが、ここはとりあえず個人的な遺恨は捨てることにしよう」

4

一月三十一日の正午近く、ニコライ・タルコフスキーは真新しいピラタスPC―6ターボポーターの操縦桿を操っていた。隣の座席にいるのは赤毛のマーカス・ミラーだ。

目の前には雪を頂いた高峰が連なっている。眼下の山麓は緑濃い森林に覆われ、その中に虫食いのように水田や農地や小さな集落が点在する。東南アジアといえば熱帯か亜熱帯のジャングルのイメージしかなかった。マンダレーから北へ二時間ほど飛んだミャンマー最北部は、タルコフスキーの想像とは異なる別天地だった。

高出力タイプに換装されたターボシャフトエンジンは、機内の空気に悲鳴のような金属音のバイアスをかけ続ける。ヘッドセット越しのマーカス・ミラーのがなり声が、その騒音の壁を蹴破った。

「もうそろそろだよ、タルコフスキーさん。真向かいの尖《とが》った山が東南アジア最高峰のカカボラジだ。標高はたしか六〇〇〇メートル近い。このあたりがヒマラヤ山脈の東の端になるらしい」

ミラーの説明ではついさっき眼下に見えた町がミャンマー北部最大の町プタオだった。目的地はそのさらに北で、鉄道もなければまともな道路もない、近隣には少数民族の小さな集落があるだけの山間の僻地だという。

「そろそろ高度を下げて右に旋回してくれ。飛行場はあの頂上の禿げ上がった山の裏側なんだ」

タクシーの運転手に道順を指示するような口ぶりだ。ミラーは地図も空路図も渡さず、マンダレーを飛び立ってからずっとこの調子で道案内をしてきた。同じルートを何度も行き来しているのだろう。道慣れた風ではあるが、高度の指示もいいかげんで、危なっかしいことこの上ない。それでも他機と異常接近することもなく、視界も良好で、格別不安も抱かずにここまでやってきた。

離陸したのはマンダレー近郊の陸軍基地からだった。ミラーとミャンマー軍部の繋がりはよほど強いらしい。フライトプランを提出するでもなく、航空管制と交信するでもなく、ただ勝手に飛んできた。地上からは何のクレームもなく、空軍機がスクランブルしてくるわけでもない。つまりこのフライト自体が軍公認の闇フライトで、機体にしても国籍も所有者も不明の闇飛行機なのだろう。

ミラーの指示に従って操縦桿を右に傾け、山の頂を中心に大きく旋回する。ほぼ半円を描いたところで、山腹を鑿《のみ》で削りとったような赤土の平坦地が見えた。ミラーの言う飛行場らしい。長さは三〇〇メートルあるかないかで、使えるのはせいぜい小型のプロペラ機かヘリコプターくらいだ。滑走路の端にプレハブの小屋があるだけで、管制塔のようなものは見えない。

「交信周波数は？」

訊くとミラーは例の小馬鹿にしたような口調で問い返す。

「誰と交信するんだ」

「地上とだよ。管制する奴がいるんだろう」

「誰もいないよ。先客がいなかったら勝手に降りていい決まりだ」

「視界が悪いときはどうする」

「半端な腕のパイロットはここへは飛んでこない」

答えになっていない。むかついた気分をそのまま操縦桿に伝える。主翼を水平に立て直しながら機首を下げ、スロットルレバーを一杯に押し込んだ。エンジンの唸りが高まり、機体は高度を下げながら加速する。

スピードがついたところで操縦桿をゆっくりと引く。機首が上がり、機体は緩やかな弧を描いて旋回上昇に移る。そのまま操縦桿を引き続ける。正面に見えていた山並みが足元に沈み、目の前は空だけになる。強烈な遠心力が全身の血流を圧迫する。

「何やってんだ、おい？」

ミラーが金切り声を上げた。無視して操縦桿を引き続ける。再び地平線が目の前に広がり、今度は頭上に大地の起伏が覆い被さる。宙返りの頂点だ。ミラーの悲鳴が鼓膜に突き刺さる。肝っ玉の小さい人間ならおおむねここで小便を漏らす。替えの下着を持っているかどうか心配になった。

普通ならこのあたりで操縦桿を戻し、失速を防ぎながら残り半周の弧を描く。しかし初めての機体の操縦性能を把握するにはそれでは不十分だ。タルコフスキーは前面パネルのスイッチを操作して、推進モードをニュートラルに切り替えた。プロペラのピッチがフラットになる。機体は失速状態に陥り、反転したまま落下しはじめる。

昇降舵と方向舵を巧みに操作して、錐揉みに入る寸前で機首を滑走路に向けた。部材がきしむ気味の悪い音がする。回転しているだけのプロペラが受ける風圧で速度は出ないが、機体はほぼ墜落状態で降下する。横目でみるとミラーは額に脂汗を浮かべ、すでに失神寸前の表情だ。

荒れた滑走路の地肌が目の前に迫る。プレハブの小屋から男が一人飛び出してきた。その顔が判別できるくらいの高度でピッチをノーマルに切り替える。スロットルレバーを押し込み、操縦桿を引いた。機体は従順に反応し、エンジン音の高まりとともにくるりと機首が上がる。

そのまま滑らかに降下してぴたりと三点着陸し、ピッチをリバースに切り替える。滑走路の凹凸に激しくバウンドしながら、機体は一〇〇メートルほどの滑走で停止した。

「着いたよ、ミラーさん。寝てたのかい」

からかうとミラーは目をしばたたいてうめき声を上げた。何か喋っているつもりらしいが言葉にならない。

「いい機体だ。頑丈だしパワーも十分だ。これだけ動ければ、なまくらな対空ミサイルは十分かわせるよ」

「わざわざおれが乗っているときにやらなくてもいいだろう」

「ご立派な口ぶりからして飛行機には乗り慣れていると思ったもんでね」

「墜落する飛行機に乗ったことはない」

ようやく軽口が飛び出したが目は笑っていない。やむなく弁解した。

「済まなかった。しかしあの芸当ができる機体じゃないと今度の仕事はやりにくい。飛ぶのは犬猿の仲の中国とインドの国境だ。レーダーに引っかかればすぐにミサイルが飛んでくる」

「大した腕だということは改めて認めるよ。さて我々の御殿へ案内しようか」

ミラーは震えの止まらない手でシートベルトを外し、ふらつきながら座席から立ち上がった。それでもズボンの前が濡れている気配はない。

「御殿？」意味がわからずに訊き返した。

「威張れるほど立派なところじゃないが、この辺の少数民族の住居とくらべりゃ間違いなく御殿だよ」

ミラーはこわばった頬に辛うじて薄笑いを浮かべる。こんな山奥にきてしまった以上、野宿よりましなら我慢するしかない。タルコフスキーは頷いて言った。

「その前に機体を点検する」

「ルウィンに任せておけばいい。腕のいいメカニックだ」

ミラーは顎の先で窓の外を示した。機体のそばに迷彩柄の戦闘服を着た小柄な男が立っている。プレハブの小屋から飛び出してきた男だ。機外に出ると男は声をかけてきた。

「ハイ！」

ロシア語が通じるとも思えないので、得意ではない英語で訊いてみる。

「この機体のことは詳しいのか」

男は答えず、人の良さそうな笑みを浮かべるだけだ。見ると腰に物騒なものをぶら下げている。ベレッタの九ミリ口径だ。やはりまともな場所にきたわけではないようだ。

「ルウィンは英語はだめだ。もちろんロシア語もね」

ミラーが割り込んで通訳する。二こと三ことやりとりしてミラーは振り向いた。

「大丈夫だ。この国の陸軍も、山間の僻地で同じ機体を運用しているらしい」

「あいつは軍の人間なのか」

「軍需関連の企業にいた。我々がスカウトしたんだ。大した学歴はないが、ことメカニックに関しては天才でね。スペースシャトルの故障でも直しそうな男だ」

「あんたも妙な男だ。いったい何ヵ国語を喋るんだ」

「英語、フランス語、スペイン語、ロシア語、中国語――」

「いまあいつと話したのは」

「ビルマ語だ。まだ本物じゃないが」

こういう語学の達人は軍関係者には稀だ。ミラーは恐らく諜報関係出身だろう。

「そもそもここはどういう場所なんだ」

「追い追い説明するよ。とにかくまずはアジトへ案内する」

背後に人の気配を感じた。振り向くとルウィンと同じ服装の男が二人立っていた。ルウィンとは民族が違うのか、顔つきがどことなく獰猛《どうもう》だ。

「国境地帯の山岳部にはゲリラやら麻薬の密輸業者やら、危なっかしい連中が潜んでいてね。

警備に雇っている地元の少数民族だ。勇敢な連中だよ。安心して滞在していられる」

目の前にいるのがその危なっかしい連中そのものに見える。一人はAK47、もう一人はM16を肩から提げている。どちらの腰にも皮のケースに収まった手入れのいい手斧《ておの》がぶら下がっている。ミラーの商売のマネキンというわけではあるまい。この場で丸腰なのはミラーとタルコフスキーだけだ。二〇万ドルという今回の仕事が高いか安いか、いよいよ判断がつかなくなった。

ミラーはルウィンに何ごとか声をかけてから、ついてくるように顎《あご》で促した。自分で機体を点検しないのも不安だったが、これから向かうところも気になった。いましがた空から見た限り、滑走路とプレハブ小屋以外に人工の施設は見当たらなかった。

通りすがりに覗いた小屋の内部は、居住施設というには程遠い。赤土が剝き出しの土間に大小のガラクタが埃にまみれて転がっている。チェーンソーや斧、錆びたワイヤーの束やウィンチの類がみえる。一見したところ木を伐採するための仮小屋のようだ。

滑走路の周囲は常緑樹の森だが、ところどころ低層の灌木や下草が剝き出しになっている。たぶん伐採跡だ。小屋の脇には表皮が朽ちた丸太が放置されている。ここは本来は伐採のための作業場で、何かの理由で廃棄されたものを飛行場として利用しているのだろう。

小屋の三分の一ほどの一角は几帳面に整頓されていて、金属製の棚にオイルやグリースの缶、小物部品のパッケージ、電動ドライバーや金属加工用の治具《じぐ》や工具類が整然と並んでいる。中央に置かれた頑丈なテーブルには小型の旋盤やボール盤もある。ルウィンの仕事場らしい。ちょっとした部品ならここで自作できる技能があるようだ。

航空機にしても他の工業製品にしても、いまは構成部品がユニット化され、修理といっても必要なユニットを交換するだけだ。しかしこんな山の中では螺子《ねじ》一本さえ規格に合うものは手に入れにくい。ルウィンの技能が重宝がられる理由は納得できる。

小屋の横手を尾根側に回りこむと、獣道のような踏み跡が森の奥へと延びている。首をすくめて灌木の茂みにもぐり込むと、中は意外に広い空間だ。踏み跡の周囲の石楠花《しゃくなげ》の小枝が刃物で刈り払われている。頻繁に人が行き来するらしく、足元は踏み固められて下草もまばらだ。樫か楠か、頭上からは枝の張った常緑樹が屋根のように覆い被さる。これなら雨が降っても濡れずに済む。

「思ったより歩きやすいだろう。彼らが手斧で下草や小枝を払ってくれるんだ――」

ミラーが振り返る。背後に貼りついた獰猛な顔つきの二人組のことらしい。

「とりあえず銃は持たせてあるが、得意の武器は手斧やナイフなんだよ。連中の間では二代ほど前まで首狩りの風習があったらしい――」

背筋を冷や汗が流れた。物騒な私兵を雇っているところを見ると、ここはミャンマー国軍の正規の基地ではない。ミラーたちはここを使って何かを企てている。首を突っ込むなといわれても命を張る仕事だ。簡単に喋るとも思えないが、それを探り出すことが、タルコフスキーにとっては命を繋ぎ止めるアンカーになりそうだった。

前金の一〇万ドルはマンダレーを発つ前に振り込みを確認した。蓄えもある。息子の手術の金はまかなえる。背後の危なっかしい連中が相手では手も足も出ないが、空に舞い上がってしまえばどこへ逃げようと自由自在だ。

森に穿《うが》たれたトンネルのような道を降ると、小さな沢に出た。ミラーはズボンの裾をたくし上げ、苔むした岩を伝ってせせらぎを渡っていく。あとを追って対岸に渡り、岩だらけの沢床を上流に登り返すと、踏み跡はさらに左の斜面を上に向かう。

五分ほどの登りで尾根上の台地に出た。その全体を占めるようにコンクリートの構造物が建っている。壁面の上部に明かりとりとも銃眼とも見える小さな窓があるだけで、のっぺりした外壁の印象は建物というよりトーチカに近い。高さからみて平屋だが、建坪は小学校の校舎くらいはある。地階もあるとすればなかなかの規模だ。表面は風雨に曝されてひび割れが目立つが、要所には補修の跡が見える。

背後の森の樹が屋根全体に枝を広げて天然のカムフラージュになっている。機上から発見できなかったのはそのせいだろう。

その枝の間で何かが光った。細いワイヤーに支えられた金属の棒が屋根の上から垂直に延びている。二〇メートルはありそうなアンテナだ。それも普通の無線用ではなく、強い電波を発信するためのものだ。近隣の村にラジオ放送をしているわけでもあるまい。その用途が気になった。

ミラーは建物の右側に回り、横手の鉄製の扉をノックした。ドアが開き、背後の護衛と似たような人相の男が顔を出す。ミラーは男と二こと三こと言葉を交わしてから、中へ入るように促した。

外から見た要塞のような印象が、足を踏み入れたとたんに一変した。まるで工事現場の仮設事務所だ。天井は安普請の駐車場の屋根に使われるような半透明の波板で、中は意外に明るい。入り口から建物の端まで廊下が延び、左右にそれぞれ五つほどのドアが並んでいる。廊下と部屋の仕切りは安物の合板を立て付けただけだ。これでは会話は筒抜けだ。

「見かけは不細工だが住めば都でね――」ミラーが言う。

「外壁は第二次大戦中に旧日本陸軍が造ったものだ。当時インパール侵攻作戦と並行して、中国をビルマ側から攻める搦手作戦が進行していたらしいんだよ。その前進司令部にする予定で建設がはじまったんだが、インパール作戦の敗退で、建設途中で放棄されたと聞いた」

「そんな怪しげな場所を何に使っているんだ」

「ご承知のように、街中に事務所や倉庫を構えられるような商売じゃないんでね。この一帯は結構お得意さんが多いんだよ」

「反政府ゲリラにも武器を売っているのか」

「ゲリラは我々からしか小火器や地雷を買えない。国軍はその程度ならどこからでも調達できるが、ミサイルや戦車となると我々を頼ってくる。軍事政権に対する風当たりが強くて、通常の国家間取引だと気の利いた武器は売り渋られることが多いらしい」

たちの悪いマッチポンプ商法だが、武器商売の世界では珍しいことではない。欧米諸国もロシアも中国も、国家規模で似たようなことをやっている。

「それでも軍はお前さんたちに協力するというわけか」

「それに見合うキックバックを支払っているからね――」

ミラーは平然と答えながらドアの一つを開いた。

「おたくにはこの部屋を使ってもらおう」

中には硬そうなベッドと丸テーブルがあり、スチールの椅子が三脚ほど置いてある。テーブルの上には灰皿と水差しとコップ。トイレや浴室はない。刑務所より多少はましといった程度だ。私物の入ったボストンバッグをベッドの上に置き、タバコとライターを探しているとミラーが声をかけた。

「地階のダイニングに昼飯の用意がある。打ち合わせがてらどうかね」

言われてみればだいぶ腹が減っている。タルコフスキーは頷いた。

地階は一階よりもさらに殺風景だった。まばらな蛍光灯に照らされたがらんとしたコンクリートのフロアーのあちこちに、梱包用の木枠やパレットが積み上げられている。壁に沿った一角に商品らしい木箱がいくらか積み重なっているが、全体の印象はさして繁盛しているようでもない。

「最近のインドシナは政情が落ち着いているんでね。じつのところ開店休業なんだよ」

訊かれもしないのにミラーが弁解する。この連中が不景気なのは世の中にとってはいいことだが、気になるのはそんなことではない。やはり自分は使い捨てなのか――。陽のあたる場所には出たくないはずの武器密売業者が、ここまで手の内をさらけ出すことに不審感が募った。ミラーがダイニングと言ったのは、この男一流のジョークだと着いてみてわかった。地階の片隅にあるその小部屋は、設計上の理由によるものか、そこだけがコンクリート壁で仕切られていた。ドアも頑丈にできている。ここがミラーのオフィスらしい。建物の中では唯一内緒話ができそうな場所だ。

無愛想なコンクリート打ち放しの壁際に、あまり高級そうには見えないスチールの机と書棚があり、中央に薄汚れたテーブルが一つ陣どっていて、その周りに安手のスチールの椅子が並んでいる。

部屋の片隅には背の低い冷蔵庫が置かれていて、その上に電子レンジが乗っている。ミラーは冷蔵庫の脇に積み上げてある段ボール箱の一つを開け、中から銀色のプラスチックシートに包まれたパッケージを二つとり出した。

「行軍用の非常食だ。こんなものも我々の取り扱い品目に入ってるんだよ。これはフランス陸軍のもので、味の方はなかなかいける」

見るとパッケージにはフォークとナイフもセットされていて、料理は容器ごと温めるようになっている。袋を破ればそのままランチセットが一式テーブルに勢ぞろいする。ミラーが電子レンジで加熱したローストビーフとスープ、サラダ風の温野菜、トマト風味のパスタの軍用ランチメニューは、やや人工的な香りが気になったが、それでも十分食欲をそそるものだった。

ミラーは冷蔵庫から缶ビールをとり出し、一本をタルコフスキーに手渡すと、料理をつつきながら勝手に飲《や》りはじめた。

「打ち合わせがあるという話だったが」

タルコフスキーが切り出すと、ミラーは口をもごもごさせながら頷いて、大事に抱えてきたアタッシェケースから大きな茶封筒をとり出した。

「計画に必要な資料だ。目を通してくれ」

中身は分厚い書類だ。大半は作戦に必要なデータで、ミラーの準備は周到だった。

ミャンマー国境からエベレストに至るルート周辺の、インドと中国のレーダーやミサイルの配置が詳細に記入されている。冬の北西風を避けるためにコースはヒマラヤの南面にとるつもりだが、インド陸軍の防空レーダーは予想以上に守備範囲が広い。ヒマラヤの山腹をかすめて飛ぶことで、コースの大半はレーダーに映らないはずだが、河川によって山脈が途切れる個所がいくつかある。対策を考えるのはこれからだが、事前にわかっただけでも危険の大半は除去されたようなものだ。

離着陸地点となるサウスコルの最近の状況についても、詳細な衛星写真が添えられており、大きなクレバスの位置は正確に特定できた。風速、風向、気圧、気温など、冬のエベレストの気象データも緻密に集められていた。

欠けているのはいちばん肝心な情報——作戦がいつ実行され、拾ってくる人間が誰かという点だ。

訊くとミラーはこともなげに言う。

「心配は要らない。連絡がきたら飛び立つ。指示された場所で待っている奴を拾って戻ってくる。それだけのことだよ。伊達に戦闘機のパイロットをやっていたわけじゃないだろう。緊急発進《スクランブル》は得意のはずだ」

「計器飛行で飛べるルートじゃない。天候が悪化したらどうする」

「多少の悪条件なら飛んでもらうが、最悪なら回復待ちになる。ただしその判断は我々に任せてもらう」

自殺しろと言われたら黙って首を括れという類の注文だ。

「冗談じゃない。そんな曖昧な条件で飛べるか」

「我々だって、この作戦には命以上のものが懸かっている。前金だって払ってあるんだ。いまさら降りてもらうわけにはいかない」

粘っこい口調でミラーは切り返す。タルコフスキーは方向を変えた。

「だったら目的を教えてくれ。訳のわからん仕事のために命を賭ける気にはなれない」

「息子さんに手術を受けさせるのがあんたの目的じゃないのかね」

ミラーはなおもしらばくれた答えを返す。憤りを抑えて吐き捨てた。

「それはこっちの事情だ」

「だったらおたくが知りたがっていることも我々の事情に過ぎない。あんたには関係のない話だ」

なおも嘲るミラーの口調に、思わず喧嘩腰になった。

「だったらおれも自分の事情で動くことにする。納得できない仕事は拒否するしかない」

「クトゥーゾフ通り五―二、アリョーシカ・アパートメント――。古いが住みやすそうな市営住宅だ」

唐突にミラーがつぶやいた。モスクワで妻と息子が暮らしているアパートだ。鈍器の一撃のような恐怖に打ちのめされた。

「脅すつもりか」

「家族とはいいものだ。私も故郷には妻と娘がいる。早く仕事を片付けて家へ飛んで帰りたいよ。あんただってそうだろう」

脅しとすかしの手管で飯を食ってきた男だ。勘所は心得ている。

「妻と息子に手を出したら、地の果てまで追ってでも八つ裂きにするぞ」

「お国にも我々の仲間がいる。後悔しないように行動した方がいい」

手にしていたビールの缶を握りつぶした。中の液体が拳を伝って料理の上に落ちる。言葉を失ったタルコフスキーにミラーは止めを刺すように語りかけた。

「大した付き合いじゃないが、私はあんたが気に入ってるんだよ、タルコフスキーさん。いや、そろそろニコライと呼ばせてもらっていいかな。あんたに悲しい思いをさせたくないし、まして や死んでなど欲しくない。だから言うことを聞くんだ。余計なことは考えないで――」

第八章

1

雪に埋もれて半ば倒壊したテントにもぐりこんで、郷司とロプサンは凍えた体を温めるためにお湯を沸かしはじめた。

標高八二四〇メートルの第五キャンプ。時間は午後一時を少し回ったところだ。高所に長期間滞在するとき、お茶でもただのお湯でも、水分の補給は何にも増して優先する。どんなに疲労していようと、どんなに食欲を失っていようと、生き長らえるために最低限行わなければならない仕事だ。

自分でも苛立たしいほど緩慢な動作でザックからガスストーブをとり出す。冷え切って着火が悪い。ライターの炎でノズルを温めるうちに、ようやくかすかな燃焼音を伴って青い炎が噴き出した。それだけで一仕事した気分だ。ロプサンも億劫そうにテントの外に首を出してコッヘルに雪を詰めている。

明け方に第四キャンプを出て、固定ロープ伝いに昨日の最終到達地点まで登り返し、そこから第五キャンプまでのルート工作にとりかかった。昨日までの作業でルートは八〇〇〇メートルに達していた。あとは第五キャンプまでの残りを完成させるだけだった。第五キャンプから衛星の落下現場までは、頂上岩壁基部の雪田をトラバースするだけだ。

高度が上がるにしたがって風も強まった。それでも手強い岩場は雪で覆われ、雪質も昨日よりは締まって、強風と寒さを除けば障害は少なかった。八〇〇〇メートル地点から第五キャンプまで、高度差二四〇メートルのルート工作に費やした時間は七時間。悪いペースではない。第五キャンプが最高到達点の今回の作戦は、頂上を狙う本来の登攀と比べて安全度は高い。この山で命を失い、あるいは体の一部を失って下山した登山家の大半は、ここから上での希薄な酸素と寒さや風との戦いに敗れたのだ。

ウィルフォードの部下の遭難がなかったら、仕事はここまでであらかた片付いていた。ルート工作がほぼ予定通り進んだことには多少の達成感を覚えたが、さらに衛星の回収という大仕事が待っていることを思えば郷司も気が重い。お茶をたっぷり飲み、チョコレートでも齧《かじ》って体力を回復し、急いで第四キャンプへ下降する予定だった。

下からクレイグとフレッドが登ってくる。インマルサットのバッテリーパックも彼らが届けてくれる。クロディーヌとの連絡もそれまでお預けだ。カトマンズで異変が起こっていないかと、とりとめのない不安に苛まれて昨夜から心が落ち着かない。

ようやく入ったお茶を二、三杯お代わりして、ロプサンは黙ってテントを這い出してゆく。

用を足しにいくようだ。極寒と強風の中での排泄行動は予期せぬ危険を伴う。外気に曝されて局部が凍傷にかかることもあれば、風圧で体勢を崩されて谷に転げ落ちる危険もある。

「サトシ、ちょっと出てきてくれ」

テントの外でロプサンが呼ぶ。付き合わなければならないほど自然の欲求は高まっていない。中から物憂げに問いかけた。

「何かあったのか」

「ＡＢＣの様子がおかしいんだ」

緊張した声だ。重い体をテントから引きずり出してロプサンの傍らに立ってみた。一見変わった様子はない。ロプサンはキャンプサイトを指で示し、その指先をくるりと回す。

「周りに人がいる。見えないか」

言われてみれば、点のような人影がＡＢＣの濃紺のテント群を遠巻きにしている。

「銃を構えている」

ロプサンの声が硬い。彼にはそれが見えるらしい。郷司の視力は人並みだが、シェルパの中には二・〇以上の視力を持つ者がざらにいる。慌ててテントに戻り、ザックからカメラをとり出した。再びロプサンの傍らに立って、ズームレンズを最大倍率に切り替える。点にすぎなかった人影がごま粒程度に拡大された。

目を凝らすと、どうやら中国兵のようだ。腰だめに構えた小銃をテントの方向に向けている。隊員たちは本部テントの前に密集している。包囲している兵士と隊員の距離はざっと一〇メートル。プロの軍人なら楽々狙い撃ちできる。頭の中が真っ白になって、しばらく茫然とした。

とにかく状況を把握することだ——。ようやく頭が動き出した。テントに戻ってトランシーバーの電源を入れた。とたんにクリフの声が飛び込んだ。

「サトシ、聞こえるか？　応答してくれ！」

だいぶ前からコールしていたのだろう。切羽詰まった声だ。

「こちらサトシ。何が起きたんだ？」

「上から見えないか。人民解放軍の連中が突然蜂起した」

「いま気づいたところだ。目的はなんだ」

「わからない。銃で威圧されている。包囲されて逃げ場がない」

「ベースキャンプとは連絡をとってみたか」

「無線は応答しないし、インマルサットは通じない。向こうも似たような状況かもしれない。だとすれば勝負は見えている。軍人といっても本隊の連中は全員丸腰だ」

トランシーバーを持ってまた外へ出て、ベースキャンプのあるロンブク方面にカメラのレンズを向けてみた。こちらは作戦本部と人民解放軍のテントの塊が辛うじて判別できるだけだ。一見静まり返ってはいるが、状況はまったく把握できない。

「行動を起こしたのはいつ頃だ」

クリフのため息が風音に負けないほどにスピーカーを鳴らす。

「ほんの十分ほど前だ。理由を訊こうと近づいたら足元を威嚇射撃された」

「人数は？」

「包囲しているのが十名ほどだ。進駐してきた部隊のおおむね半数だろう。残りはキャンプサイトでなにやら動き回っている」

「何のご挨拶もないのか」

「ああ、薄気味悪いったらない」

内心は薄気味悪いどころの騒ぎではないだろう。クレイグやフレッドが上へ向かったとしたら、ＡＢＣにさしたる人数は残っていない。

「そちらにはいま誰がいる？」

「私とフレッドとクレイグ、それにサーダーのラクパ・ノルブを含むシェルパ十名だ」

落胆した。フレッドたちはまだＡＢＣでぐずぐずしていたのだ。これでは予備のバッテリーパックは届かない。外部との唯一の連絡手段が使えない。思わず声に怒気が混じった。

「フレッドたちは上へ向かっていたんじゃないのか」

「放射線防護服がベースキャンプから届いていなかった。ヘリで届けるというんで待機していたら、こんな時間になっちまった」

フレッドたちに先発させて、遅れる荷物は後続のシェルパに運ばせればよかった――。中途半端な判断に腹が立ったが、ここは喧嘩している場合ではない。クリフの報告では名前が一人足りない。

「あいつはどうしている」

「ウィルフォードか。姿が見当たらない。今朝はダイニングテントで飯を食っているのを見かけたが」

クリフは当惑気味に答える。悪い状況では悪い偶然が重なりがちだ。あの男の性格からして何をしでかすか知れたものではない。

「中国側の連中に悪態をついて射殺されたんじゃないのか」

「それはないだろう。包囲している連中の中に英語がわかりそうな奴はいない。ウィルフォードが中国語に堪能なら話は別だが」

クリフの口調に同情する気配はないが、厄介の種になることを警戒する様子はありありだ。ロプサンの表情も深刻だ。下には同郷のシェルパたちと大先輩のラクパ・ノルブがいる。不安げなロプサンの目に頷いて郷司はクリフに告げた。

「急いでそちらに向かうよ」

「いや上にいろ。ここへきたら君たちまで籠の鳥だ。ベースキャンプが制圧されているとしたら、いま自由に行動できるのは君とロプサンだけだ」

クリフの言うことももっともだ。ここは頭を冷やして慎重に行動する方がよさそうだ。

「ABCのインマルサットで外部に知らせられないのか」

「やってみたよ。電波状態が悪くて使い物にならない。同じ周波数帯で妨害電波が流れているようだ」

敵の作戦として通信手段のシャットアウトは十分考えられる。予備のバッテリーパックが届いたとしても郷司のインマルサットも使い物にならないわけだ。トランシーバーが唯一の通信手段だが、こちらはチャンネルを合わせれば誰でも傍受できる。会話をラジオ放送しているようなものだ。

「この交信は連中に聞かれているんだろう」

「恐らくな。しかしほかに連絡の方法がない」

ふとあることを思いついた。

「じゃあ、七チャンネルに切り替えてみてくれ」

「了解」

クリフは即座に理解したようだ。いま使っているのは二チャンネルで、遠征隊の通常交信用の周波数帯だ。七チャンネルは本隊装備の電子機器の影響か、ベースキャンプ周辺では雑音で使い物にならない。しかしABCと上部キャンプの間なら通じるかもしれない。いったん通話を終え、チャンネルを切り替えたとたんにコールが届いた。

「こちらクリフ。感度はどうだ」

「良好だ。ABCのお客さんたちは、確かに英語はわからないんだな」

「口がついてるんだ。喋れりゃなにか言ってくるだろう。こちらから声をかけても何の反応もない」

ベースキャンプ付近なら、英語がわかる中国兵がいても傍受はできない。ABCの連中は傍受できるが、英語がわからなければ問題はない。不安は残るが現状ではいちばん安全な通信手段だ。先ほどの交信はすでに傍受されているかもしれないが、敵に知られたくない通話は以後このチャンネルで行うことにして、郷司は当面の考えをクリフに伝えた。

「いま第五キャンプだ。これから第四キャンプまで降りる。あそこなら食料や燃料もたっぷり荷揚げしてある。多少の期間なら籠城できるし、状況によっては上へも下へも動きやすい」

「ああ。こちらもいまは様子を見るしかない。状況が変わったらまた知らせる。このチャンネルのことに連中が気づかないことを祈るしかない」

クリフは努めて平静な様子で通話を切ったが、恐怖によるものか武者震いによるものか、言葉の端々にはかすかな慄きが感じられた。

2

午後二時を過ぎても郷司からは連絡がこない。

陸軍病院のマルクの病室で、クロディーヌは次第に不安を募らせていた。

インマルサットのバッテリーは今日郷司の元へ届くはずだった。そろそろ連絡がついてもいいはずなのだ。

五分ほど前に携帯電話で郷司のインマルサットを呼び出し、続いてABCのクリフ・マッケンジーのインマルサットを呼び出した。どちらも応答がなかった。ハイテク機器にトラブルはつきものだ。たまたまどちらも通信不能になっている可能性は考えられるが、それでもエベレストで何かが起きているという不安な思いは拭えない。自分の周辺で起きている不可解で危険な事態のことは何も知らずに傍らのベッドでマルクはいまも眠り続けている。その穏やかな寝顔が妬《ねた》ましくさえ感じられてきた。

手を拱いているわけにはいかない。今度はアメリカ大使館に電話を入れてみた。マルクが救出された晩に会った一等書記官のジェローム・ダルトンのデスクにつないでもらう。ほどなく本人が出てきた。

郷司ともABCとも連絡がつかない。何かあったのではないかと訊くと、ダルトンは機械の故障かバッテリー切れだろうとのんびりした調子で答える。ついいましがたもロンブクの本隊と定時交信をしたが、とくに事件が起きたという報告はないという。

作戦は順調に進んでおり、衛星の回収は予定通り終えるはずだとダルトンは慇懃だが無味乾燥な口調で言い、無用な心配はせず、このことはくれぐれも内密にと、またくどく念を押した。回収隊員の遭難の件には触れようとしない。クロディーヌが郷司と頻繁に連絡をとり合っていることは先刻承知のはずだ。それでも公式見解で押し切ろうとするダルトンの態度が不審だった。

ダルトンの言葉を信じて郷司からの連絡を待つしかないのか。マイケル・ウェストンは何か摑んでいるのだろうか。彼は昨夜、〈イタチの息子〉の情報をもたらしたジェイソン・シルバーンと会っている。辣腕《らつわん》のジャーナリストが手ぶらで帰ってきたとも思えない。オフィスに電話を入れると、マイケルは外出中だという。携帯電話は傍受される危険があると彼はいつも警戒する。だったらとりあえず携帯に連絡を入れ、本題には触れず、さりげない会話を装ってどこかで落ち合う約束をすればいい。

携帯はすぐに繋がった。遅い時間なのを承知でくだけた調子で昼食に誘うと、マイケルは事情を察したようで、病院から歩いて十分ほどのイタリア料理店を指定してきた。

わずかな距離だったが雑踏を歩くのは不安なので、病院のエントランスでタクシーを拾った。

店内にはマイケルが先に着いていた。クロディーヌの顔色を見て事情を察したようだ。口を開きかけるのを制して、マイケルは手にしていたメニューを差し出した。

「まずは注文を済ませよう。頭を整理した方が良さそうな顔をしてるよ」

出鼻を挫《くじ》かれた気分だったが、料理の品定めをしているうちに気持ちが落ち着いてきた。一通り注文を済ませてから状況を説明した。郷司ともABCのクリフとも連絡がつかないこと、大使館のジェローム・ダルトンの不審な態度——。話し終えると、今度はマイケルが落ち着きを失った。

「食事なんかしている場合じゃなさそうだな。気の利いた情報があるとすればシルバーンのところか」

マイケルはポケットから携帯電話をとり出した。問い合わせるつもりらしい。

「携帯は危険だって、いつも言ってるのはあなたよ」

「そうだった。ちょっと失礼するよ」

マイケルは慌ててテーブルを立ち、カウンター脇の公衆電話のブースに向かった。ガラス窓の向こうで早口でやりとりするのを眺めているうちに、注文した料理が運ばれてきた。カトマンズでは高級な部類の店らしい。料理の出来は良さそうだが、ほとんど食欲が湧かない。フォークをとる気にもなれずに手持ち無沙汰で待っていると、マイケルが急ぎ足で戻ってきた。

「シルバーンの奴、からきし役に立たない。あんなごくつぶしの税金泥棒を飼っているアメリカ国民には同情するよ——」

のっけから毒づいた。大使館とロンブクの本部の通信はシルバーンの方でも傍受しているが、ここ最近の交信で緊急性のものはないという。部隊が使っているのはインマルサットと軍用衛星通信の両方だが、傍受できるのはインマルサットの方だけらしい。

軍用通信システムは暗号化されていて、機密性のある連絡にはそちらが使われる。軍の暗号通信を破るとなると、たとえ身内でもスパイ罪に問われかねない。実施するには大統領レベルの決済が必要なのだという。シルバーンの反応もダルトンと似たようなもので、たまたまインマルサットが二つとも具合が悪いだけだろうという見方らしい。

「他国の話には地獄耳のくせに、内輪のこととなるとこのざまだ。だからイタチのような連中がはびこるんだ」マイケルは苦々しげに吐き捨てた。

ダルトンやシルバーンの言っていることが本当なのかもしれない。根拠はいまも消えることのないただならぬ胸騒ぎだけなのだ。クロディーヌは力なくフォークをとり上げて、オードブルの皿のピクルスを一つだけ口に運んだ。

「本隊に潜入しているイタチというのは特定できたの」

「それもまだらしい。せっかく情報を提供してやっても、これじゃ宝の持ち腐れになりかねない」

マイケルは投げやりに答えて天を仰いだ。

「そもそも〈イタチの息子〉が作戦の本隊にいるという話が本当かどうかよ」

頭の中ではすべてがあやふやになりかけていた。エベレストに落ちた衛星に〈ブラックフット〉が積まれていたという話も、〈イタチの息子〉の話も、考えてみればすべてシルバーンからの伝聞にすぎない。

「どうやら取り越し苦労という線に落ち着きそうね。病院へ戻ってサトシからの連絡を待つことにするわ」

手つかずの料理を残して席を立ちかけると、マイケルが慌てて引きとめた。

「うまくいくかどうかわからないが、試す価値のある情報ソースがある」

「それは何？」

「衛星写真だよ」

最近は軍事衛星に匹敵する解像度の衛星写真を販売する会社があり、ＷＰ通信はそうした会社のいくつかと契約している。ここ数日の間に撮影されたエベレスト周辺の画像が見つかるかもしれないと言う。解像度は一メートルで、最新の軍事偵察衛星には及ばないが、地上の人の姿くらいは判別できるらしい。

「空から見てわかるような異変があればということね。でも世界中の写真を撮影しているんでしょ。昨日か今日のエベレストの写真が運良く手に入るかしら」

「商用衛星だからリクエストの多い地域ほど頻繁に撮影している。ついこの間も別件で使ったんだが、ヒマラヤの主要地域なら三日に一度くらいの頻度で更新されているようだ」

マイケルは期待をのぞかせる。自信を挫くのも気が引けるので半信半疑のまま確認した。

「画像はどのくらいで手に入るの」

「これから支局へ帰ってすぐ手配する。インターネットで送ってもらうから、たぶん三十分もかからない」

「じゃあ、病院へ戻って待ってるわ。兄のことも心配だし」

気ぜわしい思いでクロディーヌは立ち上がった。

「わかった。入手したらすぐ連絡する」

マイケルもほとんど料理を残したまま立ち上がる。

店の前でタクシーを捉まえ、マイケルにいったん別れを告げて病院へ向かった。結局さしたる情報は得られなかった。そのことに落胆しながら、クロディーヌの焦燥はいっそう強まっていた。

予感や胸騒ぎといった不合理な心理には影響されない性格だとこれまでは自信があった。しかしいまはそうした心の動きが理性のコントロールを超えようとしていた。切ない思いが胸を締めつけた。郷司の安否がひたすら気がかりだった。翼があるものなら、いますぐエベレストへ飛んでいきたい気分だった。

3

午後三時を過ぎてABCの付近は風が強まり、キャンプサイトの周辺をブリザードが吹き荒れはじめた。

北西壁からの吹き返しだ。普段は静かなABC付近も、ときおりヒマラヤの嵐の洗礼に見舞われる。包囲する人民解放軍の兵士の姿が咆哮《ほうこう》する白い帳の向こうにかき消される。

こうなれば敵もこちらも相手が見えない。これ以上外にいても意味はない。クリフはシェルパたちに居住用テントに戻るように指示して、自らもフレッドとクレイグを伴ってダイニングテントに駆け込んだ。

「逃げるんならいまがチャンスじゃないのか」

中央テーブルに腰を落ち着けたとたん、クレイグが緊張した様子で切り出した。蒼ざめた頬が痙攣しているのは寒気にさらされたせいばかりではなさそうだ。瞳には憤りとも恐怖ともとれる不安定な光が宿っている。クリフは宥めるように言った。

「ぐるり包囲されてるんだぞ。逆らわない限り危害を加える気配はない。下手に動く方が危険だと思うがな」

「同感だ。中国もいまじゃ大国の仲間入りをした。乱暴なことをすれば厄介な話になる。これまで築いてきた国際社会での信用も地に落ちる」

フレッドも冷静に説得を試みる。しかしクレイグは不信感を隠さない。

「ここへ出張ってきて以来、連中は口もきかない、笑うでもない。敵意剝き出しの目でずっと監視していやがった。こういう扱いは腹に据えかねるんだよ。連中はアメリカをなめている」

クレイグのテンションが高い。クリフが知る限り彼はストレスに強いタイプではない。アタックの直前に極度に興奮したり、逆に落ち込んだりすることがよくある。

登攀にストレスはつき物だが、重要なのはストレス・マネージメントの巧拙で、高まる緊張を集中力とエネルギーにたくみに転化できる者もいれば、それに失敗して精神のコントロールを失うものもいる。クレイグは後者だという印象がクリフには強かった。

似たような思いなのか、クレイグの腹のうちを探るようにフレッドが問いかける。

「このブリザードはどちらにとっても悪条件だ。勝算はあるのか」

「あいつらだってこの状況でいつまでも立ちん坊はできない。じきに包囲を解くさ。その隙を突けばいい」

「ルートはどうする。ロンブクのベースキャンプもたぶん制圧されているぞ」

「ロー・ラを越えてネパール側へ降る」

クレイグは自信ありげな口ぶりだ。しかしロー・ラのネパール側は懸崖《けんがい》の上にせり出した氷河が絶えず崩壊してブロック雪崩を頻発させる超危険地帯だ。クリフは語気を強めて忠告した。

「命がいくつあっても足りないぞ。やめておけ」

クレイグは動じない。西稜をエベレスト方向に少し登り返せば、雪のないルンゼが何本か落ちている。そこからならネパール側に懸垂下降で降れるという主張だ。クリフはエベレスト周辺の地図を頭の中で広げてみた。たしかにクレイグの言うとおりだが、そもそもロー・ラ一帯は通常の登山活動の埒外だ。ルートについての情報は皆無といっていい。クリフは言葉を尽くして説得を試みたが、クレイグは頑なだ。

「あのウィルフォードだって、うまいこと逃げおおせたじゃないか」

「でかい口を叩いた割に逃げ足は速かったな」

フレッドが苦い笑みを浮かべた。中国側に拘束された様子もないし、逃走に失敗して射殺された気配もない。どこに隠れたのか知らないが、うまく敵の目をかいくぐったことは確かだろう。

「つまり連中には隙があるということだよ。ネパール側の補給基地には誰かいるのか」

クレイグが訊いてくる。あらかたは引き揚げたと聞いたが、それでも万一に備えたサポート部隊が残留しているだろう。頷くとクレイグは勝算ありげに目を光らせた。

「だったら一人でも行くよ。無事にたどり着ければ救援を要請できる。途中で万一のことがあっても、やられるのはおれ一人で済む」

一見勇敢に見えるクレイグの態度が、じつは臆病風に吹かれてやけになっているに過ぎないことはわかっていた。しかしそれを言えばなおさら頑なになる。聞き分けのない子供を宥めるようにクリフは説得を続けた。

「そもそもこのブリザードの中をどうやってロー・ラまでたどり着くんだ。途中には無数のクレバスがある。だだっ広い氷河上で方向を見失ったら、それだけで命を失うこともある」

「ここにいたって、いつ殺されるかわからない。あいつらの手にかかって死ぬのは真っ平だ。どうやってでも自分で活路を見出したいんだよ」

クレイグの声に嗚咽が混じった。クリフはさらに穏やかに言葉をかけた。

「もう少し様子を見よう、クレイグ。このあたりの地理は連中だって良くわかっているはずだ。ロー・ラにも部隊を貼り付けているかもしれん」

「いや、おれは行く。ブリザードがやんだらもうチャンスはない」

クレイグは蒼ざめた唇をかみ締め、意固地になって首を振る。お手上げだというようにフレッドと顔を見合わせたところへ、トランシーバーのコールが割り込んできた。

「クリフ。応答してくれ」

異様に張り詰めたジョー・スタニスラフの声だった。テーブルの上のトランシーバーを摑みとって応答ボタンを押した。

「こちら、クリフ。いったいどうなってるんだ」

「ベースキャンプが人民解放軍に制圧された」

やはり――。クリフは舌打ちした。

「こちらもだよ。救援要請は？」

「インマルサットは妨害電波を出されて使えない。軍用の衛星通信システムは破壊された。つまり外部との通信手段を一切絶たれた」

孤立無援だ。ロンブクの谷は知らない間に絶海の孤島と化していたようだ。

「連中のお目当ては何だ？」

「山の上にある衛星の残骸らしい」

「なんだと？」

思わず問い返した。意味が理解できない。中国サイドとは話がついていたはずだ。北京政府が内部事情で勝手に掌《てのひら》を返したのかもしれない。しかし人民解放軍の正規部隊がテロリストまがいの行動に出た点が理解を絶している。それもエベレストに落下したゴミを手に入れるために――。ふと疑問が湧いた。

「ジョー。本当のところ、上にあるお荷物は何なんだ」

「旧式偵察衛星の残骸だよ。プルトニウムのおまけつきのね」

すでに聞いていた以上の答えではない。だとすれば、わからないのは中国の狙いだ。水爆をもっている国だ。プルトニウムなどに不自由はしていないだろうし、偵察衛星だって、もう少しましなものを自前で運用しているはずだ。

「どうしてそんなものを欲しがるんだ」

「わからん。私に銃を突きつけている人民解放軍の少佐殿が何も教えてくれないんでね」

いつもの軽口を装っているが声はこわばっている。事態はこちら以上に深刻そうだ。

「ベースキャンプはどういう状況なんだ」

「死傷者が出た。工兵隊の士官が一名死亡し、ほかにも何名か軽傷を負っている。いまは部隊全員が拘束されている」

すでに死者が出た——。いま起きていることがゲームでも余興でもないことが実感された。

ジョーが訊いてくる。

「そちらの状況は?」

「拘束されているわけじゃないが、周囲から銃で狙われて、事実上の籠の鳥だ」

「こちらのホアン・リー少佐殿がそういう命令を出しているらしい。全員そこにいるのか」

「全員だ。上部キャンプへ向かう直前にお客さんたちが蜂起したんだよ」

ばれて元々と、郷司とロプサンが上にいることはしらばくれておいた。行方をくらましたジャック・ウィルフォードのことも黙っているに越したことはない。無事に逃げられれば、外部にこの事態を知らせるくらいはするだろう。

「少佐は、君たちが怪しい動きをしなければ危害は加えないと言っている」

ジョーの声が返ってくる。ホアン・リーとかいう少佐がどうやら敵の司令官で、ジョーはそのメッセージを伝える役を押し付けられているらしい。

「ここで寝ていりゃ命は助けてくれるというのか」

ジョーのそばにいるはずのホアン・リーの耳を意識して、クリフはあえて刺激的な言い回しを使った。挑発にどう反応するかも心理戦では重要な情報だ。

「いや、仕事をしてもらう。予定通り上の荷物を降ろして欲しい」

少佐に神経を使っている様子がジョーの口ぶりから伝わってくる。置かれている状況には同情するが、ＣＩＡの上級オフィサーのあまりの弱腰が癇に障った。

「断ったらどうなる」

「期限は明日から四日間。一日遅れるごとに我々の中から無作為に一人選んで殺すそうだ」

ジョーの声は弱々しい。テロリストがいどころか、やり口はテロリストそのものだ。憤りと恐怖が同時に湧いてきた。どういう素性の連中か知らないが、その非常識な行動からみて人民解放軍の正規部隊ではないことは明らかだ。

頭の中で大まかに計算してみた。ルートはすでに第五キャンプまで延びている。衛星の残骸は全体で〇・五トンほど。シェルパを含むＡＢＣの隊員を総動員すれば三日で十分片はつく。しかしその前に大きな残骸は解体しなければならないし、放射性物質は専用のコンテナに収納しなければならない。その作業に二日かかるとして最低五日。さらに天候悪化に備えて最低二日の予備日が要る。

「じつに寛大な条件だが、山というのは天候次第で天国にも地獄にもなる。明日から一週間というわけにはいかんかね」

動揺を隠してクリフは提案した。少佐殿にお伺いを立てたのだろう。少し間をおいて返事が返る。

「条件は変わらない。犠牲になる人質はいくらでもいる。遅らせたいなら好きなだけ遅らせろと言っている」

ジョーはほとんどテープレコーダーと化している。やりとりがまだるっこしい。

「そのシャイな少佐とやらと話をさせてくれないか」

「あくまで話は私を通じてするそうだ。頼む、何とか四日で片をつけてくれ」

ジョーは哀願する口ぶりだ。この男にもう当事者能力はない。こちらも開き直るしかなくなった。

「だったら断ると伝えてくれ。不可能なものは不可能だ」

「人が何人殺されようと構わんということか」

恨めしげな声でジョーが問い返す。

「その代わりホアン・リー少佐殿もお目当てのものは手に入らない」

クリフが答えると、しばらく間があいて蚊の鳴くような声が返った。

「一週間でいいということだ。ただし今度は遅れた場合は二人ずつ処刑される」

「しっかりしろよ。この作戦の責任者はあんただろう」

あまりのふがいなさに怒りがほとばしった。

「わかってくれよ。物騒なものを脇腹に押し付けられているんだ。後ろにはライフルを持った奴が五人いる。機嫌を損ねると私は一瞬にして蜂の巣だ」

惨めなその言い訳には、憤りを通り越して拍子抜けした。ふと郷司から聞いたマルクのうわ言の話を思い出した。郷司はマルクの暗殺未遂事件と〈ブラックフット〉というキーワードの間になんらかの関係があると推理していた。狙っているのが山の上のガラクタだとするなら、この少佐とやらも〈ブラックフット〉をめぐって蠢く連中の一角を占めている可能性が高い。

探りを入れる価値はある。

「ジョー、少佐殿に訊いてみてくれ。そばにいるなら直接聞こえるだろうがね。〈ブラックフット〉というのは一体なんだ？」

受信ボタンを押してしばらく待ってもジョーは応答しない。さらに何度かコールしたが、それでも音沙汰なしだ。少佐殿が反応したのは間違いない。ジョーの身が案じられたが、作戦全体を掌握する責任者をこの時点で殺すことはないだろう。

それより山の上の厄介な荷物と〈ブラックフット〉というキーワードは、間違いなく関係があるようだ。郷司が懸念していたように、この事件の背後には一筋縄ではいかない謎が隠されているように思えてきた。

「とんでもないことになったな――」フレッドが歩み寄る。

「ロンブクで同居しはじめて以来、気に入らない連中だった。統制はとれているが、目つきはみんなごろつきだったよ」

深刻な表情だが士気は落ちていない。この男の冷静さは心強い。

「問題は大人しく連中の言うことをきくかどうかだ」

中国側との約束で武器を携行していなかったとはいえ、米軍の一個中隊を電光石火で制圧し、あの抜け目のないジョー・スタニスラフを意のままに操っているホアン・リーという男――。その真の意図が摑めない。不可解な力に屈することはアメリカにとって、世界にとってより不幸な事態に結びつくことにはならないか――。

「あんなガラクタ、喜んでくれてやればいい」

フレッドは苛立たしげに吐き捨てる。

「ただのガラクタならいいんだがな」

重い荷物を背負わされた気分で、クリフは独り言のようにつぶやいた。

そのときテントの外で銃声が響いた。三連射が四回。プロの軍人の撃ち方だ。

「クレイグがいない！」

フレッドが声を上げた。テントの中を見渡すと、さっきまでいたはずのクレイグの姿がみえない。出入り口付近には今朝出発する予定だった隊員の装備一式が置いてある。駆け寄ってみると、クレイグの装備が見当たらない。

「クレイグ！」

叫びながらテントを飛び出した。その瞬間、足元で連続的に雪が弾け飛び、少し遅れてまた三連射の銃声が聞こえてきた。撃っているのは蜂起部隊のテントの方向だ。ブリザードの白い闇を透かして正確に足元を狙撃してきた。どうやって——。

フレッドが腕を掴んでテントの中に引きずり込む。

「赤外線暗視装置だ。包囲している奴らが腰のあたりにゴーグルみたいなものをぶら下げていただろう。さっきは気がつかなかったんだが」

「役に立つのは暗闇の中だけじゃないのか」

クリフは戸惑いながら問い返した。

「最新のタイプは霧でも煙でもブリザードでも使える」

「じゃあ向こうからこっちは丸見えというわけか」

「そういうことになる」

フレッドは緊張した面持ちで頷いた。テントの近くを雪を踏みしめる足音が聞こえる。追っ手だろう。

「クレイグは逃げたようだな」

「そのようだ——」

フレッドはうめくように答えて、足元の装備の山を蹴散らした。クレイグの装備はやはり見当たらない。どういう目算で飛び出したのか。ジョーとのやりとりを聞いているうちに抑制を失ったのかもしれない。

ブリザードの勢いは衰えそうもない。視界は二メートルあるかないかだ。しかし敵は逃走するクレイグの姿を捉えている。勝負は見えていた。あとは敵が生かして捕らえてくれるのを願うしかなかった。

4

郷司とロプサンは、突然湧き起こったブリザードが、純白の津波となってＡＢＣのテント群を呑み込むのを第五キャンプから見下ろしていた。

相変わらず風は強いが、郷司たちのいる上部は快晴だ。急いで身支度を整えて下降を開始した。地上の嵐が終わらないうちに第四キャンプに降りてしまえば、敵に気づかれる心配はない。

五ピッチの懸垂下降で第五キャンプと第四キャンプの中間地点まで降り、小さなテラスで一息ついたついでに、トランシーバーのスイッチを入れてみた。常用周波数の二チャンネルにセットすると、ベースキャンプのジョー・スタニスラフとクリフ・マッケンジーの交信が飛びこんできた。

ベースキャンプも敵の手の内にあるらしい。意のままに操られている様子のジョーと、なすすべのないクリフのやりとりを聞くうちに無力感が募ってくる。

蜂起したグループが人民解放軍の名を借りたならず者集団であることは、その脅迫の手口から十分想像できた。その正体に思いを巡らすうちにふと気がついた。シルバーンのいう〈イタチの息子〉とは彼らだったのではないか――。

〈天空への回廊作戦〉に潜入したメンバーの特定にシルバーンが手間どっているのもそのせいだ。かつては米軍内部の武器横流し集団に過ぎなかった〈イタチの息子〉も、いまでは世界にネットワークを張る国際組織に変貌しているという。人民解放軍に片割れがいても不思議はない。シルバーンは裏をかかれたのだ。

だとすればもう一つの疑惑、エベレストに落ちた衛星が〈ブラックフット〉を搭載していたという話も信憑性が高まる。シルバーンがもたらした情報はおおむね嘘ではなかったことになる。

ベースキャンプでは死傷者が出ているらしい。傍らで耳を傾けていたロプサンも深刻な面持ちだ。郷司とロプサンが上にいることを隠したのはクリフの機転のようだ。ジョーにも連絡は行っていたはずだが、クリフに合わせてとぼけてみせたのか、それとも動転して忘れてしまったのか。

さらに傍受を続けると、クリフの口から唐突に〈ブラックフット〉という単語が飛び出した。マルクの暗殺未遂事件の直後に語ったことを、あれからクリフは気にとめていたようだ。交信はそこで途絶えた。敵の司令官らしいホアン・リーという少佐はクリフの観測気球に反応したようにみえた。

「〈ブラックフット〉とは何のことだ、サトシ」

不審な面持ちでロプサンが訊いてくる。ここに至っては隠し立てする意味もない。これまで知りえた情報を洗いざらい語って聞かせた。ロプサンが訊いてくる。

「隊の中でそのことを知っているのは？」

自分と君だけだというと、ロプサンは満足げな笑みを浮かべた。

「おれたちの庭に落ちたゴミだ。おれたちで片付けよう、サトシ」

ロプサンが言う「おれたちの庭」がエベレストを指しているのは明らかだ。いま二人がいる世界最高峰が、クライマーとシェルパにとって共通の庭だという考えが郷司には嬉しかった。

「とにかくブリザードが続いているうちに第四キャンプまで降りよう」

郷司はロプサンを促した。ＡＢＣから双眼鏡で見ればこちらの動きは手にとるようにわかる。

ブリザードが目隠ししてくれている間に移動を完了したかった。

第四キャンプには思わぬ先客がいた。ジャック・ウィルフォードだった。テントの中央に大の字になって、備蓄してある酸素ボンベを勝手に吸っている。だいぶ憔悴《しょうすい》している様子だ。

「ABCにいたんじゃないのか」

郷司が問いかけるとウィルフォードは、億劫そうに酸素マスクを外し、咳き込みながら身を起こした。

「あそこは敵の手に落ちたよ」

それは知っていると答えると、ここまでやってきた経緯を訊かれもしないのに語り出した。

昼食のあとウィルフォードは、ABC近くの斜面で氷壁登攀のトレーニングをしていたという。二〇メートルほど登って見下ろすと、中国側のキャンプの動きが慌しい。そのうち銃を持った人民解放軍の兵士がABCを包囲した。異変を感じたウィルフォードは雪壁の上部にある露岩の陰に身を隠した。

クリフたちに威嚇射撃するのを見て敵が本気なのがわかった。人数は似たようなものでも、完全武装の野戦兵が相手では勝ち目はない。そのときはベースキャンプが制圧されているとは知らなかったので、なんとかロンブクまで降って救援を要請するつもりだったという。

しかし岩陰から出れば丸々敵に姿をさらけ出す。じっとしていると間もなく一帯がブリザードに包まれた。その隙に氷河上に降り立ったが、自分の方も視界が悪すぎて身動きがとれない。

やむなく岩壁の基部に沿って移動していくうちに遠征隊の固定ロープの末端が見つかった。このまま下にいればブリザードが去ったところで敵に発見されてしまう。上へ向かうしかないと判断し、固定ロープ伝いにここまで登ってきたという。

トレーニングといっても単独行動なので、万一に備えてトランシーバーは携帯しており、先ほどのジョーとクリフのやりとりを傍受して、全体の状況は把握したらしい。

話を聞くうちに怒りがこみ上げてきた。予期せぬ事態とはいえ、ジョー・スタニスラフといい目の前のウィルフォードといい、作戦の当事者の腑抜けぶりが情けない。思わず厭味が口をついて出た。

「デルタフォースといえば対テロ作戦のプロじゃないのか。逃げ足が速いのは日頃の訓練の成果か」

「素人にとやかく言われる筋合いはない。前進も撤退も合理的判断に従って速やかに行うのがプロの兵士だ」

ウィルフォードは相変わらずふてぶてしい。敵に真っ先に捕虜にして欲しかったのがこの男だった。今後の行動を考えればとんでもないお荷物になりかねない。

郷司は頂上経由でネパール側へ降る作戦も視野に入れていた。外部との通信手段を失った現在、それが事態を外の世界に伝える唯一の可能性に思えた。

マルクが瀕死の状態で生還したルートだ。容易ではないがロプサンとのパーティーなら自信がある。しかし七七〇〇メートルの第四キャンプで貴重な酸素を無駄食いしているこの男を連れて、厳冬期のエベレストを越える自信も勇気も郷司にはなかった。それでも現状ではこの男が自由の身でいる唯一の作戦当事者なのだ。苦々しい思いで問いかけた。

「これからどうするつもりだ」

「上へ行くしかないだろう」

ウィルフォードは平然と答える。

「エベレストを越えるつもりか」

「ほかに方法があるかね」

「あんたには無理だよ。死にたくなかったら、状況が好転するまで第四キャンプに隠れていることだ。さもなきゃ白旗を掲げてABCへ戻った方がいい」

「サトシ、君は冬のマッキンリーに登ったことがあるか」

ウィルフォードが訊く。頂上には立ったがひどい目にあった経験がある。北極圏に位置する標高六一九四メートルの北アメリカ最高峰は、冬の強風と寒気ではヒマラヤの八〇〇〇メートル級に匹敵する。頷くとウィルフォードは自信ありげに身を乗り出した。

「我々のトレーニング・フィールドだ。半端な山じゃないことはよく知っているはずだ」

「しかし八〇〇〇メートル級の経験はないだろう」

断念させたい一念で反駁《はんばく》した。恐れていたのはこの男と行動することによって高まるであろう精神的ストレスだ。

「だから酸素は使わせてもらう。これだけ潤沢に荷揚げしてあるんだから、多少浪費しても罰は当たらないだろう。それ以外の点で君たちの足手まといになるつもりはない」
ウィルフォードは不敵な笑みを浮かべ、梃子でも動かない口調で言い放った。

第九章

1

「こいつは大ごとだ」

マイケルはディスプレイに映し出された衛星写真を眺めながら声を上げた。

画面いっぱいに表示されているのは〈天空への回廊作戦〉の本隊がいるチベット側のロンブク・エベレストBCだ。東と西を雪を頂いた山稜で限られ、南から降る氷河の舌端に広がる赤茶けた砂漠のような窪地には、小さな町を俯瞰《ふかん》したように無数のテントが群れをなしている。テント群は西側のブルーを主体にしたグループと、東側に対峙する濃緑のミリタリーカラーのグループに分かれている。

東の一群にズームインすると、軍用トラックに混じって戦闘車両のようなものが見える。周辺にはテント地と同色の兵士らしい姿も見える。解像度一メートルの画像では、人の姿は二、三個の画素で構成されたモザイク模様に過ぎないが、それでも不思議に生きた人間の息吹が伝わってくる。ロンブクには中国人民解放軍の一個中隊が監視任務の名目で駐留しているという。こちらがたぶんその部隊だろう。

西側のテント群は軍用品とは程遠い鮮やかなブルーで、その間に散らばる人影も赤や青や紫の賑やかな服装だ。米陸軍工兵隊を主力とする〈天空への回廊作戦〉の本隊だ。中国側が自国領土での米軍のプレゼンスを嫌い、妥協の産物として表向きを民間のエクスペディションに見せかけているためだろう。

それが三日前に撮影された画像だった。もう一枚の画像に表示を切り替えた。こちらは今日の午後一時ごろ撮影されたものだ。一見して三日前と区別がつかない。

しかし細部を見れば違いは歴然だった。作戦本隊のキャンプに米軍らしい人影は見当たらず、代わってミリタリーカラーの人民解放軍兵士の姿が無数に散らばっている。三日前に中国側のキャンプサイトにあった装甲車が、こちらの写真では米側に移動している。逆に中国側のキャンプサイトの一角に、米国部隊と思われる色とりどりの服装の一団が密集している。それをとり囲むように点々と人民解放軍の兵士の姿があり、粗い画像からも銃を構えているのが確認できる。

真木郷司たちがいる北西壁下部のABCにもズームインしてみた。こちらは一帯がブリザードに覆われていて何の情報も得られない。三日前の画像には四、五張りのテントが集まったABCの様子が写っていたが、格別異常な様子はなかった。

読みとれる答えは明快だ。〈天空への回廊作戦〉のベースキャンプが人民解放軍に制圧され、隊員の大部分が捕虜になっている——。

頭がくらくらした。答えは明快でも理由が不明だ。辛うじて考えられるのは、中国側が何かの気まぐれで米中の密約を反故にしたということだ。自国領土に落ちた衛星を黙って引き渡す気がなくなった。これをカードに使って、対米外交を有利に運ぼうという思惑かもしれないが、それも憶測の域を出ない。

それ以上に不可解なのが、この異変をアメリカ大使館もジェイソン・シルバーンも把握していないという点だ。制圧される前に通報がなかったとは思えない。中国側が何らかの政治的思惑で行動しているとしたら、声明文の発表なり新たな条件提示なり、それに対応した対外的なアクションがあるはずだ。米中の内輪で解決できるレベルはすでに超えている。

とりあえず簡単なコメントをつけた添付メールで画像をクロディーヌに送信した。ほどなくクロディーヌから電話が入った。

「やはりこんなことが起きていたのね——」

クロディーヌの声には憤りの色がありありだった。

「あのダルトンは私を騙しおおせると思ったのよ。シルバーンにしても知らないはずがないわ。アメリカはまだこの事態を世間の目を盗んで処理しようとしているのよ」

「水面下では薄氷を踏む思いで交渉を続けていると思うがね」

「ＡＢＣの様子はわからないのね」

「ブリザードが吹き荒れているようで、いまのところ確認できない」

しばらく間をおいて、クロディーヌは打ちひしがれたような口調で言った。

「無事ということはないわよ、敵が手荒な行動に出なければいいんだけど」

「ことを荒立てれば戦争になるくらい中国だってわかっているさ」

慰めたつもりの言葉を撥ね返すように、クロディーヌが問いかける。

「でも腑に落ちないわね。シルバーンが言っていた〈イタチの息子〉の話はどこへすっ飛んじゃったの？」

「そいつらも十把《じっぱ》一絡《ひとからげ》で中国側に拘束されてしまったわけだろう。いや待てよ――」

確かに引っかかるものがあった。イタチは見事に裏をかいたのかもしれない。クロディーヌが補足する。

「シルバーンの話だと、最近中国で〈イタチの息子〉のエージェントの大物軍人が行方をくらましたということだったわね」

静電気に打たれたような衝撃を受けた。

「あの間抜けがまだ気づいていないとしたら大ごとだ」

マイケルは折り返し連絡すると告げてクロディーヌとの電話を終え、衛星写真の画像をプリンターで印刷し、支局を飛び出してシルバーンが滞在するホテルに向かった。

「信じられない！」

オフィス代わりに使っているホテル・ヤク・アンド・イエティのスイートルームで、ジェイソン・シルバーンは悲痛な声を上げた。

マイケルが持ち込んだ衛星写真のハードコピーを一眺めして状況を理解したシルバーンは、すぐにホワイトハウスの担当補佐官と連絡をとり、事実関係を確認するよう依頼した。ホワイトハウスの対応は迅速で、シルバーンはマイケルを待たせたままデスクにかじりつき、相次いで飛び込んでくる電話や電子メールのやりとりにしばらく忙殺されていた。

ようやく一息ついたところで、自分のコンピュータからペンタゴンのデータベースにアクセスし、アメリカの軍事偵察衛星によるエベレスト周辺の最新画像をダウンロードしたところだった。

一五センチという恐るべき解像度を誇る最新型衛星が撮影した画像は、エベレストBCの数時間前の状況を克明に映し出していた。

「おっしゃるとおり。作戦本部は間違いなく制圧されている」

「本当に知らなかったのか」

マイケルは半ばあきれてシルバーンの顔を覗き込んだ。

「体裁をとり繕《つくろ》ってもはじまらない。裏をかかれたんです。〈イタチの息子〉が潜入していたのは〈天空への回廊作戦〉の本隊ではなかった」

日頃の慇懃無礼な態度も消し飛んで、シルバーンの顔は怒りに青ざめている。マイケルはまだ頭の整理がつかないまま、とりあえず頭に浮かんだ疑問を口にした。

「どうやって連中は人民解放軍の正規部隊と入れ替わったんだ」

「指揮官の命令で軍隊はどのようにでも動く。あれはおそらく正規部隊です。その指揮官がイタチだったということです」

「現地から通報の一つもあったんじゃないのか。大使館の間抜けどもは何してたんだ」

「最後の定時交信は昼の十二時過ぎで、その時点では何ごともなかった。敵が蜂起したのはその直後です。人民解放軍が突然強盗に化けるとは誰も想像しない。虚を突かれて連絡をとる暇がなかったんでしょう」

「こちらから連絡はとれないのか」

「インマルサットは不通で、軍事衛星通信システムも応答しません。装置が破壊されているらしい」

マイケルの矢継ぎ早の質問に、額に汗を浮かべながらもシルバーンは実直に答える。

「中国側の反応は」

「国務省が水面下で接触していますが、いまのところ知らぬ存ぜぬを決め込んでいます」

「彼らにしても寝耳に水なんじゃないのか」

「いや、狸寝入りを決め込んでいるといった方が正しい。現場の衛星写真も見せましたが、作り物だと主張して事実を認めようとしない」

シルバーンは困惑を隠さない。

「米軍が救出作戦を行う予定は」

「中国の了承を得ずに、領土内で軍事行動を行えば戦争になります」

「じゃあ、特使を派遣してでも話をつけるしかない」

「回収作戦そのものが水面下の交渉によるものです。いまさら大っぴらにはできない」

「それなら中国の言いなりだ。大統領はすべてを公表するつもりで腹をくっているという話だったが」

「回収作戦が無事に終了してからの話です。いま公表すれば、辛うじて安定している周辺地域の火薬庫に一気に火がつきます」

「その足元を見て、中国は高みの見物を決め込んでいるわけか」

「もっとたちが悪い。たぶん落下した衛星の正体に気づいています。中国は中性子爆弾の開発にとりあえず成功していますが、より高性能化したい思惑がある。それに〈ブラックフット〉のランチャーは、中国が喉から手が出るほど欲しがっている高度な弾道弾誘導技術の塊です」

シルバーンは体中の生気を絞りだすようなため息を吐いた。

〈イタチの息子〉に好き放題やらせて、あとでそれを掠《かす》めとろうという魂胆か。あるいは最初からイタチと話がついていたのかもしれない。だとすれば最悪のシナリオだ。合衆国はイタチと中国に完全に手玉にとられたことになる。

「あんたの首も風前のともし火だな」

ゴキブリの次に嫌いだったこの男の不運に、マイケルはいまや哀れみさえ感じはじめていた。

「カトマンズへの左遷くらいで済めばいいんですがね」

シルバーンは力なく切り返す。

「そりゃ贅沢な注文というもんだ」

マイケルはやり場のない虚しさを嚙み締めながら、憔悴したシルバーンの顔を見据えた。最初の過ちを姑息《こそく》に糊塗《こと》したことが新たな過ちの種になり、それがまた次の過ちを生みだして、やがて巨大な錯誤のモンスターが出現した。その連鎖を断ち切る勇気を、超大国アメリカはいまも持ち得ないようだった。

2

ニコライ・タルコフスキーは、マーカス・ミラーにあてがわれた殺風景な個室で、二本目のビールのプルトップを引き起こした。

午後四時を過ぎている。いつ指令が下るかわからないミッションだが、この時間ではそれはもうありえない。エベレストまで足の遅いピラタス・ポーターで片道六時間はかかる。夜間のサウスコルに有視界飛行で着陸できるはずもない。

拘束されているわけではないし、行動を制限されているわけでもなかった。要塞のような奇怪な建物の中も外も自由に歩き回れるが、一渡り見て回ってしまえば格別目新しいものはない。見知らぬ土地の山奥で、物騒な道具を携えた私兵もいる。加えてミラーの薄気味悪い恫喝《どうかつ》もあった。逃げ出そうという気も起こらない。退屈さという点で、ここが監獄以上の場所だということが滞在一日目でわかった。

テレビもなければラジオもない。ミラーが差し入れてくれたのは、本人の好みらしいアメリカの安手のポルノ雑誌で、眺める気にもなれず床に抛り投げてある。ミラーは、ほかにもカートン入りのバドワイザーとつまみの類を一山差し入れし、食事はここに運ばせるから十分くつろぐようにと言って、迎えにきたヘリでマンダレーに帰っていった。明日の朝には戻ってくるという。

タルコフスキーの耳には、怪しげなランチの席でのミラーの恫喝がまだ残っていた。あの男の言うとおり、エベレストまで出かけて人を拾って帰ってくる。その対価が二〇万ドルだ。結局それだけのことなのだと自分に言い聞かせる。それでも重い気分は晴れない。恫喝に屈したことが腹立たしかった。それも妻と息子を楯にとった卑劣な恫喝に――。

きれいな仕事ばかりをしてきたわけではない。山岳ゲリラへの武器弾薬の宅配も、思想や信条とは無縁の金儲け商売に過ぎない。それが政情不安な中央アジアの小国で、不毛な殺戮《さつりく》と貧困を生み出す元凶になることもわかっている。いわば良心を切り売りする仕事だ。それでも背負うべき呵責と報酬の多寡《たか》を、自らの生き様というバランスシートの上で帳尻合わせするくらいはできた。

しかし今回の仕事は違う。あまりにも破格な報酬を考えれば、目的が明かされないこの仕事が並みの世界に属するものでないのは明らかだ。問題はそれが引き起こす結果を想像すらできずに加担させられることだった。それがこの世界にとり返しのつかない災厄をもたらすかもしれない。そんな思いがなぜか拭いきれない。

二本目のバドワイザーを空けたところで、安普請のドアをノックする鈍い音が聞こえた。誰だと聞いても返事をしない。やむなく立ち上がってドアをあけると、整備士のルウィンが立っていた。どうせ現地語以外通じないのだからとロシア語で用向きを訊ねると、わかったのかわからないのか、ルウィンはついてくるように手まねきをする。

機体の整備の確認でもさせようというのだろう。退屈も限度にきていたからちょうどいい。ルウィンはときおり振り返りながら廊下を進み、建物を出た。戸口にたむろしていた私兵の一人がついてこようとするのを現地の言葉で制し、また前に立って森の中の小道に入ってゆく。来たときとは違う道だ。不審な思いでルウィンとの間に距離をおいた。

小道は来たとき通った沢床には降りず、不明瞭な尾根筋を直上していく。腿の筋肉が張り、息が荒くなったところで突然樹林が開け、ところどころに灌木が茂る草地に出た。周囲にそれ以上高い場所はない。そこが山の頂上だった。

足元には穏やかな起伏を連ねて麓へ降る尾根や谷が見える。尾根筋を被う樹林が傾いた陽光を照り返して鈍色《にびいろ》の錦のように輝いている。北の空にはミャンマー・ヒマラヤの雪を頂いた鋭峰が連なっている。

「いい眺めでしょう」

ルウィンが訊く。ああ、と頷きかけてその顔を見た。喋ったのはロシア語だ。

「ロシア語も英語もだめだと聞いていたが」

「外部の人間に対してはそういうことになっています。ミラーの指示でね——」

ルウィンは悪戯っぽく笑った。じつは英語もロシア語もわかるという。ときどき訪れる外国からの客に、自分以外は現地語しか理解しないから何を喋っても安心だとミラーは売り込んでいるらしい。

「君は何者なんだ」

「かつてはあなたの国の対外諜報機関のエージェントでした。ニコライ・タルコフスキー少佐」

ルウィンはまばゆい西日に目を細めながら、敵ではないことを示すシグナルのように白い歯を覗かせた。驚きのあまり言葉が出ない。ルウィンは流暢とはいえないが不自由ともいえない程度のロシア語で来歴を語った。

ネーウィン社会主義政権下の一九八〇年代半ばに、彼は国費で旧ソ連へ留学した。学んだのは航空機の整備技術で、帰国すればテクノエリートとしての道が保証されていた。そのコースを狂わせたのは、慕っていた教官を通じて行われたKGBのエージェントへの誘いだった。当時、親中国の傾向を強めていたネーウィン政権を警戒し、KGBは多数のエージェントをビルマに送り込んでいた。

ルウィンがその一人となったのは主として経済的理由からだった。長男であるルウィンには大家族を養う義務があった。帰国後に就く予定の国有企業の職も俸給の点では不足だった。罪の意識はなかった。当時のビルマとソ連の関係は敵対的というほどではなく、ルウィン自身も、その行為がひいてはビルマの平和と安定に結びつくのだと巧みに洗脳されていた。

帰国後、彼は現地工作員の求めに応じて勤務先の企業の内部情報を流し続けた。何の役に立つかわからない情報にもKGBはそこそこの対価を支払ってくれた。苦もなく右から左へ情報を流すうちに隙ができたのだろう。帰国して二年目に受け渡し現場を押さえられ、スパイ容疑で逮捕された。

非同盟中立の立場をとり、どちらかといえば中国寄りだったネーウィン政権も、旧ソ連からの経済援助は無視できなかった。KGBとの裏交渉で事件は闇に葬られたが、ルウィン自身は職を失った。そのルウィンを拾ったのがミラーだった。木材の貿易業者としてヤンゴンに事務所を構えていたミラーが、じつはCIAの工作員だったということは雇われてしばらくして明かされた。

一度汚れた経歴で、どちらに転んでもルウィンにとってはどうでもよかったが、すでに当局のブラックリストに載っている彼に、エージェントとしての役割が期待できないことはミラーもわかっていた。ミラーは間もなく本国へ帰ったが、ルウィンはその貿易商社で一般社員として働き続けた。

ミラーが再びルウィンの前に姿を見せたのは昨年のことだった。倍の給料を提示されてここへやってきた。仕事は本業の整備士だと聞いてルウィンは張り切ったが、間もなくここがCIAとは別の組織、それも武器の密貿易に携わるまともではない組織だということに気がついた。しかし収入は魅力で、仕事も三度の飯より好きな機体整備だ。そんなこんなでもうかれこれ一年ここに滞在しているという。

「どうして私の名前を知っている」

問いかけると、ルウィンは敬意を秘めた眼差しを向けた。

「偶然ですよ。私の留学先はオデッサにあった海軍航空学校です。あなたもそこを卒業された。優秀な卒業生の写真がプロフィールつきで玄関ホールに飾られていました。あなたのもありましたよ。ロシア海軍のトップガンと紹介されていました」

「おれに接触して危険はないのか」

「あなたがミラーに黙っているかぎりは」

ルウィンはにんまり笑ってみせる。ミラーはビルマ語を喋るが、雇っている私兵たちは地元の言葉しか知らない。彼らとミラーの間のやりとりはすべてルウィンが通訳する。つまり彼らが見たこと、聞いたことはルウィン経由でしかミラーに伝わらない。

「どうしておれに接触を」

ただならぬものを感じて問いかけた。

「見てもらいたいものがあるんです」

ルウィンはタルコフスキーを誘って頂上の草地を横切っていく。山の東側の斜面を少し降ると、黒っぽい柱状の露岩が積み重なった岩場に出た。背丈以上ある岩の間を飛び跳ねるようにルウィンは降ってゆく。歩きなれた道らしい。足元に注意を払って、タルコフスキーはその後を追った。

しばらく降ると、テラス状の平坦な場所に出た。背後の岩に洞窟が口をあけている。ルウィンに続いて腰を屈めて入っていくと、中は思ったより広い。外からの光にぼんやり照らし出された穴倉の奥に鉄製のドアがある。ルウィンはポケットから鍵束をとり出し、その中の一本で錠を開いた。

ドアの奥にはさらに暗い洞窟が続いている。ルウィンが右手の壁面をまさぐると、洞窟の要所に吊られた裸電球が一斉にともった。足元は平らに掘削《くっさく》され、左右の壁と天井はおびただしい角材で補強されている。

「以前、ここは金鉱山だったんです」

ルウィンが説明する。左右にくねりながら二〇メートルほど進むと、またドアがある。最初のドアよりも造りが頑丈だ。ダブルロックになっている。ルウィンはダイヤル錠を回し、鍵束のキーでもう一つの錠を開いた。

ドアを開いた中は、この山中へ来て初めて出合うハイテク空間だった。ネットワークケーブルで結ばれた高性能ワークステーションを含む五台のコンピュータの冷却ファンの騒音が、洞窟の壁に反射してジェットエンジンのアイドリングのように響く。

膨大な数値のリストがスクロールし続けるディスプレイもあれば、人工衛星らしい形状の三次元グラフィックスが回転し続けるディスプレイもある。壁面上部に設置された大画面ディスプレイにはリアルな地球の映像が映し出され、それをバックに蛍のような無数の光点が滑らかな軌跡を描いて移動する。

コンピュータの置かれたスチールテーブルの下には、無線関係の装置と思われるコンポーネントがいくつも積み重なっている。見栄えは悪いが能力の高いシステムであることは想像がつく。

「ずいぶん金のかかったインターネット・カフェだな」

ため息とともにつぶやくと、ルウィンはどこか空虚な笑みを浮かべた。

「NASAの衛星管理システムの一部をコピーしたものです」

「どうしてそんなものがここにあるんだ」

「ミラーに訊いてください。運び込まれたシステムを私がここに設置して、ミラーが連れてきた技術屋がソフトウェアをセットアップしたんです」

「ミラーはNASAが管理する衛星の動きをモニターしているのか」

「モニターするだけじゃなく、コントロールもしています。これは衛星ジャックが可能なシステムなんです」

ルウィンはさらりと答える。要するに金のかかったシミュレーションゲームだ。ミラーの趣味はポルノ雑誌を眺めるだけではないらしい。

「いったいあいつは何を考えているんだ」

「ゲームをして遊んでいるわけではないんです」

ルウィンは一台のコンピュータの前に座り、慣れた手つきでマウスを操作してみせた。壁面のディスプレイ上で地球の画像がゆっくり回転する。アジア一帯が正面にきた。ルウィンはネパール東部にマウスポインターで矩形《くけい》を描き、ボタンをクリックする。画面はヒマラヤの一角にズームインした。

雪を頂いた峰と谷が織りなすちりめん皺のような山脈の一角に赤い光点が静止している。その点をポインターで捉えてボタンをクリックすると、画面に小さなウィンドウが現れた。タイトルバーには「インスペクター80」の文字が並ぶ。緯度、経度、高度などの情報が並ぶ中に「状態」という項目があり、「墜落・破壊」というコメントが入っている。日付は二〇〇一年一月二十一日、時刻は午前九時四十八分三十二秒——。

「そこはどこなんだ」

「エベレストの山頂付近です」

ルウィンが答える。心臓に気味の悪い衝撃が走った。

「そのインスペクター80とかいう衛星を、ミラーがここからコントロールして墜落させたというのか」

ルウィンは暗い表情で頷いた。あっさり納得できる話ではない。

「単なるシミュレーションに過ぎないだろう。それが事実だとどうやって証明する」

「それではこれを見てください」

ルウィンは画面の片隅に並ぶアイコンの一つをクリックする。また新しいウィンドウが現れた。周囲を氷河に囲まれたピラミッドのような山がみえる。

その頂上付近にルウィンはズームインする。純白の雪面にクレーターのような窪みがあり、中心から外縁部にかけてゴミのようなものが散らばっている。ルウィンはそのゴミの一つにさらにズームインした。何かの残骸――。飛行機やミサイルの類ではない。間違いなく人工衛星の残骸だった。NASAのゲートウェイに侵入して直接ダウンロードした軍事偵察衛星による画像だという。

「その山は本当にエベレストなんだな」

ルウィンは黙って頷く。

「じゃあ、おれが依頼されている仕事はこいつと関わりがあるのか」

ルウィンはさらに大きく頷いてみせた。

最近、人工衛星が落下したというニュースは聞いていない。それもエベレストに。そこまで考えて、十日ほど前にペシャワールの英字紙で見た小さな記事を思い出した。エベレストの頂上付近に隕石が落下したというものだった。まさか――。

信じがたい思いと、それをねじ伏せるような不気味なリアリティが頭の中で拮抗《きっこう》した。ミラーから依頼された謎めいた仕事。いまルウィンから訊かされた突拍子もない話――。人工衛星の落下という事実が何らかの圧力によって捻じ曲げられて、隕石の落下と報じられることは十分考えられる。不快な慄きを覚えながらタルコフスキーは訊いた。

「そのインスペクター80というのはどういう衛星なんだ」

ルウィンは静かな憤りを湛えて語りだした。アメリカの軍事偵察衛星だという。ただし表向きは――。聞いている間、タルコフスキーの思考はほとんど停止したままだった。その話は想像力の限界を超えていた。聞き終えてようやく口を開いた。

「ミラーは、その大それた計画をどうして君に明かしたんだ」

「彼は私にまったく警戒心を抱いていないんです。つまり――」

ルウィンは一瞬口ごもり、また思い直したように続けた。「彼は同性愛者なんです」

タルコフスキーはルウィンの傍から思わず身を引いた。すべてはミラーが寝物語で明かした話だという。この男はスパイとしての天性の素質を備えているらしい。そのミラーを裏切ったことで、彼が背負う危険は計り知れないものになったはずだ。聞かされた話の重さに押し潰されそうな気分だ。

「ミラーは危険な男です。殺そうと思ったこともあります――」

ルウィンの声は悲痛だった。

「しかし彼はより大きなグループの一角を占めるに過ぎない。その全体を壊滅させない限り、世界は危険にさらされたままなんです」

3

マイケルはクロディーヌに状況を知らせるために、陸軍病院へ車を走らせた。

黄昏時を迎えたカトマンズの目抜き通りは渋滞がはじまりかけていた。苛つきながらカンティパト通りに入り、トゥンディケルの緑地にさしかかったところで携帯電話が鳴った。いましがた別れたジェイソン・シルバーンからだ。声が上ずっている。

マイケルがホテルを出てすぐに、大使館から通報があったという。ネパール側のエベレストBCに残留している補給部隊の小隊が、真木郷司とABCの交信をキャッチしていた。時間は午後一時過ぎで、連絡が遅れたのは大使館職員のミスによるものだった。直前の定期交信で本隊には異変がないと思い込んでいた担当官が、補給部隊からの通報を勝手に誤報と決めつけてしまったらしい。

シルバーンからの問い合わせに続いて、国務省やホワイトハウスからじかに確認を求められるに及んで、担当官はようやく自らの失態を認め、慌てて国務省に通報してきたという。

作戦の本隊がいるベースキャンプはチベット側のロンブク・エベレストBCにあり、それをサポートする補給部隊の基地はネパール側のクーンブ・エベレストBCにある。その間はエベレストから延びる西稜に遮られて、トランシーバーはほとんど使い物にならない。交信をキャッチした補給部隊の隊員は、そのとき隊内部の連絡にトランシーバーを使っていた。突然そこへ驚くべき交信が飛び込んできた。たまたま電波の状態がよかったのだろう。

クリフ・マッケンジーからのコールではじまった交信は、ABCが武装した人民解放軍に包囲されたことを知らせるもので、真木郷司もすぐに第五キャンプから目視で状況を確認した模様だ。ロンブクの本隊との間は無線もインマルサットも通じない状態らしい。そのときはすでに本隊も制圧されていたのだろう。クリフ・マッケンジーの話では、ABCの隊員に死傷者は出ていないが、回収部隊の責任者のジャック・ウィルフォードが行方不明だという。

真木郷司はシェルパのロプサン・ノルとともに第五キャンプにいるらしかった。どういう理由でか、間もなく二人は交信周波数を切り替え、以後ロンブク側の交信はほとんど聞きとれなくなった。

〈天空への回廊作戦〉の通信インフラはインマルサットと軍事衛星通信がバックボーンで、地上無線は補助的なものだ。そのため機材も貧弱で、補給基地から何度も交信を試みたが、結局応答は得られなかったという。

真木郷司はいまのところ拘束されていない——。クロディーヌにとってはもちろん、今後の救出作戦の展開の上でも朗報だ。

「あんたはこれからどうする」

マイケルはシルバーンに問いかけた。

「これ以上カトマンズにいても埒があかない。補給部隊の基地があるクーンブのエベレストBCへ飛ぶことにします」

「だったらおれも行く」

唐突な申し出にシルバーンは狼狽《ろうばい》した。

「これは最高機密に属する軍事行動です。民間ジャーナリストの同行など到底不可能だ」

「おれに対しては情報はすべて開示するといったじゃないか」

「それとこれとは話が別です。そもそも危険が伴う」

「危険は承知のうえだよ。ジャーナリストにとっては戦場も仕事場の一つだ」

強硬に言い募っても、シルバーンは拒絶の姿勢を崩さない。

「だったらこっちも協力はできない。報道協定はここまでだ。いま知っていることを洗いざらい報道させてもらう」

「それは脅迫だ」

シルバーンは気色ばむ。マイケルは皮肉な調子で言い返した。

「おたくたちにいま何ができる。うろたえて模様眺めするだけなら、カトマンズにいようがワシントンにいようが同じことだ」

「いまワシントンにデルタフォースの展開を要請しているところです」

「奇襲攻撃か。展開にどれくらいかかる」マイケルはさらに問い詰める。

「何とか三日以内に」

心もとない返事だ。足元を見透かすようにマイケルはもう一押しした。

「その間に何が起きるかわからない。いま当てにできるのは自由の身でいる真木郷司だけだ。彼とのコミュニケーションに最適な人間を連れて行く」

「それは誰です」

「マルク・ジャナン氏の妹のクロディーヌだ」

「どうして彼女が最適なんです」

シルバーンは当惑した。

「マルクはサトシの盟友だ。彼は君たちの国の失態のお陰でいまも意識不明の状態にある。そのうえ何者かに命まで狙われた。サトシは君たちを信用していないはずだ。マルクを殺そうとしたのは君たちではないかとすら疑っている」

「それは心外ですな」

シルバーンは不快感を示す。マイケルは撥ねつけるように言い返した。

「心外もくそもない。おれだってアメリカの姑息な隠蔽工作には辟易している。サトシがいま心を開くのはクロディーヌだけのはずだ」

「しかしこちらにきても、連絡がとれるかどうか保証の限りではない」

「どうしてネパール陸軍に協力を仰がない。強力な機材をエベレストBCへ持ち込めば、微弱な電波も捉えられるはずだ。この国の軍隊は君たちのようにハイテク化していないから、かえって地上無線の機材はそろっている。米本土から調達するより手っとり早い」

「ネパール陸軍とはすでに連絡をとり合っています。早速手配しましょう。しかしお申し出の件については、ワシントンの了承を得るのに時間がかかる」

「ことは急を要するんだ。事後報告でいいじゃないか。お前さんの首はもう飛んだも同然だ。あとで小言を言われても痛くも痒くもないだろう」

シルバーンは急所を突かれたように折れてきた。

「わかりました。補給基地には受け入れの準備を指示します。ほかに要請は」

「ネパール政府に依頼して、陸軍病院の警護を徹底してくれ。マルク・ジャナン氏を狙った犯人のことはいまは詮索しないが、もし彼に万一のことがあれば、世間は君たちに疑惑の目を向けるぞ」

「あなた自身がそのように疑っていらっしゃる。信じて欲しい。合衆国はそんな卑劣な手は使わない。しかしお申し出の意味はわかります。それも早速手配します」

シルバーンの反論も腰砕けだ。議論している暇はない。すでにこちらは後手に回っている。いまはそれを挽回する手立てを考えるだけだ。

「話がついたら連絡をくれ」

手短に答え、通話を切ったところで陸軍病院に着いた。駐車場にフィアットを乗り入れ、息せき切ってロビーに駆け込んだ。待機していたクロディーヌが駆け寄る。郷司の安否を気遣ってだろう。疲労の色が濃い。

「新しい動きがあったの?」

マイケルの表情から何かを感じとった様子だ。シルバーンから得たばかりの情報を伝えると、クロディーヌの顔に生気が戻った。

「サトシは無事だったのね。生きていたのね」

手放しの喜びが伝わってくる。マイケルは率直な言葉で応じた。

「いまのところはね。しかし山の上に釘付けにされている以上、身動きがとれない点じゃ、下の連中と変わりはない」

「でも拘束はされていないんでしょ。サトシなら切り抜けるわよ。山の上ならサトシが絶対に有利よ――」

クロディーヌは勢い込むが、瞳に浮かぶ不安の色は隠せない。

「大丈夫よ。サトシは必ず生きて帰ってくるわよ」

声に弱々しい調子が混じった。瞳が潤んでいる。気丈だったクロディーヌが初めて見せる表情だ。

「ああ、連中は正体を現した。シルバーンもいよいよ動くしかない。いくらアメリカが間抜けでも、本気になればイタチなんか敵じゃないさ」

そうは答えたものの、シルバーンにもアメリカにも、やはり全幅の信頼は置けない。ここまでの動きはあまりにも鈍かった。

五十がらみの小柄な男が歩み寄ってきた。ニマ・パバンだとクロディーヌが紹介する。名前はすでに聞いていた。真木郷司とマルク・ジャナンの盟友で、シェルパ社会きっての大物らしい。連絡を受けてナガルコットから飛んできたという。

「実は勝手に話を進めてしまったんだが――」

シルバーンに捻じ込んだエベレストBC入りの一件を伝えて、マイケルはクロディーヌの意志を確認した。

「もちろん行くわよ。ただ――」

反応は積極的だが、カトマンズに残していく兄のことが気がかりな様子だ。

「ネパール陸軍が病院の警備を徹底してくれる。私の方でも部下を一人貼り付ける。ナジブ・アサンという男で、軍隊経験もある」

促すように付け加えると、傍らにいたニマが言葉を挟んだ。

「クロディーヌ。行った方がいい。行かずに後で心残りになるよりはな。わしのところからも若いのを一人呼びつけるよ。タミルの坊主だって何かの役には立つ」

「マルクの病室が満員になっちゃうわね――」

クロディーヌは困惑したように笑ったが、二人の申し出を心強く感じたようだ。表情を引き締めて答えた。

「行くことにするわ」

「ところでマイケルさんよ――」

唐突にニマが声をかけてきた。

「わしも一緒に連れてってくれんかね」

「そこまでは話をつけていないんですがね」

マイケルは戸惑ったが、ニマは意に介さない。

「クロディーヌもあんたもエベレストBCは初めてだろう。いろいろアドバイスが必要だ。あそこは高さも寒さも並みじゃないからな。それに――」

郷司と一緒に上部キャンプにいるロプサンとはニマも親しいという。

「やつは少々面倒な性格でな。わしが話さないと言うことを聞かないこともあるだろう」

確かに第一級のシェルパのニマが同行することは心強い。しらばくれて乗り込んでしまえば、シルバーンも追い返すわけには行かないはずだ。

こうなったら乗りかかった船だ。同行者をもう一人加えようと思いついた。クロディーヌに待っていてくれるように頼んで、整形外科病棟にいる早坂雅樹のもとを訪れた。

米国側からの情報は信用できない。現地で技術的な疑問が出た場合、雅樹は格好の相談役になる。自分に責任がないとはいえ、彼にヒマラヤのトレッキングを断念させた事故の一方の当事者でもある。その夢が息を吹き返すなら雅樹も多少の危険は厭《いと》わないだろう。

退院も間近で退屈しきっていた雅樹は喜んで誘いに乗った。もう松葉杖でどこでも歩けると言い、さっきも運動不足を解消するために最上階まで階段を往復してきたと笑った。早速退院の手続きをするという。

クロディーヌたちがいるロビーへ戻ったところで、携帯の呼び出し音が鳴った。シルバーンからで、マイケルとクロディーヌの受け入れについては現地部隊と話をつけたという。明日早朝、トリブバン国際空港に部隊のヘリがくるから、それに乗って直接エベレストBCへ入るという話だ。

シルバーンも同じヘリで行くらしい。さりげなく搭乗人員を訊いたら二十人は乗れる大型輸送ヘリだという。ニマと雅樹が加わってもたっぷりお釣りがくる。あとは即製の遠征隊の装備を整えるだけだ。

ニマに相談すると、テントや炊事用具一式は彼が準備するという。雅樹の方はもともとトレッキングが目的だったので必要な装備はもっている。クロディーヌの靴のサイズと身長を確認して、自分と彼女の装備を調達するために、マイケルはインドラ・チョークの登山用品屋へ向かった。

4

落日が周囲の高峰群を薔薇色に染め上げていた。眼下のロンブクの谷はすでに闇の底に沈んでいる。

ABCのクリフとは、例の七チャンネルを使って何度も連絡をとった。敵はまだこの秘密チャンネルには気づいていない様子だ。ジャック・ウィルフォードが小用に出た隙を見計らって、郷司はこれまで知りえた〈ブラックフット〉にまつわる情報をクリフにも伝えておいた。

クリフの憤りはすさまじかった。自らの祖国が二十年余りに亙《わた》って世界を騙し続け、いままた卑劣な手段でそれを闇に葬ろうとしている。ジョー・スタニスラフを呼び出してどやしつけると息巻くクリフを苦労して押しとどめた。ジョーの近くにはあのホアン・リーがいる。いま敵を刺激して得なことは一つもない。

不気味な小康状態の中で苛立ちだけが募る。ウィルフォードは酸素を吸い続けている。第四キャンプには四リッター三百気圧の酸素ボンベが四十本荷揚げしてあった。しかしこれからクリフたちが登ってくることを考えれば潤沢な量ではない。郷司もロプサンも無酸素でエベレストを越える能力はあるが、それも体調に異変がない場合の話で、万一の命綱として一定量の酸素は確保しておきたい。それ以上にウィルフォードに、高所に体を慣らそうという素振りさえないのが腹立たしい。

食事の準備にとりかかろうと重い体を動かしはじめたとき、トランシーバーにクリフからのコールが入った。第四キャンプには予備の電池が十分あったので、トランシーバーは七チャンネルにセットして受信状態にしてある。すぐに応答した。

「クレイグが帰ってきたよ。ただし――」

声の調子から言いたいことは想像がついた。

「だめだったのか」

「たったいま、これ見よがしにキャンプサイトへ遺体を届けにきた」

「あいつらにやられたのか」

「頭と腹に銃弾を受けていた。連中の言っていることは脅しじゃなさそうだ」

悲しみが鋭く胸を刺す。一昨日の朝、ＡＢＣを出発する郷司たちを見送ったクレイグの笑顔を思い出した。憤りに体の芯が熱くなった。

「敵の司令官からは――」

「ついさっきジョーを介して連絡があった。明日から予定通り仕事をしろとさ」

クリフは悔しさを滲ませる。

「我々が上にいることには気づいていないのか」

「気づいていようがいまいが、こうなりゃどっちでも同じことだ――」

作業が遅れれば、敵は約束どおり人質を殺すだろう。それを躊躇しないことを示すために、わざわざクレイグの遺体を届けにきたというのがクリフの考えだった。

「ああ。これ以上人を死なせたくはないな」

返す言葉に虚しさが滲んだ。こみ上げる感情をもて余すようにクリフが応じる。

「〈ブラックフット〉だろうが何だろうが、奴らにくれてやればいい。作戦に参加している米兵たちも、たぶん何も知らされてはいないだろう。そもそも〈イタチの息子〉をはびこらせた責任はアメリカにある」

「僕らにできることは、それだけかもしれないな」

抗いようのない壁を感じた。その無力感を共有するようにクリフが言う。

「イタチをとっ捕まえて、〈ブラックフット〉をとり返すのは合衆国の仕事だ。おれたちにそれ以上の責任はない」

下ではブリザードはすでにやんだという。敵はABCの西と北に新たに小型のテントを設営し、武装した兵士を配置しているらしい。最初からあったキャンプサイトと併せて三方から包囲されたことになる。敵がいないのは北西壁のある南側だけで、事実上、逃げることも隠れることも不可能な状況のようだ。

郷司は不審な思いが拭えなかった。ネパール側の補給部隊やカトマンズの大使館は動いているのだろうか。本部のインマルサットや軍事衛星通信が長時間使えないとしたら、頭がついていれば何か異常事態が起きたと判断するはずだ。あるいは敵側が人質を楯に身動きできない条件を突きつけているのか。

「インマルサットはまだ通じないのか」

「だめだ。こちらの情報を伝えられれば打つ手もあるだろうが、ロンブクの谷はいまや世界で一番だだっ広い密室だよ」

クリフは投げやりに言う。郷司の方も気の利いた策は浮かばない。

「僕らはどうしたらいい」

「明日は我々も上へ登るから、第四キャンプで合流しよう。クレイグがいないのは痛手だが、一週間あればホアン・リー少佐のご希望のものをお届けできるだろう」

気の抜けたようなクリフの声音に、ただ了解したとだけ応じて通話を終えた。脇で聞いていたロプサンは黙ってコッヘルを抱え、雪をとりにテントの外へ出て行った。

「そういうことだ。協力してもらえるだろう」

背中を向けて横になっているウィルフォードに声をかけた。通話は聞こえていたはずだ。

「一週間じゃ無理だな」

振り向きもせずに言う。思わず言葉が尖った。

「どうしてだ」

ウィルフォードは億劫そうに起き上がった。

「固定ロープなしで、どうやって一週間で片付けるんだ」

「なんだって?」

不可解な思いでその顔を覗き込んだ。ＡＢＣから第四キャンプまでのルート工作は完璧だ。

そもそもウィルフォードはそれを使ってここまで登ってきたのだ。

「固定ロープは登りながら撤去した」

ウィルフォードはぶっきらぼうに答える。なぜそんなことを——。言葉を失った郷司にウィルフォードは続ける。

「追っ手が登ってきたら困るだろう。例の人民解放軍だよ。おたくたちが〈イタチの息子〉と呼んでいる連中だ」

「あいつらがどうやってエベレストに登ってくるんだ」

問い質すと、ウィルフォードは小馬鹿にしたような視線を返す。

「クリフ・マッケンジーたちは間抜けで気がつかなかったが、おれは隣の連中の動きを監察していたんだよ。全部で十八人いて、武装してるのは十人だった」

「残りは？」

「道具の整理をしていた。アイゼンやらピッケルやらアイスハンマーやら——」

「自分たちで登るためにABCへ出張ってきたというのか」

「狙いは知らん。その気になればやれるということだ。妨害の手を打つのは当然だろう」

ウィルフォードはこともなげに言う。郷司はこの男を絞め殺したい気分に駆られた。

「勝手に判断してやったわけだな」

「回収作戦の責任者はおれだ。誰の指図も受けない」

「その結果、本部の隊員が殺害されてもか」

「彼らは軍人だ。死ぬのも仕事のうちだ」

ウィルフォードは動じる素振りもみせない。耐えがたい憤りに胃のあたりが焼けた。

「しかしあんたは命が惜しくてロープを撤去した」

「違う。上にある落下物を連中の手に渡すわけには行かないからだ」

ウィルフォードはわずかに感情を昂《たか》ぶらせたが、ふてぶてしい口調は変わらない。郷司の方から鎌をかけた。

「山の上のお荷物はいったいなんだ」

「トップシークレットだ」

「だからそれがなんだと訊いているんだ。連中はなぜあんなスクラップを欲しがるんだ」

「知らん。軍人は、トップシークレットだと言われれば詮索せずに命令に従うものだ」

知っていたとして答えるはずもないが、ウィルフォードの表情に動揺はうかがえない。

「同じ軍人や民間人の命を犠牲にしてもか」

「国家の利益は個人の生命に優先する」

「僕もロプサンもあんたの国家に属する人間じゃない」

それだけ言い返して、辛うじて感情の爆発を抑えた。この男に対しては無意味な議論のようだ。郷司は質問を変えた。

「どうするんだ、これから」

「上へ向かう。エベレストを越えてネパール側に救出を求める」

「じゃあ、勝手に行け。こっちはクリフたちの仕事をサポートする。あんたが撤去した固定ロープを張りなおす」

吐き捨てるように言った。こんな男の身の上を心配してもはじまらない。救うべき人間はほかにいる。

「ここから先はおれが指揮をとる。勝手な行動は控えてもらう」

ウィルフォードはあくまで居丈高だ。命令するつもりらしい。怒りのあまり声が震えた。

「僕らは軍人じゃない。あんたの命令に従ういわれはない」

「これからルートの再構築をはじめて、一週間で上の代物を回収できるのか――」

嘲るようにウィルフォードが応じる。

「一日遅れるごとに人質が二人殺されるという話だったな」

言葉に詰まった。できると断言するほどの自信はない。ウィルフォードはしたり顔で続ける。

「君たちのサポートで頂上を経由してサウスコルへ抜ける。そこから救援を要請すれば、米軍がすぐに動き出す。人質の命を救う上でもその方がいい」

むろん郷司も考えに入れていた作戦だ。しかしその最大の障害が自らの存在だということを、この男にどうわからせたらいいのだ。

「そもそもあんたにエベレストの頂上が越えられるのか」

「おれの実力を見くびるなといったはずだ」

威嚇するようにウィルフォードは身を乗り出す。郷司はその首に下げている酸素マスクを剝ぎとった。

「それならこの程度の標高で酸素を吸うのはやめろ」

「そういう口を叩いていると、いずれ後悔することになる」

ウィルフォードは素早く手を伸ばしてそれをとり返した。この男の頭のつくりは理解を絶している。その目に浮かんだ酷薄な笑みに、郷司はいいようもなく不快な戦慄を覚えた。

5

クロディーヌはシャヒーン医師のもとを訪れていた。

翌朝はマイケルとともにエベレストへ飛ぶことになる。そのことをまず医師に知らせておく必要があった。

郷司についてはあれから情報がない。いったんは芽吹いた希望も時間とともに虚しく風化する。郷司を失うことが怖かった。何としても生き延びて欲しかった。郷司への思いをこれほど痛切に感じたことは初めてだった。

マルクの病状は安定している。救出直後、顔中に見られた凍傷の痕は薄れ、血色はここ数日で格段に良くなっていた。手を握るとかすかな力で握り返す反応も出てきた。意識の回復も時間の問題だろうと医師もみているようだ。

シルバーンが動いたのだろう。病院の警備も強化された様子で、敷地のあちこちに小銃を提げた警備兵の姿が認められた。マイケルの助手のナジブ・アサンとニマのロッジの使用人のアン・ドルジェも相次いで病院に到着した。彼らのために将校専用病棟への入出許可をとっておく必要もある。

用向きを聞いたシャヒーンは驚いた風でもなく、入出許可取得のための書類をその場で作成してくれた。病棟入り口の警備室にその書類を提出すればパスを発行してくれる。クロディーヌとタミルも、病棟への出入りにはそのパスの提示が求められていた。

「お兄さんのことは心配無用です。米大使館の要請で病院の警備が強化されました――」

理由は明かされていませんがと医師は笑った。詮索するでもない医師の態度がかえって不審だったが、いつもながらの温和な笑みがその懸念を中和していた。

いくぶん拍子抜けもした。マルクの身を託す以上、エベレストの事件のことも話さなければならないと覚悟を決めてきた。もし訊かれれば、逆に彼の甥だというマオイストの素性も聞き出せただろうし、シャヒーン本人とマオイストの関係も探れたかもしれない。

むしろ医師が心配したのは高山病のことで、エベレストBCへヘリで乗り入れるなら、到着後しばらくは補助酸素を吸い続け、徐々に時間を減らして体を慣らす必要があると忠告された。それでも状態が改善されなければ一〇〇〇メートルほど麓へ降って、体力の回復を待つ必要があるという。さらに急性の高所障害への対症薬のダイアモックスという飲み薬も処方してくれた。

謝辞を述べてシャヒーンのオフィスを出た。安心したような不安なような気分だった。周辺の不審人物の中でも二重丸をつけたいくらい謎めいているのがこの医師だ。しかしニマから聞いた話のせいか、謎の深まりとは裏腹に、シャヒーンがマルクと自分を守ってくれているという思いが不思議に強まっていた。

翌朝クロディーヌはホテルから陸軍病院へ向かい、眠り続けるマルクに別れを告げて、迎えにきたマイケルのフィアットでトリブバン国際空港へ向かった。

マルクへの付き添いはマイケルの部下のナジブ・アサンに任せ、アン・ドルジェとタミルが荷物運びと見送りをかねて車に同乗した。タミルがクロディーヌと一緒にエベレストへ行くといって拗《す》ねたためで、見送りに空港まで連れて行くと言い含め、何とか納得させた結果だった。ニマはキャンプ用品や食料を満載したバンでやってきて、早坂雅樹がその車に同乗した。マイケルの連れがクロディーヌだけだと聞いていたシルバーンは、ニマと雅樹の同行を拒んだが、結局、脅しとすかしを交えたマイケルの説得に応じた。ロンブクの本隊にいる衛星の専門家は全員捕虜になっている。その点で雅樹の知識は貴重だった。今後特殊部隊が救出作戦を展開するにしても、現地事情に詳しいニマの協力も不可欠だ。そんなメリットをシルバーンも計算した様子だ。

がらんとした大型輸送ヘリの貨物室で、クロディーヌは折り畳み式のベンチに座って小窓の外に目をやった。エンジン音の高まりとともに機体が浮き上がる。ターミナルビルの送迎デッキではアン・ドルジェとタミルが盛んに手を振っている。ヒンドゥーの神の魔力で芥子粒《けしつぶ》に変えられでもするかのように、二人の姿があっという間に小さくなる。

軍用の輸送ヘリに防音装置が施されているはずもなく、通話装置付きのヘルメットをすっぽり被っても、巨大なエンジンが奏でる壮絶な狂想曲は、頭の芯に仮借ない攻撃を仕掛けてくる。ヘリは北東に向かって一気に上昇した。雪を纏《まと》ったヒマラヤの巨人たちが蒼穹にせり上がる。向かいのベンチではマイケルが朝食のサンドイッチをぱくついている。

何か食べなければと思いながらも、クロディーヌは少しも食欲が湧かない。郷司の安否はいまも確認できない。不安と焦燥の波が交互に寄せてくる。隣に陣どったニマはそんな心を紛らすように、眼下に広がる光景についてガイドのように説明してくれた。

ヘリは高度一万フィートでエベレスト街道の起点のジリを過ぎ、氷河から降る河川が浸食した大地の傷のような谷と尾根を越えていく。高度を上げながらさらに北上し、一時間ほどでルクラ上空に達した。通常のトレッキングや登山なら、高所順応を兼ねてルクラから徒歩でエベレストへ向かう。今回は無理を承知でそのプロセスを省略するため、多少の高所障害は覚悟せざるを得ない。

左右に迫る痩せ尾根をかすめてさらに十分ほど飛ぶと、二つの谷に挟まれた尾根上に比較的大きな町が見えてきた。クーンブ地方最大の町ナムチェバザールだ。右手の深い谷の対岸にはヒマラヤ襞をまとったタムセルクの双耳峰が、青空に打ち込まれた斧のようにそそり立つ。ヘリは氷河に覆われた山裾を巻いてイムジャ・コーラの谷に入った。

赤茶けた山肌が迫る谷筋を舐めるように進む。右手には、氷雪を纏った壮麗なゴシック建築のようなアマ・ダブラムがそそり立つ。正面にはローツェからヌプツェに続く鋸歯のような稜線が連なり、その奥にはエベレストのピラミダルな頂が顔を覗かせる。

頂からは青空を切り裂くように凄絶な雪煙が吹き上がる。その烈風の世界で、郷司はいま得体の知れない敵と対峙している。その壮麗な姿も、クロディーヌには慄く心に突き刺さる冷酷な刃のようにしか見えなかった。

ヘリはやがてクーンブの氷河の谷に分け入り、氷雪の襞をまとったプモリ南面をかすめて右へ回り込む。赤茶けた氷河上の台地にいくつものテントが見えてきた。標高五三六四メートルのクーンブ・エベレストBCだ。

テント集落から一〇〇メートルほど離れた平坦地に着陸すると、待ち受けていた補給部隊の隊員が駆け寄ってきた。ヘリを降りると風は氷のように冷たい。二、三歩歩いただけで息が荒くなった。

目の前には、エベレスト東南稜ルートの最初にして最大の難所といわれる壮絶なアイスフォールが、空想上の巨獣の屍《しかばね》のように横たわっている。ロンブクの谷もエベレストの頂も、鋸歯のように連なる西稜の陰に隠れてここからは見えない。

急激な運動をせずに少しずつ体を慣らすようにとニマにいわれて、赤土と石に覆われた氷河上の踏み跡をゆっくりとキャンプサイトへ向かった。体全体が肺になったように呼吸が荒い。頭痛も吐き気も感じないが、空中を歩いているような浮遊感はすでに低酸素症の表れかもしれない。早坂雅樹は息を荒らげながらも、浮き石の多い不安定な踏み跡を松葉杖で器用に進んでいく。マイケルもシルバーンも息が荒いが、ニマだけはカトマンズにいるのと変わりない。

補給部隊の隊員の話では、あれからまだ一度もロンブク側の交信はキャッチされていないという。インマルサットも軍事衛星通信も通じない。輸送ヘリのパイロットは空からの偵察を主張したが、ロンブク側の標高はヘリの上昇限度一杯で、武装のない機体で低空飛行すれば下からの攻撃で撃墜される危険が大きい。わざわざリスクを冒して敵を刺激してもメリットはないという本国の判断で、いまのところ偵察行動は控えているという。

シルバーンは補給部隊のテントの中で、酸素ボンベを傍らに、しばらく情報収集にかかりっきりだった。大使館にも本国にもネパール政府にも、まだ犯行声明の類は届いていない。犯人側の沈黙もまた不気味だ。中国側は相変わらず事件の発生そのものを否定しているという。

不安と希望のシーソーが絶え間なく揺れ動く。立っているのが辛いのは酸素不足のせいだけではなさそうだ。こちらに情報が入らないのと同様、郷司の方も情報を遮断されているはずだ。彼は自分が置かれている状況をどこまで把握しているのか。

午後にはネパール陸軍が山間部で使っている強力な無線装置とアンテナ一式が届くという。交信に成功すれば、郷司の心に何がしかの勇気を吹き込むことができるかもしれない。郷司との隔たりは距離にしていまや数キロに過ぎない。それでもその隔たりは無限に遠く感じられる。

郷司は何を思い、何に耐え、何と戦おうとしているのか。その孤独な心を思うだけで熱いものがこみ上げる。クロディーヌは一刻も早くその肉声が聞きたかった。

第十章

1

郷司とロプサンは第四キャンプを早朝に出発して、昨日ウィルフォードが撤去した固定ロープを復旧するために、ジャパニーズ・クーロワールの狭い岩溝を下降していた。

クリフには昨日のやりとりのあとすぐにウィルフォードの行為を伝えた。そのおたんこなすを上から蹴落とせという穏当ではない指令が飛んできたが、郷司はクリフの憤りを宥め、善後策を話し合った。

期限内に回収を終えなければ一日につき隊員を二人殺すというホアン・リーの恫喝は無視できない。ルートの復旧はそのために不可欠な作業だ。郷司の方は下降しながらの復旧を試み、クリフはフレッドとともに下からの復旧を試みることになった。

ＡＢＣではまださしたる動きはないようだ。クリフたちが抵抗する素振りを見せないため、見張りに立つ敵の兵士も暇を持て余しているという。

予定外の大仕事を作った張本人は、高所性の呼吸器障害で一晩中咳き込んで眠れなかったらしく、今朝は寝袋から出る気にもなれない様子だった。留守の間に上のルートにも細工されるのではと心配したが、ありがたいことにそんな勢いはなさそうだ。やむなく水分だけは十分とるようにと、テルモスにたっぷりお茶を詰めて渡しておいた。ルートが復旧し次第下へ降ろすしかない。マッキンリーで鍛えたデルタフォースの精鋭という触れ込みも怪しくなってきた。

懸垂下降用のロープは手持ちがあったので、固定ロープがなくても降りは問題がない。一ピッチ降ったところで目処《めど》がたった。ウィルフォードはロープをセットしていたシュリンゲを切断しただけだった。それもすべてではなく要所だけで、ロープそのものはたわんだり岩角に引っかかったりして残っていた。支点のピトンやアイススクリューも無事だった。高所順応が不十分なうえに単独で登ってきたウィルフォードに、それらを完全に撤去する余裕はなかったようだ。

一ピッチ降りきったテラスの近くに固定ロープの末端が引っかかっていた。ロプサンの確保で岩と氷のミックスしたスラブをトラバースする。アイゼンの歯は硬い氷に先端が突き刺さるだけだ。

目一杯腕を伸ばして垂れ下がったロープの末端を掴む。アイゼンの歯が滑った。バランスが崩れて体が沈んだ。

ひやりとした瞬間に柔らかいショックがくる。落下はすでに停まっていた。繰り出されたロープの末端で宙吊りになっている。絞られたハーネスが胸部を圧迫する。

二〇〇〇メートル下にはロンブク氷河がのたうち、上ではロープを握ったロプサンが白い歯を見せている。見事な制動確保《ダイナミックビレイ》だ。アルペン・クライミングの基本だが、実際の墜落場面で実行するのは困難なものだ。

固定ロープの末端は手に握ったままだ。落とさないようにハーネスに結んで、凍った壁を慎重に登り返す。右手の凹角部に奇妙なものが見えた。ロプサンが確保しているロープに体重を預けて片手を伸ばす。摘《つま》み上げたのは雪にまみれた濃紺の野球帽だった。CとRの文字を組み合わせた見慣れないマークが縫いつけてある。

誰かが落としたものが風圧で凹角部に押し付けられ、そのまま凍てついていたらしい。ABCの隊員でこんなものを被っていた者はいない。そもそも厳冬期のエベレストに野球帽で登ること自体がありえない。過去の登山者のものだと思われたが、それにしては真新しい。気になってダウンスーツのポケットに捻じ込んでおいた。

「サトシでも落ちることがあるんだな」

テラスにたどり着くと、珍しくロプサンがからかってきた。

「重力には勝てないんでね。おかげで死なずに済んだよ」

感謝の思いを込めて応じた。

「あれが止められなきゃプロのシェルパじゃない」

ロプサンは照れたように笑った。

とりあえずここまでの一ピッチ分の修復にとりかかった。懸垂下降用のロープにユマールをセットして、郷司がトップに立って登り返しながら、途中の支点にロープを張り直す。そのうち手持ちのシュリンゲが尽きたので、固定ロープの末端を引きずって第四キャンプまで登り返した。

ウィルフォードはまだ寝袋の中にいた。ストックしてあったシュリンゲをハーネスにぶら下げ、ロープが不足した場合に備えて二〇〇メートルの補助ロープもザックに詰め込んだ。身支度をしていると、ウィルフォードが顔をしかめて薄目を開けた。

「具合はどうだ」

声をかけるとけだるそうに首を振る。すでに病人だ。せめて第三キャンプまで降ろしたかったが、いったん下降してしまえば修復は困難になる。いましばらく持ちこたえてもらうしかなかった。

ふと思いついてさっきの拾い物をポケットからとり出した。

「これはおたくのじゃないのか」

ウィルフォードは病人とは思えない素早さでそれをもぎとった。

「わざわざ拾ってきてやったんだ。礼の一つくらい言ってもよさそうなもんだ」

軽く厭味を言うと、ウィルフォードは顔も向けずに毒づいた。

「頭に響く。無駄口を叩くな」

足元に転がっているその頭を蹴飛ばしてやりたい衝動に駆られた。相手にするなというようにロプサンが首を振る。そのとき小さな記憶の断片が甦《よみがえ》った。帽子、そしてCとRの文字

――。マイケルの自宅に爆発物を置いた男がそんな帽子を被っていたという。クロディーヌから聞いた話だが、そのときはさして気にもとめなかった。思い出したとたん、悪寒めいた慄きが背筋を駆け上った。

動揺を押し隠し、「じゃあ、お大事に」と声をかけてテントを出た。

一ピッチ下降しては脱落したロープを回収し、それを固定しながら登り返すという厄介な行程を繰り返す。クーロワールの中は多少は風が遮られるとはいえ、間断なく落ちるスノーシャワーは骨身に堪《こた》える。細かい手作業のたびにオーバーミトンを外す。指先の感覚が次第に薄れてくる。体が冷え切って筋肉の反応も鈍った。単調な作業なだけに疲労感も倍加する。タフなロプサンもさすがに憔悴の色が隠せない。

六〇〇メートルほどルートを修復し終えたときは、すでに午後三時を過ぎていた。このまま作業を続ければ途中でビバークすることになりかねないが、ツェルト（ビバーク用の簡易テント）も食料も携行していなかった。ロプサンと相談し、いったん第四キャンプへ戻ることにして、トランシーバーでクリフ・マッケンジーを呼び出した。

クリフはフレッドとともに下から修復作業を始め、六三〇〇メートル地点までロープを延ばしていた。そこまでのペースから見て、やはり第三キャンプまでは行き着けそうになく、余力のあるうちにＡＢＣへ戻るという。上々の成果だ。うまくいけば明日には第三キャンプでルートが繋がる。三時間後にまた交信することにして、修復したルートを第四キャンプまで登り返した。

帰り着いたときは午後六時を過ぎていた。テントは真っ暗だ。ウィルフォードは寝袋の中で唸っているのか。ヘッドランプを点けて覗き込むとテントの中に姿がない。サブテントにも人っ子一人いない。また身勝手な行動を起こしたらしい。メインテントの中からは装備一式と酸素ボンベ二本がなくなっていた。何を考えたのか一人で第五キャンプへ向かったらしい。

トランシーバーで呼び出すと、クリフたちはすでにABCへ降っていた。ウィルフォードの失踪を伝えても、クリフは心配する様子も見せない。

「やつが死んでも自業自得だ。これから捜索に出かけたら君の方が遭難しかねない。こっちだって尻に火がついているんだ。期限に遅れたら人が死ぬ」

納得するしかなかった。体力はもう底をついている。いまできること、そしてやらなければならないことは、水分を補給し、食物を喉に詰め込み、そして眠ることだった。

2

クーンブ氷河上の補給基地には、カトマンズで休養をとっていた補給部隊の本隊がヘリで続々と到着し、救出作戦に当たる特殊部隊受け入れの準備を進めていた。

ニマは持参したトレッキング用の大型テントを基地の一角に設営し、周囲を石積みで囲い天井にナイロンシートを張った調理場まで手際よく作り上げていた。急なことで準備もままならなかったが、食料も三日分ほど持参しており、長引くようなら山麓のペリチェから調達するつもりらしい。彼なりの思いがあって、滞在中の暮らし向きを米軍に依存することを潔しとしない様子だった。

昼過ぎにはネパール陸軍のヘリが飛来し、本格的な地上無線設備が搬入された。氷河上でのアンテナの設置に手間どり、運用が可能になったときは午後三時を過ぎていた。

クロディーヌは本部テントに据え付けられた無線装置の前で、郷司が使っていた周波数でコールを開始した。敵側に傍受される心配もあったので、コールには郷司との共通語のフランス語を使った。敵がフランス語がわかれば意味はないが、いずれにせよ郷司と連絡がつくことが、いま考えられる唯一の突破口だった。

シャヒーン医師が処方してくれたダイアモックスが効いているのか、軽い頭痛はあるが重い高所障害は出ていない。

傍らではネパール陸軍の無線技術者が、周波数を切り替えながら一帯の通信を傍受している。ときおり中国語の交信が入ったが、部隊には中国語のわかる者がおらず、蜂起部隊の交信か地元の一般交信か区別がつかない。シルバーンは急遽カトマンズの大使館に中国語のわかる職員の派遣を要請した。

無線技師がたまたまセットした周波数で、英語による交信を傍受したのは午後六時を少し回った頃だった。交信はすぐに終わり、誰と誰のものかは特定できなかった。補給部隊の隊員が、その周波数は電波事情で使い物にならず、通常の交信では除外している七チャンネルのものだと指摘した。ただし使えないのはベースキャンプ周辺だけで、ＡＢＣと上部キャンプの間なら使える可能性があるという。

郷司とクリフは敵側に傍受されるのを恐れて、あえてそのチャンネルに切り替えたのかもしれない。希望の明かりがともった。クロディーヌは周波数を切り替えてもらい、新たなチャンネルで懸命なコールを再開した。


クリフとの交信を終え、郷司はいったんトランシーバーの電源を切った。

次の交信は二時間後だ。バッテリーを節約するために、定時交信の時間以外は電源を切るのが山中での習慣だ。そのままロプサンと手分けして夕食の準備に入ったが、第四キャンプには予備のバッテリーが十分あることを思い出した。

ウィルフォードから連絡があるかもしれないし、ABCの方も予断を許さない。そう思い直して電源を入れたとたんに聞き慣れた声が飛び込んできた。インマルサットが使えなくなって以来、ずっと聞いていない声。その安否を気遣う思いが一時も脳裏を去ったことのない声。浅い眠りの中で、ときおり幻聴のように聞こえることさえあるクロディーヌの声だった。

「サトシ、応答して。私よ。クロディーヌよ――」

コールを繰り返す声を茫然と聞いた。小出力で直進性の高いUHFの電波がカトマンズからエベレストまで届くはずがない。しかし電波状態は良好だ。我に返って応答ボタンを押した。

「こちらサトシ。クロディーヌ、いまどこにいるんだ」

「ああ、サトシ。やっとつながったのね。あなたのすぐそばよ。ここはネパール側のエベレストBCなの――」

驚きと喜びが同時にやってきた。孤立無援の状況に突破口が開けた。しかし心に届いたのはもっと暖かく力強い何かだった。カトマンズにいたはずのクロディーヌが、わずか数キロを隔てたクーンブのエベレストBCにいる。索漠とした心に熱い血が通いはじめた。

クロディーヌは昨日から今日にかけての状況を迸《ほとばし》るように語った。アメリカ側も動きはじめているらしい。ロンブクのベースキャンプの様子も偵察衛星で確認した模様だ。制圧されているのは間違いないという。

郷司の方も異変が起きてからの顚末を詳しく伝えた。ベースキャンプでは死者が一人出て、さらに昨日クレイグ・シェフィールドが遺体となってABCへ届けられたこと。そして、回収が一日遅れるごとに本隊の隊員二名を殺すという敵側が出した条件――。クロディーヌが会話の内容を説明しているらしい。しばらく間があいてから、聞き覚えのない声が飛び込んできた。

「ミスター・マキ。私は米国防総省の統合参謀本部付首席調査官ジェイソン・シルバーン。作戦へのご協力を感謝するとともに、不測の事態に巻き込んでしまったことを陳謝します」

マイケル・ウェストンに情報をもたらした男だ。思わぬ事態の展開で前面に出てきたらしい。状況の深刻さとは裏腹なもったいぶった物言いが癇に障るが、諍いをしている暇はない。

「蜂起した連中は、やはりイタチですか」

「そのようです」

「予測はつかなかったんですか」

「裏をかかれました。人民解放軍の正規部隊にイタチが紛れ込んでいたのだと思われます。ホアン・リーという指揮官についてはとり急ぎ中国側に照会してみます」

「そちらはいまどういう対策を」

「特殊部隊の派遣を要請しています。しかし展開には三日ほどかかる」

「ベースキャンプは全員が人質です。どういう作戦を考えているんです」

「具体策はこれから練るところです。現状では障害が二つある。一つはいまおっしゃった人質の問題。もう一つは——」

言いにくそうに語るシルバーンの話に愕然とした。どういう思惑か、中国側が事件の発生そのものを認めず、いま中国領のロンブク側で救出作戦を行えば侵略行為になるという。水面下で交渉を続けているらしいが、世間の目に蓋をしてことを進めたツケが回ったようだ。中国側がしらばくれている限りイタチの思うままだ。

「敵を刺激せず、時間を稼いでいただきたい。北京を動かせれば、共同作戦でことは一挙に解決するはずです」

早い話がいまは打開策がないというわけだ。募る苛立ちを抑えきれない。

「だったら、あなた方が送り込んだ唐変木を何とかしてください——」

ウィルフォードの振る舞いに言及すると、シルバーンの声がこわばった。

「その男と連絡がとれますか」

「トランシーバーを携帯しているはずです。この交信も傍受しているかもしれません」

「わかりました。こちらからコールしてみます」

シルバーンの応答は簡潔だった。ウィルフォードの行動に思い当たる節があるようにも受けとれた。心に引っかかっていた疑念が疼きだす。クロディーヌに代わってもらい、フランス語で問いかけた。傍受しているかもしれないウィルフォードが、フランス語を理解しないと仮定しての用心だ。

「マイケルが爆弾で脅迫されたとき、犯人の特徴を聞いたような気がするんだけど」

「ええ。たしか浅黒い顔の欧米系の男で、濃いサングラスをかけていたとか」

「帽子を被っていたと言わなかった?」

「そういえば――。マイケルがここにいるから確認してみるわ」

心当たりがあるようだ。いったん通話が途絶えたが、またすぐに声が返った。

「野球帽よ。CとRの文字の入った」

悪い予感が当たった。自分の頭の上にいる男はその爆弾魔かも知れない。プモリでの遭難事件への疑惑も現実味を帯びてきた。

「ウィルフォードのことを洗ってもらえないか。ただの唐変木ではなさそうだ――」

ルートの途中で見つけた野球帽の話をすると、クロディーヌの声に緊張が走った。

「いったいどうなっているの。下で蜂起したのが〈イタチの息子〉だとしたら、そのウィルフォードという男はいったい何者なの」

「わからない。僕も頭がこんがらかってきたよ」

上にも下にも敵がいるとしたら状況は最悪だ。シルバーンやマイケルと相談して連絡を寄越すとクロディーヌは言う。トランシーバーを受信状態にして郷司は待機した。

クロディーヌは郷司から聞いた野球帽の件をマイケルとシルバーンに語って聞かせた。

「おれを狙った奴だよ。間違いない――」

マイケルが鋭い視線をシルバーンに突きつけた。

「やっぱりおたくたちの仕業だったのか」

「どういう意味です」

大袈裟に目を剝くシルバーンに、マイケルが畳みかける。

「口封じだよ。〈ブラックフット〉の秘密を隠蔽するための。ウィットモア教授を殺害したのも、おれの自宅に爆弾を仕掛けたのも、ジャナン氏の暗殺を企てたのも、黒幕は合衆国じゃないのか」

「冗談にもほどがある。我々はそんな汚い手は使わない。暗殺してまで口封じする必要があるなら、そもそもあなたに〈ブラックフット〉の機密を打ち明けたりはしない」

「必要な情報を搾《しぼ》り出して、用が済んだら始末するつもりなんじゃないのか」

「合衆国への誹謗《ひぼう》だ。神の名に誓ってそんなことはしない」シルバーンの頬が紅潮した。

「だったらなぜ〈天空への回廊作戦〉の本隊に爆弾野郎がもぐりこんでいるんだ」

マイケルは声を荒らげる。シルバーンは投げやりな口調で応じた。

「たまたま同じ帽子を被っていたに過ぎないかもしれない」

「カトマンズはデンバーじゃない。コロラド・ロッキーズの野球帽がそんなにいくつも出回っているはずがない」

過去の怨恨に火がついたのか、マイケルは納得する気配をみせない。いま必要なことはいがみ合うことではなく、真実を知ることだ。クロディーヌは波立つ心を抑えてシルバーンに問いかけた。

「隊員の経歴については、もうお調べなんでしょう」

「もちろん。ウィルフォードの身元や経歴についても確認済みです」

「だったら聞かせてもらおうじゃないか」

マイケルがまた突っかかる。

「デルタフォースの山岳特殊チームの所属です。経歴はクリーンで、イタチとの関係も報告されていません、それ以前は――」

シルバーンが言いよどむ。

「何をやっていた」

マイケルは匂うものを感じたようだ。

「同じデルタフォースの秘密チームです。コードネームは〈チームPKO〉」

「ピース・キーピング・オペレーションとはな。しらばくれたネーミングだが、やっていることは想像がつく」

マイケルの言い分を認めるようにシルバーンは肩を落とした。

「敵地に潜入しての破壊工作、騒乱誘導、クーデター支援――」

「要人の誘拐や暗殺も仕事のうちじゃないのか」

「確かに――。しかしそういう任務を帯びた部隊だからこそ、入隊に当たっては思想、信条、性格、出自まで徹底調査します」

「その中でもいちばん気立てのいい野郎がエベレストへ回ってきたようだな。山岳特殊チームに移ったのはいつだ」

「一昨年の五月で、本人の希望によるものでした」

「いよいよ臭いな。もう一度洗いなおす必要があるんじゃないのか」

マイケルは一転して慎重な口ぶりだ。シルバーンも不承不承頷いた。

「確かに彼の行動は異常です。再調査を依頼します」

部隊備え付けの衛星通信システムで、シルバーンは本国に連絡をとった。指示だけならさして手間取らないはずが、妙に会話が長引く。ようやく通話を終えたシルバーンの顔には喜色が宿っていた。

「あのメモのおかげで、〈イタチの息子〉の大物が特定できました。いまＦＢＩが身柄の拘束に向かっているところです」

「その中にウィルフォードは」

鼓動の高鳴りを覚えながらクロディーヌは問いかけた。シルバーンは首を振る。

「含まれていません。そちらの面のつながりも調べるように指示しておきました」

クロディーヌにとっては不安が募るだけの答えだ。その正体が何であれ、ウィルフォードがすこぶるつきの危険人物であることに違いはない。そんな男と郷司はいま北西壁の高所キャンプにいるのだ。〈イタチの息子〉だけでも厄介なところへ、さらに得体の知れない敵が加わった。郷司が無茶な行動に出ないことを願うばかりだった。

「そいつらを徹底的に締め上げてもらうしかないな」

マイケルが呻くように言った。

「むろんです。これでイタチどもの陰謀の全容が解明できるでしょう」

シルバーンは力を込めて頷いた。

3

午後六時を過ぎた頃、ナジブ・アサンはタミルとともに、マルクの病室で夕食のサンドイッチをつまんでいた。

ニマのロッジからきたアン・ドルジェは所用でナガルコットへ戻っていた。将校専用病棟は夜間の付き添いが禁じられていたが、シャヒーンが特別に許可をとってくれていた。米国大使館の依頼で警備も強化されている。当面の不安はなかったが、エベレストで起きている事件がナジブは大いに気がかりだった。

マイケルが嗅ぎつけた事件は、いまや想像を絶する方向へ進展していた。当面はシルバーンとの報道協定があるが、事件が解決すれば自身が関与したニュースが世界を驚かすのだ。そんな思いにいまも気持ちは昂揚していた。

自らもエベレストに乗り込みたいのは山々だったが、カトマンズでの情報収集もおろそかにできないとマイケルに口説かれて、やむなく引き受けた役回りだった。

米国大使館や空港、軍の基地には情報屋を張り付けて、何か異変があれば携帯電話ですぐに連絡がつく。それ以上に重要な情報ソースが、傍らのベッドにいる生き証人のマルク・ジャナンだった。今日は一日うなされたり呟いたりと動きが活発で、脳波の状態も正常に近づいているらしい。意識を回復したときに居合わせれば究極の特ダネだ。その期待があればこそ耐えられる退屈な仕事だった。

タミルは人見知りしない少年だが、エベレストで大変な事件が起きていることは知っていて、真木郷司やクロディーヌ、後見人のニマ・パバンのことが心配な様子だ。ニマや郷司から聞きかじったのか、冬のエベレストについての知識を交えて不安をもらす。そんなタミルを宥めていると、廊下で床を滑るキャスターの音が響いた。

「失礼します」

耐圧容器を載せたカートを押してナースが入ってくる。夜勤なのだろう。昼間は見かけなかった顔だ。

「具合はいかがですか」

誰にともなく声をかけながら、ナースはマルクの傍らに歩み寄り、手馴れた様子で脈をとり脳波計をチェックする。つい一時間ほど前に回診があったばかりだ。訝しい思いでナースの動きを見守った。

「回復は順調だと先生もおっしゃってますわ。もうじきお話しになれるかもしれませんよ」

愛想よく語りかけながら、ナースは素早くカートのところへ戻る。

「室内の消毒をします。そこにいらっしゃって結構ですのよ。鼻につく匂いがするかもしれませんが、健康に影響はありませんから」

ナースは容器から延びたノズルをとり上げた。考える暇も与えず、空いている手で容器のバルブを回す。

ノズルの先端から霧が噴き出した。わずかな量に思えたが、その成分は一瞬にして室内に充満したようだ。鼻腔に甘い刺激臭が突き刺さる。

様子がおかしい――。怪訝な思いでナースの顔を見た。いつとり出したのか防毒マスクのようなもので鼻と口を押さえている。

まずいと思ったときは意識が薄れはじめていた。

視野の片隅でタミルが床にくずおれる。急激な睡魔が襲ってくる。

ナースのところへ駆け寄ろうとして足がもつれた。

深く暗い奈落へと、ナジブの意識は抗うこともなく落ちていった。

夢の中で誰かが激しく頬を打っている。痛いというよりどこか心地よい刺激だ。

深々とした闇がぼんやりした靄《もや》に変わり、その靄の中に人の顔が浮かび上がった。医師のシャヒーンだ。

「私の顔が見えますか？　私が誰だかわかりますか？」

懸命な呼びかけにナジブはゆっくりと頷いた。頭が割れるように痛い。

「大きく、深呼吸をして、ゆっくりと、そうゆっくりと」

医師は一安心した様子で声をかける。言われるままに呼吸を繰り返すと、意識はさらに鮮明になってきた。そこはナースセンターに隣接した処置室で、隣のベッドにはタミルが横たわり、別の医師と看護婦が緊張した様子で介護に当たっている。

さきほどのことを思い出して跳ね起きた。腕から点滴の針が抜け、ナースが慌てて刺しなおす。無我夢中で問いかけた。

「ジャナン氏は？　マルク・ジャナン氏は無事ですか？」

「それが――」

医師は口ごもる。その緊張した表情から、ナジブは最悪の事態を予想した。

「連れ去られたようです。巧妙かつ大胆な手口です」

もう一度無意識の奈落へ落ち込みたい気分になった。侵入者が撒いたのはハロタンという揮発性の全身麻酔薬で、即効性が高いらしい。たまたま廊下を通ったナースが異臭に気づいて病室に駆け込んだが、マルクのベッドはすでにもぬけの殻だった。麻酔薬の吸入で意識を失いかけながらも、ナースは警備事務所に事件を知らせ、すぐに緊急警備体制が敷かれたという。

「犯人は逃走したんですか」

「ええ、周到な計画だったようです」

医師は肩を落とした。犯人は患者の遺体を装ってマルクを霊安室《モルグ》まで運び、そこから車で運び出したらしい。その時刻は昼勤と夜勤の交代時間で、ナースたちはミーティングルームで引継ぎの打ち合わせをしていた。それを計算に入れていたなら内部事情に詳しい者の犯行だ。

病棟からモルグへ向かう通路で、シーツにくるまれた遺体を載せたストレッチャーが通るのを警備員が見かけたが、外からの侵入者はチェックしていたものの、出て行く者には油断があった。病棟内でまだ騒ぎも起きてはおらず、とくに怪しみもせず通行を許可したという。

今日は病棟から運び出される予定の遺体はなかったが、棺《ひつぎ》を載せた黒塗りのバンが駐車場から出て行くのを正門の警備員が目撃していた。

「院内に協力者がいたか、あるいは院内の者の仕業です。モルグは普段は施錠されていて、誰もが出入りできるところではないんです」

警備員が目撃したという黒塗りのバンを、いま警察が緊急手配しているとシャヒーンは言う。駐車場の監視カメラにその車が映っており、ナンバーも確認できたらしい。

「心配いりません。手配は迅速でした。すぐに見つかります」

医師の励ましの言葉もナジブの耳には虚しく聞こえた。カトマンズ警察の手際の悪さは市民にとって常識だ。絶望の二文字が次第に鮮明さを増していった。

4

午後七時少し前、カトマンズにいるナジブ・アサンから、クーンブの補給部隊へ連絡が入った。

インマルサットの受話器を耳に当てたとたんに、マイケルの表情がこわばった。クロディーヌは不吉な予感を覚えた。

「クロディーヌ――」

受話器を置いてマイケルが振り向いた。たまらず椅子から腰を上げた。

「兄に何かあったの？」

マイケルは一瞬言いよどんでから、簡潔に状況を説明した。マルクが何者かに拉致《らち》された。いまカトマンズ市内に緊急配備が敷かれているが、状況は楽観を許さないという。

頭の中が空白になった。手足の先から血の気が引いてゆく。

「いったい誰が？」

問いかける声が他人の声のように耳に響く。マイケルが憤りをぶちまける。

「イタチか、ここにいる大将のお仲間かどちらかだろう。しかしイタチにそこまでする動機があるとも思えない」

「合衆国にだって動機はない！」

シルバーンが声を荒らげた。こちらも動揺している。あの癇に障る慇懃な口調が消し飛んでいる。

「あんたがやらせたと言っているわけじゃない――」

マイケルが鋭く切り返した。

「大男、総身に知恵が回りかねだ。外国の動きには世話焼き婆さんのようにちょっかいを出すくせに、自国の官僚組織はコントロールできない。現にあの〈ブラックフット〉は、大統領も知らない間に軍部の跳ね返りが打ち上げたという話じゃないか」

「だったら、ジャナン氏がなぜ狙われる。彼を殺す必要があるくらいなら、そもそもあなたに〈ブラックフット〉の秘密を教えたりはしない」

シルバーンも気色ばむ。

「あんたから聞かされた以上の機密があのガラクタには隠されているんじゃないのか」

マイケルは追及の手を緩めない。困惑した表情でシルバーンが言い募る。

「どうしてジャナン氏がそんなことを知っている。彼はフランス空軍に在籍したこともあるらしいが、米国の軍事機密に接触できる立場にはない」

「それは確かにそうだが――」

今度はマイケルの形勢が怪しい。この場での議論はどうでもいいことだ。焦燥に苛まれながらクロディーヌはシルバーンに詰め寄った。

「ミスター・シルバーン。アメリカは兄のために何をしてくださるの。こんな目に遭っていることに兄は何の責任もないはずよ。あなた方が何もしてくれないなら、ことの次第をフランス大使館に通報してもいいのよ」

「ご、ごもっともです。大使館には万全の対応をするよう指示します」

この期に及んでまだ失態を他国に知られるのが怖いらしい。シルバーンはインマルサットに飛びついて、カトマンズの米国大使館を呼び出した。わが身に降りかかった疑惑と非難を転嫁するように、叱責を交えて鋭い檄《げき》を飛ばす。エベレストの非常事態すら把握できない大使館スタッフにさしたる力は期待できない。のしかかる不安に息が詰まる。いても立ってもいられない。

「カトマンズに帰るわ。いますぐ」

「無理です。ヘリは明朝まで飛べない」

シルバーンは硬い表情で拒絶する。抑えていた憤りも限度を超えた。

「どうして。軍用のヘリなんでしょ。夜間の飛行能力はあるはずよ」

「場所が場所です。この高度では谷筋をなめるように山あいを縫って飛ぶしかない。しかし輸送ヘリにはそれほど高度な夜間飛行能力はありません」

目の前が真っ暗になった。水に漬かった薄紙のように心が萎えていく。あれほど警戒を要請したのに――。カトマンズに残っていても事態を阻止できたとは思えない。それでも暗い自責の思いがクロディーヌの心を押し潰す。

「ちょっと待ってください。気になることがあります――」

大テーブルの片隅で早坂雅樹が声を上げた。マイケルから託された〈ブラックフット〉の論文を前に思い悩む様子だ。瞳には落ち着きの悪い不安の光が宿っている。

「ジャナン氏が狙われた理由がわかるような気がするんです」

唐突な言葉にテント内が静まり返った。

「いったいどういうことなの？」

クロディーヌは波立つ心を抑えて問いかけた。

「順を追ってお話しします。ミスター・シルバーン。打ち上げられたブラックフットは、本当にエベレストに落ちた一基だけですか」

「そ、それは——。確かにそう聞いているが」

シルバーンはしどろもどろだ。

「別のやつがあるといいたいのか」

マイケルも怪訝そうに問い返す。思いもよらない話の行方に頭が混乱してきた。雅樹は慎重な口ぶりで語りだした。

「制御アルゴリズムに二つのレベルが設定されているんです——」

論文中の半数必中界《CEP》五〇メートルという記述に雅樹は疑問を抱いていたという。発射された弾頭の半分が半径五〇メートルの範囲に命中するという意味だが、それは当時の最新型ＩＣＢＭの精度をはるかに凌駕する。当時の半導体技術ではどう考えても無理がある。それが気になってここ数日頭を悩ませていたらしい。

制御アルゴリズムの記述は難解で、引用されているプログラムもＡｄａ《エイダ》という米軍の軍用プログラム言語で書かれていた。近親関係にあるプログラム言語のパスカルに彼は大学で馴染んでおり、それを糸口に解読を試みたという。

「ＣＥＰ五〇メートルという精度はレベルＡモードによるものです。レベルＢだと〈ブラックフット〉のＣＥＰは一挙に一〇〇〇メートル程度に低下します」

「レベルＡとかＢとかにはどういう違いがあるんだ」

マイケルが首を捻る。

「レベルＢは〈ブラックフット〉を単独で運用した場合のモードです」

唐突に難解な話が飛び出した。マイケルも言葉が続かない様子だ。雅樹は嚙み砕くように説明する。

「〈ブラックフット〉は二基一組の双子衛星として運用された場合に最高性能を発揮する。これがレベルＡモードで、つまり衛星二基による三角測量の原理です。衛星同士は相互にデータを交換し合って、地上目標の緯度、経度、高度を正確に割り出す――」

この方式なら八〇年代のマイクロプロセッサでも負荷は少なかったはずだという。〈ブラックフット〉の開発には旧ソ連の同種の兵器の開発を抑止する意図があり、そのためにソ連側をはるかに上回る精度を見せつける必要があった。本来不可能な要求をクリアするための苦肉の策だろうと雅樹は言う。

「エベレストに落ちたのと同じものが、いまも宇宙を飛んでいるというの？」

　クロディーヌは驚きを隠せなかった。頭の整理がつかないままに問いかけると、雅樹は深刻な表情で頷いた。

「可能性が高いんです。精度を落としたレベルBモードならいまも十分現役です」

「最初から知っていたんだろう――」マイケルがシルバーンを見据えた。

「隠蔽《いんぺい》したい本命はそっちだったんじゃないのか」

　シルバーンは大袈裟に首を振る。

「私は聞いていない。大統領もそんな情報は把握していない」

「おたくの国の間抜けさ加減にはほとほとうんざりしているが、いくらなんでもそこまで頓馬《とんま》だったとは思えない」

　言い募るマイケルを制して、シルバーンが問い返す。

「その論文は、ギリアム・ウィットモア教授から入手したものですな」

「殺される直前に送ってきたものだ」

「彼はプロジェクトの中心人物だった。ホワイトハウスが把握していないデータが含まれていた可能性がある」

「大統領が把握していなかっただと？　どうしてそんな馬鹿げたことが起きるんだ」

「〈ブラックフット〉の件については、ホワイトハウスの対応は臭いものに蓋という考えだった。ソ連側に気取られることを恐れて、内部調査もほとんど行わなかったんです。その後も歴代大統領はこの件をパンドラの箱のように扱ってきた。誰も語ろうとしないし、訊こうともし限られたスタッフを除いて何も知らされていなかった」

「命令を出した戦略空軍の司令官は高齢で死亡しています。打ち上げに携わった現場技術者は、話の行方が読めたというようにマイケルが瞳を光らせる。

「打ち上げに関与した連中はどこにいる」

なかった」


「限られたスタッフというのは」

「試作を担当した機密プロジェクトチームの六名の技術者です」

「そいつらは生きているのか」

「全員死亡しました――」シルバーンは視線を落とす。

「うち三名は自家用機の墜落で、一人は交通事故、もう一人は――」

マイケルはうんざりした様子で話を遮った。

「全員消されたということか。いつのことだ」

「八一年から八二年にかけてと記憶している。しかし合衆国が手を下したわけじゃない」

シルバーンの口ぶりも確信なげだ。

「生き証人がいなくなって、歴代大統領はさぞかし枕を高くして眠れたことだろう」

「しかし信じられない。そんなことがあるはずが――」

マイケルの皮肉に耳を閉ざすように、シルバーンは暗い表情で首を振る。

「調べた方がいいでしょう。僕の推論がもし当たっていたら――」雅樹がじれた様子で言う。

「彼らが奪取したいのは落下した〈ブラックフット〉の弾頭ではないかもしれない」

「だったら連中の目的は何だというんだ」マイケルは不安げに声を落とした。

「エベレストに落ちた〈ブラックフット〉の制御ユニットのROMを入手できれば、それをリバースエンジニアリングして制御プロトコルが解明できる。それはもう一つの〈ブラックフット〉と共通のはずです」

クロディーヌはその言葉の意味を反芻した。雅樹が示唆《しさ》しようとしている結論はあまりにも衝撃的だった。マイケルとシルバーンも顔を見合わせる。

「そのことにマルクが気づいているというの？」

「そう考えれば辻褄が合います。彼もこの論文をどこかで読んだのかも知れません。そうでなければあの落下物が〈ブラックフット〉だと気づくはずがない」

マイケルの話では、ギリアム・ウィットモアも、マルクが〈ブラックフット〉のことを知っていた可能性があると指摘していたらしい。雅樹の推論は不自然ではない。

「彼らは本当の目的を知られたくないんです。だからそれに気づいているジャナン氏を狙っているのかもしれない」

本当の目的――。マルクの記憶の奥にしまい込まれたもののあまりの重大さに、クロディーヌの心も押し潰されそうだった。

「行き先は例の安ホテルだろう。慌てることはない」

ハヌマンは右頰の傷痕を指でなぞりながら運転席のラクシュミに声をかけた。五年前、ネパール警察の対マオイスト特殊部隊に拘束され、拷問で受けた傷だった。冬のカトマンズの夜は冷え込む。冷気に敏感に反応して疼くその傷痕は、肉体に刻まれた備忘録のように熱い闘争心を掻き立てる。

5

いましがた携帯電話に叔父のナラヤン・シャヒーンから連絡が入った。入院中のマルク・ジャナンが拉致されたという。ある事情から頼まれもしない用心棒を買って出ている人物だ。実行犯の目星はつく。問題は背後にいる黒幕だった。

ハヌマンがマルク・ジャナンの身辺警護をはじめたのは、叔父からある情報を得てからだ。叔父とは政治的な考えで一致するところは多いが、暴力革命を是認するハヌマンとは方法論に相容れぬものがある。それでもハヌマンの無垢な情熱を買ってくれてか、叔父は精神的にも経済的にも彼の支えになっていた。

叔父の話では、フランス人登山家のマルク・ジャナンがエベレストで遭難し、陸軍病院に担ぎ込まれて、たまたま叔父が主治医になったという。

その登山家のことはよく覚えていた。出会ったのはソル・クーンブ地方の寒村でオルグ活動に携わっていた三年前で、急性の風土病にかかった村の娘を救うために、たまたま遠征帰りで立ち寄ったその登山家が果たした尽力には強い印象が残っていた。娘は彼が目をかけていた若いシェルパの許婚《いいなずけ》でもあった。そんな話を叔父にもらしたことがあり、叔父はそれを覚えていたらしい。

そのマルク・ジャナンが命を狙われているという。背後にアメリカが関与しているらしい怪しい動きがあるとも叔父は示唆した。エベレストに落ちた火の玉、彼が口にしたという〈ブラックフット〉という謎めいた言葉――。その話にハヌマンは敏感に反応した。

マオイストの仲間内ではめったに口にしないが、ハヌマンにとってマルクス・レーニン主義も毛沢東思想も、半封建的な社会構造のなかで貧困にあえぐ祖国ネパールの人民を救うための対症療法に過ぎなかった。イデオロギーは人に奉仕すべきものであり、人はイデオロギーに奉仕するためにあるわけではない。

辺境地域に相次いで樹立されたマオイストによる地方人民政府が、貧しい人々から吸い上げる税と称する上納金にあぐらをかいた腐敗構造に堕す実態を何度も目の当たりにした。首都進攻という究極目標を見失い、既得権益を維持するために治安警察とノルマのような消耗戦を繰り返し、その腐敗を糾弾してきた中央政党との野合の道さえ探りはじめたマオイストの動きにも失望していた。イデオロギーとは人の心の堕落の免罪符に過ぎないとさえ思うことがあった。

半ば土賊と化した地方のマオイスト勢力から離れ、真の革命を目指す若い勢力の糾合を目指して首都へ舞い戻ったのが昨年の暮れ。叔父からそのことを知らされたのは、辛うじて籍の残っていた国立トリブバン大学の大学院に復学し、首都の教宣部門のリーダーとしてオルグ活動に専念し始めた矢先のことだった。

ハヌマンにとって、マルク・ジャナンが示した善意に報いることは人として当然のことだった。しかしそれ以上に興味があるのは、エベレストでのアメリカの動きだった。ネパールの精神的象徴であるエベレストで彼らが不祥事をやらかせば、それはネパール国民のナショナリズムに火をつけ、真の人民政府樹立への突破口になるだろう。

そんな戦略家としての思いと、マオイストの間で公言すればプチブル的と非難されるはずのマルク・ジャナンへの報恩の思いは、ハヌマンの心の中で矛盾なく共存していた。

叔父はカトマンズ警察よりもマオイストの甥が頼りになると踏んだ様子で、犯人の車の特徴とナンバーを知らせてきた。ハヌマンはすぐにぴんときた。

ここ数日、病院の周囲にネパール人の二人組がたむろしていた。金を払えばなんでもやる類の人間だとは風体《ふうてい》から想像がついた。何かを嗅ぎまわっている。あるいは何かのタイミングを見計らっている。そんな印象があった。

昨日の夕刻、病院を出た二人組の車をハヌマンは尾行した。車はタメル地区の安ホテルの駐車場に入り、男二人はホテルの中に姿を消した。付近の路上で様子をうかがっていると、ブロンドの大柄な男がホテルから出てきた。二人組も玄関に出てそれを見送る。

ブロンドの大男はダークスーツをぴしりと着こなしていた。どこかの国の外交官か、外国系企業のビジネスマンという風情だが、そういう人間がくる場所ではない。コカインやヘロイン目当ての不良外国人や、賄賂《わいろ》で懐の潤った地元の役人が利用する、アヘン窟と淫売宿を兼ねたような場所なのだ。男は庭先に停めてあった手入れのいいBMWでそのまま走り去った。

今日その二人組は、いつものインド製中古セダンではなく、黒塗りの真新しいバンで現れた。午後六時を回った頃、主病棟の横手から別の二人組が棺のようなものを運んできた。

荷物を積み込んでバンは走り去り、運んできた二人組も別の車で姿を消した。追うべきかどうか迷っているうちに警備員が慌しく動きだした。正門のゲートを閉ざし、駐車場の車を片っ端からチェックしている。路上で待機していたのが幸いした。駐車場に停めていたら、愛用の旧ソ連製トカレフや、ラクシュミが携行しているクンフーの武具が見咎《みとが》められたところだった。

シャヒーンから連絡を受けたときはすでに時間が経っていた。検問が敷かれる前に二人組は逃走しているはずだ。行き先は例の安ホテルだろう。慌てる必要はない。

目顔で促すと相方のラクシュミは万事承知という顔で車を発進させた。ハヌマン同様、ラクシュミという名もコードネームで、本当の名前はハヌマンも知らない。小柄だが香港仕込みというクンフーの腕は確かで、カトマンズに来てから用心棒として取り立てた血気盛んなマオイストの若者だった。

タメル地区の外れの安宿まで検問に二度引っかかったが、チェック対象ではないハヌマンの埃まみれのフォードはほとんどフリーパスだった。

庭先の駐車場に乗り入れたところへ、昨日のブロンドの大男が姿を現した。男はそう広くもない駐車場の奥に停めてあった紺のＢＭＷで走り去った。

昨日と同じ車だ。カトマンズ全体でもＢＭＷは数えるほどだ。組織のネットワークを使えば調べはすぐにつく。ハヌマンは携帯電話である番号を呼び出し、車種とナンバーを告げ、簡単な指示を付け加えた。

ホテルの敷地を一回りすると、裏口近くの木立の陰に黒塗りのバンが隠してあった。車の中は空だった。ホテルの裏口は施錠されている。ハヌマンはラクシュミと連れ立ってホテルの玄関に踏み込んだ。

薄暗いホールの狭いカウンターの奥に垢じみた蝶ネクタイの男がいる。鼻先に一〇ドル札を突きつけて、黒塗りのバンの持ち主はどこだと訊いた。

「答えられないね。それよりあんたがたは誰なんだ」

ふてぶてしい口調で男は問い返す。友好的には付き合えそうもない。ハヌマンは傍らのラクシュミに目配せした。

ラクシュミは周囲を見渡して、カウンターにあった陶製の花瓶を手にとった。一瞬気を集中し、右手を軽く水平に払う。刃物で切断されたように花瓶の口が絨毯に転がった。

男はぎごちない作り笑いを浮かべ、ハヌマンの手から一〇ドル札を抜きとると、代わりに番号札のついた部屋のキーを手渡した。札には「三〇一」と書いてある。

おれは知らない、勝手にやれと男は顔で言っている。ラクシュミを促してホールの奥の階段に走り、三階まで一気に駆け上がった。

三〇一号室は階段を上った廊下の右手の突き当たりにあった。ドアに耳を押し当てる。人の気配はしない。

鍵がかかっていたが、安物のシリンダー錠は男が寄越したキーで簡単に開いた。ゆっくりとノブを押す。中は真っ暗だ。トカレフを両手で構え、半開きのドアを内側に蹴り込んだ。

室内に反応はない。踏み込んで壁をまさぐった。手に触れたスイッチを倒すと天井で裸の蛍光灯がともる。ワンルームの室内に人の姿はない。

ベッドは雑にメークされたままで、作り付けの小机や窓の桟には薄く埃がたまっている。宿泊客のものらしい私物の類も見当たらない。

ラクシュミを促して一階へ駆け降りた。逃げようというのか、カウンターの男はくたびれたバッグを抱えて外に向かうところだった。ラクシュミがその首根っこを取り押さえた。

「命が惜しかったら、今度は本当のことを教えるんだな――」

ハヌマンはだぶついた男の脇腹にトカレフの銃口を食い込ませた。

「二人組はどこだ」

「ついさっき出て行ったよ。ここにはいない」

ラクシュミが肘《ひじ》の関節を軽く捻る。痛覚のツボを心得ているのだろう。男は女のような悲鳴を上げた。

二階の階段の踊り場から、厚化粧の地元の女と骸骨のような白人の男が顔を覗かせた。視線を向けると慌てて姿を隠す。騒ぎにかかわって警察沙汰になるのが嫌な連中らしい。

「もう一度だけ訊く。二人はどこだ」

恐怖に目を見開きながらも、男は口を閉ざしたままだ。ケチな淫売窟のマネージャーにしては性根が据わっている。それとも二人組がよほど怖いのか。

ラクシュミがまた肘を捻った。男は涙を浮かべ、階段裏の壁に視線を這わせた。ドア一枚分ほどの宗教画の掛け軸が吊ってある。

ラクシュミが駆け寄ってめくり上げると、その裏には板張りのドアがあった。ラクシュミの一蹴りでドアは音を立てて弾け飛んだ。

男を床に突き倒し、ラクシュミのところへ歩み寄った。ドアの向こうは地下室へ降りる階段だ。ラクシュミが慎重な足取りで降りてゆく。

カウンターの男が駆け出した。どうせ小者だ。逃げるに任せて、ハヌマンはラクシュミのあとに続いた。

照明のまばらな地下室は、全体が倉庫のようなつくりになっていた。狭い間隔で並ぶスチールの棚にノートパソコンやスイス製の高級時計、日本製の一眼レフやらラジカセやらが所狭しと並んでいる。どうやら故買屋の倉庫らしい。ラクシュミはさらに奥へと進んでいく。

突然、銃声が耳をつんざいた。残響が地下室の壁に響き渡る。

ラクシュミが身を屈めた。肩口に血が滲んでいる。

「撃たれたのか？」

声を殺して問いかけると、ラクシュミは表情も変えずに頷いて、五メートルほど先の段ボール箱の山を指差した。

ハヌマンは手近の棚のカメラを手にとって、少し離れた棚に抛り投げた。物が崩れる音に続いて、段ボール箱の背後で銃声がまた二発聞こえた。その残響が消えやらぬ間に、ハヌマンは段ボールの山に体当たりした。山が崩れ、その背後で悲鳴が上がる。

頭上を黒っぽい影が飛び越えた。ラクシュミだ。

乱れた足音。続いてサンドバッグを打つような鈍い音。あとはかすかな呻き声が響くだけだった。

崩れた段ボールの山の背後に回ると、ラクシュミが荒い息をして立ち尽くしていた。足元には男が一人、潰れた鼻から血を噴き出している。少し離れた壁際では別の男が、不自然に捩れた足を抱えてすすり泣いている。どちらもバンを運転していたごろつきだ。

すすり泣く男の口にトカレフの銃口を突っ込んだ。前歯が折れ、口元が血で染まる。

「マルク・ジャナン氏はどこだ」

男はいやいやをするように首を振る。銃口をさらに押し込んだ。照星の突起が上顎を裂く。喉に入った血に咽《む》せながら、男は見開いた目を右手の壁のドアに向けた。

男の口から銃口を抜きとって、そのドアに歩み寄る。

錠はかかっていなかった。ほの暗い小部屋の床の古びたマットレスの上に一人の男が横たわっていた。

患者用の寝巻きや手足に巻かれた包帯が埃にまみれている。食事を注入するためのものだろう。喉仏の下に突き出たチューブが痛々しい。髪はこざっぱりと刈り込まれ、髭もきれいに剃られているが、鼻の頭と頬骨の突起には青黒い凍傷痕がある。生きて発見できたことがハヌマンは嬉しかった。

男は目を見開いて周囲を見渡し、茫然とした表情でつぶやいた。

「ここはどこだ。おれはどうしてこんなところに――」

その視線がハヌマンに注がれた。訝しげに男は目をしばたたく。

「君はハヌマンじゃないか」

マルク・ジャナンの顔に、困惑と懐かしさが混じりあったような曖昧な笑みが浮かんだ。

第十一章

1

数時間前のクロディーヌからの報せが、郷司の心のなかの何かを瓦解させていた。暗殺未遂事件に続く拉致事件――。それでもなおそのことが、マルクの運命への最後通牒では決してないのだと何度も自分に言い聞かせた。しかしそれを信じることのできない自分を、意志の力で屈服させようという努力にもいまは疲れ果てていた。

蒼ざめた満月が頭上の北西壁にかかっていた。夜半に入って風は弱まり、気温も上昇している。この冬のエベレストの気象は異例だ。吹きはじめれば数週間は続くはずの強風がなぜか長続きせず、冬場は稀な降雪が周期的にやってくる。デスゾーンと呼ばれる標高八〇〇〇メートルを超えた地点でのこの穏やかな夜は、猛烈な吹雪に荒れ狂うヒマラヤの嵐の予兆に過ぎなかった。

ロプサンは喪に服してでもいるかのように黙りこくっている。事件を知ったときの憤りも悲しみも尋常ではなかった。故郷のディンボチェでマルクから受けた恩義のことをロプサンは初めて語った。マルクからも聞いたことのない話だった。根は底抜けの善人なのだが、善人と見られることを妙に嫌うところがあって、マルクは美談に類する話を自分からはほとんどしなかった。

ABCにいるクリフも同じチャンネルで、補給基地とのやりとりは聞いていたようだった。いましがたもジェイソン・シルバーンに罵声《ばせい》を浴びせかけ、クロディーヌを慰め励ますクリフの交信が聞こえてきた。

少し前には郷司へのコールがあり、交信はすべて傍受し、状況は了解した旨の短い連絡があった。ほかにやりとりする言葉もなかった。

クリフにしてみればマルクは自ら組織したアメリカ隊の隊員で、そのマルクを酷い運命に陥れた元凶は彼の祖国のアメリカだ。すでに二人の隊員を失い、自らもABCで軟禁状態に置かれている。その苦悩はどれほどのものだろう。ベースキャンプでは百数十人の人質が無差別な処刑の対象にされている。その命運を握るのもクリフであり郷司なのだ。

あの日たまたま世界最高峰の山懐に居合わせた、ただそれだけのことで事件に巻き込まれた人々の運命はあまりにも理不尽だ。その運命の罠によってたった一人の肉親を失うかもしれないクロディーヌのことを思うと胸がふさがれた。

一〇〇キロ彼方のカトマンズでの事件にいま自分が何ができよう。しかしわずか数キロを隔てたクーンブの谷にいるクロディーヌの思いは、希薄な大気を伝わって心に届いてくるような気がした。その思いにどう応えよう。その華奢な体を抱きとめて、頬を寄せて、魂の熱を少しでも分け与えられたら——。いやむしろ、いまその熱を分け与えて欲しいのは自分でさえあるようだった。

虚ろな空洞のような心の奥底から、ゆっくりと憤りが湧き起こった。それはこれまでの場当たり的な怒りとは明瞭に異なる、決然たる憤りだった。憤りは抑えがたいエネルギーとなって一つの方向に向かっていた。頭上の第五キャンプにいるはずのあの男に——。

根拠はあの帽子だけだ。しかし疑念はあの男に集中していた。すべての謎の中心にあの男がいるように思えた。早坂雅樹という日本人青年が論文から導いたという推論——。その恐るべき陰謀の可能性についても、鍵を握るのはウィルフォードなのではないか。自らの力量の限界を超えて衛星落下現場へ到達しようというその執念は明らかに異様だった。

すべては論理を飛び越えた直感のようなものだ。しかしぎりぎりの決断を迫られたとき、直感を信じて悔いたことは一度もない。その直感の指し示す方向に、たぎり立つ憤りの向かう方向に、郷司はいま歩を進めようとしていた。

行きがかりで巻き込まれた事件にすぎないという気持ちは変わらない。それでもなぜそこまでするのだという思いはもう起こらなかった。それは正義感というような常套句で語りうるものではない。そもそもここで起きていることの何が正義で何が悪なのだ。いうなればそのすべてが、人間の救いがたい愚かさの発露ではないか。

テントの中に戻って登攀の準備にとりかかると、ロプサンが怪訝な眼差しを向けてきた。

「どこへ行くんだ、サトシ」

「上へ行く」

「上？　まだ夜中だぞ」

精神の変調を疑いでもするようにロプサンは首をかしげる。

「わかってるさ。しかし明日になれば天候が崩れる。今夜は月も出ている」

月明かりを利用して夜間に登るのは、軽装備による速攻を旨とするアルパインスタイルでは多用されるタクティクスだ。それでもロプサンは納得がいかない様子だ。

「何をしに？」

「ウィルフォードだよ。あいつを締め上げる」

吐き捨てるような口調になった。普段は気難し屋のロプサンが宥めにかかる。

「クリフは相手にするなと言ってるじゃないか」

「あいつがただのろくでなし野郎だと思うか」

「つまりマルクの事件と関係があると見ているんだな」

ようやく意図を理解した様子だ。逬る思いのままに続けた。

「マイケル・ウェストンというジャーナリストの家に爆弾を仕掛けたのはあいつに間違いない。プモリの遭難事故でたった一人生還したのも怪しい。ＡＢＣが制圧されたとき一人だけ逃げてこられたのも考えてみれば臭い話だ」

「固定ロープをめちゃくちゃにした件もか」

ロプサンが思案顔で応じる。苦い憤りを噛み締めて頷いた。

「この事件全体が何かおかしくはないか。ベースキャンプが占拠されているといっても、敵の司令官のホアン・リーという男については、顔も見ていないし声も聞いていない」

「中国側は事件を否定しているという話だったな」

ロプサンの表情が険しくなった。

「根拠といえばジョーとクリフの交信と衛星写真だけだ」

疑い出せばすべてが疑わしい。そのすべての鍵をウィルフォードが握っているという思いはいよいよ拭えない。

「何をやりだすかわからない男だ。危険はないのか」

ロプサンが念を押す。ウィルフォードを野放しにしておく不安と比べれば、それはさしたる問題ではない。

「ここはヒマラヤだ。体力でも技術でもこちらが圧倒的に勝っている。怖気《おじけ》づくことはないさ」

「だったら一緒に行くよ」

同意を求めるでもなくロプサンは身支度を整えはじめた。ここからの行動はあくまで自らを納得させるためのものだ。彼をこれ以上巻き添えにすることはできない。

「一人で十分だ。君まで危険を背負うことはない」

「怖気づくことはないと言ったのはサトシだろう」

慌てて制する郷司にロプサンは不敵に笑って答えた。

気温は高めだったが雪の状態は落ち着いていた。

ウィルフォードが第五キャンプにいるかどうかは、ABCからテントの明かりで確認できるが、無線を傍受されては元も子もない。問い合わせるのはやめにしておいた。

この行動自体も誰にも知らせてはいない。ロンブクのベースキャンプはもちろんのこと、ABCもクーンブの補給基地もいまは身動きがとれない。知らせたとして何が期待できよう。勝手な行動をとるなと制止されるだけのことだ。だからこそ誰かが膠着《こうちゃく》状態を破らなければならない。

第四キャンプから上の固定ロープにはウィルフォードも手をつけていなかった。第五キャンプはクリフの隊の半壊したテントがあるだけで、酸素ボンベも食料も荷揚げされていない。ウィルフォードもそれは知っている。彼が持っていった酸素ボンベはわずか二本だ。第五キャンプに使い残しでもあれば別だが、第四キャンプでの使いっぷりからすればもう底を突いているはずだった。固定ロープはウィルフォードにとっても生命線なのだ。

第四キャンプを出て垂直の岩溝をしばらく登ると、斜度四十度ほどの大雪田に出る。ルート前半のジャパニーズ・クーロワールと後半のホーンバイン・クーロワールをこの雪田がつないでいる。ルートは左へトラバース気味に登ってゆく。

硬く締まった雪をアイゼンが小気味よく噛む。月はロー・ラへと直線的に切れ落ちる西稜の上にかかり、蒼ざめた月光を受けた二人の影が雪面に長く延びる。気温はマイナス二十度ほどか。無風に近い大気の中に、月明かりを受けてダイヤモンドダストが舞う。

見上げるとホーンバイン・クーロワールの岩溝の中にかすかな光が見えた。第五キャンプのテントの明かりだ。ウィルフォードは間違いなくいる。何をしようというのか。あの衰弱した体で何ができるというのか。それでも侮《あなど》るわけにはいかない。曲がりなりにもデルタフォースの山岳特殊部隊に所属する男だ。何かの目算があっての行動には違いない。

ホーンバイン・クーロワールの入り口に着く頃には、厚いダウンスーツの下が汗ばんでいた。第四キャンプを出てまだ一時間だ。明日一日いまの陽気が持てば、このまま頂上アタックがかけられそうなコンディションだ。

周囲の峰々のヒマラヤ襞が、月光に映えて切り絵のようなコントラストをみせる。眼下には懐かしいＡＢＣの明かりが見える。チャンツェの肩越しにロンブク方面の明かりも望めた。人が繰り広げる愚かな争いごとを内懐に包み込んで、それでもヒマラヤの大地は何ごともなく平穏に見えた。

ホーンバイン・クーロワールはのっけから切り立った氷壁ではじまる。すでに八〇〇〇メートルを超えている。空気の希薄さゆえに、この標高でのアイス・クライミングは、アルプスの同程度の氷壁と比べ難易度は数グレード高い。第五キャンプまでは岩と氷をミックスした気の抜けないピッチが続き、今回のルート工作でも核心となる部分だった。

昨日張り終えたばかりの固定ロープは、岩と氷の垂直の回廊を、天の高みに誘うように延びている。昨日そのルートを完成させたタイミングとぴたり呼応して、ベースキャンプとABCで蜂起が起こり、ウィルフォードが第四キャンプへ逃げ込んできた。それが偶然ではないように思えてきた。

敵はその機を窺って満を持していたのかもしれない。だとすればホアン・リーからの要求が腑に落ちない。最初は期限を四日といい、クリフとの交渉であっさり一週間に譲歩した。その行き当たりばったりの対応と、蜂起のタイミングの精緻さがどうにも辻褄が合わないのだ。

敵の行動が単なる時間稼ぎのようにも思えてくる。ウィルフォードが固定ロープを撤去した件も、時間稼ぎの一環だと思えなくもない。あの男が〈イタチの息子〉の仲間で、蜂起部隊と連携して行動しているとしたら——。早坂雅樹が想像するように、やはり彼らの目的は〈ブラックフット〉の核弾頭の奪取とは別のところにあるのかもしれない。

その狙いとは——。推論の行き着く先にあるおぞましい意図に思いをめぐらせ、郷司は湧き起こる身震いが止められなかった。雅樹の指摘が杞憂であって欲しかった。

2

クロディーヌは補給部隊の本部テントで、インマルサットの送受信ユニットを見つめていた。

時刻は午後十時を過ぎていた。カトマンズからはまだ何の連絡もこない。

シルバーンは軍事衛星通信システムを使って、本国や大使館とのやりとりに忙殺されていた。

ＦＢＩに拘束された〈イタチの息子〉の幹部らは、武器密売の容疑は認めたが、エベレストでの事件への関与は強く否定しているという。

ベースキャンプを制圧したホアン・リー少佐という指揮官からも連絡はこない。中国側は、そのような人物は人民解放軍には所属していないし、ロンブクの部隊の指揮官はまったく別人だと言明したという。部隊との交信はいまも正常だと主張し、エベレストＢＣの異常事態を一貫して否定しているらしい。

日中に偵察衛星が撮影した画像では、ベースキャンプは一見して平穏で、米国部隊の隊員の姿は見えず、人民解放軍にも緊迫した動きはないとのことだった。マイケルはナジブと頻繁に連絡をとり、独自ルートで情報を集めているようだったが、大使館経由で伝わってくる警察の捜査情報と大きな違いはなさそうだった。

いまは無事だとしてもマルクは病人だ。長期にわたって犯人に引き回されれば、それだけで命は脅かされる。刻一刻と過ぎてゆく時間が、クロディーヌの心の希望を冷酷に削りとる。

「少し休まないとな、クロディーヌ」

ニマがミルク入りのお茶を持ってきた。人を勇気づけることにかけては天性の才覚があるニマも、さすがにいまは言葉少なだ。

「気休めを言っても聞く気分じゃないだろうが――」

傍らに腰を落ち着けて、ニマは深いため息を吐いた。

「ついこの間の生還劇にしてもそうだよ。マルクには何度も驚かされてきた。『息あるかぎり希望あり』という諺《ことわざ》がネパールにはあるが、マルクはそれを地でいくような奴だった」

「でも、もう二度も死にかけたのよ。今度はもう――」

言葉はそれ以上続かない。気遣いはわかっていてもその慰めはやはり虚しい。熱いものがこみ上げてニマの顔が滲んで揺れる。ニマもそれ以上語る言葉がないようだ。

そのとき目の前でインマルサットの呼び出し音が鳴った。シルバーンが駆け寄って受話器を摑む。

「こちらクーンブの補給基地――」

短く応答して、シルバーンは相手の話に耳を傾けた。

表情が暗い。いい話ではなさそうだ。マルクの訃報以外に思い当たるものはない。通話は数分で終わったが、クロディーヌには生涯に匹敵しそうな時間だった。シルバーンが振り向いた。

心臓が空っぽになった。

「アメリカ大使館の一等書記官ジェローム・ダルトンが殺害されました」

ため息が漏れた。不謹慎だがそれは安堵のため息だった。間をおいてジェローム・ダルトンという名前が記憶の中から浮かび上がった。マルクが入院した当日、病院でニマとやりあった男。昨日郷司の安否を問い合わせたときも、しらばくれた答えを返したあの男だ。

「遺体は大使館前に乗り捨てられた車の中で発見されました。問題はその車です――」

緊迫した口調でシルバーンは続ける。

「ジャナン氏を連れ去った黒塗りのバンでした。ダルトンは鋭利な刃物で喉を切り裂かれ、シヤツの胸には血文字でこう書かれていた。『サガルマータに赤旗を』――」

「やったのはマオイストか？」

マイケルが鋭く反応した。シルバーンは頷く。

「書かれていた文句は、マオイスト・グループの理論的指導者プラチャンダがよく使うスローガンです」

マルクもダルトンと同じ運命に遭ったのか――。ダルトン殺害の残虐な手口を思えば、マルクが無事であると想像することは困難だった。湧き起こる恐怖に呼吸が詰まる。膝頭が震えて止まらない。絞り出した声は悲鳴のようだった。

「だったら兄はどうなっているの？　マオイストの狙いは何なの？」

「彼らにとってアメリカは理論上の敵ですが、現実の問題として敵対状況にはない。つまり動機は不明です。ところがそれ以上に困ったことがある――」

シルバーンは眉間に皺を寄せた。

「つい先ほど入った情報によれば、どうやらダルトンは〈イタチの息子〉のメンバーだったらしい――」

訊問中のイタチの大物の自供で明らかになったという。ホワイトハウスも頭を痛めているらしい。犯人がマオイストならアメリカへのテロ行為と位置付けられる。しかしダルトンが国家的犯罪者となれば扱いも微妙だ。〈ブラックフット〉がらみですでに面倒を抱えているアメリカとしては、これ以上ネパールで騒動を起こしたくはない。

「マオイストの意図はわかりませんが、ジャナン氏の拉致に〈イタチの息子〉が関与していたことが、これで間接的に裏付けられたことになります」

暗殺未遂事件や今回の拉致事件にまつわる合衆国への疑惑を、とりあえずは回避できたとシルバーンは言いたげだ。

クロディーヌにとってはそれどころではない。メルセデスに乗った男たちに追い回されたときに助けてくれたのは、ニマの記憶によればマオイストの活動家のハヌマンで、そのハヌマンはシャヒーン医師の甥らしい。そんな経緯で、危険な反政府組織と目されているマオイストに無意識な安心感を抱いていた。その幻想が音を立てて崩れていく。

またインマルサットの呼び出し音が鳴った。シルバーンが受話器をとり、二こと三こと話してからマイケルに手渡す。受話器を耳に当てて何度か頷き、マイケルはクロディーヌに視線を向けた。その顔に笑みが広がっている。

「ナジブからだ。ジャナン氏が無事に保護されたらしい」

手にしていたミルクティーのカップを落としそうになった。あふれ出る思いが多すぎて声にならない。マイケルはさらに付け加えた。

「それだけじゃない。お兄さんの意識が戻ったそうだ」

言葉が浮かばない。喜びをどう表現していいのかわからない。目の前のマイケルの顔が涙でぼやけて見えた。

マイケルはジャーナリストらしい手際よさで、ナジブからの報告を語って聞かせた。

将校専用病棟のナースセンターに不審な男から電話が入ったのは、つい三十分ほど前だという。男は正門脇に停めてある車の中を調べるようにとだけ告げて電話を切った。

警備員が正門の外に出てみると、塀の前に紺のＢＭＷが停まっている。中を覗き込むと後部シートに病院の患者着姿の男が横たわっていた。ドアはロックされておらず、警備員が名前を確認すると、しっかりした口調でマルク・ジャナンだと名乗ったという。

マルクはすぐに病棟へ担ぎ込まれた。待機していたシャヒーン医師が診察したところ、体調に異変はなく、外傷もみられない。警察は事情聴取をしたがったが、医師は患者の安静を理由に拒絶したらしい。

簡単な心理テストの結果、記憶や自己認識の面で障害はなく、経過は驚くほど良好だという。細部の記憶では曖昧な点が多かったが、そこにはショッキングな記憶が含まれているかもしれない。一度に思い出せば精神的な不安定をきたす惧れもある。そんな理由で医師は表向き絶対安静の措置をとったようだ。

救ってくれたのは警察でも米大使館関係者でもなかった。そしてダルトンの殺害現場に残されたマオイストによる犯行声明——。クロディーヌの心に浮かんだのは、あの頬に傷のある青年——ハヌマンだった。その直感は確信に近かった。マオイストがマルクを救った。そして〈イタチの息子〉に対して攻撃的な行動に出た——。

謎めいた意図が気がかりではあったが、マルクが助かった喜びの前ではとるに足りない問題だった。マルクは間もなくエベレストで見た〈ブラックフット〉のことを、彼自身の言葉で語ってくれるだろう。真実が明るみに出れば敵にマルクを殺す意味はなくなる。

郷司にしてもこれ以上危険を冒して〈ブラックフット〉の謎を探る必要はない。敵の司令官の要求に従って、期限内に山の上の残骸を回収して、何としてでも無事に帰って欲しい。軍事大国の犯した愚かな過ちを糊塗するために、犠牲になどなって欲しくなかった。

マルクの拉致を伝えたときの郷司の反応は悲痛だった。その重圧をいますぐとり除いてやりたい。打ちひしがれている心に希望を吹き込んでやりたい。すぐにでも郷司と喜びを分かち合いたい。無線装置のヘッドセットを装着して、クロディーヌは懸命に郷司をコールした。

3

郷司とロプサンはハイペースでホーンバイン・クーロワールを登っていた。

鋼のように硬い垂直の氷壁も、ホールドのほとんどない逆層の一枚岩も、固定ロープがあれば梯子《はしご》を登るのと似たようなものだ。スポーツとしての登山を追求するアルパイン・スタイルの信奉者が、人海戦術で固定ロープを張り回す古いタクティクスを嫌う理由もそこにある。しかしいまの状況では最小限のエネルギーでより速く登ることが優先する。

風の凪いだクーロワールに二人の喘《あえ》ぎが谺する。八〇〇〇メートルを超える高みでの登攀は身体機能を限界以上に酷使する。肉体の反応も精神の反応も七〇〇〇メートル台後半の第四キャンプ近辺と比べて格段に落ちている。

アイゼンの歯が岩にこすれて火花が散る。何メートルか登っては荒い息を吐く。朦朧とした意識の中で、登っている理由がときおりわからなくなる。魂が周囲の大気のように希薄になり、その魂の浮力で肉体が引きずり上げられるような気分になる。

エベレストに火の玉が落ちたとき、マルクはちょうどこのあたりを登っていたらしい。奇跡の生還劇はここからはじまったのだ。急峻なクーロワールを雪崩は滝のように駆け降ったはずだ。それをどのように回避し、どのように生き延びたのか。知っているのはマルクだけだ。その奇跡がいまも続いていることを願うしかなかった。そのマジックの種明かしをマルク自身の口から聞きたかった。あの韜晦《とうかい》と諧謔《かいぎゃく》を交えた独特の語り口で――。

第五キャンプが見えてきたのは出発して五時間後だった。月はプモリの稜線に傾き、半壊したボックステントは暗く静まり返っている。

キャンプサイトの岩棚に着いて様子を窺った。物音一つしない。ウィルフォードは眠っているのか、身動きができない状態なのか――。

テントの入り口に回った。危険な男かもしれないという危惧を、半ば朦朧とした意識が抑制していた。入り口のジッパーを開けてみる。中には誰もいない。

湧き起こったのは茫漠とした不安だった。どこへ行ったのだ？　何をしに？　第四キャンプでは虫の息だったあの男が、この高度で行動しているとしたら、そもそも不思議を超えて不気味な話だった。

テントの中は乱雑だ。ウィルフォードが使った酸素ボンベが転がっている。バルブを開けて確認すると二本とも空だった。驚いたことにインマルサットのバッテリーパックのパッケージがある。ウィルフォードがインマルサットを持っているとは知らなかった。パッケージの中は空だ。ここで新品と交換していったらしい。

北西壁一帯は蜂起部隊による妨害電波でインマルサットは使えないはずだ。やはりエベレストを越えるつもりらしい。ネパール側へ降れば、エベレストの山体が障壁になって妨害電波は届かない。

ふと思いついてテントの中を探してみた。思ったとおり、クリフの隊が残した寝袋や食器類の間にバッテリーパックが転がっている。交換した古い方だろう。余裕を見て新品と交換したのかもしれない。だとすればまだ残量があるはずだ。わずかな希望に賭けてザックのサイドポケットにしまいこんだ。

もう一つ奇妙なものがあった。使い捨ての注射器と空の注射液のアンプルだ。ラベルには、読めば舌を嚙みそうな薬品の名前が書いてある。妙に気になってそのラベルを剝がし、ダウンスーツのポケットにねじ込んだ。あとはウィルフォードが腹に詰め込んだらしいレトルト食品やスナック類のパッケージと空のガスボンベ。ほかに目に付くものはなかった。

テントを出て周囲を見渡した。ここから上は固定ロープのない急峻な壁だ。直上したとは思えない。クーロワールを形成する右手の壁に登りやすそうな傾斜路があった。キャンプサイトからその取り付きまで幅の狭い岩棚が続いている。少し進むと新しいアイゼンの踏み跡があった。

踏み跡をたどって傾斜路を登ると、頂上岩壁直下の雪田に出た。衛星が落下した雪田だ。まっすぐ進めば西稜に達し、その途中に衛星の破片が散乱している。案の定、西に向かって雪田を横切る足跡が続いていた。その先に間違いなくウィルフォードがいる。

月はプモリの肩に沈みかけていた。月明かりを利した行動もここまでが限度だ。ウィルフォードを探すにせよ、第四キャンプに降るにせよ、判断は翌朝の天候と相談ということになる。

体力は尽きかけていた。目顔で問うとロプサンも黙って頷く。同じ考えらしい。郷司は前に立って第五キャンプへ降りはじめた。

第五キャンプのテントに戻ると、ロプサンは中に転がっていた寝袋を広げてもぐりこみ、五分もしないうちに高いびきをかきはじめた。

普段は寝つきの悪い男で、夜は最後までごそごそやっている方なのだが、この日の行程はさすがにきつかったらしい。郷司もできれば早く休みたかった。たとえ一、二時間でも、仮眠するのとしないのとでは体力の回復が違う。しかし目が冴えて眠れない。

テルモスに残っていたお茶を飲み、チョコレートを一かけ口にしたらますます頭が冴えてきた。時刻は午前三時を回っている。夜明けにはまだ間があるが、こんな状況だ。補給部隊は誰か起きているだろう。新しい情報が入っているかもしれないとトランシーバーをとり出した。

「クーンブの補給部隊本部。こちらサトシ・マキ。応答願います」

同じコールを二度繰り返し、受信状態にしてしばらく待つと、勢い込んだ応答が返った。クロディーヌだった。

「ずっとコールを続けていたのよ。何をしていたの——」

肝心なときはいつも連絡がつかないとなじる口調だが、声は弾んでいる。よい報《しら》せだと直感した。

「マルクが帰ってきたのよ。それも意識をとり戻して」

切り出された本題は期待を超えた朗報だった。言葉を失って茫然とした。

「どうしたの、サトシ。聞こえてるの」

応答を促す声でようやく我に返った。

「いつ？　どうやって？」

そう訊き返すのが精一杯だった。クロディーヌは事件の顛末をのめるように語りだした。聞くうちに心にのしかかっていた重い氷塊が蒸発していく。無性に涙がこみ上げてくる。

クロディーヌは明日の早朝、いったんカトマンズへ帰るという。ぜひそうするべきだと昂ぶる心で応じた。郷司自身も飛んで帰りたいのは山々だったが、この面倒な状況ではどうしようもない。

病院へかかってきた電話の主は誰なのか——。それが気になる謎だった。クロディーヌも考えあぐねる様子だ。

「拉致した犯人かもしれないし、犯人の手からマルクを救い出してくれた人かもしれないし

――。何か知っているとしたらマルク本人だと思うわ」

「マルクが乗っていたBMWは手がかりにならないのかな」

「警察が調べているらしいけど、まだ持ち主を突き止めたという連絡はきていないの」

「BMWなんてカトマンズではめったに見かけない。すぐに調べがつきそうなもんだが」

「ところが車の話となると、もっとわけのわからないことが起きているのよ――」

続けてクロディーヌが語った話に、郷司は気味の悪い衝撃を覚えた。

アメリカ大使館のジェローム・ダルトンという書記官が殺害されたという。遺体は大使館の前に乗り捨てられた車の中で発見され、その車はマルクを拉致した犯人が使ったものだった。さらにダルトンの胸に残されていた血文字のメッセージ――。

「マルクの拉致事件にはマオイストが絡んでいるのか」

「問題はもっとややこしいのよ――」

話を聞いて啞然《あぜん》とした。殺されたダルトンは〈イタチの息子〉のメンバーだったらしい。

「拉致したのはイタチで、救出してくれたのがマオイスト――。いや、ありえない話だ」

自ら否定したその考えにクロディーヌが反応した。語ったのはニマから聞いたという三年前の話だ。それは昨日ロプサンから聞いた話とも符合していた。マルクはクロディーヌを救ったハヌマンというマオイストと面識があるとみていい。

「右頰に大きな傷があるんだな」

二人の交信で起きだしたのだろう。傍らからロプサンが問いかける。頷くとロプサンは断定するように言った。

「ハヌマンだよ。間違いない。マルクを助けたのも、ダルトンという男を殺したのも——」

クロディーヌとの交信を終え、郷司は久しぶりに幸福な気分だった。

あとは自分の身の上を心配すればいい。ウィルフォードにしても、これ以上深追いすることはない。クリフたちと協力して山の上のガラクタをホアン・リーに引き渡す。民間人の立場でややこしい事態に巻き込まれただけなのだ。できることはそれ以上でも以下でもない。自ら蒔いた種を刈りとるのは合衆国の仕事だ。

クリフ・マッケンジーには郷司よりも先に連絡がついたという。彼の喜びも相当なものだったらしい。クリフとも喜びを分かち合いたい気分だったが、いまは時間が遅すぎた。夜が明けたら連絡をとるつもりで、少しでも眠っておこうと寝袋にもぐりこんだ。

そのときテントの外で何かが爆発したような音がした。雪崩か——。寝袋から這い出して、慌てて外に飛び出した。クーロワールの上部でブロック雪崩が起きたら、キャンプが直撃される惧れもある。

テントの外は何事もなく静かだった。漆黒の空には夥《おびただ》しい星が瞬き、夜明け前の寒気が露出した肌を刺す。首をかしげながらテントの中に戻ったところへトランシーバーががなり出した。クリフからだ。応答するとクリフは不安げに訊いてきた。

「いま上の方で何かが光った。気がつかなかったか」

たまたま用を足しにテントを出て目撃したという。かなり派手な閃光《せんこう》で、少し遅れて爆発音も聞こえたらしい。

「テントの中にいて光には気がつかなかった。ただいましがた、でかい音が聞こえたよ」

答えるとクリフは訝しむ口調で訊いてくる。

「サトシ。いまどこにいる」

「第五キャンプだよ――」

やむなくウィルフォードを捕まえに、ここまで登ってきた自分なりの考えを説明した。

「無茶をするなよ。早い時間に第四キャンプの明かりが消えていたからおかしいと思っていたんだ。それで野郎はいたのか」

クリフは納得したふうでもない口ぶりだ。

「いない。衛星の落下現場に向かった足跡があった。光ったのはどのあたりだ」

「頂上岩壁の下の雪田だ。衛星が落ちたところだよ」

「じゃあ、さっき聞こえた音がそうだ。ウィルフォードがまた何かやらかしたようだな」

「しかし第四キャンプじゃ青菜に塩だったんだろう。どうして奴はそんなに動き回れるんだ」

クリフは思いあぐねる口ぶりだ。さきほどのアンプルと注射器のことを思い出した。ドクター兼任のフレッドならわかるかもしれない。ポケットにねじ込んでおいた薬品のラベルを眺めながら問いかけた。

「気になることがある。フレッドはそこにいるかい」

「寝ているよ。起こしてこようか」

「いやあとでいい。〈ヒドラレゾリン・アセトゾラミド〉という薬品が何なのか訊いておいて欲しいんだ」

「何なんだ、その舌を嚙みそうな名前は」

「メモしてくれ。綴りは――」

何度かのやりとりで面倒なその名前を伝え、アンプルと注射器がテントの中に捨ててあった話をすると、クリフも多少は興味を持った様子だった。

「持病でも持っていたのかな。しかしABCでは注射を打っているところは見かけなかったが」

とにかく訊いておいてくれと頼んだところで、マルクの救出の件に話題が切り替わった。クリフの口ぶりにも手放しの喜びがにじみ出ていた。

「お前さんに真っ先に知らせようとしたのに、一つも応答しないとクロディーヌが大変な剣幕だった。何にせよこれで私も一安心だ。あとは我々が無事に生還することだけを考えればいい」

「しかし背後にはいろいろ厄介な動きがあるようだな――」

ダルトンの殺害やマオイストがらみの話を口にすると、クリフはいかにもうんざりしたというように言い捨てた。

「そういう厄介事はシルバーンとかいう野郎に任せておけばいい。そっちは我々の商売じゃない――」

祖国アメリカの不手際が腹に据えかねるようだった。一しきり辛辣な言葉を並べ立ててから、クリフは訊いてきた。

「ところでお前さんは今日はどう動く」

「なるべく早く下へ降りてルートの復旧を進めるよ。多少無理しても、今日中に第三キャンプまでつなぎたいからね」

そう答えながらも釈然としない思いが残った。ウィルフォードの不審な行動、早坂雅樹の穏やかならぬ推論、蜂起部隊の薄気味悪い沈黙。さらにはマルクの拉致と生還をめぐるイタチやマオイストの怪しげな動き――。ホアン・リーの要求を満たせば、ことがこのまま終わるとはとても思えない。

「ただね。ウィルフォードのことがどうも気になるんだ。いましがたの爆発音にしても、何かやったとしたらあの男以外に考えられない。下へ降りる前に、落下現場付近をちょっと探ってみることにする」

「大丈夫か。放射能の心配だってある。防護服は持っていないんだろう」

「現場が見通せるところまで行ったらひき返してくるよ。ガスがなければそれだけで状況は摑めるはずだ」

「しかし得体の知れない野郎だ。放っておいた方がいいと思うんだが」

クリフはいかにも賛成しかねるという口ぶりだ。

「深追いはしないよ。朝の散歩程度のことさ。爆発音の原因もわかるだろうし」

気のない口調で答えておいた。あの男が迷惑ごとを起こしていなければ、郷司もあとは放っておくつもりだ。

「くれぐれも気をつけてな。マルクが助かったと思ったら今度はお前さんじゃ、私だって息もつけない」

深々とした嘆息が聞こえた。これ以上の面倒はもう真っ平だというクリフの偽らざる思いが伝わった。

4

翌早朝、クロディーヌは輸送ヘリで、クーンブの補給基地からカトマンズへ向かった。

同行したのはニマ・パバン一人で、マイケルと雅樹はそのままエベレストBCに残ることになった。

マイケルは、この事件でエベレストに乗り込んだ世界でただ一人のジャーナリストという既得権を放棄する気はなく、雅樹の方は夢にまで見たエベレストBCに乗り込んだものの、足が不自由なうえに行動範囲を基地のキャンプサイトに限定されて、やむなく〈ブラックフット〉の研究に没頭することにしていた。

シルバーンは厄介な客人が減ることを内心は歓迎している様子で、ヘリに乗り込むクロディーヌとニマをわざわざ見送りに出たうえに、気味の悪いほど愛想もよかった。

クロディーヌの胸中は複雑だった。兄は無事に帰還し、意識まで回復したが、郷司の方はいまもエベレスト山中にいる。いまのところは直接生命が危険にさらされているわけではない。しかし郷司は偏屈だがいじらしいほどナイーブな男で、自分一人が生き延びる道がたとえあっても、それを選ぶことを潔しとしないことは十分想像がつく。

人質を楯にとった敵の恫喝に抗いようのない現状では、郷司もうかつに身動きはとれないだろう。その点はむしろ安心といえたが、今後の事態の推移は予断を許さない。無謀なことは避けて欲しい。生きて還って欲しい。そんな思いを直接伝えられる場所を離れることがなにより不安だった。

遭難以来初めて意識を回復した兄のもとへも一刻も早く行ってやりたい。眠りから醒《さ》め、片足を失い指を失ったことを知った衝撃はどれほどのものだろう。その思いを受け止めてやりたい。微笑みを失っているのならとり戻してやりたい。自分という人間が一人しかいないことが、これほど不自由に思えたことは初めてだった。

二時間足らずの飛行でトリブバン国際空港の軍用へリポートに降り立ち、米国大使館が差し向けた公用車で陸軍病院へ向かった。その車中で、心はまた別の思いに波立ちはじめる。兄は以前のままの兄だろうか。失ったものの大きさがその心を変えてはいないだろうか。

「クロディーヌ。マルクには女神がついているんだよ。サガルマータの女神ミヨランサンマがな。これ以上強い味方はないぞ。マルクの味方ならもちろんサトシの味方だ。心配するな。サトシだってミヨランサンマの加護できっと無事に帰ってくる——」

ニマは敏感にクロディーヌの心中を察して、ヘリの機内でも車の中でも励ましの言葉をかけてくれた。虚ろな思いで聞きながらも、その言葉は揺れ動く心を見えない糸のように支えてくれた。

心急く思いでカトマンズの朝の渋滞を抜け、陸軍病院に到着したのは午前八時過ぎだった。エントランスに乗りつけた車から飛び降りて、将校専用病棟の通用口に走った。

息せき切って駆け上がったナースセンター前のロビーには、シャヒーン医師と、ナガルコットのロッジですでに馴染みのアン・ドルジェの姿が見えた。傍らにはマイケルの片腕のナジブ・アサンもいる。

横手から小さな影が走り寄り、腕にしがみついてはしゃぎ回る。タミルだった。

「マルクが言葉を話したよ。僕のこともちゃんと覚えているんだよ。早く病室に行こうよ。クロディーヌに会いたがっているよ」

タミルに腕を引っ張られて小走りに駆け込んだ病室で、マルクはベッドに身を起こして朝食の最中だった。流動食を注入するための喉のチューブはすでに外され、首には真新しい包帯が巻かれている。

「マルク!」

呼び声に振り向いて兄が笑った。あの懐かしい笑みで。固まったジャムの瓶の蓋をこじ開けるように、どんなにふさいだ心も力ずくで開いてしまう、あの不思議な魅力を湛えた笑みで

――。


「やあ、クロディーヌ。いま帰ったよ」

マルクはおどけた調子で言って大きく両手を広げる。その腕に飛び込んで頬をすり寄せた。懐かしい兄の匂いと温もりにむせた。溢れ出る思いが喉を詰まらせる。

「お帰りなさい、マルク。どんなに待ち遠しかったことか――」

それだけがようやく言葉になった。涙が流れて止まらない。いたわるように髪をなでる無骨な兄の手の動きが心地よかった。

「足は――。足のことは聞いてるの」

いちばん心配なことを訊いてみた。訊きながら胸が詰まった。返ってくる答えに心が押し潰されそうだ。顔を上げるとマルクは少し困った顔をしてみせた。

「ああ、聞いたよ。しばらくは不便だけど、まあ心配はない。先生の話だと、そのうち生えてくるらしい」

クロディーヌは笑った。幼い頃のことを思い出した。二人の兄妹喧嘩はいつもこんな風に終わった。泣きながら笑わせるのは、少年時代からのマルクの得意技だった。

第十二章

1

テントの張り布がばたつく音で郷司は目が醒めた。

午前八時を過ぎている。ロプサンは起き出して朝食の準備をはじめている。

通気用のダクトから外を覗くと、夜間の好天は一変していた。風は強まり、第五キャンプのテントは深いガスの中に閉ざされている。天候の崩れは予想以上に早かった。高度計の値は昨日より二〇〇メートルほど上を示している。それだけ気圧が下がっているということだ。すぐに撤退するのが賢明な選択だ。

間もなく山は吹雪きはじめる。気圧の谷が過ぎれば冬の北西風が吹き荒れる。八〇〇〇メートルを超えたこの一帯で、冬の嵐の洗礼を受けたら無事に帰れる見込みは少ない。クリフの言うとおり、ウィルフォードのことは頭から切り離すことにした。

携帯用の高カロリー食をロプサンが淹れたお茶で流し込み、出発の準備を整えたところへクリフからのコールが飛び込んだ。応答したとたんに、いつまで朝寝をしているとどやされた。ABCから見ると北西壁の上半分が雲の中に隠れ、状況がわからないので気がかりだったらしい。これから下降すると答えると安心した様子だった。

「野郎を探しに上へ行ったんじゃないかと心配していたんだよ」

「無茶はしないさ。視界が一メートルあるかないかだ。あんなだだっ広い雪田に出るのは自殺行為だよ」

「そりゃあよかった。山の上のガラクタだけでも大変なのに、また新しい死人を担ぎ下ろすことになったらこっちは身が持たんよ」

クリフは一こと厭味を言って訊いてくる。

「あいつからは何の交信もなかったな」

謎めいた閃光を目撃してから、クリフはトランシーバーをつけっぱなしにしていたようだ。郷司の方はこまめに電源を切っていたのでその辺はわからない。そう答えるとクリフは話題を変えてきた。

「ところでフレッドに訊いたんだが――」

切り出したのはあの得体の知れない薬剤の件だった。

「あれは新種の高山病治療薬だよ。効果のほどは画期的だったらしいが、結局認可はされずに終わった」

「何か問題があったのか」

「副作用として向精神作用があり、使用中は軽度の躁状態が続くらしい。さらに危険なのは、連続投与できるのがせいぜい四、五日で、その後は急激に血色素の供給能力が衰える──」

高所にいる間にそんな事態に陥れば命を失うこともある。あまりにも危険だというので、製薬会社自らが認可申請を取り消したという。

「あいつはどこかでそれを手に入れて、高山病の症状を抑えるために使っているというわけだ」

「焼け石に水だと思うがね」

クリフの感想は悲観的だ。確かに高山病に対する薬物の効果は応急的で、根本治療は山から降ろすしかないというのが常識だ。さしたる材料でなかったようだ。気落ちして話題を変えた。

「ホアン・リーの方からも連絡はないのか」

「ああ、音沙汰なしだ」

こちらの問いにもクリフはあっさりと答える。腑に落ちないのはその点だった。

「何かおかしいとは思わないか」

「何が？」

クリフが怪訝な声で問い返す。

「ホアン・リーの沈黙ぶりだよ。本当にそいつが事件の首謀者なのか」

「確かにな。生の声を聞いたわけじゃなし、言うこともやることも妙に大雑把だし──」

クリフも思いあぐねる様子だ。ＡＢＣを包囲する連中からもとくに指図があるわけではなく、向こうが決めた包囲線から出ないかぎりは、行動を制約するわけでもないらしい。

「ジョーとも連絡はとれないのか」

「何度もコールしてるんだが、生きてるのか死んでるのか、こちらもとんと音沙汰はない」

答える声に困惑が混じる。ああだこうだと注文をつけられるよりも、かえってその方が不気味なものだ。下での騒動はやはり時間稼ぎの陽動作戦かもしれない。

「本国の連中も、シルバーンとかいうキザ野郎も、イタチにいいように手玉にとられているということだよ」

クリフはいかにも嘆かわしいという口ぶりだ。これ以上天候が悪化しないうちに少しでも下へ降りると約束して通話を終えた。

装備を整え、いざ出発しようとテント内を片付けはじめると、ロプサンが硬い表情で訊いてきた。

「サトシ。何か聞こえないか」

耳を澄ましてみた。テントがはためく騒音と吹き出した北西風の咆哮に混じって、かすかに金属的な響きが聞こえる。氷雪を踏むアイゼンの軋み、カラビナが触れ合う鈴のような音色――。

思わず身構えた。音は上部雪田に続く傾斜路の方から近づいてくる。覚束ない足取りではない。正確なリズムで、着実に足場を捉えて歩を進めている。

「ウィルフォードか――」

ロプサンが声を押し殺す。近辺にほかに人はいない。しかしテントの周りのガスの流れからして、あの男が向かった雪田は完全なホワイトアウトのはずだ。風を遮るものもない。高所順応が不十分な体で、酸素ボンベも持たずにここまで戻ったとしたら人間の限界を超えている。

「あいつは雪男《イエティ》か」

ロプサンが耳元でささやく。似たような思いらしい。

足音はテントの背後から側面に回り、風下にある出入り口に向かってくる。ピッケルのシャフトを握り締めた。

外張りのジッパーを引く音がする。さらに内張りのジッパーが開き、無精髭や眉毛や髪に氷を貼りつけたウィルフォードの顔が現れた。

「やはりここにおいでだったか」

這うようにテントへ入り込み、アイゼンを外しながらウィルフォードは薄笑いを浮かべた。第四キャンプにいたときと違って余裕がある。

「いままでどこにいたんだ」郷司は警戒心を保ちながら訊いた。

「衛星の落下現場で一仕事していた。ちょっと粘りすぎたらこのありさまだ」

外の荒れぐあいを示すように軽く天井を見やってから、ウィルフォードは首から下げた一眼レフとゴーグルを合体したような装置に目を落とす。

「高感度の赤外線暗視装置だよ。霧でもブリザードでも見通せる。こいつがなければ戻ってはこられなかった」

ウィルフォードは不敵な笑みを浮かべた。クレイグを射殺した連中がそんなものを使っていたとクリフから聞いた。やはりこの男はイタチの仲間か――。

「体が冷えてるんだ。熱いお茶でももらえないかね」

今度はロプサンに声をかける。妙に機嫌がいいが、それがかえって薄気味悪い。

「昨夜、上の雪田で爆発が起きたな。説明を聞かせてもらおう」

「諸君には関わり合いのないことだ。詮索しない方がいい」

ウィルフォードの答えはにべもない。思い切って急所を突いてみた。

「爆発物がご専門らしいな。マイケル・ウェストンの自宅に豪勢な花火を仕掛けたのもあんただろう」

「そんな男は知らんね」

「やったやつは、あんたと同じ帽子を被っていたらしい」

「コロラド・ロッキーズの野球帽か。部隊がデンバーにあって、大のファンなんだよ。カトマンズにも同好の士がいるとは嬉しいかぎりだ」

動じる気配もない。ばれていることを承知の開き直りだ。苛立ちを嚙み殺して方向を変えた。

「体調はどうなんだ。第四キャンプじゃだいぶ参っていたようだが」

「ようやく高度に順化したらしい。時間がかかるたちでね。いまはベストコンディションだよ。私をなめるなと言った意味がおわかりいただけたかな」

ウィルフォードはせせら笑う。理解できない話だ。七七〇〇メートルで潰れた男が八二〇〇メートルで回復するなど、高所医学の常識を超えている。第四キャンプの醜態が嘘だったのか。そのあいだ自分たちは、この男が破壊したルートの修復に時間と体力を浪費したのだ。苦い思いが湧き起こった。

「次から次へと身勝手なことをする理由を説明してもらおう。何を企んでいる」

「私は崇高な使命に従って行動しているだけだ。いずれ諸君は私とともに行動できたことを誇りに思うことになる」

雪焼けと凍傷で爛《ただ》れたウィルフォードの顔が傲岸にゆがんだ。高所障害が脳にきているのか、言っていることが普通ではない。あるいはと思った。あのおかしな薬物に予想外の効果があったのではないか。向精神作用があるという話も奇妙な昂揚状態と符合する。心の中で身構えた。

「どこかの国の馬鹿が落としたごみ拾いのどこが崇高なんだ」

「いずれわかる。いまは詮索しない方がいいとだけ忠告しておく」

「興味はないよ。邪魔をするなと言いたいだけだ。あんたのおかげで予定が一日以上遅れた。お蔭で人が死ぬかもしれない」

「心配ない。その前にかたがつく」

ウィルフォードは平然と応じる。やりとりがかみ合わない。必要以上に警戒したことが馬鹿馬鹿しくなった。要するに頭のネジのすっ飛んだ軍のはみ出し者に過ぎないのだ。このうえ馬鹿を重ねないうちに下へ降ろすしかなさそうだ。

「これから第四キャンプへ降る。死にたくないなら一緒に来るんだな」

「そうはいかない。仕事ははじまったばかりだ」

「命を失うぞ。登っては降りを繰り返すのが高所順応の鉄則だ」

「残るのは私だけじゃない。諸君にも付き合ってもらう」

ウィルフォードの口元に意味ありげな薄笑いが浮かぶ。

「どういうことだ」

「私にも人質が必要なんだよ。ここから上は一人では手強そうだ。ついでにサポートもお願いしようと思ってね」

ウィルフォードの右手がダウンスーツのポケットに滑り込んだ。引き抜いた手には黒光りする自動拳銃が握られている。銃口は郷司の眉間をとらえている。

この男が本命のイタチだった！　ベースキャンプの騒動はやはり陽動作戦だ。

「頭でも打ったのか。物騒なものは引っ込めろよ」

宥めるように応じながら反撃の隙を窺った。すぐ傍らにコッヘルの載ったストーブがある。中のお湯はまだ熱いはずだ。

体を捻って右足を払った。コッヘルが宙を飛び、中の湯が飛び散る。

ウィルフォードが顔をそむけた。

ロプサンが敏捷に反応した。横手からタックルし、銃を持った腕をねじ上げる。

不意を突かれてウィルフォードはバランスを崩した。

横倒しになったウィルフォードの上に馬乗りになり、喉元にピッケルのシャフトを押しつける。

腕に力を込めた。ウィルフォードの顔が紫色に充血する。何か言っているが声にならない。ロプサンが肩を叩いた。ウィルフォードの銃を手にして、その眉間に照準を合わせている。喉元に食い込ませたピッケルを外すと、ウィルフォードはしばらく荒い息を続け、咳き込みながら上体を起こした。

「勝ったと思っているのか」

ようやく声が出た。落ち着き払った声だ。いつの間に手にしたのか、小さなボタンのついたポケベルのような装置を片手で弄《もてあそ》んでいる。

「こんなものでも四、五キロは電波が飛ぶ。何ができるか、ABCの連中に訊いてみるといい」

ウィルフォードはトランシーバーを顎で示した。嫌な予感がした。電源を入れたとたんにクリフのコールが飛び込んだ。

「サトシ！　こちらABC！　応答してくれ。えらいことが起きた」

「こちらサトシ。何があったんだ？」

「ついいましがた居住用テントの一つが吹っ飛んだ。何かが爆発したんだ――」

シェルパが一人死んだという。怪我人もいるらしい。

ウィルフォードの顔を見た。薄笑いを浮かべている。

「何をやった？」

「ABCに花火を仕掛けておいた。数は忘れたが、ボタンを押すたびにどれかが爆発する。ロシアンルーレットのようなもんだ。運が悪いと死人や怪我人が出る」

ロプサンは怒りに蒼ざめている。目の前の男にたったいま仲間のシェルパが殺されたのだ。銃を構える手が震えている。トリガーが引き絞られる。もう止めようがない――。

撃鉄が動いただけで銃声はしなかった。

「こんなこともあろうかと弾を抜いておいたんだよ。大人しく言うことを聞いていれば死人も怪我人も出なかったものを――」

嘲るような笑みをたたえてウィルフォードは宣告した。

「諸君は私の指揮下に入る。以後の行動はすべて私の命令のもとに行われる。反逆は死を意味する」

充血した目には狂気を秘めた光が宿っている。

「サトシ、どうした？　聞こえるか？　そっちの方は大丈夫なのか？」

クリフが上ずった声で呼びかける。打ちのめされた気分で応答した。

「爆発物を仕掛けたご当人がここにいる。気をつけてくれ。置き土産はそれだけじゃないらしい」

素早く伸びたウィルフォードの手がトランシーバーをもぎとった。

「諸君には必要のない道具だ」

下界との唯一の交信手段をウィルフォードはピッケルで叩き潰し、テントの片隅へ投げ捨てた。

2

陸軍病院の病室でマルクの話を聞き、クロディーヌは深い衝撃を覚えた。

救出してくれたのはハヌマンだとマルクは言う。頬に傷をもつ謎めいた青年の真意はわからないが、すでに二度、彼は窮地を救ってくれたのだ。

マルクはハヌマンと知り合った経緯を語ってくれた。それはニマから聞いた以上の話ではなかった。マルクも当時のハヌマンに好感を覚えたことは事実だったが、マルクとクロディーヌの身辺に接近し、危機となれば手を差し伸べてくる、その理由については計りかねる様子だった。

思いを定めてエベレストで起きている事件の顚末を語ってみた。刺激を与えないようにというシャヒーン医師の指示を守って、ナジブもアン・ドルジェも、そのことはまだ話していなかった。

不安ではあったが、クロディーヌは兄の強さを信じた。彼がエベレストで見たこと、伝えたかったことを聞きださなければ、郷司が陥っている危機の真相もつかめない。エベレストの落下物を間近に目撃した人間はいまもってマルクただ一人なのだ。語っていくうちにマルクの顔色が変わった。

「間違いないよ。あれは〈ブラックフット〉だ——」

甦ったばかりの記憶をまさぐるように、マルクはゆっくりと宙に視線を這わせた。

ジャン・マリ・ピコンという人物がマルクのもとを訪れたのは八年前の秋のことだという。彼が〈ブラックフット〉についての詳細な知識をもったのは、ピコンから正式な技術報告書と思われる文書の要約を依頼されてからだった。

かつてフランス空軍の技術将校だったマルクは、〈ブラックフット〉の存在について噂には聞いていた。ソ連による衛星搭載型弾道ミサイルの配備を抑止するためのダミー・プロジェクトで、その目的上、ソ連のみならず西側の国々にも情報はリークされていたという。そのあたりはギリアム・ウィットモアの話と食い違いはなかった。

文献の実物を目の当たりにしたのは初めてだった。内容は想像以上のものだったが、仕事と割り切って依頼をこなし、そのときは何がしかの臨時収入を得て終わったという。

忘れかけていた〈ブラックフット〉の話に再び接したのは昨年の秋だった。アメリカの山岳団体のセミナーに招かれて赴いたサンフランシスコで、彼は大学時代の旧友と再会した。卒業後に渡米し、アメリカで弁護士資格を取得したその友人は、主に在米フランス企業を顧客とする法律事務所を営んでいた。昔話に花を咲かせるうちに、友人が思いがけない話を語りだした。

最近ある婦人から、米連邦政府を相手どった民事裁判の提訴を依頼されたという。二十年ほど前に婦人の夫が連邦政府の陰謀で暗殺されたというもので、刑事事件としては時効だが、民事なら方法があるのではないかという相談だった。友人は関心を持った。勝ち負けにかかわらず、国家を相手の訴訟はマスコミが注目する。弁護士にとっては願ってもない宣伝チャンスだ。しかし面談を重ねるうちに困難な訴訟だという認識が強まった。

夫は生前は米国有数の宇宙・国防企業の技術者だった。死因は自家用機の墜落事故で、同乗していた二人の同僚とともに即死した。事故原因については製造上の欠陥によるエンジントラブルだとする米航空当局の調査結果が公表された。

現にその事故の前後、同型のエンジンを積んだ飛行機の事故やトラブルが多発していた。婦人は一緒に死んだ同僚の妻らとともに訴訟を起こした。航空機メーカーは非を認めて和解金を支払い、いったんはそこで決着がついた。

しかし翌年、同じプロジェクトで働いていた夫の同僚三人が相次いで不審死を遂げた。一人は交通事故、一人は自宅の火災による焼死、一人は自殺で、彼女はそのとき初めて、夫の死の背景に疑惑を抱いた。当時携わっていた仕事の内容を、夫は国家的な重要機密だとして一切明かさなかった。激務は数ヵ月にわたり、そのあいだ夫は工場に隔離され、彼女とも音信のない状態が続いたという。

ネバダにあるその工場は機密性の高いプロジェクトを専門に扱うところで、そんなことは過去にもあったため、彼女もとくに疑いは抱かなかったらしい。事故が起きたのはプロジェクトが終了し、夫が本社のあるサンフランシスコへ帰る途中だった。

具体的な証拠は何もない。疑惑の根拠は相次いだ同僚の死と、夫が国家機密に関わるプロジェクトに携わっていたという事実、そして死の直前の不審な行動だけだった。

遺産整理でわかったことだが、夫は内緒で株式や有価証券を中心に少なからぬ財産を現金化し、スイスの銀行口座に移していた。本人と彼女の名義で祖父の故郷のウクライナのビザも取得していた。そんな話を婦人は聞いていなかったが、プロジェクトが終わったら旅行にでも出ようと計画し、驚かそうと隠していたのだろうとそのときは思った。

時がたつにつれて、それが新たな疑惑に変わっていった。夫は生命の危険を感じていたのではないか。自分の命を守るために国外逃亡を企てていたのではないか。

婦人は改めて遺品を調べはじめた。事故当時は気にも留めなかった書きかけの手紙に彼女は注目した。大学時代の恩師に宛てたもので、文中に〈ブラックフット〉という言葉が頻繁に登場する。何かはわからないが、夫がその〈ブラックフット〉に関わる仕事に携わっていたことは明らかだった。

夫が担当していたのは、〈ブラックフット〉に裏口を取り付ける仕事だったらしい。裏口といわれても何のことなのかわからない。しかし半ば強制されたその仕事の目的に、夫が深い危惧を抱いていたことは文面からありありとうかがえた——。

そこまで話して友人は唐突に訊いてきた。

「君は、戦略空軍に所属していたからわかるんじゃないか。〈ブラックフット〉というのはいったいなんだ」

フランス人のマルクにとっては国家機密というわけでもない。スパイ罪には当たらないだろうと知っているだけのことを伝えた。友人は怪訝な顔でさらに問いかけた。

「そいつは本当に実戦配備されなかったのか」

そう聞かれるとマルクも答えようがない。アメリカは公式にはプロジェクトの存在を認めていない。秘密裡に打ち上げることは可能だったと答えるしかなかった。彼が知るかぎり〈ブラックフット〉は、偵察衛星であれ通信衛星であれ、ほとんどのタイプの衛星に偽装できるように設計されていた。そんな話をすると友人はさらに奇妙なことを訊いてきた。

「仮定の話だが、もし〈ブラックフット〉が実際に宇宙にあって、何者かがその制御を奪い、地上へのテロ攻撃に使おうとしたら技術的には可能か」

唐突な質問の意味が呑み込めなかったが、マルクは条件によっては可能だと答えた。つまり裏口の鍵があるなら――。

ジャン・マリ・ピコンから委嘱を受けた仕事で、マルクは〈ブラックフット〉の特異な仕組みのことを知った。〈ブラックフット〉には二つの制御系がある。一つは衛星の見かけの振る舞いを制御するもので、いわば表向きのインターフェースだ。平時の〈ブラックフット〉は、偵察衛星なり通信衛星なり、偽装した衛星の仕様に応じた制御信号に従って、それにふさわしい挙動をする。

ところがある特殊な信号を受信すると、制御モードが〈ブラックフット〉本来のものに切り替わる。平時の制御信号は無視され、別の通信手順《プロトコル》に基づく制御信号を受けて地上攻撃の態勢に入る。この仕組みによって〈ブラックフット〉は、平時の制御を担うＮＡＳＡや軍の宇宙システム部門の技術者の目をも欺くことになる。

問題は裏口にあたる秘密のプロトコルをどうやって知るかだ。その情報は最高レベルの国家機密として厳重に封印されているはずで、盗み出すのは至難の業だろう。しかし思い当たる可能性はある。〈ブラックフット〉が実戦配備されるとしたら一基ではなく二基であることもマルクは知っていた。もしそのうちの一基が事故であれ故意にであれ地上に落下したら――。

通常の衛星なら大気圏突入で大部分が燃え尽きるが、本来地上目標を攻撃するための〈ブラックフット〉の弾頭は大気圏突入の際の摩擦熱にも十分耐えられる。そのため不時の落下の際の誤爆を防ぐためにランチャー全体が耐熱構造になっており、落下地点が水上や雪面のような衝突時のショックの少ない場所であれば、ほぼ完全な形で残存する可能性がある。

何者かがそれを奪取すれば、組み込まれた制御ユニットを取り外し、ROMに焼きこまれたプロトコルを読み出すことができる。つまり二基のうち一基を奪取すれば、残りの一基を自在に操れる。〈ブラックフット〉は、二基同時に運用した場合に最高性能を発揮するが、一基でもテロリストの武器としては十分すぎるほど脅威だ――。

すべて仮定の話だった。マルク自身〈ブラックフット〉は研究段階でお蔵入りになったと信じていた。しかし友人が続いて漏らした話には不気味な衝撃を受けたという。

二ヵ月ほど前に婦人の元へ謎めいた手紙が届いた。夫とともに飛行機事故で亡くなった同僚の息子からのものだった。

手紙の主もまた父の死が国家による暗殺だと信じていた。しかし婦人とは異なり、彼は裁判には無関心だった。彼は合衆国への報復を誓っていた。その文面で彼は〈ブラックフット〉が特殊な戦略核兵器であることをほのめかし、合衆国は自ら作り出したモンスターによって自らを破滅に導くだろうと予告していた。

その手紙を受けとったことが、婦人が脆弱《ぜいじゃく》な状況証拠だけで裁判に打って出る決意をした理由の一つだった。その知人の息子を彼女は幼時からよく知っていた。思い込むと一途に邁進《まいしん》する性格の持ち主だということもわかっていた。危険なことを企てているならぜひ思いとどまるようにと手紙を書いたが、その息子からはなしのつぶてだったという。

FBIに通報することも考えたが、親しい知人の息子を予断だけで犯罪者に仕立てるのも躊躇された。それなら勝ち負けは度外視してでも訴訟に打って出て、問題を明るみに出す方がいいと考えた。〈ブラックフット〉という謎めいたプロジェクトのことが大きく報道されれば、手紙に書いたようなことを企てても実行は難しいだろう。

真相はあくまで法の場で明らかにされるべきだ。そんな考えで婦人はいくつかの弁護士事務所を訪れたが、訴訟を成立させるには証拠が薄弱すぎるといずれも丁重に断ってきた。フランス生まれの知人の紹介でようやくたどりついたのが友人の事務所だったという。

「その息子が、この事件に絡んでいる疑いは濃厚ね」

クロディーヌは期待を滲ませた。マルクも大きく頷いた。

「その通りだ。しかし彼女はその名前を明かそうとはしなかったらしい」

「何とか訊き出せないのかしら」

「ことここに至っては無理にでも訊いてもらうしかないな。クロディーヌ。そのパソコンは電子メールが使えるか」

マルクは包帯が巻かれた指で、病室においてあった仕事用のノートパソコンを指し示した。頷いて電源を入れ、メールソフトを立ち上げると、マルクは弁護士のアドレスを告げ、文面を口述しはじめた。

送信し終えるとマルクは、ギリアム・ウィットモアが送ってきたという〈ブラックフット〉の技術論文を見たいと言い出した。ピコンから渡されたものは仕事を終えて返却してしまったという。記憶に頼るだけでは不安なので、もう一度目を通したいらしい。ナジブに訊くと、オリジナルは支局にあるという。彼は慌ててとりに走ってくれた。

ナジブの帰りを待つうちにサンフランシスコの弁護士から返信が届いた。メールを受けとってすぐ依頼人に電話を入れたが、外出中でつかまらないらしい。連絡がつき次第、事情を説明して訊き出してみるという。

ほどなくナジブが戻ってきた。手渡された分厚い論文をしばらくめくり返して、マルクは重苦しく唸った。

「これはピコンが持ってきたものとは違う。教授が参加したのはプロジェクトの研究段階までだったらしい。書かれているのは〈ブラックフット〉の基本設計の部分だけだ」

「つまりどういうことなの」

意味が呑み込めない。マルクが顔を上げて補足する。

「アメリカが世界にリークしたのはこの論文に書かれている段階までだ。ところがおれが見たものは次の段階に踏み込んでいた。最大の機密事項である裏口からの制御プロトコルについては触れられていないが、裏口の存在自体は明かされている。間違いなく実戦配備を前提にした内容だった」

マルクが見たものには裏口の話以外にも、ウィットモアが送ってきた論文にはない記述が含まれていたという。

「要するに――」マルクは一呼吸おいて続けた。

「ウィットモア教授の論文がプロジェクトの公式報告書だとしたら、おれが見たのはその裏バージョンだ。おそらくホワイトハウスを出し抜いて〈ブラックフット〉を打ち上げた連中が内部的にまとめ上げたものだよ」

「だったらジャン・マリ・ピコンという男は」

「とんだ食わせ者だ。どうやって論文を入手したのか知らないが、エベレストで騒ぎを起こしている連中の片割れだよ。おれはたちの悪い連中のお先棒を担いだことになる」

膝の上の論文を苛立たしげに閉じて、マルクは唐突に言った。

「何をしてるんだ、クロディーヌ。早くエベレストBCへ戻れ」

当惑してその顔を覗き込んだ。見たこともないほど思いつめた表情だ。

「いま話したことをサトシに伝えてくれ。君の声で直接――」

「でもマルク。あなたは意識が回復したばかりなのよ。これから十分なリハビリが必要だって先生もおっしゃってたわ。私がいないと――」

「そんな悠長な状況じゃない。このままじゃ大変なことになる。世界が破滅するんだ。それを防げるのはいまサトシだけだ」

訴えるマルクの声は悲壮だった。その思いを敏感に察知したように、ニマが傍らから声をかける。

「マルクのことなら心配いらん。ここにはわしが残るよ。怪しい連中には指一本触れさせせん。それよりいまのサトシにはお前さんが必要だ。弱音は吐かんやつだが、内心は不安なはずだ。飛んでかえって勇気づけてやらんとな」

心強い思いで頷いた。ニマの存在がマルクを守ってくれる砦のように感じられた。

そのときアノラックのポケットで携帯電話の呼び出し音が鳴った。エベレストBCのマイケル・ウェストンからだった。

報告を聞いたとたんに眩暈に襲われた。ついいましがたABCで何かが爆発し、シェルパに死傷者が出た。直後にクリフが郷司と連絡をとると、仕掛けたのはジャック・ウィルフォードで、ABCにはまだ爆発物が残っていると告げ、そのまま連絡が途絶えたという。

以後はまったく連絡がとれず、そのときの雰囲気から、郷司はウィルフォードとともに第五キャンプにいる可能性が高いらしい。

いよいよ本性を現した。マイケルの自宅に爆発物を仕掛けたのは、間違いなくその男だ。そして郷司とロプサンは、何らかの手段でウィルフォードに拘束されている——。

押し寄せる不安の波に抗いながら、心急く思いで訴えた。

「ミスター・シルバーンに話をつけて。これからすぐにそちらへ戻りたいの」

マイケルが当惑した声を返す。

「兄さんは大丈夫なのか。まだ意識が戻ったばかりだ。体だって衰弱しているだろう」

「そんなことより、マルクから大変なことを聞いたのよ」

〈ブラックフット〉にまつわる一連の話をかいつまんで説明すると、マイケルは衝撃を受けた様子だった。

「わかった。いまシルバーンに談判する。折り返し連絡するよ」

返事がくるまで二分とかからなかった。シルバーンは渋い顔をしたが、マルクの話の概略を伝えると態度を一変したらしい。乗ってきたヘリは空港にいるからそれを使ってくれという。これから大使館の車を回すと告げられて、逆に急きたてられるようにクロディーヌは出発の準備をはじめた。

3

「諸君、時間がない。そろそろ出発しようじゃないか」

ウィルフォードが促した。第五キャンプ周辺では、ブリザードが激しさを増していた。テントの破れ目から吹き込む雪で、あちこちに吹き溜まりができている。テント内の温度も急激に低下している。それでも固形栄養食と熱いお茶の補給でウィルフォードは体が温まったらしい。

筋肉質の体軀全体に得体の知れないエネルギーがみなぎっている。

「この荒れ模様の中をどこへ行くんだ」

真意を訝りながら、郷司はウィルフォードに視線を据えた。

「上だ。頂上を越えてネパール側に出る」

ウィルフォードはこともなげに答える。啞然とした。ここから頂上に至るルートはベストコンディションでも体力と精神力の限界を要求される。いまは考えうる最悪の条件だ。それはエベレストが下した生あるものへのオフ・リミットの宣告だ。まともな話の通じる相手ではないが、唐突に飛び出した話はあまりにも無謀だった。

「死にに行くつもりか」

「命を惜しむ気持ちはわかるよ、サトシ。しかしそれではほかの人間が死ぬことになる。そちらにも頭を回すべきだな」

ウィルフォードは穏やかに恫喝をかける。クリフたちのことを言っているのか、ベースキャンプの人質のことを言っているのか。つかみどころのない物言いだが、抵抗することも時間稼ぎをすることも、いずれかの命の喪失に繫がる点では当を得ている。

「狙いはあの落下物を奪取することだろう。人質の命と引き換えにそれを手助けすることで話はついたはずだ。なぜ妨害する」

「必要な物はもう手に入れたよ。残りのガラクタは下の連中にくれてやる」

「必要な物って、いったいなんだ」

「小さな魔法の石だ。この世界を支配する力を秘めた——」

またしてもわけのわからない話だ。ふと思い当たった。小さな魔法の石。半導体のことか。それなら早坂雅樹の推論は的を射たことになる。

昨夜はそれをとり出すために核弾頭を搭載した〈ブラックフット〉に爆薬を仕掛けたのかもしれない。想像しただけでも身の毛がよだつが、それでは下の連中とこの男の関係はどうなるのだ。

「なぜわざわざ上へ向かう。下にはお仲間が大勢いるだろう」

「お仲間——」ウィルフォードは嘲るように唇を歪めた。

「薄汚いイタチどものことか。連中はクズだ。我々にとってはただの踏み台に過ぎない」

我々——。つまり別の仲間がいるということか。しかしイタチとは何かの理由で一線を画している。ウィルフォードの曖昧な表現はそれを言外に匂わせている。

「付き合えないな。あんただって途中で死んだら元も子もないはずだ。ヒマラヤについては、こちらがはるかに経験がある。忠告を素直に聞き入れるんだ」

「だからこそ君の経験と技術を使わせてほしいんだよ。議論は無用だ。私には時間がない」

ウィルフォードは苛立ちをのぞかせた。例の薬物の効果のことか、それとも行動を急ぐ別の理由があるのか。薬の話なら時間を稼げばこの男は自滅する。しかしベースキャンプの人質の命は保証されない。それ以上に真の狙いがわからない。無事にネパール側へ降れても、その先には米軍の補給部隊がいる。それでも勝算があるとしたら——。

ウィルフォードはロプサンからとり上げた銃に、これみよがしに実弾を装塡しはじめた。そのあいだもポケベルのような装置を片手に握り締めて離さない。

郷司は腹を固めた。勝負は山の中でつける。困難な岩場ならウィルフォードにも隙ができる。チャンスはそこで見出せる。

「わかったよ。ただしルートはこちらで決めさせてもらう」

「よかろう。どうやって行く」

思いがけず素直にウィルフォードは乗ってきた。腹の中は読めないが、一か八かの提案をしてみた。

「このまま頂上岩壁をダイレクトに登る」

「西稜からの方が無難じゃないのか」

ウィルフォードは当惑する。郷司は素っ気なく応じた。

「西稜までのルートはだだっ広い雪田だ。いまはブリザードで見通しがきかない。あんたには魔法のゴーグルがあっても、こっちはどう進んでいいかわからない。トップに立ってリードしてくれるなら話は別だが」

「それで――」

ウィルフォードも背中を見せる気はなさそうで、表情を変えずに先を促す。

「いまのところ上部の雪は安定している。風は強いが、背後から受けるから飛ばされる心配はない。斜度は五十度から六十度。岩場もそう難しくはない」

常識的には避けるべき選択だ。背中で風を受けるといっても吹きさらしに変わりはない。体が凍りつく前に頂上にたどり着けるか、一か八かの賭けなのだ。狙いは難度の高い直登ルートをとることでウィルフォードの自由を奪うことにある。拳銃と危険なポケベルを封じさえすれば勝機は自ずと見えてくる。

「なるほどな。君に言われると説得力がある。岩場に誘い込めばこちらの両手両足はふさがる。そこで勝負をつけようという作戦は軍事的観点からも正しい」

ウィルフォードは芝居じみた感嘆の表情をつくる。意図は読まれていた。それならなおのこと押し通すしかない。動揺を隠してさらに続けた。

「標高差は約六〇〇メートル。決して楽じゃない。これから出発すれば途中でビバークだ。ただしにっちもさっちも行かなくなったとき、懸垂下降でここまで一気に撤収できる。そこが西稜ルートより有利な点だ」

「自信があるようだな」

腹を探るようにウィルフォードの瞳が光る。突き放すように言い捨てた。

「勘違いしてもらっては困る。あんたが無理に上へ行きたがるから可能性の高い方法を考えただけだ。登山家として決断しろといわれたら、ＡＢＣへの撤収という答えしかない」

「よかろう。すぐに出発できるな」

にんまり笑って、ウィルフォードは話に乗ってきた。こちらの思惑に気づいている以上、何か計算があってのことには違いない。油断は禁物だ。あとはのるかそるかの化かし合いなのだ。

傍らのロプサンが目顔で頷く。意図はわかってくれている。覚悟はしておいてくれ。

「うまくいっても、指の何本かはなくすかもしれない。覚悟はしておいてくれ」

とどめの釘を刺しておいた。脅しではない。あのマルクでさえ足と指を失い、意識不明でようやく生還したのだ。荒れはじめた冬のエベレストに挑むことが、その不遜《ふそん》を命によって贖《あがな》うほど危険な行為であることをこの男は間もなく身にしみて味わうはずだった。

4

大使館差し向けの公用車は、トリブバン国際空港を目指してリングロードを飛ばしていた。押し寄せる焦燥にクロディーヌは必死に耐えていた。

陸軍病院を出る直前にクーンブの補給基地にいるマイケルに電話を入れたが、郷司とはいまも連絡がつかないらしい。昨夜、クリフ・マッケンジーが目撃したという謎の閃光のことも気になった。郷司も同じ時刻に第五キャンプで爆発音を聞いたという。場所は核弾頭を搭載した〈ブラックフット〉の墜落地点だ。クーンブの基地ではいまのところ放射線レベルの異常は検知していないらしいが、最悪の事態を考えれば心が凍りつく。

マイケルとはあれから何度も連絡をとり合った。マルクとも直接話をさせ、〈ブラックフット〉に関する新たな情報はある程度知らせてある。ウィルフォードの正体については、ワシントンの調査スタッフを動員して調べ上げたが、経歴に汚点はないという。職務の性質とは裏腹に人柄は温厚かつ誠実で、部下からも慕われているらしい。郷司やクリフが言うウィルフォードの性格とはだいぶ違う。

マルクの友人の弁護士は依頼人の婦人の居場所を突き止め、手紙を書いた知人の息子の名前を訊き出してくれた。その人物の名はチャールズ・マクビー。アメリカ最大手の化学薬品メーカーに勤務している三十五歳の男だった。

こちらについてもＦＢＩが捜査を進めているという。遠征隊のメンバーにマクビーという人物はいない。イタチの幹部の自供からも上がっていない名前らしい。その男とイタチを結びつける証拠はまだないが、ＦＢＩもホワイトハウスも濃厚な容疑者と認識しているようだ。

ＡＢＣのクリフからの報告では、エベレスト北西壁はいま大荒れで、常識的には撤収するのが唯一の選択肢だという。最悪の気象条件と爆弾男。危険は倍加している。ウィルフォードは何を考えているのか。郷司とロプサンは無事でいるのか——。どう思いをめぐらせても不安を打ち消す材料が見つからない。

大使館員の運転する公用車は一般車進入禁止のゲートを潜《くぐ》り抜け、トリブバン国際空港の軍用ヘリポートへ直接乗りつけた。米軍の輸送ヘリはすでにアイドリングをはじめている。クルーに急かされて搭乗口へ走った。

そのとき近くに駐機している濃緑の機体の軍用ヘリが目にとまった。胴体に赤い六角星のマークがある。ネパール陸軍のヘリだ。エベレストの米軍部隊のサポートに向かうのか、武装した兵士が周囲で慌しく動いている。

目に留まったのはその中の一人だった。野戦用のヘルメットを目深に被り、濃いサングラスをつけた顔は遠目で定かではないが、一瞬のぞいた横顔に思わず息を呑んだ。あの特徴的な傷痕がある。

ハヌマン――。一瞬そう思った。

マイケルから聞いた話では、マオイストと軍との間には奇妙な平和共存関係がある。地方でのマオイストの蜂起を内戦と位置づけたくないビレンドラ国王の意向で、政府はいまもマオイストとの戦いに軍を投入していない。このため警察との間で流血の抗争を続けている彼らも、軍に対してはあからさまな敵対行動をとらない。軍の一部にシンパがいるという風説もある。いずれにせよそうした捩れた共存関係が、ネパール国内の政治的均衡を危ういバランスで保っていることは確かなようだ。

想像力をたくましくすれば、軍内部の伝手を使ってハヌマンが部隊に潜入したという考えも成り立つ。しかしどう考えても荒唐無稽な想像だ。クロディーヌはその考えを頭から切り捨てた。

連絡担当の将校と下士官が同乗しただけの空身に近い輸送ヘリは、わずか一時間半の飛行でエベレストBCに到着した。

機内から出たとたんに氷のような風が頬を打つ。慌てて纏ったダウンパーカーに鋭い寒気が侵入する。クーンブ氷河の上空には、クロディーヌの心中にも似た暗鬱な雲が垂れ込めていた。

マイケルが途中まで迎えに出てくれた。本部には新しい情報は入っていないらしい。

本部テントの空気は緊迫していた。出発する前にマルクが口述し、ナジブ・アサンが書き取った詳細なメモを見せると、マイケルもシルバーンも早坂雅樹も興奮した。それは雅樹が導き出した推論を裏付けた上に、さらに新たな驚愕をもたらしたようだった。

「〈ブラックフット〉がもう一つあることを、どうして隠していた」

マイケルがシルバーンに詰め寄る。

「信じてもらえないだろうが、本当に知らない。大統領ももちろん把握していない――」

シルバーンは絶句する。一九八〇年から八一年にかけて打ち上げられた衛星は三十個を超えるという。その一部はすでに退役しているが、地上に落下したのはインスペクター80が唯一で、残りはいまも軌道を周回しているらしい。

そのなかのどれかが偽装された〈ブラックフット〉なのかもしれない。現在、NASAと軍が確認作業を進めているが、十年以上前に退役した衛星については残存資料が乏しく、調査には手間取りそうだという。

「ジャナン氏が見た裏バージョンの論文の出所は調べたのか」

マイケルの追及にシルバーンの顔色が変わる。

「そのくらいは調べてあります。ペンタゴンのデータベースにトップシークレットで保管されていました――」

作成責任者は、すでに死亡した戦略空軍司令官のブロートン・ハンコック大将で、インスペクター80を偽装して〈ブラックフット〉を打ち上げた張本人だった。

大統領の秘密命令で実戦使用の可能性が絶たれた〈ブラックフット〉の関係資料にアクセスする者はほとんどいなかった。論文はやがて関係者の記憶から消え去り、度重なるデータベースの更新で、トップシークレットとは名ばかりのゴミ捨て場に近いセクションに分類されていたという。そのため機密管理も甘く、その気になれば内部からも外部からもアクセスは容易だったらしい。アクセス記録の保存期間は五年で、マルクがジャン・マリ・ピコンなる人物に会った八年前の記録はすでに抹消されているという。

エベレストBCには、明日の午後到着予定の米軍特殊部隊を受け入れるためにテントが幾張りも増設されていた。その受け入れ準備の交信と、シルバーンと本国の頻繁な交信で、軍事衛星通信とインマルサット各一回線の通信能力はパンク寸前だった。大使館に携帯型のインマルサット端末二基を早急に調達するよう依頼しているようだったが、それはまだ届いていない。

本部テントには殺伐とした空気が漂っていた。郷司の消息はいまもわからない。マルクやニマの声を聞きたかったが、しばらくは回線が空く様子もない。クロディーヌはただ苛立ち、不安と戦う以外にすべがなかった。

第十三章

1

ウィルフォードとロプサンをリードして、郷司は頂上岩壁の急峻なルートに取り付いていた。

クーロワールを抜け出て岩壁の基部に出たとたんに、ハンマーで殴りつけるような烈風が襲いかかる。咆哮する白い嵐が周囲を渦巻き逆巻きのたうっている。

風速四〇メートルを超す風は呼吸の自由さえ奪いさる。大きく口を開け、精一杯横隔膜を動かしても、空気は逆に肺の中から吸い出されていく。目の前が真っ白いものに覆われる。それが酸素不足による眩暈なのか、密度の高いガスの流れによるものなのか、ときおり区別がつかなくなる。

マイナス四十度の冷気の刃は、厚いダウンスーツを貫いて骨身に切り込み、ブーツの中の足を氷漬けにし、露出した唇や鼻に突き刺さる。鼓膜をつんざく猛々《たけだけ》しい風の唸りがそれ以外の一切の物音を遮断する。世界最高峰の巨大な北西壁の真っ只中で、分厚いガスと風圧と寒気と轟音の閉塞空間に押し込まれているのだ。耐えがたい孤立感があらゆる希望をそぎとっていく。

絶え間なくのしかかる風圧に抗いながら、アイゼンの歯で岩角をとらえ、寒気で感覚を失いかけた指で危ういホールドをまさぐる。五〇メートルのロープはほぼ一杯まで伸びきっている。乳白色のガスの流れが一瞬薄れ、頭上に凹角状の岩に囲まれた小さなテラスが見えた。わずかにオーバーハングした垂壁を力ずくで乗り越え、荒い息を吐いてテラスに立った。

身を潜めた凹角が辛うじて風を遮ってくれた。三人が立てるほどのスペースはない。ウィルフォードとロプサンが登ってくれば、再び烈風の地獄に身をさらすことになる。束の間の安息に郷司はまどろみかけた。

気を引き締めて背後の岩壁にピトンを打ち込み、カラビナをセットして自己確保をとる。下方に延びたロープを引いて合図する。ロープがぴんと張り詰める。

ガスに閉ざされて見えないが、登ってくるのはウィルフォードだろう。彼はロープを頼りに登るだけだ。最後尾のロプサンは中間支点のピトンやカラビナを回収しながらの登攀だ。いちばん楽な役回りがあの男なのだ。

心理戦はすでにはじまっていた。ウィルフォードは新たな恫喝をかけてきた。例のポケベル型の装置をタイマーモードにセットしたという。パスワードで解除しない限り、一時間後にまた新たな爆発が起きるというのだ。身の安全が保障されていれば毎時間それをリセットする。本人が無事である限り爆発は起きないが、異変が起きればタイマーが作動するというわけだ。

真偽のほどはわからない。しかしこちらの動きを封じるだけの心理効果はあった。クリフたちが退避していればいいが、ＡＢＣの状況は皆目わからない。ベースキャンプのホアン・リーが本気なら、ウィルフォードの脅しにひるんで時間をロスすることは人質の死に直結する。二つの恫喝の狭間でじりじりと焦燥がつのる。

ガスの中から頭が突き出した。ウィルフォードだ。喘ぎながらテラスに立ったその姿をみて違和感を覚えた。束ねたロープを肩にかけ、ハーネスにはカラビナやシュリンゲを腰飾りのように下げている。自分で回収してきたらしい。それはロプサンの仕事のはずだ。だとしたらロプサンは――。当惑が不快な恐怖に変わった。風音に負けないように耳元で怒鳴った。

「ロプサンはどうした？」

「やつは邪魔だよ。君とおれだけのペアがいい」

声は聞きとれたが、氷に覆われた目出し帽とゴーグルの下の表情はわからない。わずかにのぞく口元が緩んでいる。

「ロプサンはどうしたと訊いている」

もう一度耳元で繰り返した。

「落ちたらしいな。生きていればいいが」

ウィルフォードも怒鳴り返した。声に含まれた冷笑で事態はおおむね想像がついた。

「ロプサンに何をした？」

思わず襟首をつかんでいた。背後の岩壁に突き倒し、その喉元を締めあげる。苦しげに息を詰まらせながら、それでもウィルフォードはうそぶいた。

「まだ人を死なせたいのか、サトシ。君が協力してくれないと、まだまだこれから死人が出るぞ。つまらん考えを捨てて私に従うんだ」

喉元を締め上げる腕に力が入る。生まれて初めて本物の殺意を感じた。このまま絞め殺したかった。テラスから突き落としたかった。しかしその恫喝は郷司の腕を金縛りにする。

煮えたぎる憤りに抗って、ウィルフォードの喉元から手を離した。チャンスを待つのだ。いや作るのだ。この極限の世界を味方につけるのだ――。激しく咳き込んでいるウィルフォードからカラビナとシュリンゲを受けとって、郷司は再び垂直の壁を登りはじめた。

高度が上がるにつれ、風はさらに猛威を振るいはじめた。飛んでくる氷片や石礫が顔を打つ。もう八五〇〇メートルは超えているだろう。ほぼいっぱいにロープを延ばして斜度の緩い雪壁に出た。固い雪面にスノーバーを打ち、自己確保をとってまたロープを引く。ウィルフォードが登りはじめた動きがロープに伝わってくる。

そのとき足元を流れるガスにわずかな切れ目ができた。眼下はるかにロンブク氷河が見えた。心が騒いだ。ABCのテント群が北西壁寄りに移動している。蜂起部隊のテントとの相対位置でそれは明らかだった。最後の交信で伝えた警告をクリフは理解したようだ。北西壁に面したキャンプの南側は回収作業に向かうルートでもあり、蜂起部隊もオープンにしていると聞いていた。

万一爆発が起きてもこれなら被害は避けられる。萎縮していた気持ちが強気に転じた。爆発物はもともと一つで、あとはウィルフォードのはったりのような気もしてきた。

呼吸を整えてしばらく待った。ガスの層を透かしてウィルフォードの顔がおぼろげに浮かぶ。ピッケルを構えてその顔の前にしゃがみ込み、風に負けない大声で問いかけた。

「お疲れさん。調子はどうだい」

ウィルフォードは動きを止めた。

「邪魔だ。そこをどけ」

怒鳴り返す声は居丈高だが、目出し帽からのぞく口元には動揺の色がある。

「さっきの質問に答えるまで、ぶら下がっていてもらおうか」

ピッケルのブレードで喉元を一押しする。ユマールにしがみついたままウィルフォードは弓なりにのけぞった。

「強気だな。気がついたのか」

ウィルフォードはふてぶてしく呻く。

「ああ、はったりはここまでだ。あのふざけたポケベルはどうせまやかしだろう」

「この——野郎」

口の動きから察するに、英語社会における最下等の罵りを浴びせたようだが、風にかき消されて肝心のところが聞こえない。爆発物の件ではこちらの読みが当たったらしい。

「ロプサンに何をした？」

喉元をさらに押し込むと、のけぞったままウィルフォードはバランスを崩した。岩角を噛んでいたアイゼンの歯が外れ、切れ落ちた岩壁に宙吊りになる。それでもなおウィルフォードは悪態をつく。

「あの薄汚れたシェルパ野郎のことが、どうしてそんなに気になるんだ」

怒りの棘が心臓を貫いた。また一瞬ガスが切れた。五、六メートル下に畳一枚ほどの岩棚がある。

ポケットから小型ナイフをとり出して、ロープに当てて軽く引く。被覆が裂けてナイロンの心材が露出する。

「ロープは予備がある。ばっさりやっても困らない。まだ大口を叩く気か」

目出し帽に覆われたウィルフォードの口元が痙攣した。

「まて、冗談はよせ！」

「あんたのように冗談で人の命は弄ばない。殺すときは本気で殺す」

たぎり立つ憤りが声に滲み出た。ウィルフォードは手足をばたつかせて岩壁にすがりつく。刃先を一息に引いた。張りつめていたロープが弾けるように断ち切れる。

ウィルフォードの体は垂直に近い岩の斜面を滑り落ち、不透明なガスの帳の向こうにかき消えた。

先程見えた岩棚のあたりから呻き声が聞こえ、続いて口汚い罵りが風に乗って舞い上がる。命に別状はなさそうだ。

アイスバーを引き抜いて、場所をずらして刺し直し、予備の五〇メートルロープをダブルにしてセットする。一ピッチ二五メートルのせわしない懸垂下降だが、強風の中ではロープは短めの方が扱いやすい。

下降しはじめると、ガスの向こうで銃声が二発続いた。弾けた岩屑が頭上から降りかかる。闇雲に撃っているだけだ。魔法のゴーグルはザックの奥に仕舞い込んであるのだろう。

三ピッチ下降してもロプサンの姿は見えない。どこまで転落したのか。無残なイメージが頭をよぎる。人が死ぬのはもうたくさんだ。ここ数日行動をともにした無口で生真面目なシェルパの悲運にはことさら遭遇したくなかった。

さらに一ピッチ降る途中で、ガスの向こうにぼんやりと赤い影が見えた。スピードを殺して近づくと、小さなガリーの末端の雪の吹き溜まりにロプサンは仰向けに横たわっていた。生きていて欲しいと願いながら慎重に歩み寄る。足音に気づいてロプサンが顔を向けた。思わずため息が漏れた。

「大丈夫か」

抱き起こすと、「サトシか」とつぶやいてロプサンは小さく笑った。呼吸のたびに顔を歪める。胸のあたりに触れると悲鳴をあげた。肋骨を折っているようだ。最後にいた位置からすると五〇メートルは転落しているが、頭は打っていないし足も折れていない。風も適度に遮られる場所で、転落した不運を除けば奇跡ともいえる幸運に恵まれたようだ。

ラストを受け持つから先に登れと突然ウィルフォードに言われ、自己確保のロープを外したとたんに突き落とされたという。「あいつはどうした」と訊かれて先ほどの顚末を話すと、「おれだったら殺していたよ」とロプサンは苦々しく言い捨てた。

懸垂下降ができるかと訊くと大丈夫だと答える。肩を支えて立ち上がらせ、空身で先に降らせた。表情は痛々しいが危なっかしいところはない。無事に一ピッチ降り終えるのを確認し、ロプサンと自分の二人分のザックを背負って後に続いた。

第五キャンプは最悪の状態だった。破れ目からの吹き込みでテントの中も外も似たような雪景色だ。ロプサンは苦しそうだが、第四キャンプまで行けば救急用品もある。弱った体力を回復するには何よりも高度を下げることだ。もう少しがんばってもらうことにしてさらに下降を続けた。

降るにつれて風は弱まった。ホーンバイン・クーロワールとジャパニーズ・クーロワールを結ぶ大雪田はすでに雲底の下にあり、もう方向を見失う心配もない。第四キャンプのテントが見えてくると、安心したのか力尽きたのかロプサンのペースが落ちてきた。到着したときは午後五時を過ぎ、暗鬱な雲の下にはほの暗い黄昏が広がっていた。

テントにロプサンを抱え込み、ストーブを点けて内部を暖めながら、備品の山を掻き回し救急箱を探し出した。折れた肋骨をテーピングで固定し、寝袋の中に身を横たえさせた。痛みは増している様子だ。顔色も悪い。あの高さからの転落だ。内臓を痛めてはいないかと心配になった。

郷司自身も疲労困憊《ひろうこんぱい》していた。ストーブで雪を溶かしながら明日の行動を考えた。ＡＢＣからはあれからルートが延びているだろうか。フレッドが来てくれれば多少はまともな治療が受けられる。できれば手伝ってもらってＡＢＣまで降ろしたい。

問題はどう連絡をとるかだった。トランシーバーは壊された。インマルサットは妨害電波で使えない。明日ロプサンが動けなければ、彼を残して知らせに降りるしかない。

ウィルフォードの置き土産の予備バッテリーのことを思い出した。ザックの奥からとり出して、テントに残しておいたインマルサットにセットしてみた。想像通り残量がある状態で交換したらしく、電源ランプは点灯した。しかしクリフの言う通り、通信状態が悪くて接続できない。力なく端末の蓋を閉じた。

暗い気分でテントの外に出た。すでに夕闇が迫り、眼下にはＡＢＣのテントの明かりが望めた。ふと思いついた。誰かが見ているかもしれない。急いでテントに戻り、懐中電灯を手にしてまたキャンプステージの端に立つ。

ＡＢＣに向かって左右に光を振った。何度もそれを繰り返した。ほどなくＡＢＣの一角に小さな光がともった。揺れている。誰かが気づいてくれたのだ。

郷司は懐中電灯の光で空中に大きく文字を描いた。ＡＢＣには高倍率の双眼鏡がある。それで見てくれれば意味は伝わるはずだ。絶望の中にほの見えた唯一の光明に向かって、郷司は光の文字を描き続けた。

2

クーンブの補給基地には、郷司の消息を除けば、事件に関するあらゆる情報が集積していた。

中でもクロディーヌの危機感を募らせたのは、午後になって届いたジャック・ウィルフォードについてのFBIからの報告だった。

驚いたことにウィルフォードはいまマイアミにいるという。先月ボスニアでの任務を終えて帰国したのち、二ヵ月の休暇をとって別荘を借り、家族とともに釣り三昧の暮らしをしているというのだ。

軍から入手したデータを携えて当地に赴いた捜査官は、目の前の人物の人相や特徴が、軍のデータのものとは似ても似つかないことに愕然とした。

データにあるウィルフォードは、やや浅黒い肌色をした、褐色の目と黒い髪をもつ南欧系の特徴の人物だった。しかしホテルの一室で面談したウィルフォードは金髪碧眼の典型的なアングロサクソンだった。提出されたパスポートや運転免許証の写真も目の前の人物と同一で、当局が確認したところいずれも偽造品ではなかった。

一方マルクの友人の顧客だったサンフランシスコの婦人に手紙を書いたチャールズ・マクビーは、ここ一ヵ月ほど行方が知れず、出入国管理局で調べたところ、タイに旅行目的で出国中とのことだった。やむなく捜索令状をとり、デンバーの自宅に踏み込んだ捜査員が見たものもまた驚くべきものだった。

マクビーの書斎には大量の蔵書があったが、その大半は爆薬や武器に関係したもので、核兵器に関する文献も数多く含まれていた。中でも注目されたのが分厚い〈ブラックフット〉に関する技術論文だった。それが連邦政府に提出された正規の報告書なのか、マルクのいう裏バージョンなのかは報告でははっきりしなかった。

テロ予告とおぼしい日記やメモの類は見つからなかったが、論文の余白のあちこちには、米露両核超大国による世界支配がこの世の悪の根源であり、その破滅ののちに建設される新たな帝国こそが、世界の人々にとっての希望であるといったようなことが書き散らしてあるという。

ほかに目に付いたのは、地元にフランチャイズを置くコロラド・ロッキーズ関係の大量のコレクションだった。選手のサイン入りの帽子やユニフォームもいくつかあり、熱狂的なファンであることを窺わせた。

書棚にあったアルバムの写真は、エベレストにいるウィルフォードの特徴と一致した。アルバムにはヨセミテやアメリカン・ロッキーで登山活動をするマクビーのスナップがあった。北米最高峰のマッキンリーの頂に立つ姿もあったという。

押収したハイスクールの卒業名簿から親しい知人を探り当て、事情聴取をして得られた情報も示唆に富んでいた。

マクビーは大学卒業と同時に陸軍に志願し、入隊は果たしたが、希望していたのは精鋭の一つである山岳部隊だった。高校時代から熱中していた登山への興味が動機の一つだろうと知人は指摘したが、一方で当時のマクビーは極端な反共思想の持ち主で、そこからくる過剰なまでの愛国心も背景にあったかもしれないと付け加えた。

その希望は書類審査で撥ねられ、不満を抱いたマクビーは間もなく軍を除隊した。問題は経歴上の汚点だったらしい。彼が高校三年のとき、母校の校舎が爆破され、教師と生徒に死傷者が出る事件があった。そのときの最も濃厚な容疑者がマクビーだったが、証拠不十分で訴追を免れたという。

マクビーとウィルフォードの二つの方向からの捜査は、陸軍の軍籍データとの照合でクロスした。軍のデータにあったウィルフォードの写真は明らかにマクビーのもので、身体特徴も一致していた。軍が慌てて調査したところ、軍籍データベースに改竄の跡がみられ、ウィルフォードの写真や身体特徴の記録がマクビーのものとすり替わっていた。マクビーは休暇中のウィルフォードに成りすましていたのだ。

さらに半月ほど前には、戦場での紛失を理由に公用旅券の再発給が申請されていた。軍は改竄されたデータをもとに手続きを行い、すでに発給は済んでいるという。データベースの改竄にしても〈天空への回廊作戦〉への潜入にしても、マクビーが単独でできることではない。軍や政府機関の内部に手引きする者がいたことは間違いなさそうだ。

マクビーの真の狙いは不明だが、彼は間違いなくイタチの仲間で、いずれはロンブク側へ降りてくるものとシルバーンはたかをくくっていた。多少の登山経験はあっても所詮はアマチュアだ。冬のエベレストを越えて他のルートから逃走することは不可能だろう。つまりロンブクの制圧に成功すればマクビーの捕捉も可能だという考えだ。

楽観的すぎるその考えに、クロディーヌは苛立ちを覚えた。郷司はいまその危険な男と一緒にいるのだ。山の上にいる間にマクビーがどんな行動をとるかは予測がつかない。シルバーンの思惑はさておき、クロディーヌにとって重要なのは、マクビーを捕らえることよりも郷司を生還させることなのだ。

ABCのクリフたちは、死亡したシェルパの遺体を埋葬し、怪我人の手当てを済ませたあと、キャンプサイトを爆発の起きた場所から移動したという。そんな作業に忙殺されて、今日はルートの修復に手が回らなかったようだ。

部隊の通信兵は朝から交代でコールしているが、郷司からはいまも応答がない。北西壁の上半分は雲の中に隠れ、ABCからも上部の動きは確認できないという。

郷司たちがいるのは八〇〇〇メートルを超える高所で、万一の際に救出にいけるのはクリフたちだけだ。危険なテロリストかもしれないマクビーに対して、丸腰の民間人がどう立ち向かえるというのか。クロディーヌの憤懣《ふんまん》は、現状に何ら打開策を見出せないアメリカそのものに向けられていた。

無線機の前の通信兵が応答しはじめた。コールが入ったらしい。郷司からではないか――。鼓動が高鳴った。モニターがスピーカーに切り替わる。流れてきたのはクリフ・マッケンジーの声だ。

郷司が無事だった――。第四キャンプから光の文字でメッセージを伝えてきたという。懐中電灯で空中に一つずつ描いた文字が、キャンプサイトから双眼鏡で読みとれたらしい。

〈コチラ、サトシ。ブジデイル。ロプサンガケガ。キュウエンタノム〉

メッセージはそんな簡潔なものだった。ABCからも文字信号を送ってみたが、郷司の方は双眼鏡がない。モールス信号も試みたが、これも郷司には通じないらしく、いずれの方法に対しても反応はなかった。了解したという意味を込めて大きくライトを振り、いったん交信を終えたという。不自由な通信方法で、それ以上複雑なメッセージは送れなかったのだろう。

クリフはクロディーヌを出してくれという。じかに伝えたいことがあるらしい。通信兵が手渡したマイクで応答すると、クリフは力強い口調で語りかけてきた。

幸いエベレストを包む雲が消えはじめており、しばらくすれば月が出る。クリフとフレッドは月明かりを頼りに救出に向かうという。ＡＢＣから第三キャンプのすぐ下まではルートの修復が済んでいる。郷司も昨日のうちに第三キャンプの上部まで修復している。標高差にして二〇〇メートルほどを繋げばルートは完成するという。遅くとも明日の早朝には第四キャンプに到達できるとクリフは自信を示し、もう心配することはないとクロディーヌを励ました。

月が出ているとはいえ、夜間の登攀が安全とは思えない。クリフたちの勇気ある決断に胸が熱くなった。郷司が無事だったことが何よりも嬉しかった。ロプサンの怪我がどの程度のものか気になったが、医師のフレッドが一緒に行くから心配はないとクリフはいう。

「本当にありがとう、クリフ。でも、あなたも気をつけて――」

溢れる思いが言葉を途切れさせた。クリフは力強い口ぶりで応答する。

「上で爆弾野郎と渡り合っていたサトシと比べれば、こっちのやることは散歩みたいなものだ。明日の朝には彼の声も聞ける。うまく行けば昼にはＡＢＣまで降れるだろう。大船に乗った気で待っていてくれ」

3

合衆国大統領レックス・ハーパーは、ベッド脇の内線電話のベルに叩き起こされた。

エベレストでの事件を議題に夜半まで及んだ国家安全保障会議のあと、さらにＦＢＩ長官から捜査状況の説明を受け、床についたのが午前三時。それでも頭が冴えて寝つかれず、いましがたようやくうとうとしかけたところだった。

電話の主はシークレットサービスのチーフ、ジム・キャンベルだ。

「大統領。プライベートアドレスの電子メールをご確認いただけますか」

「いまじゃないとまずいのか」ハーパーは不機嫌な声で問い返した。

キャンベルがいうプライベートアドレスは、同盟国の首脳はおろか、政権のテーブルに居並ぶ閣僚たちにも公開されていない。ごく親しい知人や近親者との私的な連絡用で、ホワイトハウスのドメインからも外してある。しかし頻発する連邦政府機関へのサイバーアタックに対応して、大統領のささやかなプライバシーもいまは丸裸になっていた。

届いたメールはセキュリティ担当者がウィルスチェックし、さらに内容に脅迫や嫌がらせに類する文言がないことを確認した上でハーパーの個人用メールボックスに転送される。問題があれば単なる悪戯メールでも直ちにシークレットサービスが発信者を突き止め、然るべき手段で二度と不心得を起こさせない手立てを講じるが、その場合も普通は事後報告で済ませる。

「ただの悪戯とは思えませんので——」

キャンベルの声が硬い。発信元はペンタゴンだという。外部からサーバーに侵入し、メールアカウントを盗んで送信したものらしい。侵入の方法が巧妙で身元の特定は困難だという。いまは第一線を退いているが、大統領警護では数々の修羅場をくぐり抜けてきたベテランで、些細なことで騒ぎ立てる男ではない。

傍らで鼾をかいているファーストレディを起こさないように気を使いながら、ハーパーはあくびをかみ殺してプライベートエリアの執務室に向かった。

コンピュータを立ち上げメールボックスをチェックする。友人からの何通かに混じって、怪しげなメールがあった。

〈滅亡と再生へのロシアンルーレット〉

ふざけた表題だ。この手の悪戯メールは珍しくもない。ホワイトハウスのホームページで公開している公式アドレスには日に何十通も舞い込む類だ。しかしプライベートアドレスに届くのは異例だ。本文はごく短い。

〈ブラックフット〉が目覚めるとき
その火矢に焼き尽くされるのはいずれの国か。
劣等種族の驕りが生んだ邪悪の化身が威を振るえば
西欧文明二〇〇〇年の栄光は灰の底に潰え去る。

覇者なき混沌から立ち上がるのは
正義の鉾を手にした究極の帝国。
滅亡と再生へのロシアンルーレットがいまはじまる。
ディーラーはアメリカ合衆国。
場に居並ぶのは世界の主要先進国。
その時はグリニッジ標準時二〇〇一年二月四日零時。

硬直したようにその画面に見入った。文言そのものは頭のいかれたハッカーやネオナチが思いつきそうな戯言《ざれごと》だ。しかし〈ブラックフット〉というキーワードがただの悪戯以上のものであることを示唆している。

その場で国家安全保障問題担当補佐官スティーブン・シャイロックに電話を入れた。つい数時間前まで会議を取り仕切っていたシャイロックも寝ばなを起こされた様子で、最初は要領を得ない受け答えをしていたが、話を聞くうちに声に緊張が滲んだ。

一時間もしないうちに、副大統領、国務長官、国防長官、CIA長官、統合参謀本部議長からなる国家安全保障会議のメンバーが大統領執務室《オーバルルーム》に再招集された。招集の理由はすでに伝えてあったが、緊張をさらに高めたのは、冒頭に発言を求めた統合参謀本部議長クリストファー・コリンズの報告だった。

いましがたコロラド州シャイアン・マウンテンにある空軍の宇宙監視センターから通報があ

ったという。軍用通信衛星の一つがセンターの制御信号を無視して軌道を変更しはじめたらしい。CTX81というすでに退役した衛星だという。

クーンブのエベレストBCからの通報ではじまった第二の〈ブラックフット〉の特定作業は、あるはずがないという軍内部の予断もあって捗《はかど》ってはいない。そうした抵抗勢力の代表格のコリンズは、まだ暖房が効かないオーバルルームでしきりに額の汗を拭いた。

「軌道を戻す制御コードを送り続けているのですが反応がない。別の制御系が作動している模様です」

「二つの制御系をもつ衛星というとどういうものがあるんだ」

ハーパーは先刻承知の話を敢えて問い詰めた。コリンズはしぶしぶ頷く。

「〈ブラックフット〉搭載型以外には考えられません」

「だとしたらどこを狙っている」

「不明です。新しい軌道に落ち着くまでは予測がつきません」

つまらない縄張り意識で後手に回ったのだ。憤りを噛み殺してさらに問い質す。

「そのフランス人登山家の指摘が当たったということか」

「結論を出すのは尚早ですが、可能性は高いかと——」

オーバルルームの空気が凍りついた。現実に〈ブラックフット〉搭載型の衛星が何者かに乗っ取られているのだ。グリニッジ標準時二〇〇一年二月四日零時という日付の犯行予告を、悪戯や脅しにすぎないと楽観視することはもはやできない。

まさにロシアンルーレットだ。たった一基の〈ブラックフット〉が、世界全体を恐怖の坩堝《るつぼ》に投げ込もうとしている。ハーパーは焼けるような焦燥に駆り立てられた。躊躇はできない。いかなる手段を用いてでも敵の意図を阻止しなければならない。

「仕掛けているのは〈イタチの息子〉か？」スティーブン・シャイロックが苛立ちを滲ませた。

「脅迫文からするとネオナチの匂いもしますな」国務長官のリチャード・ミッチェルが眉根に皺を寄せる。

「イタチだろうがネオナチだろうが、これは戯言じゃない。エベレストにいるそのマクビーとかいう男を、即刻ひっ捕らえるか、殺すしかないだろう！」

副大統領のクラレンス・フィッシャーが怒声を上げた。

「いや、そんな奴のことはどうでもいい。衛星が軌道を変えているということは、裏の制御プロトコルがすでに別の場所にいる何者かの手に渡っているということだ。マクビーがエベレストの頂上から衛星をコントロールしているとは思えない」

フィッシャーに答えながら、国防長官のジーン・バロウズがなじるような視線をコリンズに向ける。コリンズも張り合うように声を上げた。

「通信監視衛星を使って電波の発信場所を特定しています。一両日中には突き止められるはずです」

「悠長な話だ。もし特定できたとして、犯行予告の日時までにアジトを制圧できるのかね、グリニッジ標準時二〇〇一年二月四日零時といえば、あと二日足らずだ」

バロウズの口ぶりは冷ややかだ。叩き上げ政治家のバロウズと生粋の軍事官僚のコリンズは肌合いが悪い。本来一枚岩であるべきペンタゴンと統合参謀本部の間に意見の食い違いが生じることはしばしばで、これにはハーパーも頭を悩ませていた。

「こちらも裏の制御プロトコルで対抗できないのか」

ハーパーはコリンズに鋭く問い質した。

「それが――」

コリンズは言いにくそうに切り出す。

裏のプロトコル、すなわち〈ブラックフット〉を本来の目的に使うための制御プロトコルは、当の〈ブラックフット〉をハワード・ミリガン政権が封印したため、軍のコンピュータシステムにも実装されていないという。

「だったらそいつはどこにあるんだ」

「どこにもないんです」コリンズの声は弱々しい。

どこにもない――。世界最強の軍事大国アメリカが、自ら打ち上げた戦略核兵器の制御プロトコルを紛失するとは――。ハーパーは声を荒らげた。

「ここはロシアじゃないんだ。この国の核管理システムがそれほど杜撰《ずさん》なはずがない」

コリンズは自らの落ち度ではないことを懸命にアピールする。

「ホーナー民主党政権の時代に廃棄された記録があります。ハト派の大統領が〈ブラックフット〉の蘇生を嫌って息の根を止めたということでしょう」

歴代大統領の姑息な隠蔽工作のツケを、自分がいままとめて支払わされているのだ。ハーパーは湧き起こる憤りを抑え切れない。

「本気で捜せばどこかに残っているはずだ。君はこの事態の意味がわかっているのか?」

「じつは開発当時の研究拠点だったMITのコンピュータに、裏のプロトコルのプロトタイプがソースコードの形で残っていたのですが——」

コリンズは困惑もあらわに補足する。「調べてみたら半年ほど前に何者かがシステムに侵入し、ソースコードのファイルを盗み出していたらしい。犯人は抜け目なくオリジナルのファイルも削除していた。そのコードがあれば衛星を攻撃用の低周回軌道に移動することが可能だという。

「犯人は、それを使って衛星を制御しているのか」

「その可能性が高いでしょう。ただしまだ希望があります。弾頭の発射と標的までの弾道制御を行う最終段階のプロトコルを、敵は手に入れていないはずです」

どういうことなのだ。ハーパーは意味が呑み込めない。嚙み砕くようにコリンズが補足する。

「初期プロジェクトの最大の目的は理論的な命中精度の向上でした。実用化されないダミー・プロジェクトだというコンセンサスが当初からあって、実戦配備された場合に必要な弾頭発射後の制御プロトコルについては実用化が後回しになっていたんです」

「だったら連中が衛星を動かしているのはただの脅しか」

「そうは言い切れません。完全なプロトコルを手に入れる前に、最終攻撃のための事前準備を進めている可能性もあります」

「では最終段階の制御を含む完全なプロトコルはどこにある」

「唯一存在する場所は〈ブラックフット〉本体です。搭載されている制御ユニットのROMからリバース・エンジニアリングで復元することは可能です」

「そのROMを奪取するために、マクビーとかいうテロリストは〈天空への回廊作戦〉に潜入したというわけか」

「そうだと思います」コリンズは頷く。

だとすればいかにも周到な計画だ。テロリストは何年もかけて連邦政府の中枢に浸透し、この機を狙って準備を進めていたのだろう。アメリカという巨大国家が内に秘めていたあまりの脆弱性《ぜいじゃくせい》にハーパーは慄然とした。

膠着した空気を破るように秘書官がハーパーに歩み寄った。英国のフランシス・マグロウ首相からのホットラインだという。会議テーブルに電話を回すように指示し、座りの悪い予感を覚えながら受話器をとった。

当たって欲しくない予感は的中した。マグロウにも同じメールが届いていたらしい。信憑性についての問い合わせだ。長年にわたり〈ブラックフット〉が軌道上を周回していた事実は、最大の同盟国の英国にも伏せられていた。

苦渋をかみ締めながら、それは悪質な悪戯であり、心配には及ばないと答え、現在犯人の特定を急いでいる、世間の過剰反応を避けるため、当面は公表しないでもらいたいと釘を刺した。マグロウは納得しがたい様子だったが、それ以上の追及はせず、機密保持の件も了承した。詳しい状況が判明したら必ず報せると約束してその場を乗り切った。

胸をなでおろすのも束の間、今度はロシア大統領エフゲニー・グルコフからのホットラインが飛び込んだ。冷や汗混じりに同じような対応で乗り切ると、さらにフランス、ドイツ、カナダなど主要先進国首脳からも問い合わせが相次いだ。

のちに事実が判明して非難の矢面に立たされようと、いまはそれを明らかにするわけにはいかない。マスコミに漏れれば世界全体がパニックに陥る。そんな混乱に対処している余裕はない。得体の知れない敵とはいえ一介のテロリストにすぎないはずだ。合衆国の総力をあげて犯行前に捕捉することは可能に思えた。ハーパーは苛立ちを抑えて居並ぶ面々を見渡した。

「その男をいますぐ拘束できるのか」

「それが――」スティーブン・シャイロックが口ごもりながら切り出した。

「ご承知のようにマクビーはエベレストの頂上付近にいます。明日中にはデルタフォースがエベレストBCに展開しますが、マクビーに関しては手に余ります」

世界最強の米軍といえども標高八〇〇〇メートルを超す高所での戦闘能力はないらしい。コリンズも敢えて否定しない。だからといって希望を捨てるわけにはいかない。

「その男は登山に関してはアマチュアなんだろう。そもそも敵が示している期限までに下山できるのか」

「ロンブク側へ降るルートは自らの手で破壊した模様です。比較的容易なネパール側には米軍の補給基地があります。それ以外はすべて中国側で、技術的にもより困難です」

きでしょう」

「しかしこれまでの手口は周到です。一見杜撰な行動でも、裏には何か仕掛けがあるとみるべきでしょう」

「だったら袋の鼠じゃないか」


シャイロックは慎重だ。ハーパーはまだ可能性を信じていた。

「日本人の登山家がそいつと一緒だと聞いたが」

「連絡がとれないそうです。安否も不明です。無事でいればマクビーにいちばん近い場所にいるのがそのサトシ・マキです」


先ほどの会議では、ロンブク側を制圧した連中に動きはないと聞いた。中国政府の態度も相変わらずだ。状況がこれ以上膠着するなら、中国側の了解を待たずに奇襲することも視野に入れていたが、それで解決する問題ではすでになくなっている。


クラレンス・フィッシャーが口を挟む。

「彼は日本人で、しかも民間人だ。我々の要請に応えてくれるのか」

「わかりません。マクビーの行動を阻止するとなれば、いずれにしても生命の危険が伴います。無理にとはいえないでしょう」


シャイロックの口ぶりも曖昧《あいまい》だ。悲観に傾く議論に活を入れるようにハーパーは声を上げた。

「連絡がつくなら私が直接話そう。彼がこの事態を打開する大きな希望であることは間違いない」


午後には上院での演説が控えている。午前中もEUの経済使節との会談やら定例会見やらでスケジュールは分刻みだ。グリニッジ標準時二〇〇一年二月四日零時まであと一日と十五時間。国民にも明かせないこの異様な事態を胸に仕舞い込み、アメリカの威信の象徴をハーパーは今日も演じなければならない。

結局ジョーカーを引いてしまったのだ。自分は歴史上最も不運な大統領として人々の記憶に残るだろう。もしこの先、人類に歴史というものが存在するなら——。

会議を終えたときは午前七時を回っていた。ベッドに戻る時間はない。わずかでも仮眠しようと執務室のソファーに身を横たえたとたんに電話が鳴った。FBI副長官のジーン・ティモンズからだった。

話を聞くうちに眠気は消し飛んだ。ハーパーはホワイトハウスをあとにしたばかりの統合参謀本部議長クリストファー・コリンズの携帯電話を呼び出した。

4

郷司はロプサンの額に手を当てた、ひどい発熱だ。

第四キャンプに着いてからロプサンは苦しみ続けていた。外と比べれば格段に暖かいとはいえ、テントの中は氷点下だ。それでも拭きとる暇もなく汗が出る。本人は寒いらしく、寝袋を二重にしても歯の根を震わせている。水分も食物もすべて吐いてしまい、さっきまで蒼ざめていた顔色が、いまは土気色に変わっている。

単なる骨折ではないのは明らかだった。感染症かもしれないと一時間ほど前に抗生物質を飲ませてみたが、症状が改善した様子はみられない。ABCに光の文字で状況を知らせたものの、解読してくれたかどうかはわからない。居たたまれない思いでテントを出た。

月が西稜の上に昇っていた。眼下のABCを見下ろすと二つの小さな光が揺れている。揺れながらその光は北西壁の基部に向かってくる。

クリフとフレッドかもしれない。上へ向かっているのだ。小躍りしたい気分だった。光のメッセージが通じたのだ。テントに飛び込んでロプサンの耳元でささやいた。

「クリフとフレッドがこちらに向かってくる。もう大丈夫だ」

ロプサンは懸命に笑みをつくって頷いた。何か喋ろうとしている様子だが、口が動くだけで声にならない。

「心配ない。もうしばらくの辛抱だ。安静にした方がいい」

語りかけると、ロプサンはかすかに頷いて目を閉じた。何を思っているのだろう。ときおり苦痛に顔をしかめながらも、その表情にはどこか安らぎさえ感じられた。

チベット仏教徒であるシェルパにとっては、この世の生は解脱《げだつ》へ向かう永劫《えいごう》の輪廻《りんね》の一里塚にすぎない——。ニマから聞いたそんな話が頭をよぎった。ロプサンはすでに死を悟っているかのように見えた。

郷司は迷った。このままロプサンに付き添うか、自らも下に向かい、残りのルートの修復を早めるか。高所性の疲労特有の脱力感が決断を鈍らせていた。横になったら二度と起き出す気にはならないように思えた。

萎《な》えかけた心に鞭を打つように立ち上がり、出発の準備をはじめた。自分がここにいても何もできない。一刻も早くフレッドを連れてくることが、いま郷司にできる唯一の仕事だった。

クロディーヌは本部テントを出て、鋭い寒気が支配するクーンブの谷を見渡した。

いましがたクリフ・マッケンジーが、これから第四キャンプへ向かうと連絡を寄越した。

頭上を被っていた雲は夜になって切れ、ヌプツェの肩には月が煌々《こうこう》と輝いている。蒼ざめた光の下にクーンブ・アイスフォールが累々たる氷雪の屍を横たえ、氷河の谷はひたすら穏やかな眠りをむさぼっている。それでもヌプツェの稜線から立ち昇る白い筋のような雪煙が、頭上で吹き荒れているであろう峰を揺るがす強風を想起させた。

その天空の嵐のなかから郷司が帰ってくる。〈ブラックフット〉のことも〈イタチの息子〉のことも、いまは別世界の出来事のように思えた。何事もなくすべてがこのまま終わってくれるような気がした。

キャンプサイトの周辺にはネパール陸軍の歩哨が立っている。空港で見かけた頬に傷のある兵士のことを思い出した。地元政府の体面を考慮して、補給部隊の隊員はあからさまな軍事行動を控え、部隊の防衛任務はネパール陸軍に任せている。どういう思惑を秘めての行動かはわからないが、あのハヌマンがこのキャンプに潜入しているような気がした。月明かりに浮かぶ兵士たちのシルエットは、しかしどれも似たものにしか見えない。

体が冷えてきた。テントの中に戻ったところへ、軍事衛星通信の呼び出し音が鳴った。部隊の責任者シェーン・マコーリー大尉が受話器をとった。

「こちらクーンブの補給基地――」

簡潔に答えてから、大尉は声を低めて何ごとかやりとりし、すぐに硬い表情で振り返った。大テーブルの隅でコーヒーを飲んでいたシルバーンが腰を浮かせた。しかし大尉が声をかけたのはマイケルの方だ。

「ミスター・ウェストン。米本国からだよ」

「誰なんだ？」

マイケルは訝しげに立ち上がった。マコーリーは問いには答えず、出ればわかるというように目顔で促す。手渡された受話器を耳に当てたとたん、マイケルの顔にただならぬ緊張が走った。

相手が一方的に喋っているらしく、マイケルは短い肯定と否定の応答を繰り返す。会話の内容はわからない。話し終えてマイケルはマコーリーに受話器を手渡した。話の続きがあると目で伝えている。マコーリーは受けとった受話器を耳に押し当て、深刻な面持ちで何度か頷いた。

「承知しました、閣下」

答えて通話を終え、マコーリーはテント内にいた下士官の一人に耳打ちした。下士官はいったんテントを出て、すぐに二名の兵士を伴って戻ってきた。どちらも小銃を携えている。テント内に居残るほかの下士官や兵士がどよめいた。

何か起きたらしい。クロディーヌは切迫した空気に身を硬くした。

促すようにマコーリーがマイケルを振り返る。頷いてマイケルはシルバーンの向かいの椅子に腰をおろした。

「誰からです。いまの電話は」

シルバーンは要領を得ない様子だ。マイケルは射るような視線をシルバーンに向けた。

「あんたのボスからだよ。統合参謀本部議長クリストファー・コリンズ将軍だ」

「何だって――」

シルバーンの声には動揺がうかがえた。マイケルの方は冗談を言っている顔ではない。

「将軍があんたへの特別インタビューを許可してくれた。教えてくれないか。おれが渡したロリンズ中佐のメモはどこへやった」

マイケルは皮肉な言い回しで切り出したが、その口ぶりには言外の圧力が滲《にじ》んでいた。

「ホワイトハウスの担当スタッフにちゃんと送りましたよ」

シルバーンはとりつくろうような笑みを浮かべる。マイケルは厳しい表情を崩さない。

「どうもそいつは、おれが渡したものとは違っているようなんだ」

「どうしてわかるんです」

「コードネーム〈エニグマ〉――。おれが読みとった限り、ロリンズ中佐のメモの中ではそいつがイタチのネットワークの鍵を握る人物だった。中佐の記述も詳細だった――」

マイケルは反応を見極めるように一呼吸おいた。

「しかしその大物については、どうやっても人物を特定できなかったらしい」

「記述が詳細でも、情報が不正確だったわけでしょう」

素っ気ないシルバーンの態度がどこか不自然に映る。マイケルはさらにじわりと押してゆく。

「そうかな。昨日カトマンズの支局へさる人物から問い合わせがあった」

「誰です」

「FBI副長官のジーン・ティモンズ。確かメモの分析チームの総括担当者だったな」

「どうして彼が——」

シルバーンは狼狽《ろうばい》した様子だ。テント内の気温は十度をいくらか上回る程度だが、その額には細かな汗の粒が滲んでいる。クロディーヌは唖然とした。なぜ連邦政府の大物が次々マイケルと接触したがるのか。

「分析すればするほど矛盾が出るというんだよ。おれの方で隠している情報があるんじゃないかと勘ぐられてね。部下のナジブがオリジナルをファックスで送ったらしい——」

シルバーンは硬い表情のまま押し黙る。鋭利なメスを操る外科医のようにマイケルは慎重に詰めていく。

「あんたがワシントンに送ったメモからは〈エニグマ〉に関する記述がそっくり抜けていたそうだね——」

シルバーンのこめかみが小刻みに痙攣している。マイケルは追及の手を緩めない。

「それだけじゃない。メモ全体が改竄《かいざん》されていた。解明されたのは〈イタチの息子〉のなかでもカスの部類だけだ。軍での位階は上位だが、偽書類に適当に判を押したり、在庫状況の査察に手心を加えたりしてリベートをとっていた手合いだよ。早い話が、いつ切ってもいいトカゲの尻尾だった――」

確たる根拠があるようだ。マイケルの口ぶりには隙がない。

「ところがおれのところにあったオリジナルは宝の山だったらしい。ワシントンではいまイタチのネットワークが芋づるのように引きずり出されている」

「何が言いたい」

「将軍の話では、〈エニグマ〉の正体も摑めたらしい」

「それはいったい――」

シルバーンの顔がゆがんだ。大きく見開いた目には怯えるような光が宿る。

「目の前にいるお方だよ」

マイケルは止めを刺すように断定した。クロディーヌは耳を疑った。〈イタチの息子〉を追っていたはずのシルバーンがまさにその大物だった――。

「とんだお笑い種だ。そんなできの悪いジョークを誰が信じる」

シルバーンは引《ひ》き攣《つ》った笑みを浮かべた。

「将軍は信じておられる。それも確実な証拠があって――。何ならじかに訊いてみるか」

マイケルは衛星通信装置を指さした。シルバーンは力なく椅子の背もたれに身を預け、観念したようにマイケルに視線を向けた。

「私に罪があるとすれば、ワシントンでふんぞり返っている政治家や官僚もすべて同罪だ。種を蒔いたのは彼らだ。そうじゃないかね」

周りの下士官や兵士が声もなく顔を見合わせる。束の間テントの中を殺伐とした静寂が支配した。小銃を持った兵士が素早くシルバーンに歩み寄った。安全装置を解除する金属音が鋭く耳に響く。その静寂をマイケルが破った。

「エベレストで何を企んでいる？」

怒気のこもった声だ。シルバーンは不敵な笑みで応じる。

「私を捕まえたところでもう遅い。ルーレットはすでに回っている」

種を蒔いた、ルーレット――。言っていることの意味が呑み込めない。クロディーヌは訝しい思いで会話の行方を見守った。

「いいだろう。明日にはデルタフォースの精鋭が到着する――」

マイケルは心の昂ぶりを抑えるように声を落とした。

「訊問のプロもいるはずだ。そのルーレットとやらを止める方法を、力ずくでも喋ってもらうことになりそうだな」

唐突にシルバーンが立ち上がった。兵士の構える銃の筒先がいっせいに動いた。頰を紅潮させ、何かに憑かれたように声を震わせる。

「正義漢面をぶら下げて、君たちは何を守ろうとしているんだ。この堕落しきった世界か。ユダヤ人や有色人種に媚びへつらう、淫売のような大国に牛耳られた文明か。必要なのは新しい秩序だ。それをもたらすのは腐りきったアメリカでも欧州でもない。いわんやロシアでもない」

落ち着きのない視線を周囲にめぐらしながら、シルバーンはふてぶてしく嘯《うそぶ》いた。おぞましく昂揚したその表情に、クロディーヌは鳥肌が立つのを覚えた。

「ミスター・シルバーン。統合参謀本部議長の命令によりあなたの身柄を拘束します」

マコーリーが緊張した面持ちで告げると、傍らにいた下士官二名が両側から腕を押さえ込んだ。それでもシルバーンはわめき続ける。

「劣等種族は排除されなければならない。誤った秩序は破壊されなければならない。世界は正当な支配者の手に委ねられなければならない。いまこそすべてを作り替えるのだ。この世界をユダヤやスラブや黒人や黄色人種の手に渡してはならない――」

狂気を孕《はら》んだその叫びは、ナチスドイツによるホロコーストの論理と同質のものだ。陳腐でありながら、それはつねに人の心の深層に巣食い、時を超えて亡霊のように立ち現れる。そんな考えを持つ者がいまもこの世界にいることは知っていた。しかし武器の横流し屋にすぎないはずの〈イタチの息子〉がなぜそうした考えを――。

予想もしない事態の展開に、クロディーヌはただ戸惑うしかなかった。

「どういうことになってるの?」

シルバーンが兵士たちに連行されてから、クロディーヌはマイケルに勢い込んで問いかけた。

「ワシントンにいた頃、親しく付き合っていた司法省の役人がいてね――」

マイケルはおもむろに経緯を語りだした。シルバーンの行動の端々に、彼は納得できないものを感じていたという。せっかく渡したメモから割り出したイタチのメンバーは小者ばかりだった。ホアン・リー一味の蜂起についても情報の把握が遅すぎた。クーンブの補給基地では情報収集に忙しく立ち働いていたが、事件の核心に迫る成果は上げていない。

すべてが後手に回る理由がほかにあるような気がした。どうにも落ち着きが悪いので、その司法省の役人に電子メールで問い合わせたのだという。

彼はすぐにFBI副長官のジーン・ティモンズに接触し、マイケルの懸念を伝えてくれた。ティモンズの方もメモの内容に疑念を抱きはじめた矢先で、ナジブと連絡をとってシルバーンの改竄が発覚した。オリジナルのメモを分析すると、今度はイタチの大物が続々引きずり出された。〈エニグマ〉ことシルバーンの正体も、つい先ほど解明されたばかりだという。

捜査の全権をもつ首席調査官が当のイタチの大物にほかならなかった――。報告を受けて慌てたのは国防総省と統合参謀本部だった。コリンズ将軍がマイケルにじきじき連絡を寄越したのもそんな経緯からだった。

捜査が遅々として進まなかったのも道理だ。カトマンズにやってきたのも、エベレストへ乗り込んできたのも、シルバーンにとっては〈天空への回廊作戦〉の内部情報を収集し、攪乱《かくらん》し、真の目的を隠蔽するための諜報工作だったのだろう。

「これで〈イタチの息子〉は一網打尽ね。ホアン・リーの正体もわかるし、マクビーの目的も突き止められるわ」

状況は一気に好転したようだ。心のなかにわだかまっていた暗雲がようやく晴れた思いだった。

「ところが事態はそれどころじゃないらしい——」

マイケルの表情はこわばったままだ。世界の主要先進国首脳に謎の脅迫メールが届いたという。その内容も衝撃的だったが、さらに驚くことには、軌道上にあったアメリカの軍事通信衛星の一つが、地上からの制御信号を無視して勝手に移動しはじめているらしい。

二つの事実から導き出される結論は恐るべきものだった。早坂雅樹が推論し、マルクが可能性を裏付けた〈ブラックフット〉によるテロ計画がいままさに実行に移されようとしている——。ようやく芽生えた事態解決への希望も無残に打ち砕かれた。

仕掛けたのがイタチだとしたら、その意図がわからないとマイケルは嘆く。マクビーとイタチの関係はまだ解明されていない。あるいは〈イタチの息子〉もまた、組織そのものをシルバーンたちの一味に乗っ取られ、その資金力とネットワークを利用されていただけなのかもしれない——。マイケルはそんな推理も提示して見せた。

いずれにせよ第二の〈ブラックフット〉とおぼしい衛星は、すでに地球のどこかの攻撃目標に向かって動きはじめている。いまや世界全体が〈ブラックフット〉の標的なのだ。クロディーヌは頭上からのしかかってくる途方もない悪意に慄《おのの》いた。

そのとき外で銃声が聞こえた。

怒号と岩を踏みしだく靴音が周囲に響き渡る。若い兵士がテントの入り口から叫んだ。

「シルバーンが逃走しました。武器を奪って夜陰にまぎれて移動しています。身辺に注意してください！」

テント内にただならぬ緊張が走った。かばうようにマイケルが身を寄せてくる。テントに居残っていた下士官たちは全員が丸腰だ。最年長の軍曹はその若い兵士に武器を持ってくるように命じた。

兵士はほどなく小銃と拳銃を一抱え運んできた。ヒマラヤ山中の野営地にシルバーンを監禁しておける施設はない。カトマンズへ移送するにしてもヘリは朝まで飛べない。兵士の話では、やむなく居住用テントの一つに閉じ込め、武器を携帯した二名の兵士に監視させていたという。

抵抗する素振りもなかったため、政府の高官という身分を考慮して身体は拘束しなかった。シルバーンはそこにつけ入った。隠し持っていたライターで火をつけたらしい。突然テントが燃え上がった。踏み消そうと炎の中に飛び込んだ兵士をシルバーンが襲い、銃を奪って逃走したという。もう一人の兵士は火だるまになった兵士を助けるのに精一杯で、追跡に入るのが遅れたようだった。

「ネパール陸軍の兵士と協力して周辺を捜索しています。幸い月明かりがありますので、捕捉するのも時間の問題でしょう」

若い兵士は力強く請け合った。捜索の指揮はマコーリー大尉がとっているという。

軍曹は手際よく指示を出した。シルバーンの方はすでに展開している捜索隊に任せ、居残っていた隊員はキャンプサイトの警戒に当たるという。本部テントの周囲は厳重に警戒するから決して外に出ないようにと忠告し、マイケルに拳銃一丁を預けて、軍曹は部下を伴って出て行った。

早坂雅樹はニマが設営した居住用テントにいる。マコーリー大尉の注文で、明日到着する特殊部隊向けに〈ブラックフット〉の概念を解説したマニュアルの作成に没頭しているはずだ。この事態に気づいているかどうか心配になった。

「悪あがきだよ。谷の出口は一方向しかない。やつには上へ登る技術も装備もない。逃げられやしないさ」

マイケルは余裕のある口ぶりだが、それでも神経質に何度も拳銃を握り直す。兵士たちがトランシーバーで交信しあう声がテントの外で響く。

突然テントの明かりが消えた。これまでも発電機の故障による停電は経験していたが、状況が状況だけに不安が倍加する。停電はキャンプサイト全体に及んでいるようだ。厚い張り布の軍用テントの中には、ほかのテントの明かりも月の光も入ってこない。テントの入り口付近で不審な物音がした。

「動かずに、ここにいて」

マイケルが軽く肩に触れて囁く。傍らを離れ、足音を忍ばせて移動していく気配を感じた。

少し離れた方向から、それとは別の足音が聞こえる。体が硬直する。周囲の闇が粘度の高い液体のように心を圧迫する。

少しして暗がりで揉み合う音が聞こえた。ごく近くだ。何かが倒れる重い音が続いた。

「マイケル」

声を殺して呼んでみる。返事がない。鼓動が高鳴った。全身の神経が千切れそうに張りつめる。

また物音がした。足音のようだ。さっきより近づいている。

「誰なの?」

喉が渇いて声がかすれる。誰も答えない。

背後に人の気配を感じた。心臓が凍りついた。

振り返る間もなく、後ろから回された腕が喉元に絡みつく。

「お嬢さん。大人しくしないと命を失うことになる」

シルバーンの声だ——。口をふさがれて声がでない。懸命にもがいた。絡みついた腕はさらに喉元を締めつける。

「大人しくしろと言ってるだろう」

もがけばもがくほど腕は食い込んでくる。頭蓋の中で血管が膨張する。目の前の闇に黄色や青の不定形な模様が躍る。手や足が勝手に痙攣する。

殺される——。そう思ったが、それを恐怖と結びつける意識さえすでに失われていた。

頭の芯が空白になった。

周囲の闇よりもなお暗い闇の底へ、クロディーヌの意識は溶けるように落ちていった。

薄暗い闇の中でクロディーヌは目を開けた。

意識は朦朧としている。どこかに仰向けに横たわっているらしい。冷たい床の感触が、背中で押し潰されたダウンパーカーを通して伝わってくる。

身を起こそうとしたとたんに手首に痛みが走った。身動きがとれない。ロープで縛られているのだとわかった。

そこは湾曲した壁に囲まれた狭い空間だった。上の方に小さな窓があり、そこから差し込む光が天井を照らしている。月の光にしては明るすぎる。強い人工光線のようだ。

動かせるのは首だけだった。周囲を見渡してようやくヘリの中にいることに気づいた。闇の奥にコックピットの計器類が緑色の光を放って浮かんでいる。右側の座席ではヘルメットを着けたパイロットが計器を点検している。左の座席にも男が一人いて、パイロットの横手から拳銃を向けている。

「シルバーン！　人質を解放しろ！」

外から叫ぶ声が聞こえた。少しずつ意識が鮮明になる。マコーリー大尉の声だ。

人質――。それが自分のことだとやっと思い当たった。暗闇の中でシルバーンに首を絞められた。そのまま意識を失った。憶えているのはそこまでだった。

「シルバーン！　悪あがきは止めろ！　投降するんだ！」

また声が響く。機内にほかに人の気配はない。後ろ姿しか見えないその男がどうやらシルバーンらしい。

機内は米軍の輸送ヘリより小ぢんまりしている。ネパール陸軍の山岳用ヘリだ。カトマンズを発つとき空港で見かけたタイプだろう。今日の午後にも同じヘリが兵員を乗せて飛来していた。米軍の大型輸送ヘリは、明日到着する特殊部隊の足としてカトマンズに戻っている。

後ろ手に縛られた腕が痺れる。寝返りを打とうと体を動かすうちに、肩のあたりが柔らかいものに触れた。暗がりに目を凝らす。思わず息を呑んだ。傍らにネパール陸軍の制帽の兵士が横たわっている。たまたま機内にいて撃たれたのだろう。生きている気配はない。

湧き起こったのは恐怖よりも絶望的な孤独だった。シルバーンは人を殺すことを躊躇《ちゅうちょ》しない。人質としての役目が終われば自分もその兵士と同じ運命になるのだろう。このまま永久に会えないのかもしれない。郷司にもマルクにも――。

耳をつんざくエンジン音が湧き起こり、機体が振動しはじめた。ピッチが次第に高まり、機体が浮き上がるのを感じる。

外からの声はもう聞こえない。窓から差し込んでいた光が消え、コックピットの計器だけが闇の中に浮かびあがる。

機体はいったん右に傾き、わずかに前傾した。体が床に押し付けられる。上昇をはじめたらしい。機体の動きは間もなく落ち着いてきた。

そのとき脇で何かが動いた。ほの暗い闇の中で、死んでいたはずの兵士が顔を上げた。窓から射す月光に横顔が浮かび上がる。その頰には印象的なあの傷痕が見えた。

「ハヌマン?」

思わず声を漏らしたが、猛烈なエンジン音で相手の耳に届くはずもない。しかし兵士は声を出すなというように口元に指を立てる。怪我をして動けないのか、死んだふりをして隙をうかがっていたのか——。クロディーヌは訝しい思いで身を固くした。

滑らかな動きで兵士が立ち上がった。手に握られているものが月明かりに冷たく光る。ゆっくりと兵士はシルバーンに歩み寄る。

気配に気づいたのか、シルバーンが突然振り返った。

手元で拳銃が閃光を発した。

兵士の体が弾かれたように後方へ飛んだ。

シルバーンは座席から立ち上がり、倒れた兵士に歩み寄った。引き攣った顔が月光に浮かび上がる。兵士を見下ろして何か罵っているが、その声は騒音にかき消されて聞こえない。両手で構えた拳銃が兵士の頭部を向いている。止めを刺すつもりだ!

気流のせいか、パイロットの意図した操作か、そのときぐらりと機体が傾いた。

シルバーンがよろけるのが見えた。

クロディーヌは縛られた両足の膝を曲げ、全身をばねのように弾いてその脛を蹴りつけた。

シルバーンが床にくずおれた。倒れていた兵士が跳ね起きて、そのままシルバーンを押さえ込む。

二人はしばらく揉み合い、やがて重なり合ったまま動かなくなった。

下になっていたシルバーンの首がかくりと横を向いた。

兵士はゆっくりと体を起こす。手にしているものがまた光った。今度は赤い血糊を帯びたような光だった。

パイロットが振り返った。緊張の解けた表情で兵士に声をかける。兵士も何か言葉を返した。帽子の庇《ひさし》がつくる影でその顔は判別できないが、野戦服の肩口に黒々とした染みがある。血のようだ。怪我を負っている様子だが、苦痛の声ひとつ上げるでもない。

兵士はクロディーヌの傍らに腰をかがめた。ロープが食い込んだ手首にナイフの背の冷たい感触があり、わずかに力が加わって腕がほどけた。続いて足も自由になった。助かったのだ。

やはりハヌマンだろうか——。声をかけようとしたとき、機体を大きな衝撃が襲った。

床が横に傾く。パイロットが叫んでいる。体が浮いて側壁へ激しく叩きつけられる。

パイロットは懸命に操縦桿を操っている。それでも機体はさらに傾く。コックピットの窓に黒々とした岩壁が現れた。荒々しい岩肌が揺れながら迫ってくる。

機体が押し潰されるような気味の悪い衝撃を感じた。上下左右への猛烈な揺れで、体は宙に浮き、壁や床に叩きつけられる。急速に意識が薄れていく。

郷司の声が聞こえたような気がした。すぐ近くに郷司がいるような気がした。語りかけようとしても声が出ない。触れようとしても体が動かない。

悲しみが心を引き裂いた。もう郷司には会えない——。
そのまま何も聞こえなくなった。何も見えなくなった。

第十四章

1

郷司は第三キャンプへ向かって下降を続けていた。

月明かりはジャパニーズ・クーロワールの岩溝へも射し込んで、足場にはほとんど不安を感じない。第三キャンプのすぐ上まではルートの修復が済んでいる。その地点まで下降して、さらに第三キャンプまでルートを繋げば、クリフとフレッドが到着する時間を早められる。土気色をして死相さえ漂わせたロプサンの顔が瞼に浮かんで気が急いた。

標高は七〇〇〇メートルを切っている。このあたりへくると風はだいぶ凪《な》いできた。眼下のロンブクの谷は、あの成層圏の嵐が夢だったように穏やかにまどろんでいる。クリフたちはいまどのあたりにいるのだろうか。この有利な条件のなかで、ハイペースで登ってくれていることを願うばかりだ。

ロー・ラのあたりからヘリのローター音が聞こえる。クーンブの補給部隊は夜間飛行はしないのが原則だ。標高が高すぎて十分な対地高度がとれず、視界の利かない夜は周囲の峰に激突する危険があるためだ。その原則を破るとすればよほどの急用なのだろう。また何か起きたのではないかと心が騒ぐ。

ヘリの姿がロー・ラの上に現れた。カトマンズではなくロンブク方面に向かっている。米軍のヘリではない。機体のマークはネパール陸軍のものだ。ヘリは余裕のある高度でロー・ラを越えた。ロンブク側へ入っても対地高度は五〇〇メートルほどを維持している。その高度を飛べるとしたら、やはりネパール陸軍の山岳用ヘリだ。

不安が的中したのはヘリがABCの上空を過ぎたときだった。隣接する人民解放軍のキャンプから空に向かって何かが飛び出した。オレンジ色の炎と白煙を引きながら猛烈なスピードでヘリに向かっていく。

地対空ミサイル――。一人で持ち運びができる軽量のものもある。蜂起部隊は空からの攻撃を警戒しているはずだ。装備していても不思議はない。

飛行物体は弧を描いてヘリの背後に回りこんだ。熱線追尾式だとすれば、ヘリの熱線の発生源は後方を向いたエンジンの排気ノズルだ。すでに標的を捉えている。

ヘリは気づかない様子で飛び続ける。その後部ローター付近に、炎と煙の矢は正確に突き刺さった。

眩い炎のボールが機体を包み込む。腹に響くような爆発音がわずかに遅れて続いた。

ヘリは白煙をたなびかせ、身をよじりながら北西壁下部に突っ込んでくる。

パイロットの回避操作によるものか、衝突する直前にヘリはくるりと機体を捻《ひね》った。郷司の位置からは見えなかったが、尾部が岩壁に激突したようだ。ヘリは撥ね飛ばされたようにロンブク氷河の方向に針路を変えた。機体を回転させ、炎の尾を引いて、力を失った竹とんぼのようにふらふらと降下する。真下にあるのはＡＢＣのテント群だ。そこへ落ちればまた死者が出る。祈るような気持ちで行方を見守った。

ヘリはＡＢＣから一〇〇メートルほど離れた雪原に落下した。中から人が飛び出した。助かった乗員がいるらしい――。

安心したのも束の間だった。機体が炎に包まれた。黒煙が噴きあがる、残骸が空中に飛散する。やや遅れて乾いた爆発音が氷河の谷に谺した。

炎の舌をのぞかせながら煙は次第に収まり、どす黒く汚れた雪面には機体の破片が無数に散らばっている。生存者がいるとは到底思えなかった。

高鳴った鼓動が収まらない。誰が乗っていたのか、なぜ無謀な飛行をしたのか――。

別の不安が湧いてきた。クリフとフレッドが下から登っている。ヘリが激突したのは第三キャンプのあたりだ。直撃を受けたのでは――。

もどかしい思いで下降を続けた。第三キャンプには誰も到着していない。さらにクーロワールを一〇〇メートルほど降ったところで、絶望的な気分に襲われた。

岩溝のなかにはヘリの破片が散乱し、そこから下へ向かう雪崩の跡が見えた。付近には不安定な氷塔《セラック》があり、通過するたびに気味悪い思いがしていた。それがそっくり無くなっている。

ヘリの激突による衝撃で崩壊し、ブロック雪崩を引き起こしたようだ。雪崩のコース上にクリフとフレッドがいたのは間違いない。

見下ろせる範囲ではルートの状況は最悪だ。固定ロープは跡形もない。ピトンやアイススクリューも、雪に埋もれ、あるいは弾き飛ばされてほとんどが使い物にならない。降りながらの修復はほぼ不可能だ。シュリンゲを切断されただけのここまでの状況とはわけが違う。

懸垂下降はできるが、修復せずに降りてしまえば登り返すのは困難だ。つまりクリフとフレッドの救出に向かえば、ロプサンを見殺しにすることになる。クリフたちが瀕死の重傷を負っているとすれば、いま救助に向かわなければ手遅れになる。いずれを選択しても一方を見捨てることになる。せめて下の状況がわかれば——。下界との連絡手段をもたないことが、危機に瀕してこれほど絶望的な状況をつくり出すとは思いもよらなかった。

手近の岩角に自己確保をとり、身を乗り出して足元の闇に目を凝らした。岩陰に見え隠れして、明かりが二つ揺れるのが見えた。クリフとフレッドだ。二人が生きていることは確認できた。それでも不安は収まらない。無事だったのか。怪我はしていないのか——。

その光のさらに下、ロンブク氷河上に別の光の列が見えた。ABCから北西壁の基部へ移動している。シェルパたちがクリフとフレッドの救出に向かうらしい。肩の荷がいくぶん軽くなった。

状況は変わった。まずはロプサンを担ぎ下ろす。それが考えうる最良の選択だった。クリフたちのことはシェルパに任せよう。自分が加わってもさしたる力にはならない。彼らの力を信じることがチームプレーの原則だ。いま瀕死のロプサンを助けられるのは自分だけなのだ。

懸垂下降用のロープを回収し、修復済みの固定ロープにユマールをセットする。標高差にして八〇〇メートル近い登り返しだ。疲労は限界を超えている。筋肉は辛うじて動くが、脳細胞が使うべきエネルギーをも消費しているように、思考はしだいに緩慢になる。

〈もう一歩。そう、しっかりと岩を捉えて。バランスに注意して――〉

語りかけているのが自分でもありクロディーヌでもあるようだ。傍らに感じる体温に似た温もりが、こわばった筋肉に不思議なエネルギーを注ぎ込む。クロディーヌが自分を見守ってくれている――。そんな不合理な感覚を疑うこともなく受け入れていた。そのことが与えてくれる力と勇気が、限界をとうに超えた肉体の酷使を可能にしているように思えた。

第四キャンプまで三時間ほどを費やした。テントの中でロプサンは冷たくなっていた。断末魔の苦悶を感じさせない眠るような死に顔だった。

魂が蒸発したようにその場に座り込んだ。悲しみも怒りも重い疲労の底に沈んでいた。どのくらいそうしていただろう。激しい渇きと空腹に襲われた。何か飲まなければならない。何か食べなければならない。生物としての本能だけが命をつなぎとめている。

筋力は磨耗しきって、アルミのコッヘルを手にすることさえおぼつかない。這うようにしてテントの出入り口から顔を出し、付近の汚れた雪をコッヘルに詰め込んだ。痙攣する指先を騙し騙しガスストーブに点火する。ストーブの熱でテントの中が暖まりだした。体の動きがいくぶん楽になった。コッヘルの底にできた泥混じりの水を飲み干した。

砂漠に落ちた水滴のように、わずかな水分は耐えがたい渇きのなかへ拡散する。また同じことを繰り返す。それでも水分の補給はよどんだ血流を流動化して、筋肉に蓄積した疲労を洗い流してくれるようだった。

ようやく本格的に水をつくりはじめて、コッヘル一杯のお湯を沸かし、砂糖をたっぷり入れたお茶をつくった。ありあわせのチョコレートとナッツ類をむさぼるように齧り、温かいお茶で体温を回復すると、どうにか考える力が戻ってきた。

今日一日の出来事が夢のように思い出される。ウィルフォードとの対決、ロプサンの怪我、ヘリの墜落、そしてロプサンの死――。傍らのロプサンに視線を移したとたん、堰《せき》を切ったように悲しみと怒りが湧き起こった。なぜあいつを殺さなかったとロプサンが言っているような気がした。

クリフとフレッドは無事だろうか。記憶はまだおぼろげだ。シェルパたちが救援に向かっていたはずだ。それを確認して自分が上へ向かったことを思い出した。ヘリが墜落したシーンが目の当たりに浮かんだ。あの激しい爆発で生存者がいるとは思えなかった。誰が乗っていたのだろう。何の目的でロー・ラを越えたのだろう。

一連の事件のなかで、すでに何人もの人間が死んだ。なぜ死ななければならなかったのか。フィル・スコークロフトも、クレイグ・シェフィールドも、ウィルフォードの爆発物で死んだシェルパも、ロプサンも、あのヘリに乗っていた人々も――。すべては肥大化した軍事国家の愚劣な驕りによって起きたことなのだ。

ロプサンはエベレストをおれたちの庭だと言った。その神聖な庭を汚した咎を、エベレストの女神はなぜ罪のない人々に負わせせなければならないのか。

クロディーヌの声が聞きたかった。わずか数キロを隔てたクーンブの谷にいるはずのクロディーヌに、なぜかもう二度と会えないような気がした。

無駄とは思いつつもインマルサットを立ち上げてみた。電源ランプは点灯したが、やはり通じない。

場所を変えてみてはと思いついた。インマルサットが使う電波は直進性の高いＶＨＦだ。妨害電波も同帯域のはずで、障害物があれば遮断される。端末を抱えてテントを出て、隣接するサブテントの裏に回った。そこには人が何人か入れるほどの空洞があり、テントに入りきらない食料や資材の倉庫代わりに使われている。

もぐりこむと案の定ロンブク方面は岩で遮られ、開口部は南西に向かって開いている。インド洋上のインマルサット衛星との間に障害はない。

アンテナ兼用のカバーを開いて電源を入れた。接続信号が聞こえた。クーンブの補給基地を呼び出してみた。繋がった。

2

クーンブの補給基地の本部テントで、マイケルは苛立ちのあまり傍らのスチールの椅子を蹴飛ばした。

いくらコールしてもＡＢＣからは応答がなかった。ようやくいましがたシェルパの一人が出てきたが、英語がわからないらしく話はまるで通じない。

最初の爆発音が聞えたのはヘリがロー・ラの向こうに姿を消して間もなくだった。しばらくして別の爆発音が轟《とどろ》いた。ヘリのエンジン音が途絶えた。二度の爆発音が何を意味するのか、想像することさえおぞましかった。

シルバーンに殴られた後頭部が痛む。意識をとり戻したときクロディーヌはすでに拉致されていた。機内にいたネパール陸軍の兵士が撃たれたと知ったのはパイロットとの無線交信からだった。

シルバーンは本気らしい。新たな犠牲者が出るのを避けるため、マコーリーは突入の準備を進めていた隊員に中止の指令を出し、ヘリを遠巻きにして投降を促した。追い詰められたシルバーンが聞き入れるはずもなく、ヘリはロンブク方面へ虚しく飛び去った。

マコーリーは突入を躊躇したことを悔やんでいた。しかし部隊の隊員は兵站専門の後方要員だ。テロ対策専門の特殊部隊でもない限り、やったところで成功の見通しはおぼつかない。

報告を受けた統合参謀本部議長クリストファー・コリンズは、明日クーンブに展開するデルタフォースによるロンブク側への強襲を約束した。シルバーンがロンブク方面へ逃走したのはホアン・リー一味がイタチの仲間である何よりの証拠であり、彼らを掃討することは国家としての正当防衛だという考えに立ち至ったようだ。

大統領も同意しており、攻撃は速やかに承認されるだろうとコリンズは断言した。領土内への侵攻に対して中国側が報復に出る可能性もあり、圧力をかけるために、ペルシャ湾にいた空母カールビンソンがすでにベンガル湾に回航しているという。

超大国アメリカはことを大げさにするのが得意なようだが、目の前で危機に瀕した一人の女性を救うにはあまりに無力だった。クロディーヌを連れてきた責任も心を苛《さいな》んだ。近くにいながら守れなかった自分の間抜けさにはひたすら腹が立った。

すべてが後手に回っている。事件は一ジャーナリストの取材対象のレベルを超えていた。この世界のどこかの都市が核攻撃にさらされようとしている。〈ブラックフット〉の超小型核弾頭を打ち落とせる迎撃ミサイルはアメリカにもロシアにもないという。そんな危険な兵器を打ち上げた軍事超大国の愚劣さのツケが全地球市民に回ってきているのだ。

空母艦隊を投入しようが巡航ミサイルをぶち込もうが、事態を打開する上では何の意味もない。期待できるのはマクビーにいちばん近い場所にいる郷司だけだ。しかし郷司とは連絡のとりようがない。苛立つ以外にできることは何もなかった

尻が痛くなるほかは格別落ち度のない椅子を、もう一蹴りしようとしたところへインマルサットの呼び出し音が鳴った。通信機器のワイヤーがとぐろを巻くテーブルの一角へマコーリーが走り寄る。受話器を摑みとり耳に押し当てた。表情が変わった。

「サトシ・マキからだ。いま北西壁の第四キャンプにいる――」

振り返って告げるマコーリーの声には興奮と困惑が入り混じっている。

「ミス・ジャナンを出して欲しいと言っている」

「おれが代わるよ」

駆け寄ってマコーリーの手から受話器をもぎとった。

「サトシ、無事だったか。私はマイケル・ウェストンだ」

「ああ、クロディーヌとマルクがお世話になったらしい。彼女はそこにいますか」

問いかける郷司の声は弱々しい。切り出していいものかどうか迷った。しかしロンブク側の状況は、いまは郷司からしか得られない。

簡潔に状況を説明し、ヘリの動きを目撃していなかったかと訊いた。郷司はそのまま押し黙った。かすかに嗚咽《おえつ》が漏れてくる。間をおいて郷司は語りはじめた。ヘリはミサイルで撃墜されたという。生存者がいたようには見えなかったと郷司は言葉少なに語った。

郷司とクロディーヌの仲について詮索したことはないが、彼の身を案じるクロディーヌの思いは痛いほどに感じられた。それに応える心が郷司にないはずがない。途切れがちな言葉の合間を埋める沈黙が耳を圧する慟哭《どうこく》のようにも聞こえた。

言葉を失っていると、逆に郷司が語りかけてきた。それを伝えることが自らの義務だというように、郷司は知っている限りの情報を伝えた。

第四キャンプには行動をともにしていたロプサン・ノルの遺体があるという。ウィルフォードことマクビーに岩場から転落させられた結果の死のようだ。マクビーが言ったという魔法の石が、〈ブラックフット〉を制御するＲＯＭであることは間違いない。やはりマクビーはそれを手に入れたのだ。

舌を噛みそうな名前の薬物の話は意外だったが、アマチュア登山家にすぎないマクビーが八〇〇〇メートルを超える高所で活動できる謎はこれで解けた。

すべてを聞き終えて今度はマイケルが、現在得ている情報を余さず語った。郷司は相槌を打つでもなく押し黙って聞いた。マイケルはアメリカ側の要請を婉曲《えんきょく》な表現で伝えた。マクビーが持っているはずのＲＯＭが敵の手に渡らないようにしたいこと。タイムリミットはあと一日と七時間——。

民間人で、しかもアメリカ人ではない郷司にそんな責務を負う義理はない。しかしクリフ・マッケンジーもフレッド・マクガイアも遭難した現在、成し遂げる可能性をもつ者は郷司以外にいない。

「やってみるよ」

絶望の底から絞り出すような声で郷司は答えた。

「本当にやってくれるのか」思わず問い直した。

「ほかに誰がやるんだ」

その声は胸を抉《えぐ》った。かけがえのないものを失い、自らも肉体の限界にいる郷司が、さらにその命を賭す戦いに挑もうとしている。その心をマイケルは推し量った。自らが促した決断の酷さをマイケルは身にしみて感じた。

別の端末で本国と連絡をとっていたマコーリーがメモを手渡す。一瞥《いちべつ》して郷司に伝えた。

「ある人物が君と話したがっている。向こうからかけ直すそうだ。通話を切って待機してくれないか」

「誰だ」

短い問いが返る。

「合衆国大統領だよ」

「断ってくれ」

郷司は鋭く言い捨てた。

「無理にとは言わないが、先方にも伝えたい思いがあるんだろう」

「だったら勝手にすればいい。ただしバッテリー残量が少ない。長話は無用だ」

その声には深い不信感が込められていた。合衆国大統領でさえ、傷ついた郷司の心に入り込む余地はなさそうだった。

「伝えておく。ほかに注文は？」

「下にいる悪党どもを早く片付けてくれ。そのくらいならアメリカにだってできるだろう」

いまも事態解決に手を拱く軍事超大国アメリカへの痛烈な皮肉だ。マイケルは簡潔に答えた。

「明日、陸軍の特殊部隊が侵攻するそうだ」

「わかった」

短い返事があって、向こうから通話が切れた。

暗く冷えとした孤独が押し寄せていた。

下界へ開いた唯一の窓ともいうべき穴倉の中で、インマルサットの端末を抱え、胎児のように背中を丸めて、郷司は一人その孤独に耐えていた。

失って初めて気づくものがある。クロディーヌという存在が自分の魂のなかでどれだけの位置を占めていたかを、郷司はいま身を切るような痛切さで感じていた。

その死の瞬間を、そうとは知らずに目撃していた。その恐怖を、苦しみを、まるでよそ事のように傍観していた――。それはあまりにも酷いめぐり合わせだった。

自分の咎とはいい得ないその咎を、反芻するように自らに突きつけた。それが失ったものとの絆を確かめる唯一のよすがでもあるように。その声が、その微笑みが、その吐息が、その温もりが、記憶の中に残るクロディーヌという存在のひとかたまりが、いまは絶望的なまでの喪失の証でしかなかった。

インマルサットに着信があった。受話器をとる気にもなれない。呼び出し音は鳴るにまかせておいた。音はいったん止まり、間をおいてまた鳴り出した。重苦しい気分で受話器をとり、そのまま押し黙っていると、痺れを切らしたように野太いアメリカ訛りの英語が耳に飛び込んだ。

「ミスター・マキだね。初めてお話しさせていただく。私は合衆国大統領レックス・ハーパーだ。あなたの勇気ある決断のことはマコーリー大尉から聞いた」

「あなたの国のために働くわけじゃないんです」

言葉を交わすことさえ厭《いと》わしい男の声に、ことさらぶっきらぼうに答えた。機嫌を損ねる様子もなくハーパーは応じる。

「ミス・ジャナンのことはまことに残念だ。お怒りになる気持ちはわかる。責任のすべては合衆国にある」

その言葉は虚ろな心の中を、乾いた砂のようにただ流れ落ちていく。

「いまさら責任を問うつもりはありません。失われた命はもう返らない」

「ところが我々は、あなたにさらに重い荷を背負わせることになる」

ハーパーの声にはたくまざる苦悩が滲んでいた。しかしその思いに寄り添うことには抵抗があった。合衆国の意志に従うことそれ自体が不快だった。

「あなたに止められたとしても僕は行く。これは僕と彼らとの問題であって、合衆国のための行動じゃない」

ハーパーは応答に苦慮するように間を置いたが、すぐに気をとり直した声が返ってきた。

「だったらアメリカは君のために何ができる。何でもいいから言って欲しい」

「二度と愚かな過ちを犯さないで欲しい」

それ自体が愚かしいのかもしれない願いだった。ハーパーは重い口調で答えた。

「もし標的が私個人なら、砂漠の真ん中に立って私一人が死ねば済むことだ。しかし彼らの標的はいまもわからない。その種を蒔き、育ててしまったのが合衆国だということは率直に認めるよ」

その言葉には祈りにも似た感情がこもっていた。押し黙っているとハーパーがまた訊いてくる。

「必要なものはないか。海軍の艦載機で君がいる付近に投下することは可能だ」

「インマルサットのバッテリーが切れそうです。代わりの通信装置が欲しい。できるだけ軽量のものを」

具体的な反応に安堵したようにハーパーは畳みかけてきた。

「武器が必要じゃないのか。ライフルでも拳銃でも――」

「要りません」

即座に答えた。使い慣れない武器はかえって足手まといだ。エベレストの自然と鍛え上げたヒマラヤニストとしての技量こそが、郷司にとって最大の武器だった。

「そうか。方法は君に任せる。とにかくそのROMが決して敵の手に渡らないようにして欲しい。マクビーの生死は問わない」

ハーパーは厳しい口調で言った。生死を問わない――。それはこれからの行動が、郷司にとっても生死を賭したものであることを意味していた。それを承知の理不尽な注文なのだ。しかし恐怖も憤りも起こらない。いまとなってはそれはどうでもいいことだ。

心は魅入られてでもいるかのように、天空へ続く回廊の果てにいるマクビーに注がれていた。クロディーヌを殺した連中の片割れ、ロプサンを死に至らしめた男――。その男への絶対的ともいえる憎悪だけが、心の奥底でふつふつと煮えたぎっていた。

3

翌朝午前三時に郷司は第四キャンプを出発した。

月はすでに沈み、漆黒の夜空にはまがまがしいほどに星が瞬いていた。

マクビーの消息についてわかっていることは、少なくとも自分より上にいることだけだ。昨日までの行動からみて、ロンブク側へ降る気がないのは間違いない。登攀中の身のこなしからすると、岩登りの技術はそこそこのものを持っているようだった。ロープを切断して滑落させはしたが、下のテラスで止まるのを見越してのことで、大きな怪我をしたとは思えない。

例の薬物の効果はあと二、三日は持続するはずで、高所での行動能力も十分保持していると思われた。いまのところは侮れない敵だ。あのまま単独で頂上へ向かったとみるのが妥当だろう。

第四キャンプ付近は昨日に続いて平穏だった。それでも急速に下がってきた気温が頂上付近の厳しい気象を暗示していた。ヘッドランプの明かりを頼りに氷まじりの岩場を一〇〇メートルほど登り、ジャパニーズ・クーロワールとホーンバイン・クーロワールをつなぐ大雪田に出た。時刻は午前四時を少し回ったところ。夜明けまでだいぶ間がある。

昨夜のレックス・ハーパーとの電話のあと、補給部隊のシェーン・マコーリー大尉から、注文の品が今日未明に届くという連絡があった。そのとき指定した場所がこの大雪田で、目標はように雪田を斜めに横切る固定ロープの中央付近。安全のために一〇〇メートル以上離れて待機するようにという話だった。

吹きさらしの雪田に出るとさすがに風が強い。体力を消耗するだけだと判断してクーロワールの岩陰に退避した。

夜空の一角からジェット機のエンジン音が近づいてくる。轟音はまたたく間に頭上に迫り、巨大な鳥のようなものが星の光を遮って飛びすさる。いったん遠ざかったエンジン音は再び近づいて、今度は逆方向に頭上を越えて南の空へ消えていった。マコーリーの話ではベンガル湾上の空母カールビンソンの艦載機らしい。

何かを落としたようには見えなかった。闇夜で目標が見分けられなかったのか。落胆しながら雪田をトラバースしていくと、ほぼ打ち合わせ通りの地点に、雪明かりに浮かんでおぼろげな影が見えた。近づいてみると流線型の金属カプセルが雪面に突き刺さっている。パラシュートで落とすのかと思っていたが、ピンポイント爆撃の要領で目標に打ち込む方式だったらしい。危ないから離れていろと言われた意味がわかった。

側面には開梱方法が図解入りで示してある。説明どおり二ヵ所のアンロックボタンを押すとカプセルは縦に二つに割れた。中には緩衝材で包まれた軍事衛星通信の送受信機と軍用携行食のパッケージ、サービスのつもりか野戦用のサバイバルキットまである。

サバイバルキットは平地での戦闘を想定したものでほとんど使い物にならない。軍用携行食も十食以上あって量が多すぎた。高所での機動力の優劣はひとえに装備の軽量化にかかっている。送受信機と携行食二食分だけをザックに詰め替え、吹きさらしの雪田を斜上してホーンバイン・クールロワールの取り付きに出た。

風のこない岩陰に身を寄せて送受信機をとり出した。軍用のため軀体が強固にできているのか、これまで使っていたトランシーバーより一回り大きく重量もある。操作方法は昨夜マコーリーからレクチャーを受けていた。扱いはいたって簡単で、プリセットされている呼び出し番号をテンキーから入力するだけだ。マコーリーから聞いた三桁の番号を入力すると、呼び出し音が数回続いてクーンブの補給基地が出た。

応答したのはマコーリーだった。無事に品物を受けとったことを報告すると、マコーリーはつい先ほど入ったという情報を伝えてきた。クリフとフレッドが救出されたという。想像通り二人は第三キャンプの下部で雪崩に襲われたが、幸い直撃は免れたらしい。それでもクーロワールを数十メートル滑落し、フレッドは軽い打撲で済んだがクリフは右足首を複雑骨折した。下降用のロープが流されてしまい、せっかく修復したルートも寸断されて、やむなく下からの救援を待っていたという。

救出に向かったシェルパが現場に到着したのが午前二時過ぎで、いったんクリフを第三キャンプに収容して一夜を明かした。夜明けを待って下山するという。最悪の事態が続いたなかでの朗報だ。それでもクリフたちには申し訳ないが、郷司の鬱屈を和《やわ》らげるだけの力はなかった。

クロディーヌの安否は確認できないとマコーリーは言う。シルバーンの逃走を許したマコーリーが、彼女の生存の可能性を排除したくない気持ちはわかるが、目の前でヘリの落下を目撃した郷司にとって、その死は確認するまでもない事実でしかない。

マコーリーはデルタフォースによる急襲作戦の進捗《しんちょく》状況を知らせてきた。兵員を乗せたヘリが夜明けとともに飛来するという。当初は空からの急襲で制圧する計画だったが、昨夜の撃墜事件で敵がミサイルを装備していることがわかり、急遽作戦の修正を迫られているとのことだった。

いずれにせよ人質がいることを考えれば無謀な作戦だが、攻撃に参加する陸軍のデルタフォースはそうした戦いを想定した専門集団であり、抜かりはないはずだとマコーリーは自信を示す。

問題は中国側の動きをいかに牽制するかで、当面の反攻意欲を封じるために、中国にとってメリットの大きい経済外交政策の提示と、空母艦隊派遣による軍事的示威を絡めた、飴と鞭の両面からの政治交渉を進めているという。

続いてマイケル・ウェストンが出てきて、現況についてこと細かに質問してくる。ジャーナリストとしての関心からではなく、本気で気にかけている様子が言葉の端々からうかがえた。心配ないと答えるしかなかった。平たく言えば心配されてもどうしようもないというのが真意だ。

これから遭遇する危険について、頭を巡らせることはほとんどなかった。マクビーを追い詰めることだけに心が集中していた。そのとき何をするかは自らも予測がつかない。昨夜ハーパーが言った「生死を問わず」という言葉だけが、心の襞に纏《まと》わりついて離れようとしなかった。

安定したペースで郷司は登攀を続けた。

第五キャンプに着いたのは、まだ夜明け前の午前六時だった。テントはほとんど倒壊しかけていたが、休息する程度の役には立つ。マクビーがここに戻った様子はなかった。

傾いたボックステントの屋根をピッケルで支え、何とか座り込めるだけの空間を確保して、コッヘルにたっぷりのお茶を作った。その場で飲めるだけを飲み、残りはテルモスに詰めてザックの中に押し込んだ。軍事衛星通信の送受信機が手に入ったので、受け渡しが失敗した場合の用心に携えてきたインマルサット端末は置いていくことにした。

北西壁の上空が真っ赤に燃えだした。西に連なる峰々の頂稜も朱に染まっている。烈風が雪を巻き上げ、テントの破れ目から砂のようにさらさらと流れ込む。ブーツの中の凍てついた爪先を動かし、感覚を失った指先を揉みしだく。

心躍るはずの朝だった。肌を刺す寒気が、乾燥した希薄な大気が、魂が震えるような荘厳な色彩が、存在の根源にある生命の歓喜を呼び覚ますはずの朝だった。

クロディーヌを失ったいまは、ヒマラヤにいることのそうした喜びのすべてが、心の中心にぽっかりと開いた空洞に虚しく吸い込まれてゆく。たぶんもうとり返すことはできないのだ。この世界を素朴に愛する心も、この世界と無邪気に戯れる心も――。

思いを断ち切るように立ち上がった。問題はここから先のルートだ。昨日と違い今日は単独行で、下からの確保はない。頂上岩壁を直登するなら、落下した場合まず助からない。そのうえ頭上に敵を控えての登攀となると、リスクがあまりに大きすぎる。

結論はすぐにでた。頂上岩壁直下の雪田をトラバースして西稜経由で頂上に抜ける。マルクが通ったはずのルートだ。西稜のネパール側を巻いてゆけば、最大の敵の強風が遮られる。途中で落下した〈ブラックフット〉とも対面できるだろう。この地上で最も気高い女神の額を汚し、罪のない人の命を無慈悲に奪い、さらに世界を恐怖の坩堝《るつぼ》に落とし込もうとする卑小な人間の驕《おご》りの産物に――。

ザックの荷を整え、ブーツの紐を締め直し、アイゼンを慎重に装着して第五キャンプを後にした。一昨日通った傾斜路をたどり、頂上岩壁基部の雪田に出る。

視界こそあるが風速は昨日以上だ。容赦ない風は執拗に顔面を殴打する。凶暴で気まぐれなもう一つの重力が働いているかのように、体は斜面に押し付けられ、引き剝がされ、足を払われ、背後から突き倒される。一歩踏み出すごとにピッケルに体重を預け、また風圧と格闘するように一歩を踏み出す。

雪田といっても斜度は四十度近い。滑落すればそのままロンブクの谷に吸い込まれ、岩角でバウンドしながら三〇〇〇メートル下の氷河に叩きつけられる。この風こそが、その非情さこそがヒマラヤなのだ。郷司は体内にようやくたぎるものを感じはじめた。

強風との格闘がどのくらい続いただろう。前方に黒いものが見えた。近づいてみると焼け焦げた金属の板だった。周辺には似たような残骸が点々と散らばっている。さらに進むとクレーター状に抉られた一帯があり、その中央付近に雪に埋もれかけた構造物があった。直径二メートル、長さ三メートルほどの筒状の外殻の中に整然と配置された円錐状の金属の物体――。

それが〈ブラックフット〉だろうと直感した。歩み寄ると外殻の一部に強い力で引きちぎったような穴がある。四散している残骸と比べて切断面が新しい。その穴からコンピュータの配線で見かけるフラットケーブルの末端がのぞいている。

マクビーの仕事の跡らしい。得意の爆薬で硬い特殊合金に穴を開けたのだ。中にあったROMをマクビーが手に入れたことは間違いない。

その金属の集塊はエベレストのあちこちに捨てられた酸素ボンベや空き缶の山と同様に、醜悪で不自然なゴミでしかなかった。そのゴミの同類がテロリストの凶器として世界を震撼《しんかん》させようとしている。愚かしいその異物を洗い流そうとするかのように、エベレストの風は轟音を立てて郷司の耳元を吹きすぎる。

4

クーンブの補給基地には、デルタフォースの隊員三十名を乗せた輸送ヘリが夜明けとともに飛来した。

部隊を率いるピート・マシューズ少佐は、自らマイケルのテントを訪れ、クロディーヌを巻き添えにしたことに遺憾の意を表わしたのち、引き続き作戦への協力を依頼した。到着早々、統合参謀本部議長の檄を受けたらしい。中国側のことは政治家に任せて、いかなる手段を用いても敵司令官を拘束せよとの内容だという。

昨夜の事件以来キャンプ全体が殺気立っていた。中国側の反応を警戒して腰が引けていたアメリカの尻にもやっと火がついたようだ。しかし敵は一個中隊約百二十名。わずか三十名の特殊部隊でどう戦うのか。作戦会議への出席を要請されたマイケルは、アメリカの対応に少なからぬ懸念を抱きながら本部テントに向かった。

昨夜は一睡もできなかった。自分がもう少し警戒していれば、シルバーンを取り逃がすこともクロディーヌを巻き添えにすることもなかっただろう。シルバーンを訊問して敵のアジトも突き止められたはずだ。郷司を危険なミッションに向かわせる必要はなかったのだ。気持ちを切り替えようとしても、怒りの矛先《ほこさき》はすぐに自分に向かってくる。

「要するに我々がやることは武器の宅配だ――」

会議の席上でマシューーズは大胆なアイデアを示した。敵と同等の兵力で地上戦を仕掛ければ、敵味方入り乱れての攻防で人質に多くの犠牲者が出る。それなら発想を変えればいい。人質は工兵隊といっても陸軍の軍人だ。戦闘の訓練も積んでいる。兵力も敵と同等の一個中隊。武器さえあれば自力で戦える。そのためにヘリによる強襲で、一個中隊の装備として十分な火器や銃弾を運び込むというのが作戦の骨子だ。

作戦の実施は正午、太陽が最も高い時刻を狙う。敵が赤外線追尾式のミサイルを持っていることがわかったので、裏をかいて太陽を背に侵攻する。侵入するコースと高度はコンピュータ・シミュレーションですでに確認済みだという。

ABCについては捕虜が民間人で、敵味方とも少数であることを考慮して、機上からの銃撃で敵を殲滅《せんめつ》したのち人質を救出する。

ベースキャンプへは別働隊の二機が侵攻する。一機が銃撃で威嚇している間に別の一機が強行着陸し、人質を解放して武器弾薬を手渡す。あとは上空からヘリで援護しつつ、人質と突入部隊の隊員で敵を制圧する。戦闘で死傷者が出る惧れはあるが、人質のほとんどは軍人であり、職務としてやむを得ないことだとマシューズは言い切った。

侵攻に使う機体は補給部隊の三機の輸送ヘリだ。高所用にエンジンを換装しており、飛行能力に問題はない。しかし防御装甲が弱く、下からの銃撃で撃墜される惧れがある。リスクは大きいがほかに選択肢はないようだ。強力な火器と装甲をもつ攻撃型ヘリは飛行高度の点で条件を満たさないらしい。

敵の司令官を拘束して、アジトの所在を何としてでも自白させる。場所さえわかれば、世界のどこであれアメリカはそれを叩き潰す能力があるとマシューズは豪語する。日本人の真木郷司にすべてを託すのは合衆国陸軍の名折れだという思いらしい。

空軍も通信傍受衛星で〈ブラックフット〉を動かしている電波の発信元を探索しているが、まだ発見されたという情報はない。当面はマシューズの奇襲、空軍による電波探索、郷司によるマクビーの追跡の三作戦すべてに賭けるしかなさそうだ。

郷司の状況について、マイケルは訊かれるままに説明したが、さしものデルタフォースも八〇〇〇メートルの高所となるとギブアップの様子で、彼を援護する具体的な作戦が示されたわけではない。マイケルの心の疼《うず》きは収まることがなかった。

会議を終え、遅い朝食をとりにダイニングテントへ向かうと、先にテーブルについていた早坂雅樹が勢い込んで話しかけてきた。

「昨夜、マコーリー大尉に頼んで、CTX81の軌道データを入手してもらったんです」

「よく簡単に出してきたな」

「出所はスペースコマンドの宇宙監視センターです」

雅樹はこともなげに答える。なるほどと頷いた。要はインマルサット経由でインターネットを検索してもらっただけのことだろう。

米空軍の一部門のスペースコマンドは、世界の衛星の交通整理を一手に引き受けているところで、その情報は一般にも公開され、アマチュア天文ファンにもお馴染みだ。そもそも衛星の軌道自体が地上からの観測で簡単に割り出せるもので、ことさら機密という代物ではない。スペースコマンドはその網羅性において他の追随を許さないというだけの話だ。

「CTX81の正常時の軌道データと、軌道遷移をはじめてから五時間後のデータを入手して、敵が指定した日時の衛星の軌道を計算してみたんですよ」

狙いはてっきりアメリカだと雅樹は思っていたらしい。ところがその時刻にCTX81がアメリカ上空を通過する可能性はありえない。計算は大まかだが、誤差を考慮してもまず間違いないという。

「だったらどの辺にいるんだ」

「正確には特定できませんが、モスクワに近いロシア上空です」

モスクワ――。聞いたとたんに背筋がぞくりとした。

事実なら敵はこの世界に最大のダメージを与えようとしている。首都モスクワに核攻撃を受ければ、ロシアはほぼ自動的にアメリカに対して報復攻撃を行う。冷戦終結後のいまも、ロシアのICBMのほとんどはアメリカに向けられているのだ。アメリカも当然それに対抗する。冷戦終結とともに消滅したはずの世界核戦争の恐怖が復活する。その被害は〈ブラックフット〉一基によるものとは桁違いだ。

「アメリカの連中は気づいているんだろうな」

「僕が関数電卓を叩いて計算できるくらいですから、いくらなんでも知らないということはないでしょう」

導いた推論の重みに雅樹も気づいている様子だ。答える声がこわばっている。マイケルは最悪の事態のおぞましいイメージを振り払うように言った。

「ロシアとアメリカがどう話をつけるかだ。ハーパー大統領も、もう臭いものに蓋というわけにはいかないだろう」

「どうしていまごろ気がついた。スペースコマンドは能無し野郎の溜まり場か？」

連夜となった国家安全保障会議のテーブルでレックス・ハーパーは毒づいた。

もともと上品な物言いを好む方ではないが、大統領に就任してからは、周囲を刺激する言葉づかいはなるべく控えるようにしてきた。そんな自制もいまはすっ飛んでいた。

統合参謀本部議長のコリンズは、度重なる軍の失態に言い訳する気力も失せた様子だ。

「責任者は追って厳正に処分します。いまは最悪の事態を想定した対応が必要です」

「その通りだ。いますぐロシアと話をつけなければ――」

思いは同様だった。躊躇はできない。一つ間違えば世界が滅びるのだ。

アメリカの行動は常に正しいとハーパーは信じてきた。アメリカの正義と強大さが、冷戦を終結させ、世界に新しい秩序をもたらそうとしていると確信していた。そのアメリカの胎内に、世界を破滅に導く悪魔の子が宿っていた。合衆国大統領としてのハーパーの誇りは、いま音を立てて瓦解しようとしていた。

「しかし彼らが納得しますか――」

国家安全保障問題担当補佐官スティーブン・シャイロックが割り込んだ。

「ロシアから見ればアメリカの核兵器による攻撃です。果たして報復攻撃を自制してくれるかどうか」

副大統領のクラレンス・フィッシャーもその懸念に同調する。

「無駄な交渉だよ。連中も頭のつくりは我々とそう変わらん。立場が逆だったらアメリカだって報復する。へたに話を持ち出せば、アメリカは世界に恥をさらすことになる。ロシアも中国も、いやあらゆる国が、弱みにつけ込んでアメリカに難題を吹っかけてくる。黙っていた方がいい。我々の手でテロリストの野望を叩き潰せば済むことだ」

「叩き潰せなかったら、アメリカはロシアの報復を甘んじて受けることになる。飛んでくるのは〈ブラックフット〉の数千倍の破壊力を持つＩＣＢＭですよ」

国防長官のジーン・バロウズが反発した。普段はバロウズと折り合いの悪いコリンズも同調する。

「アメリカがそれに報復すれば、北半球はそっくり消えて無くなります」

首都ワシントンが、ニューヨークが、ロサンゼルスが、巨大なきのこ雲の下で灰燼《かいじん》に帰す姿をハーパーは思い描いた。時を移さず、モスクワが、サンクト・ペテルブルクが、ロシアの主要都市と戦略拠点が、数千度の核の炎に焼き尽くされる。夥しい人の命が奪われ、地球は死の灰に覆い尽くされる。冷戦という捻じ曲がった戦争抑止の論理が、いま恐るべき禍根として米露はおろか地球全体に襲いかかろうとしている。

「だからこそ彼らに思いとどまらせるんだ。それができないならこの世界に政治はいらない」

ハーパーは慄く心を抑えて国家安全保障会議のスタッフを見渡した。

ここで政治生命を絶たれようと、合衆国が非難の矢面に立たされようと、この世界を破滅させてはならない。フィッシャーの言うとおり、アメリカの覇権の時代は終わるかもしれない。それでもいいのだと彼は確信していた。アメリカが、そして人類が次の時代へ生き延びられるのなら――。

ハーパーは秘書官に、ロシア大統領エフゲニー・グルコフとのホットラインをつなぐように指示した。

「この事実が知れ渡れば、世界は二度とアメリカを信用しなくなる。アメリカは世界の三流国に成り下がる」

フィッシャーが天を仰いだ。ハーパーは強固な意志をあらわにしてフィッシャーの顔を見据えた。

「三流だろうが四流だろうが、地球上から消滅するよりはましだろう」

第十五章

1

エベレスト西稜の小さな鞍部を乗り越し、ネパール側に少し降った南西壁上のテラスで、郷司はようやく一息を入れた。

強風と闘いながらの雪田のトラバースで体力は予想以上に消耗した。第五キャンプを出て以来、初めて安心して休める場所だった。強烈な北西風は西稜に遮られてここまでは吹き込まない。耳元で猛り狂っていた風音もいまは嘘のように消えている。

眼下に広がるのは、岩と氷と蒼穹が織り成す、別名「沈黙の谷」とも呼ばれるウェスタンクウムの荘厳な景観だ。

急峻で雪のつかないエベレスト南西壁の岩肌は、鋭利な鉈《なた》で断ち切られたように二千数百メートルの空間を切れ落ちる。その裾をたおやかに眩い白銀の氷河が埋めつくす。正面にはローツェ・フェースの鏡のような氷壁がせり上がり、その上端をローツェからヌプツェへと連なる刃のような稜線が縁どる。

見上げるエベレストの頂から南峰の小突起を経て南東稜が駆け降り、傾斜を緩めてローツェから降る尾根と出合うところに、陽光を照り返して輝く雪の台地が見える。世界でもっとも高い峠——サウスコルだ。

マルクは頂上を経由してそこへ降り、さらにローツェ・フェースの氷の斜面をトラバースしてウェスタンクウムにたどりついたのだ。エドムンド・ヒラリーとテンジン・ノルゲイが初登頂を果たしたそのルートは、いまではエベレストで最も登りやすいルートといわれているが、それはレギュラーシーズンの話に過ぎない。

西稜を越えて吹きつける厳冬期の強風は、ローツェ・フェースの急斜面を鋼のように凍てつかせる。アイゼンの歯をも弾き返す氷の壁を、強風に煽られながらマルクは降ったのだ。そのときすでに足を折っていたとすれば、まさに奇跡というほかはない。

マクビーもそこを降ると言っていた。その先にはクーンブアイスフォールがある。ウェスタンクウム氷河の舌端が崩壊し、下部のクーンブ氷河へと緩慢になだれ落ちる壮大な氷の懸崖——底知れぬクレバスが絶えず軋み、うごめき、巨大な氷塔が前触れもなく崩壊する、世界で最も危険な氷の迷宮だ。

レギュラーシーズンには地元のシェルパが固定ロープやアルミ梯子を設置するが、シーズンが終わればすべて撤去する。そこを単独で降れといわれれば郷司でも二の足を踏む。マルクが倒れていたのはその手前だ。彼にしてもそこまでたどり着くのが限界だったのだ。その先のクーンブ・エベレストBCには、〈天空への回廊作戦〉の補給基地がある。狡知《こうち》にたけたマクビーがそれを計算に入れていないはずはない。

どこへ向かおうとしているのか。ほかのルートとなると中国側しかない。普通に考えれば北稜か北東稜だが、どちらも行き着く先はロンブクのエベレストBCだ。ベースキャンプを制圧した連中に合流するなら、わざわざ頂上へ抜ける必要はない。第五キャンプから北西壁直下のABCまでなら、せいぜい五、六時間もあれば懸垂下降で降れるのだ。

何か目算があるのか、あるいは下の連中とマクビーとではやはり目的が異なるのか。

「必要な物はもう手に入れた。残りのガラクタはいくらでも下の連中にくれてやる――」

第五キャンプでマクビーがそう言ったのを思い出した。

マクビーは頂上付近にいる。あの男にはそこにいる理由があるのだ。どんな手段かは見当がつかないが、エベレストそのものがマクビーの脱出ルートなのではないか――。荒唐無稽だが、理詰めで考えて行きつく結論がそれだった。

米軍機が落とした携行食のパックから高カロリー食のスティックをとり出し、テルモスに詰めてきたお茶で胃の中に流し込んだ。

ここからは急峻な岩稜の登りだ。険悪な岩塔を織り交ぜたナイフの刃のようなルートは、手強さにおいて昨日登った北西壁直登ルートと変わりはなさそうだ。

時刻は間もなく正午。ザックの荷を詰め直し、装備を点検して立ち上がった。そのときクーンブ氷河の方向からヘリのローター音がかすかに聞えてきた。音の方向に目を向けると、一機また一機とウェスタンクウムの末端から姿を現し、高度を上げながらロー・ラを越えてゆく。全部で三機。いよいよ攻撃に入るのか。

ロンブク側の状況が気になった。稜線まで空身で登り返してロンブク氷河を見下ろした。ヘリの一機がＡＢＣの上空にいる。残りの二機は氷河の上を低空でロンブクのベースキャンプの方向へ向かっている。

敵の陣地からミサイルが発射された。息を呑んだ。昨夜の墜落シーンが目の当たりに浮かんだ。

計三発のミサイルはすべて機体の横をかすめ、ヘリの後尾へ反転するでもなく、そのまま空の高みへと上昇していく。思わず安堵のため息が漏れた。

命中しない理由はすぐに見当がついた。ヘリは太陽を背にしているのだ。赤外線追尾式のミサイルは最大の熱源である太陽に向かって一直線に飛んでいく。十秒ほどの飛行でミサイルは勢いを失い、ロー・ラの向こうへふらふらと落下した。立て続けに三度、遠い爆発音が聞こえた。クーンブの補給基地に落ちていなければいいがと気になった。

ＡＢＣの方向から乾いた銃声がかすかに聞こえる。視認はできないが交戦状態にあるようだ。クリフたちが第三キャンプにいてくれることを願った。ＡＢＣに戻っていれば、楯にとられて生命の危険さえある。

まもなく銃声は静まり、ヘリはＡＢＣのテント近くに着陸した。周囲に散開する兵士の姿が芥子粒《けしつぶ》のように見える。制圧に成功したらしい。ロンブク方面の状況はここからはわからない。

それだけを確認してテラスに戻ると、ザックのサイドポケットで衛星通信の送受信機が鳴っていた。

慌ててとり出して通話ボタンを押す。補給部隊のマコーリー大尉からだ。

「サトシ、たったいまデルタフォースによる奇襲作戦がはじまった。ABCはもう制圧し終えたようだ。ロンブクのベースキャンプはいま交戦中らしい」

「ABCの状況はこちらからも見えたよ。隊員は無事だったか」

「無事だった。クリフ・マッケンジー氏とフレッド・マクガイア氏は、救援に向かったシェルパと第三キャンプから降る途中だったらしい。ABCに居残っていたシェルパにも怪我はない――」

マコーリーの声には喜びの色が滲んでいた。輸送ヘリとはいえ本国から持ち込んだ重機関銃二挺とロケット砲で武装しており、地対空ミサイルのほかは小銃しか持たない敵との火力の差は圧倒的だったらしい。敵はミサイルがかわされたとたんに戦意を失い、ほとんど抵抗することもなく投降してきたという。

ロンブク方面の状況はわかり次第また知らせるといって、大尉はいったん通話を終えた。

慎重に身支度を点検して、郷司は急峻な西稜の岩尾根を登りはじめた。できるだけネパール側にルートをとって、北西からの強風を避ける。それでも氷雪と岩のミックスした足場は極端に悪い。

マクビーはいまどのあたりか。昨日の到達点からすれば、途中でのビバークは不可避だろう。今朝早くから行動を開始したとしてもまだ壁の途中だ。焦る必要はない。しかし侮ることもできない。いまも八〇〇〇メートルを超える高所で動き回っているとすれば、その行動力はやわなアマチュアの域を凌駕している。

出発する直前にマコーリーからまた連絡があった。ロンブクのベースキャンプも制圧に成功したらしい。味方にも負傷者は出たが、作戦はおおむね成功だという。詳しいことは追って報せるというので、それだけ確認できれば連絡は不要だと断った。ここから先は気の抜けない岩場が続く。途中でセルフビレイをとり、ザックから通信装置を引っ張り出している余裕はない。クリフもフレッドもシェルパたちも、ロンブクにいた隊員も助かった。しかしクロディーヌはもう帰らないのだ。どんな朗報もその喪失感を埋める力は持たなかった。

間近に見えるエベレストの頂は、登った分だけ遠ざかるようにみえる。岩角にかけた手からふっと力が抜ける。バランスを崩しかけては意識が戻る。希薄な大気のせいか疲労のせいか、ときおりそんな風に意識が抜け落ちる。ホールドを捉え直して荒い息を吐く。

眼下のウェスタンクウムの雪原が、魂を誘うように微笑んでみえる。酸素への渇きがつくり出す特殊な心理だろう。生きることと死ぬことの境界が曖昧に感じられる。この生に何ほどの意味があるというのだ。この荘厳な氷河の谷が、限りなく小さなこの命を永遠の内懐に抱きとめてくれるというなら、それは恐れるべきことでも悲しむべきことでもないように思われてくる。

岩稜を抜け、頂上へ続く雪稜に出た。冬季の北西風が形成した雪庇《せっぴ》はネパール側に張りだしている。ルートはチベット側にとらざるを得ない。再び強烈なジェット気流の洗礼に見舞われた。ゴーグルに瞬時に氷の層ができる。唐突に視力を失ってバランス感覚が狂う。風圧でよろけた体を辛うじてピッケルで支える。

ゴーグルについた氷雪の層をミトンの甲でそぎ落とし、また前方に目を向けたとき、視野の片隅に黒っぽい小さなものが蠢くのが見えた。頂上岩壁が終えたあたり、頂へと続く雪の斜面にしがみつく蟻のような人影だった。

マクビー——。単独で頂上岩壁を乗り越えたのだ。やはり侮《あなど》れる相手ではなかった。

体力も気力もすでに限界のはずだ。あの特殊な薬物にどれだけの効果があるのか知らないが、十分に高所順応を積んだトップクライマーでも、この高度での補助酸素なしの行動には半端ではない精神力が要求される。この世界に災厄以外の何ものももたらさないテロ行為が、どうしてそれほどの魂のエネルギーを引き出し得るのか。おぞましい悪夢を見る思いだった。

頂上への距離はマクビーの方がだいぶ近い。すでにこちらの存在に気づいているかもしれない。先に着かれたら状況は不利になる。

マクビーの動きは緩慢だった。何を詰め込んでいるのか、この高所で活動するにはザックが妙に膨らんでいる。郷司の方は極力切り詰めた装備だ。勝てそうだと計算した。

硬くクラストした雪にアイゼンの前爪を正確に蹴りこんで、一歩また一歩と高度を上げる。一歩進むごとに立ち止まっては、あえぐような呼吸を繰り返す。頭蓋をワイヤーで締め付けられるような痛みが走る。

右手はウェスタンクウムに大きく張り出した雪庇《せっぴ》だ。風に流されて寄りすぎないように、体重を風に預けてバランスを保つ。三十分ほど登り続けて、高さではこちらが少し上に出た。マクビーとの水平距離は二〇〇メートルほどだ。

マクビーの動きはほとんど止まって見えた。荒い息を吐きながらさらに歩を進めようとしたとき、唐突に足元の雪が砕け散った。わずかに遅れて乾いた炸裂音《さくれつ》が耳に届く。

足元で起きた現象と音との関係が頭の中で結びつかない。マクビーを見た。こちらに向けて何か構えている。

銃だ！　心臓が凍りついた。

また足元の雪が砕け、風の中に雪煙が舞った。銃声がそれに続いた。

周囲に身を隠せるものはない。マクビーの手元で白煙が散るのが見えた。

思わず右手へ飛びすさった。

まずいと思ったときは遅かった。踏み抜いた雪庇ごと体が空中に躍りだす。

垂直に薙《な》ぎ落ちる南西壁の岩肌が視野に飛び込む。青空が足元に見える。ウェスタンクウム氷河が頭上から迫ってくる。

重い衝撃とともに、落下する体を何かが受け止めた。

気がつくと雪庇の下から延びる小さな支稜の、雪の詰まったギャップに仰向けに落ち込んでいる。

腰をしたたか打っていた。気の遠くなるような痛みにしばらく耐えた。意識は朦朧としている。頭を振りながらようやく立ち上がる。

マクビーが銃を持っていることはわかっていたが、あの距離から狙うとは予想外だった。射撃の腕は正確なようだ。稜線へ戻ればまた狙われる。頂上直下の岩壁を行くしかなさそうだ。

ルートを求めて周囲の岩場に視線を這わせた。ほとんど隙が見えない。鉄壁の城砦《じようさい》だ。下方に視線を移すと、南東稜へ斜上するイエローバンドに沿って、うっすら雪のついた不明瞭な傾斜路がある。そこにどこかの登山隊が残したらしい固定ロープが見えた。

いつのものかはわからない。南西壁に射す日差しは強い。老朽化して使い物にならない可能性はある。しかし賭けるしかない。

傾斜路は斜め下方二〇メートルほどのところからはじまっている。問題はどうやってそこへ降りるかだ。現在の場所と傾斜路の末端のテラスの間には、爪のかかる割れ目さえないスラブが控えている。

一思案して懸垂下降用のロープをとり出した。近くの岩角に捨て縄のシュリンゲをかけ、ロープを通し、両端を結んで下に投げ下ろす。

ハーネスに懸垂下降器をとり付け、ロープをセットして、慎重に岩場に身を乗り出した。左手で山側のロープを軽く握り、右手で谷側のロープの角度を変えて、摩擦を調節しながらテラスと同じ高さまで下降する。

宙吊りの状態で岩壁を横方向に蹴った。体が左右に振れはじめる。標高八八〇〇メートルの空中ブランコだ。足の下はるかにウェスタンクウム氷河がのたうつ。心臓がひりひり痛む。

振り子運動のリズムに合わせて壁を蹴り続ける。振り子の振幅は次第に大きくなる。右いっぱいに振れたところで、目指すテラスの真上に達するようになった。

一度反対側に振れ、またテラスの上に戻るタイミングに合わせて、右手で押さえていたロープを軽く緩める。

懸垂下降器の中をロープが滑る。身体が横に流れて、狭い外傾したテラスに吸い寄せられる。アイゼンの歯が雪面に引っかかった。さらにロープを緩める。惰性でよろめいた。慌てて目の前の岩角にしがみつく。なんとか無事にテラスに着地した。

振り子トラバースと呼ばれるテクニックだ。アルプスの岩場ではよく使ったが、エベレストの頂上直下で使うことになるとは思いもよらなかった。緊張にこわばった指でロープの末端の結び目を解き、その一方を引いてロープを回収する。

残っていた固定ロープは比較的新しかった。外傾した狭いテラスは立っているのがやっとだ。一息入れる気にもなれない。ロープでバランスを保ちながら、足場の悪い傾斜路をへずるように登っていく。時間のロスは大きい。マクビーはもう頂上に近づいているだろう。

南峰のコルへ直上するガリーの取り付きまで三十分かかった。雪崩に見舞われたらしく固定ロープは残っていない。取り付きは脆い岩肌のオーバーハング気味の垂壁だ。

分厚いミトンを外し、ウールの手袋だけで微妙なホールドをまさぐる。凍てついた岩肌の冷気が指先を締めつける。半ば力ずくで垂壁を乗り越し、ガリーの中央を走る硬い雪壁をピオレトラクションで直上し、さらに氷の着いたスラブを緊張して登りつめ、ようやく南東稜上の南峰の肩に達した。神経も体力もすり減っていた。結局、南西壁の最上部を真横に横断しただけで、高度はほとんど稼げなかった。

南峰といっても独立したピークというより稜線上の小さなこぶだ。頂上までの高度差はちょうど一〇〇メートル。南東稜からエベレストを目指すクライマーにとっては、無限の隔たりにも感じられる一〇〇メートルだ。頂上へはさらにこの先のヒラリー・ステップと呼ばれる岩場を乗り越し、希薄な酸素にあえぎながら延々と続く雪稜をたどることになる。

すでに二時間近くロスしていた。頂上までの登りにあと二時間は見なければならない。マクビーはもう頂上を踏んでいるだろう。狙撃は免れたものの時間との勝負では圧倒的に不利になった。

エベレストの頂からは南東方向に盛んに雪煙が吹き上がっている。時刻は午後三時を回っていた。これから上に向かえば、頂上付近で夜を明かすことになる。それが高い確率で死に結びつくことは、多くの先例が物語る事実だった。

2

どう行動しようか思案していると、頂上付近の雪煙の中に人影が見えた。こちらに降ってくる。

マクビーだ。サウスコルへ向かうつもりらしい。願ってもない話だ。結果的に先回りしたことになる。マクビーはこちらは死んだと思っているはずだ。それなら十分隙をつける。

殺す気はないし、その手段もない。しかしデスゾーンの女神は、マクビーにしても郷司にしても、あと一日以上その内懐に生きて滞在することを許さないだろう。緩慢な死はどちらにも平等にやってくる。犯行予告時刻までデスゾーンに釘づけにする。敵の意図を阻止するにはそれで十分だ。

マクビーはこちらには気づいていない様子だ。ペースが速い。降りは重力に逆らう必要がないので、筋肉が必要とする酸素量がはるかに少ない。登りに比べ圧倒的に楽なのだ。三十分もすればマクビーはここへやってくる。敢えて体力を消耗して迎えにいく必要はない。このままここで待つことにした。

稜線からわずかに降ったところに、人が何人か入れるほどの岩の窪みがある。五年前にフランス隊の一員としてエベレストを目指したとき、突然襲ってきたブリザードをかわすために使ったことがある。

もぐりこんでみると、中は頂上方向からの風を遮って快適だった。現在の状況を知らせ、ロンブク方面の追加情報も訊いておこうと、衛星通信装置をとり出してみて愕然とした。落下したときに押し潰したのだろう。丈夫そうだったケースが真っ二つに割れ、中のパーツが丸見えになっている。

電源は入るがテンキーが反応しない。揺すっても叩いても無駄だった。ここのところ通信機器にはとことんついていない。

岩の窪みで二十分ほど待ってから、稜線に出て上の様子をうかがった。マクビーはヒラリー・ステップの上まで来ていた。稜線上に突き出た約一〇メートルの顕著なその岩場は、エベレスト南東稜ルートの最後の難関だが、降りなら懸垂下降で容易に通過できる。しかしマクビーはそのためのロープを持っていないはずだ。

意を決したようにマクビーは降りはじめた。ゆっくりと慎重に、何かに体重を預けるような降り方だ。レギュラーシーズンに張られた固定ロープが残っていたのかもしれない。

三分の一ほど降ったところで、マクビーの体が急に沈んだ。もがくように手足を動かしながら、垂直に近い岩場をずり落ちる。古い固定ロープの支点が加重で抜け落ちたようだ。

マクビーは岩場の基部に落下して、そのまま稜線の背後に消えた。稜線の向こうはカンシュン・フェースと呼ばれるエベレスト東面の三〇〇〇メートルの懸崖だ。落ちれば助かりようがない。

すべてが終わった。結局マクビーの自滅によって幕は引かれたようだ。周到にみえてお粗末な結末だった。残ったのは虚しさだけだ。しかしその虚しさの中に、どうにも咀嚼《そしやく》しきれないしこりのようなものを感じた。

郷司は稜線を登っていった。本当にすべてが終わったのか、自分の目で確かめたかった。二十分ほどの苦しい登りでヒラリー・ステップの基部に出た。赤茶けたスラブに打ち込まれたピトンから張りつめたロープが延びている。

それをたどってカンシュン側を見下ろすと、一〇メートルほど下にマクビーの姿がみえた。ロープの末端を握り、両腕だけで体重を支えている。緩慢に足をもがいているが、アイゼンの歯は氷に弾かれて役に立たないようだ。

「引き上げてくれ、サトシ！」

哀願する声が昇ってくる。こんな男を助ける義理はないが、山中で救いを求める人間を見捨てられないのはガイド稼業で染みついた第二の本能だ。

支点のピトンの強度を確認し、シュリンゲの一方の端はピトンに固定し、シュリンゲを介してマクビーのロープにユマールをセットする。シュリンゲの一方の端はピトンに固定し、渾身の力でロープを引き上げる。引き上げてできた弛《ゆる》みの分だけユマールを移動する。これで手を離してもユマールが噛んで、ロープはその位置で固定される。あとはその繰り返しだ。適度に筋力を休められるこの方法を使わない限り、大の男がぶら下がったロープなど引き上げられるものではない。

十分近いロープとの格闘でようやく稜線上に引き上げた。マクビーは雪面に力なく横たわって荒い息を吐く。フルフェイスの防寒マスクからのぞく口元には困憊した表情がうかがえる。両腕だけで三十分近くロープにぶら下がっていたのがむしろ奇跡に近い。

ダウンスーツの上からまさぐると、胸のあたりに硬いものがある。ジッパーを降ろして手を差し込むと、体温で生暖かくなった拳銃が手に触れた。素早く抜きとってカンシュン側の谷に投げ捨てた。抵抗する力もなさそうだ。激しい呼吸の中にかすかに問う声が混じる。

「なぜ助けた」

「頼んだのはそっちだ」

横面を殴りつけたい衝動をどうにか抑えた。マクビーはふてぶてしくわめく。

「わざわざこんなところまで追ってきて、結局無駄足に終わったようだな」

無駄足――。予感が当たったらしい。やはりこのままでは終わらないようだ。

「〈ブラックフット〉のROMはどこにある」

屈みこんでマクビーの胸倉をつかんだ。マスクからのぞく口元が意味ありげに笑った。

「もう送信済みだよ」

「何だと？」

「中身のデータは送信済みだよ。ROMは登頂の証拠に頂上に置いてきた。アルミの三脚の下に埋まってるよ」

言っているのはかつて中国隊が立てた測量用の三脚のポールのことらしい。その下の雪には以後の登頂者が残した雑多な記念の品々が埋まっている。おぞましいテロの首謀者である証《あかし》を、この男はわざわざそこに残してきたのだ。マクビーは平然と続けた。

「ちょっとした装置があればROMの内容は吸い出せる。あとはとり出したデータをインマルサットで送るだけだ。簡単な話だ」

「どこへ送った」

胸倉をつかんだ腕に力を込めた。こめかみに静脈を浮かび上がらせながらも、マクビーは薄笑いを浮かべたままだ。

「教えるわけにはいかないね。そこがこの計画の生命線だ」

「だったらもう一度ぶら下がってもらおうか」

郷司は先ほどのロープを手繰り寄せ、素早くマクビーの足に巻きつけた。驚いて見上げるマクビーの背中をブーツの甲で軽く蹴る。そのまま体は半転し、頭を下にしてクーンブ側の氷の斜面を滑り落ちる。ロープが一杯に延びてマクビーの体はやっと止まった。

「な、なんてことをしやがる――」

下から聞こえてくるのは罵りというより悲鳴だ。こんな男にロプサンは殺されたのかと思うと情けなくなった。

「もう一度ロープを切って、歩いて降りる手間を省いてやろうか」

「ち、ちょっと待て。取引しよう。いまおれを殺しても計画に支障はない。死んじまったらあんたに役に立つ話もできない。まずは引き上げてくれ。それから相談といこう」

マクビーの声音に媚びるような調子が混じる。弱気になったのか、何か企んでいるのか。腹の内が読めない。探るつもりですげなく応じた。

「だめだ。相談はそのままでもできる」

「寒いんだよ。このままじゃ凍死する」

マクビーの声がか細くなった。呼吸は荒く、マスクからのぞく口元も蒼ざめて見える。まんざら芝居でもなさそうだ。

「本当なんだ。く、苦しい――。頼む。助けてくれ――」

途切れがちなマクビーの訴えにふと思い当たった。例の薬物の効果が切れはじめているのでは。放っておけば急性の高所傷害で命を落とすかもしれない。それでも構わないような男だが、いま死なれたらテロを防ぐ手がかりが失われてしまう。

複雑な思いで郷司はロープを手繰り寄せた。稜線上に引き上げると、マクビーはすでに虚ろな表情をしていた。

頬を軽く叩いてみる。唇を歪めてかすかに呻《うめ》くだけだ。刺激への反応が弱い。意識の混濁がはじまっているのかもしれない。

万一に備えてダイアモックスを携行していたはずだ。サイドポケットの中身を引っぱり出してみたが見つからない。本体の奥にあるなら探すのは手間だ。あるいは上蓋のポケットかもしれない。

ミトンを脱ぎ捨て、ストラップの留め具を緩めようとしたとき、後頭部を重い衝撃が襲った。マクビーの影が目の前の雪面に長く伸びていた。視界が暗くなり、そのまま前のめりに倒れ込むのがわかった。

郷司は後頭部の疼《うず》きをこらえて立ち上がった。

太陽は西に傾いていた。時計は午後四時を回ったところだ。三十分以上倒れていたことになる。

マクビーはどこへ行ったのか。サウスコルへ続く南東稜に視線を這わせた。南峰の先の雪稜上で赤いウェアを着た人影が動く。

やはりサウスコルへ降るつもりだ。どういう目算があって——。その行動は不可解でも状況は決定的だ。〈ブラックフット〉の裏のプロトコルはすでに仲間の手に渡っているとマクビーは言う。シルバーンが死んだいま、その居場所を知っているのはマクビーだけだ。慌ててザックの荷をまとめ、下降を開始した。

ナイフの刃のような雪稜を、郷司は慎重なバランスで降っていった。こうした降りでスピードを決めるのは馬力よりもアイゼンワークだ。マクビーの動きは悪い。この程度の遅れなら十分挽回できそうだ。

エベレストの山体が衝立になって、風は北西壁ほど強くはない。十五分ほどで南峰を越え、一時間後にはバルコニーと呼ばれる八五〇〇メートルの台地を過ぎた。先を行くマクビーの姿が大きくなった。

バルコニーから先は幅の広い雪の斜面だ。アイゼンを外し、雪上に腰を下ろして、ピッケルでスピードを殺しながら凍った斜面を滑降する。シッティング・グリセードだ。マクビーも同じことをやっている。差はすでに二〇〇メートルほどだが、これでは距離が縮まらない。

サウスコルの雪原が近づくと傾斜は緩み、滑るスピードが次第に落ちてきた。あとは歩くしかないが、徒歩ならこちらの方が速い。マクビーの背中がまた大きくなった。

ウェスタンクウムから吹き上げる風が激しい雪煙を舞い上げる。強風はサウスコルの名物だ。そのうち頭上からも唸るような風音が聞こえてきた。音は次第に高まり、間もなくそれが飛行機の爆音だと気づいた。音の方向に目をやると、東の空に小さな機影が見えた。

馴染みのある機体だった。ヨーロッパ・アルプスで山間地の輸送や観光フライトによく使われるピラタス・ポーターだ。塗装はグレー一色で記号や文字の類はない。前輪と後輪に雪上用のスキーを履いている。

衛星の落下以来、エベレスト上空のフライトはネパールと中国の航空当局が禁止していると聞いていた。怪訝な思いで見つめるうちに機影はさらに接近してきた。

風音を切り裂くような金属的な爆音を立てて、機体は郷司の頭上をかすめるように通過した。いったんウエスタンクウムの上空に出て機首を反転する。今度は一直線に北側のなだらかな雪原に接近し、そのまま着陸を強行した。翼が風に煽られて、機体はかしぎながら横滑りする。それも計算済みのように一〇〇メートルほどを危なげなく滑走し、機体はマクビーのいる近くにぴたりと停止した。

あっけにとられた。サウスコルに飛行機が着陸した話など聞いたことがない。可能だと考えたこともない。それはあまりに常軌を逸していた。しかし夢ではない。まさに目の前で起きたことなのだ。

エベレストそのものがマクビーの脱出ルートだという推測は当たっていた。しかしこんな方法で実現されるとは思いもよらなかった。

機体の横のドアが開いた。風に煽られて翼が波打つように揺れる。プロペラは回り続けている。マクビーが乗り込み、ドアが閉まったとたんに機体は滑走を開始した。

風に抗うというより風の力を利用するように、絶妙のタキシングで機首を反転させる。そのまま加速した機体はサウスコルの台地を一直線に横切り、落下するようにウェスタンクウムの上に飛び出した。

郷司が知っているピラタス・ポーターならこの滑走距離で一気に上昇に入る。しかし標高七九〇〇メートルの希薄な大気は翼に十分な揚力を与えてはくれないらしい。ウェスタンクウムに向かって下降しながらしばらく速度を稼ぐと、機体は一転して上昇に移る。翼を翻して機首をサウスコルに向け、爆音とともに郷司の頭上を通過して、謎のピラタス・ポーターは東の空に消え去った。

唖然とするしかなかった。水際立ったパイロットの技量によって、マクビーは見事に逃げおおせたのだ。最後の手がかりが消えうせた。世界は危機を回避する手立てを失った。

何とかこのことを地上に知らせなければならない。時刻は午後六時半を回っていた。西の空が真っ赤に燃え上がり、ローツェ・フェースがその赤を鏡のように映している。鋭い寒気がダウンスーツに浸透する。犯行予告時刻まであと十一時間余りだった。

3

「ドンピシャのタイミングだったな――」

日焼けと凍傷で迷彩塗装のようなまだら顔をした男がタルコフスキーに言った。

「腕もいい。ミラーの掘り出し物だな」

機体が安定すると男は助手席のシートベルトを外し、貨物室に出てダウンの上下を脱ぎ捨てた。セーターにジーンズだけの姿は痩身だが筋肉質で、身のこなしと腕力はそこそこのものだろうと思わせた。

「軍にいたのか。空軍か。海軍か」

男は助手席に戻り、また昂ぶった調子で話しかける。

「面接試験はミラーが済ませている。おれの経歴はあんたには関係ない」

タルコフスキーは無愛想に吐き捨てた。

「ただの空飛ぶタクシーの運ちゃんじゃないというわけだ。腕に免じて態度は大目にみよう。何時に着く」

男は上機嫌の声でまた訊いてきた。

「順調に飛んで夜中の十一時だ。この機体は離着陸性能はいいが足が遅い」

「グリニッジ標準時じゃないよな。ミャンマーの現地時間だろうな」

頷くと男は神経に障る声で笑った。

ミラーからフライトの指示がきたのは六時間前だった。

「ショーの開演時間はグリニッジ標準時の四日零時だ。ミャンマーの現地時間だと四日の午前六時三十分。チェックインは少なくともその三時間前にして欲しい」

つまり現地時間の明日午前三時半には、例のアジトへ帰還しろという意味だった。ピラタス・ポーターの巡航速度は時速二一三キロと遅い。エベレストまで片道五時間はかかる。それでも十分余裕はあった。

覗き込んだミラーの腕時計はミャンマー時間よりも六時間半遅れていた。グリニッジ標準時に合わせているらしい。そんな時計の使い方をする連中は、どうせろくなことを企んではいない。たぶん世界のあちこちで一斉に馬鹿をやらかそうという魂胆だ。

支度を整えて簡易滑走路に向かうと、ルウィンはすでに機体の整備を終えていた。機外からルウィンが目顔で合図を送る。その意を察して操縦席の横のコンパートメントを開けると、ベレッタの九ミリ口径が入っていた。後部の貨物室には強化ナイロンの平紐で固縛された段ボール箱が五つほど積んである。どちらもルウィンに注文しておいた品だ。開店休業状態でもさすがに武器密売業者の倉庫で、一通りの在庫はそろっているらしかった。

ルウィンから聞いた話は、いまも心にわだかまっていた。ルウィン本人に嘘をついている気配はないが、話があまりにも荒唐無稽だった。しかし辻褄が合う部分もなくはない。わざわざサウスコルまで人を拾いに飛ぶ話、エベレストに隕石が落下したというペシャワールの英字紙の三面記事、アメリカが撮影したというエベレスト頂上直下の落下物の衛星写真――。

何よりもタルコフスキーの心を震撼させたのは、ルウィンがシミュレーションしてみせた攻撃目標だ。予定時刻はグリニッジ標準時の二〇〇一年二月四日午前零時。そのとき衛星が最も接近する都市はモスクワだった。

ルウィンの話が本当なら、ミラーがやろうとしていることはただの引き金に過ぎない。しかしそれが引かれたとき、世界はとり返しのつかない最終戦争に突入する。その一撃で妻も息子も死ぬだろう。そして発射したのが誰であれ、ロシアは自国領土への核攻撃に対しほぼ自動的に報復を行う。ロシアの戦略ミサイルは冷戦後のいまも大半がアメリカを向いている。それが発射されれば、アメリカもロシアの領土にICBMを雨のように降らせるだろう。

事実なのか。だとすれば何を目的に――。それを知ることが今日のフライトの眼目だった。

幸い乗ってきたのは良く喋る客のようだった。

「ショーの開演には間に合うさ。舞台はワシントンかそれともモスクワか」

鎌をかけると男の頬がぴくりと痙攣した。

「喋ったのはミラーか」

「お呼びがかかるまで待たされたからな。向こうも退屈だったんだろう」

タルコフスキーはとぼけて答えた。

「口の軽いオカマ野郎だ。でかいおしゃぶりでも咥《くわ》えさせておけばよかった」

男は毒づいた。テロをやるような連中はおおむね自己顕示欲が強い。口の軽さという点ではこの男も例外ではなさそうだ。

「どちらにもあんたの身内や親類がいないといいがな。二つの核大国の首都が一夜にして消えてなくなるんだ」

平然と言い放たれた男の言葉が胸を抉《えぐ》った。動揺を押し隠して訊いた。

「どうしてそんな馬鹿なことをする」

「そもそもこの地球上でいちばん馬鹿なことをしたのは誰だ」

男が問い返す。唐突な質問の意図がわからない。

「何がいいたいんだ」

「サダム・フセインがどこかの国に核爆弾を投下したか。リビアのカダフィはどうだ、スターリンは。やったのは世界で唯一アメリカだけだ――」

男の声がわずかに昂揚した。ほとばしる情念に歯止めがかからない様子だ。

「許せないのは、劣等種族に牛耳られた腐りきった大国が、ユダ公が作った核兵器の脅しで世界を操り続けていることだ」

「だったらなぜロシアを巻き添えにする」

声に感情が混じったが、気にするでもなく男は続ける。

「ロシアもいまじゃユダ公の天国だ。世界の三流国に成り下がったいまも、ご大層な核を抱えて、アメリカのパートナーを気取って媚びへつらっている」

どこかで訊いた理屈だ。近ごろ勢いづいているというネオナチか。とぼけてさらに突っ込んだ。

「見たところ、あんたはアメリカ人のようだが」

男の口調からへらへらした調子が消えた。

「アメリカはおれの親父を殺した。だから親父がつくった兵器で、おれはアメリカに報復する」

「あんたの親父さんがつくった兵器？」

「〈ブラックフット〉だよ。エベレストに落ちたやつも、いま宇宙を飛んでいるやつも、おれの親父が手がけたものだ。その機密を守るために親父は殺された。やったのは合衆国だ」

男の声に怖気立《おぞけだ》つような憎悪が滲んだ。ルウィンが言っていた衛星搭載型の核兵器のことだろう。ミラーがすべて喋ったと勘違いしているらしい。その方が好都合だ。しらばくれて先を促した。

「ミラーはどうなんだ。あんたと同じ考えか」

「同じ宿命を背負った仲間だよ。この戦いのためにおれたちは人生のすべてを賭けてきた」

「仲間はほかにもいるんだろう」

さらに鎌をかけると、男は警戒するでもなく乗ってきた。

「六人だ。全員の父親が〈ブラックフット〉の仕事に関わって殺された。しかし合衆国は証拠を隠蔽した——」

男は人生の呪縛を解き放つように今日までの経緯を語った。すべてが思い込みのようにも聞こえたが、そうしたことが起きて不思議のない世界の話でもあった。男の名はチャールズ・マクビー。コロラド生まれだと言う。

「おれにそこまで話すということは、仕事が終えたら殺すつもりか」

タルコフスキーは厭味な口ぶりで訊いてみた。

「口のジッパーの締まりが悪いようならな。そこはあんたの心がけ次第だ」

男は凍傷で爛《ただ》れた唇に酷薄な笑みを浮かべた。

4

サウスコルのローツェ寄りのキャンプサイトにはテントが二張り残っていた。

重い足を引きずって郷司はそのテントに近づいた。衛星落下事件のとばっちりで急遽下山した韓国隊の遺物らしい。一張りは倒壊寸前だが、もう一張りはほとんど無傷だ。

命を拾った思いだった。平坦でだだっ広いサウスコルには風を遮るものがない。テントもなしに一夜を明かせば生きて目覚める保証はない。倒れこむように中にもぐりこんだ。風が遮られただけで寒気の責苦は和らいだ。

壊れた送受信機をとり出してみた。あの時は捨てようかと思ったが、どこか未練を感じて、ザックにしまいこんで持ってきた。

ナイフの刃先でケースをこじ開け、基板や配線を確認すると、二ヵ所の断線が見つかった。ワイヤーの末端の被膜を剝いで芯線を出す。さらに元のはんだ付けの部分に切れ込みを入れ、芯線を丁寧に縒《よ》って巻きつける。

凍傷で感覚の麻痺した指先はいうことを聞かない。苛立つ心と戦いながら、やっと二本のワイヤーを結び終えた。カバーを閉じてビニールテープでがんじがらめにして、ようやくの思いでクーンブの補給部隊を呼び出した。回線が繋がった。出てきたのはマコーリーだった。

「サトシか。いまどこにいる」

喜びと不安が相半ばという調子で訊いてくる。力の入らない声で答えた。

「サウスコルにいる。マクビーに逃げられた——」

送受信機のスピーカーから周囲のどよめきが伝わってきた。マクビーを発見してからの経緯と飛来した機体の特徴や飛び去った方向を説明すると、すぐ捜索の手配をすると言ってマコーリーはいったん通話を切った。

捜索といってもネパールやインドから軍のレーダー情報をもらう程度だろう。さして期待はできない。飛び去ったのはほぼ真東で、延長線上にはシッキム、ブータン、インド東北部、ミャンマーがある。コースはほとんどヒマラヤの脊梁《せきりよう》山脈沿いで、山腹を舐めて飛行されたらレーダーによる捕捉は難しい。国籍不明の機体がここまで無事に飛んできた事実がそれを明瞭に物語っている。

マクビーのせせら笑う声が耳の奥で聞こえる。敗北感が心を蔽《おお》っていた。郷司は自分が力尽きかけているのを感じていた。疲労のせいだけではない。敵の存在もまた生きることへの意志を繋ぎ止めるよすがだったのだ。敵は唐突に目の前から消えてしまった。もはやなし得ることは何もない。

こらえきれない悲しみが襲ってくる。この地球にただ一人とり残されたような気分だ。湧き起こる夢想は知り合って以来のクロディーヌとの諍《いさか》いの一つ一つだった。些細《ささい》な自己過信や思慮を欠いた言葉が何度彼女の表情を曇らせたことか。寂しげに唇を噛むクロディーヌの面影ばかりが目蓋《まぶた》に浮かんだ。

テントに忍び込む寒気がとてつもなく無慈悲なものに感じられた。ストーブを点ける気も起こらず、ザックから寝袋を引き出してもぐり込んだ。

背中を丸め、湿気を帯びた羽毛に徐々に体温が蓄積するのを感じながら、頬に凍りつく涙を拭うこともなく泣いた。泣きながら郷司は眠りに落ちていった。

5

ロシア大統領エフゲニー・グルコフとの秘密電話会談を終えたのはつい一時間前。夜を徹しての交渉でレックス・ハーパーは疲労の極に達していた。

グルコフは二時間にも亙《わた》って、旧ソ連を、ロシアを騙し続けたアメリカの不誠実をなじった。ハーパーは批判をすべて受け入れた。グルコフにしても、ホットラインの周りに居並ぶ閣僚たちの手前、追及の手を緩めるわけには行かないのだろうとは想像できた。

実質的な交渉に入ったのは午前三時過ぎだった。議論は、テロリストの狙いが本当にモスクワなのか、アメリカはテロを阻止できるのか、阻止できなかった場合、その被害はどの程度になるかの三点に集約された。明確に答えられたのは最後の問題だけだった。

旧ソ連の戦略ミサイルをピンポイントで無力化する意図を持つ〈ブラックフット〉の威力は通常の核弾頭と比べて小さく、一発で二キロトンと広島型原爆の約七分の一にすぎないが、搭載されているのは六発で、合わせればほぼ広島型に匹敵する。弾頭は中性子爆弾で、熱線や爆風の威力を抑え、中性子による殺傷力を高めているのが特徴だ。

中性子の殺傷効果は一過的で、核シェルターや被曝圏外に住民が避難できれば人的被害は避けられる。住宅や都市基盤への被害も軽微で、都市機能の回復も迅速に行える。事前に適切な対策がなされれば、最悪でも死傷者は最小限度に留まるだろう——。

あくまでそれは公式見解にすぎない。当初は都市機能の破壊や放射能汚染を起こさないクリーンな核兵器として登場した中性子爆弾だが、実際には中性子による殺傷能力の酷さが意識される形で批判が湧き起こり、一時期NATO軍の中・短距離核戦力として配備されたものの、現在は退役し、事実上過去の兵器となっている。実戦で使われたことがない以上、その真の威力は予測できない。

標的がモスクワであるか否かは明言のしようがない。犯行予告時刻に衛星がモスクワ付近を通過する確率が極めて高いというだけの話だ。犯行を阻止する可能性については、全力を尽くすと答える以外になかった。

グルコフは当初は冷淡で、誰が用いるのであれアメリカが配備した核兵器によってロシア領土が攻撃された場合、ロシアは速《すみ》やかに報復攻撃を行わねばならない。それがロシアの核防衛戦略の原則だととりつく島もない。

まさにキューバ危機の再来だった。しかし仕掛けたのは今度はアメリカだ。ハーパーは意を尽くして説得した。

アメリカはテロの抑止に最大限の力を注ぐが、万一の場合、ロシアは核による報復を思いとどまって欲しい。その際、ロシアの蒙《こうむ》るであろう被害にアメリカは最大限の補償と支援を行う。それが世界を破滅から救う唯一の道であり、人類としてなしうる最も勇気ある選択であると――。

そして忸怩《じくじ》たる思いで付け加えた。もしロシアが報復を行った場合には、アメリカも必然的に報復行動に出る。その場合に米露両国が蒙る被害は〈ブラックフット〉一基によるものとは比較にならない。双方で人口の半数以上の一億数千万の命を失い、国土は回復不能なまでに荒廃するだろう――。

前段はハーパーの誠意であり希望の表明だった。後段は捨て身の恫喝だった。政治とはそういうものなのだとハーパーは心の底から実感していた。相手に引き金を引かせないために自ら引き金に指をかけるのが政治であり、場合によってはその引き金を引き絞るのもまた政治なのだ。

グルコフもまたしたたかな政治家だった。重い口調で彼は最終的な回答を告げた。

事情がどうあれ、ロシアはあくまで報復を行う権利を留保する。それはロシアが決定すべきことであり、他国の干渉は受け入れない。ただしいわゆる核のボタンを持つのは大統領、国防相、参謀総長の三人であり、全員がボタンを押さなければミサイルは発射できない。そのときのそれぞれの決断は高度な政治レベルの問題で、実際に事が起こってみなければ答えは出ない。しかし自分としては、ロシア国民もアメリカ国民も核戦争の悲劇に直面させたくはない。自らそのボタンを押すことがないことを切実に願っており、またそうはならないという希望をもっている——。

ハーパーも傍らで聞いていた国家安全保障会議のメンバーも、一様にグルコフの最後の言明を自らは核のボタンを押さないという暗黙の意思表示と受けとった。

最悪の危機には歯止めがかかった。いまは全力でテロリストの犯行を阻止する段階だ。ロンブクの人質の解放には成功したが、首謀者の一人と目されたジェイソン・シルバーンは死亡した。マクビーを追っている真木郷司とは再び連絡がとれなくなったという。

どこの馬の骨かわからないテロリストに世界最大の軍事国家が翻弄されている。ハーパーには今のアメリカが、毒針を持った蟻を追い回す肥大した恐竜のようにさえみえてきた。

国家安全保障会議のメンバーからは、エベレストに巡航ミサイルを撃ち込んで、そのテロリストを一思いにミンチにしたらどうだという意見まで飛び出した。しかし自らの生命を賭して戦っている真木郷司がそこにいる。加えてネパールやチベットのみならず、人類レベルの精神的シンボルであるエベレストにミサイルを撃ち込みなどしたら、アメリカは未来永劫、国家としての倫理性を問われかねない。それでもその提案を却下するのにハーパーは少なからぬ内面的な努力を要した。

一人オーバルルームに居残り、執務机の肘掛け椅子でうとうとしかけたところへ、統合参謀本部議長のコリンズ大将から電話が入った。いましがたクーンブの補給基地へ真木郷司から連絡が入ったという。報告を聞くうちにハーパーの頭の中は憤りと焦燥のハリケーンと化した。

思わず電話口に怒鳴り返していた。

「米軍の総力を挙げてその小型機の行方を追え。世界のどこであろうと、アジトを見つけたら、即刻、巡航ミサイルをぶち込め！」

6

闇の中で衛星通信の送受信機が鳴っていた。

どのくらい眠っていたのだろう。頭が締めつけられるように痛い。明滅する発光ダイオードの赤い光に手を伸ばし、通話ボタンを押すとマコーリーの声が耳に飛び込んだ。

「サトシ、さっき聞いた話なんだが――」

マコーリーは深刻な口ぶりで切り出した。

「マクビーが手に入れたというROMのことだ。あいつはいまもそれを持っているのか」

「データはもう送信したから要らないといっていた。確か――」

郷司は記憶の中をまさぐった。意識にかかった靄がなかなか晴れない。たしかに何か言っていた――。ようやく思い出した。

「エベレストの頂上に置いてきたと言っていた。中国の登山隊が立てた三脚が頂上にある。その下に埋めたという話だ。登頂記念のつもりらしい」

「人を食った話だ。しかしおかげで突破口が開けそうだよ――」

マコーリーの声には喜色が滲んでいる。

「マシューズ少佐と代わる。ちょっと待ってくれ」

待つというほどの間もなく、五十がらみとおぼしい野太い男の声が届いた。

「ミスター・マキ。私はデルタフォースの指揮を執るピート・マシューズだ。今度のことではご苦労をおかけしている」

「クリフたちを解放してくれた方ですね。こちらこそお礼を言いたい」

向こうは自国の失態の始末をしただけで、とりたてて感謝すべきことでもないが、まずはそつのない答えを返しておいた。

「ところで、その、マコーリーとの話に出た例のROMの件なんだが――」

マシューズが切り出した。奥歯に物の挟まったような口調が気になった。

「こちらとしては何とか入手したい。空軍の衛星指令センターの話では、そのデータがあれば衛星の制御を奪還できるそうだ」

話の筋があらかた読めてきた。警戒しながら訊いた。

「つまりどうしたいんです」

「いまグリニッジ標準時で二月三日午後一時十五分。テロリストが予告した時刻まであと十時間四十五分だ。頂上でそれを拾って、下まで降りていたんじゃ間に合わない」

「そもそも誰が拾いに行くんです」

「酷な話だとは承知しているが、君しかいない」

あまりにも直截な申し出に唖然とした。

「もう四日も高所で行動しています。肉体的に限界です。そろそろ下に降りないと」

偽らざる思いだった。どんなにタフなヒマラヤニストでも、高所での滞在が長引けばそれだけ生命の危機は増大する。絶え間ない頭痛はすでにその兆候だ。それでもマシューズは食い下がる。

「話だけは聞いてくれ。今日未明、衛星通信装置の入った投下ポッドを君に届けたが、あれと同じやり方で頂上にROMリーダーとデータ送信用のインターフェイスを運べる。すでにベンガル湾上の空母カールビンソンの艦載機が準備をはじめている」

「ROMリーダー?」

「マクビーが使ったのと同じものだよ。ROMをセットしてボタンを押すだけだ。衛星通信装置にインターフェイスを接続すれば、直接データを指令センターに転送できる」

すでに勝手に作戦を進めているらしい。苦い思いがそのまま口を突く。

「もう夜です。ここは極端に寒く、酸素も希薄だ。ただここにいるだけで命を削っているんです。その命まで投げ出せというんですか」

「返す言葉もない。しかしクリフ・マッケンジーもフレッド・マクガイアも怪我をしている。別の登頂要員を探していたらとても間に合わない」

マシューズの言葉は穏やかだが、引き下がる気配はない。溢れ出る思いを抑えきれない。

「あの馬鹿げた衛星の落下で、友人のマルク・ジャナンは足と指を失った。フィル・スコークロフトは命を落とした。クレイグ・シェフィールドとシェルパのロプサン・ノルは殺された。昨夜はクロディーヌ・ジャナンがヘリの墜落で死んだ。米軍からはまだ一人も犠牲者が出ていないというのに」

「言いたいことはわかる。それでも我々は君に期待するしかない。いま生命の危機にさらされている夥《おびただ》しい人の命を救うために——」

マシューズは重い口調でさらに続けた。

「最新の情報では、テロリストはロシアを狙っているらしい。〈ブラックフット〉の核弾頭自体は小さなものだが、アメリカの核兵器で攻撃されれば、ロシアもアメリカに核で報復する。そうなれば我々も核で対抗せざるを得ない。そのとき世界は破滅する。北半球だけで数億人が死に、汚染は地球規模に広がる」

「そういう愚かなシステムをつくったのはあなた方じゃないのか」

棘のある言葉が口を突いて出た。マシューズの思いが伝わらないわけではない。しかし疲労と悲しみで萎えきった心の反応は鈍かった。

「わかっている。すべてわかっているよ。その上でお願いしている。大統領も同じ気持ちだ」

慚愧《ざんき》の念を滲ませながらマシューズはなおも食い下がる。気持ちは微妙に揺らいだ。生きることに固執しているわけではない。いまも許すことができないのだ。結果的にクロディーヌに死をもたらした巨大国家の驕りと欺瞞を——。老練な軍人はそんなこだわりを溶かす術《すべ》も心得ているようだった。心の奥でようやく何かが動いた。

「その荷物はいつエベレストへ届くんです」

「五時間後だ」

「こちらが使える時間は？」

「君が送信したデータを指令センターで解析し、実際に制御に入るまでに三時間程度は必要だ。つまり使える時間は八時間弱だ。やってくれるか」

マシューズの声が弾んだ。重い気分に活を入れるように郷司はわずかに声の調子を強めた。

「やってみます。ただしほかに手立てがあるならそれも進めてください。全力を尽くしますが、頂上へたどり着けないこともありえます」

「わかった。いま君が見たピラタス・ポーターの飛行ルートを特定している。敵のアジトが見つかれば、それがどこの国にあろうと遠慮なく叩き潰す」

「そちらの可能性にも期待しています。では準備をはじめますので」

簡潔に答えて交信を終えた。

約八時間——。体調も気象条件もベストなら問題はない。しかし体調はこの四日間で最悪で、そのうえいまは夜だ。晴れてはいるが風も寒気も強まっている。どう考えてもデスゾーンの女神が生還を許す条件とは思えなかった。

第十六章

1

郷司はダウンスーツを身に着け、テントを出て、チベット側に少し歩いた。

そこは世界でいちばん高いゴミ捨て場といわれる場所だった。サウスコルを訪れたあまたの登山隊が廃棄した廃品やゴミの小山が、昇ったばかりの月の赤味を帯びた淡い光に浮かび上がっていた。

いましがたザックの底からダイアモックスを見つけ出し、二錠飲み下したが頭痛は和らいではくれない。視野がいくぶん狭まっている気もした。いい兆候ではない。

捨てられた数え切れないほどの酸素ボンベを、一つずつ手にとってはバルブを捻ってみる。五、六十本試しただろうか。いくらかずつ酸素が残っているボンベを七本見繕い、使えそうなレギュレーターを一つ選んでテントに運んだ。

出入り口付近の凍った雪をコッヘルに掬《すく》いとり、ストーブに載せて水をつくる。その間にレギュレーターを口にあて、拾ってきた一本から酸素を吸った。

ノズルから噴出する毎分三リッターの酸素が濃密な液体のように感じられる。肺が倍の容積に膨らんだ気分だ。細胞の一つ一つが生気をとり戻すのが実感できる。頭痛も軽くなり、意識の霞も薄れたような気がした。高山病の特効薬としての酸素の効果には改めて驚かされた。

コッヘルの雪が湯に変わる頃には一本目を吸い切った。さらに二本目を吸いながら、湯のなかにティーバッグを五つほど漬け込んで、色が出たところで砂糖とクリーミングパウダーをたっぷり放り込む。コッヘルを抱えてそのまま喉に流し込んだ。食欲はないが水分が摂れるのが幸いだった。血流が良くなったのか、痺れていた指先の感覚がいくらか戻った。

残ったお茶はテルモスに詰めた。携行品はそのお茶と軍用携行食一パックにリチウム・ヘッドランプ。寝袋もロープもストーブもコッヘルも捨てていくことにした。必要なものだけを詰め込んだザックは元の重さの五分の一ほどになった。約三十分酸素を吸っただけだが、体調は当面不安を感じさせない程度には回復していた。

出発の準備が整ったところでクーンブの補給基地を呼び出し、マコーリーにこれから出発すると伝えた。マコーリーは体調や風や寒さについて訊いてきたが、それがどうであれいまは頂上を目指すしかない。不安がらせることもないので、ただ心配ないとだけ答えておいた。

次いでマシューズが出てきて、大統領からのメッセージが届いていると言う。読み上げると言うので、急いでいるからあとでいいと答えた。マシューズは気を悪くするふうでもなく、勇気ある英雄にぜひ一度じかに会いたいと言う。生きて還れというメッセージだろうと解釈し、郷司も「ぜひ」と答えておいた。

代わってマイケル・ウェストンが出てきた。そういえばマイケルとも無線や衛星通信で話した。ただけだった。

「生きて還れ。無理をするな」とマイケルは強い口調で言った。「君はもうベストを尽くした。要求されているのはそれ以上のことだ。結果について責任を負う必要はないのだ」と。クロディーヌを救えなかったことへの慙愧もあるのかもしれない。マイケルとマシューズの間には少なからぬ意見の隔たりがあるように聞こえた。

郷司にしてみればいまさら無意味な議論だった。死を覚悟して山に向かったことは一度もないし、今度にしてもやはりそうなのだと答えておいた。

「真木さん。初めまして――」

唐突に日本語で語りかけられて驚いた。若いその声は日本からきた早坂雅樹だと名乗った。そういえばクロディーヌからこの青年の話を何度か聞いていた。ヒマラヤに憧れ、若いが宇宙工学やコンピュータについての知識は相当なものだとクロディーヌは賞賛していた。

頂上での作業で技術的に不明なことがあれば、いつでも日本語で訊ねてくれという。フランス語でも英語でも技術用語は手に負えない。入れ替わり立ち替わり出てきた相手の中ではいちばん心強かった。次の公募登山ツアーにぜひ参加しないかと誘うと、雅樹はぜひ実現したいと嬉しそうに答えた。

簡単な連絡のつもりが結局長話になった。いちばん聞きたかった声が聞けない虚しさを抱えたまま通話を終え、送受信機をザックにしまい込んだ。
すでに午後八時。郷司の持ち時間は六時間と四十五分になっていた。

テントを出ると、ウェスタンクウムから吹き上げる風が唸りを上げて襲いかかった。下りは追い風だったのであまり気にならなかった。厳冬期のエベレスト南東稜ルートは、のっけから鋭い牙を剝き出しにしていた。

月はローツェの肩まで昇っていた。うっすらかかった暈《かさ》が気になった。星の数も心なしか少ない。肉眼ではみえない高層雲があるようだ。今夜一晩、天候が安定してくれることを願った。強風が巻き上げる雪煙が白い亡霊のようにサウスコルのプラトーを駆け抜ける。黒々と聳《そび》えるエベレストのピラミッドに楔《くさび》のように食い込んだ雪壁を目指す。正面からの風圧に体重を預け、硬くクラストした斜面をアイゼンで踏みしめて、一歩また一歩と直上する。

傾斜は次第にきつくなる。十歩進んでは立ち止まり、何度も荒い息を吐く。次の十歩はさらに苦しいものになり、小休止の時間も長くなる。サウスコルのキャンプサイトが足下に小さく見えるころには、傾斜はすでに三十度を超えていた。吸っても吸っても酸素が足りない感覚が絶えまなく死の恐怖を呼び起こす。

エベレストの山体そのものが障壁になるらしく、登るにしたがって風は弱まった。足元のサウスコルと頭上の南東稜で湧き起こる風音が、不気味なハーモニーとなって鼓膜を震わせる。

月光に浮かび上がった周囲の高峰が蒼ざめた墓標のように見える。目の前に立ちはだかるエベレストの山塊はさながら死の国の王のようだ。

クラストしていた雪はやがて氷結した青氷に変わった。半端に蹴りこめばアイゼンの歯は弾き返される。斜度は四十度を超えている。降りではシッティング・グリセードで楽ができた場所が、登りとなると地獄の急坂に変わってしまった。

喘ぎ喘ぎ登るうちに肉体の苦痛が消えた。奇妙な恍惚感が訪れる。岩と雪と氷だけの無機質な世界がかもし出す死の匂いに、かすかに草いきれが混じる。

夏の陽射しが降り注ぐシャモニーの牧草地の小道をクロディーヌが降《くだ》ってくる。道端には色とりどりの花が咲き乱れ、背後には氷河を抱いたアルプスの高峰が陽光を浴びて輝いている。モンブラン、ダンデュジェアン、グランド・ジョラス——。

立ち止まって手を振ってみた。彼女は気づかない。そこにいる郷司が見えないようにすれ違い、軽やかな足取りで、いましがた後にしてきた町の方へと降っていく。追いかけようとしても体が動かない。唐突に悲しみがこみ上げた。

気がつくと郷司は暗灰色の空に覆われたモンマルトルの路上に立っている。歩道の人並みを掻き分け、振り向きもせず地下鉄の駅に駆け込むクロディーヌを、氷雨《ひさめ》に濡れそぼち、郷司はただ茫然と見送っている。頬を伝って流れるものは涙のようでもあり雨の滴のようでもある。

〈クロディーヌ——〉

喘ぎながら声をかけると彼女は振り向いた。

〈春になったらシャモニーへ帰るんでしょ？〉

歌うような調子で訊いてくる。

〈春になったらシャモニーで会えるわよね？〉

もう春はこないのだと告げようとしても、喉が締めつけられて声が出ない。夏も、秋も、この次の冬ももうやってこない。彼女の季節は永遠に止まってしまったのだ。氷と雪と岩だけのロンブクの谷で――。

世界がぐらりと揺れた。前方にのめる体をピッケルで支える。

周囲は月明かりに照らされたサウスコル上部の雪壁だった。歩きながら眠っていたらしい。クラストした雪を踏み抜いて片足が膝までもぐりこんでいる。その足を引き抜くのに、氷と深雪のミックスした底意地の悪い雪壁と十分ほど格闘した。

疲労は限界に近い。体は激しく喘ぎ続けるが、喘ぐ自分とそれを意識する自分とが、魂が離脱したように別個の存在に感じられる。心は奇妙に平静だった。苦痛と恐怖という自己防御のセンサーが利かなくなっている。それでも体はプログラムされたように前進と小休止を繰り返し、サウスコルは眼下の闇の底に沈んでいく。

死は必ずしも恐怖と苦痛のただなかで起きるとは限らない。それを感じなくなったとき、むしろ人は死と背中あわせの状態にいる。七〇〇〇メートル以上の高所にすでに四日滞在していた。これまで最長でも二日以上連続して高所にとどまったことはない。

肉体も精神もすでに崩壊寸前かもしれない。ミトンを外して腕時計を見ると、出発して二時間を経過していた。登ったのは標高で三〇〇メートルほどか。郷司に残されているのはあと五時間弱だった。

2

ベンガル湾上の空母カールビンソンから飛び立った早期警戒機E2Cホークアイは、バングラデシュ領空ぎりぎりの海域を飛行しながら索敵活動を続けていた。

機体の上の円盤状の早期警戒レーダーが探している獲物は、四〇〇キロ彼方のヒマラヤ山脈を飛行している国籍不明の小型機だった。

「こいつだ。間違いない」

ディスプレイ上を移動する小さな輝点を見つけて、当直下士官のスティーブン・クレイ伍長の声は思わず上ずった。ヒマラヤ脊梁山脈の輝く雲のような画像の切れ目を輝点は五秒ほど東に動き、また周囲の山塊の中に紛れていった。

クレイはディスプレイを切り替えた。レーダーに直結したコンピュータは、移動した機影の方位、距離、高度、速力のデータを記録していた。そのデータを該当地域の地図にプロットする。地図上に現れた矢印の引き出し線の位置に飛行データが表示された。

位置はブータン・ヒマラヤ中央部の北緯二十八度、東経九十二度で、二万二〇〇〇フィートの高度を東に一二〇ノットで移動中だった。周囲は七〇〇〇メートル級の稜線が連続する急峻な山岳地帯で、その山腹すれすれを稜線よりわずかに低い高度で飛行している。レーダーによる捕捉を回避するための飛び方だ。たまたま機影が認められたのは、稜線に大きなギャップがあり、識別を困難にしていたバックグラウンドの山腹が途切れたためだと思われた。

脇から覗き込んでいた副機長のポール・デイビス少尉が「ブラボー」と声を上げる。デイビスと軽くハイタッチして、クレイはデータを母艦カールビンソンの作戦司令室に転送した。

ようやく突破口が開けた。この針路の延長線上に敵は必ず姿を現す。自然が作り出した地形は人間の都合には合わせてくれない。それを利用したカムフラージュには必ず破綻がある。クレイはさらにターゲットを絞った索敵活動を行うために、自らが操る「鷹の目」を、機影を認めたブータン・ヒマラヤの一角にズームインした。

ホワイトハウスのオーバルルームで、レックス・ハーパーは期待に胸を躍らせた。

カールビンソンからの索敵成功の報に接したところだった。待ちに待った朗報に沈滞していた国家安全保障会議のムードは一変した。統合参謀本部議長クリストファー・コリンズの長引きそうな注釈を遮ってハーパーは問いかけた。

「将軍、そいつの行き先はどこだと思う？」

「針路の延長線上にあるのはインド北東部とミャンマー北部、中国の雲南省あたりですが、ピラタス・ポーターの航続距離を考えると、ミャンマーがぎりぎりの線だと思います。E２Cによる監視はいまも続けていますが、その後は機影は現れていません」

「南か北へ進路を変えたんじゃないのか」

副大統領のクラレンス・フィッシャーが訳知り顔で口をはさむ。

「その国籍不明機はヒマラヤの主稜線を利用してレーダーの目をくらましています。主脈をそれればインドか中国の対空レーダーに摑まります」

「目的地に着く前に撃墜されたんじゃ話にならん。当面は道中の無事を祈るしかないわけか。しかし機影が見えないんじゃ、どこへ着陸するのかもわからんだろう」

その質問を待ち受けていたようにコリンズは話を進める。

「重要なのはターゲットが絞られたことです。これまでも通信監視衛星を使って制御電波の発信源を探してきたのですが、エリアが絞れず実効性が薄かった。これでブータンの東半分からミャンマー北部にかけた一帯にターゲットを絞り込めます」

「見つけたとしてどうするかだよ――」

国家安全保障問題担当補佐官スティーブン・シャイロックが割って入る。

「地元の政府に摘発を要請している時間はない」

「米軍が直接アジトを叩く。地元政府への対応は事後に政治的決着を図るしかない。いかがですか、大統領」

国防長官のジーン・バロウズが身を乗り出した。ハーパーは深い思いを込めて頷いた。

「決断はもうできている。テロの実行を食い止めることが現時点での最優先課題だ。攻撃方法は？」

コリンズが間をおかずに答える。

「特殊部隊による強襲作戦が妥当でしょう」

「どうして？　巡航ミサイルを叩き込む方が手っ取り早いんじゃないのか」

クラレンス・フィッシャーが目を剝いた。

「残念ながら、衛星の制御を奪回するまでは敵の司令施設は破壊できません――」

コリンズは苦渋を滲ませた。敵施設を破壊すれば衛星は制御不能に陥る。それなら攻撃の日時と場所が特定できる現在の状況の方が、防御策を講じる上で有利なのだという。

「陸上兵力だけで、予告の日時までに制圧できるのか？」

フィッシャーがたたみかけた。

「不可能です――」

コリンズは虚しく首を振る。部隊の呼集から侵入手段の確保、現地情報の入手、実戦のシミュレーションなどに最低三日は必要らしい。つまりアジトを制圧し犯人を拘束できるのは、敵が目的を達成したあとなのだ。オーバルルームに居並ぶ国家安全保障会議のスタッフの顔に悲観の色が広がる。早い話、いまこの時点で合衆国にできることは何もない。

「やはり我々は、エベレストにいるあの日本人青年に期待するしかないのか」

ハーパーは深々と嘆息した。合衆国大統領を歯牙にもかけなかったあの若造。あの鼻っ柱の強いジャップ野郎。衛星電話で言葉を交わしただけのあの日本人青年と、似たような跳ね返りだった若い頃の自分を彼は二重写しにした。

愚にもつかない御託を並べるだけの閣僚にも、マニュアル通りの行動しかできない軍の精鋭部隊にも、いまは何の期待も持てない。この危機を救えるのはあの男以外にいない――。そんな確信がハーパーの心を捉えて離さなかった。

サウスコルを飛び立って四時間を経過していた。

タルコフスキーの操縦するピラタスPC―6ターボポーターは、ブータン国境を抜けインド北東部の山岳地帯に達していた。ヒマラヤの脊梁山脈はこの辺りからいったん北上し、緩い弧を描いてミャンマー北部の低地ヒマラヤに接する。その弧をなぞるようにタルコフスキーも機首を徐々に北に向けた。

たった一人の乗客は隣の座席で眠っていた。乗ってきた直後の饒舌《じょうぜつ》は極度の緊張から解放された反動の躁状態だったのかもしれない。

左手にはインド・ヒマラヤの七〇〇〇メートル級の峰々が衝立のようにそそり立つ。その稜線よりわずかに低い高度を維持しながら、月光に浮かび上がったヒマラヤ襞を翼の先端でかすめるように飛んでいく。

夜間飛行といっても月夜で視界は十分ある。GPSによる位置確認と頭にインプットしてある地形との照合で、ほとんど危なげなく飛ぶことができた。

レーダーはパッシブモードにセットしてある。自らが発する電波の反射で敵や障害物を識別するアクティブモードは、逆にその電波を他のレーダーに捕捉される危険も併せ持つ。それではヒマラヤの峰々というせっかくの隠れ蓑が無意味になる。パッシブモードなら自らは電波を出さないため、こちらは身を隠したまま地上の対空レーダーや迎撃ミサイルの存在を察知できる。

先ほどから気になるレーダー波の発信源があった。南の方向でかなり遠い。飛行ルート周辺の対空レーダーの所在はミラーが用意した資料で把握している。その中にはなかったものだ。一定の範囲で微妙に位置が変わる。強力なアクティブレーダーを搭載した早期警戒機ではないかと思われた。ベンガル湾あたりにいる米空母艦隊の艦載機だろう。

タルコフスキーは警戒感を強めた。地上の対空レーダーは慎重に回避したつもりだ。しかしそのレーダーに関してはまったく無防備だった。捕捉されたかもしれない。しかしここはインド領空だ。他国の領空侵犯機に米軍機がスクランブルをかけるとも思えない。ディスプレイの上で動いている不審な電波源はいまのところそれだけだった。

ミラーが待機するミャンマー北部の怪しげな基地まであと二時間ほどだ。そこまではどうしてもたどり着かなければならない。そこですべてを終わりにするために——。

軍人になることはタルコフスキーの幼い頃からの夢だった。その夢が叶《かな》ったとき、祖国はすでに崩壊に向かっていた。冷戦が終結し、ソ連邦は解体して、守るべき祖国は民主化という衣装をまとった混乱と腐敗と貧困の荒野と化した。自らの祖国に彼は守るべき価値を見出せなくなっていた。新たに出現した弱肉強食の世界で生きるには、彼の性格はあまりにもナイーブ過ぎた。

求めていたのは死にどころだったのかもしれないといまになって思う。アフガン・ゲリラ相手の命懸けの商売にしても、危険度ではそれをはるかに上回る今回の仕事にしても、引き受けたのは金のためなのだと自分に言い聞かせてきた。息子のイワンを救う金を稼ぐためなのだと。それが偽りだというわけではない。今日まで彼に生きるエネルギーを与えてくれたのは、確かに息子の存在だった。そのために引き受けたはずの最後の大仕事が、妻と息子を彼らの暮らす都市ごと壊滅させる恐るべきテロの片棒担ぎだった。

なんとも皮肉な運命のめぐり合わせだ。唯一の救いは、そのテロを阻止しうる立場に自分がいることだった。それができるのは世界で自分一人なのだ。長い間忘れていた生命のたぎりが甦った。妻と息子の生きるこの世界に、明日も何ごともない平和な朝を迎えさせるための、孤独な戦いをタルコフスキーはいまはじめようとしていた。

右斜め前方に小さな二つの光が現れた。怪訝な思いで見つめるうちに、それは次第に大きく明るくなる。レーダーディスプレイに目をやった。表示されていたインド側の防空レーダーの輝点がすべて消えていた。ベンガル湾の方向にあったあのレーダーも消えている。代わりに記憶にないレーダー波の発信源がいくつも見える。ピークを一つ数え間違えて、うっかり中国側に出てしまったらしい。

二つの光はつかず離れず揺れながら近づいてくる。飛行機ではない。中国側の対空ミサイルのようだ。パッシブレーダーが捉えていないところをみると、たぶん赤外線追尾式だろう。タルコフスキーは二つの点に真向かうように機首を回した。

光はますます大きくなった。その形状が視認できるまでに接近したところで、タルコフスキーはプロペラのピッチをリバースに切り替えた。

機体はまたたく間に失速した。高度計の表示がめまぐるしく回転する。強烈な逆Gがかかる。頭蓋がうっ血する。

二本のミサイルはオレンジ色の炎の尾を引いて頭上を越えていった。

その直後、立て続けに二度爆発音が起こった。ミサイルは方向を変える間もなく背後の山腹に命中したようだ。

「おい、何が起きたんだ？」

隣の席の客人が目を覚まして騒ぎはじめたが、相手をしている暇はない。

プロペラのピッチをノーマルに戻し、昇降舵とフラップを巧みに操作して、タルコフスキーは機首をいったん下に向けた。

スロットルを目一杯押し込み、操縦桿を引き続ける。褶曲《しゅうきょく》した氷河が目の前に迫る。機体が風を切る悲鳴がエンジンの唸りを上回るほどだ。

機体が激しく振動しはじめた。このままでは空中分解しかねない。

クレバスや散乱する堆石の一つ一つが判別できるほどになって、やっと機首が起きはじめた。目の前の氷河が足元に沈み込み、変わって蒼ざめたヒマラヤ襞の壁が頭上から覆い被さる。今度は強烈なGで血流のすべてが爪先に流れ込む。

稜線の切れ目が見えたところで強引に機体を捻る。レーダーディスプレイに見慣れた輝点が現れた。インド側に出たのだ。吐き気をこらえるような表情で隣の男が訊いてきた。

「何があったんだ？　何であんな操縦をした？」

「危機一髪だった。対空ミサイルをかわしたんだよ。あんただってまだ死にたくはないだろう」

「ああ――」

男はそれ以上問いかける力もない様子だ。タルコフスキーにしても同感だ。あと二時間ほどはこの男にも生きてもらう必要があった。

3

サウスコルから突き上げる雪壁を登り詰め、南東稜上八五〇〇メートル地点のバルコニーに着いたときは午後十一時を回っていた。

郷司に残された時間はあと三時間三十分。いまのところペースは順調だった。

絶叫する風は魂をも凍らせるほどだ。しかし風と寒さは計算に入っている。問題は現在の良好な視界がいつまで保たれるかだ。

月は輪郭を曖昧にし、夜空全体に刷毛《はけ》で刷いたような高層雲が広がっている。南東に望むマカルーの頂にはレンズ状の雲がかかっている。いい兆候ではない。

ここからしばらくはカンシュン側に緩く傾いた幅広い尾根が続く。晴れていれば快適なこうした片傾斜の稜線も、視界が悪化すると手に負えない。天候が持っているうちに抜けておかないと方向を見失う。

雪庇に注意を払いながらクラストした斜面を直登する。数歩進んでは立ち止まり、荒い呼吸を繰り返す。口は自然に大きく開き、横隔膜は別の生き物のように膨張と収縮を繰り返す。叩きつけるような強風も酸素濃度の点からみれば空手形同然だ。呼吸運動で費やされる酸素とそれによって得られる酸素の収支勘定が、ここではマイナスになっているのではないかとさえ疑われる。

風はドライアイスのハンマーのように顔面を打ち続ける。ミトンの甲で触れると、ウールの目出し帽は氷の鎧《よろい》と化している。頂上まで標高差でまだ三〇〇メートル以上ある。頑強な風の衝立との格闘は無限に続きそうに思われた。

手首から先の感覚が鈍っている。ピッケルを握っていることをわざわざ目視して確認する。稜線の上部から小さなブリザードが悪魔の群れのように波状的に駆け下る。

遠くで歌うような声が聞こえる。どこかで聞いたような、しかしどうしても思い出すことができないような調べだ。山が歌っている――。そんな風に言って、マルクがときおり耳を澄ましていたのを思い出した。郷司には風の音にしか聞こえなかった。それがいまは風の音に混じって、どこか物悲しい調べが確かに聞こえる。

その調べに呼び覚まされたように不思議な想念が湧き起こる。山で出会った死者たちのさまざまな遺体――。

五年前にローツェ・フェース基部で見かけた、雪の中に埋もれた下半身だけの遺体を思った。いったい誰なのだろう。いまもあそこにあのままあるのだろうか。マカルー南東稜で出会った白蠟化した遺体は、セルフビレイをとり、端然とした姿勢で岩棚に座っていた。山頂直下で夜を迎え、ビバーク中に眠ったまま息を引きとったのだろう。エベレストの北稜では、第二ピナクル直下のガリーで白骨化した遺体を見た。衣服は破れ、骨も広範囲に散らばっていた。ヒマラヤのカラスの旺盛な食欲の餌食《えじき》になったのだろう。

ヒマラヤの高峰はそれ自体が非業の死を遂げた登山家の墓標でもある。そんな死者たちの歌う声なのだろうか。死者たちは彼らの旅立った国へ自分を誘っているのだろうか。その歌声は不思議な近しさを伴って郷司の耳元で響き続ける。

一〇メートルほど上を蒼ざめた影のような登山者が登っていく。その上にも別の登山者の姿が見える。下からも何人もの人影が登ってくる。不思議な調べがコーラスとなって周囲に湧き起こる。前方の男が立ち止まる。必死になってその位置まで登りつめると、男の姿は消えている。また上を見るとさらに高みから、男は誘うように見下ろしている。

クレイグ・シェフィールドのようでも、フィル・スコークロフトのようでもあった。あるいは郷司の知らない無数のエベレストの死者の一人なのかもしれなかった。そのあとを追って郷司は懸命に歩を進めた。肉体は激しく喘ぐが苦痛はほとんど感じない。

クロディーヌに会いたかった。もう一度あの声が聞けるなら、あのまなざしを間近に感じられるなら、このまま彼らの誘う世界についていきたかった。

気がつくと郷司は雪面に顔を突っ伏して倒れこんでいた。しばらく眠っていたらしい。時計を見ると間もなく午前零時だ。稜線の幅はだいぶ狭まり、その先に南峰に続く急峻な雪壁が望めた。八七〇〇メートルのラインは突破した。ぎりぎりだが間に合わないことはない。すべてが順調に行きさえすれば——。

眼下のウェスタンクウムにホワイトアウトの雲が湧き立っていた。それがここまで駆け上がってくれば、視界は完全に失われ、前にも後ろにも進めなくなる。月明かりに真綿のように光るその雲は、ローツェ・フェースの斜面を這い登り、サウスコルから落ちるジェネバスパーの黒い岩稜の末端を侵食しはじめていた。

マカルーの頂は暗鬱な雲に包まれ、その中でときおり稲妻が走る。天候は南東から崩れている。エベレストも間もなく吹雪くだろう。世界最高峰の頂上付近で遭遇するその嵐がどのようなものかは想像もつかない。郷司の記憶のなかでは、それを体験して生きて還ったものはいなかった。

南峰の頂に立ったのは二月四日の午前零時。残された時間はもう二時間を切っていた。

南西の空からジェット機の爆音が聞こえてきた。ヌプツェの上空から降下した黒い機影は、エベレストに激突するように接近し、腹をこするように頂を越えると、悠然と機体を起こして東の空へと上昇していった。

何か落としたかどうかは確認できなかった。カンシュン氷河の上で反転した機影はまた郷司の頭上に戻ってきて、任務の成功を知らせるように左右に翼を振り、南西の空へ消えていった。

南峰のコルへ続く痩せ尾根を降り、昨日マクビーを待ち伏せるために使った岩の窪みに退避した。稜線上に出て初めて風が遮られる場所だった。マイナス四十度を下回る気温でも、風がないだけで楽園だ。感覚を失った手を揉みほぐし、手先の自由が回復したところで衛星通信装置をとり出した。

「サトシ、元気か？　いまどこにいる？」

接続したとたんにマコーリーが応答した。

「南峰のコルだ。いま軍用機が飛んできたのを確認した」

「こちらにも連絡が入ったよ。投下に成功したらしい。そちらの調子はどうなんだ」

マコーリーの声には誠実な憂慮が滲んでいた。

「申し分ないとはいえない。限界を超えたところを騙し騙し進んでいるんだ」

控えめな言い回しだ。騙せる限界すらとうに超えている。いまは自らの命を削って前へ進んでいるのだ。マコーリーの声にも不安げな響きがある。

「カトマンズからきた気象通報の内容がよくないんだ。低気圧が近づいている。この季節には珍しいそうなんだが」

やはりと思った。ロンブク入り以来、今年は何かおかしいと感じていた。風と寒気は強くても、雪は降らないのが冬のヒマラヤの常識なのに、今年はモンスーン期のように周期的に雪がくる。

「確かにそんな雲行きだな。しかしまだしばらくは持ちそうだよ」

頂上に着くまではという意味で、その後のことはわからない。マコーリーが訊いてくる。

「戻る時間も必要だろう。どのルートを下る。サポートは必要ないのか」

自分でもどうかしていると思った。それすらも考えていなかった。

北西壁なら途中にキャンプも固定ロープもあるが、頂上岩壁を降るのに必要なロープはサウスコルに置いてきた。西稜はクライムダウンするには危険なルートだ。半月前にたどった北稜は吹雪かれたらルートを見失いやすい——。ローツェ・フェースの降りが難関だが、やはり南東稜が無難だろう。

しかし下山の話にはさして関心がもてない。いまは頂上にたどり着くだけで精一杯だ。そこがすべての終着点のような気さえしていた。

「たぶん南東稜だと思う。仕事が済んだらゆっくり考えるよ」

頑《かたく》なに休眠したがる脳細胞と妥協するように、返事はそっけないものになった。それでもまだ顔も見たことのない米軍将校の言葉には真情があふれていた。

「もう我々にできることは何もない。それはわかっているんだ。ただ君が無事に帰還してくれることが私の最大の願いだということをわかってくれ。生きて還るんだ、サトシ」

返す言葉に詰まった。すでに歩み入ってしまったこの場所は、生死の帰趨《きすう》を神に委《ゆだ》ねるしかない過酷な世界だ。その善意は理解しえても、彼らの期待はやはり理不尽なものだった。生きて還る余力を計算に入れるなら、そもそも引き受けたりはしない話だった。「頑張ってみる」と曖昧に答え、バッテリーが心配だからとこちらから通話を終えた。

ザックからテルモスを引っ張り出し、まだぬくもりの残るお茶を口にした。食欲は湧かない。こんな場合は無理に食べても結局は吐いてしまう。長居をすれば眠ってしまいそうなので出発することにした。

体は鉛の鎧を着たように重い。ヒラリー・ステップへ向かう痩せ尾根は、右手が三〇〇〇メートルの落差のカンシュン・フェースで、左はウェスタンクウムへなだれ落ちる急峻な雪壁だ。岩の露出した頂稜部と雪壁の境を慎重にトラバースする。風は体を根こそぎ運び去ろうとする。マクビーを追ったときとは風の勢いが違う。

突然、凍てついた固体のような烈風が襲う。体勢を整える間もない。体ごと飛ばされた。投げ出された雪壁は硬いアイスバーンだ。そのまますると体が滑り出す。

ピッケルを胸の前に構え、勢いをつけて反転し、刃先を雪面に刺して体重を預ける。惰性でしばらく流されたが、ピッケルの刃先はどうにか雪に食い込んだ。間もなく滑落は停止した。

身を横たえたまま喘ぎが止まるのを待った。突発的な運動量の増加で完全に酸欠状態だ。視野が狭まる。頭の中は真っ白だ。自分がここにいる理由が思い出せない。懸命に百から一まで数字を逆に数えた。

呼吸が落ち着いてきた。頭は割れるように痛むが、狭まった視野は元に戻った。

手足を動かしてみる。怪我や骨折はしていない。ゆっくりと半身を起こしてみた。滑落したのは稜線からせいぜい一〇メートルほどだ。停止に失敗していたら、いまごろはばらばらに砕けた体がウェスタンクウムの氷河に転がっていたことだろう。

重い体を叱咤《しった》しながらゆっくりと立ち上がる。左足が滑ってバランスが崩れた。ピッケルを頼りに体勢を立て直したが、下の方で金属が岩にぶつかる音がした。唖然とした。足が滑ったのではなくアイゼンが外れたのだ。

アイゼンは遥か下方の岩に引っかかって揺れている。ロープなしでは行けない場所だ。諦めるしかない。

雪壁は硬く締まり、ブーツで蹴りこんでもスタンスになる窪みはできない。ピッケルと片足だけのアイゼンで身をよじるようにバランスをとりながら、なんとか強引に稜線まで登り返した。

見下ろすウェスタンクウムは密集した雲に埋め尽くされて、その一部はすでにサウスコルを覆いはじめていた。風は稜線上のあらゆるものを削ぎ落とす無慈悲な鉈だった。靴底の摩擦が生かせる頂稜部の露岩にルートをとり、生物としてのぎりぎりの防御本能でバランスを保ちながら、風圧に抗い郷司は前進していった。

ヒラリー・ステップの基部に着いてようやく風は弱まった。一〇メートルほどの岩場は技術的には容易だが、八八〇〇メートルを超えた高所での筋肉と心肺機能への負荷は予想以上だった。

登りきると咆哮する烈風が再び襲いかかる。ホワイトアウトの雲はノースコルを覆いつくし、さらに南東稜の上部まで触手を伸ばしていた。

ここから頂上まではカンシュン側に雪庇の張り出した片傾斜の雪稜が続く。視界を失えば雪庇を踏み抜くかウェスタンクウムへ滑落するかだ。

視界があるうちに頂上にたどり着かなければならない。小休止するゆとりなどなかった。岩場で外した片側だけのアイゼンを付け直し、八八四八メートルの高みへとうねる最後の稜線に、休む間もなく郷司は足を踏み出した。

4

「そろそろ着く頃じゃないのか」

腕時計を目の前にかざして隣の座席の客が訊いてきた。

「あと十分ほどだ」タルコフスキーは短く答えた。

ミラー同様この男もグリニッジ標準時に時計を合わせている。ルウィンがやったシミュレーション通りにことが進むなら、たぶんアラームはグリニッジ標準時の零時ちょうどにセットされているのだろう。

左手には月明かりに白々と光るミャンマー・ヒマラヤの鋭峰群が連なる。はるか南にはプタオ市街の明かりが見える。眼下は民家の明かり一つ見えない山間地だ。機首を南に向けて高度を下げる。GPSと高度計とコンパスの指針だけが頼りの計器飛行だが、アフガンではこの方法で何十回も夜間飛行をこなしてきた。

思惑通り、ほぼ十分で目的の山が目の前に現れた。右に大きく回り込むと、中腹に例の簡易滑走路がまばらな照明に浮き上がって見えた。

「けち臭い飛行場だな。あんなところにまともに降りられるのか?」

隣の男が毒づいた。

「サウスコルよりはましだろう。ここに来るのは初めてらしい。あっちの方は五分五分だった。むしろ命を拾ったと思った方がいい」

二度目は保証できないがと、タルコフスキーは心の中で付け加えた。

「そうかい。余裕があったように見えたがな。二〇万ドルとは割のいい仕事じゃないか」

「こっちとしては儲けそこねた。アメリカのテレビ局に放映権を売っていれば、ゼロがもう二つはついただろうよ」

「減らず口を叩く野郎だ。おい、あそこへ降りるんじゃなかったのか?」

滑走路には向かわず、山腹をさらに回りこもうとする機体の動きに気づいて男が声を上げた。

「急いでいるのか」

表情をうかがいながら素っ気ない口調で訊いた。

「ああ、間もなく人類はじまって以来のショーの開演時間だ」

口ぶりは威勢がいいが、男の顔はどこか不審げだ。

「そいつはお楽しみだ。じゃあ、直接ミラーのところへ連れてってやろう」

「だから、あの滑走路へ降りるんだろう」

男は怪訝な面持ちで背後に遠ざかる滑走路を指さした。

「ミラーは山の裏側の穴倉にいると聞いたが」

タルコフスキーはしらばくれて問い返した。廃坑の中の通信制御施設のことだ。男もそれは知っている様子だ。

「山の裏側にも滑走路があるのか」

「ないね」

突き放すように応じると男は戸惑う様子を見せた。

「じゃあどうやって降りる」

「サウスコルのときよりも派手な航空ショーを体験させてやるよ」

湧き起こる感情を抑えて穏やかに言った。

「おい、何かおかしなことを考えてないか」

男の瞳がせわしなく動く。とり合わずに機首をさらに右に回した。

山頂のすぐ下に明滅する小さな明かりが見える。帰還が夜になることを想定してルウィンが設置しておいた目標灯だ。その直下にはミラー自慢の衛星コントロールルームがある。地中配線の工事を受け持ったルウィンの話では、その天井の岩盤はごく薄いという。

「さあ、はじめるぞ。シートベルトはしっかり締めてるか」

一声かけて操縦桿を引き、スロットルレバーを押し込んだ。エベレストとミャンマーの往復で燃料タンクが空に近い機体は、十分な速力で楽々と旋回上昇に移った。強烈なGに男の顔がゆがむ。

「こ、この唐変木、何を考えているんだ！」

正面を向いたまま男がわめいた。重力の力で座席に押さえつけられ、首を回すのさえ不自由な様子だ。

「あれは何だと思う――」

タルコフスキーは、貨物室に固縛してある段ボール箱の山を目顔で示した。

「ミラーの取扱商品をくすねさせてもらった。セムテックスが二〇〇キロばかりある。あれを手土産に、やつのゲームルームを直接訪問しようと思ってね」

男の顔が引き攣った。摑みかかろうともがいてはいるが、のしかかるGがその動きを拘束している。

「正気なのか？　自爆するつもりなのか？」

男の声が涙声に変わった。ろくでなしには変わりがないが、タルコフスキーの知っているムジャヒディンにはこんな腰抜けはいなかった。アラーの教えに従って、死ぬべきときは従容《しょうよう》として死んでいく。もう憤りを隠す必要もない。

「お前たちが何を企もうと、しょせんおれには関係のないことだった。問題はそのターゲットだよ。お前たちはおれの妻と息子が暮らしている都市を選んだ」

「あんたはロシア人だったのか」

男は驚いた声を上げた。タルコフスキーのことは何も知らされていなかったらしい。

「ミラーは百も承知だった。その上であいつはこのおれに、妻を殺し息子を殺させようとした」

「ち、ちょっと待て。考え直せ。目標は変えられるんだ。落とすのはモスクワじゃなくていい。ロシア国内ならどこでもいいんだよ」

男の声が悲鳴のように上ずった。たぎるような思いを込めて切り返した。

「お前たちがやろうとしていることは導火線に火をつけることだ。どこに落ちようと、世界は滅びる」

「しかしあんたもおれも生き延びる。残った世界はおれたちのものだ。あんたも仲間に入れてやる」

男は媚びるように言い募《つの》る。こんな男の仲間になるよりはゴキブリの国へでも帰化する方がましだろう。

旋回の頂点で高度は三〇〇〇メートルに達した。そのまま弧を描いて降下に移る。いったん緩んだGが再び全身を圧迫する。機首を頂上直下の目標灯に向ける。フルスロットルの急降下で機体は激しく振動しはじめた。

「や、やめろ！　た、助けてくれ！　し、死ぬのは嫌だ！」

男が絶叫する。失禁したらしい。尿の匂いがコックピットに充満した。

最初から自爆を考えたわけではなかった。アジトを破壊し、自らは生き延びる作戦も考えた。

急降下の途中で脱出することは無理だった。加速度がついて投げ出された体は、パラシュートが開く衝撃に耐えられない。地上に着いたときは全身骨折で死んでいるだろう。自動脱出装置を持たないこの機体では、飛び出したとたんに尾翼や方向舵に引っかかる危険性も高い。そもそも脱出したら機体はコントロール不能になる。いったん目標に機首を向けても、そのまま真っ直ぐ飛行機は飛んでくれない。

何の兵装も持たない民間プロペラ機でできる最も確実性の高い攻撃が自爆だった。失敗することは自らに対して許せなかった。チャンスは一度しかない。成功しなければ、間もなく遠いモスクワで、妻と息子に地獄の業火が襲いかかるのだ。

軍人になって以来、自分の死に様を考えなかった日はなかった。社会主義政権下で教育を受けたタルコフスキーに神や天国の観念はない。死は魂の終焉《しゅうえん》であり無でしかなかった。そして軍人にとって幸福な死とは、合理的な目的のために遂行される最も効果的な作戦の結果の死だった。タルコフスキーにとっていまその目的とは、愛する妻と息子の命を奪おうとする邪悪なテロを阻止することだった。

Gはますます強くなる。全身が万力で締め付けられるようだ。隣の男は大口をあけ、目をむいたまま硬直している。すでに気を失っているようだ。

いまにも分解しそうに機体が振動する。速度計はすでに振り切れているが、体感では優に時速五〇〇キロは超えている。約二メートルの岩盤を打ち砕き、地下アジトの中で二〇〇キロのセムテックスを爆発させるだけの衝撃を与えるには十分な速度だ。

もはや機体の引き起こしは不可能だ。目標の明かりが目の前に迫る。操縦桿を握ったまま目を閉じた。瞼の裏に妻と息子の笑顔が浮かんだ。

ミラーから受けとった前金の一〇万ドルは妻の口座に振込み済みだ。アフガンで稼いだ分を合わせれば息子の手術費は十分まかなえる。

彼らの暮らす世界は明日も平和な朝を迎えるはずだ。自らの死が無駄ではないことにタルコフスキーは満足していた。思い残すものは何もなかった。

5

エベレストの頂は暗灰色の雲の中に呑み込まれていた。

雲底は巨大な軟体動物の触手のように雪稜を這い降り、凍った闇をかき乱し、顔や体に雪の礫を投げつける。

鼓膜を引き裂くような轟音を立てて、烈風は郷司を押し潰し、打ち砕き、氷の壁に塗り込めようとする。寒気は厚いダウンスーツに容赦なく浸透する。腕も足も凍ったように冷たい。指にはもはや感覚がない。

立ち上がって風に抗う力はすでになかった。斜面に這いつくばり、ピッケルと右足だけのアイゼンで滑落の危険を退けながら、なけなしの体力を振り絞って郷司は登り続けた。

一〇メートル進んでは五分休む。命の熾火《おきび》を掻き立てるふいごのように呼吸は荒く早く絶え間ない。自らの存在が八八〇〇メートルの虚空で膨張し収縮する一個の肺そのもののようにさえ感じられる。

視界は悪化していた。ときおり鼻の先も見えないようなガスに包まれる。右手に雪庇があるという意識だけは辛うじて残っていた。視界を失えばマクビーが残したアイゼンの踏み跡に頼るしかなくなるが、風が運んだ粉雪に埋もれてそれも途切れがちだ。

誰かが喋り続けている。休め。少し眠れ。そして降れ。ここはお前のくるべきところじゃない。なぜ苦しむ。なぜ命を惜しまない。すべては彼らの問題であって、お前には関係のないことだ。この苦しみは余りに不当ではないか――。

声は頭の中で呪文のように響き続ける。頭蓋に潜り込んだ烈風の切れ端が、小さな竜巻となって暴れ回る音のようにも聞こえる。苛烈な自然がもたらす苦痛はさしたる問題ではなくなっていた。それは厳然として存在していても、苦痛と受け止める自分がどこかに消えている。理性の残滓《ざんし》のような頭の中の饒舌も、見知らぬ他人の声のようにしか聞こえない。

あるのはただ痛切な悲しみだった。その悲しみと同化することがむしろ安らぎですらあった。その悲しみこそが自分を頂へ向かわせる力でもあるようだった。世界最高峰の荒れ狂う頂が、その悲しみを終わらせるのにいちばんふさわしい場所のように思えた。その上にはもう大地の存在しない場所で、命が尽きることを予感し、またそれを願ってさえいる自分がいた。

またあの調べが聞こえてくる。囁くように、すすり泣くように、高く、低く、風音にまぎれることもなく——。郷司は耳を澄ませた。その調べの中にクロディーヌの声を聞きとろうとして。もし近くにいるのなら、ここにきて何かを語りかけて欲しいと願って。

クロディーヌ。君に会いたくてここへきたのだ。天国にいちばん近いこの場所へ——。

歌はただかそけく言葉のない声で調べをつむぎ続ける。それはただの風の音だと呪文のような声が指摘する。そう聞こえるのは酸素欠乏による脳障害の兆候であり、いますぐ降りなければお前は死ぬと語りかける。

頭上の稜線からするするとガスが降ってくる。周囲が白い闇に包まれる。ヘッドランプの明かりがその闇のなかで滲んだ光のボールになった。

ホワイトアウトだ。伸ばした腕の先さえ見えない。視力を失ったのと変わりない。雪面に顔を近づけてアイゼンの踏み跡を探す。風は絶え間なく雪を運んでくる。踏み跡はその雪にほとんど埋もれている。

このまま進めば雪庇を踏み抜く危険は避けられない。しかし留まってもただ死を待つだけだ。意を決して郷司は上に向かった。石膏《せっこう》に密封されたような濃いガスのなかを、風圧に抗って懸命に這い進む。

数メートル進んでは力尽きて雪の上に突っ伏す。風は唸りを立てて頭上を吹きすぎる。喘ぎ、うごめき、また喘ぎを繰り返し、ただ上へ上へと体を引き上げる。

突然目の前の雪面が途絶えた。ヘッドランプの光の向こうには、無限の深みへ続くガスのうねりだけがある。右へ行き過ぎたのか、稜線が左に曲がっていたのか。いずれにしても雪庇の末端に乗り上げている。その下はカンシュン側の奈落のような谷底だ。

振動を与えないように静かに左手へ移動する。無意識の緊張に体がこわばるが、ことさら恐怖を感じるでもない。その恐怖感の欠如こそが、あるいは本当の危機の兆候なのかもしれなかった。

ネパール側に傾斜した斜面を五、六メートルずり落ちていくと、硬くクラストした雪面に明瞭なアイゼンの歯型があった。マクビーのものだろう。歯型は斜面を水平に横切ってガスの帳の向こうへと続いている。

視界はせいぜい五〇センチほどだ。しかしそれを見失わない限り頂へたどり着ける。雪面に顔をすり寄せて、そのかすかな道しるべを必死でたどる。しばらくして踏み跡は斜面を上に向かいはじめた。

硬くクラストした雪稜で、アイゼンのない左足はほとんど役に立たない。体の左半分にばかり負担がかかる。ふくらはぎが痙攣を起こす。激痛に耐えて五分ほど待つ。凍結した雪は水に餓《う》えた砂漠の砂のように、ダウンスーツ越しに体温を奪い続ける。痙攣が治まるのを待ってまたがむしゃらに前進する。

体さえ動いていれば体温は保てるが、今度は激しい喘ぎで倒れこむ。ヒラリー・ステップから頂上まで距離にして二〇〇メートルほどだ。それが永遠に果てることのない旅のように思われた。

気がつくと稜線の幅が狭まっている。右も左も四、五十度の傾斜で薙《な》ぎ落ちて、郷司はその中央の馬の背の部分を登っていた。心なしか風も弱まっている。経験的にいって山腹や鞍部よりも頂の方が風が弱い。頂上は近いのかもしれない。急峻な尾根に這いつくばって、郷司は最後の力を振り絞った。

稜線が広がり傾斜が緩んだ。相変わらず視界は閉ざされている。さらに何メートルかをあがくように登った。

硬いものが頭に突き当たった。ヘッドランプの光に鈍く光るものがある。中国の登山隊が担ぎ上げた測量用の三脚だ。

その場に仰向けに倒れこんだ。ここが頂上だ。もう登らなくていい。地上にはこれ以上高い場所はないのだ。

あふれ出る涙でゴーグルが曇った。それは登頂を喜ぶ涙ではなかった。底知れぬ寂寥《せきりょう》から滲み出る痛切でほろ苦い涙だった。

何かすることがあった。懸命に澱んだ記憶を攪拌《かくはん》する。

マクビー、サウスコルに降り立った謎の飛行機、〈ブラックフット〉――。

そうだROMだ。マクビーが頂上の三脚の下に埋めたというあのROMを掘り出さなければ――。

凍った丸太を転がすように寝返りを打って、郷司は三脚の下の雪を掘りはじめた。雪は凍てついて硬いが、ピッケルを使えばROMを傷つけかねない。しかし分厚いゴアテックスのミトンでは指先が雪にかからない。ミトンを外すと、ウールのグローブにあっという間に氷が貼りついた。感覚は麻痺して冷たさは感じない。

辛うじて動く指先で一〇センチほど掘り起こすと、やや硬い雪の層にぶつかった。さらに掘っていくと何かが指に当たった。直径五センチほどの銅製のプレートだ。日の丸の絵柄とどこかの山岳会のロゴマーク。日本の登山隊が残したものらしい。昨日埋めたばかりのROMがその下にあるということはない。

今度はその少し右を掘り返す。乾電池やらフィルムの空ケースやら透明樹脂でラミネートした家族写真やらが出てきた。登頂の記念というよりその証拠として、こうしたわけのわからないものを残す登山者は多い。マクビーもそのひそみに倣《なら》ったのだろう。

三脚の周囲をほぼ一メートル四方掘り返した。手元に集まったのは、街中で見つけたらただのゴミでしかない代物ばかりだ。

途方にくれた。マクビーはROMを三脚の下に埋めたといった。嘘だったのか。あの男の性格からすればありえなくはない。憤りと虚しさが同時に湧き起こる。

時計を見た。二月四日午前二時三十分。グリニッジ標準時では二月三日の午後八時四十五分だ。テロ決行の予告時刻まであと三時間十五分。マシューズはその三時間前までにROMのデータが欲しいといった。だとすれば残り時間は十五分。多少の遅れは帳尻を合わせてもらうしかないが、それでも手遅れになればここまでの努力が無に帰する。

そのがらくたを空同然のザックに抛り込んで、風下になるカンシュン側を少し下った。萎えた筋肉をだましながら、ピッケルを振るって氷雪の斜面を切る。辛うじてできたささやかなテラスに腰を降ろして、もう一度集めたがらくたを調べ直した。

その中の黒いフィルムケースが気になった。外には何も書かれていない。空にしてはやや重い。振ってみると中でかたかた音がする。未現像のフィルムを置いていくというのも考えにくい。

不自由な指先で苦労して蓋を開けた。出てきたのは両側にムカデの脚のようなピンが並んだ黒っぽい半導体だ。〈ブラックフット〉のＲＯＭに間違いない。

頭の中がまだはっきりしない。それをどうすればいいのか思い出せない。夜空を飛ぶ黒い鳥のイメージが浮かんだ。そうだ。飛行機だ。空からそのための道具が投下されているはずだ――。

もう一度頂上に戻った。足元の一角にそれらしいものはない。周囲は濃いガスに閉ざされている。離れた場所に落ちていたら探せない。懸命に目を凝らした。

北東稜の方向に明滅して光るものがある。前回の登頂時に通ったルートだ。周囲の状況はあらかた覚えている。向かい風に抗い、よろめきながら、ガスの中を一〇メートルほど下った。凍てついた雪に突き刺さって流線型の投下ポッドがあった。尾部で標識用のランプが明滅している。

この前と同じ要領でカバーを開けた。大型電卓のような装置と接続用のケーブルが入っていた。ザックのサイドポケットに入れ、喘ぎながらまた頂上まで登り返す。

先ほどのテラスに戻って装置とROMをとり出した。両手に持って仔細に眺める。電卓状の装置の裏には英語のインストラクションが書いてある。

スライド式の蓋を指で押し開け、そこの窪みにROMをセットして強く押し込む。そのあと電源スイッチを押せば、装置が自動的にROMのタイプを識別し、液晶ディスプレイに「サクセス」の表示が出たら読み取り完了だ。そのほかにも面倒な述語を使った細かい説明があったが、マコーリーの話ではデフォルトのセッティングで大丈夫とのことだった。

こわばった指の動きで何度も失敗した挙句、ようやくROMの切り欠きと窪みの突起を合わせた。両手の親指をかけて押し込んでみる。入らない。さらに力を入れてもROMは頑強に抵抗する。

この手の装置を説明書通りに扱ってまともに動いたためしがない。大体が早とちりやマニュアルの見落としなのだが、細かい説明を読もうとしても、いまは頭がまるで言うことを聞かない。あまりの酸素不足で脳細胞がストライキを起こしているのか、それともすでに脳の一部で梗塞が進行しているのか。すべてが物憂く感じられる。目の前の問題に対する集中力がほとんど欠落している。

このまま眠りたかった。明日の朝目覚めようと目覚めまいと、それがこの宇宙にとって何ほどの意味があるのだ。あるいは世界が消えてなくなったとして——。いま自分がその頂に座る岩と氷の巨大な女神にとっては、人の一生も人類の歴史も、瞬き一つにも満たない時の揺らぎに過ぎないではないか。

それでも何とか気力を奮い立たせ、衛星通信装置をとり出して電源を入れた。クーンブの基地を呼び出すとマコーリーがすぐに出た。

6

「敵の制御信号が消えたとはどういうことだ」

レックス・ハーパーは、急遽ホワイトハウスを訪れたクリストファー・コリンズに向かって声を荒らげた。

「いま原因を究明中です。ただその件と妙に符合する情報があります。例の小型機を追跡していた早期警戒機からの報告です——」

ハーパーの突発的な癇癪《かんしゃく》への緩衝材ででもあるように、コリンズは興味深い追加情報を用意していた。

「インドからミャンマーへ国境を越えたところで、またレーダーに機影が現れたそうなんですが、それがミャンマーの北部で突然消えました」

反応を探るようにコリンズは声を落とす。

「そこに敵のアジトがあって、着陸したというわけか」

吉報なのか凶報なのか、判断しかねながらハーパーは問いかけた。

「レーダーで捕捉した挙動からみると、着陸というより墜落というべき状況だそうです」

「墜落？」

「突然急降下し、レーダーの視界から消えました。どうみても機首起こしが不可能な速度と降下角だったようです」

コリンズの声にも戸惑いの色が滲む。ハーパーは落ち着きの悪い思いで問い質した。

「それと制御信号が消えた件がどう関連するんだ」

「時刻が一致しています。信号が途絶えたのは、機影が消えて数秒後でした」

ハーパーは息を呑んだ。敵は自滅した可能性がある。

「事故か。それとも、仲間割れでもして撃墜されたのか」

コリンズはその問いには直接答えず、携えてきたアタッシェケースから二枚の写真をとり出した。

「まずこれをご覧ください――」

差し出された画像に映っているのは、広い面積にわたって燃え盛る炎と煙のようだった。

「ついいましがた偵察衛星が撮影したものです。ミャンマー北部の山間地で、小型機が姿を消したと推定される場所です。夜間のため周囲の状況はわかりませんが、大規模な山火事が起きているのは確かです。炎の中に小型機の残骸も確認できます」

言われてみれば確かに小型飛行機が墜落炎上し、乾燥した樹林に一気に火が燃え広がったようにも見える。

「こちらは昨日撮影した同じ場所の画像です——」

コリンズはもう一枚の写真を示した。樹木一つない禿山のように見える。たまたま最新型の偵察衛星が上空を通過して撮影したものだという。搭載していた撮影装置は合成開口レーダーで、樹木など電波を透過するものの下に隠れた地表や構造物、敵の戦闘車両などを克明に映し出すことができる。

「右手の山腹に人工的に切り開かれた平坦地があります。そこに小型機が一機見えます」

ややゆがんだ長方形の区画の端に、確かに単発のプロペラ機がある。近くには小さなプレハブ小屋のようなものもある。

「その機体はピラタスPC—6ターボポーターで、サウスコルへ飛来したものと同型です。それからこちら——」

コリンズが指差した位置には、変わった構造の比較的大きな建物が見える。印象としては軍事施設の遺構のようでもある。用途となると見当もつかない。

「さらにこちら——」

続いてコリンズが指で示したのは、先ほどの画像で火災が起きていたのと同じ一角だ。山の頂上に近いその部分は、一見何の変哲もない岩場のようだ。

「ここと、ここに四角い小さな穴があります。明らかに人工的なもので、恐らく地下施設の通気口だと思われます」

「つまりこの下に秘密の施設でもあったということか」

「光学式の偵察衛星が三日前に撮影した画像を確認したところ、どの施設も樹木で覆われて、上空からは見えないようになっていました」

「その秘密基地で、テロリストは衛星をコントロールしていたと考えていいわけだな」

「蓋然性《がいぜんせい》は高いと思われます」

コリンズは自信を示す。

「飛行機の墜落原因は――」

「機体の損壊具合と火災の広がり方が異常で、単に小型機の墜落炎上という解釈では説明がつきにくいというのが軍の専門家の見解です。相当量の爆発物を搭載していた可能性があると」

「では自爆か？」

「直前の機体の挙動と考え合わせれば、それもありうるかと――」

断定は避けたが、コリンズは確信している様子だ。

巡航ミサイルやスマート爆弾――。相手の攻撃には身をさらさず、正確に敵を殲滅《せんめつ》するハイテク兵器に馴染んだ米軍の最高指揮官に、その原始的な攻撃方法は抜き身の刃のような恐怖を覚えさせた。言葉にならない衝撃を隠せないまま、ハーパーは話を戻した。

「それで衛星の状況はどうなんだ？」

「深刻です。不安定な状態で軌道遷移を続けています」

ここからが本題だというようにコリンズは語調を強める。

「制御が放棄されれば、衛星の機能は停止するんじゃないのか」

「機能が停止するのではなく、挙動が保証されなくなります。つまり今後どう動くか予測がつかないということです」

なんとも物騒な話だ。ハーパーは憤りをぶちまけた。

「八〇年当時のアメリカの軍事技術は、そんなにお粗末だったのか」

「衛星の制御を奪われ、さらにその制御信号がダウンするなどという厄介な状況までは想定していなかったんでしょう。こちらにバックアップのシステムさえあれば問題なくリカバーできるんですが」

コリンズは苦渋を滲ませる。問題なのはこの事態がもたらす脅威の深刻度だ。

「そんなに極端に挙動が狂うのか」

「攻撃軌道への遷移が終了していれば、制御を離れてもプログラミングされた通りの挙動をします。しかし軌道遷移中は非常に不安定です。その状況で制御が放棄された場合、衛星がどういう軌道へ遷移するのか予測できません。つまり世界のあらゆる地域が攻撃対象になる可能性があるということです」

軍人らしい実務的な口調でコリンズは説明する。世界は突然、実弾の込められたロシアンルーレットのリボルバーを手渡されたらしい。夜を徹してのロシア大統領との秘密交渉もこれで意味を失った。

いっそこの危機を世界にアナウンスして、各国に速やかな対応を促すか。いや、そんなことをしたら世界は未曾有《みぞう》の混乱に陥るだろう。民衆はいまやどこにも逃げ場がないのだ。暴動、反乱、略奪、クーデター——。収拾のつかない混乱の中で世界全体が崩壊する。ハーパーは少しでも希望のある答えを引き出したかった。

「その狂った衛星を手なずける方法は？」

「すべてはサトシ・マキにかかっています。彼がROMを入手し、コードを送信してくれさえすれば制御を回復できます」

コリンズの回答は残酷なほど明快だ。それはアメリカがこの事件で、いまも当事者としての実効的なアクションをとりうる立場にないことを意味していた。危機を回避する鍵は、いま世界でいちばん高い場所で過酷な戦いを続ける若い日本人登山家の手に委ねられているのだ。

真木郷司からはいまだ連絡がないという。ヒマラヤは季節外れの低気圧の襲来で、近来まれな荒れ模様らしい。生還するだけで奇跡だというその状況を乗り越えて、彼は頂上に達し、ROMを見つけ出すことができるのか。暴走した〈ブラックフット〉が悪魔の火矢を打ち出す前に、その首根っこに鎖をつけるための制御プロトコルを送信できるのか——。

蜘蛛の糸よりか細い可能性でも、ハーパーはそれに希望を託すしかなかった。国家安全保障会議の開催を訴えるコリンズの進言をハーパーは穏やかに却下した。待つしかないのだ。真木郷司が送ってくるそのROMのデータを——。役立たずの閣僚どもの御託をいくら聞かされても、いまは糞の役にも立ちはしない。

7

郷司はクーンブの補給基地からの連絡を待っていた。

カンシュン側にわずかに降ったその場所は、背後の雪壁が楯となり、咆哮する強風にも蹂《じゅう》躙《りん》されない、魂を包み込むような静寂に満たされていた。

ＲＯＭリーダーの不具合を伝えると、マコーリーは上層部が聞けば軍法会議ものの怨嗟《えんさ》の声を上げた。すぐに本国に問い合わせ、折り返し連絡するという。ここまでの苦労が水の泡になりかねない事態だが、そのことにさして怒りを覚えもしなかった。

烈風の中で雪を掘り続けた両手はもう何も感じない。他人同様のその手にどうにか言うことを聞かせて、ザックの底からテルモスをとり出した。ほとんど冷めている中身のお茶は、それでも下界のどんな飲み物よりも豊穣な潤いを与えてくれた。

厚く垂れ込めたガスは晴れる兆しをみせない。雪壁を切って作った小さなテラスに腰をかけ、下に投げ出した足の半ばはガスの中に溶け込んでいる。そのガスにいましがた雪が混じった。もうじき本格的に吹雪きはじめるかもしれない。

降るならいましかない。マクビーの踏み跡と、それに重ねた自分の踏み跡が消えないいましか――。サウスコルにはテントがあり、温かい飲み物をつくるコッヘルやストーブがあり、寝袋があり、ここよりはるかに濃密な酸素がある。ＲＯＭのデータなら下山途中にでも送信できる。生きたいと思うなら、いますぐ降るべきなのだ。

理性ではわかっているそのことが、感情の次元ではわからなくなっていた。この場所にある何かが郷司を引き止めていた。じっと待っていればクロディーヌがここにやってきて、傍らに並んで座ってくれるような気がした。

睡魔が襲ってくる。前のめりに舟を漕ぎ出し、セルフビレイに引っ張られて目を覚ます。こんな眠りを繰り返すうちに、肉体は少しずつ死に侵食され、マカルーで見た凍死者のように、穏やかに微笑むように死んでいくのだろう。

肉体と魂が限界を超えて打ちひしがれたとき、死は抗いがたい休息への誘惑としてやってくる。本能は決してそれを拒まない。そんな体験を何度もしてきた。理性と意志の力だけが辛うじて命をつなぎとめてくれた。しかしいまは何かが欠けている。何かがすでに壊れかけている。

誰かが呼んでいる。小さな魂の悲鳴のように――。気がつくと傍らのザックの中の衛星通信装置だった。通話スイッチを押すと、日本語で問いかける声が聞こえてきた。早坂雅樹だった。

「郷司さん。調子はどうですか」

「ああ、いまのところ大丈夫だ。例の機械のことわかったかい」

郷司も日本語で答えた。最近は母国語を喋る機会がほとんどなくなった。不思議な安堵感とどこか面映い感覚を伴って言葉は自然に行き来する。

「米本国から仕様書とパンフレットをファックスで送ってもらったんです。やっとわかりました」

「僕が何か勘違いをしていたのか」

「そうじゃなくて、ソケットとピンの形状が違っていたんです」

つまりROM側の端子と、それを受けるROMリーダーのソケットの仕様が異なっていたというわけだった。ROMはもう使われていない軍用の特別仕様で、いちばん右端のピン二本がダミーなのだという。将来の拡張に備えて設けられていたらしいが、最終的にその仕様は採用されず、最新型のROMリーダーはその二本を省いた新しいタイプに対応しているらしい。

「じゃあ、使えないわけか」

「いいえ、大丈夫です。基地の装備品から同タイプのものを見つけて実験しました。二列のピンのそれぞれ右端の一本を折りとっても問題ありません」

ザックの中からROMをとり出してみた。百足《むかで》の脚のようなピンの列の一本を折りとることが、いまの不自由な指で可能だろうか。不安を漏らすと、雅樹は自ら試みたというコツを伝授してくれた。ナイフの刃先をピンの間に入れ、不要なピンの方向に刃先を倒せば簡単に折りとれるという。

やってみると雅樹の言うとおりだった。山岳経験が多少あるという彼は、高所での不自由な手作業に気を配り、自ら実験までして連絡してくれたようだ。科学者としても登山家としても、優秀な素質を持つ若者のように思えた。

ROMリーダーをとり出して背面の窪みへ押し込むと、今度はROMはすとんと収まった。あとはマコーリーが言ったように、デフォルト設定で読み取りは完了した。

次は通信装置とROMリーダーを接続する。ROMリーダー側のコネクションが固かった。不器用な手で接続を試みるうちにケーブルが滑り落ち、足元の斜面のわずかな突起に引っかかって止まった。体を屈めて手を伸ばしたが、もう少しのところで届かない。

また面倒が起きてしまった。いまは一つの行動のためにとてつもない決断力が必要だ。蚊の鳴くような理性の声で全身の筋肉を叱咤《しった》する。

セルフビレイを解いてピッケルを雪面に打ち込み、ずり落ちるように下の斜面に移動する。右足のアイゼンを雪面に蹴りこむ。アイゼンのない左足も、つま先を叩きつけるうちに適当な雪の窪みができた。

ピッケルと二つのフットホールドで三点確保しながら、ケーブルに左手を目一杯伸ばす。自己確保なしのアクロバットだ。バランスが崩れれば三〇〇〇メートルの氷壁を転げ落ちる。ガスで足元が見えないのが幸いだった。指先で掬いとったケーブルをポケットに捻りこんで慎重に登り返す。

元のテラスに戻ってしばらく荒い息を吐いた。わずか一メートルほどの登り降りが、なけなしの体力をごっそり削ぎとった。早く仕事を済ませたい。心と体をゆっくり休めたい。そのあとのことは頭の中でまだ空白だった。

もう一度試みると、今度は無事に接続できた。基地を呼び出すと雅樹が出てきた。心配そうに訊いてくる。

「うまくいきましたか」

「ああ、なんとか。どこへ送る？」

「いったんここへ送ってください。こちらから本国の衛星指令センターへ転送するそうです。やり方はわかりますか」

「何かボタンを押すんだったな」

「受信の準備はできています。通話状態で構いませんから、送信ボタンを押してください。上端の右から二番目です。送信には一、二分かかります」

液晶ディスプレイのすぐ下に、確かに小さなボタンの列がある。

「じゃあ、押すよ」

「お願いします」

緊張した声で雅樹が応じる。

右から二つ目の「送信」と書かれたボタンを押すと、ディスプレイに「データ送信中」という英語の表示が出た。データ通信特有の耳障りなノイズが漏れる。そのノイズに耳を傾け、発光ダイオードの点滅に目を落とす。何の想念も浮かんでこない。任務を果たした喜びが湧くわけでもない。

長くもなく短くもない時間が過ぎて、ディスプレイの表示が「送信成功」に変わった。雅樹の声が届く。

「無事に受信しました。いまマコーリー大尉が本国に転送をしています。郷司さんはすぐそこから撤退できますか」

「できればそうしたいが、条件が悪すぎる。視界がゼロで雪も降りはじめている。少し様子を見ることにするよ」

「しかし天候はこれから悪化する一方で、回復の見込みはなさそうです。何とか下山を試みた方が――」

「それに疲労が激しいんだ。アイゼンも片方無くした。幸いここは風がこない。ビバークするのも一手かもしれない」

「いくらなんでもそこは高すぎます。一〇〇メートルでも二〇〇メートルでも、降ればそれだけ安全になります」

雅樹は懸命に訴える。彼の言うことが正しいのだ。しかし体は限りなく重い。無意識に郷司は話題をそらした。

「来年はぜひエベレストで会いたいな」

心からそう願っていた。この青年に郷司はすでに友情のようなものを感じていた。

「僕だってそうです。だから降りてきてください。生きて還ってきてください」

雅樹の訴えは途中で涙声に変わった。

「サトシ、マシューズだ――」

相手の声が野太い響きの英語に変わった。

「君の行為にはどう感謝の言葉を重ねていいかわからない。大統領を始め合衆国市民は決してそのことを忘れない。しかし仕事はまだ終わっていない。今度は我々のところへ還ってきてくれ。そして偉大な勇気を我々に分けてくれ。それを成し遂げてこそ君は真の英雄だ――」

マシューズの声も震えを帯びていた。英雄になりたいとは思わないが、無骨な軍人なりの熱い思いは伝わってきた。郷司を死地に赴かせた張本人だという呵責《かしやく》を、彼はあれからずっと背負い続けているようだった。

「ウエスタンクウムまで降りてくればヘリが出せる。なんとか頑張ってくれないか」

「ありがとう、僕もなんとかご期待に沿いたい――」

そう答えながら、もしエベレストの女神にその意志があればと心の中で付け加えるしかなかった。

「サトシ、マイケルだ――」また声が変わった。

「還ってきたら、最初のインタビューは私にやらせてくれるか」

努めて弾んだ声で語りかけているのがわかる。

「あなたにはお世話になった。お役に立つならいつでも」

「ありがたい。ほかの記事はもうできているんだ。しかし世界の新聞のトップを飾るのは間違いなく君のインタビューになる」

「僕は一介の登山屋だ。有名人にはなりたくない。できるだけ控えめに頼むよ」

そんな言葉ではぐらかすと、マイケルはわずかに声を詰まらせた。

「カトマンズに君の事を心配している人がいる。転送するからこのまま待ってくれ」

耳慣れない信号音のやりとりに続いて、懐かしい声が耳に届いた。マルクだった。

「サトシ。情報は逐一こちらに入っている。マシューズ少佐にもいろいろアドバイスしている。いいか、よく聞け。ローツェ・フェースはカチカチに凍っているが、固定ロープがまだいくらか残っている。おれもそれを使って降りてきた。風にさえ気をつければ君ならなんでもない」

久しぶりに聞くその声は力強かった。

「回復は順調なのか」

訊くとマルクはぶっきらぼうに答えた。

「病院のベッドで安穏と暮らしているおれのことなんか心配しなくていい。なあ、サトシ。要は気持ちの問題だ。還ろうという意志がある限り還れる。それはおれが保証する」

マルクは暖かい言葉で叱咤した。吹雪に閉ざされたアンナプルナ南壁でも、こんなマルクの言葉に何度も救われた。その声の調子がわずかに変わった。

「クロディーヌの気持ちに応えてやってくれ、サトシ。彼女は君が生きて還ることを心から願っていた。だからわざわざエベレストBCまで出かけたんだ。彼女はもう何も語れない。君を見ることも、君の声を聞くことも、君に触れることもできない。いちばん辛いのは彼女なんだ。だからこれ以上悲しませないでくれ。妹を安心させてやってくれ」

「マルク。僕はヘリが墜落して燃え上がるのをこの目で見ていた。彼女が乗っているとは知らずに。目の前で死んでいく彼女に僕は何もしてやれなかった――」

「そんなことで自分を責めるな。妹が愛していたのはそんな弱々しいサトシじゃない。彼女のために生きてくれ。おれのためにも――」

マルクの声が途切れがちになる。冷え切っていた感情が少しずつ動き出した。マルクや補給基地で安否を気遣ってくれる人々の思いが心に沁みるほどに、クロディーヌを失った痛切な悲しみが胸を抉って溢れ出す。

「マルク、僕はこれ以上生きられない。僕はもう壊れてしまった。なぜみんな死ぬんだ。フィルも、クレイグも、ロプサンも——。クロディーヌまで僕は失った。誰を憎めばいいんだ。誰に憤りをぶつければいいんだ。この虚しさを抱えて、これからどう生きていけばいいんだ」

「サトシ、気持ちをしっかり持て。感情に流されず、理性の声を聞け。生きてみるんだ。答えは自ずから出る。おれだってたくさんのものを失った。それでも生きていることは悪いもんじゃない。なあ、今度はローツェの南壁をやろう。おれは片足しかないから、君のサポートが絶対必要だ——」

訴えるマルクの声を聞きながら、郷司は背中を丸め、懸命に嗚咽をこらえていた。目の前のガスの中を舞う白いものが一段と密度を増していた。


「成功したのか?」

レックス・ハーパーは受話器を握ったまま、全身の力が抜ける思いで執務室のソファーにもたれかかった。

「つい五分前に、ROMのデータがクーンブのエベレストBCから転送されてきました。いま空軍の衛星指令センターでプロトコルを解析中で、一時間でやるとのことです。じつは三時間欲しいというので、連中をどやしつけてやったんです。あの日本人青年の命懸けの戦いを無駄にするのかと」

クリストファー・コリンズの声は高揚しているが、ハーパーの不安はまだ一掃されない。

「その間に〈ブラックフット〉が暴れ出すということはないのか」

コリンズは余裕のある口ぶりで答えた。

「攻撃軌道まで遷移するのに一時間半ほどかかります。その段階で暴発したとしても、弾頭は地上へは届きません。たぶん宇宙のゴミになって地球を周回し続けるでしょう」

「つまり、間に合ったということか」

ハーパーはようやく安堵のため息を漏らした。

「そうです。危機は回避されました」

コリンズの声も震えている。今度はエベレストにいる救世主のことが気になりだした。

「サトシ・マキはどうした」

「まだエベレストの頂上付近です。荒天と疲労で身動きがとれないとのことです」

コリンズの声には深い憂慮の色が滲んでいる。

「彼を救うために何かできないのか」

「急遽カトマンズにいる一線級の登山家をスカウトして、救助隊を組織しています。しかし活動に入るにはまだ時間がかかります」

「その間、彼は持ちこたえられるのか」

「七〇〇〇メートル以上の高所に滞在して五日目に入ります。それだけですでに人間の限界を超えています。いまエベレストの頂上で生存していること自体が奇跡です」

コリンズは感動を隠さない。痛切な悲しみがハーパーの胸をよぎった。

「そう長くは持ちこたえられないということだな」

「頂上付近で救助を待つことはむしろ死を意味するでしょう。自力での下山に期待する以外に手がありません。ただしサウスコルまで降りてくれれば、彼が頂上へ向かう前に使ったテントがあるそうです。食料や燃料も彼はそこに置いていった模様です。サウスコルで持ちこたえてくれれば、下からの救助も期待できます」

コリンズの説明をハーパーは祈るような気持ちで聞いていた。生き延びて欲しい。あの青年がいなかったら、世界がどんな悲劇に見舞われていたか想像すらつかない。すでに何人もの犠牲者が出たのだ。締めくくりくらいはハッピーエンドといきたいものだ——。

8

目覚めるとヘッドランプに照らされた粉雪が、フラクタル図形のような渦を描いて舞っていた。

郷司の体は新雪の層に象嵌《ぞうがん》されたように、頂上直下の斜面に埋もれていた。北西風に運ばれた吹雪はエベレストの山体に当たって、風下の東面に緩やかに舞い降りる。その雪のシャワーがかけてくれた純白の褥《しとね》が、眠り続けている間も体温を保ってくれたらしい。

腕を引き抜いて時計を見た。午前四時三十分。一時間は眠っていたようだ。マルクとの通話を終えると、極度の疲労と仕事をやり遂げた安堵感の相乗作用か、突然激しい睡魔に襲われた。五分だけ眠ろう、いや十分だけ――。そんな誘惑に負けて目を閉じたとたんに、泥のような眠りに落ち込んだ。

雪は激しいがガスは消えていた。風については稜線へ出てみないとわからないが、頭上の雪の舞い具合を見れば、弱まったようには思えない。

マルクとの会話を思い出すと、また悲しみに襲われた。クロディーヌはもういない――。自らも悲嘆の淵にいるはずのマルクが、脳裏にナイフで刻むように言明した。そして生きろと言う。その冷たくざらついた現実を受け止めろと、自らもそうするのだからと――。

生きたところでどうなるのだと誰かが言う。それでも生きろと別の声が促す。低酸素状態は脳の機能にも影響を及ぼしているらしい。話し相手がいる間は一貫性を保つ人格が、孤独になると何人もの自分に分離する。しかし誰が主導権を握ろうと、心の真ん中にぽっかりと開いた空洞は埋まらない。

緩慢な動作で体の雪を払いのけた。何かが無くなっている。それが何かが思い出せない。記憶が戻るのにしばらくかかった。衛星通信装置だ。膝の上に置いたまま眠ってしまったらしい。その間にカンシュンの谷に転げ落ちたのだろう。

さして落胆はしなかった。降るにせよとどまるにせよ、この嵐のさなかでは下からの救援は期待できない。

喉が激しく渇いていた。テルモスをとり出して蓋を開けると、残っていたお茶は氷に変わっていた。手近な雪をつかんで頬張った。真綿のような新雪は溶けてわずかな水になる。周りの雪を次々つかんで頬張った。喉の渇きは多少は癒えたが、体の方が冷え切った。ザックの中に携行食はあるが、食欲は相変わらず感じられない。

雪を落として立ち上がり、ゆっくりと雪壁を登りつめた。頂上に出たとたんに烈風が襲いかかった。壁の下では花びらのように舞っていた雪が、ここでは散弾のように顔に突き刺さる。思わずその場に屈みこみ、凶暴なまでの風圧に耐えた。

風は確実に強まっていた。寒気もさらに鋭かった。荒れ狂う世界最高峰は、それでもわずかな隙を見せていた。吹雪は激しいが視界を遮るガスは薄れて、ヘッドランプが照らす距離までは見通せる。

決断したというわけでもなくごく自然に、郷司は降りはじめていた。新雪に覆われた尾根をサウスコルに向かって——。生きようとしてか、嵐に漂う死の匂いに惹かれてか、自分の中にも確たる答えはない。鼓膜を破りそうな風の轟音が思考する言葉さえかき消してしまう。

ヒラリー・ステップへ続く雪稜にはラッセルするほどの積雪はなかった。尾根筋の雪はくるぶしが隠れる程度で、吹き溜まりでもせいぜいふくらはぎがもぐるほどだ。

アイスバーンは新雪に埋まり、滑落の不安は感じない。片足だけのアイゼンはかえって邪魔なので、外して谷に投げ捨てた。登りのように喘ぐことはないが、耐えがたいのは寒さだった。

降りは体力を使わないぶん体温の上昇も少ない。寒気が筋肉を硬直させ、骨をきしませ、手足の感覚を奪い去る。

風は背後から吹いていた。降りの追い風は好きではない。突風に押されればのめって頭から転げ落ちる。それを避けようと体重を残せば、足場が不安定になり滑落しやすい。風の強弱に反応した微妙な重心移動が必要だ。

ヘッドランプの光の輪の中で、雪は激しく舞い降り、舞い昇り、渦巻き、揺れ動く。止むことのない風音が頭蓋を揺さぶり締めつける。頭の中心にあった小さな痺れが、しだいに間歇《かんけつ》的な頭痛に変わっていく。

薄く脆い雪庇の縁をくねらせて、稜線は蛇行する蛇のように光の輪の中を降ってゆく。筋肉がほぐれ、わずかに体が温まりだした頃、ふと気がついた。風向きが変わっている。ついさっきまで背後から吹き降ろしていた風が、いまは右横手から体をなぎ倒すように吹きつける。唐突なその変化の意味がわからない。

重心を低くし、ピッケルに体重を預けて、横に流されないように慎重に下降する。頂上を出発して三十分は経っている。もうだいぶ前にヒラリー・ステップを通過していていいはずだ。何かがおかしい。

突然雪稜が途絶えた。前方は急峻に駆け降る氷雪混じりの岩稜だ。ようやく事情が呑み込めた。どこかでルートを間違えたのだ。あるいは頂上から降る時点で尾根をとり違えたのかもしれない。いまいるのは明らかに西稜だった。

登り返す体力はすでにない。このまま進んで西稜のコルに向かうしかない。そこから右に落ちるガリーを降れば、〈ブラックフット〉が落ちた雪田を通って第五キャンプにたどり着ける。登ってきた時と同じルートだ。しかしこの強風と吹雪の中、アイゼンなしで凍った岩尾根を降るのは容易《たやす》くはない。

感覚のない爪先でフットホールドをまさぐりながら、緩慢な動きでクライムダウンを続けた。できるだけ風下のネパール側にルートをとる。風による体温の低下が軽減されるのはありがたい。

体力も気力も使い果たしていた。岩場で必要とされる緊張感が生まれてこない。体に染み付いた条件反射だけで、降るためにつくられた機械のように降り続ける。不意にフットホールドから足が外れて、がくりとバランスが崩れる。知らない間に眠っていたことに気づく。

乱舞する雪の模様が次々と人の顔に変わる。ロプサン、クレイグ、フィル――。ロンブクでの、北西壁での死者たちの顔だった。しかしクロディーヌは現れない。心の奥底の無意識は、まだその死を認めていないらしい。

もう忘れろ、彼女は死んだのだと誰かが言い募る。心の中で新しい血が流れる。別の声が主張する。まだ遺体が見つかったとは聞いていない。ヘリの墜落は錯覚だったのだ。あるいは彼女はそこに乗っていなかったのだ――。自らが目撃した疑いようのない現実を、声は懸命に否定してみせる。それを虚しいあがきだと別の声が非難する。

体全体に悪寒が走る。歯の根がかみ合わない。頭が痛む。唐突に絶望に襲われた。クロディーヌに会いたい。震えながら泣きじゃくる。彼女はもういないのだとマルクの声が言う。また声を上げて泣きじゃくる。

ときおりこんなふうに幼児に退行してしまう。だからどうなのだ。何が悪いのだ——。そんな不合理な感情だけが、血の通ったクロディーヌの記憶を呼び寄せてくれる。彼女とともに生きた世界を呼び寄せてくれる。理性にできるのは死者にただ気の利いた墓碑銘を与えることだけだ。

郷司は混沌とした無意識の力に身を委ね、ただひたすら岩稜を降り続けた。

西稜のコルとの中間地点を過ぎたと思われるあたりで、左手が鋭く切れ落ちたピナクルが現れた。ネパール側を回り込むのは困難だ。北西壁側に延びる側稜を乗り越えようと体を起こしたとたん、爆風のような風に叩かれた。

体が飛んだ。側稜に沿って滑りながら、露出した岩に当たってまた宙に舞う。

雪のたまったテラスでようやく落下は停止した。見上げてもヘッドランプの光は稜線まで届かない。

立ち上がろうとして左足首に違和感を感じた。足元を見て驚いた。体は山側を向いているのに、ブーツは谷側を向いている。足首から下が百八十度回転している。持ち上げると、足はブーツごと無抵抗に垂れ下がる。足首を折ったのだ。靭帯《じんたい》も断ち切れているらしい。

テラスに腰を下ろし、両手で捻って正常な向きに戻す。神経線維が切断されたのか凍傷で感覚を失っているのか、痛みはほとんど感じない。

ザックから平織りのシュリンゲをとり出して、テーピングの要領でスパッツの上から固定する。骨折の場合はこれから急速に脹《は》れてくる。靴を脱いだら二度と履けなくなる。不細工で不安定だが、それでもさっきよりはだいぶましになった。

まずは稜線へ戻るしかない。負担になるのでザックはその場に捨てることにした。不自由な左足をかばい、腕力だけで元の稜線まで登りつめた。

岩稜は果てることもなく続いている。なぜこんなに苦しむのだと自問する。答えはどこにも見つからない。このまま先へ進んでも生きて還れる保証はない。頂上で死を待っても結果は同じことだった。

片足だけの降りで腕への負担は倍加した。無事な方の足を移動するときは丸々腕力で体を支える。上腕筋が痙攣し、握力も次第に落ちてきた。岩場の少ない南東稜を降るつもりでロープはおいてきた。ロープがあれば懸垂下降で降ることもできたのだ。

危ういバランスで、半ばずり落ちるように降り続ける。寒風は情け容赦なく吹き降ろし、雪は岩稜に埋葬しようとするかのように降り積もる。命の炎がまだ消えていないのが不思議だった。

傍らに誰かがいてくれるような気がする。穏やかな慈愛に満ちて、ただ生きろと促してくれるような声が聞こえる。

「クロディーヌ？」

問いかけても返事は返らない。周囲は深い闇と舞い狂う吹雪に包まれて、目の前には急峻な岩稜が果てしなく続くだけだった。

ひたすら降り続けた岩稜の傾斜がようやく緩んだ。西稜のコルに出たのだ。ポイントはここからの雪田への降りだ。斜度四十度余りのホールドの細かいガリーを、片足だけでクライムダウンするのはまず不可能だ。

上から見下ろして何とか希望が湧いた。急峻なガリーの岩場は新雪で埋まっていた。これなら滑って降れる。シッティング・グリセードは折れた足首を雪面に引っかける危険がある。斜面に刺したピッケルの上に腹ばいになって、体重の乗せ加減で制動をかけてずり落ちる。

降り立った雪田は遮るもののない風の通路だった。断崖に向かって傾斜した雪田のトラバースは、いまの足の状態では岩場の降りより厄介だ。ピッケルを杖代わりにしようにも、持っているのは氷雪用のショート・ピッケルで、長さが足りず用をなさない。四つん這いで這い進むしか方法がない。

正面から吹き付ける雪で視界が悪い。断崖からの落下を避けるため、できるだけ雪田の上部にルートをとる。頂上を出発して何時間経ったかわからない。時計を見る気力も起こらない。

ヘッドランプの光の輪のなかに黒い金属片が現れた。進むにつれて数を増す。〈ブラックフット〉の落下地点に近づいたらしい。

黒々としたランチャーが視界に入った。その近くに緑色の楕円形の物体がある。逆方向から見たせいか、上に向かっていたときは気づかなかった。近づくと雪に埋もれかけたビバークテントだった。マクビーが残したものらしい。

あの男の置き土産に助けられるとは思わなかった。綿のように疲れた体を引きずって中へ潜り込んだ。中にはドライバーやニッパーなどの電気工具や絶縁テープや被覆銅線の切れっ端が散乱していた。爆発音を聞いた晩、マクビーはここでROMをとり出すための作業をしていたのだろう。食料やストーブの類は見あたらない。

テントは風に弱いドーム構造だが、近くにある〈ブラックフット〉のランチャーが格好の遮蔽物になっていた。風がないだけで十数度は暖かい気がする。体を横たえたとたんに瞼が下がった。外の風音も聞こえなくなった。あるのは静寂に満ちた闇だけだった。

何か暖かい存在が傍らにいる。柔らかい吐息が全身を押し包む。耐えがたい疲労と渇きが少しずつ消えてゆく。

クロディーヌのような気もした。あるいはデスゾーンの女神が、その獲物に最後の情をかけようとたち現れたのかもしれなかった。

第十七章

1

明け方にはエベレストの嵐は収まっていた。クーンブの補給基地では、郷司を救出するための準備が早朝から慌しく開始された。

マイケル・ウェストンは二晩続きでまともな睡眠をとっていなかった。重い頭に活を入れようとタールのようなコーヒーを立て続けに喉に流し込む。眠っていないのは彼一人ではない。マコーリーもマシューズも雅樹も、本部テント詰めの下士官たちも、誰もが昨夜はまんじりともせずに夜を明かした。

陸軍病院に担ぎ込まれたクリフ・マッケンジーの伝手で、カトマンズ滞在中の大物クライマーに片っ端から声がかけられ、冬季エベレストの経験豊富なロシアの登山家アナトリー・ニコラエフと、オーストリア出身のベテラン登山家ペーター・ハウザーが快く協力に同意した。ニマ・パバンはナムチェバザールで最強のクライミング・シェルパ五名を手配した。

ネパール空軍による空からの捜索もはじまったが、頂上付近にも南東稜一帯にもチベット側のルートにも郷司の姿は発見できなかった。昨夜のマコーリーとの交信では、下山ルートは南東稜になりそうだと郷司は言っていた。カトマンズにいるマルク・ジャナンもそれが妥当な選択だという。頂上からサウスコルに向かったのは間違いないと思われた。

夜明けとともにネパール陸軍の山岳用ヘリが、二人の登山家とシェルパ五名からなる救助隊を乗せて飛来して、そのままウェスタンクウムの六五〇〇メートル地点まで運び上げた。その地点に急遽前進キャンプを設営したアナトリーたちは、休む間もなく上部へのルート工作を開始した。唯一の希望は郷司がサウスコルの韓国隊のテントに戻っていることだった。ローツェ・フェースにはまだ固定ロープが残っており、今日のうちにはサウスコルまで登るつもりだとアナトリーは意気込みを示した。

郷司の高所滞在期間は五日目に入り、常人の限界はすでに超えていた。しかし郷司を生還させることは、いまやこの事件に関わったすべての人々の悲願となっていた。

最後の通話で郷司に語った通り、すでにマイケルは事件の顚末を解明された範囲で記事にまとめ上げていた。あとは郷司の生還の報を書き加える機会を待つだけだった。

シルバーンとの密約の報道協定について、米政府側はマシューズを通して継続を申し入れてきた。シルバーンの正体が何であれ、協定については大統領が承認を与えたものであり、今後も尊重すべき正当性があるという考えらしいが、要は知りすぎたマイケルを、まだ彼らの情報コントロール下に置きたい腹らしい。

マイケルにしてもここで逆らって、以後の情報ルートを遮断されては具合が悪い。ワシントンからの指示もあってか、マシューズは米国サイドが入手した情報について、ことあるごとに律儀に報告してくれた。

ベースキャンプ乗っ取り事件では、アメリカは見事に一杯食わされていた。蜂起部隊の実体は、中国西部の辺境で活動するイスラム過激派——ウイグル独立運動のゲリラだった。テロリストグループが〈イタチの息子〉の名を借りて〈ブラックフット〉の核弾頭を餌に雇い入れたらしい。

捕虜の自供によれば、新疆《しんきょう》ウイグル自治区の駐留部隊から派遣された正規の人民解放軍は、崑崙《こんろん》山脈の山中で彼らが待ち伏せして殲滅したという。中国政府も間もなくそれが事実であることを確認した。

米中ともに驚かされたのは〈天空への回廊作戦〉の現地責任者だったジョー・スタニスラフの役割だった。FBIがロリンズ中佐のメモから引きずり出したイタチの大物の芋蔓《いもづる》の、いちばん最後にぶら下がっていたのがジョーだった。

ホアン・リーなる敵の司令官は彼が創作した架空の人物に過ぎず、ジョーは中国側の介入を阻止するため、本来の司令官になり済まして北京と連絡をとり続けていたという。経歴を調べたところCIAの工作員として徹底した中国語教育を受けたことがあり、遠く離れた北京にいる人民解放軍の参謀を騙しおおせるのはいとも簡単だったらしい。

ゲリラ部隊を指揮してベースキャンプの乗っ取りを実行したのもジョー・スタニスラフその

人だという。ネパール側でのシルバーンの攪乱工作と同様、その意図は本命のテロ計画から米連邦政府と中国政府双方の目をそらすことにあったようだ。

ジョーは遺体となってマシューズの部隊に発見された。強襲作戦の直前にゲリラたちの手で殺されたらしい。捕虜たちの証言によれば、彼は裏切ったから殺されたという。自分たちを騙して利用した報いだというのが訊問での彼らの共通した答えだった。核弾頭の引渡しに絡んだ行き違いによるものだろうと思われた。

面倒なことになると危ぶまれた中国側との交渉は予想に反して一気に進展した。獅子身中の虫のウイグル独立運動のゲリラを大量検挙したアメリカに、中国は結果的にある種の借りができた。人民解放軍の精鋭がゲリラに殲滅されたこと以上に、一つ間違えば〈ブラックフット〉の核弾頭がゲリラの手に渡っていたかもしれないという事実に衝撃を受けたようで、拘束したゲリラの身柄引渡しと、それらの事実を公にしないことを条件に、米軍による越境攻撃については不問に付すと提案してきた。

アメリカ側が突き止めたミャンマー北部のテロリストのアジトについては、ミャンマー軍事政権はその存在を否定し、捜査のための米軍の受け入れを拒絶しているという。

最大の謎はテロリストの動機とその実態だった。FBIはサンフランシスコ在住の婦人が疑いマクビーも信じていた話――〈ブラックフット〉の開発関係者が当時の連邦政府の手で暗殺されたという疑惑については否定的らしい。過去の捜査資料をすべて洗い直したが、そのいずれについても事故だという結論を覆す要素は皆無だったという。

異論を唱える気も起こらなかった。ＦＢＩがそう判断したということは、そう判断すべき理由が彼らにあるからだ。これで真相につながる太い糸が一本断ち切れた。マクビー本人にはネオナチかぶれの爆弾マニアという以上の背景はないという。父親の暗殺疑惑をテロリスト・グループが吹き込んで、鉄砲玉として利用しただけではないかというのがＦＢＩの結論らしい。

もともとイデオロギーとは無縁な実利主義集団だった〈イタチの息子〉は、テロリスト・グループにとって絶好の隠れ蓑だった。というより強力なネットワークと資金力を誇るその組織を乗っ取ることで空前絶後のテロ計画を成立させていた——。そう考えるのが妥当なのかも知れない。

ジョーもシルバーンも死んだ。ロリンズ中佐のメモから浮上したマーカス・ミラーというカトマンズの米国大使館の駐在武官は、衛星落下事件の直後に行方をくらまし、いまも所在不明だという。やはり米国大使館に潜入していたイタチの片割れのジェローム・ダルトンも死んだ。エベレストから逃走したチャールズ・マクビーもミャンマーでの墜落事故で恐らく死んでいる。つまるところ生きて拘束できた当事者は一人もいなかった。これを都合のいい落としどころと心得る連中も米連邦政府内部にはいるのではないか。真実はこのまま葬り去られるのではないかとマイケルは危惧していた。

〈イタチの息子〉が軍や政府の中枢に地下茎を伸ばしていたように、この異様な事件に関わる連中も権力の中枢にまで浸透していたとすれば、恐らく事件は解明されない謎として人々の憶測に委ねられ、やがて歴史の闇に沈んでいくことになる。一九六三年十一月二十二日にテキサス州ダラスで起きたあの事件のように——。

悶々とした思いで原稿に手を入れているうちに、時刻は午前十一時を回っていた。ついいましがたの報告では、アナトリー・ニコラエフ率いる救助隊は、すでに標高七四〇〇メートルの地点にまで達しているという。ローツェ・フェースには新雪がつき、予想外のラッセルを強いられている様子だが、それでもルート工作は順調のようだ。ネパール空軍は空からの二度目の偵察を試みたが、前回同様、郷司の姿はサウスコルと頂上の間のどこにも発見できないらしい。

マイケルは郷司とは一度も会ったことがない。電波に乗った声しか聞いたことのない相手でも、その安否への思いがじりじりと身を焦がす。彼の想像を絶する勇気と苦難の物語は、死という幕切れで閉じられるべきではない。死は彼の名を歴史の備忘録に書き加えるだけだ。彼が生還して何かを語ってこそ世界は変わり得る——。それがマイケルの確信であり希望だった。

本部テントの大テーブルに並んだインマルサットの一台が着信音を鳴らす。応答したマコーリーの声が上ずった。

「いったいどこで。第一キャンプ。あのベースキャンプとＡＢＣの中間にある——。それで彼女は無事なのか。本当なのか」

本部テントにいる全員が怪訝な表情でマコーリーを注視する。

受話器を持ったままマコーリーはマイケルを振り返った。手放しの喜びが満面に溢れていた。

「ロンブクのベースキャンプからです。クロディーヌが見つかったらしい。生きていたんだ。

彼女は助かったんです！」

2

「クロディーヌ――。クロディーヌ――、目を覚ますんだ。君は助かったんだ」

闇の向こうで呼びかける声がする。重い瞼を開けると、紗《しゃ》のかかったような視界の奥に見慣れた顔があった。マイケル・ウェストン、マコーリー大尉、早坂雅樹もいる。一様に喜びと戸惑いをないまぜにした表情だ。

助かった――。そう言われても思考のギアが嚙み合わない。そもそもどういう状態から助かったのかがわからない。曖昧な記憶の断片が意識の奥で蠢いているが、そこに至る扉が開けない。もどかしい一方でそれを開くのが恐ろしくもある。こんな経験は初めてだった。

「ここはどこなの――」

ようやく浮かんだ問いがそれだった。身を起こそうとすると体のあちこちに痛みが走る。傍らにいたブロンドの男が慌てて肩を押さえた。

「動かないで。ここはクーンブの補給基地です。あなたは全身を打撲しているんです。衰弱もひどい」

首を回すと、左の手首に点滴の針が刺さり、体はアルミのパイプにキャンバスを張った野戦用の簡易ベッドに横たわっている。マイケルが男を紹介した。本隊所属の軍医でハミルトン中尉だという。クロディーヌが発見されたという報せを受けてロンブクからヘリで駆けつけたらしい。

発見された――。その意味もすぐには呑み込めなかった。

「いったいどこで――」

「第一キャンプのテントの中だよ」

今度はマコーリーが答える。敵の敗残兵の捜索でロンブク氷河上の第一キャンプに降り立ったヘリの乗員が、テントの中で倒れているクロディーヌを発見したのはつい三時間前だという。

第一キャンプはベースキャンプとABCの中間の小規模なキャンプで、通常の登山隊ならABCへの荷揚げの中継点として重要な意味をもつ。ヘリが使える〈天空への回廊作戦〉では本来不要だったが、万一のためにとクリフ・マッケンジーが提案して設置されたものらしい。

ヘリのパイロットはカトマンズとの往来でクロディーヌを乗せたことがあり、すでに顔なじみだった。意識はなく衰弱している様子だが、目立った外傷は見られない。慌ててクーンブの補給基地へ運び込んだという。

体のあちこちに打撲の痕があるが、骨折はしていないというのが軍医の見立てで、体力を回復するために栄養剤の点滴をしているということだった。

「我々が知っているのはそこまでなんだ。わからないのはいったい君がどういう奇跡を起こしたかなんだよ」

当惑した面持ちでマイケルが問いかける。

シルバーンに背後から首を絞められたところで記憶はいったん途切れ、そのあとヘリの中でまた意識が戻ったのを覚えている。機内でシルバーンと闘った兵士のことを思い出した。ハヌマンに似ていた。いやハヌマンそのものに思えた。そのあと機体が激しく揺れ、巨大な岩壁が目の前に迫ってきた。あのときは死を覚悟した。

「ヘリはどうなったの」

「墜落したよ」マイケルが答える。

やはり――。クロディーヌの生還に彼らが驚くのも当然だった。

マコーリーの説明では、墜落現場で確認された遺体は一体だけで、爆発した機体から離れて倒れていたネパール陸軍の兵士のものだった。シルバーンとパイロットの遺体は跡形もなかった。兵士の遺体もひどく焼け焦げていたという。

焼け焦げた遺体――。そう聞いたとたんに体が震え出した。痛切な感情を伴って失われた記憶が甦ってきた。

夜の氷河の谷に彼女は倒れていた。

月明かりに照らされて頭上に聳える白い峰は、北西面から見たエベレストだろう。背後では落下したヘリコプターの残骸が、赤黒い炎の舌を揺らして黒煙を巻き上げている。

体の上から誰かがのしかかっている。恐怖に身がすくんだ。

撥《は》ねのけようとすると全身に痛みが走った。歯を食いしばって体の下から這い出した。燃え盛る炎が男の顔を照らし出す。

思わず口元を押さえた。その顔は焼け爛れていた。身を包んでいる戦闘服もひどく焼け焦げ、炭化した皮膚からはまだ煙が立っている。肉の焼ける匂いが鼻をつき、周囲にはヘリの残骸らしい金属やガラスの破片が散乱している。そのいくつかは男の背中にも突き刺さっていた。

恐怖をこらえて顔を覗き込んだ。人相は判別不能だが、焼け残った右頰の皮膚にはあの傷があった。ハヌマンだとクロディーヌは確信した。しかしなぜここに——。やはり〈ブラックフット〉の秘密に気づいて、何らかの思惑でエベレストに潜入していたのだろうか。

唐突に深い衝撃を覚えた。ハヌマンが守ってくれたのだ。自らの体を楯にして爆風を遮ってくれた——。墜落したヘリから連れ出してくれたのも彼だろう。一人で逃げれば命を失わずに済んだかもしれない。鋭い悲しみに胸が抉られた。

茫然として立ち上がろうとしたところへ足音が聞こえてきた。黒煙を上げるヘリの残骸の背後から銃を携えた男たちが近づいてくる。

身を隠す場所を探した。近くに小さな窪地があった。這うように近づき、転がり込んだとたんに体は雪に潜り込んだ。そこは新雪の吹き溜まりだった。

顔だけを雪の上にのぞかせ、息を凝らしていると、男たちは倒れている兵士に近づき、息絶えていることを確認したのかそのまま立ち去った。

服装からみて中国兵のようだった。ヘリの背後にはテントの明かりがいくつも見える。頭上にあるのがエベレストの北西壁だとすれば、そこはクリフ・マッケンジーたちのいるABCの近くのはずだ。

しかしどの明かりがＡＢＣなのかわからない。敵のキャンプサイトに紛れこむわけにはいかない。月夜で敵は夜目も利く。うっかり近づいただけでも発見されそうだった。

兵士の酷い死に様を目の当たりにして、正常な判断力を失っていたのだろう。クロディーヌはテントの明かりから離れて歩き出した。

深夜の氷河の谷は冷え切っていた。一歩ごとに体のあちこちに気の遠くなるような痛みが走る。そのあとの記憶は夢の中をさ迷うようにおぼろげだった。たぶんそのまま第一キャンプまで歩き通し、衰弱してテントに倒れ込んだのだろう。


ようやくそこまで記憶の糸を解きほぐしたとき、心の奥で弾けたように不安が湧き起こった。郷司はテロリストのマクビーと北西壁の上部にいたはずだった。体の痛みも忘れてベッドに半身を起こした。

「サトシは？　無事に帰ってきたの？」

マイケルはしばらく言いよどんだが、思い定めたように状況を語りだした。聞くうちに言葉を失った。あれから事態は最悪の方向へ向かっていたようだ。

ヘリの撃墜を郷司は目撃していたらしい。そこにクロディーヌが乗っていたと教えたときの彼の沈黙は、奇妙だがいまも耳にこびりついているとマイケルは言う。

郷司がマクビーを追う決意を固めたのはその時点らしい。一緒に行動していたロプサン・ノルもマクビーに負わされた怪我が原因ですでに死亡していた。声の調子から、郷司は生きることへの執着を欠いているように感じられたとマイケルは言い、なぜあのとき止めなかったのかとしきりに自らを責めたてた。

郷司が自分の死を悲しみ、絶望と憤りを胸に秘めてマクビーを追ったとしたなら、それはあまりにも虚しい闘いだった。それで得るものなど何もなかった。そのうえ郷司は命まで失いかけている。とめどなく熱いものがこみ上げてきた。そんな郷司の心に寄り添えるものなら、いまの自分は何を失ってもいいとクロディーヌは思った。

インマルサットをカトマンズの陸軍病院に繋いでもらい、マルクにも生還の報告をした。マルクの喜びはひとしおだったが、郷司の話に変わると、あらゆる面で状況は最悪だと認めた。それでもマルクは、そうすることが郷司に何がしかのエネルギーを送り届ける魔法でもあるかのように彼の生還を疑わなかった。その頑なな信念は、クロディーヌの心にも力強い希望を植え付けた。

しばらくしてテントにやってきたデルタフォースの指揮官ピート・マシューズは、郷司の勇気を賞賛したあとで、合衆国大統領から寄せられたという二通のメッセージを示した。

最初の一通は郷司がサウスコルを出発する直前のもので、マシューズが読み上げようとすると、彼は聞くことを婉曲に拒絶したという。二通目のときはすでに連絡が途絶えていた。メッセージはいずれも郷司の英雄的行為を称え、合衆国を代表して謝意を表すといった内容で、政治家の作文以上でも以下でもない。

頂上にあるROMの回収を要請したとき、郷司は最初は抵抗を示したらしい。声からは憔悴しきった様子が感じとれたという。しかしほかに危機を打開する術はなかった。苦しいが余儀ない選択だったとマシューズは慙愧の色を浮かべた。

その絶望的な努力によって郷司は世界を危機から救った。しかしなぜ彼にその役割が巡ってこなければならなかったのか。クロディーヌにはそれがあまりにも不当に思えた。危機を作り出した張本人たちは、暖房の効いたホワイトハウスのオーバルルームで、愚にもつかない議論にうつつを抜かしていたはずだった。

これ以上寝ていられる気分ではない。軍医に頼み込んで鎮痛剤を打ってもらい、クロディーヌはベッドから起き出した。本部テントの無線装置にいちばん近い場所に陣どって、部隊の下士官が淹れてくれた熱いコーヒーを口にしながら、厳寒と強風の世界に閉じ込められた郷司の心をクロディーヌは思い続けた。

午後三時を回ったころ、救助隊のアナトリー・ニコラエフからサウスコルへ到着したという連絡があった。韓国隊のテントに郷司の姿は見つからないという。本部テントを落胆の色が支配した。

郷司はどこへ消えたのだ。途中の尾根で滑落したのか。その可能性はそのまま絶望に繋がる。まだ遺体が見つかったわけではないのだ——。クロディーヌは懸命に自分に言い聞かせた。

アナトリーたちはサウスコルにキャンプを設営し、今日も明日も一帯を捜索するという。必ず探し出せるとアナトリーは自信を示した。しかしその言葉には、絶望に傾く心を支えるだけの力はなかった。アナトリーが探し出すというのが、必ずしも生きた郷司ではないことは明らかだった。

心の中で何かが崩れ落ちてゆく。人が希望を抱き続けるのに必要な何かが。

3

緑色の光の中で、郷司は目を覚ました。

暖かい陽射しが降り注ぐ広々とした野原にいる。なぜこんなところに――。それがグリーンのテント地を透って差し込む陽の光のせいだと気づくのには間があった。

頭が重い。吐き気がする。テントから顔を出し、懸命にもどそうとするが、出るのは鮮血の混じった胃液だけだ。

喉が焼けるように痛い。近くの雪を一摑み口に含んだ。溶けた水が喉に沁み渡る。直後に胃のあたりに激痛が走った。テントに潜り込み、海老のように体を丸めて治まるのを待った。急性の胃穿孔だ。ストレスの連続で胃に穴があいたのだ。

時計を見ると午後三時を過ぎていた。十時間以上は眠っているが、筋肉は鉛のように重い。高所での長時間の睡眠はむしろ疲労の回復を上回るダメージとなったようだ。それでも胃の痛みが去るとまた眠くなる。

テントの外で風の音はするが、昨晩と比べれば弱まった気配だ。外気はマイナス数十度のはずだが、西陽を受けたテントの中はまどろむのにちょうどいい暖かさだった。

望んだわけではないが、少なくとも昨夜は何ごとかを成し遂げたのだ。世界は今日も穏やかな朝を迎えたはずだ。そう思っても誇りや喜びのかけらさえ感じない。

郷司が救った人の数はあるいは億の単位に達するだろう。しかしその中にクロディーヌはいない。超大国の驕りが招いた災厄の犠牲となって、失わずに済んだ命を失ったのだ。ロプサンもフィルもそうだった。湧いてくるのはただやり場のない寂寥《せきりょう》だった。

高所に滞在して何日目なのか、計算しようとしても上手くいかない。脳へのダメージも進行しているらしい。生きることがこれほど苦痛で、死ぬことがこれほど容易く感じられたことは初めてだった。

ゴアテックスに包まれた数百リッターの空気の塊がいまは自分を守ってくれているが、日が沈めば身を刺す寒気がテントの中を満たすだろう。再び極寒の夜に耐えて、明日まで生き長らえるとは思えなかった。

〈起きるのよ、サトシ〉

促す声が聞こえた。心のなかで聞こえたようでも、どこか空中の一点から聞こえたようでもあった。

〈降って、サトシ。そして生きるのよ〉

また声が言う。クロディーヌの声に似ていた。幻聴だとはわかっていても痛切な気持ちが湧き起こる。疲弊しきっている肉体がその声に反応する。

ゆっくりと上体を起こした。それだけで呼吸が乱れた。折れた左足が締めつけられるように痛む。靴の中でだいぶ腫れあがっているようだ。紐を緩めようと体を屈めると、何かが足に引っかかった。ビニール被覆のワイヤーが数本、シュリンゲでがんじがらめの足首に纏わりついている。

外そうとつまんで引くと、体の脇で何かがごとりと動いた。見ると長方形の黒い箱が無造作に転がっていて、足から延びたワイヤーがそこに繋がっていた。ワイヤーのもう一方はテントの側面に沿って這い、換気用の吹流しを通って外に延びている。

箱を手にとった。形はデジタル表示の置時計のようだが、手にした感触はそれよりやや重い。

何でこんなものが――。

直感的に重大なことのように思えたが、意識の中で具体的な考えに結びつかない。落ち着かない思いで表示窓を見つめた。数字は二桁区切りの六桁で、上位二桁は「02」、次が「10」で、下位の二桁はめまぐるしくカウントダウンしている。

マクビー、爆弾、〈ブラックフット〉――。とりとめもなく湧いた言葉が恐ろしい考えに結びついた。

残り時間はあと二時間十分と数十秒――。必死でテントから這い出した。吹流しから延びるワイヤーは吹きすさぶ風に弄《いじ》られながら〈ブラックフット〉のランチャーへ向かっている。マクビーならやりかねない。何ともたちの悪い置き土産だ。

テントから出たとたんにゴーグルに真っ白い霜が貼りついた。かなぐり捨ててランチャーの方へ這い進む。鋭い風が氷の礫を顔に叩きつける。寒さが骨身を軋らせる。

ワイヤーは赤、青、黄の三本で、正面からランチャー本体に入り込んでいる。そこからさらに枝分かれして、ランチャーの筒の中に整然と並ぶ弾頭に直結していた。弾頭の頭部にはドリルで開けたような小さな穴があり、枝分かれしたワイヤーの末端が差し込まれている。

どういうことだ。得意のプラスチック爆弾でロンブク氷河にプルトニウムの雨を降らせるのかと思っていたら、装置は直接弾頭に繋がっている。

途方にくれた。核弾頭は簡単には爆発しないと聞いていた。現に目の前の〈ブラックフット〉がエベレストの山体にぶつかった衝撃に耐えてここにある。しかし悪戯にしては念が入っている。こんな高所で弾頭一つ一つにドリルで穴を開けワイヤーを通すなどという作業は、伊達や酔狂でできることではない。

どうすればいい。結線を切断すればいいのか。不用意に切断してそれが引き金になることはないのか。デジタル表示のカウントダウンを信じるなら、タイムリミットまであと二時間強だ。爆発すればエベレスト周辺で夥しい死者が出るだろう。被害の規模は想像がつかないが、もはや自分一人が死んで済む話ではない。

テントに這い戻ってまた箱を眺め回した。ケースは完全密閉型で、停止ボタンもなければ開けて中を覗けそうな蓋もない。ワイヤーは箱と一体成型だ。衛星通信装置をなくしたことが悔やまれた。下には米陸軍の特殊部隊がいる。爆発物の専門家もいるだろう。相談すれば何とか対処できたはずだった。

いい方法はないか。何かあったはずだ。心の片隅に引っかかっているその何かがなかなか思い出せない。タイマーはめまぐるしくカウントダウンする。あと二時間三分と二十秒――。

そうだ。インマルサットだ！　バッテリー残量が不安なインマルサットを第五キャンプに置いてきた。ベースキャンプは制圧された。もう妨害電波は消えているだろう。

足がまともなら第五キャンプまで三十分とかからないが、いまの状態で一時間でたどり着くのは容易《たやす》くはない。戻りにさらに一時間。タイミングはぎりぎりだ。低温の中に放置されたバッテリーがパワーを残しているかどうかもわからない。しかし可能性はそれしかない。

時計を見た。午後三時二十二分。タイマーの表示は残りほぼ二時間だ。仕掛けを解除する作業を考慮に入れれば、午後五時には戻りたい。

テントを出て第五キャンプに向かって這い出した。前進を阻むように風は圧力をかけてくる。それでも姿勢が低いぶん何とか耐えられる。

ミトンもダウンスーツの膝も、昨夜の四足歩行ですでに擦り切れていた。掌と膝は薄いグローブとアンダーウェアだけで雪に接する。鋭い冷気が体を突き抜ける。

雪田には三十度ほどの勾配があり、トラバースしていると体は自然に北西壁側にずり落ちる。朦朧として進んでいるうちに雪田の縁いっぱいに迫っていた。一つ間違えば下の氷河まで真っ逆さまだ。

喘ぎ続ける呼吸で喉の奥が焼ける。手をついたあとの雪面に血が滲んでいる。グローブが擦り切れて皮膚が剝けてきたらしい。膝もおそらく同様だろう。時限装置の処理方法がわかったとしても、痛めつけられた手先で細かい作業ができるかどうか。また新たな不安が湧いてきた。

雪田の末端は果てしもなく遠い。それでも必死にもがき進んだ。意のままにならない筋肉の動きは、前進している実感に結びつかない。過ぎていく時間の感覚だけがひたすら焦りを募らせる。

腕の筋肉が痙攣して体重を支えきれない。顔面からくずおれて雪面に突っ伏した。また胃に鋭い痛みが走る。嘔吐すると雪の上に鮮血の斑紋《はんもん》ができた。痛みから逃避するように意識が遠のいてゆく。風音に混じってあの不思議な調べが聞こえる。頭の中から想念が消え、その調べに誘われるようにひたすら手を動かし足を動かす。

ふと気がつくと、黒い岩の露出した雪田の末端が目の前に迫っていた。半ば意識を失いかけながらも何とかたどり着いたらしい。雪面に倒れこんで時計を見る。一時間弱で来ている。これなら何とかなりそうだ。

第五キャンプへの傾斜路をずり落ちるようにクライムダウンする。役に立たない左足の代わりに血の滲む膝を岩に押し当てる。噴き出した新しい血が瞬く間に凍りつく。

必死の思いで傾斜路を降り切り、最後のバンドを四つんばいで這い進む。なけなしの気力で第五キャンプのテントにたどり着いた。

テントの中は雪に埋もれていた。おぼろげな記憶を頼りに掘り起こす。寝袋に包んでおいたインマルサットは見かけは無事なようだった。

アンテナ兼用のカバーを開いてスイッチを入れた。電源表示ランプが点灯しない。バッテリーパックを取り外してダウンスーツの中で温める。五分ほど待った。凍てつき傷ついた手先では温度の違いがわからない。頰に当ててみるとバッテリーパックは生暖かく感じられた。ケースに戻してもう一度電源を入れた。ランプが点灯した。

クーンブの補給基地を呼び出すとマコーリーの声が耳に飛び込んだ。

「サトシ、無事だったのか？　いまどこにいる？」

インマルサットの受話器をとったマコーリーが、モニターをスピーカーに切り替えた。ひび割れ、力を失った郷司の声が本部テントに流れ出す。

「北西壁ルートの第五キャンプだ。細かいことはあとで話す。大変なことが起きているんだ――」

まとまらない考えを整理するようにときおり沈黙を交えながら、郷司はことの次第を語り終えた。本部テントの空気が凍りついた。唐突に訪れた喜びと不安の落差にクロディーヌは圧倒された。高鳴りだした鼓動が自分の耳を圧するように響く。

「落下現場へ戻る時間を計算に入れて、時間のゆとりはどのくらいある？」

緊張を帯びた声でマコーリーが訊く。

「これからインマルサットを持って出発する。一時間以内に現場に着くから、そのときもう一度連絡するよ。待てるのはぎりぎりそこまでだ。それまでに答えを見つけて欲しい」

尽きかけた生気を絞り出すような声で郷司は応じた。

「わかった。すぐ対策を立てる。ああ、それから朗報がある――」

マコーリーが慌てて目で促した。打撲の痛みも忘れてクロディーヌは立ち上がり、マコーリーの手から受話器をもぎとった。

「サトシ、聞こえる。私よ。クロディーヌよ。生きていてくれたのね」

郷司は何も答えない。受話器とモニタースピーカーの両方からかすかな嗚咽が漏れてきた。

「何か答えて、サトシ――。元気なのね。無事だったのね――」

クロディーヌはもう一度呼びかけた。喉が詰まって声が途切れる。ようやく郷司はかすれがちな声で答えた。

「本当なのか。本当に君なのか。僕は死んだと思っていた。君の乗ったヘリが墜落したところを僕は見ていた」

「本当よ。元気でここにいるのよ。だから私のことはもう心配しないで。生きて帰って、サトシ。そのために全力を尽くして――」

自らの命の力を分け与えるような思いでクロディーヌは訴えた。声に嗚咽が混じるのを止めようがない。マルクが生還したときの状況を思った。郷司の高所での滞在期間はあの時より三日も多い。いま彼がどれほどのダメージを受けているのか、想像することさえ恐ろしい。それでも訊かないわけにはいかなかった。

「状況を教えて、サトシ。怪我はないの？」

「左足首を折ってしまった。凍傷もひどい。マルクとあまり変わらない体になりそうだよ」

冗談めかしたその言葉は、クロディーヌの心を激しく揺さぶった。そんな状態で郷司は第五キャンプまでたどり着き、また衛星の落下現場へ戻ろうというのだ。そこまでの試練をなぜ彼が引き受けなければならないのか。悲嘆と憤りに心が押し潰される。このまま二度と会えないかもしれない。もう二度とこの声が聞けないかもしれない。自分が生き延びたことがいまはうとましくさえ感じられた。

「生きてよ、サトシ。もう一度あなたに会いたいの。あなたの顔を見たいの。あなたの声をじかに聞きたいの。あなたと何時間でも何日でも話していたいのよ」

「山の中で何度も君の声を聞いたよ。ついさっきもだ。君がいつもそばにいてくれるような気がした」

郷司の不思議な言葉を聞いて、クロディーヌは全身が震えるのを覚えた。たぶん幻聴だろう。あるいは記憶を失っている間、自分は本当に郷司のところに行っていたのではないか――。そんなオカルトじみた思いさえ湧いてきた。それがもし可能なら、いますぐにでも郷司の元へ飛んでいきたかった。

「場所は離れていても私の心はあなたと一緒よ。だから頑張って、サトシ。絶対に帰ってきて」

懸命に訴える自分の言葉にさえ、クロディーヌは虚しいものを感じた。何もしてやれない、ただ手を拱くしかない自分の立場がひたすら苛立たしかった。

「余計な仕事で少し遅れそうだけど、帰るよ。必ず――」

それでも思いが通じたかのように、郷司の声にいくぶん生気が戻った。胸の奥が熱くなった。涙がとめどなく溢れ出た。

現場へ急がなければと郷司はいったん通話を切った。受話器を戻してもクロディーヌの鼓動はおさまらない。突然訪れた危機は郷司にとってあまりに過酷だった。できるのは信じることだけだった。郷司の潜在能力が引き起こす奇跡を信じるしかないのだ。マルクがいまも頑なにそれを信じているように――。

マシューズは爆発物が専門の工兵隊の軍曹を呼び、状況を説明して問い質した。

「そんな目覚まし時計のようながらくたで、本当に〈ブラックフット〉が起爆できるのか？」

「核兵器には高精度の電子信管が使われています。外部から起爆することはまず不可能だと思いますが」

軍曹は生真面目に答えるが、マシューズは納得しない。

「だったら悪戯か。しかしマクビーがいくらいかれていても、八〇〇〇メートルもの高所で命懸けでそんな馬鹿な真似をするかね」

軍曹は言葉に詰まった。彼にしても確信があるわけではなさそうだ。考え込んでいる様子だった早坂雅樹が言葉を挟んだ。

「問題は電子信管の部品です。一九八〇年当時というと電磁波から半導体を防御するセラミックケースの性能が不十分なこともありえます」

「電子信管自体に、電磁波対策が施されていれば効果は同じだろう」

軍曹が異を唱える。雅樹は深刻な口調で続けた。

「犯人は弾頭にドリルで孔を開けています。電子信管のケーシングを突き抜いて、中でショートを起こせば半導体は暴走します」

雅樹はマコーリーの依頼で作成した〈ブラックフット〉の解説マニュアルを広げた。雅樹が起こした図面では、郷司がいうワイヤーが差し込まれた個所は、確かに電子信管のケーシングの位置と一致している。

「そこまでの知識が犯人にあったとは思えないが」

軍曹は唸った。マシューズは緊張した表情を崩さない。

「奴は我々が考えたよりはるかに〈ブラックフット〉に精通している。悪戯だったら、あとで笑って済ませればいいが、マサキの言う通りならえらいことになる。軍曹、マサキの仮説を前提にどういう手が打てる」

「ワイヤーを三本使っているとすると厄介です——」

軍曹は困惑の色を滲ませた。

三本にした理由は明白で、ワイヤーの切断で起爆が阻止されることへの対抗手段だという。電流を通すだけならワイヤー二本でこと足りる。そこにもう一本ワイヤーを加えて、一本が切断されると残りの二本の間に通電する回路にすれば、三本のうちどれか一本を切断しただけで起爆装置が作動する——。

「手の打ちようがないわけか」マシューズが呻いた。

「方法はあります。二本を同時に断ち切ることです」

硬い表情で軍曹が身を乗り出した。

「難しいんじゃないのか?」

「もちろんリスクは伴いますが——」

軍曹は慎重な口ぶりで続けた。手作業の場合、二本同時といっても厳密な意味では不可能だ。しかしそうした回路構成では、断線を検出すると電流の経路を切り替えるスイッチが働く。その作動にはコンマ何秒かがかかる。つまりその時間差が許容範囲となる——。

「感覚的にはまったく同時だろうな」

マイケルがため息を吐く。

「一〇〇パーセント完璧にやったつもりで、おそらくその程度の誤差でしょう」

軍曹は緊張を隠さずに頷いた。

「もし爆発したら、被害はどのくらいの規模になる?」

誰にというでもなくマイケルが問いかけた。

「専門ではありませんが、論文から読みとれるところでは——」前置きして早坂雅樹が答える。

〈ブラックフット〉の核弾頭は、単体の威力は小さいが、搭載されている六発を合わせれば広島型の原爆に相当するという。エベレストの頂上付近で爆発した場合、ナムチェバザール以東のソル・クーンブ地域やロンブク周辺で放射線被曝による死者が多数発生し、クーンブやロンブクのエベレストBCにいる人間は、ほぼ全員が即死するだろう——。

「本当に爆発したら一大事だ。サトシはやってくれるだろうか」

マシューズが見るとはなしにクロディーヌの表情をうかがった。クロディーヌは複雑な思いで頷いた。わかって訊いているのだろうが愚問でしかない。郷司に選択肢はないのだ。やらなければ即ち死であり、やっても失敗すればやはり死だ。針の穴ほどの隘路《あいろ》をくぐり抜けないかぎり生還の道はない。

いま郷司の運命は、自分を含めエベレストの周辺にいるすべての人々の運命と重なっている。郷司が死ぬときは自分も死ぬ。いずれにせよ郷司のいない人生を生きることはありえないのだ。そう考えたとき、クロディーヌの心から雑音が消えた。

軍用衛星通信で本国と連絡をとっていたマコーリーが、受話器を置いてマシューズに告げた。

「空母カールビンソンから間もなくF14がカトマンズへ向かいます。サトシのところに救援物資を届けるように手配しました。内容は酸素ボンベに温かい飲み物、高カロリー流動食、ガスストーブ。カトマンズの空軍基地で品物を受けとって、彼がいるテントの近くに投下する手はずです」

「手回しがいいな」

マシューズの表情が不敵にほころんだ。マコーリーも迷いのない笑みを返す。

「統合参謀本部が直接動きました。サトシは必ずやってくれます。こちらはそれを信じて後のことを考えればいい。何があろうと彼を生還させるのが我々の仕事です」

4

時間はぎりぎりだった。

後ろ髪を引かれながらクロディーヌとの会話を打ち切り、郷司は衛星の落下現場へと急いでいた。

インマルサットはバッテリーが冷えないように寝袋に包み込み、シュリンゲを回して背中に背負った。颪は追い風で来るときよりは楽だったが、四足歩行ではスピードにさしたる違いもない。

掌も膝も完全に皮膚がむけていた。氷結した雪面は鑢《やすり》のように硬く、手や膝を置いたあとに点々と血が滲む。肉をそがれる激痛に涙が溢れ、痛みを紛らわそうと声を上げて泣き叫ぶ。どんなに惨めに声を上げようと、ここでは颪が瞬時にかき消してくれる。

それでも消耗しきったはずの体力がいくらかは甦っていた。気の持ちようでこうも変わるものかと驚いた。クロディーヌが生きていた——。インマルサットを通じて耳に届いたのは、紛れもないクロディーヌの声だった。いや幻聴でも夢でもいい。その声は間違いなく郷司に力を与えてくれていた。

落日はチョー・オユーの肩にかかり、雪田が淡い薔薇色に染まりだした。日が沈めば寒気はさらに強まるだろう。このまま生きて夜を越えられるとは思えなかった。しかしその前に片付けなければならない仕事が待っている。

落下現場にたどり着き、ビバーク・テントにもぐりこんだ。午後五時十五分。マクビーの置き土産のタイマーは、青い発光ダイオードの光で残り七分を示していた。

寝袋を背中から下ろしてインマルサットをとり出した。クーンブの基地を呼び出すと、出てきたのは早坂雅樹だった。頂上でのROMリーダーのトラブル同様、ややこしい話は日本語でというマコーリーの配慮だろう。

「郷司さん。よく聞いて下さい——」

雅樹は手短に要領よく、マクビーの仕掛けの意味と処理方法を伝えてきた。その説明は動きの鈍った脳にもよく理解できた。これからやる仕事のリスクについても十分納得ができた。臆して何もしなくても、挑んで失敗したとしても、結果は同じことだった。そしてチャンスは一度だけなのだ。

いったん通話を切り、擦り切れたグローブからのぞく自分の手をじっと見つめた。指の何本かはすでに青黒く変色している。掌は赤く爛れた肉片だった。この傷めつけられた手でそんなデリケートな作業ができるのか。のしかかる重圧に郷司は愕然とした。無数の人々の命がその掌に懸かっていた。エベレストの麓に暮らす人々の命、ロンブクやクーンブのベースにいる人々の命——。クロディーヌもまたその一人なのだ。

テントの中にはマクビーのニッパーが転がっていた。散らばっているワイヤーの切れ端で試してみる。芯線の一部が切れ残り、最後に手首を捻ってねじ切った。細身のニッパーの柄が掌の肉に食い込んで、その激痛に思わず悲鳴を上げる。挟んで押し切るニッパーは、この作業にはどうやら不向きのようだった。

ポケットにオピネルのナイフがあるのを思い出した。ロープのカットやらちょっとした工作に重宝で、いつも持ち歩いているフランス製の素朴なフォールディングナイフだ。炭素鋼の刃先は脆いが、切れ味は剃刀《かみそり》の刃のように鋭い。

手先はやはりいうことを聞かない。刃先を引き出すだけで苦労した。ワイヤーの切れ端二本を刃先に当てて、一息に引いてみた。握った柄が粘りついた血で滑り、引いた瞬間に手元が狂った。片方は芯線が残った。本番なら一巻の終わりだ。首筋にじっとりと冷たい汗が滲み出る。

絶望的な気分に陥った。エベレストの嵐に無残に叩き潰された掌が、一つ間違えば夥しい人の命を奪う凶器と化すかもしれない。

それでも躊躇している暇はない。ナイフの柄を右の掌に押し当てて、左手で指を強く押し畳む。指の間から鮮血が迸る。激痛に歯を食いしばる。掌の肉とナイフの柄が一体に感じられるまで、左手でさらに締め付けた。

気の遠くなるような痛みにも次第に馴れてくる。ナイフの柄が埋め込まれた血まみれの右手に、さらに絶縁テープを幾重にも巻いていく。

タイマーから延びる二本のワイヤーで輪をつくり、ナイフの刃先をそこに通して、撓んだ部分を左手で絞る。ワイヤーは刃先に密着して張りつめた鋭角をつくった。

タイマーを見た。すでに一分を切っている。

大きく息を吸い、また吐いた。

呼吸を止めた。世界が静まり返った。

ワイヤーと直角に刃先を引いた。

手元にかすかな抵抗を感じた。

刃先は行き場を失って、そのまま宙に留まった。

ワイヤーの二つの輪が、四本の切れ端に変わっている。

息を凝らしてしばらく待った。何も起こらない。

絶縁テープを解いた。柄に血の染み込んだナイフが断熱マットの上に転がった。こわばっていた筋肉が一気に弛緩《しかん》した。

インマルサットをクーンブの基地につなぐと、クロディーヌが直接応答した。

「サトシ、終わったのね。私たち生きているのね」

震えを帯びた声でそれだけ言って、クロディーヌはそのまま沈黙した。かすかに啜《すす》り泣きが聞こえた。

「クロディーヌ。僕たちは生きている――」

鸚鵡《おうむ》返しに郷司もそう答えた。言葉はそれ以上続かない。愛しい者の命を守りえた喜びが静かに湧き起こる。暖かいものが頬を伝わり、顎のあたりで凍りつくのがわかる。そして最後の生命力をすでに使い果たした自分をも、郷司はいま敏感に感じとっていた。

唐突に悲しみが湧き起こった。この過酷な世界にたった一人でいる寂寥が、身を切るような痛みを伴って迫ってきた。いまは死ぬことを恐れている自分がいた。裏返せばそれは、消えかけていた生への願望の蘇生だった。

唐突に激しい渇きを覚えた。生きるために水が必要だった。酸素が必要だった。ストーブの炎が必要だった。

「サトシ、コンディションはどう？　もうしばらく持ちこたえられる？」

クロディーヌが不安げに訊いてくる。その声の温もりにすがるように訴えた。

「クロディーヌ、僕は生きたい。君のいるところへ帰りたい。でも、心も体ももうぼろぼろだ。この状態で夜を越えられるかどうか——」

「もうじきあなたのところへ米軍機が酸素を届けるわ。温かい飲み物と流動食とストーブも——。それからアナトリー・ニコラエフとペーター・ハウザーがいまサウスコルにいるの。すぐにウェスタンクウムに降りて、ヘリで北西壁のＡＢＣに入るそうよ。ニマも一緒よ。そのまま上へ向かって、明日の朝にはあなたのところへ行けるそうよ。サトシ、だから頑張って。もう一晩頑張って。生き延びてよ。お願いよ、サトシ——」

懸命に語りかけるクロディーヌの声が、疲弊した体にいくばくかのエネルギーとなって浸透してくるような気がした。生きたかった。クロディーヌにもう一度会いたかった。

遠くから金属的な響きが聞こえる。音は次第に大きくなる。

間もなく耳を圧する轟音が、猛スピードで頭上を飛び越えた。ほぼ同時に、テントの外で何かが落ちた重い音がした。懸命に外に這い出した。米軍の艦載機が、郷司を励ますように翼を振って南に飛び去ってゆく。

この前より一回り大きい投下用カプセルは、テントから五メートルほど右の雪面に正確に打ち込まれていた。擦り切れた掌をかばいながら、肘で這いずってカプセルに近づいた。開ける要領は前の二回と同様だった。

ほかの物には目もくれず、酸素ボンベをとり出した。マスクを口に当て、レギュレーターのバルブを捻った。濃密な酸素が肺を満たし、毛細血管に溶け出して、脳細胞に新鮮な血液が行き渡るのを感じる。頭を締め付けていた持続的な頭痛が軽減し、霞がかかっていた視界も急に明るくなった。

チョー・オユーの頂上ドームが血のように赤く染まっていた。金泥で縁どられた雲が西空にたなびき、そのあわいを縫って射し込む残照が、周囲の雪面を薔薇色に染め上げていた。眼下のロンブクの谷は、すでに濃紺の闇の底に沈んでいる。

その闇の中にABCのテント群の明かりが見える。郷司を信じ、彼を救出するために、アナトリーたちに先行して誰かが待機してくれているらしい。一つ間違えば、彼らも核爆発の直撃を受けたはずだった。

遠くロンブクのベースキャンプにも明かりが見える。クーンブの補給基地はここからは見えないが、クロディーヌも早坂雅樹も、マイケルやマシューズやマコーリーも、おそらくは作戦に従事するすべての隊員や兵士たちが、ここからさほど隔たらない自らの持ち場で、郷司を見守ってくれていたのだろう。

事態を伝えてから一時間は余裕があった。ヘリのピストン輸送で安全なところまで退避できたかもしれない。しかし彼らは郷司と運命を共にしてくれた。それぞれの命を郷司に託し、一方で郷司を救出する手だてを着々と打ってくれていた。眼下のＡＢＣの明かりが、彼方のロンブクの明かりが、こみ上げる涙にぼやけて見えた。

谷から這い昇る宵闇とともに、寒気がしだいに強まってくる。それでも郷司は生きられると感じていた。

いまは還るべき場所があると感じていた。彼らの世界へ。クロディーヌの待つその世界へ――。

いま郷司には、生命力の最後の一滴を振り絞ってでも、迫りくる過酷な夜と闘う用意ができていた。

二〇〇二年三月　光文社刊

解　説──虚空《こくう》の掟《おきて》

夢枕《ゆめまくら》　獏《ばく》
（作　家）

1

標高八〇〇〇メートルを超えるヒマラヤの高峰は、この地上で最も過酷な場所のひとつである。

その頂は、地上に所属しながら、同時に天に所属している。

この地上が、ジェット気流の中に頭を突き出して、何十万年も何百万年も、天と無限に対話を繰り返し続けている場所──それがヒマラヤのピークである。

酸素は、平地の三分の一。

一歩進むだけで、何度も激しい呼吸を繰り返すことになる。

このヒマラヤの高峰の一番の過酷さは、寒さではない。雪でもない。風でもない。

高度である。

酸素の薄さだ。

このヒマラヤの高峰へ登山家が立つためには、高度順応というものをしなければならない。標高の高い、酸素の稀薄な場所へゆくと、誰でも高山病になる。程度の差はあっても例外はない。

ぼくなどは、標高一五〇〇メートルあたりから、この高山病の症状が出はじめる。頭が痛くなり、疲れやすくなり、吐き気がする。

当然ながら、上へゆけばゆくほどこの症状は大きくなり、眼底出血、肺水腫、脳浮腫などになって、死に至る。

そうならないために、高度順応をするのである。

高度に、その肉体を慣らすのだ。

高度順応というのは、具体的には、血液中のヘモグロビンを増やすことだ。このヘモグロビンが、酸素を体内に取り込む作業をしているからだ。ヘモグロビンの量が増えれば、自然に体内に取り込む酸素の量が増える。

日本からヒマラヤへ行く時には、富士登山をしてから行くといいとよく言われる。

富士登山をして、頂上に近い小屋で一泊か二泊し、頂を一周すれば、最初は頭が痛かったり、気持が悪かったりと、高山病の症状が出るが、三日目にはそれがおさまる。富士山の標高、三八〇〇メートルくらいの高さに、肉体が高度順応するからである。

この高さが、エベレストで言えば、その途中にあるシェルパの村、ナムチェバザールとおおむね近い。

だから、いきなり、カトマンズからヘリや飛行機でこの高さまでいっても、高山病の症状が軽くてすむのである。

しかし、エベレストの頂は、さらにもっと上にある。

だから、何度も何度も、上に登ったり下に下ったりをしながら、少しずつ自分の肉体をより高い場所の大気に慣らしてゆく。

しかし、どれほどうまく高度順応ができても、それは、六千数百メートルあたりまでが人の限界である。それより上の標高にいると、人は何もせずに眠っているだけで、疲労し続けてゆくことになるのである。

ぼくは、エベレストについては、ネパール側のベースキャンプと、チベット側のベースキャンプまで行ったことがある。

ネパール側のベースキャンプはアイスフォールが眼の前であり、背後にはロー・ラ（峠）が壁のようにそそり立っている。

そこまで行くだけで、ぼくなどは疲労と高山病で息もたえだえになってしまうのだが、登山家は、そこが出発点となる。

体力のケタが、まるで違う。

エベレストのベースキャンプより上の世界——これは、普通の人間にとって、限りなくリアルなファンタジーの世界と言えよう。

2

さて――

本書は、そのベースキャンプよりも上の、限りなく過酷な世界が本舞台である。

主要な登場人物の中で、出てくる日本人は主人公とも言える真木郷司《まきさとし》という登山家ただ独り（早坂雅樹も出てくるが）と言っていい。

徹底して海外のみが舞台となっている。

冬期に無酸素で、郷司はエベレストに挑んでいる。

しかも単独だ。

その最中に、空から火球が落ちてきて、エベレスト頂上近くの雪田に衝突する。

公には、これは隕石の落下と発表されるが、実は、これはアメリカ合衆国が、冷戦時代に打ちあげた人工衛星が落下したものであり、この衛星の回収作業に協力することを、現場にいあわせた郷司たち登山家は、アメリカより依頼される。

実はこれが――

という展開になってゆくのだが、それだけでおさめるわけがないのが笹本稜平である。

この解説から先に読んでいる方のためにはっきりは書けないのだが、この人工衛星がただの人工衛星ではない。

では何か、ということが、驚くべし、物語の早い段階で、笹本稜平はこれを書いてしまっているのである。

おいおい、これでいいのかと思って読んでゆくと、これでよいのである。

この人工衛星、話がさらに二転三転、四転してゆき、物語を飽きさせない。

アメリカを中心とした、世界を舞台にした謀略小説でもあり、山岳小説でもあるというふたつの側面を持ち——これはハリウッドで映画化しても充分おもしろいのではないか。

中東で、あぶないビジネスをしている、ロシア海軍退役少佐ニコライ・タルコフスキーなどのキャラクターが個人的には好きであり、映画になれば、役者としたらかなり得な役になるのではないかと思う。

ヒマラヤから宇宙工学まで、書くにあたっては、かなりの量の資料を読んだのではないか。

極限状況でのサバイバルものが好きな読者には、ぜひおすすめしたい一冊である。

光文社文庫

長編冒険小説
天空《てんくう》への回廊《かいろう》
著者　笹《ささ》本《もと》稜《りよう》平《へい》

2004年7月20日　初版1刷発行
2011年8月20日　7刷発行

発行者　駒井　稔
印刷　公和図書
製本　ナショナル製本

発行所　株式会社　光文社
〒112-8011　東京都文京区音羽1-16-6
電話（03）5395-8149　編集部
8113　書籍販売部
8125　業務部
振替　00160-3-115347

ISBN978-4-334-73711-5 Printed in Japan

お願い　光文社文庫をお読みになって、いかがでございましたか。「読後の感想」を編集部あてに、ぜひお送りください。

このほか光文社文庫では、どんな本をお読みになりましたか。これから、どういう本をご希望ですか。

どの本も、誤植がないようつとめていますが、もしお気づきの点がございましたら、お教えください。ご職業、ご年齢などもお書きそえいただければ幸いです。

光文社文庫編集部